BASTEI
LÜBBE
TASCHENBUCH

Weitere Titel der Autorin:

Der Fluch der Maorifrau
Im Tal der großen Geysire
Das Geheimnis des letzten Moa
Der Schwur des Maori-Mädchens
Die Maori-Prinzessin
Die Spur des Maori-Heilers
Das Versteck am Ende der Klippen

Titel in der Regel auch als Hörbuch und E-Book erhältlich

Laura Walden

DAS ERBE DES MAORI-HÄUPTLINGS

Roman

BASTEI LÜBBE TASCHENBUCH

BASTEI LÜBBE TASCHENBUCH
Band 17 298

Dieser Titel ist auch als E-Book erschienen

MIX
Papier aus verantwortungsvollen Quellen
FSC® C083411

Originalausgabe

Textredaktion: Antje Steinhäuser
Titelillustration: © mauritius images/age;
© huber-images.de; © shutterstock
Umschlaggestaltung: Jeannine Schmelzer
Satz: Urban SatzKonzept, Düsseldorf
Gesetzt aus der Adobe Garamond
Druck und Verarbeitung: CPI books GmbH, Leck – Germany
Printed in Germany
ISBN 978-3-404-17298-6

5 4 3 2 1

Sie finden uns im Internet unter
www.luebbe.de
Bitte beachten Sie auch: www.lesejury.de

Prolog

Der Mond und die Sterne leuchteten in dieser Januarnacht so intensiv vom Himmel über Whangarei, dass der Platz hell erleuchtet war. In seiner Mitte stand das prachtvolle neue Versammlungshaus. Der Tag war überaus heiß gewesen, und selbst zu dieser späten Stunde war es draußen noch angenehm warm.

Trotzdem fröstelte Aranga, aber diese Kälte kam von innen. Die schöne Tochter des Häuptlings stand halb versteckt hinter einem Kauribaum und beobachtete, wie ihr Geliebter, der Schnitzer Awapatu, fieberhaft an der letzten Figur arbeitete. Am Abend des folgenden Tages sollte die feierliche Einweihungszeremonie stattfinden, und eigentlich hatte der Schnitzer seine Arbeiten bereits erfolgreich abgeschlossen, doch ihr Vater hatte noch eine Statue verlangt, die seiner jungen Frau, ihrer Stiefmutter, ähnlich war. Sie passte gar nicht in das von dem Schnitzer sorgfältig erarbeitete Gesamtbild des Versammlungshauses, aber Arangas Vater hatte sich nun einmal in den Kopf gesetzt, diese Figur zu Ehren seiner Frau am Eingang für alle Gäste und Besucher sichtbar zu platzieren.

Wer wusste besser als Aranga, wie wenig ihr Geliebter von dieser Statue hielt. Er fand, dass sie nicht mit seinem Kunstwerk harmonierte, und hielt es für eine eitle Geste des Häuptlings, seiner Ehefrau diese Figur zu widmen. Wie er überhaupt grundsätzlich nicht damit einverstanden war, das Versammlungshaus einzuweihen, bevor die Priester es nicht von dem Verstoß gegen die heiligen Regeln befreit hatten. Den Termin am Folgetag hielt er für übereilt und unüberlegt. Er war sogar fest davon überzeugt, dass die Ahnen das Unterfangen missbilligten und dem Häuptling sowie allen, die an der Fertigstellung des Versammlungshauses beteiligt waren, zürnten.

Aranga konnte es an der Art und Weise erkennen, wie Awapatu mit dem Schnitzwerkzeug umging, dass ihr Geliebter wütend auf seinen Auftraggeber war. Er bearbeitete das Holz voller Zorn und gar nicht so liebevoll, wie er das ansonsten zu tun pflegte. Außerdem hatte ihm der Häuptling den Auftrag erst vor wenigen Tagen erteilt, und eine derart schwierige Arbeit war in dieser kurzen Zeit kaum zu schaffen.

Aranga konnte gut nachvollziehen, wie sehr die Aufgabe ihren Geliebten belastete. Auch ihr war es nicht geheuer, wie bedingungslos ihr Vater sich seiner neuen Frau zugewandt hatte. Es hatte sie unendlich gekränkt, dass er ihr die wertvolle Halskette ihrer Mutter aus Grünstein geschenkt hatte, die eigentlich ihr zugestanden hätte. Es handelte sich nämlich um ein einzigartiges Stück. So etwas gab es in ganz Neuseeland kein zweites Mal. Ein Goldschmied aus Schottland hatte dieses Schmuckstück angefertigt. Er hatte jeden einzelnen Jadestein in pures Gold gefasst. Es gab Aranga jedes Mal einen Stich mitten ins Herz, wenn sie die Kette am Hals ihrer Stiefmutter glänzen sah. Natürlich hatte sie sich bei ihrem Vater beschwert, doch der hatte jeden ihrer Einwände einfach beiseitegeschoben. So sehr schien er seine schöne junge Frau zu lieben. Und das, dachte Aranga in diesem Augenblick, hatte fatale Folgen. Weil er vor lauter Liebe blind war, hatte er alle Einwände der Weisen, die sich dafür aussprachen, das Versammlungshaus erst zu eröffnen, wenn es von seinem Tapu-Bruch geheilt war, ignoriert. Ihr Vater hätte das halb fertige Haus nämlich niemals mit einer Pfeife im Mund betreten dürfen. Das widersprach den heiligen Regeln und stellte die Unantastbarkeit auf ungeheure Weise in Frage, und es war bekannt, dass ein solches Verhalten die Ahnen gegen ihn aufbringen würde. Nicht nur Awapatu hatte ihren Vater beschworen, diesen Bruch durch einen Priester heilen zu lassen, nein, auch Aranga hatte ihren Vater angefleht, das Haus erst einmal einem heilenden Ritual zu unterziehen. Doch seine verwöhnte junge Frau hatte ihn einen »Feigling« geschimpft und darauf bestanden, dass das Haus wie geplant eröffnet wurde. Arangas Vater hatte daraufhin alle Einwände, noch zu warten, beiseitegeschoben. Und er hatte ihr überdies auch den Wunsch erfüllt, Awapatu mit dem Schnitzen dieser Figur, die sie in ihrer ganzen Schönheit darstellen sollte, zu beauftragen.

Aranga stieß einen tiefen Seufzer aus, während sie an all die beschwörenden Worte dachte, die ihr Vater ungehört abgetan hatte. Die Häuptlingstochter war unschlüssig, ob sie ihr Versteck verlassen und sich bemerkbar machen sollte. Nie zuvor hatte sie ihren Geliebten derart außer sich erlebt. Aber ihre Sehnsucht nach ihm ließ sie alle Bedenken vergessen, und sie lief zu ihm hinüber.

Er stöhnte laut, und sie fragte ihn, ob er sein Werk denn bis zum morgigen Tag zuwege brächte. Der Schnitzer lachte verbittert auf. Er versicherte ihr, dass er zu einer List greifen würde, und murmelte etwas von einem Aufschub. Aranga fragte nicht nach. Sie spürte, dass er ihr nicht mehr darüber verraten würde. Und zudem war ihr klar, dass sie ihren Geliebten störte. Rücksichtsvoll verabschiedete sie sich von ihm mit einem Kuss. Er wirkte abwesend, schien sich ihrer Gegenwart schon kaum noch bewusst zu sein, da kam mit einem Mal Leben in sein von Sorgen zerfurchtes Gesicht. Er beschwor sie eindringlich, sich am heutigen Abend nicht in der Nähe des Hauses ihres Vaters aufzuhalten, sondern in ihrem eigenen kleinen Häuschen, das etwas abseits ganz für sich allein stand. Das hatte sie ihrem Vater abgetrotzt, nachdem sie sich in den Schnitzer verliebt hatte. Awapatus Familie lebte in einem anderen Dorf, und so war das kleine Haus der einzige Ort, an dem die beiden sich ungestört lieben konnten. Natürlich wusste keiner von dieser verbotenen Beziehung, jedenfalls nicht offiziell. Wobei Aranga des Öfteren in den scheelen Blicken der anderen ein gewisses Misstrauen erkennen konnte.

Ein wenig traurig darüber, dass der Geliebte so abweisend gewesen war, begab sich Aranga auf den Weg zum Fluss. Wenn sie am Ufer des Gewässers entlangwanderte, wurde sie jedes Mal innerlich ganz ruhig. Schon in ihrer Kindheit war der Weg am Ufer ihr Lieblingsplatz gewesen, obwohl ihr Vater es gar nicht gern sah, wenn sie den Weg zum Wasser einschlug. Er hatte stets Angst, dass sie in den reißenden Fluss fallen und ertrinken könnte.

Sie setzte sich in den warmen Sand und beobachtete das wild sprudelnde Gewässer, in dem sich tausend Sterne spiegelten. Manchmal verfiel sie in Ratlosigkeit, wenn sie an ihre Zukunft mit Awapatu dachte. Sie liebten einander ohne Frage, trotzdem gab es diese andere Frau, die er zwar nicht liebte, wie er immer betonte, die er jedoch einst seinem Vater zuliebe geheiratet hatte. Immer wenn Aranga in diese düsteren Gedanken verfiel, war es ein Trost, sich in der Nacht in seine Arme kuscheln zu können. Dann fühlte es sich jedes Mal so an, als ob sie beide ganz allein auf dieser Welt wären. Nichts und niemand konnte ihre Harmonie stören. In dieser Nacht allerdings würde es sicher nicht so sein, weil sie nämlich allein in ihrem Bett schlafen würde. Wie sie ihren Geliebten kannte, würde er die Nacht zum Tag machen, um sein Werk zu vollenden, was auch immer er davon hielt.

Als Aranga in die Zivilisation zurückkehrte, war im Dorf bis auf das gelegentliche Schreien der Nachtvögel alles still. Ja, es lag eine beinahe unheimliche Stille über allem. Sie überlegte, ob sie noch einmal bei Awapatu vorbeischauen sollte. Wahrscheinlich würde er sich sehr freuen, wenn sie ihm zum Zeichen der stillen Verbundenheit noch einen liebevollen Kuss auf die Wange geben würde. Aranga schlug also den Weg zum Marae ein, den mit Steinen umfriedeten Festplatz.

Sie war gerade bei dem Kauribaum angekommen, als sie abrupt innehielt. Aufgeregte Stimmen tönten zu ihr herüber. Aranga vermutete, dass der Schnitzer sich mit seinem Auftraggeber stritt und seinem Zorn Luft machte, weil jedem klar sein musste, dass er mit dieser letzten Statue unmöglich zur Eröffnungszeremonie fertig werden konnte. Trotzdem verbarg sie sich hinter dem Baum und spähte vorsichtig in Richtung des Versammlungshauses. Da alles mondbeschienen war, konnte sie ein paar zwielichtige Gestalten erkennen. Mehrere vierschrötige Kerle redeten gleichzeitig auf Awapatu ein. Ihr Anführer war ein Mann mit einem roten Haarschopf und einem struppigen Bart.

Irgendetwas hielt Aranga davon ab, sich aus der Deckung zu begeben. Sie hatte das üble Gefühl, dass diese Zusammenkunft nicht rechtens war, und deswegen schlich sie sich leise und unbemerkt davon. Ihr fiel ein, dass Awapatu sie davor gewarnt hatte, sich in dieser Nacht zum Haus ihres Vaters und ihrer Stiefmutter zu begeben. Warum, fragte sie sich nun aufgeregt. Dass hier irgendetwas Gefährliches vor sich ging, spürte sie mit jeder Faser. Denn sie wusste wohl, dass diese Männer nicht zu den Freunden ihres Geliebten gehörten.

Von Zweifeln geplagt, tat sie genau das, wovor Awapatu sie gewarnt hatte: Auf Umwegen begab sie sich zum Haus ihrer Eltern. Dort war alles dunkel und still. Die beiden lagen sicherlich schon in tiefem Schlummer. Aranga spielte mit dem Gedanken, einen Blick in das Schlafzimmer zu werfen, denn sie verspürte ein ungutes Gefühl im Magen. Als ob von irgendwoher Gefahr drohte. Die Haustür stand immer offen. In dieser Gemeinschaft gab es keine Räuber und Diebe. Alle ließen die Türen zu ihren Häusern stets unverschlossen. Aranga ging also auf das Haus zu und hatte bereits den Griff in der Hand, als sie leise Männerstimmen vernahm. Geistesgegenwärtig sprang sie zurück in den Garten und versteckte sich hinter dem riesigen Stamm eines alten Eisenholzbaumes.

Ihr Herzschlag drohte auszusetzen, als sie dieselben Männer, die eben noch auf dem Platz mit ihrem Geliebten diskutiert hatten, auf den Eingang zu schleichen sah. Eine innere Stimme warnte sie eindringlich, aus der Deckung zu kommen. Doch was wollten die Fremden im Hause ihres Vaters, und was hatten sie mit Awapatu zu schaffen? Eines war klar: Diese Kerle, die soeben im Inneren des Gebäudes verschwanden, sahen nicht gerade vertrauenerweckend aus.

Aranga spielte mit dem Gedanken, loszurennen und ihren Geliebten zu Hilfe zu holen. Die Erkenntnis, dass er diese Männer kannte und womöglich zum Haus ihres Vaters geschickt hatte, ließ sie davon Abstand nehmen. Was ihn auch immer mit diesen Kerlen verband, es machte ihr Angst.

Angestrengt lauschte sie, ob von drinnen irgendwelche Geräusche zu ihr hinüberdrangen. Doch es blieb alles still. Unheimlich still. Obwohl ihr der Angstschweiß in Strömen in den Nacken rann, zitterte sie vor Kälte.

In diesem Augenblick flog die Haustür auf, und die vier Männer traten in die mondbeschienene Nacht hinaus. Was Aranga nun sah, ließ ihr das Blut in den Adern gefrieren. Vor lauter Grauen vermochte sie keinen klaren Gedanken zu fassen. Gegen alle Vernunft stieß sie einen mörderischen Schrei aus.

Sie schrie immer noch, als der Mann mit dem roten Bart auf sie zusprang und ihr eine eiskalte Klinge zwischen die Rippen stieß.

Als Aranga aufwachte, wusste sie nicht, wo sie war. Sie wusste auch nicht, was geschehen war. Es war Nacht, und der Mond schien fahl auf den blutroten Flecken hinter dem Eisenholzbaum. Sie fühlte nichts als einen stechenden Schmerz in der Seite. Trotzdem richtete sie sich stöhnend auf und zog sich an zu geschehen habe. Auch, dass die Stammesgemeinschaft geschlossen der Meinung war, der große Häuptling habe sein Schicksal durch den Bruch der Regeln selber verschuldet.

Als sie ihrem toten Geliebten die Augen zudrückte, erinnerte Aranga sich noch an jedes Detail, das ihr Awapatu in seinem Todeskampf zugeröchelt hatte. Und dass sie die Einzige auf dieser Welt war, die die Wahrheit kannte.

Doch Aranga, die schöne Häuptlingstochter, hatte all dies vergessen, nachdem die Weisen des Stammes sie noch in derselben Nacht ohnmächtig neben dem toten Awapatu gefunden und in das Hospital gebracht hatten.

Von diesem Tag an war Aranga weder in der Lage zu denken noch zu sprechen. Sie sagte nie wieder ein Wort, und in ihrem Kopf herrschte fortan nichts als bleierne Schwere.

1. Teil

Pōkarekare ana ngā wai o Waiapu,
Whiti atu koe hine marino ana e.

Wild sind die Wasser des Waiapu,
Doch wenn du sie überquerst, werden sie ruhig sein.

Aus dem neuseeländischen Liebeslied *Pōkarekare ana*

Hamburg, Dezember 2013

Dorothee Dehn stand auf dem Schild am Briefkasten, der notdürftig an einem mit Grünzeug überwucherten Eisenzaun befestigt worden war. Das Haus konnte man zwischen den alten Eichen und den hohen Tannen von der Straße aus nur erahnen. Das Anwesen hat auf jeden Fall bessere Zeiten gesehen, dachte Jan Gerken, als er die quietschende Pforte öffnete, aber zu der exzentrischen alten Dame hätte ein englischer Rasen auch nicht gepasst. Ein holpriger Weg aus ungleich verlegten, mit Moos überwachsenen Steinen führte durch den Zauberwald zu der Villa, deren Fassade entfernt an den Glanz längst vergangener Zeiten erinnerte. Jan vermutete, dass die grünlich schimmernden Mauern einst weiß gewesen waren. Eine steinerne Treppe führte zu einer prächtigen Eingangstür, die dringend einen Anstrich benötigt hätte. An einigen Stellen war schon das Holz zu sehen. Aber das alles nahm Jan nur nebenbei wahr. Er war nämlich ein wenig aufgeregt bei dem Gedanken, dass ihm die Grande Dame eine Einladung in ihr Allerheiligstes hatte zukommen lassen. Sie war als eigenwillig verschrien. Deshalb hatte er sich sehr gewundert, dass sie auf seinen Brief nicht nur geantwortet, sondern ihn auf einen Kaffee in ihr Domizil nach Othmarschen gebeten hatte.

Er betätigte die Türklingel, doch alles blieb still. Das überraschte Jan nicht. Wahrscheinlich war sie schon vor Jahren kaputt gegangen, und es gab niemanden, der sie reparieren konnte. Schade, schoss es Jan durch den Kopf, mit ein bisschen Arbeit konnte man die alte Pracht dieser Villa sicher wiederbeleben, aber er war nicht gekommen, um über das Restaurieren alter Häuser zu sinnieren, sondern in seiner Funktion als Kurator der Ozeanien-Abteilung des Völkerkundemuseums.

Jan wollte gerade klopfen, als ihm Dorothee Dehn bereits die Tür öffnete.

»Die Glocke hat ihren Geist aufgegeben, aber ich habe Sie schon kommen sehen«, sagte die alte Dame statt einer Begrüßung entschuldigend.

Jan mochte Dorothee Dehn und war jedes Mal überrascht, wie jugendlich sie wirkte. Sie war eine hochgewachsene und elegante Erscheinung. Das Auffällige war ihre Frisur. Sie trug das dichte weiße Haar kinnlang und akkurat geschnitten, was zu ihrem schmalen, ebenmäßigen Gesicht passte. Ihre klaren grünen Augen funkelten vor Lebendigkeit.

»Herzlich willkommen in der Villa ›Schandfleck‹«, fügte sie lächelnd hinzu und reichte ihm ihre schmale Hand zur Begrüßung.

Jan lächelte zurück. Dorothee war unter anderem auch für ihren legendären Humor bekannt, und er ahnte, worauf sie anspielte. In der vornehmen Straße, in der sie wohnte, besaßen die Nachbarn gepflegte Vorgärten vor ihren hochherrschaftlichen Villen. Da fiel dieses Anwesen aus dem Rahmen, und Jan konnte sich lebhaft vorstellen, wie man sich darüber das Maul zerriss.

»Ach, es ist doch alles sehr charmant«, entgegnete er.

»Sie sollen nicht lügen, junger Mann, wenn ich die Kraft hätte, würde ich schon mal etwas Farbe auftragen.«

»Wenn Sie wollen, ich kenne da eine Firma, die sich auf das Restaurieren alter Häuser spezialisiert hat.«

Dorothee lachte und warf ihren Kopf in den Nacken. »Gute Idee, aber die kann ich mir sicher nicht leisten. Nun kommen Sie erst mal rein.«

Jan betrat den Flur und sah sich staunend um. Der Eingangsbereich war original im Art déco-Stil eingerichtet.

»Ist das alles echt?«, fragte er erstaunt.

»Darauf können Sie sich verlassen. Alles, was Sie in diesem Haus sehen, stammt noch von meinem Vater, der das Haus in den Zwanzigerjahren nach dem Tod seiner Eltern komplett umbauen und neu einrichten ließ. Er war ein absoluter Fan von Jugendstil, Bauhaus und Art déco.«

»Das ist ja ein Vermögen wert«, rutschte es Jan heraus.

»Was meinen Sie, soll ich das Haus nach meinem Tod jemandem hinterlassen, der ein Museum daraus macht?«

Jans Lächeln erstarb. Sie vermutete hoffentlich nicht, dass er durch die Blume sein Interesse an der Villa kundtat!

»Sie sind noch weit entfernt, einen Gedanken an Ihr Ableben zu verschwenden, und sicherlich haben Sie Erben für dieses Prachtstück.«

Dorothees Miene verdüsterte sich.

»Schön wär's«, murmelte sie und führte ihn in ihren Salon. Jan bemühte sich, nicht allzu offensichtlich die wertvollen Möbel zu bestaunen. Wenn er sich nicht täuschte, bestand die Esszimmereinrichtung aus Original-Bauhausstücken. An den Wänden hingen mehrere Portraits. Das eine, das Jan besonders faszinierte, was das Bild einer Maori mit den längsten schwarzen Haaren, die er jemals gesehen hatte. Und das andere ein Gemälde, das die Hausherrin in jungen Jahren mit einem Maori-Baby auf dem Arm zeigte. Ihr eigenes kann es ja kaum sein, dachte Jan, denn soviel er wusste, war die alte Dame unverheiratet und kinderlos geblieben. Sonst würde sie wohl auch kaum den Namen ihres berühmten Vaters tragen.

Der Tisch war liebevoll eingedeckt. Mit altmodisch anmutendem Porzellan im Hutschenreuther-Zwiebelmuster und einem köstlich duftenden Schokoladenkuchen. Dorothee bot ihm frisch gebrühten Kaffee an. Von Hand aufgegossen, wie sie stolz betonte.

Ich sollte zur Sache kommen, dachte Jan gerade, als ihn Dorothee auffordernd ansah.

»Sie möchten also, dass ich zu Ihrer Wiedereröffnung des Hauses Hinemoa eine Rede halte?«, kam sie ihm zuvor.

»Ja, wenn Sie mich so direkt fragen, ja, das fände ich wundervoll, wenn Sie über die Geschichte des Hauses Hinemoa sprechen würden. Und wie Ihr Vater das Versammlungshaus einst aus Neuseeland nach Hamburg gebracht hat.«

»Ich weiß nicht. Können Sie das nicht übernehmen? Ich habe dem Museum alle Informationen aus dem Nachlass meines Vaters zukommen lassen, die mit dem Versammlungshaus im Zusammenhang stehen.«

»Schon, ja, aber ich fände es viel besser, wenn Sie als seine Tochter darüber erzählen könnten.«

Dorothee rollte mit den Augen. »Mir steht nicht der Sinn nach großer Gesellschaft und dem übertriebenen Getue bei solcherlei Veranstaltungen.«

Jan befürchtete schon, dass er sich umsonst auf den Weg nach Othmarschen gemacht hatte. Sollten seine Mitarbeiter Recht behalten? Sie hatten ihm prophezeit, dass er bei ihr auf Granit beißen würde. Sie hatte in letzter Zeit schließlich alle öffentlichen Auftritte gemieden. Da kam ihm plötzlich ein Gedanke. Ein Grinsen huschte über sein Gesicht.

»Ich habe Ihnen etwas zu bieten, wenn Sie mir diesen Gefallen tun würden«, bemerkte er verschmitzt.

»Da bin ich aber sehr gespannt!«

»Ich werde den Chef besagter Firma überreden, dass er die Renovierung für Sie umsonst erledigt, wenn Sie dafür zur Eröffnung eine Rede halten.«

Dorothee musterte ihn skeptisch. »Klingt verlockend. Das

sind ja interessante Verbindungen, die Sie als Leiter der Abteilung Ozeanien des Völkerkundemuseums so haben.«

Jan lachte.

»Mein Bruder betreibt eine Firma, die die originalgetreue Sanierung alter Häuser übernimmt.«

»Aber er wird nicht umsonst arbeiten, nur damit Sie mich für die Eröffnungsrede gewinnen.«

»Doch, ich glaube schon. Ja, ich bin mir sogar sicher«, erwiderte Jan geheimnisvoll. »Er schuldet mir noch einen Gefallen«, fügte er hinzu und holte sein Handy aus der Jackentasche. »Sie erlauben?« Ohne ihre Antwort abzuwarten, tippte er eine Nummer ein.

»Selber hallo. Hier ist dein Bruderherz. Du erinnerst dich an dein Versprechen? ... Nein, das würdest du nie vergessen. Ich weiß. Ich hätte es aber nie eingefordert, wenn es nicht einer guten Bekannten von mir helfen würde, dass dein Arbeitstrupp demnächst mal in Othmarschen anrückt. Nein, keine neue ...« Jan warf Dorothee einen verlegenen Blick zu. »Jedenfalls nicht in dem Sinn, wie du das vermutest. Danke, die Einzelheiten besprechen wir dann Weihnachten. Ja, natürlich komme ich. Nein, Heiligabend eher nicht. Bis dann.«

Dorothee konnte beobachten, dass sich seine Miene bei seinen letzten Worten sichtlich verdüstert hatte. Nachdem er das Gespräch beendet hatte, wandte er sich Dorothee zu.

»Also, mein Teil des Deals steht. Die Firma meines Bruders steht zu Ihrer Verfügung.«

»Er würde wirklich die Hauswände wieder in Ordnung bringen ...«

»... Ja, und die Tür und die Glocke übernehme ich höchstpersönlich. Und was sonst der Reparatur bedarf. Ich bin nämlich nicht gerade ungeschickt in handwerklichen und technischen Dingen. Nur als Gärtner können Sie mich nicht einsetzen. Also, wenn Sie einen Vorgarten mit englischem Rasen bevorzugen, dann ...«

»Gott bewahre, nein. Ich werde mich von keinem meiner Bäume trennen. Selbst, wenn sie mir den nicht vorhandenen Elbblick versperren sollten!«

Jan streckte ihr seine kräftige Hand hin. »Schlagen Sie ein! Sie machen einen guten Deal.«

»Sie aber auch«, lachte die alte Dame. »Sie wissen schon, dass sich die Presse darauf stürzen wird, wenn die denken, die Tochter Ludwig Dehns werde aus dem Nähkästchen plaudern.«

»Ich kann nicht leugnen, dass ich mir eine gewisse PR davon verspreche«, gab Jan übertrieben zerknirscht zu.

»Nun langen Sie zu. Das müssen wir feiern. Den Chocolate Mud Cake habe ich selbst gemacht. Das Rezept habe ich noch aus Neuseeland.«

»Heißt das ›Ja‹?«

»Wollen Sie es schriftlich?«

»Nicht nötig«, erwiderte Jan und ließ sich ein riesiges Stück der Köstlichkeit aus Schokolade auf den Teller legen. »Darf ich Sie etwas fragen?«

Dorothee nickte und folgte seinem Blick, der auf das Portrait geheftet war.

»Sie wollen jetzt wissen, wer das Kind auf meinem Arm ist, oder?«

»Wenn Ihnen die Frage zu persönlich ist, dann verzeihen Sie meine Neugier.«

»Ich halte Sie nicht für eine Plaudertasche. Es ist meine Tochter Helen.«

Jan wäre vor Schreck beinahe das Stück Kuchen von der Gabel gefallen, das er sich gerade genüsslich in den Mund schieben wollte.

»Ihre Tochter? Waren Sie denn, ich meine, waren Sie etwa mal ...?«

»Ja, das auch! Ich war auch einmal verheiratet. Aber ich wäre Ihnen sehr dankbar, wenn Sie die Sache damit auf sich beruhen lassen könnten, denn erstens ist das keine schöne Geschichte, und zweitens würden wir dann noch morgen früh hier sitzen.«

»Was ich durchaus in Kauf nehmen würde«, entgegnete Jan. »Sie können sicher sein, dass ich diese Information für mich behalte und Ihre Schweigsamkeit durchaus respektiere. Es geht mich ja auch gar nichts an. Sie haben schon so viel für mich getan. Ich weiß gar nicht, wie ich Ihnen danken soll.«

»Eine blitzsaubere Fassade würde genügen.«

Jan nickte verlegen. Er wollte sich auf keinen Fall anmerken lassen, wie ihn diese Information überraschte und dass es ihn überdies brennend interessierte, wie die alte Dame wohl zu einem Maori-Kind gekommen war. Sein Blick blieb an ihren grünen Augen hängen. Sie sah ihrem Vater ähnlich. Ludwig Dehn war ein durch und durch norddeutscher Typ Mann gewesen, jedenfalls, soweit es auf den Fotografien, die von ihm im Museum existierten, zu erkennen war. Wahrscheinlich ist ihr Ehemann ein Maori gewesen, folgerte Jan schließlich.

Dorothee beobachtete belustigt, wie es im Kopf des Kurators zu arbeiten schien.

»Gut, eins noch, damit Sie nicht vor ungestillter Neugier vergessen, den Schokokuchen zu essen.«

Jan fühlte sich ertappt, und schnell schob er sich den Bissen in den Mund.

»Meine Mutter Merima war eine Maori, was Ihnen hiermit das zweite der beiden Bilder erklärt, das sie in ihrer ganzen Schönheit zeigt.«

»Sie ist wirklich wunderschön, aber sie hat auch europäische Züge, nicht wahr?«

»Herr Gerken, ich werde Ihnen jetzt nicht meine gesamte Familiengeschichte erzählen. Also, wann muss ich diese Rede halten?«

Um sein Erstaunen zu überspielen, griff Jan geschäftig in seine Aktentasche und holte die Mappe mit den Unterlagen für die Wiedereröffnung des Versammlungshauses hervor.

»Wir haben den April ins Auge gefasst«, erklärte er hastig. »Aber was den Tag angeht, werden wir das selbstverständlich mit Ihnen absprechen. Es fehlen bislang ein paar Dinge, die noch nicht in Deutschland eingetroffen sind.« Er blätterte seine Zettel durch und zeigte ihr diverse Fotos von Paua-Muscheln, Holz und Bambus.

»Wir erwarten eine große Lieferung dieser Haliotisschalen für die Augen unserer Figuren auf den Schnitzpaneelen. Da hat es doch in den letzten Jahren einigen Schwund gegeben. Manche Leute können einfach nicht widerstehen und klauen sie. Und wir lassen jetzt auch eine richtige Umzäunung bauen, damit es so wirkt, als habe das Haus einen echten Vorplatz, wie es ja normalerweise in Wirklichkeit der Fall ist. Wann haben Sie das Haus zum letzten Mal besucht?«

»Das ist Jahrzehnte her«, seufzte Dorothee. »Seit meiner Rückkehr aus Neuseeland gar nicht mehr. Ich wollte nicht an das Land erinnert werden, in dem …« Dorothee unterbrach sich hastig. »Und was werden Sie noch ändern?«

»Wir werden das Haus aus der Dunkelheit holen. Sie erinnern sich vielleicht daran, dass es hinter dem schwarzen Hintergrund wie ein Kunstobjekt wirkte. Unsere Maori-Fachleute fanden, es müsse eine natürliche Umgebung bekommen. Wir nehmen die Verkleidung vom Dachfenster der Halle, sodass Tageslicht einfällt. Und mittels unserer Lichtdesigner schaffen wir verschiedene Stimmungen. Sogar einen Sonnenuntergang können wir dann simulieren.« Jan sprach mit solcher Begeisterung über das Versammlungshaus, dass sie selbst Dorothee ansteckte.

»Das hört sich alles wirklich gut an. Ach, vielleicht tut es mir auch gut, wenn ich an dem Tag dabei bin.«

»Und ob. Es wird ein festliches Ritual geben, und wir haben jede Menge Zusagen von Maori-Freunden. Und wenn wir es schaffen, machen wir noch eine kleine Sonderausstellung zur Maori-Kunst. Ein paar Masken werden auf jeden Fall zu sehen sein.«

»Sie können übrigens auch aus dem Keller nehmen, was Sie wollen. Der ist voll mit Dingen, die mein Vater damals mit nach Deutschland hat verschiffen lassen. Da sollten wir vielleicht gleich mal gemeinsam in die Katakomben steigen.«

Jan musterte die alte Dame mit einer Mischung aus Freude und grenzenloser Überraschung. Niemals hätte er gewagt, sie um die legendären Ausstellungsstücke aus dem Besitz ihres Vaters zu bitten. Kein Mensch hatte je einen Blick auf die Artefakte geworfen. Man erzählte sich hinter vorgehaltener Hand von den prächtigsten Stücken, die Ludwig nicht dem Museum geschenkt hatte wie das Haus Hinemoa.

»Es ist ein Segen für uns, dass Sie die Eröffnungsrede halten, die wir dann hoffentlich den neuseeländischen Kollegen in englischer Übersetzung zukommen lassen dürfen, oder?«, stieß Jan begeistert aus.

»Meinetwegen, ich kann die Rede auch gern gleich auf Englisch halten. Aber was sollte die Neuseeländer interessieren, was die Tochter von Ludwig Dehn über die Schönheit des Hauses Hinemoa zu sagen hat?«

Jan runzelte die Stirn. »Es ist weniger die Schönheit des Hauses Hinemoa, die die Kollegen interessiert, als vielmehr die Umstände, wie Ihr Vater das Haus von Neuseeland nach Deutschland gebracht hat.«

»Ach, diese alten Geschichten. Ich weiß, dass man in Auckland immer wieder munkelt, er habe das Verschiffen des Versammlungshauses am Gesetz vorbei betrieben, aber das ist Unsinn und interessiert doch heute, über achtzig Jahre später, nun wirklich keinen mehr.«

»Das würde ich nicht sagen. Gerade ist im *New Zealand Herald* ein Artikel erschienen, der Ihren Vater ziemlich unverblümt als Dieb wertvollen Kulturguts darstellt.«

Dorothees Stirnader schwoll gefährlich an. »Wer behauptet das?«

Jan zog aus dem Stapel die Kopie des Artikels hervor und reichte ihn der alten Dame.

Sie überflog den Text und fluchte dabei auf Englisch. Dann blieb ihr Blick an dem Foto der Autorin mit der Bildunterschrift Sarah Williams hängen.

Jan konnte förmlich dabei zusehen, wie Dorothee Dehn sämtliche Farbe aus dem Gesicht wich.

»Das ist doch, nein, das gibt es nicht, das …« Sie hob den Blick, und Jan erschrak. Sie sah aus, als hätte sie einen Geist gesehen. »Kann ich das behalten?«

»Sicher, natürlich, aber das sollte Sie wirklich nicht erschüttern, sondern eher ermutigen, unseren Gästen die wahre Geschichte zu präsentieren. Wir haben sogar die Originalkaufverträge im Museum. Vielleicht sollten wir sie der eifrigen Dame einmal zur Ansicht schicken? Wie hieß sie noch gleich?«

Jan wollte nach dem Artikel greifen, doch Dorothee zog ihn energisch weg. »Nicht nötig! Was geht uns deren Geschwätz an?« Mit diesen Worten sprang sie abrupt von ihrem Freischwinger auf, den Artikel immer noch fest in der Hand. »Es war sehr nett, dass Sie mich besucht haben. Wir kriegen das schon hin. Alles andere können wir ja telefonisch besprechen.«

Jan sah sie fassungslos an. Das kam einem Rausschmiss gleich, und was war mit der versprochenen Besichtigung der Artefakte im Keller? Seufzend fügte sich Jan ihren Anordnungen, packte seine Unterlagen zusammen und erhob sich ebenfalls. Da hielt Dorothee ihm auch schon die Tür des Salons auf. »Danke für Ihren Besuch!«, murmelte sie.

»Ich danke Ihnen«, erwiderte Jan höflich, während er sich fragte, was die alte Dame wohl so sehr aus dem Tritt gebracht haben könnte.

In der Haustür drehte er sich noch einmal um. »Und wann kann die Firma bei Ihnen anfangen?«

»Wie? ... Was? ... Womit?«

Sie ist ja völlig durcheinander, dachte Jan.

»Ich meine, wann kann mit der Restaurierung Ihrer Fassade begonnen werden? Bei Frost sollte man vielleicht davon absehen, wobei es neuerdings auch Farben gibt, die man bis 20 Grad minus anwenden kann.«

»Ja, ja, da rufen Sie mich am besten an. Meine Nummer haben Sie ja!«

Jan kämpfte noch mit sich, ob er sie nicht doch an den gemeinsamen Gang in den Keller erinnern sollte, aber da hatte Dorothee die Tür hinter ihm bereits ohne ein weiteres Wort des Abschieds geschlossen.

Die Hand, in der Dorothee den Artikel aus dem *Herald* hielt, zitterte leicht, als sie in den Salon zurückkehrte. Sie ließ sich auf einen Stuhl fallen, weil ihr die Knie ein wenig weich waren, und sie ließ ihren Blick immer wieder kopfschüttelnd zwischen dem Portrait, das sie als junge Mutter darstellte, und dem Foto von Sarah Williams schweifen. Die Ähnlichkeit war mehr als frappierend. Wenn nicht der kleine Leberfleck unter dem rechten Auge der Autorin gewesen wäre, hätte man es eventuell noch für einen Zufall halten können, aber so? Dorothees Hand wanderte zu ihrem eigenen Leberfleck an derselben Stelle. Das ist doch nicht möglich, dachte sie, und wusste zugleich, dass es keinen Zweifel gab. Diese Sarah Williams musste mit ihr verwandt sein. Und schließlich wäre es kein Weltwunder, wenn sie dort drüben am anderen Ende der Welt eine Enkeltochter hätte. Helens Tochter? Dorothees Atem ging stoßweise. Mit einem Mal kam ihr die ganze alte Geschichte hoch, der schmerzhafte Teil ihres Lebens, den sie zumindest in den letzten Jahren mühsam zu verdrängen versuchte, weil der Gedanke daran ihr schier das Herz brechen wollte. Nie würde sie den Tag vergessen, als sie gezwungen worden war, ihre Tochter im fernen Neuseeland zurückzulassen. Und daran, wie oft sie ihr Versprechen, aus Helens Leben für alle Ewigkeit zu verschwinden, gebrochen hatte. Sie hatte Himmel und Hölle in Bewegung gesetzt, um herauszubekommen, wo das Mädchen war, nachdem es volljährig geworden war, aber vergeblich. Die Spuren hatte Tom gründlich verwischt. Und mit Sicherheit hatte er seine Drohung wahrgemacht und Helen vorgelogen, ihre Mutter sei tot.

Wieder heftete sich ihr Blick auf das Portrait. Ihr war nur dieses Bild geblieben, das sie damals unter abenteuerlichen Umständen aus dem Haus geschmuggelt hatte. Nur dank der guten Harere, die bei ihrem Leben hatte schwören müssen, Dorothee niemals nach Deutschland zu schreiben. Tom hatte sie vor die Wahl gestellt: Helen als Kindermädchen zu betreuen oder das Haus auf Nimmerwiedersehen zu verlassen. Dorothee selbst hatte sie angefleht, bei dem Baby zu bleiben, statt Loyalität ihr gegenüber zu beweisen.

Stumme Tränen rannen über Dorothees Wangen. Es tat immer noch so unendlich weh. Daran konnten auch über fünfzig Jahre nichts ändern!

Zärtlich strich sie mit den Fingern über das Foto ihres Ebenbildes, und ganz plötzlich verwandelte sich die Trauer in Hoffnung. War das nicht die Spur, nach der sie jahrzehntelang so verzweifelt gesucht hatte? Wenn diese Sarah wirklich ihre Enkelin war, dann würde sie doch wissen, wo Helen heute lebte. Ein Beben durchlief Dorothees schmalen Körper. Sie fror entsetzlich. Wenn dem so war, hatte Sarah ihren eigenen Urgroßvater Freveltaten bezichtigt, die er niemals begangen hatte. Wenn sie ihre Enkelin war, hatte sie dann nicht ein Recht zu erfahren, warum das Versammlungshaus bei Nacht und Nebel auf das Schiff verfrachtet worden war?

Schwerfällig stand Dorothee auf, ging zur Anrichte und zog ein altes Büchlein hervor. Sie hatte die Aufzeichnungen ihrer Mutter Merima erst vor ein paar Monaten beim Aufräumen in einem der Räume des weit verzweigten Kellers gefunden. Und was sie da hatte lesen müssen, war spannender als jeder Kriminalroman und zugleich erschütternd bis ins Mark. Dorothee hatte nach der Lektüre den Entschluss gefasst, die wahre Geschichte niemals weiterzugeben, sondern das Heft eines Tages zu verbrennen, damit es nach ihrem Tod nicht in die falschen Hände geriet. Natürlich hätte sie es lieber Helen zukommen lassen, aber das war ihr ja nicht machbar erschienen. Bis eben gerade. Helen und ihre Tochter hatten ein Recht, die Wahrheit zu erfahren!

Entschlossen verließ Dorothee den Salon und suchte ihr Arbeitszimmer auf. Dort stand ein Computer, der sie an einsamen Tagen mit dem Rest der Welt verband, zumindest mit Lucy, ihrer englischen Freundin, mit der sie eine unbeschwerte Jugend in London verbracht hatte. Lucy war die Tochter von Susan, der besten Freundin ihrer Mutter gewesen. Lucy und sie hatten auch nach Dorothees und Ludwigs Rückkehr nach Hamburg Kontakt gehalten. Sie hatten sich täglich Briefe geschrieben und einander besucht. Lucy war gemeinsam mit ihrer Mutter Susan zu Ludwigs Beerdigung nach Hamburg gekommen und hatte dann später, nach Dorothees dramatischer Rückkehr aus Neuseeland, sogar für mehrere Wochen mit ihrem Baby in Hamburg gewohnt und ihr in jenen düsteren Wochen beigestanden.

Ja, und ich habe ihr das Leben zu verdanken, dachte Dorothee, denn hätte Lucy mich damals, als die Nacht am düstersten gewesen war, nicht rechtzeitig im Keller gefunden, wer weiß, ob mein Versuch, meinem Leben ein Ende zu bereiten, nicht doch geglückt wäre ... Es fiel Dorothee sehr schwer, jenen Tag nicht sofort wieder zu verdrängen, als sie in ihrer Verzweiflung wegen des Verlusts ihrer Tochter Tabletten geschluckt hatte. Mit achtzig Jahren war Lucy dann nach Kanada zu ihrer Tochter gezogen. Dorothee hatte sie angefleht, zu ihr in die Villa zu ziehen, aber Lucy wollte partout nicht, dass ihre Freundin sie womöglich eines Tages pflegen musste, denn es war gerade eine Parkinson-Erkrankung bei ihr diagnostiziert worden. Die beiden Freundinnen aber hatten sich, seit es Mails gab, täglich eine kurze Nachricht geschickt. Bis Dorothee vor ein paar Wochen Lucys Todesanzeige erhalten hatte. Seitdem war sie nicht mehr am Rechner gewesen. Doch nun würde sie ihn noch einmal bemühen müssen. Es war ein Leichtes, die E-Mail-Adresse des *New Zealand Herald* herauszufinden. Ihre Hände zitterten, als sie die knappen Zeilen auf Englisch tippte, die sie sich mehrmals laut vorlas, bevor sie die Nachricht abschickte.

Liebe Miss Williams, ich bin Dorothee Dehn aus Hamburg. Mein Vater war Ludwig Dehn, und ich habe Ihren Artikel über ihn gelesen. Ich möchte Sie dringend bitten, mich anzurufen. Es ist sehr wichtig! 004940896337 Dorothee Dehn.

Schließlich verließ sie das Arbeitszimmer und kehrte in den Salon zurück. Dort goss sie sich ein Glas Rotwein ein. Ein kräftiger Schluck erwärmte wohltuend ihren vor innerer Kälte bebenden Körper. Zögernd griff sie zu dem Tagebuch ihrer Mutter. Was ihr das Leben auch an Schicksalsschlägen zugemutet hatte, eines hatte ihr selbst Tom nicht nehmen können. Die Sicherheit, dass sie das Kind einer ganz großen Liebe war. Dorothee wischte sich eine Träne aus dem Augenwinkel, als sie die Worte, die sie inzwischen beinahe auswendig kannte, förmlich verschlang, als wäre es das erste Mal.

Auckland, 8. Dezember 1929

Kann es so etwas wie Liebe auf den ersten Blick wirklich geben? Seit dieser deutsche Forscher im Museum aufgetaucht ist, befürchte ich: ja. Aber für mich darf es dergleichen nicht geben, denn ich werde Tames Frau. Ich habe es Vater auf dem Totenbett versprochen. Und diesen heiligen Schwur darf ich nicht brechen. Niemals!

Russell, Dezember 2013

Das aus über dreißig Kehlen laut gegrölte *Happy Birthday* der Geburtstagsgesellschaft schallte durch die Sommernacht wie Fangesang. Wahrscheinlich kann man es bis hinüber nach Paihia hören, dachte Sarah und hob ihr Glas. Sie fühlte sich leicht und unbeschwert. So schlimm, wie sie befürchtet hatte, war es gar nicht, dreißig zu werden. Im Kreis ihrer Freunde war dieser Abend zu einem rauschenden Fest geworden. Auf der Terrasse und im Garten wurde wild getanzt und viel getrunken. Bis vor ein paar Sekunden. Bis Mitternacht, denn nun wurde es ernst ... was die Freunde mit ihrem Gesang untermalten.

Raiwiris Hände legten sich von hinten zärtlich um ihre Taille. Er gab ihr einen Kuss in den Nacken, und sie war in diesem Augenblick rundherum glücklich. Die letzten Monate zogen wie ein schnell laufender Film an ihr vorbei. Was wollte sie mehr? Sie hatte endlich einen wunderbaren Mann gefunden, den jungen Maori-Anwalt, und hatte gerade für ihren viel beachteten Artikel über illegal ins Ausland verbrachte Maori-Schätze einen Nachwuchspreis gewonnen. Während ihre Maori-Freunde *Ra Whanau Ki A Koe*, die Maori-Variante von *Happy Birthday*, zum Besten gaben, huschte ein winziger Schatten über Sarahs Gesicht. Ihre Adoptiveltern hatten den weiten Weg von der Südinsel bis in die Northlands nicht antreten können, denn ihr Vater John war nach einem Schlaganfall halbseitig gelähmt. Aber Jane hatte ihr ein Paket geschickt. Die Ausgelassenheit ihrer Freunde, die sie nun einzeln herzten und küssten, ließ Sarahs Sorge um die beiden geliebten Menschen in den Hintergrund treten.

Auf dem Tisch türmten sich mittlerweile die Geschenkberge, obwohl Sarah sich gewünscht hatte, dass die Freunde spenden sollten, aber daran hatte sich kaum jemand gehalten.

Als der Ansturm der Gratulanten verebbt war, fiel ihr ein, dass sie Raiwiri völlig vergessen hatte. Ihm hätte der erste Kuss zugestanden, doch er schien wie vom Erdboden verschwunden.

»Hat jemand Raiwiri gesehen?«, rief sie in die Runde. Täuschte sie sich, oder versuchten ihre Freunde, ein wissendes Grinsen zu verbergen, während sie eifrig die Köpfe schüttelten. Und da sah sie Raiwiri bereits aus der Terrassentür treten, in den Händen eine Torte mit funkelnden Wunderkerzen. Er strahlte über das ganze Gesicht.

Sarah fühlte die Liebe für diesen hochgewachsenen Mann in jeder Pore. Er war eine Mischung aus einem Pakeha, wie die Maori die Weißen nannten, und einer Maori. Die Figur und die Gesichtszüge hatte er von seinem schottischstämmigen Vater, das schwarze dicke Haar von seiner Mutter. Sarah würde nie vergessen, wie sie sich kennengelernt hatten. Sie hatte ihn interviewt, weil er ein bekannter Anwalt in Sachen Maori-Schätze in aller Welt war und immer wieder in die Schlagzeilen geriet, wenn er Museen auf Herausgabe bestimmter Artefakte verklagte. Während des Interviews hatte förmlich die Luft gebrannt, und es war Sarah nachträglich nicht klar, wie sie es geschafft hatte, daraus noch einen halbwegs anständigen Artikel zu machen. Seitdem waren sie unzertrennlich.

Sarah hatte geahnt, dass er ihr eines Tages einen Antrag machen würde, doch als er jetzt mit der Torte in der Hand vor ihr auf die Knie ging und sie in der Mitte der Torte einen mit Brillanten besetzten Ring funkeln sah, wusste sie, dass der Augenblick gekommen war. Ihr Herz klopfte bis zum Hals.

»Willst du meine Frau werden?«, fragte Raiwiri mit seiner tiefen Stimme.

»Ja«, hauchte Sarah, wischte sich eine Träne der Rührung aus dem Augenwinkel und ließ sich von Raiwiri den Ring anstecken. Er passte wie angegossen. Sarah lächelte in sich hinein. Jetzt konnte sie sich das plötzliche Verschwinden des einfachen Ringes erklären, den sie sonst trug. Sie küssten sich.

Hochrufe ertönten von allen Seiten, und die Band spielte *Pōkarekare ana.*

»Sarah, Sarah!«, riefen die Frauen im Chor. Raiwiri hielt seine Braut fest im Arm und flüsterte: »Machst du es für mich?«

Sarah schenkte ihm ein liebevolles Lächeln, löste sich aus seiner Umarmung und schwebte wie auf Wolken zu der im Garten errichteten Bühne. Die Band verstummte, als das Geburtstagskind ans Mikrofon ging.

»Offenbar bin ich die Einzige, die nicht geahnt hat, was heute noch alles auf mich zukommt. Aber einen schöneren Augenblick hätte sich Raiwiri nicht aussuchen können«, sagte Sarah gerührt, was ihr euphorische Zustimmung von allen Seiten bescherte. Glücklich ließ sie ihren Blick über die Geburtstagsgesellschaft schweifen. Alle waren sie aus Auckland gekommen, um mit ihr zu feiern. Ihre beste Freundin Margit, ihre Lieblingskollegin Anne, ihr Chef Jerry. Sie waren allesamt ihrer Einladung in das Wochenendhaus von Raiwiris Familie gefolgt, und die meisten würden in einem großen Zelt im Garten übernachten, weil es im Haus bei Weitem nicht so viele Schlafplätze gab. Und für eine Tagesreise lag Russell zu ablegen. Fast drei Stunden fuhr man von Auckland in den subtropischen Norden.

Sarah gab der Band ein Zeichen, das Maori-Liebeslied noch einmal anzustimmen, damit sie es vortragen konnte.

»Für Raiwiri«, hauchte sie mit erotischem Timbre ins Mikro und warf ihrem Verlobten eine Kusshand zu, bevor sie zu singen begann. Sie hatte eine volle Altstimme und gab das Lied auf Maori zum Besten. Obwohl ihre Adoptiveltern weiße Farmer waren, kannte sie alle nur erdenklichen Maori-Lieder. Jane hatte ihr zu ihrem sechsten Geburtstag ein altes zerlesenes Liederbuch geschenkt. Wie oft hatte sich Sarah schon gefragt, wem das wohl einmal gehört haben mochte. Ihre leiblichen Eltern waren bei einem Autounfall ums Leben gekommen, als Sarah ein Säugling gewesen war. Mehr wusste Jane, ihre Adoptivmutter, angeblich nicht über die beiden. Etwas, woran Sarah, je älter sie wurde, zunehmend größere Zweifel hegte. Nicht zuletzt, weil Jane sie immer wieder zu Festtagen mit edlem Schmuck und Kleidungsstücken überraschte, die nicht neu waren, sondern mit Sicherheit schon einmal von jemandem getragen worden waren. Und bestimmt nicht von Jane, die Sarah zeitlebens nur in Gummistiefeln, abgewetzten Jeans und Pullovern gesehen hatte. Letztere pflegte sie auch zu Festen wie Weihnachten zu tragen, dann allerdings mit einem Paar Turnschuhen. Nein, diese teils filigranen Stücke konnten unmöglich von der handfesten praktischen Jane stammen. Doch jeder Frage, woher sie diese Kostbarkeiten hatte, wich Jane aus. Diese Gedanken gingen Sarah durch den Kopf, während sie für Raiwiri voller Inbrunst das Liebeslied sang. Ich sollte an ihn denken und an all das Schöne und nicht an das, was im Dunklen liegt, dachte Sarah und verscheuchte die Spekulationen wie lästige Fliegen. Nun war sie ganz bei der Sache und suchte Raiwiris Blick. Er stand direkt vor der Bühne und sah sie aus seinen großen schwarz-braunen Augen voller Liebe an.

Als der letzte Ton verklungen war, herrschte Totenstille in der Sommernacht. Bis Sekunden später frenetischer Jubel losbrach. Sarah verbeugte sich und wollte die Bühne verlassen, doch alle Gäste riefen: »Zugabe!« Sarah zierte sich nicht lange, sondern flüsterte dem Bandleader etwas ins Ohr. Und dann sang sie zusammen mit der Band das Wiegenlied: *Hine e Hine*. Das hatte Jane oft gemeinsam mit ihr gesungen.

Nach dem Song kletterte Sarah hastig von der Bühne. Der Sinn stand ihr nach einem Mai Tai. Raiwiri konnte offenbar Gedanken lesen. Er hielt schon ein Glas für sie bereit. Nachdem sie es ziemlich schnell hinuntergestürzt hatte, fühlte sie einen kleinen Rausch, aber einen von der angenehmen Sorte. Kein Gefühl von Kontrollverlust, sondern von absolutem Wohlbefinden gepaart mit dem Bedürfnis, die ganze Welt zu umarmen.

Es war eine wunderbar laue Nacht, für eine Gartenparty wie geschaffen. Sarah tanzte, trank und amüsierte sich, bis sich alle – bis auf Raiwiri – schlafen gelegt hatten. Das war irgendwann gegen 6 Uhr morgens, denn die Sonne ging bereits auf. Sarah und Raiwiri sahen sich das Schauspiel der Natur an und machten sich danach noch daran, die gröbsten Spuren des rauschenden Festes zu beseitigen.

Die Geschenke würde sie später auspacken, nachdem sie auch ein paar Stunden geschlafen hatte. Nur das Paket ihrer Adoptivmutter nahm sie mit ins Schlafzimmer. Als ihr Blick auf ihren Rechner fiel, war sie doch neugierig, wer ihr noch so alles gratuliert hatte. Sie überflog die Nachrichten und blieb an einer hängen. Sie kam von der Zeitung. Jetzt erinnerte sie sich wieder. Ihr Chef hatte diese Mail vorhin beim Tanzen erwähnt, weil sie bei ihm gelandet war und er sie an Sarah weitergeleitet hatte. Wenn sie nicht über den Namen Dehn gestolpert wäre, sie hätte bis Montag gewartet, aber die Namensgleichheit mit dem Forscher Ludwig Dehn machte sie neugierig. Die Nachricht war kurz, und dennoch ließ sie ihr Herz schneller schlagen.

Liebe Miss Williams, ich bin Dorothee Dehn aus Hamburg. Mein Vater war Ludwig Dehn, und ich habe Ihren Artikel über ihn gelesen. Ich möchte Sie dringend bitten, mich anzurufen. Es ist sehr wichtig! 004940896337 Dorothee Dehn.

»Ach, du Schreck, jetzt will sie ihren Vater rehabilitieren. Das kannst du gleich löschen.« Sarah fuhr herum. Sie hatte Raiwiri gar nicht kommen hören. Er stand hinter ihr und blickte ihr über die Schulter. Das konnte sie gar nicht leiden. Es gab nicht viel, was sie an Raiwiri störte, nur die Art, wie er sich manchmal lautlos anpirschte und ihre Nachrichten in Handy und Rechner mitlas. Nicht dass sie etwas zu verbergen hatte, aber es störte sie trotzdem. Wie oft hatte sie ihm schon gesagt, er solle sich nicht so anschleichen. Raiwiri konnte ihren Unmut gar nicht verstehen. »Du hast doch keine Geheimnisse vor mir, oder?«

»Darum geht es nicht«, pflegte sie dann zu erwidern. »Ich mag es nur nicht, wenn du meine Nachrichten liest, ohne dass ich dich dazu aufgefordert habe.«

Darauf reagierte Raiwiri jedes Mal verschnupft. Wenn es nach ihm gehen würde, würden sie wirklich alles miteinander teilen. Sarah war in diesem Punkt weitaus abgegrenzter. Sie brauchte ihren Freiraum und hätte Raiwiri nicht schwören können, dass sie niemals ein Geheimnis vor ihm haben würde. Allein, wenn Freundinnen ihr ihr Leid klagten. Was ging das ihren Partner an?

Entsprechend sauer war sie in diesem Moment. Was fiel ihm ein, ihr vorzuschreiben, diese Mail zu löschen?

»Nein, das werde ich nicht tun! Die Mail löschen! Ich bin Journalistin und werde sehr wohl hören, was die Dame mir zu sagen hat.«

Raiwiri stöhnte genervt auf. »Ich finde es völlig überflüssig, dass du dir das antust. Es gibt doch keinen Zweifel, dass Ludwig Dehn das Haus Hinemoa am Gesetz vorbei bei Nacht und Nebel hat verschiffen lassen. Die Papiere sind eine Fälschung. Wer weiß das besser als du? Lies deinen Artikel! Also, was soll sie dir schon erzählen wollen? Dass ihr Vater ein Heiliger war?«

»Ach, Schatz, es stört mich einfach, wie du deine Nase ständig ungefragt in meine Angelegenheiten steckst!«

»Aber als Quellenlieferant für deine Artikel konnte ich gar

nicht dicht genug an der Materie sein!« Da war er wieder: Sein gekränkter Unterton, wenn sie ein klein bisschen mehr Distanz einforderte.

»Ich will dich nicht ausschließen. Aber lass mich erst mal selbst darüber nachdenken. Vielleicht gefällt der Dame mein Artikel, und sie liefert mir den Beweis, dass ihr Vater das Versammlungshaus bei Nacht und Nebel nach Deutschland hat verschiffen lassen, so wie ich es behaupte.«

»Blödsinn! Wir beide kennen die Wahrheit über die Geschichte des Hauses Hinemoa. Das Haus gehört hierher und nicht nach Deutschland. Ja, wenn du es genau wissen willst, es passt mir einfach nicht, dass du überhaupt mit dieser Dame kommunizierst. So, das musste einmal gesagt werden!«

Sarah atmete einmal tief durch. Sie wollte unbedingt einen Streit zum Abschluss dieser traumhaften Nacht vermeiden. Also klappte sie ihren Rechner zu und wandte sich ihrem frisch gebackenen Verlobten zu.

»Ich habe eine bessere Idee, wie wir dieses Fest abschließen können«, raunte sie, nahm ihn bei der Hand und zog ihn auf das Bett. Sie liebten sich kurz und leidenschaftlich. Raiwiri schlief danach gleich in ihrem Arm ein, und Sarah widerstand ihrem Bedürfnis, noch einmal aufzustehen und Janes Paket zu öffnen.

Als Sarah aufwachte, war alles still. Ein Blick auf die Uhr zeigte ihr, dass sie nur eine Stunde geschlafen hatte. Und um acht Uhr war noch keiner der Gäste wach. Vorsichtig schälte sie sich aus der engen Umarmung mit Raiwiri und ging zu ihrem Schreibtisch. Erneut las sie die Mail aus dem fernen Deutschland. Sie recherchierte im Internet, wie spät es wohl in Hamburg war. Zwölf Stunden früher, also 20 Uhr 10 Samstagabend.

Sie konnte gar nichts dagegen tun. Ihre journalistische Neugier trieb sie geradezu zum Telefon. Vorsichtig nahm sie den Apparat aus der Halterung, tippte die Nummer ein und verschwand damit auf die Terrasse. Nicht dass Raiwiri gerade in dem Augenblick aufwachte, in dem sie die fremde Frau am Telefon hatte.

»Dorothee Dehn«, meldete sich eine Stimme, die erstaunlich jung klang. Sie hatte geschätzt, dass die Tochter des Forschers weit über achtzig sein würde.

»Hier spricht Sarah Williams. Sie haben mir eine Mail an den *Herald* geschickt mit der Bitte um Rückruf.« Sie sagte das in fehlerfreiem Deutsch, denn diese Sprache hatte sie schon in der Schule gelernt. Ihr Adoptivvater hatte deutsche Vorfahren und auf den Deutschunterricht gedrungen, und Sarah hatte nicht nur Spaß an dieser Sprache mit den auffällig vielen gutturalen Lauten gefunden, sondern war auch äußerst erfolgreich beim Lernen gewesen, als wäre ihr die Begabung in die Wiege gelegt worden.

Die Antwort der Dame am anderen Ende der Leitung war ein lang gezogener Seufzer. Dann herrschte Schweigen.

»Frau Dehn? Sind Sie noch dran?«, fragte Sarah verunsichert nach.

»Ja ... ich ... ich hatte nur nicht erwartet, dass Sie sich so schnell melden. Ich ... ja, ich ... also ich habe eine sehr persönliche Frage an Sie.«

»Es geht sicherlich um meinen Artikel über Ihren Vater, nicht wahr?«

»Das auch«, erwiderte Dorothee. »Aber in erster Linie bin ich an dem Namen Ihrer Mutter interessiert.«

»Meiner Mutter?« Sarahs Herz krampfte sich zusammen.

»Ja, ich weiß, das ist ungewöhnlich, aber ich habe Ihr Foto in der Zeitung gesehen, und da kam mir ein ungeheuerlicher Gedanke, dass Sie Helens Tochter ...«

»Meine Mutter heißt Jane«, entgegnete Sarah rasch.

»Oh, dann habe ich mich wohl geirrt. Das tut mir leid. Ich war mir so sicher. Wegen des Leberflecks.«

»Leberfleck?«

»Sie haben doch einen Leberfleck unter dem rechten Auge, oder?«

»Ja, habe ich, aber den kann ich nicht von meiner Mutter geerbt haben, ich …« Sarah kämpfte kurz mit sich, ob sie der Fremden die Wahrheit anvertrauen sollte. »Jane hat mich adoptiert«, gab sie schließlich seufzend zu.

»Habe ich's doch geahnt!«, erwiderte die fremde Dame aus Deutschland triumphierend.

»Was haben Sie geahnt?«, fragte Sarah unwirsch. Der vertrauliche Ton der Fremden missfiel ihr.

»Heißt Ihre leibliche Mutter vielleicht Helen?«

»Keine Ahnung!« Sarah stieß einen tiefen Seufzer aus. Was in aller Welt wollte diese Frau von ihr?

»Was heißt, keine Ahnung? Sie werden wohl den Namen Ihrer Mutter kennen! Und wieso wurden Sie adoptiert? Was ist mit Ihrer Mutter? Wo ist sie? Und sie heißt Helen, oder?« Die Stimme der Dame klang plötzlich flehend. Sarah wurde immer unwohler bei diesem Gespräch. Am liebsten hätte sie aufgelegt, aber ihre berufsmäßige Neugier siegte.

»Nun reden Sie schon! Was ist mit Ihrer leiblichen Mutter geschehen?«

»Meine Eltern sind tödlich verunglückt, als ich ein Baby war.«

Täuschte sich Sarah, oder kämpfte die Dame am anderen Ende der Welt mit den Tränen?

»Oh, mein Gott, Helen«, stieß die Frau nun hervor. Und immer wieder »Oh, mein Gott, Helen«.

Sarah wusste gar nicht so recht, wie sie auf diesen Gefühlsausbruch der Fremden reagieren sollte.

»Nun beruhigen Sie sich. Ich weiß gar nichts über meine Mutter. Wahrscheinlich liegt hier ein Irrtum vor. Wie kommen Sie überhaupt darauf, dass meine Mutter Helen hieß?«

»Der Leberfleck unter dem Auge, und dann Ihr Bild, das kann kein Zufall sein. Sie sind mir wie aus dem Gesicht geschnitten …«

Sarah empfand nun eher Mitleid mit dieser Dorothee Dehn. Wie konnte sie von einem Leberfleck auf eine Verwandtschaft schließen? Das war doch mehr als an den Haaren herbeigezogen.

»Hören Sie. Selbst, wenn ich Ihnen helfen wollte, ich könnte nicht. Meine Mutter, also Jane, weiß nichts über meine Eltern. Rein gar nichts!«

»Fragen Sie sie! Bitte!«

»Nein! Mein Vater hatte gerade einen Schlaganfall, da werde ich Jane ganz bestimmt nicht mit Fragen nach meinen leiblichen Eltern löchern. Es tut mir leid. Ich glaube, Sie sind auf der falschen Fährte. Außerdem habe ich Eltern! Verstehen Sie? Eltern, die ich über alles liebe. Auf Wiedersehen, Mrs. Dehn.«

Sarah wollte gerade auflegen, als sie die Dame aus Deutschland flehen hörte: »Eine einzige Frage noch. Bitte!«

»Gut«, seufzte Sarah.

»Sind Ihre Adoptiveltern Pakeha oder Maori?«

»Janes Vorfahren sind Schotten, Johns Deutsche, aber nun verraten Sie mir bitte, warum Sie das wissen wollen.«

»Entschuldigen Sie. Ich bin völlig durcheinander. Das geht mich wirklich nichts an. Ich wollte Ihnen nicht zu nahetreten, aber ich dachte, ich hätte endlich eine Spur zu meiner Tochter gefunden. Verzeihen Sie mir. Das mit dem Leberfleck war wohl ein Zufall, aber es wäre zu schön, wenn ich am Ende meines Lebens …«

Sarah hörte nur noch ein leises Schluchzen und atmete ein paarmal tief durch, weil sie nicht wusste, was sie sagen sollte. Als sie sich wieder gefangen hatte, hatte die Dame am anderen Ende bereits aufgelegt.

»Schatz, hast du einen Geist gesehen?«, hörte Sarah von ferne Raiwiris besorgte Stimme.

»Ich ... ich habe diese Frau Dehn in Hamburg angerufen, und sie stellte mir Fragen nach meiner leiblichen Mutter. Ob sie Helen hieß ...«

Raiwiri kniete sich vor ihren Stuhl und nahm ihr das Telefon aus der Hand.

»Du konntest es also doch nicht lassen!«, bemerkte er ärgerlich. »Hätte ich es dir noch deutlicher sagen müssen, dass ich diese Kontaktaufnahme deinerseits nicht wünsche! Und was soll die Fragerei nach deiner leiblichen Mutter?«

Sarah zuckte die Schultern. »Ich weiß es nicht. Sie hat nach meinem Leberfleck gefragt.«

»Die spinnt. Komm, lass uns frühstücken. Vergiss es! Oder hast du deine Neugier immer noch nicht befriedigt?«

»Doch ... doch«, entgegnete Sarah rasch. In Wirklichkeit ging ihr diese Sache mächtig nach.

Raiwiri zog sie an beiden Händen vom Stuhl hoch und führte sie in die Küche. Sarah aber war völlig durcheinander. Was, wenn die Frau wirklich mehr über ihre leibliche Mutter wusste?

»Glaubst du, es stimmt, was Jane und John behaupten? Dass sie nichts über meine Eltern wissen? Was, wenn meine Mutter tatsächlich Helen hieß? Dann wäre diese Dorothee offenbar meine Großmutter«, dachte Sarah laut nach.

Raiwiri lachte laut auf. »Genau, und dann wäre Ludwig Dehn dein Urgroßvater! Das wäre ja wohl das Allerletzte! Lass dir nicht so einen Mist einreden! Die alte Dame hat schlichtweg einen an der Waffel. Das glaubst du doch selber nicht. Ich würde sagen, Schluss mit dem Theater! Du wirst die Frau einfach nicht mehr kontaktieren! Und es ist zudem Jane und John gegenüber äußerst unfair, wenn du auch nur einen weiteren Gedanken darauf verschwendest. Außerdem wirst du bald deine eigene Familie haben.

Was kümmert es uns da, was so eine merkwürdige Alte in Deutschland von dir will?«

»Aber ...« Mehr brachte Sarah nicht heraus. Sie konnte kaum einen klaren Gedanken fassen. Nur so viel stand fest: Ihr war ganz und gar nicht gleichgültig, wo ihre echten Wurzeln waren. Und dass es besser wäre, Raiwiri nichts von diesen Sehnsüchten anzuvertrauen.

»Machst du das Frühstück? Ich möchte Janes Paket öffnen und mich dann gleich bei ihr bedanken.«

»Lass dir ja nicht einfallen, ihr brühwarm von diesem Anruf zu berichten. Sie hat genug Kummer mit John.«

Sarah schluckte. Da war sie wieder, diese Bevormundung.

»Danke, dass du mich daran erinnerst«, entgegnete sie scharf und verließ fluchtartig die Küche. Dabei hatte er ja recht. Natürlich würde sich Jane schrecklich aufregen, wenn sie davon erfuhr.

Sarah war neugierig, was ihre Adoptivmutter ihr geschickt hatte. Ungeduldig entfernte sie das Packpapier. Zum Vorschein kamen ein Schmuckkästchen und ein Brief. Sarah zögerte, doch dann öffnete sie die Schatulle. Sie enthielt eine Kette mit einem Anhänger. Sarah kannte das Symbol. Es handelte sich um ein sogenanntes Twist oder Maori-Pikorua, bestehend aus drei ineinander verknoteten Körben. Das Zeichen stand für immerwährende Liebe. Das Amulett war aus Perlmutt gefertigt und an einem Lederband befestigt. Hatte Jane von Raiwiris Antrag gewusst, und sollte es ein Zeichen ihrer Liebe sein?

Sarah legte sich die Kette um den Hals und trat damit vor den Spiegel. Der Schmuck sah wunderschön auf ihrer leicht gebräunten Haut aus. Dann öffnete sie den Brief und erstarrte, als sie die ersten drei Sätze las.

Liebste Sarah, ach, hätte ich dir das doch alles persönlich sagen können. Aber es geht John so schlecht, dass wir jeden Tag befürchten, es wäre der letzte. Es war der ausdrückliche Wunsch deiner Mutter, dir erst an deinem dreißigsten Geburtstag deine wahre Herkunft zu offenbaren ...

Sarah zögerte. In ihrem tiefsten Inneren ahnte sie, dass sie gleich etwas Ungeheuerliches erfahren würde. Ihr kamen die Tränen, was ihr das Weiterlesen erschwerte. Hastig wischte sie sich über die Augen.

Deine Mutter war meine beste Freundin, und sie sagte ein paar Tage, bevor sie verunglückte, zu mir: Ich habe ein komisches Gefühl. Bitte gib meiner Tochter diese Dinge, wenn ich sterben sollte. Und sie überreichte mir ein paar besondere Kleidungs- und Schmuckstücke. Ich wollte die Sachen erst gar nicht annehmen und versuchte, ihr diese schrecklichen Ahnungen auszureden. Aber sie bestand darauf. Wenn ich Gespenster sehe, gibst du sie mir bei meiner Rückkehr wieder, lachte sie. Ihr Lachen höre ich heute noch. Sie konnte so herzlich lachen. Sie war eine wunderschöne und bezaubernde Person. Diese Schwarzseherei passte nicht zu ihr, zumal sie gerade geheiratet und dich bekommen hatte. Sie war so glücklich. Deshalb habe ich versucht, ihr auszureden, was sie sich in ihr hübsches Köpfchen gesetzt hatte. Sie glaubte, dass sie das Herz ihres grausamen Vaters würde erweichen können, wenn sie ihm sein Enkelkind zeigen würde. Dich! Helen ist in Internaten aufgewachsen, weil ihre Mutter früh gestorben war. Und als dann noch ihr Kindermädchen, eine Maori, tödlich verunglückte, hat sie ihr Vater ins Internat abgeschoben.

Sarah ließ den Brief sinken. Helen, das war der Beweis! Die alte Dame aus Deutschland hatte richtig gelegen, aber wieso wusste sie nicht, dass Helen tot war, wunderte sich Sarah. Mit pochendem Herzen vertiefte sie sich erneut in den handgeschriebenen Brief ihrer Adoptivmutter.

Dort habe ich sie kennengelernt. In den Ferien war sie immer bei uns zu Hause. Ihr Vater hatte keine Zeit für sie. Ich habe ihn nie kennengelernt, denn die Familie wohnte in Auckland. Ihr Vater war ein hohes Tier bei der Regierung. Meine Leute hatten eine abgelegene Farm in Otago. Es gab weit und breit keine Schule. So kam ich nach Dunedin aufs Internat. Helen wurde so etwas wie meine Schwester. Ihr Vater gab meinen Eltern Geld, damit sie die Ferien bei uns verbringen konnte, denn bei uns fehlte es nie an Liebe, aber häufig an Geld. In Dunedin hat Helen auch den Lehrer Philipp Morisson kennengelernt und sich in ihn verliebt. Ihm machte es nichts aus, dass bei ihr die Maori-Gene durchgeschlagen waren, wie Helen immer scherzte. Im Gegensatz zu ihrem Vater. Der hatte ihr eingeschärft, das hätte sie allein ihrer Mutter zu verdanken. Mehr brachte sie nie aus dem störrischen Mann heraus. Und das war auch der Grund, warum er seine Tochter nicht um sich haben wollte. Er hatte wohl gleich nach dem Tod ihrer Mutter eine andere Frau geheiratet und noch genügend helle Kinder bekommen, wie Helen immer sagte. Aber sie hat nie geklagt, auch nicht über seine Kälte. Wenn er die grünäugige und blonde Sarah erst im Arm hält, wird alles gut, sagte sie an jenem Tag, an dem sie sich mit Philipp und dir auf den Weg in den Norden machte. Drei Tage später rief sie mich weinend an. Ihr Vater hatte dich keines Blickes gewürdigt und sie mehr oder minder aus dem Haus geworfen. Niemals habe ich deine Mutter so verzweifelt erlebt. Sie sagte, sie hätte ein Schriftstück aufgesetzt, in dem sie verfügte, dass John und ich dich nach ihrem Tod adoptieren sollten. Das war zwischen uns beiden von Jugend an klar. Wenn einer von uns etwas zustoßen sollte, würde sich die andere ihrer Kinder annehmen. John und mir blieb ja leider der Kindersegen versagt! Ich versuchte, sie zu trösten, und flehte sie an, gesund zurückzukommen. Ach, mein geliebtes Kind, es war der schrecklichste Moment meines Lebens, als die Polizei am nächsten Tag vor unserer Tür stand und uns dich in den Arm drückte. Kurz vor Dunedin war der Wagen von der Straße abgekommen, und du bliebst wie durch ein Wunder unverletzt. Ich habe trotzdem deinen Großvater in Auckland angerufen, aber er wollte weder zur Beerdigung kommen noch dich sehen. Ihm war es recht, dass wir dich adoptierten. Ja, er wies uns sogar eine nicht unbeträchtliche Summe Geldes an, damit wir ihn in Zukunft nicht mehr behelligten. Ich habe es für dich gut angelegt. Ab heute kannst du frei darüber verfügen. Am Tag von Helens Beerdigung bekam ich einen Brief von ihr. Das war grausam. Denn ich war krank vor Kummer und dann diese Nachricht wie aus dem Jenseits. Sie schilderte mir einen schrecklichen Traum, der immer wiederkehrte, dass sie auf einen Baum zurasen und sterben würde. In diesem Brief verfügte sie auch, dass ich dir vor deinem dreißigsten Geburtstag nichts von deinem grausamen Schicksal sagen dürfe. Was meinst du, wie schwer mir das all die Jahre gefallen ist? Und weißt du noch, wie du immer skeptischer wurdest, wenn ich dir eine ihrer Hinterlassenschaften geschenkt habe? Die erste war das Liederbuch. Ich kannte die Lieder, weil Helen sie mir beigebracht hat. Ach, mein liebes Kind, wenn ich nicht genau wüsste, dass du an diesem Tag stark genug sein wirst, das alles zu verkraften, nachdem Raiwiri dir einen Antrag gemacht hat, ich hätte diese Beichte nicht übers Herz gebracht. Und schon gar nicht per Brief. Ich weiß, ich hätte dich anrufen sollen, aber ich brachte es nicht über mich. Aber nun wirst du bald eine eigene Familie haben. Was sagte Raiwiri am Telefon? Er wünscht sich sechs Kinder. Vielleicht kannst du ja zeitnah einen kurzen Besuch bei uns einrichten. Dann reden wir über alles. Ich glaube, John würde sich über dein Kommen ungemein freuen. Alles Liebe für dein neues Lebensjahr. Deine Jane.

Sarah schluchzte laut auf und merkte gar nicht, dass Raiwiri ins Zimmer getreten war. Erst als er sie an den Schultern packte und die Stimme erhob, nahm sie seine Gegenwart wahr.

»Was ist los? Ist was mit John?« Mit diesen Worten wollte er ihr den Brief aus der Hand nehmen, doch sie hielt ihn so fest, dass er zerriss. Fassungslos starrte Raiwiri auf das Stück des Briefes, das er in der Hand hielt.

»Sarah, nun sag schon. Was ist los?«

»Bitte sag den anderen, dass mir nicht wohl ist und ich im Bett geblieben bin«, sagte sie leise, stand wie betäubt auf, wankte mit dem Rest des Briefes zu ihrem Bett und kuschelte sich unter die Decke.

»Schatz, bitte! Was ist passiert?«, hakte Raiwiri nach.

»Ich erzähle dir alles später. Bitte lass mich ein bisschen allein.«

»Nicht bevor du mir sagst, was in dem Brief steht.«

»Jane hat mir gestanden, wer meine leiblichen Eltern waren. Sie sind beide tot.«

»Und? Ist das so schlimm? Du hast sie niemals kennengelernt. Du hast keine emotionale Bindung zu ihnen. Ich meine, das hat für dein Leben gar keine Bedeutung mehr. Wir haben doch jetzt uns und werden eine eigene Familie haben.« Er hatte sich auf die Bettkante gesetzt und strich ihr tröstend übers Haar. Sarah konnte seine Berührung kaum ertragen. Sie wollte nur noch allein sein!

»Bitte, Raiwiri, lass mir die Zeit, das Ganze erst einmal zu verdauen. Und ich verspreche dir, ich erzähle dir alles, sobald die Gäste fort sind«, flehte sie ihn an.

»Wie du willst«, entgegnete er und wollte eingeschnappt das Schlafzimmer verlassen. Doch in der Tür drehte er sich noch einmal um. »Sag mir nur das eine: Du bist aber nicht etwa wirklich mit Ludwig Dehn verwandt?«

Sarah blieb ihm eine Antwort schuldig. Das Ganze war schließlich in erster Linie für sie völlig verwirrend, nicht für ihn!

Es war nicht fair, dass Raiwiri so aggressiv darauf reagierte. Sie starrte eine Zeit lang die Decke an und konnte keinen klaren Gedanken fassen. Dabei schwankte sie zwischen Mitgefühl für die arme Jane, die beim Verfassen dieses Briefes sicher Höllenqualen erlitten hatte, und der aufkeimenden Neugier auf diese alte Dame aus Hamburg.

Ganz plötzlich lichtete sich das Chaos in Sarahs Kopf. Sie wusste genau, was sie zu tun hatte, und sprang aus dem Bett. Raiwiri musterte sie grimmig, als sie wenig später zu der großen Frühstückstafel im Garten kam, Jerry etwas zuflüsterte, der aufstand und Sarah in Richtung der Terrasse folgte.

»Ich hoffe, es ist nichts Schlimmes passiert«, bemerkte Jerry besorgt, nachdem sie außer Hörweite der anderen waren. »Du siehst nämlich nicht gut aus. Oder ist es der Kater?« Jerry grinste. Sarah aber verzog keine Miene, obwohl sie normalerweise blitzschnell gekontert hätte, denn es war Jerry, der auf jedem Fest zu tief ins Glas guckte und auch an diesem Morgen Furcht erregend aussah. Sein grauer Dreitagebart wirkte ungepflegt, sein Haar war völlig verwuschelt, und er hatte dicke Ränder unter den Augen. Außerdem hauchte er bei jedem Atemzug noch reichlich Restpromille aus und roch nach Rauch.

»Jerry, ich brauche Urlaub, und zwar sofort«, teilte ihm Sarah aufgeregt mit.

»Und das aus dem Munde meiner arbeitswütigsten Mitarbeiterin? Habe ich dir das nicht neulich erst angeboten, weil im Dezember eh alle in den Ferien sind? Wo soll's denn hingehen? Australien?«

»Deutschland!«

Jerry tat so, als würde er vor Kälte bibbern. »Ist da nicht zurzeit tiefster Winter?«

»Ich werde eine Verwandte besuchen«, erklärte Sarah mit fester Stimme.

»Wusste gar nicht, dass du Familie in Deutschland hast.« Jerry legte den Kopf schief und blickte seine Mitarbeiterin mit unverhohlener Neugier an.

»Du gibst ja eh keine Ruhe, bis du alles weißt«, stöhnte Sarah und berichtete Jerry atemlos von den Neuigkeiten.

»Wow, nicht schlecht. Dann kannst du an der Quelle etwas über das Treiben des guten Forschers recherchieren und einen Fortsetzungsartikel schreiben. Das Thema ist bombig bei den Lesern angekommen. Wir haben selten so viele Reaktionen auf unserem Onlineblog gehabt wie auf deinen prämierten Artikel.«

»Hast du nicht verstanden? Der Mann ist vielleicht mein Urgroßvater.«

»Umso besser! Oder glaubst du vielleicht, deshalb war er kein Räuber unseres Kulturguts?«

»Unseres? Seit wann bist du Maori?«

»Haha. Aber im Ernst, schreib darüber. Ich zahle auch den Flug. Das ist eine Recherchereise.«

»Ach, Jerry, du bist unmöglich.«

»Na, was ist denn das hier für eine Verschwörung?«, fragte Raiwiri, der sich wieder einmal auf leisen Sohlen angeschlichen hatte. Sarah zuckte zusammen und wollte Jerry noch ein Zeichen geben, den Mund zu halten, aber da war es schon zu spät.

»Ist doch ein dolles Ding, dass unsere Sarah jetzt quasi mit Infos aus erster Hand über Ludwig Dehn schreiben kann. Wann willst du denn fliegen?«

Raiwiris ohnehin schon finstere Miene verdüsterte sich noch mehr.

»Was soll das heißen?«

»Oh, du weißt wohl gar nichts von der Reise? Dann will ich nichts gesagt haben. Ich geh dann mal wieder zum Frühstück.« Jerry drehte sich auf dem Absatz um und verschwand.

»Was redet der da? Ist der noch besoffen?«, hakte Sarahs frisch gebackener Verlobter nach.

»Ich ... ich habe beschlossen, dass ich meine, ja, die Frau aus Deutschland ist wirklich meine Großmutter, also ich werde meine Großmutter in Hamburg besuchen.«

»Oho, meine Verlobte – eine waschechte Dehn, das ist ja wirklich eine wunderbare Überraschung!« Sein Ton klang bitter.

»Raiwiri, hör auf, darauf herumzureiten! Glaubst du, für mich ist das Ganze ein Vergnügen? Trotzdem muss ich dieser Sache nachgehen.«

»Wann?«

»Ja, ich denke, ich nutze die Weihnachtsferien«, gab Sarah zögernd zu.

»Und was ist mit unserem geplanten Sydney-Ausflug zu Silvester?«

Sarah wand sich. »Ich weiß, das ist ganz blöd. Ich wollte eigentlich erst mit dir darüber reden, aber ich muss der Sache auf den Grund gehen. Verstehst du das nicht? Ich habe plötzlich eine echte Großmutter.«

»Ja, und einen echten Urgroßvater. Ludwig Dehn! Herzlichen Glückwunsch auch!«, zischte Raiwiri.

»Schatz, bitte, sei nicht sauer. Mir ist auch ganz schummerig angesichts dieser Neuigkeiten. Kannst du das nicht verstehen? Ich habe eine Familie ...«

»Jane, John und ich sind deine Familie.«

»Natürlich, aber ich werde etwas über meine Wurzeln erfahren ...«

»Ich weiß nicht, ob das so erstrebenswert ist, mit dem Mann verwandt zu sein, der eines unserer wertvollsten Kulturgüter illegal außer Landes geschafft hat.«

»Mensch, Raiwiri, jetzt hör aber auf. Ich bin völlig durcheinander.«

»Deshalb wäre es ja auch besser, du würdest auf meinen Rat hören. Schreib der Oma einen netten Brief, wenn es unbedingt sein muss, aber gleich nach Hamburg zu reisen und alle unsere gemeinsamen Pläne über den Haufen zu werfen ist total übertrieben.«

»Wirst du, wenn ich erst deine Frau bin, in Zukunft immer entscheiden, was ich fühlen darf und was nicht?«, rutschte es Sarah bissig heraus.

»Nein, aber wenn ich merke, dass meine zukünftige Frau sehenden Auges in ihr Unglück läuft, werde ich ja wohl das Recht haben, sie davon abzubringen.« Raiwiri versuchte, Sarah in den Arm zu nehmen, aber sie ließ es nicht zu.

»Ich muss es tun! Ich spüre es mit jeder Faser. Ich habe keine Wahl«, entgegnete sie entschlossen.

»Dann tu, was du nicht lassen kannst, aber erwarte nicht, dass ich Beifall klatsche. Und ich werde auch keinerlei Rücksicht auf deine neuen familiären Bande nehmen. Ich habe nämlich vor, einen Prozess gegen das Hamburger Museum zu führen. Das Haus Hinemoa gehört uns! Wir bereiten in der Kanzlei gerade alles vor. Dank der Strafakte, die beweist, dass der Kerl die Einzelteile bei Nacht und Nebel gen Deutschland hat verschiffen lassen, haben wir gute Chancen ...« Er hielt inne und musterte sie aus zusammengekniffenen Augen. »... aber vielleicht verlangst du nun von mir, dass ich dem Räuber Beifall zolle?«

Sarah sah ihren Verlobten ungläubig an. »Denkst du etwa, ich ändere meine Meinung in der Sache, nur weil Ludwig Dehn mein Urgroßvater war? Hast du vergessen, dass ich es gewesen bin, die mit dem Artikel alles ins Rollen gebracht hat? Dass ich es war, die die alte Strafakte im Archiv ausgegraben hat? Dass ich mit der Familie Evans, den Nachfahren des damaligen Museumsdirektors, Kontakt aufgenommen habe? Aber ich möchte dich doch nur darum bitten, damit zu warten, bis ich zurück bin.«

Raiwiri lachte gekünstelt auf. »Genau! Du hast den Erben die Augen geöffnet, was damals mit ihrem Eigentum geschehen ist. Das Haus Hinemoa gehörte dem Museumsdirektor, da gibt es keine zwei Meinungen. Und da kannst du den Leuten nicht verübeln, dass sie sich einen Anwalt nehmen, der ihre Rechte vertritt. Was erwartest du: Unsere Topjournalistin hat für ihren Artikel zwar einen Preis eingefahren, aber nun hat sie Bedenken, seit sie weiß, dass ihr eigener Urgroßvater sich das Ding unter den Nagel gerissen hat …«

Sarah hielt sich die Ohren zu. Nicht, weil sie seine Worte nicht ertrug, sondern seine Stimme, die unangenehm laut und streng geworden war. Als Raiwiri jetzt innehielt, zog sie die Hände vorsichtig weg, aber da fuhr er auch schon fort.

»Also, du willst einen Rückzieher machen! Habe ich es mir doch gedacht. Aber ich werde meine Arbeit so gewissenhaft weiterführen, wie ich es immer getan habe.«

Sarahs Blick blieb an dem Verlobungsring hängen, der an ihrem Finger funkelte.

»Bitte, Raiwi, das kann wirklich bis nach Weihnachten warten. Ich werde höchstens drei Wochen bleiben und …«

»Drei Wochen?«

»Na ja, es ist ein langer Flug nach Europa, und wenn ich schon mal dort bin, würde ich gern einen Abstecher nach London und Paris machen.« Sarahs Miene erhellte sich. »Komm doch einfach mit! Dann ist das unsere vorgezogene Hochzeitsreise.«

»Ich kann nicht einfach alles stehen und liegen lassen. Ich habe jede Menge Termine …« Raiwiri stockte. »Ich mache dir einen Vorschlag. Lass uns das für den Juli einplanen. Dann ist dort wenigstens Sommer. Wir machen eine Europa-Reise, und in Hamburg kannst du dann diese Frau treffen, wenn es unbedingt sein muss.«

Sarah spürte sofort einen inneren Widerstand gegen diesen

Vorschlag, weil sie partout nicht mehr so lange warten wollte, aber sie nickte nur stumm. Raiwiri zog sie dicht zu sich heran. »Siehst du, mein Herz, wir wollen uns nicht wegen so etwas streiten. Und wenn du im Juli noch nicht schwanger bist, dann ist das doch ein guter Plan«, flüsterte er ihr versöhnlich ins Ohr.

»Gut, dann werde ich jetzt Jane und meine Großmutter anrufen und ihnen meinen Besuch ankündigen.«

»Jane?«

»Ja, ich werde morgen nach Dunedin fliegen. Ich glaube, sie braucht mich jetzt und ich sie auch. Außerdem geht es John sehr schlecht.«

»Aber du weißt schon, dass ich Montag und Dienstag wichtige Gerichtstermine habe, oder?«

»Ja, natürlich, aber ich glaube, es ist besser, wenn ich allein fliege. Du wirst dich nur langweilen, wenn Jane und ich über meine Mutter sprechen. Sie war nämlich ihre beste Freundin.«

»Und das erfahre ich jetzt so ganz nebenbei?«

Sarah spürte, wie ihr die Zornesröte in die Wangen schoss.

»Ich wollte dir nachher den Brief zeigen, aber Jerry hat sich eben verplappert.«

»Super, dass dein Chef es vor mir erfahren hat!«

»Mensch, Raiwi, das war doch nicht geplant. Ich wollte ihn nur um Urlaub fragen. Aber du kennst ihn. Er gibt keine Ruhe, bis er ... Ach, Mist, warum rechtfertige ich mich eigentlich? Verdammt, nimm nicht immer alles so persönlich, und werte es nicht als Angriff gegen dich!«

Mit diesen Worten drehte sie sich abrupt um und eilte zum Haus. Auf halbem Weg begegnete ihr Jerry.

»Oje, da habe ich was angerichtet«, sagte er zerknirscht. »Ich habe Raiwiri noch nie so wütend gesehen.«

Ihre Antwort war ein langer Seufzer. »Ihm missfällt das Ganze. Er will nicht, dass ich jetzt nach Deutschland fahre.«

»Hast du ihm nicht gesagt, dass das eine dienstliche Anweisung ist?«

»Er will mit mir im Juli nach Europa reisen, und bei der Gelegenheit darf ich dann auch mal bei meiner Großmutter vorbeischauen«, erwiderte Sarah mit bitterem Unterton.

»Sarah, du weißt, dass ich deinen Verlobten sehr schätze und seinen Antrag rührend fand, aber du bist nicht der Typ Frau, der sich durch einen Ring am Finger derart einschränken lässt.«

»Er ist nun mal sehr empfindlich, wenn ich ihn nicht einbeziehe«, stöhnte sie.

»Also, wenn du mich fragst, dann lass dir in dieser Sache nicht reinreden. Wenn ich solche Dinge über meine Familie erfahren würde, wäre ich so neugierig, dass ich nicht eine Minute zögern würde, mich in den Flieger zu setzen.«

Über Sarahs verspanntes Gesicht huschte ein Lächeln. »Jerry, nicht umsonst bist du Single aus Überzeugung. Du ergreifst ja schon die Flucht, wenn jemand das Wort ›Beziehung‹ nur ausspricht. Ich glaube, als Ratgeber in dieser Angelegenheit taugst du nicht allzu viel.«

»Das ist frech, meine Liebe. Ich will ja, aber ich habe noch nicht die Richtige gefunden«, erwiderte Jerry grinsend. »Und du willst mich ja nicht!«

Sarah nahm ihn freundschaftlich in den Arm. »Nein, mein Schatz, ich stehe leider nicht auf erfolgreiche, ältere Männer mit Bindungsphobie.«

»Schade eigentlich. Für dich würde ich mich vielleicht noch ändern. Aber weißt du was? Du bringst mich auf eine geniale Idee. Ich begleite dich nach Deutschland, denn es gibt da eine Frau, die möchte unbedingt Weihnachten und auch Silvester mit mir verbringen, und das behagt mir gar nicht. Und eine Dienstreise nach Hamburg wäre die ideale Ausrede. Ich kann mich ja derweil in Deutschland amüsieren, während du recherchierst.

Ich wollte immer mal nach Berlin, München. Du weißt schon, dass meine Vorfahren aus Bayern stammen, oder? Obwohl ich kein Wort Deutsch verstehe ... doch – zwei: Sauerkraut und Bier!«

»Meinst du das wirklich ernst? Ich meine, dass du mitkommen willst?««

»Ich lasse morgen gleich die Tickets buchen. Wann hast du gedacht? Abflug in einer Woche?«

»Lass mich erst mal mit meiner Großmutter reden. Vielleicht möchte sie das gar nicht.« Aus den Augenwinkeln sah Sarah, wie sich ihnen Raiwiri mit finsterer Miene näherte. »Und wehe, du plauderst das aus, bevor ich ihm das schonend beibringen kann. Ich kläre das sofort!«

Sarah wandte sich hastig ab, weil ihr nicht der Sinn danach stand, eine neuerliche Diskussion mit Raiwiri über ihre veränderten Reisepläne zu führen. Denn eines war ihr sonnenklar: Ihr Verlobter würde bestimmt nicht jubilieren, wenn er erfuhr, dass sie doch zeitnah fliegen würde, und dann auch noch mit Jerry. Raiwiri hatte sie schon wiederholt darauf hingewiesen, dass ihr Chef auf sie stand. Und sie hatte ihm jedes Mal geschworen, dass das, selbst wenn dem tatsächlich so wäre, nicht auf Gegenseitigkeit beruhe. Sie mochte Jerry von Herzen, wie einen älteren Bruder, einen guten Freund.

»Na, was klügelt ihr beiden denn gerade aus?«, fragte Raiwiri bissig.

»Gar nichts«, entgegnete Sarah und eilte in Richtung Haus. Sie hatte das dringende Bedürfnis, Jane anzurufen, bevor sie sich diesem Streit mit Raiwiri stellte. Und dass es zum heftigen Streit kommen würde, schien unausweichlich. Die Miene ihres Verlobten sprach Bände. Um keinen Preis der Welt würde er sie einfach reisen lassen. Und schon gar nicht mit Jerry.

Ihre Adoptivmutter brach sofort in Tränen aus, als sie Sarahs Stimme hörte.

»Ach, es tut mir alles so leid«, schluchzte sie.

»Mom! Ich komme morgen nach Dunedin.«

»John ist heute Nacht gestorben!«

Kreidebleich ließ sich Sarah auf einen Stuhl fallen.

»Scheiße, Scheiße, Scheiße«, stieß sie verzweifelt aus. »Und ich habe gefeiert, während er ...« Ihre Stimme versagte.

»Mach dir keine Vorwürfe, Liebes. Das ging plötzlich alles so schnell, und seine letzten Worte waren: ›Sag der Kleinen, ich habe sie lieb‹.«

Nun brachen alle Dämme, und Sarah wurde von Weinkrämpfen geschüttelt. Als sie wieder sprechen konnte, versprach sie Jane, den nächsten Flieger zu nehmen und den Weihnachtsurlaub bei ihr auf der Farm zu verbringen. Auf keinen Fall würde sie unter diesen Umständen ins ferne Deutschland reisen. Nicht jetzt, wo Jane sie brauchte. Und es war auch ganz sicher nicht der richtige Zeitpunkt, ihrer Adoptivmutter von der Frau aus Deutschland zu berichten. Sarahs Sehnsucht, ihre wahre Herkunft zu ergründen, war mit einem Mal in weite Ferne gerückt.

Auckland, Dezember 1929

Kann es so etwas wie Liebe auf den ersten Blick wirklich geben? Seit dieser deutsche Forscher im Museum aufgetaucht ist, befürchte ich: ja. Aber für mich darf es dergleichen nicht geben, denn ich werde Tames Frau. Ich habe es Vater auf dem Totenbett versprochen. Und diesen heiligen Schwur darf ich nicht brechen. Niemals! Und deshalb habe ich wohl keine andere Wahl, als seiner Einladung zu folgen, um ihn anzuflehen, dass er das, was zwischen uns geschehen ist, vergessen möge, wenn ich ihm etwas bedeute.

Und doch geht mir dieser Mann nicht aus dem Sinn. Ich denke jede Minute daran, wie er bei der Museumseröffnung Ende November plötzlich vor mit stand. Ein großer, stattlicher Kerl mit blondem Haar und den tiefgründigsten grünen Augen, die ich jemals gesehen habe. Jedenfalls, wenn er ernst ist. Wenn er scherzt, was er oft und gern tut, lachen auch seine Augen.

»Mein Name ist Ludwig Dehn. Ich bin ein deutscher Forscher. Und wer sind Sie?«, fragte er in einem Englisch, das so lustig klang, dass ich ohne Vorwarnung loslachen musste.

»Habe ich irgendetwas im Gesicht?«, fragte er scheinbar beschämt, aber seine Augen blitzten schelmisch.

»Nein, es ist nur Ihre Sprache. Ich habe nie zuvor so ein hartes, zackiges Englisch gehört wie aus Ihrem Mund«, kicherte ich.

»Das nehme ich als Kompliment, aber Sie sind mir noch eine Antwort schuldig. Wer sind Sie? Arbeiten Sie hier?«

Ludwig sah sich bei diesen Worten im Ausstellungsraum um. In meinem Reich, denn die Abteilung »Kultur der Maori« unterliegt meiner Führung. Ich glaube, er hat den Stolz in meiner Stimme gehört, denn in seinem Blick lag jetzt eine andere Art der Aufmerksamkeit. Vorher hat er sicher nur die Frau in mir gesehen, aber nun schien er mir überdies professionelle Bewunderung zu zollen.

»Die Sammlung ist großartig. Einfach großartig«, schwärmte er. Das ging mir natürlich runter wie Öl, denn mein ganzes Herzblut steckt im Aufbau dieser Abteilung.

»Haben Sie schon alles gesehen, oder soll ich Sie herumführen?«, bot ich ihm eifrig an. Ich spürte das Glühen meiner Wangen und wollte mein Angebot schon wieder zurückziehen, als er mir seinen Arm reichte.

»Kommen Sie. Ich habe noch gar nichts gesehen«, lachte er.

»Schwindler!«, gab ich zurück und hakte mich wie selbstverständlich bei ihm unter. Erst als mein Chef, Mr. Evans, zielstrebig auf uns zusteuerte, zog ich hastig meinen Arm zurück. Mr. Evans war sichtlich erfreut, den Forscher zu sehen.

»Mr. Dehn, wie schön, dass Sie gekommen sind. Ich hatte bislang gar keine Gelegenheit, Sie gebührend zu begrüßen.« Er seufzte laut. »Die ganze illustre Gesellschaft Aucklands ist herbeigeeilt, um die Neueröffnung unseres Museums zu feiern. Sie wissen schon, dass unser Vorläufer das erste Museum Neuseelands gewesen ist, oder?«

Ludwig Dehn lachte wissend und warf mir einen verschmitzten Seitenblick zu. »Aber sicher. Es wurde 1852 in einem Bauernhaus in Grafton eröffnet, dann 1869 in die Innenstadt verlegt. Und einer Ihrer berühmten europäischen Besucher war Paul Gauguin, der die Zeichnungen einiger Artefakte in seine Gemälde einarbeitete.«

Mr. Evans klopfte seinem deutschen Kollegen anerkennend

auf die Schulter. »Sie haben Ihre Hausaufgaben gut gemacht. Und? Was sagen Sie zu unserem Haus?«

»Großartig, besonders unter der fachkundigen Führung Ihrer Mitarbeiterin, Miss ...« Ludwig Dehn sah mich fragend an. Ich hatte ihm immer noch nicht meinen Namen verraten.

»Ja, eine bessere Führung als von Miss To Pau können Sie gar nicht bekommen.« Mr. Evans tätschelte mir über die Wange. Das war mir ein wenig peinlich. Er behandelte mich immer noch wie ein Kleinkind. Kein Wunder, er kannte mich von Kindesbeinen an, weil er ein Bewunderer meines Vaters gewesen war, der ihm immer mit Rat und Tat zur Seite gestanden hatte, was die Kultur meines Volkes anging.

»Das stimmt. Eine bessere Museumsführerin als Miss To Pau könnte ich mir gar nicht vorstellen«, entgegnete Ludwig Dehn mit einem leichten Grinsen.

»Dann lassen Sie sich von dem Kind mal alles erklären, aber wir sehen uns gleich beim Dinner, nicht wahr?«

»Natürlich, Mr. Evans, aber nur, wenn mich Miss To Pau zu dem festlichen Dinner begleitet.«

Was fiel den beiden Herren eigentlich ein? Sie behandelten mich gleichermaßen wie ein unmündiges Kind. Es wurde Zeit, dass ich das Wort ergriff.

»Selbstverständlich werde ich zu dem Dinner gehen. Das ist auch für uns Mitarbeiter«, erklärte ich eine Spur zu scharf.

Mr. Evans quittierte das mit einem strafenden Blick. Er schien zu befürchten, dass ich unseren Gast verärgert hätte. Der aber lachte aus voller Kehle.

»Daran habe ich nicht gezweifelt. Ich möchte nur sicherstellen, dass Sie meine Tischdame wird.«

Das überhörte Mr. Evans geflissentlich, und ich ahnte in etwa, was in seinem Kopf vor sich ging. Dass Mr. Dehns Interesse an mir sich nicht auf meine fachlichen Fähigkeiten beschränkte, war nicht zu übersehen. Natürlich dachte mein Chef an Tame, der ebenfalls zu dem Essen geladen war. Mir wurde abwechselnd heiß und kalt bei dem Gedanken an meinen Verlobten. Würde er nicht auch sofort merken, dass der Forscher aus Deutschland Feuer gefangen hatte?

Den Gedanken schob ich allerdings hastig beiseite. Mir würde nachher schon etwas einfallen, wie ich mich aus der Affäre ziehen konnte. Aber ich wollte diesen Zauber zwischen dem Forscher und mir ein wenig länger genießen. Nur einen weiteren winzig kleinen Augenblick! Sobald ich ihm die Ausstellung gezeigt hätte, wäre das vorbei. Das redete ich mir jedenfalls in dem Augenblick ein und glaubte fest daran.

Das Merkwürdige war, dass mir weder die Knie weich wurden noch mein Herz laut klopfte. Im Gegenteil, als Ludwig jetzt meine Hand nahm und mich näher an eines meiner schönsten Ausstellungsstücke, ein Kriegerkanu der Maori, heranführte, war mir diese Geste so vertraut, als müsste es so sein. Was die Liebe angeht, konnte ich aus eigener Erfahrung nicht wirklich mitreden. Ich habe mir von Freundinnen berichten lassen, wie sich das anfühlt. Tame gegenüber empfand ich nichts außer Respekt und Dankbarkeit. Er hat meinem Vater das Leben gerettet, als er in denselben reißenden Fluss gefallen war, in dem mein Großvater und seine Frau einst tödlich verunglückt waren.

»Was wünschst du dir, mein Sohn?«, hat Vater ihn damals noch am Ufer gefragt.

»Gib mir deine Tochter zur Frau« war seine Antwort. So jedenfalls hat es mir mein Vater immer wieder unter Tränen erzählt. Ich war vierzehn, als Tame Vater das Leben rettete. Damals habe ich nicht gewusst, was ich ihm da verspreche. Ich war noch ein Kind und habe nicht im Entferntesten an die Konsequenzen gedacht. Tame war für mich ein Mitarbeiter meines Vaters und kam mir mit seinen achtzehn Jahren steinalt vor. Ich mochte ihn nicht einmal besonders, diesen stets ernst dreinblickenden Mann. Im Gegenteil, ein wenig fürchtete ich mich sogar vor ihm, aber als Vater mich so inständig bat, später Tames Frau zu werden, sagte ich leichtfertig zu. Ich habe mir wirklich keine Gedanken gemacht und das Ganze auch nicht sonderlich ernst genommen. Außerdem schien mir »später« noch so weit hin. Erst als ich achtzehn wurde, merkte ich an den Blicken, die Tame mir zuwarf, dass er das Eheversprechen sehr wohl ernst nahm. Aber da konnte ich mich erst einmal mit dem Studium in Dunedin aus der Affäre ziehen. Ich erinnere mich genau, dass mein Vater damals, als ich studieren wollte, sagte, das müsse er mit Tame besprechen. Ich weiß nicht, was genau die Männer ausgemacht hatten, nur dass ich ihn dann gleich nach Beendigung des Studiums heiraten sollte. Doch noch etwas hat sich mir ins Hirn eingebrannt. Tames Blick, als er mich zusammen mit Vater zum Zug gebracht hat. Darin lag so viel Gefühl, dass mir angst und bange wurde, kannte ich ihn doch als sachlichen jungen Anwalt und hatte mir niemals Gedanken gemacht, dass er mich vielleicht sogar lieben könnte. Das beruhte auf jeden Fall nicht auf Gegenseitigkeit. Und so hoffte ich erneut, die Angelegenheit wäre in den vier Jahren vergessen und er hätte dann eine Frau gefunden, die seine Gefühle erwiderte. Leider sollte sich die Hoffnung bei jedem meiner Besuche zu Hause mehr zerschlagen. Tame wurde nie wieder der kühle Mann, der mich kaum beachtete, sondern seine Blicke wurden immer sehnsüchtiger.

»Wie heißen Sie mit Vornamen?«, hörte ich Ludwig von ferne fragen.

»Merima«, flüsterte ich mit belegter Stimme.

»Ich habe das Gefühl, ich kenne Sie schon eine Ewigkeit«, entgegnete Ludwig und strahlte mich aus seinen grünen Augen an.

Plötzlich wurde mir mulmig zumute. Er sprach mir aus der Seele. Wäre es nicht besser, ich würde diese spezielle Führung auf der Stelle abbrechen? Stattdessen erklärte ich ihm ausführlich die Besonderheiten des Kriegskanus, vor dem wir immer noch standen.

»Das ist das Waku Te Toki a Tapiri aus dem Jahr 1830. Die Verzierungen im Inneren sind aus Holz und aus Maku, einer Flachsfaser, und die Augen der Figuren aus den Schalen der Paua-Muscheln, wobei sie eigentlich gar keine reinen Muscheln sind …«

»… sondern Schnecken, auch Seeohren genannt, deren Schalen sehr perlmuttreich sind. Sie werden auch Irismuscheln genannt«, ergänzte er und rückte näher an mich heran. Ich konnte den Geruch seines Pfeifentabaks riechen, aber das war nicht unangenehm. Im Gegenteil. Unsere Hände waren weiterhin ineinander verschlungen, als wären wir ein Liebespaar. Was, wenn uns Tame so sah, durchfuhr es mich plötzlich eiskalt, aber er war sicher in der Empfangshalle, in der das Eröffnungsfest stattfand. Ich konnte nur hoffen, dass er mich nicht vermisste und auf die Suche nach mir machen würde. Ich verspürte den Impuls, Ludwig meine Hand zu entziehen, aber ich konnte einfach nicht.

»Kommen Sie, ich zeige Ihnen jetzt das Versammlungshaus«, schlug ich ihm mit heiserer Stimme vor und zog ihn zu unserem Schmuckstück, dem Hotunui, einem traditionellen Versammlungshaus der Maori von 1878 aus der Region Thames.

Ich wollte ihm gerade die Besonderheiten der Schnitzkunst erklären, als sich unsere Blicke trafen. Aus seinen Augen sprach brennendes Interesse, aber an mir und nicht an meinem wertvollen Ausstellungsstück.

»Sie wissen längst alles über das Hotunui, oder?«, seufzte ich. Ludwig nickte eifrig und schlug mir vor, das Haus zu betreten. Er kannte sich zweifelsohne mit unseren Gepflogenheiten aus, denn er ließ nun meine Hand los, um sich die Schuhe auszuziehen. Ich tat es ihm gleich. Staunend sah er sich nach allen Seiten um und bewunderte die prachtvollen Schnitzereien.

»Von innen habe ich es noch nicht bewundert«, gab er zu. Ich hielt absichtlich ein wenig Abstand, denn ich hatte Sorge, dass er die Abgeschiedenheit des Raumes nutzen würde, um mich zu küssen. Sorge und Sehnsucht zugleich, denn tief im Inneren wünschte ich mir das. Als mir das bewusst wurde, verließ ich das Versammlungshaus fluchtartig. Er folgte mir auf dem Fuß.

»Was mich interessieren würde, wäre das Haus Hinemoa«, sagte er, während er sich seine Schuhe wieder anzog.

»Woher wissen Sie von seiner Existenz?«, fragte ich ein wenig erschrocken.

»Es hat einen Ruf wie Donnerhall«, erwiderte er. »Und Mr. Evans war so nett, in einem seiner Briefe zu erwähnen, dass es dem Museum gelungen sei, das Haus in seinen Besitz zu bekommen.«

Ich rang mich zu einem Lächeln durch. »Wenn Sie es genau wissen wollen: Es gehört mir, und ich habe es dem Museum zur Verfügung gestellt.«

»Sie sind eine Nachfahrin des unglücklichen Häuptlings To Pau?«

»Ich bin seine Enkelin«, erwiderte ich. »Aber was wissen Sie von der tragischen Geschichte?«, fügte ich skeptisch hinzu. Ich kannte das brennende Interesse an unserem Versammlungshaus bereits, und meist kam es von dubiosen Kaufleuten, die es am Gesetz vorbei ins Ausland verkaufen wollten.

»Nur so viel, dass es nie seiner Bestimmung zugeführt wurde, weil es über den Bauherrn und seine Familie großes Unglück gebracht hat.«

»Sie wollen es also nicht kaufen und nach Deutschland verschleppen?«

Ludwig lachte. »Gute Idee. Daran habe ich bis eben keinen

Gedanken verschwendet. Es interessiert mich in erster Linie als Ethnologe. An Geschäfte hatte ich bislang nicht gedacht ...«

»Machen Sie sich ja nicht lustig über mich. Was meinen Sie, wie oft bereits Forscher aus aller Welt behauptet haben, sie hätten ein rein wissenschaftliches Interesse, während sie nur ein Geschäft machen wollten.«

Ludwig hob abwehrend die Hände. »Ich nicht. Untersuchen Sie meine Taschen nach einem Kontrakt, in dem man mir ein Vermögen für dieses Haus versprochen hat.«

»Hören Sie schon auf! Ich will Ihnen ja glauben«, erwiderte ich peinlich berührt. »Wollen Sie es nun sehen oder nicht?«

»Liebend gern.«

»Dann folgen Sie mir!« Schnellen Schrittes eilte ich voraus zu einem Hinterausgang, der zu einem der Öffentlichkeit nicht zugänglichen Nebengebäude führte. Als ich die Tür zu einem Saal öffnete, fragte der Forscher enttäuscht: »Wo ist es denn jetzt?«

»Sehen Sie all die Einzelteile? Es ist noch nicht wieder aufgebaut. Mein Vater hat es noch an dem Tag, an dem es großes Unglück über seine Familie gebracht hat, auseinandernehmen lassen. Aber er traute sich nicht, es zu vernichten, wie es die Familie des Schnitzers forderte, der ebenfalls umgekommen war. Mein Vater hat mir quasi seinen Segen gegeben, damit zu machen, was ich möchte. Und ich will, dass es vor dem Museum wiederaufgebaut wird. Die Maori-Helfer werden schon morgen mit den Arbeiten beginnen«, erklärte ich voller Stolz und deutete auf die gegen die Hallenwand gelagerten Schnitzpaneele mit den Motiven aus den Maori-Geschichten und die Flechtpaneele auf der anderen Seite. Daneben standen die unzähligen in den Farben Rot, Weiß und Schwarz bemalten Holzstücke. In der Mitte waren die Einzelfiguren gelagert, die das Innere des fertigen Hauses später stützen und schmücken würden.

Ehrfürchtig trat Ludwig ganz nahe an eine große holzgeschnitzte Maori-Figur heran – an den Brüsten war unschwer zu erkennen, dass es sich um die Darstellung einer Frau handelte – und streichelte versonnen über das edle Holz.

»Wollen Sie die ganze tragische Geschichte des Hauses Hinemoa hören?«

»Sie würden mir eine große Freude machen«, erwiderte er und griff erneut nach meiner Hand. »Setzen wir uns auf den Boden und Sie erzählen?«

Widerstandslos ließ ich mich von ihm nach unten ziehen und hockte mich neben ihn. Er legte den Arm um meine Schulter. Wieder mahnte mein Kopf mich zur Vorsicht, aber ich wehrte mich dennoch nicht.

»Sie wissen, wer Hinemoa war?«

Er nickte.

»Sie gehörte zum Stamm der Tuhourangi, die am Ufer des Lake Rotorua lebten. Als Tutanekai, der Häuptlingssohn von der Insel Mokoia, die mitten im See lag, sich in die schöne Hinemoa verliebte, blies er so lange auf seiner Flöte sehnsüchtige Melodien, bis sie seinem Werben nachgab und entgegen den Regeln ihres Stammes nachts durch das eiskalte Wasser zu ihm schwamm. Statt sie zu strafen, billigten ihre Väter die Verbindung.«

Ich klatschte begeistert in die Hände. »Sie haben Ihre Hausaufgaben wirklich gut gemacht, Mr. Dehn! Und nach Hinemoa wurde das Haus benannt, weil auch die junge zweite Frau meines Großvaters To Pau ihn nur gegen den Widerstand ihres Vaters heiraten durfte. Meine Großmutter war bei der Geburt ihres Sohnes, meines Vaters, gestorben. Mein Großvater engagierte den Schnitzer Awapatu. Die Herstellung eines solchen heiligen Hauses ist mit vielen Vorschriften, den Tapus, belegt, damit die Ahnen nicht erzürnt werden, denn nur ihnen zu Ehren wird ein solches Haus errichtet. Mein Großvater aber war derart begeistert von den prachtvollen Schnitzereien, dass er jeden Tag kam, um sich den

Fortschritt des Baus anzusehen. Einmal vergaß er, seine Pfeife auszumachen, und verletzte damit die Vorschrift, nach der auf einer diesem heiligen Zweck gewidmeten Baustelle weder geraucht noch gegessen oder getrunken werden darf. Der Älteste und auch der Schnitzer warnten meinen Großvater, den Hausbau fortzusetzen, bevor der Bruch des Tapu nicht durch eine heilige Zeremonie geheilt war. Doch mein Großvater war ungeduldig und schlug die Warnung des Mannes, dass die Ahnen ihm zürnen könnten, in den Wind und verlangte die zügige Fertigstellung. Das Haus wurde also vollendet und sollte am folgenden Tag eingeweiht werden. Und nichts Schlimmes geschah. Mein Großvater fühlte sich daraufhin bestätigt, doch in jener Nacht passierte es: Seine junge Frau und er verunglückten. Offenbar ertranken sie in dem Fluss. Kein Mensch wusste, warum die beiden sich mitten in der Nacht auf diesen Weg gemacht hatten. Man vermutete, dass sie sich vor der Einweihung in dem Fluss hatten reinigen wollen. Man hat zwar nie ihre Leichen gefunden, aber der Mantel meines Großvaters wurde am Ufer gefunden, zudem die Kleider und ein Schmuckstück seiner Frau. Das alles deutet darauf hin, dass sie in jener Nacht in den Fluss gerissen wurden und darin ertrunken sind. Dann wurde zwei Tage später der Schnitzer Awapatu tot aufgefunden. Das Haus Hinemoa konnte also niemals eingeweiht und seiner Bestimmung übergeben werden. Mein Vater, der in jenen Tagen beruflich in der Stadt unterwegs war, ließ das fertiggestellte Haus bei seiner Rückkehr auseinandernehmen und die Teile in einen Schuppen bringen. Er war zur Zeit des Unglücksfalls schon erwachsen. Seine ältere Schwester Aranga hat den Verlust ihres Vaters nie verwunden. Und vor allem den Tod des Schnitzers nicht, denn die beiden waren wohl ein heimliches Liebespaar. Man hat sie damals schwer verletzt neben ihrem toten Liebhaber gefunden. Sie hat ihre Stichverletzung überlebt, aber sie hat nie wieder ein Wort gesprochen. Ja, sie hat regelrecht den Verstand verloren. Man hat sie dann in das städtische Hospital für Geisteskranke gebracht. Dort lebt sie heute noch. Ich besuche sie regelmäßig, aber sie hat keine Ahnung, wer ich bin. Trotzdem hält sie jedes Mal meine Hand und blickt mich merkwürdig durchdringend an. So durchdringend, dass mir manchmal ganz angst und bange wird.«

Ich hatte während meiner langen Rede den Blick gesenkt, weil es mich irritierte, Ludwig dabei in die Augen zu schauen. Nun sah ich auf und hatte die Bestätigung, dass ich recht getan hatte. Und ich ahnte, dass er mich jetzt küssen und ich den Kuss erwidern würde. Da hatte er seine Lippen auch schon sanft auf meinen Mund gepresst. Als sich unsere Zungen fanden, stieß ich einen leisen Seufzer aus. Es war so ein unbeschreibliches Gefühl. Und es war mein erster richtiger Kuss, denn Tame hätte es nie gewagt, mich vor der Hochzeit anzurühren. Ein paar der Mitstudenten in Dunedin hatten schon ihr Glück bei mir versucht, aber mehr als ein Küsschen hatte ich ihnen nicht gewährt. Nicht aus moralischen Gründen, sondern weil ich für diese Burschen nichts anderes als Freundschaft empfand. Und das war in diesem Augenblick das Letzte, woran ich dachte. Meine Knie wurden weich, und mein Herz pochte mächtig beim Spiel unserer Zungen.

Es dauerte eine halbe Ewigkeit, bis ich den Kuss unsanft beendete.

»Ludwig, das dürfen wir nicht«, sagte ich mit belegter Stimme. »Ich bin einem anderen versprochen.«

»Und liebst du ihn?«

Ich wand mich. »Darauf kommt es nicht an. Auf dem Sterbebett musste ich meinem Vater schwören, Tame zu heiraten. Er ist der Enkel des Schnitzers, der damals zu Tode kam. Er war mit einer anderen Frau verheiratet. Die Schwester meines Großvaters war nur seine Geliebte. Deshalb hatten sie ihre Affäre ja auch geheim halten müssen. Vater meinte, wenn ich Tame heirate, könnte der Fluch, der über dem Haus Hinemoa wegen des Tapu-Bruchs lastete, geheilt werden. Schließlich wäre es die Schuld meines Großvaters, dass Awapatu starb.«

»So ein Blödsinn!«, stieß Ludwig unwirsch aus. »Der Mann ist bestimmt nicht gestorben, weil dein Vater auf dem Bau eine Pfeife geraucht hat.«

Mir missfiel der überhebliche Ton, mit dem Ludwig unseren Glauben abtat.

»Das mag dir blödsinnig erscheinen, aber wir glauben daran, dass es die Strafe der Ahnen war.«

»Woran ist der Mann denn gestorben, wenn ich fragen darf?«, fragte Ludwig spitz.

Ich zuckte mit den Achseln. »Das ist egal. Er lag einfach tot vor einer Figur, die er angeblich in einer Nacht geschnitzt haben soll. Wahrscheinlich hat er Gift genommen.«

Ludwig schüttelte unwirsch den Kopf. »Seid ihr mal auf den Gedanken gekommen, dass der Mann vielleicht eines ganz natürlichen Todes gestorben ist?«

»Ludwig Dehn!«, sagte ich in scharfem Ton. »Wenn du diese Geschichte nicht glaubst, dann werde ich dir gar nichts mehr erzählen!«

Ich erhob mich wütend vom Boden und strich den Dreck von meinem guten Rock.

Ludwig sprang hoch und wollte mich beschwichtigend umarmen, aber ich trat einen Schritt zur Seite. Er griff ins Leere.

»Merima, entschuldige bitte, ich meine doch nur. Man kann dich nicht dazu verdonnern, einen Mann zu heiraten, weil dein Großvater angeblich schuld an dem Tod seines Großvaters ist. Hast du nicht gesagt, dein Großvater sei in den Fluss gestürzt? Reicht das nicht als Strafe? Da musst du nicht die Frau eines

Mannes werden, den du nicht liebst! Das werde ich nicht akzeptieren. Ich werde zu diesem Tame gehen und ...«

Als hätte er geahnt, was hier gespielt wurde, betrat Tame in diesem Augenblick die Halle und ließ einen Blick zwischen mir und dem Forscher hin und her schweifen, der nichts Gutes verhieß. So weit kannte ich diesen Mann, dass ich wusste, was es zu bedeuten hatte, wenn seine dunkelbraunen Augen plötzlich fast schwarz wurden.

»Ich habe dich überall gesucht«, sagte er. Der Zorn in seiner Stimme war schwer zu überhören.

»Ich ... ich habe, also das ist Ludwig Dehn, ein deutscher Forscher, ich habe ihm das Haus Hinemoa gezeigt.«

»Die prachtvollsten Schnitzereien, die ich je gesehen habe«, schwärmte Ludwig. »Das kann ich sogar schon an den Einzelteilen erkennen. Aber wenn das erst aufgebaut ist, wird es endlich in voller Pracht erstrahlen. Zu traurig, dass es seiner Bestimmung so lange nicht zugeführt werden konnte. Ich freue mich schon auf die Eröffnung.«

Tame lachte bitter auf.

Mir wurde abwechselnd heiß und kalt. Schlimm genug, dass er mich mit einem fremden Mann erwischt hatte, aber dass ich Ludwig ausgerechnet das Haus Hinemoa zeigte, erboste ihn sicher nicht minder. Das Schicksal des Hauses Hinemoa war unser ständiger Zankapfel. Tame war wie mein Vater der Meinung, dass es nur wieder aufgebaut werden könne, nachdem ich seine Frau geworden war und wir das Tapu in einer heiligen Zeremonie geheilt hatten.

Tame war so verbissen in dieser Sache, dass ich mich noch nicht einmal getraut hatte, ihm zu gestehen, dass ich mit Mr. Evans längst alles geklärt hatte und nicht bereit war, bis zur Hochzeit zu warten. Bislang hatte ich es immer geschafft, alle Hochzeitstermine zu boykottieren. Lange würde ich Tame nicht mehr hinhalten können. Wenn er nun erfuhr, dass die Arbeiten schon morgen beginnen würden – nicht auszudenken!

Ich versuchte, Ludwig ein Zeichen zu geben, dass er schweigen möge, aber da hörte ich ihn bereits voller Begeisterung sagen: »Eine wundervolle Idee, dieses Prachtstück draußen aufzustellen. Ich werde bald wieder vorbeikommen, um den Arbeitern beim Aufbau zuzusehen. Wann beginnen die Arbeiten? Morgen?«

»Morgen?« Tame rang um Fassung. »Sie irren, mein Herr. Wenn der Aufbau beginnt, werden Sie nicht mehr in Neuseeland sein, es sei denn, Sie wollen bis zu unserer Hochzeit warten. Die Arbeiten daran können nämlich frühestens am Tag unserer Hochzeit beginnen. Und das weiß meine Verlobte genau. Wenn sie morgen mit dem Aufbau beginnen, wird ihr etwas zustoßen. Und das wollen wir beide nicht, oder?«

»Das glauben Sie doch selbst nicht!«, entgegnete Ludwig forsch, wenngleich er ein wenig blass um die Nase geworden war.

Tame musterte den Forscher abschätzig, aber er sagte nichts, sondern nahm mich unsanft bei der Hand.

»Komm! Die Leute vermissen dich. Jeder fragt nach dir!«

Ich ließ mich mitzerren, ohne mich noch einmal umzudrehen. Dabei spürte ich Ludwigs Blick förmlich in meinem Rücken brennen.

Ich erwartete tadelnde Worte meines Verlobten, kaum dass wir die Halle verlassen hatten, aber er schwieg. Das war schlimmer, weil ich seinen unterdrückten Zorn körperlich spüren konnte.

Das Dinner wurde für mich zur Qual. Ich saß eingezwängt zwischen Tame und Mr. Evans am Tisch. Aus dem Augenwinkel sah ich, dass Ludwig an der entgegengesetzten Seite der Tafel Platz nahm. Unsere Blicke trafen sich, und ich konnte mich nicht losreißen. Erst als Tame mich unsanft anstieß und zischte: »Du wirst den Kerl nicht noch einmal ansehen! Hörst du?« Ich schlug die Augen nieder und sah den Rest des Abends nichts weiter an als die Köstlichkeiten auf meinem Teller, die ich nur mühsam herunterwürgen konnte. Nur einmal musste ich den Blick heben, denn Mr. Evans hielt eine Lobrede auf mich. Wenn ich nicht in dieser misslichen Lage gewesen wäre, hätten mich seine warmen Worte sicher gefreut.

»Ich hätte das alles nicht geschafft, wenn ich mich nicht blind auf meine fähigste Mitarbeiterin hätte verlassen können. Merima To Pau.«

An dieser Stelle musste ich sogar aufstehen und den Applaus der illustren Gesellschaft entgegennehmen. Diese Gelegenheit nutzte ich, um in die Runde zu lächeln und auch einen Seitenblick auf Ludwig zu riskieren. Mir wollte förmlich der Atem stocken, als er einen Kussmund andeutete. Ich glaube, er war sich gar nicht bewusst, dass er mir damit nur schadete. Zum Glück war Tame in diesem Augenblick damit beschäftigt, eine Süßkartoffel auf seinem Teller zu zerteilen. Hastig wandte ich den Blick ab und versuchte, in die Runde zu lächeln, bis der Applaus verebbt war. Ich hoffte, dass ich damit aus dem Zentrum der Aufmerksamkeit gerückt war, aber ich wurde eines Besseren belehrt.

Nun erzählte Mr. Evans, wie ich, die Tochter des ehrenwerten Anwalts Doktor To Pau, während der Schulzeit täglich ins Museum gekommen war, dann an der Universität von Otago in Dunedin Anthropologie studiert und nach meiner Rückkehr bei ihm vorgesprochen hätte. »Ich möchte für Sie arbeiten und nichts anderes«, soll ich gesagt haben. Ich erinnere mich nicht mehr an den Wortlaut, nur, dass es mir von Kindesbeinen an klar war, dass ich den Menschen die Kultur meines Volkes nahebringen wollte. Dass ich überhaupt studieren sollte, grenzte an ein Wunder. Mein Vater war damals dagegen, dass seine Tochter studierte. Ich habe die Erlaubnis nur bekommen, weil ich ihm schon damals versprochen habe, gleich nach meiner Rückkehr

Tame zu heiraten. Als mein Vater dies dann aber gar nicht mehr erwähnte, nachdem ich meine Studien abgeschlossen hatte und nach Auckland zurückkehrte, glaubte ich schon, der Kelch wäre an mir vorübergegangen. Die Zeit in Dunedin war die bislang schönste in meinem Leben gewesen. Ich habe mich so frei und glücklich gefühlt. Ich bekam beinahe jeden Tag einen Brief von Tame, und mein Vater verlangte, dass ich jede freie Minute in Auckland verbrachte. Jedes Mal lud er dann Tame ein, von dem ich mich durch die Jahre in Dunedin noch mehr entfernt hatte. Er war nicht einmal ein Freund für mich, weil ich ihm ja gar nicht erzählen konnte, was mein Herz erfreute. Das waren die Studien, die Freiheit und die Aussicht, im Museum zu arbeiten. Ein paar Monate nach meiner Rückkehr aus Auckland wurde Vater krank. So untröstlich ich auch darüber war, dass der einst so starke Mann nun im Bett dahinvegetierte, so sehr wuchs auch meine Hoffnung, dass er längst ein Einsehen hatte und darauf verzichtete, mein Versprechen einzufordern, weil er doch sehen musste, dass sich mein Herz nicht zu Tame hingezogen fühlte. In Gedanken an das, was jetzt folgte, kamen mir die Tränen, aber ich unterdrückte sie, weil alle Augen in diesem Augenblick auf mich gerichtet waren. Doch ich konnte mich nicht auf die lobenden Worte von Mr. Evans konzentrieren, bei mir kamen nur Wortfetzen an wie »eine zuverlässige Mitarbeiterin, die uns alle mit ihrer Begeisterung ansteckt«.

Dafür tauchte diese Szene, die alle meine Hoffnungen, der Hochzeit mit Tame zu entgehen, zunichtemachen sollte, vor meinem inneren Auge auf, als wäre es gerade eben erst geschehen:

Ich sitze an Vaters Krankenbett, und er sagt mit schwacher Stimme, dass seine Zeit gekommen sei und er deshalb heute noch Tame und mir den Segen zur baldigen Hochzeit geben würde. Alles in mir erstarrt. »Bitte, Vater, ich möchte das nicht. Ich will ihn nicht heiraten.« Aus seinen glasigen Augen sieht er mich mit einer Mischung aus Strenge und Mitleid an. »Mein Kind, über diese Ehe haben nicht wir zu bestimmen, sondern die Ahnen haben gesprochen.« Ich bäume mich noch ein einziges Mal auf, flehe ihn an, sich nicht auf mein Versprechen zu berufen, doch er sagt nur: »Zu spät!« In diesem Augenblick betritt Tame das Krankenzimmer, und ich ahne, dass Vater ihn bestellt hat, um unser Eheversprechen zu besiegeln. Ich möchte flüchten, aber dann blicke ich in Vaters Augen, in denen ich lesen kann, was er denkt. Füg dich in dein Schicksal, mein Kind. Und dann legt er Tames und meine Hände ineinander, während er in einer Art Singsang in der Sprache der Maori beschwörende Formeln von sich gibt. Obwohl ich seit der Schulzeit fast nur noch Englisch spreche, selbst mit meinem Vater, beherrsche ich die Sprache meiner Ahnen perfekt. Ich kann nicht mehr zurück. Meine Hand ist eiskalt, und ich möchte sie Tames kräftiger Pranke entziehen, aber das darf ich nicht. Es ist zu spät!

Und genau in diesem Augenblick, während Mr. Evans sich vor Lob auf mich beinahe überschlug, machte er es wieder. Tame nahm meine Hand und hielt sie fest. So fest, dass es schmerzte.

»Träum nicht!«, ermahnte er mich. Ich hob den Kopf und versuchte zu lächeln und wünschte mich doch ganz weit fort. Und ich wusste auch genau, wohin! In die Arme des Mannes, in dessen Richtung ich auf keinen Fall blicken durfte. Es war die Hölle. Ich wollte nur noch an die frische Luft. Mir wurde übel, aber Mr. Evans' Rede schien kein Ende nehmen zu wollen. In höchsten Tönen schwärmte er von mir und erwähnte zum Abschluss seiner Rede, dass es allein mir zu verdanken sei, dass das Haus Hinemoa ab morgen wieder in seiner ganzen Pracht draußen vor dem Museum aufgebaut werde. Und dass wir die besten Schnitzer, Flechterinnen und Maler gefunden hätten, die uns helfen würden, die fehlenden und inzwischen verrotteten Elemente wieder zu errichten.

Als er das sagte, verspürte ich einen stechenden Schmerz in meiner linken Hand. Tame hatte sie mit seiner Pranke fast wie in einem Schraubstock zusammengedrückt. Ich warf ihm einen erschrockenen Blick zu. Er lächelte falsch, weil er wusste, dass die ganze Gesellschaft in unsere Richtung blickte. Und doch konnte ich in seinem Ausdruck das lesen, was er wirklich dachte. *Das werde ich zu verhindern wissen!* Tame war ganz sicher kein Mann der leeren Worte. Das hatte ich bereits zu spüren bekommen, als er das Versprechen meines Vaters an dessen Totenbett zielstrebig eingefordert hatte. Als wir an jenem Tag das Zimmer meines Vaters verlassen hatten, nachdem er die Augen für immer geschlossen hatte, versicherte ich ihm, er müsse sich nicht verpflichtet fühlen, mich zu heiraten. Vater würde sicher verstehen, wenn er eine andere als mich zur Frau nehmen würde. Ich werde nie seinen vernichtenden Blick vergessen, als er zischte: »Nein, meine Liebe, so nicht. Ich durchschaue dich genau. Diese Pakeha-Kerle in Dunedin haben dir den Kopf verdreht. Du willst dich vor der Erfüllung deines Versprechens drücken, nicht wahr?«

Ich fühlte mich ertappt, wobei es vor Ludwig keinen gegeben hatte, dem ich auch nur annähernd mein Herz geschenkt hätte. Trotzdem, er hatte recht. Ich hätte alles getan, um meinem verdammten Schicksal zu entkommen. Ich spürte, wie es mir vor Verlegenheit die Hitze in die Wangen trieb, und konnte keinen klaren Gedanken mehr fassen. Ich begann zu stammeln. Dass ich als Vierzehnjährige noch gar nicht gewusst hätte, was ich meinem Vater da versprechen würde. Und dass man sich doch lieben müsse, um zu heiraten.

»Ich liebe dich! Und deine Liebe zu mir wird wachsen. Hauptsache, du respektierst mich und stehst zu dem Wort, das du deinem Vater gegeben hast.«

Mir kamen die Tränen der Verzweiflung, doch das kümmerte ihn nicht.

»Willst du dein Versprechen brechen? Kaum dass dein Vater sich auf den Weg zu den Ahnen macht?«

»Nein, natürlich nicht«, widersprach ich schwach.

»Das würde ich dir auch nicht raten! Deine Familie hat den Zorn der Ahnen schon über die Maßen herausgefordert. Und mein Großvater wurde Opfer der Respektlosigkeit, die dein Großvater sich zu Schulden hat kommen lassen.«

»Aber meiner ist auch gestorben. Ist das nicht Strafe genug?«, hakte ich verzweifelt nach.

»Nein, denn die Ahnen wollten auch deinem Vater das Leben nehmen, aber sie haben ihm eine Chance gegeben, als er in den Fluss stürzte, und mich als Retter geschickt. Der Wille der Ahnen ist, dass ich dich beschütze. Das kann kein anderer. Sie werden dich strafen, wenn du wortbrüchig wirst. Und nicht nur dich, sondern auch alle, die dich dabei unterstützen!«

Er sprach diese Worte aus, ohne das geringste Mitgefühl für meine Verzweiflung zu zeigen, und versetzte mich damit in Panik. Und deshalb darf ich nicht einmal mehr an Ludwig denken. Denn mit jeder Annäherung bringe ich nicht nur mich in Gefahr, sondern auch ihn.

Dabei hätte Tame so viele andere Frauen haben können als ausgerechnet mich. Tame ist ein gut aussehender Mann. Er ist groß, hat schwarzes dichtes Haar und dabei erstaunlich europäische Gesichtszüge. Man munkelt, dass sein Vater in Wirklichkeit ein Engländer gewesen ist. Etwas, das Tame weit von sich weist. Überdies ist er ein erfolgreicher und wohlhabender Anwalt, der sich für die Landrechte der Maori einsetzt und überall nicht nur großen Respekt genießt, sondern auch bei meinen Freundinnen sehr gut ankommt. Sie haben mich alle beglückwünscht, als wir die Verlobung bekanntgegeben haben. Nur meine engste Freundin Susan kennt die Wahrheit. Dass ich partout keine zärtlichen Gefühle für diesen Mann empfinden kann und den Tag verfluche, an dem ich meinem Vater dieses Versprechen gegeben habe.

Susan saß mir beim Dinner genau gegenüber. Sie hat meinen schmerzerfüllten Blick wahrgenommen, wie sie mir nach dem Essen gestand, und wollte wissen, was geschehen ist. Als ich ihr offenbarte, dass Tame mir unter dem Tisch beinahe die Hand zerquetscht hat, war sie sichtlich entsetzt. Ich habe ihr dann auch die Sache mit Ludwig anvertraut. Sie sagte, ich müsse vorsichtig sein. Tame sei kein Mann, der sich nehmen ließe, was ihm gehöre. Und er glaubt nun einmal fest daran, dass er einen Anspruch auf mich habe. Manchmal komme ich mir vor wie ein Recht, das er aus einem Vertrag ableitet.

Ich habe ihre Warnung jedenfalls ernst genommen und bin Ludwig Dehn aus dem Weg gegangen. Er hat ein paarmal versucht, mich im Museum allein abzupassen, aber ich habe es jedes Mal geschafft, ihm zu entkommen. Dabei hat mir das Herz geblutet. Was würde ich darum geben, wenn ich noch einmal mit ihm allein sein könnte! Und ausgerechnet Susan war nun die Botin seiner Nachricht an mich, die vor mir auf dem Tisch liegt.

Ich möchte dich noch einmal sehen. Bitte komm heute Abend um acht Uhr zu der Halle, in der das Haus Hinemoa gelagert ist. Ich warte dort auf dich. Bitte! Dein Ludwig.

»Was soll ich tun, Susan?«, fragte ich meine Freundin ratlos.

»Triff ihn, und stell ihn vor die Wahl, er soll dich entweder entführen oder in Ruhe lassen!«, antwortete sie mir ungerührt.

»Aber ich kann nicht mit ihm gehen. Das werden die Ahnen nicht zulassen!«, erwiderte ich verängstigt.

»Wer hat dir bloß diesen Blödsinn eingeredet?«, fragte sie.

Ich blieb ihr eine Antwort schuldig. Diese Pakeha haben leicht reden. Was wissen sie schon von uns? Nein, ich werde den Zorn der Ahnen nicht noch einmal auf unsere Familie lenken, sondern das tun, was ich tun muss. Aber ich muss es Ludwig wenigstens persönlich mitteilen, denn ich kann ihn nicht länger im Ungewissen lassen, oder? Und ich werde ihn anflehen, Neuseeland schnellstmöglich zu verlassen. Mir ist nicht wohl dabei, wenn er sich länger in Auckland aufhält.

Ein Blick auf die Wanduhr zeigt mir, dass mir nur eine knappe halbe Stunde bleibt, um diese Entscheidung zu treffen. Was, wenn ich hingehe und es nicht schaffe, ihm einen Korb zu geben? Aber was, wenn ich nicht hingehe und er nicht locker lässt? Es ist doch nur eine Frage der Zeit, wann Tame davon Wind bekommt. Er ist gerade für ein paar Tage in den Northlands, um einen heiligen Platz der Maori zu besichtigen, der am Rande einer Schaffarm liegt und den der Stamm zurückhaben möchte. Wahrscheinlich hat Ludwig davon gehört und will die Gunst der Stunde nutzen. Was soll ich bloß tun? Ich habe das Gefühl, was ich auch mache, es ist verkehrt.

Sogar Mr. Evans hat mir heute, ohne die Tragweite der Angelegenheit auch nur annähernd zu erahnen, ein paar mahnende Worte mit auf den Weg gegeben. Ich musste ihm nämlich am Tag nach der großen Eröffnungsfeier auf Tames ausdrücklichen Befehl hin mitteilen, dass der Aufbau des Hauses Hinemoa erst nach unserer Hochzeit beginnen könne. Er war nicht gerade erfreut, schon allein, weil er die vielen Mitarbeiter abbestellen musste.

»Kindchen, ja, dann heiraten Sie doch schnell. Worauf warten Sie denn?«, empfahl er mir ungerührt.

Da ich nichts erwiderte, sondern nur verlegen auf meine Fußspitzen starrte, fügte er hinzu: »Aber Sie wollen doch auch, dass das Haus Hinemoa so schnell wie möglich in neuer Pracht erstrahlt, oder?«

»Ich wünsche mir nichts sehnlicher als das«, seufzte ich.

»Dann machen Sie rasch einen Hochzeitstermin, und alles nimmt seinen Lauf!«, wiederholte er eindringlich.

»Sie denken nur an das Artefakt für Ihr Museum, und es kümmert Sie nicht, wie es hier drinnen aussieht.« Ich deutete auf mein Herz.

»Ach, Kindchen, ich schätze unseren deutschen Forscher sehr, aber lassen Sie sich nicht von ihm einwickeln. Er verdreht Ihnen den Kopf, und dann geht er zurück nach Deutschland. Und Sie stehen vor einem Scherbenhaufen.«

»Wie kommen Sie denn darauf, ich meine, Mr. Dehn und ich, wir sind nur Freunde ...«

»Genau, Kindchen. Nur, weil ich eine Glatze habe, bin ich nicht alt. Ich habe eine junge Frau, in die ich noch so verliebt bin wie am ersten Tag, und drei Kinder. Und die Blicke des Forschers sprechen Bände. Seien Sie nur vorsichtig. Ihr Verlobter hat auch Augen im Kopf. Gehen Sie Dehn aus dem Weg.«

Ich saß also völlig ratlos an meinem Schreibtisch, Ludwigs Nachricht vor mir. Da fiel mein Blick auf eine rote Pohutukawa-Blüte, die ich im Garten abgeschnitten hatte. Gedankenverloren nahm ich sie aus der Vase und riss ihr die Blüten einzeln aus.

»Ich gehe, ich gehe nicht, ich gehe ...«, murmelte ich. Das dauerte eine halbe Ewigkeit, bis ich fertig war, denn eine Pohutukawa-Blüte besitzt viele Einzelblüten.

»Ich gehe ...«, sagte ich leise, während ich die letzte ausrupfte und sie zwischen zwei Seiten in meinem Tagebuch presste.

Dezember 2013, Flug Sydney – Dubai

Sarah saß in dem A 380 auf dem mittleren Sitz zwischen Jerry und einem jungen Mann, der seit Stunden vergeblich versuchte, sie in ein Gespräch zu verwickeln. Aber sie hatte keinerlei Lust, Konversation zu betreiben. Im Gegenteil, sie war froh, dass Jerry nach dem Genuss dreier Flaschen Rotwein und der anschließenden Einnahme einer starken Tablette tief und fest schlief und sie in Ruhe ihren Gedanken nachhängen konnte. Immer wieder musste sie an die Beerdigung ihres Adoptivvaters denken und an ihren Besuch bei Jane.

Sie erinnerte sich lebhaft an das angeregte Gespräch, das sie noch an demselben Abend miteinander geführt hatten. Jane hatte ihr stundenlang von Helen vorgeschwärmt und ihr wiederholt versichert, Sarah sei ihr vom Wesen sehr ähnlich, wenngleich sie optisch ganz nach ihrem Vater Philipp käme. Er besäße schottische Wurzeln, und Sarah wäre so groß, schlank und blond wie er. Oder ich komme nach meiner Großmutter, hatte Sarah in Gedanken hinzugefügt. Nach dem dritten Wein hatte Sarah ihrer Adoptivmutter schließlich anvertraut, dass sich ihre leibliche Großmutter gemeldet hatte und dass sie vielleicht im europäischen Sommer zu ihr nach Hamburg fliegen würde.

Jeder Satz, jede Geste war Sarah noch so präsent, als wäre es gerade eben erst geschehen:

Jane musterte sie lange und durchdringend. »Sie ist also nicht tot, wie dein Großvater deiner Mutter weismachen wollte. Das ist allerdings eine unerwartete Wendung. Warum nutzt du nicht diese Ferien? Über Weihnachten wird hier doch kaum gearbeitet. Platzt du nicht vor Neugier?«

Sarah wand sich ein wenig. Sie mochte nicht zugeben, dass sich Raiwiri ganz entschieden gegen ihre spontane Reise nach Hamburg ausgesprochen hatte.

»Ich kann dich in dieser Lage nicht allein lassen«, sagte sie bestimmt, aber das war nur die halbe Wahrheit.

Wieder musterte Jane Sarah mit einem gleichermaßen aufmerksamen wie abwesenden Blick. Sarah kannte diesen Blick von ihrer Adoptivmutter. Sie bekam ihn immer dann, wenn sie in diesen merkwürdig entrückten Zustand geriet. So als wäre sie nicht von dieser Welt. Obwohl Jane im Alltag bodenständig auftrat, besaß sie – wie Jane es gern ausdrückte – ominöse Anwandlungen. Jane legte in ihrer Freizeit für die Nachbarinnen Karten und meinte oft etwas zu erkennen, was in der Zukunft lag. Sarah stand diesen Fähigkeiten ihrer Adoptivmutter sehr skeptisch gegenüber. Ob sie wirklich in die Zukunft sehen kann?, fragte sich Sarah in diesem Augenblick.

»Du fragst dich, ob ich gerade etwas sehe, das in der Zukunft liegt, oder?«

Sarah zuckte unmerklich zusammen. Konnte Jane ihre Gedanken lesen?

»Ich weiß, du zweifelst an meinen übersinnlichen Fähigkeiten. Ich hätte mich auch für verrückt erklärt, bevor es mich zum ersten Mal überkommen hat. Es passierte an jenem Tag, an dem deine Mutter starb. Kurz bevor die Polizei eintraf, sah ich den Wagen, wie er von der regennassen Fahrbahn abkam und die Umzäunung zur Schafsweide durchbrach und sich überschlug. Und genauso ist es gewesen, wie die Polizei mir später mitteilte. Ich wollte es nicht wahrhaben. Doch dann habe ich diese Bilder, die mich manchmal aus dem Nichts überkommen, zugelassen, und jedes Mal bestätigte sich, was ich wie einen Film vor meinem inneren Auge ablaufen sah. Irgendwann habe ich ihnen getraut und mich nicht mehr geniert, sie weiterzugeben an die Menschen, die sie betreffen. Nur Johns Tod habe ich nicht voraussehen können.« Jane traten Tränen in die Augen.

Sarah wurde unwohl zumute. Sie war ein rationaler Mensch, der sich kaum vorstellen konnte, dass es zwischen Himmel und Erde Dinge gab, die man nicht wissenschaftlich erklären konnte. Aber in diesem Augenblick wusste sie, dass Jane etwas sehen konnte, was den Zeitpunkt ihrer Reise betraf.

»Was siehst du in meinem Fall? Sag es mir!«

»Ach nichts«, wiegelte Jane ab. Sie kannte schließlich Sarahs Meinung zu ihren »Anwandlungen«.

»Bitte, ich will es wissen.«

Jane zögerte noch eine Weile, bevor sie zugab, sie befürchte, dass es im Sommer zu spät sein könne.

»Was genau siehst du?«

Sarahs Adoptivmutter schloss die Augen und sagte leise: »Da ist ein Haus, umgeben von großen, alten Bäumen. Es ist Nacht, und eine alte Dame – sie hat weißes Haar – öffnet eine Tür, aber dann fällt sie, immer tiefer, ich kann nicht sehen, wohin, aber sie fällt ...« Jane stockte und öffnete hastig die Augen. »Mehr kann ich nicht sehen!«, bemerkte sie schroff.

»Und du meinst, ich könnte zu spät kommen, wenn ich erst im Sommer fahre?«

»Ich meine gar nichts. Das ist wahrscheinlich Unsinn, dass ich ...« Jane stieß einen tiefen Seufzer aus. »Ja, ich habe das Gefühl, du solltest jetzt fahren.«

»Aber ich kann dich doch nicht allein lassen. Jetzt, zu Weihnachten und überhaupt ...«

»Mach dir keine Sorgen um mich. Ich bin bei den Nachbarn eingeladen.«

Sarah überlegte noch einen Augenblick, bevor sie Jane stürmisch umarmte. Ja, sie würde nach Deutschland reisen, und zwar sofort! Und es waren nicht nur Janes beschwörende Worte, die sie zu diesem Entschluss trieben, sondern ihr eigenes inneres Gefühl, das sie nur Raiwiri zuliebe unterdrückt hatte.

»Und du bist wirklich nicht böse?«, fragte sie noch einmal schwach.

Jane gab ihr einen Kuss auf die Wange. »Nein, ich möchte, dass du fährst.« Und schon hatte sich Jane aus der Umarmung gelöst und war zu ihrem Computer geeilt. Dort suchte sie fieberhaft nach Flügen und präsentierte Sarah eine passende Verbindung nach Deutschland, die am 21. Dezember ab Auckland über Sydney nach Hamburg ging.

Als Sarah Jerry anrief und ihm die Neuigkeit mitteilte, war er überglücklich und versprach, sofort für zwei Personen zu buchen.

Die tiefe Stimme ihres Sitznachbarn schreckte sie aus ihren Gedanken.

»Entschuldigen Sie, ich glaube, Sie müssen jetzt Ihren Tisch aufklappen. Das Essen kommt.«

Und da stand auch schon die Stewardess der Emirates vor ihrer Reihe und fragte, welches Gericht sie wünsche. Sarah hatte noch gar nicht in die Karte gesehen, doch ihr Nachbar raunte ihr vertraulich zu: »Nehmen Sie das Lamm. Das ist einigermaßen genießbar.«

Sarah lächelte ihm flüchtig zu und folgte seinem Rat. Dann stieß sie Jerry sanft an, um ihn zu wecken, aber der grunzte nur unwirsch und drehte seinen Kopf zur anderen Seite.

»Kann mein Bekannter später essen, wenn er Hunger bekommt?«, fragte sie die Stewardess. Die gut aussehende junge Frau mit dem roten Hut und dem weißen Schal nickte freundlich.

Erst jetzt merkte Sarah, was für einen Hunger sie hatte. In den letzten Tagen hatte sie nur wenig gegessen, weil es mit Raiwiri diese schreckliche Auseinandersetzung wegen der Reise gegeben hatte. Sie durfte gar nicht daran denken, was er ihr alles an den Kopf geworfen hatte und wie sie sich schließlich im Zorn getrennt hatten.

»Guten Appetit«, wünschte ihr der Nachbar.

»Ihnen auch!«, erwiderte sie, während sie die Folie des Hauptgerichts entfernte. Das Essen roch erstaunlich gut, und sie machte sich mit Heißhunger darüber her. Sie bemerkte aus dem Augenwinkel, dass ihr Nachbar sie offenbar dabei beobachtete.

»Machen Sie nur einen Zwischenstopp in Dubai, oder fliegen Sie direkt nach Hamburg?«, fragte er nun.

Sarah wandte sich ihm zu. Er war attraktiv. Keine Frage. Das war ihr schon beim Boarding aufgefallen. Aber woher wusste er, dass ihr Ziel Hamburg war? Dubai war die internationale Drehscheibe zu Weiterflügen nach ganz Europa.

»Wie kommen Sie darauf, dass ich nach Hamburg fliege?«, wollte Sarah wissen.

»Ich stand beim Boarding hinter Ihnen und habe einen Blick auf Ihr Ticket riskiert«, gestand er zerknirscht.

»Sie sind wohl gar nicht neugierig, oder?«

Bislang hatte sie seine Kontaktversuche abgeschmettert, aber warum sollte sie sich nicht ein wenig ablenken? Er schien durchaus sympathisch, und vielleicht würde sie ein kleiner Flirt von den bitteren Gedanken an Raiwiri ablenken.

»Nicht immer, aber bei so einer hübschen Frau wie Ihnen ...« Er grinste verschmitzt. »Daraufhin habe ich gleich meinen Platz mit einem Herrn getauscht, der eigentlich neben Ihnen sitzen sollte.«

»Das ist nicht Ihr Ernst, oder?«, fragte Sarah mit gespielter Empörung.

»Seien Sie froh«, flüsterte er und deutete auf den Gangplatz der mittleren Reihe, auf dem ein behäbiger Mann saß, der gut und gern zwei Plätze hätte gebrauchen können.

»Sie wollten mir also einen Gefallen tun?«, gab sie belustigt zurück. Es tat ihrem verletzten Herzen gut, dass jemand ihr so offen seine Zuneigung zeigte. Wenn sie daran dachte, wie Raiwiri sie behandelt hatte ... nein, sie wollte sich das gar nicht mehr in Erinnerung rufen, dann würde die Verletzung wieder schmerzen wie eine frische Wunde, in die man Salz streute ...

Ihr Nachbar warf einen Blick auf Jerry, der jetzt seinen Kopf gegen Sarahs Schulter gelehnt hatte und leise vor sich hinschnarchte. »Und will Ihr Vater gar nichts essen?«

Ein Lächeln huschte über Sarahs Gesicht. »Er ist nicht mein Vater, er ist mein Chef.«

»Dann haben Sie beruflich in Hamburg zu tun? Wie interessant. Ich auch.«

Sarah stand nicht der Sinn danach, dem Fremden gleich ihre ganze Geschichte anzuvertrauen. Also nickte sie nur.

»Was machen Sie beruflich, wenn man fragen darf?«

»Ich bin Journalistin«, entgegnete sie knapp. »Und Sie?«

»Tja, wie soll ich sagen? Wie nennt man Menschen, die internationalen Handel betreiben? Kaufmann, ja, ich bin Kaufmann.«

»Woher kommen Sie?«

»Aus Auckland, wie Sie!«

»Woher wissen Sie, dass ich aus Auckland komme?«

»Wir haben dort dasselbe Flugzeug nach Sydney bestiegen.«

»Ja und? Ich könnte doch von der Südinsel angereist sein.«

Der Fremde stieß einen Seufzer aus. »Das wäre natürlich durchaus möglich, aber, aber ...« Er stockte. »Bevor ich mich weiter in Widersprüche verwickele, jetzt weiß ich wieder, wer Sie sind. Und warum Sie mir gleich so bekannt vorkamen. Sie arbeiten beim *Herald*, oder? Und Sie haben diesen preisgekrönten Artikel über das Haus Hinemoa geschrieben. Richtig?«

Sarah wusste nicht recht, was sie davon halten sollte, dass der Mann so viel über sie wusste. Und vor allem, warum er sie scheinheilig nach ihrem Beruf gefragt hatte, obwohl er die Antwort längst kannte.

»Und wie heißen Sie?«

»Michael.« Er streckte ihr seine Hand entgegen. »Michael Banks, Miss Williams.«

»Das wird ja immer schöner. Sie kennen sogar meinen Namen!« Das klang wie ein Vorwurf.

»Tut mir leid, dass ich Sie nicht gleich erkannt habe. Aber wir sind einander neulich auf einem Fest vorgestellt worden.«

»Wir beide? Das wüsste ich aber«, entgegnete Sarah ungnädig.

»Doch, aber Sie werden sich nicht an mich erinnern, weil Ihr Verlobter mich gleich aus Ihrer Nähe weggebissen hat ...«

»Exverlobter«, rutschte es Sarah erbost heraus, was sie sogleich bedauerte, als Michael freudestrahlend sagte: »Na, das ist ja mal eine gute Nachricht.«

»Hören Sie. Das geht Sie gar nichts an. Und jetzt helfen Sie mir bitte auf die Sprünge. Wann und wo sollen wir beide uns denn schon einmal begegnet sein?«

»Auf dem Kanzleifest neulich. Ich bin ein Mandant von Raiwiris Kollegen Paul, der auf Wirtschaftsrecht spezialisiert ist. Und Paul stellte mir bei der Gelegenheit Raiwiri und Sie vor. Aber das war gar nicht nötig, denn ich kenne Ihren Ver- ... pardon Exverlobten von der Schule. Und ich will nicht verhehlen, dass wir niemals Freunde gewesen sind ...«

In diesem Augenblick dämmerte es Sarah. Sie erinnerte sich an die Situation auf dem Fest, als Paul ihnen einen Mandanten vorgestellt hatte und Raiwiris Züge schier versteinerten, als er dem Mann die Hand hatte geben müssen. Doch der auffallend athletisch gebaute Mann hatte einen Vollbart getragen und ... Sarah musterte Michael nun unverhohlen. »Ich entsinne mich dunkel. Sie trugen einen Rauschebart, oder?«

Michael lachte. »Ja, öfter mal was Neues. Meine Ex stand auf Naturburschen, aber nach der Trennung habe ich mir das Kraut abrasiert. Was gefällt Ihnen besser?«

Sarah zuckte unwirsch die Achseln. »Das weiß ich nicht, aber es verändert Sie total. Sie sind ein ganz anderer Typ.«

»Attraktiver oder nicht?«, hakte er nach.

»Keine Ahnung«, schwindelte Sarah, denn ihr gefiel zweifelsohne der glattrasierte Michael wesentlich besser. Als Yeti hatte er keinen Eindruck auf sie gemacht. Aber als kerniger Typ mit rotblonden Locken ... Außerdem hatte Raiwiri sie auf dem Fest ganz schnell von Paul und seinem Mandanten weggezogen. Plötzlich erinnerte sie sich wieder, dass er sehr aufgebracht gewesen war. Er hatte regelrecht über seinen Kollegen geschimpft und sinngemäß etwas in der Art gesagt wie: »Musste der unbedingt diesen Idioten zum Fest einladen?«

Und wieder war Sarah in Gedanken dort, wo sie auf keinen Fall sein wollte: bei Raiwiri! Dagegen, dass er sich erneut in ihre Gedanken schlich, konnte auch ihre Konversation mit diesem Michael nichts ändern. Im Gegenteil, der hatte sie ja erst wieder mit der Nase auf den Mann gestoßen, von dem sie noch vor wenigen Tagen geglaubt hatte, er wäre das größte Glück auf Erden für sie. Und nun war es aus, einfach aus und vorbei.

»Geht es Ihnen nicht gut? Bin ich Ihnen etwa zu nahe getreten?«, hörte sie Michael wie von ferne fragen.

»Ich bin nur müde und möchte schlafen, sobald das Essen abgeräumt ist«, gab sie zurück, ohne Michael eines weiteren Blickes zu würdigen.

»Wenn Sie wollen, können Sie gern Ihren Kopf an meine Schulter lehnen«, bot er ihr an.

»Nein, danke«, erwiderte sie und schloss die Augen. Sofort tauchte Raiwiris zorniges Gesicht vor ihr auf. Sarah stöhnte leise auf. Nein, es hatte keinen Sinn, dagegen anzukämpfen. Sie würde immer und immer wieder daran denken müssen, bis die Wunde verheilt war, wenngleich sie in diesem Augenblick fast befürchtete, das würde niemals der Fall sein. Tränen traten ihr in die Augen, aber das machte ihr nichts. Sollte dieser Michael doch denken, was er wollte. Es interessierte sie nicht mehr, ob er sie toll fand oder nicht. Warum musste er auch ausgerechnet ein Bekannter Raiwiris sein? Mit einem Fremden hätte sie sich vielleicht von ihrem Schmerz ablenken können, aber so? Ganz automatisch spulte sich die ganze Geschichte vor ihrem inneren Auge ab. Ihre Rückkehr aus Dunedin, Raiwiris geballter Zorn, seine miese Erpressung, ihre Trennung …

Sie hatte schon mit einem unguten Gefühl ihren Flug von Dunedin zurück nach Auckland angetreten. Jane hatte sie zum Flughafen gebracht und ihr alles Gute gewünscht. Sarah hatte ihr bis zuletzt nichts von Raiwiris Vorbehalten erzählt. Jane schien so glücklich darüber, dass Sarah endlich den richtigen Mann gefunden hatte. Sogar ein Verlobungsgeschenk hatte sie ihr mitgegeben. Sarah hatte das kleine Päckchen im Flieger geöffnet und war gerührt gewesen beim Anblick der silbernen Kette mit dem Herzen, auf dem ihrer beider Namen eingraviert waren. *Sarah und Raiwiri forever.* Ein derartiges Schmuckstück würde sie zwar nie tragen, aber sie würde es immer bei sich haben. Wenn auch nicht als Kette um den Hals, so doch in der Hosentasche als Glücksbringer.

Sarah tastete nach der Seitentasche ihrer Jeans. Dort fühlte sie das Silber, denn sie wollte die Kette auch jetzt noch bei sich haben, obwohl sie inzwischen zerrissen war. Raiwiri hatte sie ihr im Streit wegnehmen wollen – aber sie hatte sie festgehalten. Dabei war die Kette kaputt gegangen. Dieser fürchterliche Streit.

Wenn Sarah nur an die hässlichen Worte dachte, die sie sich gegenseitig an den Kopf geworfen hatten, wurde ihr ganz anders.

Es hatte angefangen, nachdem Raiwiri sie vom Flugplatz abgeholt hatte und sie am Hafen noch etwas essen gegangen waren. Es war ein so bezaubernder Tag. Jedenfalls nach außen. Die Abendsonne schien auf die Terrasse des Restaurants Harboursite, und das Meer glitzerte in einem zauberhaften Smaragdgrün. Direkt vor ihnen legten die unzähligen Ausflugsboote zu den Inseln an und ab und spuckten Unmengen von Urlaubern aus. Sarah und Raiwiri hatten sich eine Platte mit Meeresfrüchten für zwei Personen bestellt. Dazu den besten Sauvignon Blanc, den es auf der Karte gab. Raiwiri hatte schließlich gerührt ihre Hand genommen. »Es tut mir so leid wegen John«, sagte er voller Mitgefühl. »Aber ich finde es trotzdem schön, dass du nicht über Weihnachten geblieben bist. Ich hätte dich sehr vermisst. Vielleicht kann Jane über die Feiertage nach Auckland kommen.«

Sarah entzog ihm vorsichtig ihre Hand. Jetzt oder nie. Sie durfte nicht länger warten. »Raiwiri, ich werde übermorgen nach Deutschland reisen.« Sie wusste, dass es nicht gerade diplomatisch war, gleich mit der ganzen Wahrheit herauszurücken, aber ihr stand nicht der Sinn nach langwierigen Einleitungen.

Raiwiri sah sie mit einer Mischung aus Entsetzen und Vorwurf an.

»Bist du völlig verrückt geworden?«, zischte er wütend.

»Bitte, Schatz, lass uns darüber reden wie vernünftige Menschen.«

»Ich bin vernünftig, meine Liebe, aber diese blöde Alte hat dir den Kopf verdreht. Das ist die Wahrheit!« Raiwiri war so laut geworden, dass die Leute an den Nebentischen sich zu ihnen umwandten.

»Nicht so laut. Wir können doch über alles reden«, versuchte Sarah, ihren Verlobten zu beschwichtigen, aber das nützte nichts.

Seine tiefe Stirnfalte sprach Bände. Er stand kurz vor dem Platzen.

»Gut, dann bleib bei unserer Vereinbarung!«, raunte er.

»Welche Vereinbarung?«, gab Sarah zurück, und sie wusste, kaum dass sie es ausgesprochen hatte, es war ein Fehler.

»Dass wir gemeinsam nach Deutschland reisen, und zwar im Sommer!«

»Ja, ich weiß, dass wir uns darauf geeinigt hatten, aber versteh doch, mein Gefühl . . .«

»Gefühl? Das lässt du aber gerade vermissen! Jedenfalls das Feingefühl mir gegenüber!« Er sprach jetzt zwar mit gedämpfter Stimme, aber in ihm bebte ein Vulkan. Das spürte Sarah körperlich. Ihr war übel. Sie legte ihre halb verzehrte Hummerhälfte zurück auf die Etagère, in der die Meeresfrüchte stilsicher auf Eis serviert worden waren. Unter diesen Umständen bekam sie keinen Bissen mehr hinunter. Stattdessen trank sie ihr Glas Wein in einem Zug aus.

Raiwiri beobachtete das und verzog sein Gesicht angewidert.

»Wir reden zu Hause. Basta!«, sagte er in einem Ton, der Sarah ihrerseits die Zornesröte auf die Wangen trieb.

»Wie redest du eigentlich mit mir? Ich bin nicht dein Kind«, schrie Sarah ihn an. Wieder drehten sich etliche Gäste nach ihnen um.

»Aber meine zukünftige Frau. Und jetzt ist Schluss. Ich sagte, wir reden zu Hause«, flüsterte er.

Von dem Augenblick an redeten sie kein Wort mehr miteinander. Sarah goss sich ihr Glas noch zwei Mal randvoll und leerte es in hastigen Zügen. Raiwiri rührte auch keinen Bissen mehr an, sondern brütete stumm vor sich hin.

Als Sarah eine weitere Flasche Wein bestellen wollte, unterbrach er sie barsch und befahl: »Nein, keinen Wein mehr. Die Rechnung bitte!«

Sarah schwieg angesichts dieser neuerlichen Bevormundung, aber auch nur, weil sie eigentlich selber gar keinen Wein mehr wollte, sondern ihn nur aus Trotz hinuntergeschüttet hätte wie Wasser.

Schweigend gingen sie die Albertstreet entlang bis zu Raiwiris Wagen. Sarah warf ihm ein paar Seitenblicke zu, aber ihr Verlobter stierte nur finster geradeaus.

Doch kaum waren sie in seinem Haus im Stadtteil Parnell, in das Sarah gerade erst vor ein paar Wochen gezogen war, angekommen, konnte sich ihr Verlobter nicht länger beherrschen.

»Warum tust du mir das an? Warum?«, schrie Raiwiri ohne Vorwarnung los.

»Aber ich will dir nichts Böses, es ist nur ...«, versuchte Sarah ihn zu beschwichtigen, aber er ließ sie nicht ausreden.

»Dir sind also unser gemeinsames Weihnachten und der Urlaub völlig gleichgültig, nur, weil diese alte Hexe dir einen Floh ins Ohr gesetzt hat. Und bitte, was sagt Jane dazu? Dass du sie wegen so etwas im Stich lässt?«

»Jane hat mir geraten, sofort hinzufahren«, erwiderte Sarah mit fester Stimme.

»Das glaube ich dir nicht!« Und schon hatte Raiwiri den Telefonhörer in der Hand und war dabei, Janes Nummer zu wählen. Sarah gelang es, ihm den Hörer aus der Hand zu reißen, bevor es bei Jane klingelte. Das fehlt noch, dass er sie in unseren Konflikt involviert, schoss es Sarah durch den Kopf, sie wähnt uns doch im Liebesglück.

»Raiwi, bitte! Jane hat genügend Sorgen. Sie ist so froh, dass es dich in meinem Leben gibt. Schau, das hat sie mir zur Verlobung geschenkt.«

Sarah holte die Kette hervor und deutete auf das Herz. »Sieh nur, sie hat unsere Namen eingravieren lassen.«

Raiwiri lachte böse. »Was nützen unsere Namen auf einem

Schmuckstück, wenn du meine Wünsche mit Füßen trittst?« Er griff nach der Kette und wollte sie ihr aus der Hand reißen. Sarah aber hielt sie fest. Und da riss sie in zwei Teile.

Sarah starrte wie betäubt auf den Anhänger, der beim Reißen der Kette zu Boden gefallen war. Dann hob sie ihn auf und ließ ihn mit dem Teil der Kette, der ihr geblieben war, kommentarlos in die Hosentasche gleiten.

In diesem Augenblick wurde sie ganz ruhig. Sie blickte Raiwiri direkt in die Augen.

»Es geht um mich und meine Herkunft. Und ich möchte auch als deine Frau die Freiheit haben, eigenverantwortliche Entscheidungen zu treffen ...«

»Toll, aber gegen mich ...«

»Bitte lass mich ausreden! Ich möchte dir jetzt meine Sicht der Dinge darlegen. Und wenn du anderer Meinung bist, dann hast du gleich genügend Zeit, diese zu äußern ...«

»Du hättest Psychologin werden sollen«, ätzte Raiwiri. Sarah lag eine Gegenrede auf der Zunge: dass er als Anwalt ein wenig sachlicher bleiben sollte. Aber sie schluckte es hinunter.

»Ich möchte herausfinden, wer meine Großmutter ist. Und das ist kein Angriff gegen dich, sondern mir ein Herzensanliegen.«

»Ich habe doch nichts dagegen, dass du Mrs. Dehn einen Besuch abstattest, aber mit mir und im europäischen Sommer.«

»Ich habe das Gefühl, dass ich sofort fahren sollte. Wenn du so willst, ist mein Bauchgefühl ganz übermächtig in dieser Angelegenheit.«

Raiwiri stieß einen verächtlichen Zischlaut aus.

»Danke, dass du meine Gefühle so lächerlich findest«, entgegnete Sarah. Sie gab sich wirklich alle Mühe, die Lage zu deeskalieren, ohne von ihrem Entschluss Abstand zu nehmen, aber das war angesichts von Raiwiris Verbohrtheit kaum möglich.

»All das ist doch nicht gegen dich gerichtet: Raiwi, wir sind erwachsene Menschen. Es ist ärgerlich, dass wir die Festtage ohneeinander verbringen müssen, aber das kann doch unserer Liebe keinen Abbruch tun.« Das klang flehend.

»Nenn mir einen unserer Freunde, der die Festtage ohne den Partner verbringt«, konterte er.

Sarah überlegte fieberhaft, aber ihr fiel auf die Schnelle kein Paar ein, das getrennt voneinander feierte.

»Dann nimm dir frei und begleite mich«, bat sie ihn inständig.

Raiwiri schüttelte ärgerlich den Kopf. »Ich halte die Stellung in der Kanzlei, bis mich Paul nach den Weihnachtstagen ablöst, damit wir nach Sydney fliegen können.«

»Dann komm nach! Bitte! Oder wir fliegen gemeinsam, gleich nach Weihnachten.«

»Da sieht man mal, wie sehr dich meine Arbeit interessiert. Habe ich dir nicht gesagt, dass ich gleich Anfang Januar ein paar wichtige berufliche Termine habe? Ich kann nicht so einfach abhauen wie du.«

Das hätte er nicht sagen sollen. Sarahs Selbstbeherrschung zerfloss wie Butter in praller Sonne. »Scheiße, Scheiße, Scheiße, jetzt reicht es aber. Du tust ja gerade so, als würde ich den ganzen Tag auf der faulen Haut liegen. Scheiße!«

»Kannst du es bitte unterlassen, mit diesen Fäkalausdrücken um dich zu werfen! Das ist primitiv!«

Sarah ballte ihre Fäuste. Es hätte nicht viel gefehlt, und sie hätte sich mit Gebrüll auf ihn gestürzt.

»Du Blödmann!«, brüllte sie wie von Sinnen. »Du führst dich wie ein Haustyrann auf. Als hättest du mich mit diesem Scheißring in Ketten gelegt.« Wütend streifte sie ihren Verlobungsring ab und warf ihn Raiwiri vor die Füße. »Ich gehöre dir nicht! Ich bin ein erwachsener Mensch, der jederzeit das Recht hat, Dinge eigenverantwortlich zu entscheiden. Wenn ich dich damit nicht mutwillig schädige. Und Scheiße, Scheiße, Scheiße, was ist ein getrenntes Weihnachtsfest? Bestimmt kein Schaden für dich! Aber ich glaube, du stellst dir die Zukunft so vor, dass ich dich ab jetzt um Erlaubnis fragen muss, ob ich ohne dich aus dem Haus gehen darf. Meine Güte, du machst einen Aufstand, als hättest du mich beim Fremdgehen erwischt ...«

»Und? Kommt Jerry mit?«, unterbrach Raiwiri sie kalt.

Sarah fasste sich an den Kopf. »Ach, daher weht der Wind. Du bist eifersüchtig auf Jerry. Ich fasse es nicht. Glaubst du, ich würde ihn mitnehmen, wenn ich auch nur das geringste Interesse an ihm als Mann hätte?«

»Es reicht doch, dass er in dich verliebt ist!«

»Nein, tut es nicht! Schlimm wäre, wenn du Grund zum Argwohn hättest. Wenn du mir nicht vertrauen könntest. Du vertraust mir doch, oder?«

Raiwiri zuckte mit den Achseln. »Seit der Sache mit Denise traue ich keiner Frau mehr.«

Sarah sah ihn fassungslos an. »Du willst mich nicht wirklich mit deiner Schulliebschaft in einen Topf werfen und behaupten, du misstraust mir, weil du mit siebzehn einmal von der Klassenbella betrogen worden bist?«

»Du legst doch so viel Wert darauf, dass ich deine Gefühle respektiere. Dann mache dich auch nicht über meine lustig.«

»Nein, lustig bestimmt nicht. Ich finde es traurig, dass du überhaupt anzweifelst, dass unsere Liebe etwas Besonderes ist.«

Er lachte trocken auf. »Ich hätte auch nicht gedacht, dass du dich mir gegenüber so benimmst, als wäre ich ein x-beliebiger Kerl.«

Sarah schnappte nach Luft vor lauter Empörung. »So, Raiwiri, es reicht. Du drehst förmlich durch, weil ich die Eingebung verspüre, umgehend und nicht erst im Sommer zu meiner Großmutter zu reisen. Wie soll ich dich denn heiraten, wenn du dich schon vor der Hochzeit als besitzergreifender Kontrollfreak entpuppst?«

»Aha, da kommen wir zum Kern der Sache. Du zweifelst also daran, dass es richtig war, meinen Antrag anzunehmen. Ich habe verstanden.« Raiwiri ging, ohne sie auch nur eines weiteren Blickes zu würdigen, an ihr vorbei zum Schlafzimmer. Sarah blieb wie angewurzelt im Flur stehen. Sie wusste gar nicht recht, wie ihr geschah. Nach einigen Minuten kam er mit einem Koffer in der Hand zurück und musterte sie feindselig. »Deine letzte Chance! Wirst du auf deine Reise verzichten oder nicht?«

Sarah blickte ihn nur mit stummem Entsetzen an. Sein Verhalten hatte ihr die Sprache verschlagen.

»Ich verschwinde, aber nur, bis du abgereist bist. Wenn du wiederkommst, möchte ich deine Sachen nicht mehr in meinem Haus haben. Und leg meinen Schlüssel auf den Tisch!«

»Aber es ist unsere Wohnung!«, widersprach Sarah verzweifelt.

»Du hast vergessen, dass ich das Haus von meinem Onkel gemietet habe. Und dass du zu mir gezogen bist. Du glaubst doch nicht, dass ich aus meiner eigenen Wohnung ausziehe, nachdem du dich von mir getrennt hast.«

»Ich von dir? Tickst du nicht ganz richtig? Du führst dich hier wie ein Irrer auf und zerschlägst unsere Liebe in tausend Stücke!«, schrie Sarah heraus und verlor vollends die Beherrschung. Sie hob ihre Fäuste und boxte ihn heftig gegen den Brustkorb.

Raiwiri wehrte sich nicht und verzog keine Miene. Als sie von ihm abließ, zischte er abfällig: »Fertig? Dann haben wir uns also verstanden? Du entfernst deine Sachen aus meinem Haus, bevor du nach Deutschland reist. Und keine Sorge, du wirst nicht auf der Straße sitzen. Jerry besitzt das größte Haus in der ganzen City. Und viel Spaß bei deinen neuen Verwandten, den Dehns. Ich habe immer befürchtet, dass ich mich nicht auf eine Pakeha verlassen kann, aber was soll ich erst von der Nachfahrin eines

Kulturdiebes erwarten? Bereite deine Leute schon mal schonend darauf vor, dass sie sich auf einen Prozess freuen können, denn das Haus Hinemoa gehört euch nicht!«

Sarah war wie vor den Kopf geschlagen, als die Tür hinter ihm mit einem lauten Knall zufiel. In ihr war nichts als Leere. Sie wankte ins Wohnzimmer und legte sich aufs Sofa. Obwohl es immer noch sehr warm war, fröstelte sie. Sie schnappte sich eine Wolldecke und kuschelte sich tief darin ein. Sie wusste nicht, wie lange sie so dagelegen hatte. Erst das Klingeln des Telefons ließ sie aus ihrer Erstarrung erwachen.

Raiwiri, war ihr erster Gedanke, er will sich entschuldigen. Und innerlich war sie bereit, ihm alles zu verzeihen, wenn er zugab, dass er einen Fehler gemacht hatte.

Zu ihrer großen Enttäuschung war es bloß Jerry, der stolz berichtete, dass er die Tickets nach Hamburg gebucht hatte, aber leider, fügte er hinzu, habe es nur noch »Holzklasse« gegeben. Er redete wie ein Buch und klang ein wenig angetrunken. Erst nach einer ganzen Weile merkte er, dass Sarah stumm wie ein Fisch war.

»Hat dir mein Organisationstalent die Sprache verschlagen?«, scherzte er.

»Raiwi hat mich verlassen«, gab sie tonlos zurück, doch dann brachen alle Dämme. Sie schluchzte laut auf und berichtete, von Weinkrämpfen geschüttelt, was zwischen ihr und ihrem Verlobten passiert war.

»Arschloch!«, entfuhr es Jerry. »Ich habe ihn wirklich gern. Das weißt du. Außer der Tatsache, dass er dein Herz erobert hat, ist er ein guter Kerl, aber in ihm steckt auch ein verdammter Kontrollfreak. Er würde dich am liebsten keinen Schritt ohne ihn machen lassen. Und was soll jetzt werden?«

»Nichts! Er hat sich von mir getrennt! Ich soll ausziehen.«

»Okay! Ich komme gleich mit meinem Van vorbei, und wir bringen deine Sachen zu mir.«

»Gut, ich warte auf dich«, seufzte Sarah und begann wie betäubt, ihren iPod abzustöpseln und ihre schönsten Gläser auf dem Esstisch bereitzustellen. Sie war froh, dass sie kaum Möbel aus ihrer alten Wohnung mitgenommen hatte, weil Raiwiri schon alles besessen hatte. Aus der Abstellkammer holte sie ein paar Umzugskartons, die sie vor Kurzem erst bei ihrem Einzug benutzt hatte.

Von Weinkrämpfen geschüttelt durchkämmte sie Zimmer für Zimmer und packte ihre persönlichen Dinge in Kisten. Es waren nicht viele.

Kaum war sie fertig, als es an der Tür klingelte. Jerry strahlte sie an, als gäbe es etwas zu feiern.

»Dein Grinsen kannst du dir schenken«, fauchte Sarah ihren Chef an.

Jerry verzog sein Gesicht zu einer übertriebenen Leidensmiene. »So besser?«

»Ach, du bist unmöglich. Komm rein! Ich habe schon alles gepackt.«

Als er das Haus betrat, roch sie seine Fahne. »Zurück fahre ich aber«, sagte sie streng.

»Gute Idee, ich wollte immer schon mal den Whiskey probieren, den dein Verlobter so demonstrativ in die Vitrine gestellt und von dem er mir nicht ein einziges Mal etwas angeboten hat!«

»Du bist und bleibst ein Spinner«, schimpfte Sarah. Das aber kümmerte ihren Chef nicht. Genüsslich öffnete er die Flasche und goss sich ein Glas unverschämt voll. Sarah schüttelte den Kopf.

»Soll ich die Sachen jetzt etwa allein zum Wagen tragen?«

»Nein, du sollst mir beim Trinken dieses edlen Tropfens Gesellschaft leisten und dich im Arm von Daddy mal so richtig ausheulen, denn in meinem Haus dulde ich keine Tränen wegen Mr. Raiwiri. Komm, Schatz!«

Ein Grinsen huschte über Sarahs Gesicht, und sie kuschelte

sich an seine Brust. Er legte den Arm um sie und flüsterte mitfühlend: »Du kannst nicht von mir verlangen, dass ich über den Verlust bittere Tränen vergieße, aber ihr wart schon ein schönes Paar, und vielleicht kommt doch alles wieder ins Lot. Wer weiß, ob er nicht alles bedauert und dich mit Rosen empfängt, wenn wir aus Deutschland zurückkommen.«

Das waren die richtigen Worte, damit sie ihre Tränen noch einmal richtig fließen lassen konnte. Jerry streichelte ihr übers Haar und murmelte tröstend: »Es wird alles gut, mein Kleines!«

Sarah fühlte sich wirklich geborgen, und nach einer halben Ewigkeit versiegten ihre Tränen. Gerade als sie aus der kuscheligen Umarmung auftauchen wollte, hörte sie Jerrys Stimme erschrocken sagen: »Nein, warte, das ist nicht, wie du denkst!« Er hatte abrupt aufgehört, ihr übers Haar zu streichen, und zog nun seine Arme weg. Sarah hob den Kopf und wollte ihren Augen nicht trauen. Da stand Raiwiri wie ein Rachegott vor dem Sofa und holte gerade mit der Faust aus, die den armen Jerry mitten auf der Nase traf. Er schrie auf. Blut spritzte. Sarah sprang vom Sofa auf den rasenden Raiwiri zu und versuchte, seine Hände festzuhalten, aber er war stärker und schüttelte sie wie eine lästige Fliege ab. Sarah stolperte und fiel zu Boden. Nun war Jerry Raiwiris Schlägen hilflos ausgeliefert, war er doch in der schlechteren Position, denn er saß immer noch auf dem Sofa.

»Hör auf!«, schrie Sarah, während sie sich mühsam aufrappelte und auf Raiwiris Rücken herumtrommelte.

»Du hältst deinen Mund!«, brüllte Raiwiri. Das schien in Jerry Bärenkräfte freizusetzen, denn er sprang mit einem Satz auf, nahm Raiwiri in den Schwitzkasten und schob ihn in dieser schmerzhaften Position zur Haustür.

»Mach mal auf!«, rief er Sarah zu, die tat, was er verlangte. Mit einem Fußtritt beförderte Jerry Raiwiri ins Freie und schloss die Tür hinter ihm.

»So. Das kannst du vergessen. Der Kerl ist krankhaft eifersüchtig. Der gehört in Behandlung«, bemerkte Jerry entschlossen. Dann blieb sein Blick an Sarahs Kopf hängen. »Scheiße, du blutest. Du bist auf den Kopf geknallt. Wir müssen ins Krankenhaus!«

Sarah schüttelte den Kopf. »Nein, das ist nichts. Ich möchte jetzt nur noch ins Bett.«

»Der hat sie doch nicht alle«, schimpfte Jerry und wischte sich einen Rest Blut von der Nase.

»Ich weiß nicht«, seufzte Sarah. »Unser Kuscheln wirkte wahrscheinlich mehr als vertraut.«

»Und wenn schon. Da frage ich doch erst mal: ›Lieber Jerry, warum kuschelst du mit meiner Frau?‹, statt ihm gleich eine reinzuhauen. Nein, ganz ehrlich, Schätzchen, der hat ein Problem!«

»Ja, es wird so sein«, stöhnte Sarah. Sie wusste auch nicht, warum sie gerade so etwas wie Empathie für Raiwiri empfand. Verhielt er sich nicht nur so verrückt, weil er sie über alles liebte? Sie hatte den Gedanken kaum zu Ende geführt, als sie es schon aussprach. »Er liebt mich, Jerry!«

»Tss!«, machte Jerry verächtlich. »Was Menschen immer behaupten, aus lauter Liebe zu tun! Liebe wäre es, wenn er akzeptieren würde, dass du nach Deutschland reisen musst, und zwar sofort. Er aber denkt nur an sich und das verschissene Fest, das ihr nicht gemeinsam verbringt. So, und jetzt komm! Ich möchte hier weg, und zwar schnell!« Jerry hob eine der schweren Kisten an und trug sie zum Wagen. Sarah folgte ihm mit einem leichteren Umzugskarton. Als sie zum Wagen kam, hörte sie Jerry laut und unflätig fluchen. »Diese Arschgeige. Wenn ich den in die Finger kriege.«

»Was ist denn jetzt schon wieder?«, fragte Sarah, doch da sah sie ihn schon, den Grund von Jerrys Ausbruch. Jemand war mit einem spitzen Gegenstand einmal an der Fahrerseite seines nagelneuen Vans entlanggeschrappt. Und es war unschwer zu erraten, wer dieser Jemand gewesen war.

Trotz alledem hatte Sarah jedes Mal, wenn ihr Handy klingelte, gehofft, dass es Raiwiri war, der sich für seinen Ausrutscher entschuldigen wollte, doch sie wartete vergeblich.

Dieses ganze Szenario zog noch einmal an Sarah vorbei, bis sie spürte, dass ihre Lider schwer wurden, denn sie hatte in den letzten Tagen kaum geschlafen.

Sie wachte auf, weil ihr jemand energisch auf die Schulter tippte. Schlaftrunken blickte sie in Michaels blasses Gesicht.

»Sie müssen sich anschnallen. Es gibt Turbulenzen.« In dem Augenblick sackte das Flugzeug wie ein Stein nach unten. In der Reihe hinter ihnen schrie eine Frau auf. Da erklang auch schon die Stimme des Kapitäns: »Meine Damen und Herren, bitte behalten Sie die Ruhe. Wir haben ein paar Turbulenzen zu erwarten.«

Sarah schnallte sich hastig an. Gerade rechtzeitig, bevor der riesige Airbus in ein Luftloch geriet und wie ein Fahrstuhl nach unten zu sacken schien. Diverse Wein- und Sektflaschen sowie etliche Plastikbecher flogen durch die Luft. Auch einige nicht angeschnallte Passagiere in den Reihen vor ihnen knallten unsanft gegen die Decke. Michael flogen die Unterlagen, die er gerade studierte, aus der Hand, und die Zettel verteilten sich vor ihrer Sitzreihe. Alle waren in heller Aufregung, bis auf Jerry. Der verschlief das Chaos. Sarah aber hatte in der Aufregung nach Michaels Hand gegriffen, was ihr, kaum dass sich der Trubel wieder gelegt hatte, äußerst peinlich war.

»Entschuldigung«, murmelte sie, während sie ihm ihre Hand entzog.

»Meinetwegen dürfen Sie sie gern noch ein bisschen zerquetschen«, lachte ihr Sitznachbar.

»Ich hoffe, dazu gibt es auf diesem Flug keinen Anlass mehr«, erwiderte Sarah und merkte gerade rechtzeitig, dass sich ihr Magen meldete.

Sie hangelte sich über den schlafenden Jerry zum Gang, auf dem es aussah, als hätte eine Bombe eingeschlagen. Als sie die Toilette erreicht hatte, war die Übelkeit vorüber. Sarah ging zurück zu ihrer Reihe und stellte fest, dass Michaels Sitz leer war. Offenbar hatte er auch die Waschräume aufgesucht. Sarah blieb vor Jerrys Sitz stehen, weil sie erst ihren Sitznachbarn an seinen Fensterplatz lassen wollte. Da sah sie zu Jerrys Füßen ein Blatt Papier. Sie vermutete, dass es zu Michaels Unterlagen gehörte. Als Sarah das Blatt aufhob, blieb ihr Blick an einem alten Foto des Maori-Versammlungshauses hängen. Es war das Bild aus ihrem Artikel. Wieso hat dieser Michael eine Kopie meines Artikels bei sich, fragte sie sich, als sie ihn aus Richtung der Waschräume kommen sah. Reflexartig ließ sie den Artikel zu Boden flattern.

Michael lächelte Sarah gewinnend an, bevor er das Blatt entdeckte. Er bückte sich und hob es wortlos auf.

»Ein wichtiger Vertrag?«, fragte sie scheinheilig.

»Nein, Ihr Artikel aus dem *Herald*«, gab er unumwunden zu.

»Und was wollen Sie damit?«

Michael sah sie an wie ein Schuljunge, den man bei einem Streich ertappt hatte. »Ich handle mit Kulturgütern, also auch mit Maori-Artefakten. Und da interessiert einen schon, ob man sich auf legalem Terrain bewegt.«

»Und? Bewegen Sie sich auf legalem Terrain?«, fragte Sarah spitz.

»Aber sicher! Sagen Sie, wollen wir uns wieder setzen oder den Rest des Fluges im Gang stehen bleiben?«

Michael kletterte, ohne ihre Antwort abzuwarten, geschickt über Jerry hinweg und reichte Sarah seine Hand, die sie ergriff, um auf ihren Sitz zurückzubalancieren, ohne ihren Chef zu wecken.

Sie konnte sich nicht helfen, dieser Michael zog sie einerseits an, erregte aber gleichzeitig ihr Misstrauen. Warum trug er ihren Artikel bei sich, und warum hatte er sie angeblich nicht gleich erkannt? Oder spielte er ihr etwas vor und hatte von Anfang an gewusst, wer sie war, und gezielt Kontakt zu ihr gesucht?

Sie überlegte gerade, ob sie ihn direkt darauf ansprechen sollte, als sie Jerry laut aufstöhnen hörte. »Sind wir bald da?«, fragte er mit kratziger Stimme. Sarah wandte sich ihm zu.

»Du hast sogar die teuflischen Luftlöcher verschlafen«, lachte sie und warf einen Blick auf ihre Armbanduhr. »Wir haben noch fünf Stunden.«

Jerry stöhnte erneut laut auf. »Oh nein. Ich hasse Langstreckenflüge in der Holzklasse.« Mit diesen Worten lehnte er seinen Kopf an Sarahs Schulter und schloss die Augen. Minuten später war er wieder eingeschlafen.

Sarah hing erneut ihren Gedanken nach. Was für eine Frau ihre Großmutter wohl war? Und warum hatte sie ihre Tochter in Neuseeland mit einem Vater zurückgelassen, der sie für tot erklärt hatte? Plötzlich überkamen sie Zweifel, ob es richtig gewesen war, für dieses Treffen ihre Beziehung zu opfern. Was ging sie eigentlich eine Familie an, mit der sie in ihrem Leben bisher gar nichts zu tun gehabt hatte?

Hamburg, Dezember 2013

Dorothee war mehr als eine Stunde zu früh am Hamburger Flughafen eingetroffen. Nun stand sie vor der Ankunftstafel und wartete gebannt auf das Zeichen, dass der Flug aus Dubai gelandet war.

»Frau Dehn, er soll erst in fünfzehn Minuten ankommen«, bemerkte Jan amüsiert. Sie hatte ihn vorhin angerufen und gebeten, sie zu chauffieren. Dorothee hatte ihm berichtet, dass sie den Führerschein an ihrem achtzigsten Geburtstag freiwillig zurückgegeben hatte. Sie wäre ihr Leben lang zwar unfallfrei gefahren, vertrat aber die Meinung, man solle das Schicksal nicht herausfordern. »Ich hätte natürlich ein Taxi nehmen können, aber ich ahne, dass Sie mir zu gern jeden Gefallen tun würden, seit ich mich bereiterklärt habe, die Eröffnungsrede bei Ihrer neu gestalteten Maori-Ausstellung zu halten«, hatte Dorothee unverstellt zugegeben.

Jan hatte ihr versichert, sie habe Glück. Er wäre bereits im Weihnachtsurlaub und hätte Zeit. Dorothee hatte ihn auch gleich zu dem anschließenden Essen eingeladen, das sie zu Ehren ihrer Enkelin in ihrem Haus geben wollte. »Als Wiedergutmachung, weil ich Sie neulich so ungalant hinauskomplimentiert habe.« Und dann hatte sie ihm von dem Schock berichtet, den ihr das Foto in dem Artikel aus dem *Herald*, bereitet hatte. Jan hatte sich unter diesen Bedingungen gern als Chauffeur der alten Dame zur Verfügung gestellt. Er fühlte sich geschmeichelt, dass sie ihm ein solches Vertrauen entgegenbrachte, dass sie ihn sogar in diese heikle Familienangelegenheit eingeweiht hatte. Und er war zugegebenermaßen sehr gespannt auf jene junge streitbare Neuseeländerin, die »in Sachen Ludwig Dehn« nicht gerade zimperlich gewesen war.

»Warum ist er denn immer noch nicht gelandet?«, schimpfte Dorothee.

»Weil er erst in dreizehn Minuten erwartet wird. Glauben Sie mir, so kommt er auch nicht schneller an. Setzen Sie sich doch lieber ein bisschen auf die Bank da!«

Dorothee musterte den Kurator strafend.

»Ja, ja, machen Sie sich ruhig lustig über mich. Ich möchte Sie mal erleben, wenn plötzlich Ihre Enkelin, von deren Existenz Sie vor einer Woche noch nichts gewusst haben, anreist.«

Jan lachte. »Das kann ich mir jetzt nicht so richtig vorstellen. Dazu müsste ich erst mal eine Frau finden ...«

»Ach, Sie Jungspund!« Dorothee versetzte ihm einen freundschaftlichen Rippenstoß. »Warum sind Sie eigentlich nicht verheiratet? Zwanzig sind Sie ja auch nicht mehr, oder?«

»Wollen Sie es genau wissen?«

»Fünfunddreißig?«

»Siebenunddreißig!«

»Ja, und wie kommt es? In Ihrem Alter hat man doch Frau und Kinder.«

»Oder eine Exfrau«, konterte Jan ungerührt.

»Warum ging die Ehe schief?«, fragte Dorothee mit unverhohlener Neugier. »Oh, entschuldigen Sie, das war indiskret«, fügte sie rasch hinzu.

»Nein, nein, ist schon okay. Tja, wie soll ich sagen? Wenn man am Heiligabend beim Einkaufen der letzten Geschenke stutzt, weil vor einem Hotel die Wagen der Ehefrau und des besten Freundes einträchtig nebeneinander parken und die beiden wenig später Hand in Hand das Etablissement verlassen, ist das für mein Dafürhalten ein Scheidungsgrund, zumal sechs Monate nach der Hochzeit.«

Der bittere Unterton war nicht zu überhören. Dorothee legte ihm mitfühlend die Hand auf den Unterarm.

»Ich gehe damit sonst nicht hausieren«, bemerkte Jan. »Das war eine Ausnahme, weil Sie mir mehr Persönliches über sich verraten haben, als Sie das üblicherweise wohl tun. Also vergessen Sie es bitte.«

Doch Dorothee hatte nur noch Augen für die Anzeigetafel. Aufgeregt deutete sie darauf.

»Da, da schauen Sie nur. Die Maschine ist gerade gelandet. Zehn Minuten früher. Ich habe es gewusst!«, rief Dorothee nun aufgeregt. Sie konnte keinen klaren Gedanken mehr fassen. Das war mehr, als sie sich je hätte vorstellen können. Unfassbar, dass sie eines Tages ihre Enkelin vom Flughafen abholen würde. Helens Tochter Sarah. Sie hatte Jan auf der Fahrt zum Flughafen die tragische Geschichte ihrer Ehe anvertraut. Der junge Mann hatte förmlich an ihren Lippen gehangen. Sie hielt große Stücke auf den Kurator. Nicht nur fachlich, sondern auch als Mensch. Dieser unverschämt gut aussehende Kerl wäre in jungen Jahren ganz nach ihrem Geschmack gewesen. Merkwürdig, er war vom Äußeren dem jungen Tom ähnlich. Groß, dunkelhaarig, mit einem markanten Kinn und blauen Augen. Und in den hatte sie sich damals Hals über Kopf verliebt, als sie nach Neuseeland zurückgegangen war. Allerdings beschränkt sich die Ähnlichkeit der beiden Männer auf die blauen Augen und das dunkle glatte Haar, ging es Dorothee durch den Kopf, ihre Charaktere könnten unterschiedlicher nicht sein ...

»Kommen Sie, wir warten ganz vorn in der ersten Reihe«, schlug Jan vor und bot Dorothee seinen Arm. Nur zu gern hakte sie sich bei dem attraktiven Museumsmitarbeiter ein.

Zur selben Zeit verließen Sarah und Jerry das Flugzeug aus Dubai. Sarah war hellwach, denn sie hatte den vierstündigen Zwischenstopp in Dubai dazu genutzt, in einem Ruhezentrum im Flughafen zu schlafen. Dort gab es schallgeschützte, abgedunkelte Container, in denen sich übermüdete Fluggäste gegen ein kleines Entgelt auf einer Pritsche ausstrecken konnten. Sie war sofort eingeschlafen, denn im Flieger hatte sie kein Auge mehr zugetan. Sie hatte sich die restliche Zeit mit diversen Filmen vertrieben und lediglich ein paar dürre Worte mit Michael gewechselt. In Dubai hatte sie ihn nur noch von ferne beim Einchecken in den Flieger nach Hamburg gesehen.

»Ich wünsche Ihnen einen angenehmen Aufenthalt in Hamburg. Vielleicht sieht man sich mal«, hörte sie in diesem Augenblick eine bekannte Stimme hinter sich.

Sarah fuhr erschrocken herum und blickte in Michaels Gesicht. Er griff in seine Tasche und reichte ihr eine Karte mit der Adresse eines Hamburger Hotels. »Hier können Sie mich erreichen«, fügte er hinzu.

»Danke!«, sagte Sarah knapp, wandte sich hastig wieder um und hakte sich demonstrativ bei Jerry unter.

»Ist das nicht der Typ, der im Airbus neben dir am Fenster gesessen hat?«, fragte Jerry neugierig. »Wie der dich anguckt. Da hast du aber einen neuen Verehrer«, fügte er grinsend hinzu.

»Der interessiert mich nicht die Bohne!«, erwiderte Sarah genervt, weil sie genau wusste, dass das nicht ganz der Wahrheit entsprach. »Du brauchst gar nicht so zu grinsen!«, fauchte sie.

Als sie am Gepäckband standen, ließ sie unauffällig ihren Blick schweifen, aber Michael schien wie vom Erdboden verschluckt.

Als sie ihre beiden Koffer auf den Wagen geladen hatten und gen Ausgang strebten, klopfte Sarahs Herz ihr plötzlich bis zum Hals. Was würde sie dort draußen erwarten?

Sarah erblickte die alte Dame sofort, als sie den Ausgang verließen, und ihr Herzschlag beschleunigte sich noch mehr. So eine frappierende Ähnlichkeit hatte sie nicht erwartet. Dorothee Dehn war genauso groß und schlank wie sie. Und dann der Leberfleck ... Er war an derselben Stelle wie bei ihr. Unter dem rechten Auge.

»Das gibt es doch nicht«, flüsterte Jerry ihr zu. »So siehst du in fünfzig Jahren aus!«

Wie in Trance näherte sich Sarah ihrer Großmutter. Die alte Dame mit dem auffällig akkurat geschnittenen weißen Schopf starrte sie an wie einen Geist und rührte sich nicht.

Die beiden Frauen standen sich eine halbe Ewigkeit gegenüber, bis Dorothee das Schweigen brach.

»Kind, mein liebes Kind«, seufzte sie und umarmte Sarah so intensiv, dass sie kaum noch Luft bekam.

»Großmutter, oh Großmutter«, stammelte Sarah unter Tränen.

Jerry trat verlegen von einem Fuß auf den anderen und stellte fest, dass auch der Begleiter der alten Dame verlegen zur Seite blickte. Er streckte ihm die Hand entgegen, während Sarah und ihre Großmutter sich weiterhin fest umarmt hielten.

»Ich bin Jerry Walker, der Chef der jungen Dame«, erklärte er auf Englisch. Jan nahm seine Hand, aber er vergaß sich vorzustellen, weil er wie gebannt auf Sarah starrte.

In diesem Augenblick lösten sich die beiden Frauen aus ihrer Umarmung und nahmen wieder wahr, was um sie herum geschah.

Sarah fand als Erste ihre Sprache wieder. »Das ist Jerry, mein Chef beim *Herald*.«

Jerry reichte der alten Dame die Hand und versicherte, dass er sich ein Hotel suchen würde und ihr ganz bestimmt nicht zur Last fallen würde.

»Nein, junger Mann, meine Villa ist groß genug, ich möchte,

dass Sie Weihnachten mit uns gemeinsam feiern«, sagte Dorothee gerührt. »Sarahs Freunde sind auch meine Freunde.«

Über Sarahs Gesicht huschte ein Grinsen. Glaubte ihre Großmutter etwa, dass Jerry ihr Partner war?

»Nein, er möchte aber ins Hotel.«

»Kommt gar nicht in Frage«, entgegnete Dorothee entschieden. »Er schläft bei uns. Und wir feiern heute unser Wiedersehen ... oder besser unser erstes Treffen. Lore, meine Perle, macht uns einen herrlichen Braten. Und ich hoffe, es ist alles fertig, wenn wir zurückkommen. Ich hatte ihr bereits angekündigt, dass wir mit ihr sechs Personen zum Abendessen sein werden. Schließlich hattest du mir bereits in einer Mail von deiner Begleitung, dem Herrn Jerry, geschrieben.« Dorothee umarmte Sarah erneut ganz fest.

»Kommen Sie, mein Wagen steht auf dem Parkdeck«, schlug Jan vor, den Dorothee den beiden Neuseeländern als guten Freund des Hauses vorstellte, was ihm ein Grinsen entlockte. Offenbar wollte sie nicht gleich mit der Wahrheit herauskommen, dass er der Hüter des Hauses Hinemoa war.

Sarah stellte auf den ersten Blick fest, dass er ein gut aussehender Kerl war, aber auch, dass in seinem Blick eine ordentliche Portion Skepsis lag.

Auf der Fahrt durch die Stadt wurde im Wagen nicht viel geredet. Sarah war viel zu sehr damit beschäftigt, aus dem Fenster nach draußen zu sehen.

»Ich habe gedacht, es ist in Hamburg viel kälter, und wo ist der Schnee?«, bemerkte Jerry verwundert.

Dorothee, die auf dem Beifahrersitz saß, drehte sich nach hinten um. »Es ist ungewöhnlich warm für einen Dezembertag«, erklärte sie. »Letztes Jahr lag der Schnee zu dieser Zeit meterhoch. So einen milden und auch schönen Dezember haben wir selten gehabt.«

Dann herrschte wieder Schweigen. Sarah sah immer noch wie gebannt aus dem Fenster. Sie fuhren jetzt eine Straße entlang, zu deren Linken das Wasser eines Flusses schimmerte. An den vielen Kränen und Containern war unschwer zu erkennen, dass es sich um einen Hafen handeln musste.

»Ist das die Elbe?«, fragte sie.

»Ja, unser Fluss«, erwiderte Dorothee. »Und diese Straße heißt Elbchaussee. Hier bauten sich reiche Hamburger schon im vorletzten Jahrhundert ihre Sommerresidenzen.«

»Das sind ja Riesenbauten«, gab Sarah begeistert zurück. »Und alles aus Stein.«

Dorothee lachte. »Das fällt mir gar nicht mehr auf, aber für dich muss das natürlich besonders sein bei der Überzahl der Holzhäuser in Auckland. Ach, wir hatten damals auf der Farm ein so schönes Haus mit zwei Terrassen. Dort wurde Helen geboren ...« Dorothee stockte. Bei dem Gedanken an ihre Tochter schossen ihr sofort die Tränen in die Augen. »Wir reden später darüber«, fügte sie gefasst hinzu und versuchte zu überspielen, wie nahe ihr das Thema ging.

Sarah legte ihrer Großmutter tröstend von hinten die Hand auf die Schulter. »Für dich ist das bestimmt entsetzlich, zu erfahren, dass dein Kind tot ist. Ich habe sie ja nicht gekannt. Als der Unfall geschah, war ich gerade mal ein paar Monate alt. Aber Jane hat mir eine Kiste mit Fotos mitgegeben.«

»Deine Adoptivmutter?«

»Sie war ihre beste Freundin.«

In diesem Augenblick hielt der Wagen vor dem Dehn'schen Anwesen.

»Wow!«, stieß Jerry aus. »Das ist ja ein Park, aber wo ist das Haus?«

Dorothee lachte. »Es ist hinter den großen, alten Bäumen versteckt.« Große, alte Bäume? Sarah zuckte unmerklich zusammen. Diese Worte erinnerten sie sofort an Janes Prophezeiung, aber die würde sie selbstverständlich für sich behalten.

Sarah mochte den Park und das alte Haus auf Anhieb. Bei ihrer Ankunft wurden sie herzlich von Dorothees Haushälterin Lore, einer älteren, rundlichen, gutmütig wirkenden Dame empfangen, der bei Sarahs Anblick die Verwunderung wegen ihrer verblüffenden Ähnlichkeit zu Dorothee ins Gesicht geschrieben stand.

»Das gibt es doch nicht«, stieß sie entgeistert hervor.

Dorothee nahm ihre Enkelin stolz in den Arm.

»Ja, das ist Sarah!«

»Sie sieht aus wie Sie früher, Frau Dehn.«

»Das nehme ich als Kompliment«, lachte Dorothee. »Denn Sie kennen mich ja erst, seit ich fünfzig bin, und die junge Lady ist gerade erst dreißig geworden.«

Dann stellte sie ihrer Haushälterin Jan vor, denn bei seinem ersten Besuch im Haus Dehn hatte Lore ihren freien Tag gehabt. Und schließlich Jerry.

Dorothee bestand darauf, dass Jerry ein Gästezimmer im Haus bekam, obwohl er noch einmal betonte, er würde sich auch ein Hotel suchen.

»Das kommt gar nicht in Frage. Sie sind auch mein Gast«, sagte Dorothee in einem Ton, der keinen Widerspruch duldete.

Im ganzen Haus roch es köstlich nach Braten, und Dorothee bat alle in den Salon zu Tisch. Sarah war sehr angetan von dem schönen Tischschmuck und dem edlen Geschirr. Bei Jane und John auf der Farm hatte es nicht mal zu Weihnachten eine so festliche Tafel gegeben.

Sarah und Jan halfen Lore beim Auftragen der Fleisch- und Gemüseplatten, während Jerry ihre Großmutter unterhielt. Hoffentlich kommt er nicht auf das Thema »Ludwig Dehn«, ging ihr durch den Kopf, als sie im Flur an einem Portrait des Forschers vorbeiging.

»Das muss doch seltsam für Sie sein, festzustellen, dass Sie mit dem Herrn verwandt sind, oder?«, fragte Jan, dem ihr prüfender Blick offenbar nicht entgangen war.

Sarah zuckte mit den Schultern. »Ein wenig merkwürdig ist das schon, denn schließlich habe ich eine unschöne Wahrheit über ihn veröffentlicht. Ich habe einen Artikel über seine Machenschaften verfasst, über den meine Großmutter auf mich aufmerksam geworden ist.«

»Ich weiß. Ich brachte ihr den Artikel mit. Aber ob es die Wahrheit ist, die Sie da geschrieben haben, möchte ich einmal dahingestellt lassen. Jedenfalls heute Abend«, erwiderte er.

»Aber Sie kennen die Wahrheit?«, fragte sie provozierend.

»Sagen wir mal so. Ich denke schon. Schließlich ist das Haus Hinemoa eines meiner liebsten Ausstellungsstücke.«

»Wieso eines Ihrer Ausstellungsstücke?«

»Die Ozeanien-Abteilung des Museums ist mein Baby. Ich arbeite dort als Kurator. Und ich habe unter anderem die Frachtpapiere in meinem Besitz und auch den Kaufvertrag zwischen dem Auckland-Museum bzw. dem damaligen Direktor Walter Evans und Ludwig Dehn.«

Sie waren jetzt vor der Salontür angekommen. »Tun Sie mir einen Gefallen, Mr. Gerken, bitte lassen Sie uns das Thema nicht gerade heute Abend ausweiten. Ich möchte meine Großmutter doch erst einmal ganz friedlich kennenlernen und nicht als Kritikerin Ihres Vaters.«

»Ich werde mich hüten, Ludwig Dehn am Tisch zu erwähnen, aber nur, wenn Sie mir morgen im Museum einen Besuch abstatten. Ich habe zwar Urlaub, aber ich würde Sie gern durch mein Reich führen, zumal ich morgen außer der Reihe einen Termin wahrnehmen muss.«

»Soll das eine kleine Erpressung sein?«,

»Wenn Sie so wollen. Um fünfzehn Uhr?«

»Ich habe ja keine andere Wahl, wenn ich den Abend in Harmonie verleben möchte«, seufzte sie übertrieben.

»Wo bleibt ihr denn?«, fragte Dorothee. »Wir haben gleich den Rotwein ausgetrunken.«

Sie hatte nicht übertrieben. Die Weinflasche war tatsächlich zu drei Vierteln leer. Sarah warf Jerry einen gespielt strafenden Blick zu. Er grinste breit. »Mit Ihnen zu trinken macht Spaß«, sagte er zu Dorothee. »Sie begnügen sich nicht mit Kleinmädchenschlucken.«

»Ich auch nicht«, entgegnete Sarah und teilte den Rest zwischen Jan und sich auf.

»Danke, ich muss noch fahren«, sagte Jan.

»Ach, nein, das macht keinen Spaß. Sie schlafen auch hier. Bitte! So jung kommen wir nicht mehr zusammen.« Dann rief sie nach Lore und bat sie, weitere Flaschen aus dem Keller zu holen, obwohl Jan deutlich machte, dass er lieber noch fahren würde.

Ich glaube, er mag mich nicht, dachte Sarah, denn immer, wenn sich ihre Blicke trafen, musterte er sie mit dieser Skepsis, die ihr schon am Flughafen aufgefallen war.

Das Essen war köstlich. Sarah war zwar hellwach, aber sie fühlte sich trotzdem nicht ganz von dieser Welt. Nach einem so langen Flug ging es ihr ähnlich wie nach einem Segeltörn. Ihr war, als würde alles leicht schwanken.

Zum Nachtisch, einer typischen Hamburger Roten Grütze mit Sahne, brachte Dorothee einen Trinkspruch auf ihre Enkelin aus. »Ich bin so glücklich, dass du es sofort möglich gemacht hast, mich in Hamburg zu besuchen«, seufzte die alte Dame sichtlich ergriffen und prostete allen zu.

Sarah aber war nicht ganz bei der Sache, denn sie musste plötzlich an Raiwiri denken und dass sie sich wegen dieses Besuches getrennt hatten. Hier, am anderen Ende der Welt, war ihre Wut weitgehend verraucht. Wahrscheinlich hatte er wirklich nur Angst, dass wir uns voneinander entfernen, wenn ich ausgerechnet in das Haus von Ludwig Dehn reise, dachte sie versöhnlich. Eine tiefe Sehnsucht nach ihm überkam Sarah, und sie fragte sich, ob er nicht längst bereute, sich wie ein Irrer aufgeführt zu haben. Dieser Gedanke ließ ihr keine Ruhe, sodass sie Dorothee nach dem Essen darum bat, kurz telefonieren zu dürfen. Jerry schien zu ahnen, wen sie anrufen wollte, denn er schüttelte leise den Kopf. Doch Sarah wäre in diesem Augenblick durch nichts von ihrem Entschluss abzubringen gewesen. Hastig verschwand sie im Nebenzimmer und wählte die Nummer, die sie samt Vorwahl im Kopf hatte. Ein Blick auf ihre Armbanduhr sagte ihr, dass es in Deutschland kurz nach 21 Uhr war. Dann war es in Auckland also 9 Uhr morgens des folgenden Tages. Ihr Herz klopfte bis zum Hals. Was sollte sie ihm sagen? Dass es ihr leidtat? Nein, das ging zu weit. Wenn, dann sollte sie ihm sagen, dass sie bereit wäre, ihm zu verzeihen, falls er sein Verhalten bedauerte. Oder sollte sie ihm nur profan mitteilen, dass sie gut in Hamburg angekommen war, und ihm die Gelegenheit geben, sich von sich aus zu entschuldigen? Sarah wählte seine Nummer und kämpfte noch mit sich, ob sie nicht lieber auflegen sollte. Schließlich hatte er sie mit seiner Verbohrtheit tief verletzt. Da meldete sich am anderen Ende eine Frauenstimme. »Bei Doktor Tanaki!« Vor Schreck wäre Sarah beinahe der Hörer aus der Hand gefallen. Die Stimme kam ihr entfernt bekannt vor, aber Raiwiris Putzhilfe war es nicht. Da fiel es Sarah wie Schuppen von den Augen. Raiwiris Kollegin!

»Rachel?«, fragte sie ungläubig.

»Oh, ah … äh, Sarah, ich … ich dachte, ihr habt euch heillos zerstritten. Er, äh … er ist gerade im Bad«, stammelte sie in einem Ton, der alles verriet.

Sarah ließ den Hörer fassungslos sinken. Rachel in Raiwiris Wohnung, und zwar morgens um neun Uhr. Nein, um eine

Mandantenbesprechung handelte es sich dabei sicher nicht, zumal Rachel schon lange ein Auge auf ihren Kollegen geworfen hatte. Aber dass er sie gleich zu sich ins Bett holte, kaum dass sie den Flieger gen Hamburg bestiegen hatte ... Wie betäubt drückte Sarah den roten Knopf. Das war's also! Es gab nichts mehr zu sagen.

Blass wie die Wand kehrte Sarah zurück in den Salon. Dorothee und die beiden Männer waren nun mit einem Glas Wein in die Sofaecke vor den Kamin gezogen.

»Hast du einen Geist gesehen?«, fragte Jerry.

»Nein, aber gehört. Rachel hat sich an seinem Telefon gemeldet. Und es war unschwer zu erraten, dass sie keine Mandantenkonferenz abgehalten haben.«

»Oh«, stöhnte Jerry betroffen.

Sarah setzte sich neben ihn und trank einen kräftigen Schluck aus seinem Glas. Als sie aufsah, bemerkte sie die fragenden Blicke von Jan und ihrer Großmutter.

»Ich bin mit meinem Verlobten im Streit auseinandergegangen und wollte ihm zumindest mitteilen, dass ich heil angekommen bin, aber er hat sich offenbar schon mit einer anderen getröstet«, verkündete Sarah mit fester Stimme.

Dorothees Blick schweifte von Sarah zu Jerry und zurück. »Sie sind also nicht der Glückliche.«

»Leider«, entfuhr es Jerry.

Sarah rang sich zu einem Lächeln durch. »Er ist mein Chef und mein bester Freund.«

»So ein Idiot!«, ereiferte sich Jerry. »Der weiß ja gar nicht, auf was er sich da einlässt. Rachel ist so sehr auf der Suche nach einem potenziellen Vater für ihr zukünftiges Kind, dass sie jede Gelegenheit nimmt, die sich ihr bietet.«

»Wie kommst du denn darauf?«, fragte Sarah entgeistert.

»Sie ist die hübsche Lady, vor der ich nach Deutschland

geflüchtet bin …« Er stockte, als er Sarahs entsetzte Miene wahrnahm. »Aber das heißt ja nicht, dass sie es bei Raiwiri gleich darauf anlegt und …«

»Schon gut, lass uns nicht mehr drüber reden«, murmelte Sarah.

Daraufhin herrschte zunächst peinliches Schweigen, aber dann erhob sich Jerry schwankend. »Nehmen Sie es mir nicht übel, Mrs. Dehn, aber wir sind seit gestern Morgen unterwegs«, sagte er entschuldigend. »Und vielleicht wollen Sie auch noch ein wenig unter vier Augen mit Ihrer Enkelin plaudern.«

Dorothee protestierte nicht dagegen, dass sich Jerry zurückziehen wollte. Auch Jan stand daraufhin hastig auf und betonte, dass er auch ein Taxi nehmen und seinen Wagen am nächsten Tag holen könne.

»Nein, Sie lassen sich von Lore das dritte Gästezimmer zeigen«. Das war ein Befehl der Gastgeberin, dem Jan nichts mehr entgegensetzen konnte. »Okay, ich bleibe«, sagte er.

»Gut, und außerdem erwarte ich Sie Heiligabend zur Gans.«

»Das ist wirklich sehr nett, Frau Dehn, aber ich …« Er stockte.

»Oder haben Sie schon eine andere Einladung?«, hakte Dorothee nach.

»Nein, aber ich verbringe Heiligabend seit zwei Jahren eigentlich lieber allein.«

Dorothee warf ihm einen wissenden Blick zu. »Dann wird es Zeit, dass Sie den Heiligabend wieder in guter Gesellschaft verbringen«, sagte sie und zwinkerte Jan verschwörerisch zu.

Er rang sich zu einem Lächeln durch und nickte. Natürlich wusste er, worauf Dorothee Dehn anspielte, und im Grunde genommen hatte sie ja recht. Wem nützte es, dass er sich Heiligabend allein vor den Fernseher setzte und jedes Mal vergeblich versuchte, sein Erlebnis an diesem Tag vor zwei Jahren zu vergessen. Es endete ja doch nur damit, dass er mehr trank, als ihm guttat, und sich mit der Erinnerung an den Augenblick quälte, in dem er hatte erkennen müssen, dass seine Frau ihn mit seinem besten Freund betrog. Aber bevor er sich mit dieser hübschen Neuseeländerin an die Festtafel setzte, wollte er mit ihr gern im Reinen wegen der Ludwig-Dehn-Sache sein.

»Und schlafen Sie gut, Miss Williams. Ich hoffe, wir sehen uns morgen im Museum«, sagte er an Sarah gewandt, der gegenüber er vom ersten Augenblick gemischte Gefühle gehegt hatte. Nicht nur wegen ihres Artikels über Ludwig Dehn, sondern auch, weil sie ihn verdammt an Ellen erinnerte. Die Figur, das Haar, die Art zu reden ... Um solche Frauen hatte er seit der Trennung einen großen Bogen gemacht, und nun musste er einen Weg finden, normal mit ihnen umzugehen. Was konnte diese Neuseeländerin dafür, was sie bei ihm auslöste? Offenbar hatte sie selbst gerade eine unschöne Erfahrung mit ihrem Verlobten gemacht. Trotzdem konnte er ihr nicht in die Augen sehen, als sie ihm jetzt eine »Gute Nacht« wünschte.

»Ich nehme mir einen Schlaftrunk mit«, bemerkte Jerry entschuldigend, als er sein Glas erneut füllte und mit nach oben nahm.

Sarah sah den beiden Männern kurz hinterher.

»Ist er nicht ein entzückender Mann, unser Kurator?«, fragte Dorothee verschmitzt.

»Er ist nett«, erwiderte Sarah ausweichend. Was die Männerwelt anging, konnte sie keinen klaren Gedanken mehr fassen. Außerdem hatte sie nicht das Gefühl, dass der Kurator sie besonders mochte.

»Also, den hätte ich nicht von der Bettkante gestoßen, wenn ich jünger wäre«, fügte Dorothee mit leuchtenden Augen hinzu.

»Was heißt das: ›Nicht von der Bettkante gestoßen‹?«, fragte Sarah, denn Dorothee hatte nun übergangslos Deutsch gesprochen. Die Gespräche bei Tisch hatten sie aus Rücksicht auf Jerry, der kein Wort Deutsch sprach, auf Englisch geführt.

»Oh, entschuldige, mein Kind, ich bin aus Versehen ins Deutsche gerutscht.«

»Das ist mir sehr recht. Ich spreche es sehr gut, aber ich verstehe nicht alles«, erklärte Sarah ihrer Großmutter.

Dorothee lächelte verschämt und versuchte, ihrer Enkelin mit einfachen Worten zu erläutern, was sie mit der Redewendung hatte sagen wollen: »Er ist Tom ähnlich, aber nur äußerlich. Und er könnte mir gefallen, wenn ich jünger wär, wollte ich sagen.«

»Tom ist mein Großvater, oder?«

Dorothees Miene hatte sich merklich verdüstert.

»Willst du mir von ihm erzählen? Warum hat er meiner Mutter vorgelogen, dass du tot bist?«

Dorothee stieß einen tiefen Seufzer aus, bevor sie zu erzählen begann. »Nach dem Tod meines Vaters im Jahr 1954 bin ich nach Neuseeland ausgewandert. Ich habe in meinem Leben mehr im englischsprachigen Raum gelebt als in Deutschland. Wir sind erst 1945 aus London zurückgekehrt. Mein Vater bekam 1933 das Angebot, in London zu arbeiten, das er einige Zeit später aus vielerlei Gründen annahm. Die Stelle hatte ihm der Vater meiner Freundin Lucy über Beziehungen besorgt. Mein Vater wollte nicht mehr in Deutschland bleiben, und ich war noch fast ein Baby. Er war wohl ein gebrochener Mann nach dem Tod meiner Mutter, wobei er für mich der liebevollste Vater war, den man sich nur vorstellen konnte. Tante Susan hat mir das später einmal erzählt, dass mein Vater nie mehr der alte lebensfrohe Mann geworden ist, der er einmal gewesen war. Wir blieben auch während des Krieges im Ausland. Deshalb war es für mich kein ganz so absurder Gedanke, nach Neuseeland zu gehen. Hier in Hamburg hatte ich damals nicht wirklich Fuß gefasst. Ich lernte auch keine jungen Männer kennen. Als ich dann in einer Zeitschrift las, dass in Neuseeland dringend junge Frauen gesucht werden, bin ich mit einer Organisation und einigen jungen Damen nach Auckland gereist. Dort habe ich Tom, einen gut aussehenden und sehr wohlhabenden Farmer und Witwer, kennengelernt. Er war einer der Männer, die über diese Anzeige eine Frau finden wollten. Es war von seiner Seite im Gegensatz zu meinem pochenden Herzen nicht die große Liebe, aber er brauchte eine Frau, die das Regiment über die Farm übernehmen konnte, während er als Abgeordneter in Dunedin im Parlament saß. Ich befürchte, er hatte von Anfang an Affären, aber das störte mich nicht, solange ich auf der Farm von den Gerüchten verschont blieb. Wir haben jedenfalls schnell geheiratet, und als deine Mutter unterwegs war, habe ich ihn noch einmal von einer ganz anderen Seite kennengelernt. Er war so stolz auf seinen zukünftigen Nachwuchs, denn seine erste Ehe war kinderlos geblieben. Die Sache hatte allerdings einen Haken. Ich habe ihm nie erzählt, dass meine Mutter eine Maori gewesen ist, denn in dem Punkt war Tom schrecklich intolerant. Er war ein durch und durch konservativer Mann, der die Meinung vertrat, Maori und Pakeha sollten sich mit ihresgleichen verbinden. Ich werde nie vergessen, wie entsetzt er unser Baby angesehen hat, denn Helen war meiner Mutter wie aus dem Gesicht geschnitten. Sie hatte nichts von einer Pakeha, sondern war ein süßer Maori-Säugling. Tom beschuldigte mich, die ich hilflos im Wochenbett lag, ihn mit einem seiner Vorarbeiter, einem sehr schönen Maori, betrogen zu haben.«

»Das ist ja widerlich!«, stieß Sarah empört hervor. Ihre Großmutter aber schien das gar nicht wahrzunehmen. So sehr war sie in ihrer Vergangenheit gefangen. Als wäre sie in einem Rausch und in einer anderen Welt. Wie in Trance fuhr die alte Dame mit ihren Erinnerungen fort: »Ich habe meinem Mann geschworen, dass ich ihm treu gewesen und Helen meiner Mutter wie aus dem

Gesicht geschnitten sei. Dass ich ihm meine Herkunft verschwiegen habe, hat er als Verrat angesehen. Er hatte natürlich auch niemals danach gefragt, denn wie sollte er auch drauf kommen, dass ich als deutsche junge Frau eine Maori-Mutter haben könnte. Ich hatte so gar keine Züge an mir, die einen Hinweis darauf hätten geben können. Ich gebe zu, ich war zu feige, ihm von meinen Wurzeln zu erzählen. Er war in diesem Punkt so schrecklich verbohrt, dass ich unsere Ehe nicht zusätzlich damit belasten wollte. Meine Befürchtungen, dass er sich unter diesen Umständen sogar eine andere Frau genommen hätte, waren nicht unbegründet. Er warf mir vor, er hätte niemals einen Mischling geheiratet. Ich solle aus seinem Leben verschwinden, sobald ich wieder auf den Beinen sei. Ich habe tagelang geweint, aber er redete nicht mehr mit mir und behandelte auch Helen, als sei sie Luft. Er hat sie nicht ein einziges Mal auf den Arm genommen. Ich war verzweifelt und wusste nicht wohin. Mir blieb nur, nach Hamburg zurückzukehren, weil mir dieses Haus noch gehörte. Und dann kam der Tag, an dem ich mit meinen Siebensachen im Flur stand und ...« Dorothee brach in Tränen aus. Sarah setzte sich neben sie und nahm sie in den Arm. Sie kämpfte selbst mit den Tränen.

»Aber warum hast du Helen nicht mitgenommen?«

»Das wollte ich doch, aber er riss sie mir an jenem Tag brutal aus dem Arm und sagte, das Kind bliebe bei ihm. Wie stünde er denn da, wenn er sein Kind weggäbe? Nur mich wollte er nie wiedersehen.«

»Und du hast ihm meine Mutter überlassen, obwohl du wusstest, dass er ihren Anblick nicht ertragen konnte?«, fragte Sarah fassungslos.

»Er hat mir keine andere Wahl gelassen. Aber wenn Harere nicht gewesen wäre, glaube mir, ich hätte mich nicht ohne mein Kind fortjagen lassen.«

»Harere?« Sarah meinte sich zu erinnern, dass Jane sie in ihrem Brief erwähnt hatte.

»Unsere Haushaltshilfe. Sie war Maori und wollte mit mir gehen. Aber ich habe sie angefleht, zu bleiben und sich um Helen zu kümmern.«

»Ich hätte mein Kind niemals bei diesem Kerl gelassen«, stieß Sarah empört hervor.

»Er hat mich an den Haaren aus dem Haus gezogen. Was hätte ich tun sollen?«

»Du hättest dir einen Anwalt nehmen und um dein Kind kämpfen müssen!«

Dorothee sah jetzt aus wie eine uralte Frau. Natürlich tat sie Sarah leid, aber die Vorstellung, dass Dorothee ihr Kind bei diesem Kerl gelassen hatte, schockierte sie zutiefst.

»Das sagst du so einfach. Ich war in einem fremden Land. Tom war bei allen gefürchtet und hatte Beziehungen zu jedermann, der etwas darstellte in diesem Land. Auch die Richter in der Stadt kannten ihn, denn er saß, wie ich dir schon sagte, in Dunedin im Parlament. Er war sehr einflussreich. Es war eine andere Zeit als heute! Und ich war völlig mittellos.«

Sarah atmete ein paarmal tief durch. Sie wollte ihrer Großmutter gern glauben, dass es eine schwierige Lage gewesen war, aber sie konnte trotz alledem nicht nachvollziehen, wie man als Mutter so etwas übers Herz brachte.

»Er hat mich bedroht. Sollte ich mich seinem Haus noch einmal nähern, würde er die Hunde auf mich hetzen. Und er sagte, er würde Harere wegschicken, wenn ich ihn nicht in Ruhe ließe. Und dann wäre Helen ganz ohne Wärme aufgewachsen. So hatte sie wenigstens eine Person, die sie liebte, in ihrem Umfeld.«

Sarah wurde blass. Hatte Jane nicht geschrieben, dass Harere kurz nach dem angeblichen Tod von Helens Mutter gestorben war? Das würde sie ihrer Großmutter allerdings vorerst verschweigen. Sie war schon verzweifelt genug.

»Und dadurch hast du dich einschüchtern lassen?«, fragte Sarah ein wenig versöhnlicher.

»Bitte verurteile mich nicht, bis du die ganze Geschichte kennst.«

»Verzeih mir, aber ich kann das einfach nicht nachvollziehen!«

»Das verstehe ich, aber wenn ich dir sage, ich hatte fest vor, in Deutschland mein Haus zu verkaufen und mir in Hamburg einen Anwalt zu nehmen?«

»Und? Warum hast du das nicht getan?«

»Habe ich doch, aber seine Schreiben kamen zurück. Der Empfänger war unbekannt verzogen. Tom muss die Farm verkauft haben und weggezogen sein.«

»Das stimmt, Jane sagte mir, Helen sei in Auckland aufgewachsen.«

»Siehst du!«

»Und du hast dann einfach aufgegeben?«

»Nein, ich habe alles versucht, herauszufinden, wo sie lebt, aber vergeblich.«

»Und warum bist du nicht mehr nach Neuseeland gefahren und hast sie gesucht?«

»Ich habe es versucht, aber man teilte mir mit, dass ich kein Visum erhalten würde.«

»Du hättest als Touristin einreisen können.«

»Ach, Sarah, was meinst du, wie mich das alles mein Leben lang gequält hat.«

Als Sarah in das vor Schmerz verzerrte Gesicht ihrer Großmutter blickte, wusste sie, dass sie aufhören sollte, ihr Vorhaltungen zu machen. Außerdem verspürte sie einen leichten Schwindel. Sie hatte zu viel Wein getrunken und bis auf die kurze Pause in Dubai seit gestern Morgen nicht geschlafen.

»Wir reden morgen weiter, Großmutter. Ich muss ins Bett.« Sarah beugte sich zu Dorothee und gab ihr einen Kuss auf die Wange. »Ich hab gut reden. Wer weiß, wie ich mich in deiner Lage verhalten hätte«, gab Sarah zerknirscht zu.

»Nein, du hast recht. Seit ich dich gefunden und von Helens Tod erfahren habe, zermartere ich mir das Hirn, ob ich wirklich alles Menschenmögliche unternommen habe. Erzählst du mir morgen von ihr?«

»Sicher, und dann zeige ich dir auch die Fotos. Versprochen!«

Sarah umarmte ihre Großmutter fest und wankte in die obere Etage. Dort schaffte sie es gerade noch, sich bis auf die Dessous auszuziehen, fiel ermattet auf das Bett und schlief sofort ein.

Dorothee blieb noch lange vor dem Kamin sitzen und ließ die letzten Stunden an ihrem inneren Auge vorüberziehen. Es ist unglaublich, wie ähnlich sie mir sieht, dachte sie gerührt. Dann griff sie nach dem Tagebuch ihrer Mutter. Sie war zu aufgeregt, um ins Bett zu gehen. Vielleicht überkommt mich die Müdigkeit beim Lesen, hoffte sie. Wenn sie das Tagebuch ihrer Mutter nun zum zweiten Mal zu Ende gelesen hatte, würde sie es in Sarahs Hände übergeben. Dann wird sie die Meinung über meinen Vater wohl revidieren müssen, dachte Dorothee, als sie das Buch an der Stelle aufschlug, an der sie vor ein paar Tagen zu lesen aufgehört hatte.

Auckland, Dezember 1929

Es war kurz vor sieben, als ich mein Haus verließ, das nur wenige Straßen vom Museum entfernt malerisch auf einem Hügel liegt. Mein Vater hat es mir hinterlassen und Tame das Versprechen abgenommen, dass er dort mit mir wohnen wird, damit die Enkelkinder, die mein Vater nun nicht mehr erleben wird, wenigstens unter seinem Dach aufwachsen.

Ich wusste, dass es gefährlich werden könnte, mich noch einmal unter vier Augen mit Ludwig Dehn zu treffen, aber ich musste ihn einfach ein letztes Mal sehen. Dass die Gefahr aber von einer ganz anderen Seite ausgehen sollte, konnte ich nicht ahnen, als ich mit klopfendem Herzen vor der Halle ankam und die Tür aufschloss. Ludwig war noch nicht da. Bevor ich ins Innere der Halle schlüpfte, sah ich mich erneut nach allen Seiten um. Ich war krank vor Angst, dass man mein heimliches Treffen mit Ludwig beobachtete. Dabei hatte ich Tame doch gestern höchstpersönlich zum Zug gebracht. Er konnte also unmöglich zugleich in Whangarei und in Auckland sein. Noch auf dem Bahnhof hatte er mich eindringlich gewarnt. Dass ich mir ja nicht einfallen lassen sollte, mich ein weiteres Mal mit diesem deutschen Forscher zu treffen. Und er drohte mir, dass er das Haus Hinemoa eigenhändig zerstören würde, sollte ich es noch einmal wagen, vor unserer Hochzeit den Wiederaufbau in Auftrag zu geben.

Ich habe ihm versichert, dass ich mit Mr. Evans bereits alles geklärt hätte und er bereit wäre, sich bis zu unserer Hochzeit mit der Eröffnung der neuen Attraktion des Museums zu gedulden. Und dass er eine Idee hatte, wie man das Haus doch vor unserer Hochzeit fertig aufbauen konnte. Nämlich dass wir unsere Hochzeitszeremonie dann anlässlich der Eröffnung im Versammlungshaus stattfinden lassen sollten. Diesem Vorschlag konnte sich selbst Tame nicht entziehen. »Und was denkst du?«, fragte er. »Soll ich mit dem Priester sprechen wegen eines Termins? Ich finde die Vorstellung, dass wir die Hochzeit mit den Einweihungsritualen zur Heilung der Tabubrüche verbinden, ganz hervorragend.«

»Aber dann müsste ich den Auftrag für den Wiederaufbau ja doch vor der Hochzeit erteilen«, gab ich zu bedenken, weil Tame sich doch sonst so streng an die Einhaltung der Regeln klammerte.

Ein Lächeln huschte über sein Gesicht. Ich glaube, ich habe ihn da zum ersten Mal richtig lächeln sehen. »Das werden uns die Ahnen sicher verzeihen. Sie wissen ja, dass wir Wort halten werden.«

Ich nickte und versuchte dabei, nicht allzu gleichgültig zu wirken. Nun – und das war mir in diesem Augenblick klar – würden alle Ausflüchte der Welt nichts mehr helfen. Die Hochzeit würde zeitnah stattfinden! Was das bedeutete, wollte ich mir lieber nicht so genau vorstellen.

Seine Gesichtszüge aber wurden ganz weich, als er sagte: »Dann wirst du noch in diesem Jahr meine Frau.«

In diesem Jahr? Damit hatte ich nicht gerechnet, aber andererseits würde das auch bedeuten, dass das Haus Hinemoa Ende Dezember endlich in seiner ganzen Pracht erstrahlen würde.

Im Inneren der Halle herrschte schummriges Licht, das durch die fast blinden Fenster drang. In der Halle gab es kein künstliches Licht, aber ich hatte eine Taschenlampe mitgebracht. Trotzdem wartete ich lieber bei der Tür, hatte sie aber hinter mir geschlossen. Da öffnete sie sich, und mehr Licht drang in das Innere.

»Schön, dass du gekommen bist«, hörte ich Ludwig erfreut sagen. Ich fuhr herum, und da war sie wieder, diese Magie, die sich sofort einstellte, wenn ich ihm gegenüberstand. Verbunden mit dem tiefen Wissen, dass wir beide zusammengehörten. Als sich unsere Lippen begegneten, wollte ich hastig den Kopf zur Seite drehen, um das zu verhindern, wonach sich mein ganzer Körper sehnte. Statt mich wegzudrehen, beugte ich mich ihm sogar entgegen. Das Spiel unserer Zungen setzte meinen Körper in Brand. Und ich wusste, dass nicht nur mein Herz entflammt war, sondern jede Pore von mir Ludwig so nahe sein wollte, wie es nur ging. Ja, ich spürte ganz deutlich, dass ich mit ihm schlafen wollte.

Als sich unsere Lippen voneinander lösten, blickte er mich zärtlich an. »Ich habe schon befürchtet, dass du nicht kommst.«

»Ich bin nur gekommen, um dir zu sagen, dass ich demnächst Tame heiraten werde«, entgegnete ich mit belegter Stimme.

»Das glaube ich nicht!«, widersprach er heftig.

»Versteh doch ... Ich muss es tun.«

»Ach, komm mir jetzt nicht mit diesem Schuld- und Sühne-Zauber. Du bist dem Mann zu gar nichts verpflichtet!«

Ich entwand mich seinem Arm. Mir kamen die Tränen. Das hätte ich mir ja denken können, dass er weder Verständnis für meine Kultur noch für mein Versprechen aufbrachte.

»Mein Vater glaubte ebenso wie er, dass ich das Haus Hinemoa nur dann wieder aufbauen lassen kann, wenn ich ihn heirate.«

»Das verstehe ich nicht!«

Ich stieß einen tiefen Seufzer aus. »Wenn ich ihn heirate, habe ich die Ahnen versöhnt, und alles wird gut. Du warst doch dabei, als Tame es ausgesprochen hat. Wenn ich mich nicht daran halte, werde ich sterben.«

Ludwig musterte mich zweifelnd. »Sag mir die Wahrheit.

Glaubst du das, oder fügst du dich dem nur, weil du es deinem Vater versprochen hast?«

Mir wurde abwechselnd heiß und kalt. Wie oft hatte ich mich das in den letzten Wochen selbst gefragt. Und ich hätte den Wiederaufbau ganz bestimmt nicht ohne Hochzeitstermin angeleiert, wenn ich um mein Leben gefürchtet hätte. Nein, tief im Herzen glaubte ich nicht daran, dass uns das Haus Hinemoa zürnen würde, wenn wir es aufstellen ließen, ohne zu heiraten. Seit ich Ludwig kannte, kam mir die Vorstellung zunehmend absurd vor, dass die Ahnen meine Hochzeit mit Tame wirklich wünschten. Aber das würde ich Ludwig gegenüber nicht zugeben. Wenn er erst ahnte, wie groß meine Zweifel daran waren, dass ich Tame tatsächlich nur wegen des Hauses Hinemoa heiraten müsste, hätte er leichteres Spiel, mich von dieser Hochzeit abzubringen. Aber ich durfte meinen Gefühlen nicht nachgeben. Denn es gab einen guten Grund, warum ich Tame dennoch heiraten musste: Ich hatte es meinem Vater auf dem Totenbett versprochen – und der Gedanke daran, dieses Versprechen zu brechen, versetzte mich tatsächlich in Panik. Das würden mir die Ahnen nicht verzeihen! Und ich mir auch nicht!

»Ich muss das tun. Glaube mir. Wir werden unseres Lebens nicht froh.«

»Ich möchte aber nicht ohne dich leben!«, erwiderte Ludwig bestimmt. »Nicht, seit ich dich gefunden habe. Ich wusste doch vorher gar nicht, dass es dich gibt. Bei den anderen Frauen habe ich nicht annähernd das empfunden, was mir bei deinem Anblick durch Mark und Bein geht.«

»Du hattest also andere Frauen?«, versuchte ich zu scherzen, weil ich so schrecklich hin und her gerissen war. Jedes seiner ehrlichen Worte berührte mich zutiefst und war geeignet, meinen Entschluss ins Wanken zu bringen.

Ludwig strich mir zärtlich durch mein schwarzes langes Haar, das ich gern offen trug und das mir fast bis zu den Hüften ging. Das habe ich von der Familie meines Vaters. Seine Schwester hatte in ihrer Jugend, wie er stets betonte, auch so schönes Haar besessen.

»Du bist so unfassbar hübsch. Ich möchte dich immerzu nur ansehen«, schwärmte Ludwig.

Meine Gesichtszüge stammten allerdings zum Teil von der mütterlichen Seite, aber so viel wollte ich Ludwig über meine Herkunft eigentlich gar nicht verraten. Das schaffte nur wieder Vertrautheit zwischen uns, und das wollte ich nicht noch forcieren. Andererseits war ich versucht, mich einfach in seine Arme zu werfen und mich nicht mehr wegen alter Schwüre von meinem Glück, das zum Greifen nahe war, abhalten zu lassen. Doch dann trat ich einen Schritt zurück.

»Ludwig, ich gehe jetzt, und bitte, lass mich ziehen. Es geht nicht. Wir kommen aus zwei Welten. Und ich bin den meinen etwas schuldig.«

Ich war fest davon überzeugt, dass Ludwig nicht aufgeben und weiterkämpfen würde, doch ich täuschte mich. Er blieb wie angewurzelt stehen und musterte mich fassungslos. »Gut, wenn das dein Wunsch ist, dann lasse ich dich in Ruhe. Wie sagte schon Konfuzius? *Was du liebst, das lass frei, kommt es zurück – dann gehört es dir für immer.«*

»Dann drehe ich mich jetzt um und gehe«, flüsterte ich und versuchte, meine Tränen zu unterdrücken.

Ich machte genau drei Schritte von meinem Liebsten weg, doch als ich bereits die Türklinke in der Hand hielt, wandte ich mich zu ihm um. Als ich in seine weinenden Augen sah, konnte ich nicht anders. Ich rannte zurück, geradewegs in seine Arme.

»Komm mit mir noch ein letztes Mal zum Haus Hinemoa«, bat ich ihn.

»Alles, was du willst«, entgegnete er gerührt. Arm in Arm

näherten wir uns den wertvollen Einzelteilen des Versammlungshauses. Ich wollte die helle Lampe anstellen, aber Ludwig fand, dass die Paneele und die geschnitzten Figuren im Schummerlicht eine ganz besondere Ausstrahlung besaßen. Ich fand es ein bisschen unheimlich, aber ich protestierte nicht, denn ich fühlte mich in seinem Arm schließlich überaus behütet. Vor einer geschnitzten Statue, die einen Maori-Kopf mit in Perlmutt glänzenden Augen darstellte, küsste er mich. Und während sich unsere Münder gierig aufeinanderpressten, streichelten wir uns über Nacken und Rücken. Ich empfand ein drängendes Bedürfnis, mich ihm hier auf dem Boden hinzugeben. Nur das eine Mal, aber das musste ein Wunsch bleiben. Nicht auszudenken, wenn Tame in der Hochzeitsnacht feststellte, dass ich keine Jungfrau mehr war.

Ludwig wagte es, die Hand über den Ansatz meiner Bluse gleiten zu lassen, was mir einen wohligen Schauer durch den Körper jagte. Wie gern wollte ich mich seinen kundigen Händen hingeben. Es war wie ein Rausch, der jäh durch ein lautes Geräusch, das von der Tür herkam, unterbrochen wurde. Ludwig und ich fuhren erschrocken auseinander. Es war inzwischen noch dämmriger in der Halle geworden, sodass wir nicht erkennen konnten, wer da gerade den Raum betreten hatte. Doch dann hörten wir männliche Stimmen.

»Verdammt, mach mal die Lampe an. Ich sehe nichts!«, fluchte der eine.

»Mensch, ich versuche es ja schon, gleich hab ich es!«

In diesem Augenblick wurden wir von einem hellen Lichtkegel geblendet, und dann ging alles ganz schnell. Ehe ich mich versah, schlug mir einer der Männer etwas gegen die Stirn, was wie eine Schaufel aussah.

Ich erwachte in einem Krankenhausbett, was ich nur an der Frau mit der Haube auf dem Kopf erkannte, die mir gerade die Decke aufschüttelte.

»Ach, schön, Sie sind wieder bei Bewusstsein. Dann hole ich gleich den Doktor«, bemerkte sie sichtlich erleichtert.

»Wo ... bin ich? Was ist passiert?«, fragte ich, denn ich konnte mich zunächst nicht mehr daran erinnern, was geschehen war.

»Sie sind im städtischen Hospital. Offenbar hat man sie niedergeschlagen.« Und dann entsann ich mich wieder. Wie Ludwig und ich uns beinahe geliebt hatten und dann die zwei Männer in die Halle gekommen waren. Aber was war mit Ludwig geschehen?

»Wer hat mich gefunden? Wie bin ich hergekommen?«

»Der junge Deutsche hat sie hergebracht.«

»Und wo ist er jetzt?«

»Er wartet draußen.«

»Könnten Sie ihn wohl ins Zimmer bitten?«

Die Krankenschwester zierte sich ein wenig und verwies mich auf die Vorschriften und darauf, dass der Arzt gleich kommen würde, aber ich flehte sie förmlich an. Leise fluchend tat sie, worum ich sie bat. Ich erschrak bei Ludwigs Anblick. Er sah aus wie der Tod.

»Liebste, wie gut, dass du aufgewacht bist«, stöhnte er.

»Was ist in der Halle geschehen?« In diesem Augenblick spürte ich einen stechenden Schmerz an der Stirn, fasste mit der Hand an die Stelle und stellte fest, dass ich einen Verband um den Kopf trug.

»Es waren zwei Männer. Als der eine dir den Spaten an den Kopf gehauen hat, habe ich mich auf den anderen gestürzt und ihn in die Flucht geschlagen. Derjenige, der dich verletzt hat, wollte mir das Ding dann auch über den Schädel ziehen, aber ich habe es ihm aus der Hand geschlagen. Er ist dann sofort getürmt, aber ich konnte ihn nicht verfolgen, weil ich mich um dich kümmern musste. Ich habe dich zu meinem Wagen getragen und ins Krankenhaus gebracht.« Er streichelte mir zärtlich über die Wangen. »Ich hatte solche Angst um dich.«

»Hast du eine Ahnung, was die beiden wollten?«

Ludwig schüttelte den Kopf. »Nein, aber offensichtlich war es nichts Legales, denn sonst hätten sie nicht versucht, uns außer Gefecht zu setzen.«

»Hast du denn wenigstens erkennen können, was das für Kerle waren?«

»Nur den einen mit dem Spaten habe ich für einen Augenblick zu Gesicht bekommen. Er hatte rotes Haar und einen auffällig roten struppigen Bart. Und eine Narbe unter dem Auge.«

»Den kenne ich«, sagte ich aufgeregt. »Der war neulich im Museum und heuchelte großes Interesse für das Kanu. Und dann kam er plötzlich auf das Haus Hinemoa zu sprechen. Er versuchte regelrecht, mich auszuhorchen. Wann es wieder aufgebaut wird und wo es gelagert wird.«

»Und? Hast du ihm etwas verraten?«

»Eben nicht. Er hatte so gar nichts von einem gebildeten Menschen, der ernsthaftes Interesse an der Maori-Kultur haben könnte. Er wirkte eher wie ein Abenteurer. Ich habe ihm nur gesagt, das Haus werde irgendwann wieder aufgebaut.«

»Und er ahnte nicht, dass es in der Halle ist?«, fragte Ludwig zweifelnd.

Ich überlegte, wollte die Frage gerade verneinen, als es mir wieder einfiel. »Er wollte unbedingt, dass ich ihm die Einzelteile zeige. Und da habe ich ihm gesagt, dass wir grundsätzlich keine Besucher in die Halle lassen würden.«

»Aber was kann er gewollt haben?«

Ich zuckte die Achseln. Das Haus hatten die beiden Kerle wohl kaum stehlen wollen. Dann wären sie nicht zu zweit gekommen und nicht ohne einen Wagen, auf den sie die Einzelteile hätten laden können. Aber was hatten sie dann beabsichtigt? Hatten sie vielleicht nur die einzelne Figur, die eine Frau zeigte, stehlen wollen, von der ich mich sowieso immer wieder fragte, wohin sie gehörte? Alle anderen Figuren waren in den Zeichnungen, die mein Vater einst von dem Haus gemacht hat, enthalten. Aber diese Figur tauchte nirgendwo auf. Ob es eine Art Wächterfigur war, die zum Schutz vor dem Haus stehen sollte und nicht mit ihm verbunden war? Das Rätsel würde sich wohl erst beim Aufbau des Hauses lösen.

Ich berichtete Ludwig von der einzelnen Figur.

»Es kann gut sein, dass sie es darauf abgesehen hatten, aber woher wissen sie, dass es eine Wächterfigur gibt, die sie einzeln verkaufen können?«

Ich wollte gerade etwas antworten, als die Tür zum Krankenzimmer aufflog und ein aufgeregter Mr. Evans ins Zimmer stürmte.

»Kindchen, was machen Sie denn bloß für Sachen? Auf dem Museumsgelände ist der Teufel los. Die Kerle sind natürlich über alle Berge. Was die wohl klauen wollten? Und warum haben die Ihnen einen Spaten über den Kopf gezogen?«

»Wahrscheinlich dachte der Kerl, ich hätte ihn erkannt. Dabei habe ich gar nichts sehen können im Kegel der Lampe«, erwiderte ich. »Aber Ludwig konnte ihn beschreiben. Und nach dieser Beschreibung habe ich ihn wiedererkannt. Er hat in den letzten Tagen öfter im Museum herumgelungert und versucht, mich nach dem Haus Hinemoa auszufragen.«

Mr. Evans wurde noch blasser, als er ohnehin schon war.

»Hat er einen roten Bart und zotteliges Haar?«

»Genau, so sah er aus«, pflichtete ihm Ludwig bei.

»Das ist ein ganz übler Vogel. Der würde sogar seine Großmutter verkaufen, wenn er Profit daraus schlagen könnte. Ich habe ihn neulich gerade hinausgeworfen. Die ganze Familie hat den Ruf, üble Geschäftemacher zu sein. Einen besonders schlimmen Ruf hatte sein Großvater. Ihm wird nachgesagt, dass er noch in den Siebzigerjahren des letzten Jahrhunderts Maoris mit ganz besonders schönen Tattoos umbringen ließ, um ihre mumifizierten Köpfe an reiche Europäer zu verkaufen, die ganz wild darauf waren.«

Ich zuckte zusammen. Was für eine grausame Vorstellung.

»Mumifizierte Köpfe. Das ist ja widerlich!«

Ludwig schenkte mir ein Lächeln. »Das sagt deine Generation, aber in der Kulturgeschichte der Maori sahen es deine Vorfahren etwas anders. Die Mumifizierung besonders von Schädeln war durchaus üblich und Schrumpfköpfe ein beliebter Handelsartikel.«

»Woher willst du denn das wissen?«, widersprach ich angewidert.

»Mr. Dehn hat durchaus recht«, pflichtete ihm Mr. Evans aufgeregt bei.

»Danke, Mr. Evans, ja, ich darf darauf hinweisen, dass ich zu diesem Thema sowohl bei meiner Reise nach Australien als auch hier im Lande geforscht habe. Ich habe sogar einmal ein derartiges Exemplar zu Gesicht bekommen.«

»Aber nicht in unserem Museum«, erklärte ich entschieden.

»Nein, das war bei einem Stamm, der noch sehr rückständig lebt.«

»Und wozu diente das?«, fragte ich. Mir war es etwas unangenehm, dass Ludwig etwas über mein Volk wusste, das mir unbekannt war. Schließlich hatte ich mich mein ganzes Studium lang mit den Maori beschäftigt, aber über Schrumpfköpfe hatten unsere Professoren keinen Ton verloren, oder ich hatte gefehlt.

»Die Maori in Neuseeland waren bestrebt, sich die Eigenschaften ihrer besiegten Feinde anzueignen. Dieser Wunsch brachte sie dazu, die Schädel zu sammeln und zu bewahren, auch als Beweis für ihr eigenes Können. Oft kam es vor, dass Teile des Feindes sogar verspeist wurden, um sich auf diese Weise seine Kräfte einzuverleiben. Kannibalismus war hier sehr verbreitet.«

Das wiederum war mir wohl bekannt, aber es war mir unangenehm, von einem Pakeha darauf hingewiesen zu werden. Trotzdem fuhr ich fort, seinen Ausführungen interessiert zu lauschen, zumal Mr. Evans sich bemüßigt fühlte, mir Ludwig Dehn als *den Experten* in Sachen »frühe Maori-Kultur« zu preisen.

Ludwig sah mir offenbar an, dass ich seinem Vortrag mit gemischten Gefühlen folgte.

»Soll ich aufhören?«, fragte er mitfühlend.

»Nein, natürlich nicht, aber ich weiß nicht, wie Sie es fänden, wenn ich Ihnen unter die Nase reiben würde, dass Ihre Vorfahren Kannibalen gewesen sind?«

Ludwig lachte. »Ach, Merima, meine Vorfahren haben einen nicht unwesentlichen Anteil daran, dass weltweit siebzehn Millionen Menschen im Krieg ihr Leben verloren haben.«

»Stimmt, was sind da schon ein paar verspeiste Feinde?«, gab ich belustigt zurück. Er hatte ja so recht. Gern bezeichneten meine Landsleute die Deutschen als Hunnen, um damit zu unterstreichen, wie barbarisch sie sich im Krieg aufgeführt hatten. Ich sollte nicht so persönlich betroffen reagieren.

»Auch die Köpfe ihrer Häuptlinge wurden auf diese Weise erhalten. Der Würde und dem Ansehen des Häuptlings entsprach es ja, eine reich verzierte Gesichtstätowierung zu tragen. Um diese zu bewahren, wurden fäulnishemmende Kräuter anstelle des Gehirns und der Augen in den Schädel gefüllt. Dies förderte die Austrocknung. Zudem wurden die Köpfe über Ofenöffnungen gestülpt, um sie mindestens vierundzwanzig Stunden von innen zu trocknen. Die europäischen Eroberer fanden großes Interesse an den Schrumpfköpfen und tauschten sie bei den Maori ein. Als der »Vorrat« erschöpft war, verwendeten die Europäer Sklavenköpfe und gingen später direkt auf Maorikopf-Jagd. Diese Ausuferung begann 1770 mit dem ersten Exemplar als Mitbringsel, bis 1812 der Handel mit Maori-Köpfen verboten wurde. Und deshalb, lieber Mr. Evans, wird es Mitte des letzten Jahrhunderts kaum mehr solche Kopfjäger gegeben haben.« Mit diesen Worten schloss Ludwig seinen Vortrag.

»In dem Punkt irren Sie. Der Handel florierte noch lange erfolgreich außerhalb der Legalität«, bemerkte Mr. Evans. Mir lief bei diesem Thema eine Gänsehaut nach der anderen über meine nackten Arme.

»Das mag ja alles sein, aber die beiden Kerle werden kaum Schrumpfköpfe gesucht haben«, versuchte ich das Thema zu wechseln. Ich wandte mich an Mr. Evans. »Wenn Sie den Namen des Mannes kennen, könnte man ihn doch der Polizei melden«, schlug ich vor.

»Das werde ich gleich in die Wege leiten. Ich glaube, der Kerl heißt Banks, James Banks. Und wohnt irgendwo unten am Hafen. Die Adresse kenne ich nicht, aber ich denke, er ist polizeibekannt. Man nennt ihn auch den ›Rotfuchs‹.«

Mr. Evans erhob sich von dem Stuhl an meinem Bett. Täuschte ich mich, oder stand in seinem besorgten Blick die bange Frage geschrieben, was da zwischen Ludwig und mir lief? Ganz so, als hätte er Angst, wir könnten ihm die Eröffnung des Hauses Hinemoa vermasseln.

Kaum hatte er seinen Hut genommen und die Tür des Krankenzimmers hinter sich geschlossen, setzte sich Ludwig auf die Bettkante und begann, mir sanft über die nackten Arme zu streicheln.

Plötzlich fiel mir ein, dass ich ein Krankenhaushemd trug, das ziemlich freizügig war. Ich konnte nur hoffen, dass Ludwig seine Hände nicht unter meine Decke gleiten ließ, da war es bereits geschehen. Wie jedes Mal, wenn er etwas Übermütiges tat, das ich ihm auf der Stelle verbieten sollte, war ich nicht in der Lage, seine Annäherung abzuwehren. Im Gegenteil, ich wünschte, dieses Bett stünde nicht in einem Krankenhaus. In dem Augenblick ging ohne Vorwarnung die Tür auf. Ludwig konnte gerade noch von meinem Bett springen. Ein Arzt näherte sich mir mit energischem Schritt und stellte sich mir als Doktor Fielding vor.

»Dann lassen Sie mal sehen!« Ohne Umschweife machte er sich daran, den Verband zu entfernen, doch dann stutzte er, als er Ludwig wahrnahm, der ihm leichenblass bei der Arbeit zugesehen hatte. »Ihren Mann müssen wir leider rausschicken«, sagte der Doktor und wies in Richtung Tür. Nur höchst widerwillig verließ Ludwig mein Zimmer.

»Die Wunde sieht prima aus. Und wie geht es Ihnen? Haben Sie noch Kopfschmerzen?«

»Nein«, log ich in der Hoffnung, dass er mich dann entlassen würde.

»Gut, dann bleiben Sie eine weitere Nacht. Es ist alles gut. Und ich lege Ihnen einen neuen Verband an.« Und schon machte er sich an meinem Kopf zu schaffen.

»Könnte ich vielleicht heute schon nach Hause?«, fragte ich zaghaft nach.

Der Arzt lächelte. »Das kommt darauf an, ob Ihr Mann die Zeit hat, sich um Sie zu kümmern.« Ohne eine Antwort abzuwarten, bat er Ludwig zurück ins Krankenzimmer.

»Ihre Frau möchte gern nach Hause. Das kann ich verantworten, wenn Sie bei ihr bleiben. Und sollte irgendetwas sein, Schwindel, Kopfschmerz, dann kommen Sie mit ihr zurück. Und übermorgen möchte ich sie noch einmal zur Kontrolle sehen. Wie sieht es aus? Können Sie bei ihr sein, oder haben Sie jemanden, der sich sonst um sie kümmern kann?«

»Nein, nein, das mache ich lieber höchstpersönlich«, bemerkte

Ludwig grinsend. »Ich weiß ja am besten, was für meine Frau gut ist.«

Wider Willen zuckte es auch um meine Mundwinkel verdächtig. Ich mochte Ludwigs Frechheit. Sie war so herzerfrischend im Gegensatz zu Tames ständiger Beherrschtheit und seiner humorlosen Korrektheit. Noch niemals hatte ich mich über seine Art vor Lachen ausgeschüttet, während Ludwig mich häufig zum Schmunzeln brachte. In Tames Charakter überwog der ernsthafte Anteil, während Ludwig immer eine gewisse Leichtigkeit ausstrahlte, ohne dabei albern oder oberflächlich zu sein.

»Muss die Schwester ihr beim Anziehen helfen, oder machen Sie das?« Doktor Fielding zwinkerte meinem vermeintlichen Ehemann zweideutig zu.

»Das übernehme ich«, erklärte Ludwig.

»Na, dann hoffen wir, dass Sie keine Beschwerden mehr haben«, sagte der Arzt und verließ das Krankenzimmer. Ludwig trat auf mein Bett zu und fing an, an meinem Hemd herumzunesteln.

»Was fällt dir ein? Dreh dich um!«, herrschte ich ihn übertrieben streng an, während ich aus dem Bett kletterte.

»Aber, meine liebe Frau, ich habe dem netten Doktor Fielding soeben versprechen müssen, mich jeden Augenblick um dich zu kümmern. Das kann ich nicht verantworten.«

Ich sah verlegen an mir herunter. Das Hemdchen ging nur bis zur Hälfte der Oberschenkel. Da konnte ich ja gleich nackt vor ihm stehen.

Ludwig zögerte nicht. Mit einem Griff schob er den Fetzen nach oben, sodass ich wirklich entblößt dastand. Dann begann er, meinen nackten Körper zu liebkosen. Er fing bei meinen Brüsten an und hörte bei meinen Schenkeln auf. Dazu kniete er sich hin. Wohlige Schauer durchrieselten meinen Körper. Ich musste daran denken, was mir meine Freundin Susan einmal kichernd anvertraut hatte. »Die körperliche Liebe kann furchtbar sein, aber auch wunderbar.« Ich war ganz neugierig zu erfahren, woher sie das denn wusste. Schließlich war sie im Gegensatz zu mir noch nicht einmal verlobt. »Das heißt doch gar nichts«, hatte sie verschwörerisch geraunt. »Wer sagt, dass ich als Jungfrau in die Ehe gehen muss? Der junge Mann, der mir die Unschuld nahm, war eine Offenbarung, der zweite eine Katastrophe. Und mit dem wollte ich mich beinahe verloben. Stell dir das nur mal vor! Wenn ich es nicht ausprobiert hätte, wäre ich jetzt womöglich seine Frau.«

Ich liebte ihre Offenheit und verriet ihr, dass ich mir ganz und gar nicht vorstellen mochte, das Bett eines Tages mit Tame zu teilen. Einmal abgesehen davon, dass er der Meinung war, wir dürften erst in der Hochzeitsnacht miteinander schlafen, verspürte ich nicht das geringste Bedürfnis, dass er mir je die Oberschenkel küsste, wie Ludwig es in diesem Augenblick voller Inbrunst tat. Es kostete viel Überwindung, ihn nicht auf mein Krankenbett zu ziehen. Ich stöhnte leise vor mich hin, bis ich seine Zunge zwischen meinen Schenkeln spürte. Da schrie ich auf und sprang erschrocken einen Schritt zurück. »Wenn das der Doktor sieht«, stieß ich halb erregt, halb belustigt aus.

»Dann sieht er, wie intensiv ich mich um meine Frau kümmere«, lachte Ludwig, erhob sich und holte, als wäre nichts geschehen, meine Kleidung aus dem Schrank und reichte sie mir. »Dann machen wir eben zu Hause weiter, mein Schatz!«

Er setzte sich auf den Stuhl und musterte mich, als stünde ich auf einer Bühne.

»Das habe ich noch nie gemacht. Einer Frau beim Anziehen zugesehen. Ich kenne es nur umgekehrt«, bemerkte er schmunzelnd. Das gab mir einen kleinen Stich, weil er mich damit natürlich wissen ließ, dass er schon über einige Erfahrungen mit Damen verfügte. Ob er denkt, ich wäre auch schon mit Tame im

Bett gewesen, fragte ich mich und zog mich langsam vor seinen Blicken an.

»Du bist so wunderschön«, stöhnte er.

Das machte mich verlegen, denn ich fand meinen Körper nicht sonderlich attraktiv. Ich war groß und gerade gebaut. Mir fehlten die schmeichelnden Taillenkurven, wie sie etwa meine Freundin Susan besaß und all die Mädchen, die bei den Männern Erfolg hatten. Mein Körper war eher burschikos, bis auf meine Brust, die nicht gerade klein geraten war, und meinen Hintern, der auch nicht winzig war.

Ludwig schien es zu gefallen. Er hatte glasige Augen bekommen und murmelte in einem fort: »Du bist so schön. So wunderschön!«

Als ich schließlich angezogen vor ihm stand, erhob er sich von seinem Stuhl und umarmte mich.

»So, mein Schatz, jetzt bringe ich dich nach Hause!«

»Tu das!«, erwiderte ich und glaubte immer noch, die ganze Sache im Griff zu haben. Natürlich würde ich nicht mit ihm schlafen, allein deshalb nicht, weil mich erneut der Gedanke umtrieb, dass Tame sich wundern würde, wenn ich keine Jungfrau mehr war.

Erst als wir vor meinem Haus hielten und Ludwig mich zur Tür brachte, dämmerte es mir. Es war zu spät! Trotz aller vernünftigen Vorsätze. Ich war Wachs in seinen Händen und sehnte mich mit jeder Pore danach, dass er mich erneut so berührte. Außerdem machte er auch nicht die geringsten Anstalten zu gehen. Wir hatten uns schon längst entschieden. Alle beide. Das Feuer ließ sich mit der Stimme der Vernunft nicht mehr löschen.

»Du musst gehen«, flüsterte ich in einem Ton, als würde ich sagen: »Komm endlich zu mir!«

»Nein, mein Liebling, ich habe den ärztlichen Auftrag, mich um dich zu kümmern. Sonst müsste ich dich zurück ins Krankenhaus bringen«, erwiderte er, ohne eine Miene zu verziehen.

Ich holte tief Luft und sah prüfend nach allen Seiten, bevor ich die Eingangstür öffnete und ihn mit laut pochendem Herzen in das Innere meines Hauses schob.

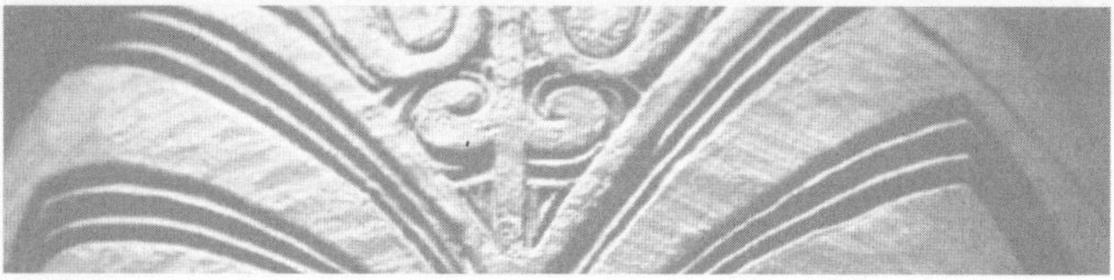

Hamburg, Dezember 2013

Sarah erwachte, als ihr der Duft von frisch gebrühtem Kaffee in die Nase zog. Schlaftrunken fuhr sie im Bett auf und blickte in Jerrys freundliches Gesicht. Er sieht heute Morgen ausgesprochen erholt aus, obwohl er gestern wieder wie ein Loch gesoffen hat, dachte Sarah.

»Hier, trink! Es ist unglaublich, wie gut der Kaffee hier schmeckt. Das kannst du ja überhaupt nicht vergleichen mit unserer Brühe. Probier mal!« Er reichte Sarah den Becher.

»Viel Milch, stimmt's?«, fragte er.

Sarah schnupperte an dem Kaffee und betrachtete die Mischung. »Er riecht hervorragend und sieht perfekt aus.« Sie nahm einen Schluck und verdrehte die Augen vor Verzückung. »Und wie er schmeckt.« Sie stellte den Becher auf ihrem Nachttisch ab und reckte sich. Sie fühlte sich erstaunlich ausgeruht.

»Ich habe überhaupt keinen Jetlag«, seufzte sie und sah sich interessiert in dem Zimmer um. Wie sie gestern Abend schon bemerkt hatte, war es ein hell eingerichteter Raum. Die Möbel waren alle in Weiß gehalten und sahen sehr alt aus. Ein Zimmer zum Wohlfühlen, stellte Sarah fest und kuschelte sich noch einmal zurück in die Kissen.

»Wie spät ist es?«

Jerry lachte aus voller Kehle. »Ein Uhr mittags!«

»Was?« Sarah sprang vor Schreck mit einem Satz aus dem Bett. »Wann habe ich zum letzten Mal so lange geschlafen?«

»Frag dich lieber, wann du das letzte Mal so spät ins Bett gegangen bist. Zwei Tage kaum Schlaf und dann bis fünf Uhr in der Früh.«

»Woher willst du das so genau wissen?«

»Du warst nicht zu überhören.«

»Und meine Großmutter? Ist die schon auf?«

»Die ist fit wie ein Turnschuh. Sie hat einen herrlichen Frühstückstisch gedeckt und sogar Croissants besorgt. Dazu gibt es selbst gemachte Konfitüre.«

»Hört sich sehr verlockend an.« Sarah wühlte in ihrem Koffer, den sie in der Nacht nicht mehr ausgepackt hatte, nach ihrem Morgenmantel und zog ihn lässig über ihre Dessous. »Ich mach mich nur rasch fertig«, ließ sie Jerry wissen.

Sie sieht wirklich aus wie der blühende Morgen, ging es Sarah durch den Kopf, als sie kurz darauf unten im Esszimmer ihre Großmutter mit einem Kuss auf die Wange begrüßte. Nichts erinnerte mehr an das Häuflein Elend, zu dem sie bei dem nächtlichen Gespräch über Helen zusammengeschrumpft war.

»Gut siehst du aus«, sagte Sarah mit einem anerkennenden Blick auf das klassische blaue Hemdblusenkleid, das Dorothee trug.

»Kommt, setzt euch.«

Der Tisch war wirklich wieder sehr liebevoll gedeckt, wie Sarah feststellen musste, und so stilvoll. So edles Geschirr hatte bei Jane und John nicht einmal an Festtagen auf dem Tisch gestanden. Jetzt wusste sie, woher ihr Bedürfnis kam, alles immer so stilvoll wie möglich decken zu wollen.

Sarahs Blick fiel auf die beiden Bilder an der Wand. Sie hatte sie gestern Abend schon ständig angestarrt, aber nichts dazu gesagt. Kein Wunder, dass ihre Großmutter sie auf dem Foto sofort als potenzielle Verwandte erkannt hatte. Das Portrait dort an der Wand hätte, einmal abgesehen von der Kleidung, sie selber darstellen können. Und es war wirklich auffällig, wie Helen auf Dorothees Schoß wiederum der Maori-Frau auf dem anderen Bild ähnelte. Offenbar vererbte sich in dieser Familie das Aussehen immer von der Großmutter auf die Enkelin.

»Zwei Pakeha-Frauen und zwei Maori-Frauen«, murmelte Sarah.

In diesem Augenblick wurde ihr klar, was ihr weder gestern noch zuvor, seit sie Details über die Identität ihrer leiblichen Mutter erfahren hatte, ins Bewusstsein gedrungen war: Auch wenn man ihrer Großmutter und ihr die Herkunft nicht im Geringsten ansah, waren sie beide ebensolche Mischlinge, wie Helen einer gewesen war.

»Ich zeige dir nachher Fotos meiner Mutter«, versprach Sarah ihrer Großmutter. »Sie war wunderschön!«

»Wie meine Mutter Merima«, seufzte Dorothee.

»Das habe ich auch gerade festgestellt.« Sarah konnte nur schwer den Blick von den Bildern abwenden.

»Haben Sie vielleicht Orangensaft?«, fragte Jerry höflich.

»Ach, den habe ich ganz vergessen. Der ist im Keller.« Und schon war Dorothee aufgesprungen und wollte ihn holen, doch Sarah verhinderte das. Sie fasste ihre Großmutter zart an der Schulter und schob sie zurück auf ihren Stuhl. »Ich gehe. Wo ist der Keller?«

Dorothee deutete in Richtung Flur. »Die Tür links neben der Haustür, aber Vorsicht, da kann man sich verlaufen. Mein Vater nannte den Keller immer die ›Katakomben von Othmarschen‹.«

»Warte, ich komme mit, nachher finden wir Jahre später nur noch deine abgenagten Knochen«, scherzte Jerry.

Gemeinsam stiegen sie die steinerne Treppe hinunter und staunten nicht schlecht, als sie unten angelangt waren. Das war weniger eine vollgestellte Abstellhöhle als vielmehr ein Ausstellungsraum. An den Wänden standen Vitrinen mit diversen Artefakten aus der Maori-Kultur.

Jerry pfiff durch die Zähne. »Ach, schau an, was unser Kulturdieb alles ins Ausland geschleppt hat.«

Sarah rollte genervt mit den Augen.

Jerry lachte. »Habe ich es doch geahnt, dass du von deiner Meinung abrücken wirst, jetzt, wo Dehn dein Urgroßvater ist. Blut ist dicker als Wasser. Hat dir dein Verlobter nicht vorausgesagt, dass du skrupellos die Seiten wechseln wirst?«

»Mann! Erinnere mich nicht daran! Ich habe seit meinem Telefonat mit Rachel kaum mehr an ihn gedacht. Aber eines würde ich ihm ja zu gern unterjubeln.«

»Dass du dich vor Verehrern nicht retten kannst.« Jerry zog einen zerknitterten Umschlag aus der Hosentasche. »Hat der nette Museumstyp für dich da gelassen«, fügte er grinsend hinzu.

»Also, solltest du den für meinen Verehrer halten, täuschst du dich aber gewaltig. Ich glaube, der nimmt mir den Artikel über das Haus Hinemoa übler als meine eigene Großmutter.«

»Nicht jeder kann so ein unwiderstehlicher Charmeur sein wie ich«, lachte Jerry und reichte ihr die Nachricht. Er stöhnte übertrieben auf. »Gestern erst dieser Heini im Flieger und heute dieser Kerl. Ich meine, wie soll ich gegen all diese schicken Kerle anstinken? Aber ich glaube, das solltest du Raiwiri nicht unbedingt auf die Nase binden. Erstens ahnt er, dass du heiß umschwärmt bist … und zweitens macht ihn das nur zorniger.«

»Ich werde mich hüten, ihm das zu erzählen. Nein, er weiß noch gar nicht, dass ich Maori-Wurzeln habe. Es wird ihn sicher ärgern, dass er mich nicht mehr als unzuverlässige Pakeha-Tusse aburteilen kann.«

»Und was schreibt er denn?« Jerry deutete auf den Umschlag, den Sarah immer noch ungeöffnet in der Hand hielt.

»Willst du ihn erst lesen?«, spottete Sarah, während sie den Umschlag aufriss und laut vorlas.

Liebe Sarah, ich würde mich sehr freuen, wenn Sie um 15 Uhr ins Museum kommen. Sie erinnern sich? Wir haben gestern Abend kurz darüber geredet. Über die Festtage bin ich nämlich nicht im Museum. Ich habe Urlaub und muss nur ein paar frisch eingetroffene Dinge aus Neuseeland annehmen. Wäre mir ein Vergnügen, Ihnen das Haus Hinemoa zu zeigen und ... auch die Original-Kaufverträge ... Hoffentlich bis nachher. Jan Gerken

»Siehst du? Dem geht es ausschließlich darum, dass ich meine Meinung über Ludwig Dehn revidiere.«

»Pass bloß auf, der will dich auch einer Gehirnwäsche unterziehen. Nicht dass du bei deiner Rückkehr den alten Artikel einstampfst und das Gegenteil behauptest. Ich sehe schon die Überschrift. *Ludwig Dehn – der Retter neuseeländischen Kulturguts!*«, lästerte Jerry.

Sarah stieß ihm ihren Ellenbogen in die Rippen. »Ich bin unbestechlich. Das solltest du eigentlich wissen!«

Jerry zog ein gespielt zerknirschtes Gesicht. »Ja, da klingelt was. Ich glaube, ich habe dich bei unserem ersten Essengehen mit meiner Kohle ködern wollen. Und da sagte die unbestechliche Sarah: ›Du bist ein echt netter Typ. Ich finde es toll, dass du mein Chef bist. Aber ich werde mich niemals kaufen lassen.‹«

»Siehst du. Das gilt auch für meine Familie und den Kurator. Ich werde mir alles sehr genau ansehen und meinen Urgroßvater nicht einfach plötzlich zum Helden stempeln.«

»Und wann wirst du deiner Großmutter sagen, dass wir ein Portrait für den *Herald* über ihr Leben beabsichtigen?«

Sarah zuckte unmerklich zusammen. Sie entsann sich dunkel, dass sie im Flieger darüber gesprochen hatten, bevor Jerry wein- und tablettenselig eingeschlummert war. Sie konnte jetzt unmöglich gleich mit einem solchen Anliegen an ihre Großmutter herantreten. Als sie Jerry diesen Artikel zugesagt hatte, wusste sie ja noch nicht, dass sie die alte Dame so schnell in ihr Herz schließen sollte. In diesem Augenblick fiel ihr wieder ein, wie wenig Verständnis sie ihrer Großmutter im gestrigen Gespräch entgegengebracht hatte. Ich sollte das noch einmal ansprechen, dachte sie reumütig.

»Da müssen wir den richtigen Zeitpunkt abwarten«, erwiderte sie ausweichend.

»Aber den O-Saft hätte ich jetzt schon gern«, scherzte Jerry und sah sich nach allen Seiten um. »Das mit den Katakomben trifft den Kern aber sehr«, fügte er hinzu. »Wer hat dieses Haus eigentlich erbauen lassen?«

»Ich glaube, es war der Vater von Ludwig Dehn. Über dem Eingang hängt ein Schild mit der Jahreszahl 1885. Das könnte hinkommen.«

»Sehr umsichtig geplant! Der Bauherr hat an genügend Verstecke für Beutestücke gedacht.«

»Ach, jetzt hör auf!« Sarah versetzte Jerry einen leichten Stoß in die Rippen.

»Schau dir das mal an«, bemerkte Jerry und steuerte auf eine große Maori-Figur zu, die ihn um einen Kopf überragte.

»Was für ein Prachtexemplar. Das würde sich bei uns im heimischen Museum besser machen als in diesem Keller.«

»Oh ja, dieses gute Stück ist wirklich zu schade, um sein Dasein hier unten zu fristen«, pflichtete Sarah ihm bei, während sie über die wertvollen Schnitzereien strich.

Die Figur besaß einen übergroßen Kopf, im Gesicht war ein Moko geschnitzt, und die Augen bestanden aus den Schalen der

Seeohren. Sie waren besonders groß. Die Figur streckte martialisch die Zunge heraus.

Sarah kannte diese Geste von Vorführungen des Haka, des Kriegstanzes der Maori. In ihrem Umkreis gab es keinen Maori, der das im Alltag machte. Raiwiri jedenfalls hatte das niemals getan.

Wie sich das wohl anfühlt, dachte Sarah, und schon hatte sie die Zunge mindestens so weit herausgestreckt wie die Figur. Jerry bog sich vor Lachen. »Siehst du, kaum kennst du deine wahre Herkunft, wirst du zur Stammeskriegerin.« Er kratzte sich nachdenklich am Kopf. »Wie diese Figur wohl im Keller gelandet ist?«

»Keine Ahnung. Das werde ich wohl beizeiten meine Großmutter fragen müssen«, seufzte Sarah. »Das Thema Ludwig Dehn haben wir gestern Nacht gemieden. Das hätte ich nicht ansprechen können, wo sie mir gerade erzählt hatte, dass sie meine Mutter Helen bei deren Vater gelassen hat, nachdem er sie aus dem Haus geworfen hat. Sie hat mit ihrem Mann in Dunedin gelebt. Stell dir vor, und als sie das Baby bekam, mit dem Aussehen eines Maori, hat er sie beschuldigt, mit dem Vorarbeiter geschlafen zu haben. Sie hatte ihm nämlich verschwiegen, dass ihre Mutter eine Maori gewesen war.«

»Na und? Das ist kein Grund, sie aus dem Haus zu werfen. Das ist doch völlig normal, dass untereinander geheiratet wird. Ich finde, dass du als Mischling geradezu an Attraktivität gewonnen hast.«

Sarah verdrehte die Augen. »Kannst du nicht ein einziges Mal ernst sein?«

»Jawohl, also warum hat er sie rausgeschmissen?«

»Weil er kein dunkles Kind wollte.«

»Das gibt's ja gar nicht!«

Sarah stieß einen Seufzer aus. »Doch, zumindest in den Fünfziger- und Sechzigerjahren des letzten Jahrhunderts noch. Wenn auch nur bei ein paar verblendeten Rassisten. Das müsstest du eigentlich wissen, als guter Journalist.«

»Das Thema ist mir unangenehm«, gab Jerry zerknirscht zu.

»Dann ist es wirklich an der Zeit, die Geschichte meiner Großmutter im *Herald* zu veröffentlichen.«

»Meinen Segen hast du.« Jerry sah sich suchend um. »Aber ich glaube nicht, dass hier der Orangensaft lagert.« Sein Blick blieb an einer zweiten Statue hängen. »Wow!«, stieß Jerry begeistert hervor. »Das ist eine Frau. Die ist aber besonders schön geraten.«

Sarah kam näher und pflichtete ihm bei. Ja, diese geschnitzte Figur war wirklich bildschön.

Schließlich verließen sie den Kellerraum und versuchten ihr Glück im nächsten Raum. Das war ganz offensichtlich der Vorratsraum. Mit diversen Flaschen Orangensaft verließen sie den Keller.

»Aber bitte erwähne nicht, was wir dort unten entdeckt haben«, ermahnte Sarah Jerry auf der Treppe.

»Nein, ich bin doch kein Depp, das Thema Ludwig Dehn einzuläuten.«

»Ach, weißt du, dass du ein Schatz bist und dass ich so froh bin, dass du bei mir bist«, stieß Sarah gerührt hervor.

»Das aus deinem Mund? Darf ich mir Hoffnungen machen?«

»Jerry! Du bist der beste Freund, den ich überhaupt haben kann, aber als Partner bist du indiskutabel. Ich weiß, wie du mit deinen Frauen umgehst.«

»Ich bin ein wahrer Gentleman, Baby!«, entgegnete Jerry mit gespielter Empörung.

»Ja, ganz nach dem Motto: Wasch mir den Pelz, aber mach mich nicht nass!«

»Okay, lieber Freundschaft. Du würdest mich noch dazu kriegen, mein Arbeitszimmer zur Krabbelstube umzubauen.«

Sie waren jetzt im Esszimmer angelangt, wo Dorothee sie bereits ungeduldig erwartete.

»Was habt ihr denn da unten so lange gemacht?«

»Wir ... wir haben den Orangensaft gesucht«, stammelte Jerry.

»Gebt zu, ihr habt euch die Artefakte angesehen und euch gefragt, wo und wem mein Vater die wohl gestohlen haben könnte, oder?«

»Nein, ich meine, ja, wir haben uns gewundert, warum die große, prachtvolle Wächterfigur unten im Keller verstaubt, statt in einem Museum zu stehen?«

Dorothee machte eine abwehrende Handbewegung. »Ich bin lange nicht im Keller gewesen. Lore holt immer die Sachen hoch, weil meine Knie die Treppen nicht mögen. Neulich aber habe ich versucht, ein wenig Ordnung dort unten zu machen. Als ich das Tageb–« Dorothee stockte. »Also, da habe ich die ganzen Schätze betrachtet und beschlossen, dass ich sie dem Völkerkundemuseum vermache. Der Kurator kann sich demnächst aussuchen, was er mitnehmen will.«

»Und Sie finden es richtig, dass all diese Artefakte in Deutschland verbleiben?«, rutschte es Jerry heraus.

Dorothee musterte ihn feindselig. »Darauf habe die ganze Zeit schon gewartet, dass ihr die Katze aus dem Sack lasst und zugebt, Stoff für einen weiteren Artikel über meinen Vater zu sammeln.«

»Nein, wir haben doch gar nicht vor, über ihn zu schreiben, sondern ...«, protestierte Sarah energisch.

»Sondern?«

»Wir würden lieber einen Artikel über dein Leben machen.«

Dorothee war blass geworden. »Über mein Leben? Das kommt gar nicht in Frage.« Sie blickte ihre Enkelin wütend an. »Hast du deshalb deine Meinung geändert und bist so schnell nach Hamburg gekommen?«

»Nein! Das haben wir erst im Flieger beschlossen. Aber ich finde, ohne dir zu nahetreten zu wollen, es wäre wirklich eine Überlegung wert, ob du nicht das eine oder andere Stück dem Museum in Auckland vermachst, wenn du schon alles verschenken willst«, entgegnete Sarah und merkte an den zusammengekniffenen Augen ihrer Großmutter, dass ihr dieser Vorschlag missfiel.

»Warum? Nenn mir einen vernünftigen Grund!«

»Weil es sich um Artefakte der Maori handelt vielleicht? Und weil sie ein Teil der neuseeländischen Kulturgeschichte sind?«, mischte sich Jerry ein.

»Ich bin diesem Land nichts schuldig. Gar nichts«, gab Dorothee in scharfem Ton zurück. »Es hat mir mein Kind genommen! Sie haben mich nicht einreisen lassen. Warum sollte ich denen wohl etwas schenken?«

»Großmutter, die Intrigen deines Exmannes und die Bestechlichkeit einer einzelnen Behörde kannst du aber nicht mit unserem Land gleichsetzen«, protestierte Sarah.

»Ich würde dieses Thema gern beenden«, erklärte Dorothee in einem Ton, der keinen Widerspruch duldete, obwohl sie körperlich regelrecht in sich zusammensackte.

Sarah erschrak, denn ihre Großmutter wirkte plötzlich wieder so zerbrechlich und verletzlich wie bei dem nächtlichen Gespräch über Helen.

»Du hast recht, Großmutter«, stöhnte sie, trat einen Schritt auf die alte Dame zu und umarmte sie.

»Du wirst eines Tages schon sehen, dass mein Vater nicht der Dieb gewesen ist, sondern andere Räuber am Werk gewesen sind«, raunte Dorothee, während sie mit dem Gedanken spielte, ob dies nicht der rechte Augenblick wäre, die Karten offen auf den Tisch zu legen. Sie müsste Sarah ja bloß Merimas Tagebuch aushändigen, aber irgendetwas sträubte sich in ihr, es ihrer Enkelin so einfach zu machen. Außerdem wollte sie es selbst noch ein einziges Mal zu Ende lesen, bevor sie es für immer aus der Hand gab.

Sarahs Blick fiel auf die alte Wanduhr im Salon. Es war inzwischen halb zwei. Wenn ich Jans Einladung folgen möchte, muss ich mich langsam duschen und anziehen, dachte sie. Soll ich mir das wirklich antun und mir von dem Kurator Vorträge über das gute Werk meines Urgroßvaters anhören?, fragte sie sich. Allerdings schien ihr der kleine Ausflug ins Museum eine gute Gelegenheit, der angespannten Stimmung im Hause ihrer Großmutter für einen Augenblick zu entfliehen. Denn es war nur noch eine Frage der Zeit, wann das Thema Ludwig Dehn zu einem handfesten Krach führen würde. Die Vorboten zeigten sich ja bereits in Dorothees Kampfgeist, wenn es um die Reputation ihres Vaters ging. Vielleicht wäre es ganz gut, zunächst einmal in aller Ruhe den Kurator davon zu überzeugen, dass der Kaufvertrag zwischen dem Museumsdirektor und Ludwig Dehn gefälscht war. Und dass es für das illegale Außer-Landes-Schmuggeln des Hauses Hinemoa in Neuseeland reichlich Beweise gab. Vielleicht hatte er ein Einsehen und brachte es Dorothee schonend bei, dass Ludwig Dehn doch ein Räuber … Sarah unterbrach ihre Gedanken. Räuber?

»Was hast du gerade gesagt, Großmutter? Die wahren Räuber seien andere? Weißt du etwas, das wir nicht wissen?«

Dorothee sah ihre Enkelin entrüstet an.

»Das soll ich gesagt haben? Ich kann mich nicht daran erinnern. Haben Sie das gehört, Jerry?«

Er zuckte mit den Achseln. »Nein, denn Sie haben Ihrer Enkelin etwas zugeflüstert, was offenbar nicht für meine Ohren bestimmt war.«

»Ich hätte schwören können, dass du mir genau das zugeflüstert hast«, erwiderte Sarah und fügte hinzu: »Jan hat mich ins Museum eingeladen. Wie komme ich dorthin?«

»Du gehst bis zur großen Straße vor, das ist die Reventlowstraße, und nimmst die Buslinie bis zur Hallerstraße. Da bist du ungefähr vierzig Minuten unterwegs«, erläuterte ihr Dorothee.

»Kann ich dich begleiten?«, bat Jerry, und es war ihm förmlich anzusehen, dass er keine Lust hatte, mit Dorothee allein zurückzubleiben.

Sarah zögerte. Sicher wäre Jan nicht besonders begeistert, wenn sie Jerry mitbrachte, wenngleich sich die beiden Männer gestern hervorragend verstanden hatten. Aber sie fand es auch nicht fair, ihn nach dem kleinen Streit um Ludwig Dehn allein mit ihrer Großmutter zu lassen.

»Gut, dann mache ich mich mal fertig«, sagte sie und wandte sich zum Gehen. In ihrem Gästereich angekommen stellte sie beschämt fest, dass gelüftet und ihr Bett gemacht worden war. Offenbar war Lore, der gute Hausgeist, am Werk gewesen. Das war sehr ungewohnt für Sarah, weil sie dergleichen vom Farmleben nicht kannte. Dort hatte es keine dienstbaren Geister gegeben.

Sarah öffnete das Fenster und streckte den Kopf hinaus, um ihn gleich wieder fröstelnd zurückzuziehen. Die Temperaturen waren seit gestern mächtig gefallen, und eine feuchte Kälte zog aus dem verwilderten Garten ins Zimmer. Hastig schloss sie das Fenster und durchwühlte den Koffer nach ihrem dicksten Pullover. Sie legte ihn und eine Jeans bereit, bevor sie das Bad aufsuchte und ausgiebig duschte. Sie wusch sich gründlich ihr langes blondes Haar und fühlte sich herrlich erfrischt. Als sie sich mit geföhnter offener Mähne und in Pullover und Jeans im Spiegel sah, war sie zufrieden mit sich.

»Wow!«, rief Jerry aus, als sie ins Esszimmer zurückkehrte. Dann deutete er auf eine Flasche Schnaps, die auf dem Tisch stand. »Magst du auch einen ...?« Er blickte Dorothee fragend an.

»Korn, das heißt Korn«, erwiderte sie lächelnd. Offenbar hatten die beiden den kleinen Disput um Ludwig Dehn mit einem Schnaps beigelegt. Und das am helllichten Tag.

»Korn«, wiederholte Jerry lachend. »Möchtest du einen Korn?«

»Nein«, entgegnete Sarah halb entrüstet, halb erleichtert, dass die beiden sich nicht in die Haare geraten waren.

Dorothee goss Jerrys und ihr Glas noch einmal voll und prostete ihm zu: »Auf den Waffenstillstand!«

»Auf Korn!«, erwiderte er.

Dieses deutsche Wort klang so komisch aus seinem Mund, dass Sarah lachen musste.

»Er ist ein echter Kindskopf, oder?«, fragte sie nun auf Deutsch.

»Aber ein ganz lieber!«, erwiderte Dorothee.

Jerry verzog beleidigt sein Gesicht. »Warum sprecht ihr plötzlich Deutsch? Habt ihr etwa über mich gelästert?«

Die beiden Frauen nickten einträchtig.

»Ihr müsst gehen«, mahnte Dorothee die beiden nun zur Eile. »Und vergesst nicht, euch den Kaufvertrag anzusehen.«

Sarah zog es vor, diese Bemerkung zu überhören. Nein, so gern sie ihre Großmutter auch mit der Wahrheit über ihren Vater verschonen würde, Dorothee musste wohl früher oder später den Tatsachen ins Auge sehen. Das Haus Hinemoa war bei Nacht und Nebel spurlos vom Gelände des Museums verschwunden und mit ihm auch der Forscher Ludwig Dehn. Der Museumsdirektor, dem das Haus gehörte, hatte damals selber Anzeige erstattet. Bei den Akten war sogar ein Bericht der Polizei gewesen über die dramatischen Umstände der Anzeigeerstattung. Nachdem der Museumsdirektor die Anzeige erstattet und die Polizeiwache verlassen hatte, war ihm direkt vor der Tür sein ertrunken geglaubter Sohn in die Arme gelaufen. Der Museumsdirektor hatte daraufhin einen Herzanfall erlitten. So weit die Akten, und das schien durchaus alles glaubwürdig und schlüssig. Von einem

Kaufvertrag zwischen Ludwig Dehn und Mr. Evans wusste man in Neuseeland allerdings nichts. Das wäre ja auch absurd, weil der Museumsdirektor dann niemals diese Anzeige erstattet hätte. Der Vertrag konnte also nur eine Fälschung sein. Nein, ihre Meinung über ihren Urgroßvater würde Sarah wohl kaum je revidieren, ganz gleich, welche dubiosen Beweise für seine Unschuld ihr Dorothee oder Jan auch vorlegen würden. Die Tatsachen sprachen für sich.

»Träumst du?«, fragte Jerry, als sie das Haus verließen und ihnen ein eiskalter Ostwind entgegenblies.

»Nein, ich habe nur überlegt, wie ich Großmutter schonend beibringe, dass ihr Vater das Haus Hinemoa tatsächlich illegal nach Deutschland hat bringen lassen.«

»Ach, du wechselst also doch nicht die Lager?«

»Wie sollte ich wohl? Ich meine, ich habe die Akte über den Diebstahl intensiv durchgearbeitet. Da gibt es gar keinen Zweifel.«

»Sag mal, meinst du, dass deine Großmutter manchmal kleine Ausfälle ...« Jerry tippte sich gegen die Stirn. »... ich meine ... im Kopf hat?«

»Wie kommst du denn darauf?«

»Na ja, wie vehement sie bestritten hat, dir zugeflüstert zu haben, dass du noch erfahren würdest, wer die wahren Räuber gewesen seien.«

Sarah blieb abrupt stehen und musterte Jerry fassungslos. »Du hast es also doch gehört?«

»Ich habe gute Ohren.«

»Und warum hast du deinen Mund nicht aufgemacht, als sie dich eben danach gefragt hat?«, schnaubte Sarah.

»Ich wollte sie nicht kompromittieren. Ich meine, da ist doch was ausgehakt in ihrem Hirn.«

»Oder sie spielt mit mir«, entgegnete Sarah nachdenklich.

»Warum sollte sie? Wenn sie die Unschuld ihres Vaters beweisen könnte, würde sie uns das sofort triumphierend unter die Nase reiben.«

»Das glaube ich ja auch. Deshalb kann sie sich vielleicht wirklich tatsächlich nicht mehr an ihre eigenen Worte erinnern ...«

»Sie macht eigentlich gar keinen dementen Eindruck.«

»Das finde ich nämlich auch. Irgendetwas stimmt da nicht, aber was?«

»Wir werden der Sache auf die Spur kommen. Schließlich sind wir ein unschlagbares Rechercheteam. Und das Interview mit ihr kriegen wir auch.«

»Dein Optimismus in Ehren. Wie kannst du dir da so sicher sein?«

»Weil wir es beim Korn ausgehandelt haben.«

»Was für einen Handel?«

»Wir bekommen ein Interview von ihr, und dafür überlassen wir die Sachen aus dem Keller dem Kurator.«

Wider Willen musste Sarah lachen. »Das ist ja unglaublich. Für einen guten Artikel würdest du wohl deine Großmutter verkaufen, oder?«

»Nein, nie, nur mich bei deiner Großmutter einschmeicheln. Mit Korn!«

»Du bist unmöglich!«

Arm in Arm erreichten sie die Bushaltestelle. »Hier ist es ja tausend Mal kälter als bei uns«, jammerte Jerry.

Sarah konnte ihm nur beipflichten, denn ihre Ohren waren bereits eiskalt und ihre Finger steif gefroren, obwohl sie sie tief in der Manteltasche vergraben hatte.

Auckland, Dezember 1929

Ludwig blickte sich neugierig in meinem Wohnzimmer um.

»Hast du das alles selbst eingerichtet?«

»Ja, mein Vater hat mir nach dem Tod meiner Mutter freie Hand gelassen. Sie starb bei der Geburt meines kleinen Bruders, der sie nur um wenige Tage überlebt hat. Vater war untröstlich und völlig hilflos. Ich habe ihm während der letzten Schuljahre den Haushalt geführt und dafür gesorgt, dass aus dem Trauerhaus wieder ein Ort der Lebendigkeit wurde. Er besaß genügend Geld, weil er auch als Anwalt gearbeitet hat wie Tame. Sie waren sogar in derselben Kanzlei tätig, bis mein Vater erkrankte. Und so konnte ich, wann immer ich wollte, nach Herzenslust Möbel kaufen.«

»Es ist verrückt«, bemerkte Ludwig. »Wenn du mein Haus in Hamburg sehen würdest, ich habe es ganz ähnlich einrichten lassen wie du. Aber ich hätte nie gedacht, dass ich am anderen Ende der Welt meinen Esstisch wiederfinden würde.«

Ludwig trat auf den hellen Jugendstiltisch zu und fuhr fast zärtlich ein paarmal mit der Hand über die Intarsien, die die Oberfläche kunstvoll schmückten.

Ich musste lachen, weil er wie ein staunendes Kind vor meinen Möbeln stand. »Hast du geglaubt, wir essen vom Fußboden?«

»Nein, aber das kann doch kein Zufall sein. Ich meine, dass ich hier in deinem Haus die gleichen Möbelstücke finde, die bei mir stehen.«

Ludwig wandte sich zu mir um, und seine Hände, die gerade noch meinen Esstisch gestreichelt hatten, fuhren nun zärtlich über mein Gesicht. »Du hast gehört, was Doktor Fielding gesagt hat? Du gehörst ins Bett.«

»Ich habe Hunger«, entgegnete ich und fühlte mich trotz meines Stirnverbands rundherum gesund. Der Kopfschmerz war wie verflogen. Das Einzige, was ich deutlich spürte, waren die Schmetterlinge im Bauch, die wie verrückt umherflatterten. Allein bei der Vorstellung, er würde gleich mein Schlafzimmer betreten, beschleunigte sich mein Puls, aber ich wollte nichts überstürzen.

»Dann lass uns ins Queens Ferry Hotel gehen. Die haben um diese Uhrzeit geöffnet, und das Lamm ist das Beste, das ich je gegessen habe«, schlug er vor.

»Du hast meins noch nicht probiert«, erwiderte ich kokett.

»Sag mir nicht, dass du auch kochen kannst!«

»Ich sagte doch gerade, dass ich meinem Vater nach dem Tod meiner Mutter den Haushalt geführt habe. Und da habe ich alles aus den Rezeptbüchern meiner Mutter nachgekocht. Sie war eine exzellente Köchin, denn sie war Nachfahrin französischer Siedler.«

Ludwig musterte mich mit ungläubigem Erstaunen. Das kannte ich schon, wenn ich meine französischen Wurzeln erwähnte. Auch die meisten Neuseeländer wussten wenig über die Rolle der Franzosen bei der Eroberung Neuseelands.

»Da staunst du. Ich weiß. Aber auch die Franzosen hatten Neuseeland bereits entdeckt und hätten viel darum gegeben, wenn ihre Fahne einst über der Bay of Islands geweht hätte, aber die englischen Schiffe waren ganze sechs Tage früher in der Bucht angekommen. Einige der ersten Auswanderer ließen sich hier nieder, obwohl am 6. Februar 1840 der Vertrag von Waitangi geschlossen wurde, den die britische Krone mit einer Abordnung von Maori-Häuptlingen unterzeichnete. Damit gaben die Maori ihre Souveränität auf und wurden britische Bürger. Gleichzeitig bekamen sie von den Briten zugesichert, dass sie ihr Land und ihren Besitz behalten durften. Die britische Krone versprach den Maori, ihr Eigentum zu schützen und ihre Rechte gegenüber den Siedlern zu verteidigen«, erklärte ich Ludwig.

»Doch dann kam für die Maori alles anders, als sie erwartet hatten. Die Briten haben ihnen das Land genommen, was zu erwarten stand. Und deine Vorfahren sind trotzdem geblieben? Auch unter britischer Krone?«, ergänzte er, wohl, um mir zu beweisen, dass er der Behandlung der Maori durch die Briten eher kritisch gegenüberstand.

»Ja, sie errichteten in Akaroa, das ganz in der Nähe von Christchurch liegt, eine Art Kolonie. Dort ist auch meine Mutter aufgewachsen.«

Ludwig schaute mich mit einem erstaunten Blick an, als würde er mich zum ersten Mal sehen.

»Das ist also diese ganz besondere Mischung in deinem Gesicht. Du hast einen französischen Mund ...« Er näherte sich mir und gab mir einen Kuss. »... und dein Näschen. So französisch.« Dann küsste er mich auf die Nasenspitze.

»Lügner!«, seufzte ich. »Ich bin meinem Vater wie aus dem Gesicht geschnitten. Das habe ich in meiner Kindheit oft bedauert, wenn ich in den Spiegel gesehen habe. Wie habe ich meine Mutter um ihre helle Haut und ihr schmales Gesicht beneidet.«

»Nein, ich übertreibe nicht. Du hast ein ungewöhnlich schmales Gesicht für eine Maori«, widersprach Ludwig. »Und sprichst du auch Französisch?«

»Nein, die Familie spricht schon seit Generationen Englisch.«

»Und hast du noch Verwandte in Akaroa?«

»Nein«, musste ich traurig zugeben. »Meine Mutter war die einzige Tochter, und ihre Eltern sind schon lange tot. Aber jetzt lass mich endlich für dich kochen.«

»Ich weiß nicht, ob ich das Angebot annehmen darf«, stöhnte er. »Ich soll dich doch pflegen und nicht umgekehrt.«

»Mir geht es blendend«, erwiderte ich und machte mich spontan daran, den Verband um meinen Kopf zu entfernen.

»Bist du verrückt?«, protestierte Ludwig, aber da hatte ich den Verband bereits hastig im Müll verschwinden lassen.

»Aber deine Wunde. Das geht nicht!«

»Dafür haben eure deutschen Tüftler etwas Wunderbares erfunden.« Ich holte aus der Schublade der Anrichte eine Dose mit Pflastern, die ich ihm auffordernd reichte.

Wieder machte er ein Gesicht, als würde er ein Weltwunder erblicken.

»Ja, sie haben auch schon ihren Weg ans andere Ende der Welt gefunden«, lachte ich.

Ludwig nahm ein Pflaster aus der Dose und klebte es mir vorsichtig auf die Stirn.

»Na, wie steht mir das?«, fragte ich.

»Bezaubernd, einfach bezaubernd!«, entgegnete Ludwig überschwänglich.

»Und jetzt folgen Sie mir in die Küche, Monsieur.« Ich nahm ihn bei der Hand und zog ihn den Flur entlang bis zu unserer Küche. Wieder schaute sich Ludwig um, als hätte er noch nie zuvor eine Küche gesehen. Das konnte ich sogar verstehen, denn diese besondere Küche hatten wir meiner Mutter zu verdanken. Sie besaß wirklich jeden Komfort, den man für die gute französische Küche benötigte. Meine Mutter hatte sich die Einrichtung aus Paris liefern lassen. Schon so mancher Gast hatte darum gebeten, das Dinner am Küchentisch einzunehmen, weil die Küche wie ein kleines Bistro eingerichtet war. Auf den offenen Borden standen etliche Flaschen, und von der Decke hingen hochwertige Kochtöpfe in allen Größen.

»Ich möchte da essen«, sagte Ludwig und deutete auf unsere

Essecke, die aus einem Marmortisch und Bistrostühlen bestand.

»Dieser Wunsch wird dir erfüllt«, sagte ich, während ich einen Blick in den Kühlschrank warf. Ich hoffte, ich hatte nicht zu viel versprochen, denn seit Vaters Tod aß ich mittags im Museum und kochte wenig, aber ich hatte gerade am Tag zuvor einen Kapaun besorgt, um Tame bei seiner Rückkehr mit Coq au Vin, einem seiner Lieblingsgerichte, zu versöhnen. Bei diesem Gedanken wurde mir schlagartig bewusst, was ich hier eigentlich für ein falsches Spiel trieb. Ich verhielt mich so, als wäre es das Selbstverständlichste der Welt, Ludwig in meiner Küche mit Mutters Rezepten zu verwöhnen. Was mache ich nur, ging es mir erschrocken durch den Kopf, während ich den Hahn zerteilte und dann die weiteren Zutaten hervorholte. Ich hatte an alles gedacht: die Pilze, die Gewürze, Zwiebeln, Speckwürfel und eine Flasche Rotwein.

»Da läuft mir ja jetzt schon das Wasser im Mund zusammen«, schwärmte Ludwig, der jeden meiner Handgriffe aufmerksam beobachtet hatte. »Was habe ich da nur für einen Fang gemacht«, fügte er scherzend hinzu. »Sie sieht nicht nur fantastisch aus, ist klug und gebildet, sondern kann auch noch kochen ...« Er unterbrach sich erschrocken. »Merima? Was ist mir dir? Du bist ganz blass. Siehst du, das ist zu viel für dich. Ich hätte es nicht zulassen dürfen, dass du dich so anstrengst.« Er kam auf mich zu und nahm mich zärtlich in den Arm. »Komm, ich bringe dich ins Bett. Du musst dich ausruhen und gesund werden.«

Ich brach in Tränen aus und verbarg den Kopf an seiner Brust. Ludwig zog mich enger an sich heran und flüsterte mir zärtliche Worte ins Ohr.

Nachdem meine Tränen versiegt waren, hob ich den Kopf und konnte ihm seine Sorge um mich ansehen. Das rührte mich, aber musste ich ihm jetzt nicht sagen, dass der Gedanke an Tame mir ein gewisses Missbehagen verursachte?

»Ludwig, meinem Kopf geht es blendend, aber ich habe Zweifel daran, dass es richtig ist, wie wir uns hier aufführen. Wie ein liebendes Paar.«

»Sind wir das denn nicht? Ein liebendes Paar?« Er sah mir fest in die Augen.

»Doch ... äh ... nein, versteh doch, ich fühle mich so unglaublich wohl in deiner Gegenwart, und wenn ich nicht kurz vor der Hochzeit mit einem anderen Mann stehen würde, wäre es wunderbar, diesen Abend mit dir zu verbringen, aber ...«

»Ich glaube nicht, dass du die Frau eines anderen Mannes wirst«, entgegnete er ernst.

»Aber du weißt, warum ich das tun *muss*.«

»Du hast mich nun schon mehr als einmal darauf hingewiesen, aber ich glaube nicht, dass es richtig ist. Oder glaubst du etwa, dass du jemals mit ihm glücklich wirst?«

Ich zuckte hilflos mit den Schultern. »Bitte, quäl mich nicht. Wenn er wenigstens ein Freund wäre, dann wäre der Gedanke nicht ganz so schrecklich. Aus Freundschaft kann sich Liebe entwickeln. Obwohl ...« Ich wandte den Blick ab und sah angestrengt auf meine Schuhspitzen. »... ich weiß nicht, wie ich mich jemals bei einem anderen Mann so lebendig, froh, vertraut und sicher aufgehoben fühlen sollte.«

Ludwig fasste zärtlich unter mein Kinn und hob meinen Kopf. »Ich liebe dich. Und glaube mir, niemals hätte ich zu hoffen gewagt, dass es eine Frau auf dieser weiten Welt gibt, mit der ich so gern zusammen sein möchte. Ich dachte immer, die Liebe beschränke sich auf zärtliche Stunden, darauf, eine Frau und eine Familie zu versorgen, aber dass jeder Augenblick in deiner Gegenwart das pure Glück bedeutet, das habe ich nicht geahnt. Wir können doch dieses Geschenk nicht einfach wegwerfen wie einen alten Putzlappen. Ich weiß nicht recht, ob ich an den da oben ...« Ludwig deutete gen Himmel. »... glauben soll, aber, wenn es ihn gibt, dann hat er sich etwas dabei gedacht. Ganz gleich, welche Katastrophenszenarien dir dieser Tame ausmalt für den Fall, dass du dein Versprechen brichst. Glaub mir, wir stehen unter besonderem Schutz der Engel dort oben.«

Ich stieß einen tiefen Seufzer aus. »Wie gern ich dir glauben würde, aber ich darf das nicht zulassen.«

»Ich bin bei dir, und ich lasse nicht zu, dass dir etwas geschieht. Und ich lasse vor allem keine Frau gehen, die in der Lage ist, ihr eigenes Geld zu verdienen ...« Ein schelmisches Lächeln umspielte seine Lippen.

Ich musste wider Willen lachen. Das schaffte wirklich nur Ludwig, mich in einer derart desolaten Lage zu erheitern. Ich schlang meine Arme um seinen Hals, und er zog mich dicht zu sich heran.

»Ich möchte diesen Abend mit dir verbringen, und dann werden wir weitersehen«, flüsterte ich zärtlich. Er wollte mich küssen, aber ich tauchte unter seinem Arm weg. »Wenn ich jetzt nicht mit dem Kochen beginne, verhungere ich elendig«, fügte ich hinzu und wollte mich an die Arbeit machen, doch er hielt mich zurück.

»Nein, das kommt gar nicht in Frage. Du setzt dich dorthin und sagst mir, was ich tun soll. Ich werde kochen.«

»Kannst du das denn?«

»Bis heute nicht, aber das wird sich ändern«, sagte er entschlossen und nahm ein Messer zur Hand.

»Schon mal sehr gut. Am besten schälst du die Zwiebeln und schneidest sie in Ringe.«

Es fiel mir schwer, nicht helfend einzugreifen, als ich ihn so ungeschickt hantieren sah, aber ich ließ ihn gewähren. Es dauerte zwar wesentlich länger, als wenn ich selbst Hand angelegt hätte, aber eine Dreiviertelstunde später präsentierte mir Ludwig mit stolz geschwellter Brust einen unwiderstehlich duftenden

Coq au Vin. Ich hatte den Tisch mit dem französischen Porzellan meiner Mutter gedeckt und uns bereits Rotwein in die Gläser gefüllt.

Wir prosteten uns feierlich zu, bevor ich mich wie eine Verhungernde über die Köstlichkeit hermachte, zu der Ludwig Kartoffeln reichte. Das Einzige außer Spiegeleiern, das er bislang hatte zubereiten können, wie er übermütig betonte. Während des Essens schwiegen wir und verschlangen einander stattdessen mit sehnsüchtigen Blicken. Denn wir beide wussten nur zu gut, was der Nachtisch sein würde … Ich wehrte mich nicht mehr gegen die Vorstellung, Ludwig nach dem Essen in mein Schlafzimmer zu führen und mich ihm mit ganzem Herzen hinzugeben. Im Gegenteil, ich fieberte geradezu auf den Augenblick hin …

Als wir vom Tisch aufstanden und Ludwig meine Hand nahm, zitterten meine Knie.

»Komm«, flüsterte ich und zog ihn mit mir in das obere Stockwerk. Mein Schlafzimmer war wie das übrige Haus mit viel Liebe eingerichtet. Nur herrschte hier ein englischer Stil vor. Ja, ich hatte sogar die Wände mit einer Blumentapete bespannen lassen. Das Herzstück aber war ein sehr großes Bett, auf dessen Überdecke meine Lieblingspuppe thronte. Das war mir allerdings ein wenig peinlich, denn es wirkte so, als würde in diesem Zimmer ein kleines Mädchen wohnen. Mit hochrotem Kopf nahm ich Carol, wie ich sie nannte, vom Bett und setzte sie auf den Stuhl.

Ludwig schien überhaupt nicht nervös zu sein, sondern trat einen Schritt auf mich zu und küsste mich leidenschaftlich. Ich erwiderte seinen Kuss, und während wir einander förmlich verschlangen, ließen wir uns auf das weiche Bett fallen. Nun war der Augenblick gekommen, und er fühlte sich noch erregender an als in meiner Fantasie. Nachdem sich unsere Lippen voneinander gelöst hatten, musterte Ludwig mich aus glasigen Augen. »Ich begehre dich so sehr, aber ich habe Sorge, dir wehzutun.«

»Das kannst du gar nicht«, versicherte ich ihm, denn ich wusste aus den Berichten meiner Freundin Susan sehr wohl, worauf er anspielte.

»Doch, mein Lieb, es ist nämlich so. Wenn ein Mann ...«, begann er umständlich.

Ich legte ihm den Finger auf den Mund, um ihm zu signalisieren, dass er schweigen möge.

»Ludwig, ich mag noch Jungfrau sein, aber ich weiß Bescheid. Ich möchte das. Hörst du?«

Ludwig nickte verwundert und streifte mit seinen Lippen meinen Hals. Schon das genügte, um meinen Körper in Flammen zu setzen. Als er schließlich mit seinem Gesicht tiefer rutschte und dabei geschickt die Knöpfe meiner Bluse öffnete, stöhnte ich leise auf vor Begierde, wenngleich mich ein Hauch von Eifersucht bei dem Gedanken überkam, dass Ludwig sicherlich nicht zum ersten Mal eine Frau verführte. Ich half ihm dabei, meine Bluse auszuziehen, und machte mich an seinen Hemdknöpfen zu schaffen. Es war ein unglaublicher Moment, als ich seinen nackten Oberkörper auf meiner entblößten Brust spürte. Dann küsste er meine Brust und saugte ganz sanft daran. Ein Blitz fuhr durch meinen Bauch direkt zwischen meine Schenkel. Ich stöhnte laut auf. Auch wenn ich noch Jungfrau war, kannte ich die gewisse Stelle in- und auswendig. Alle Mädchen machen das, hatte Susan mir einmal erklärt, als ich ihr verschämt gebeichtet hatte, wozu ich mich in einsamen Nächten hinreißen ließ. Das beruhigte mich, und seitdem tat ich es ohne schlechtes Gewissen. Aber was für eine erregende Vorstellung, dass ich diesen Genuss nun mit einem Mann teilen würde.

Ludwig zog mir den Rock aus und stöhnte auf, als er sah, dass ich darunter nackte Beine hatte und nur eine Unterhose trug. Er liebkoste meine Schenkel und wollte mir aus dem Höschen helfen, doch ich war schneller und knöpfte seine Hose auf, weil es so aussah, als wollte seine drängende Männlichkeit den Stoff sprengen.

Dann gab es kein Halten mehr für ihn. Er verdrehte die Augen vor Lust, und als er schließlich nackt halb auf mir lag, stöhnte er immer wieder: »Du bist so schön, du bist so schön.« Dann küssten wir uns leidenschaftlich, bevor Ludwig im Bett tiefer rutschte, erst inbrünstig Millimeter für Millimeter meine bloßen Beine küsste und dann meinen Bauch.

Als er zwischen meinen Schenkeln angekommen war, hielt er kurz inne. Ich spürte seine Zunge auf meiner geheimen Stelle. Das war anders als alles, was ich vorher erlebt hatte. Es dauerte nur ein paar wenige Sekunden, als ich meinen herannahenden Höhepunkt spürte. Ich wollte es noch hinauszögern, aber es war nichts mehr zu machen. Mit einem lauten Schrei bog ich ihm meinen explodierenden Unterleib entgegen. Ein Beben durchfuhr meinen ganzen Körper.

In diesem Augenblick drang er vorsichtig in mich ein. Der winzige Moment des Schmerzes war nichts gegen die Wonne, die mich erfüllte, als ich Ludwig in seiner ganzen Größe in mir spürte. Aber auch er war so erregt, dass er Minuten später mit einem rauen Seufzen kam.

Hastig rollte er sich von mir herunter. Er wollte mich offenbar von seinem Gewicht befreien, das ich aber gar nicht als beschwerend empfunden hatte. Ludwig setzte sich auf und blickte mich an, als wäre ich aus einer anderen Welt. Versonnen strich er mir eine Strähne meines verschwitzten Haares aus dem Gesicht. »Ich liebe dich. Und ich werde dich nie wieder gehen lassen. Du wirst meine Frau!«

Das wäre so wunderbar, dachte ich verträumt und versuchte, mir diesen einzigartigen Augenblick nicht durch den Gedanken an Tame zu verderben. Ein Blick auf die Wanduhr ernüchterte mich augenblicklich. Es war mittlerweile fast Mitternacht, und es wurde Zeit, dass Ludwig mein Haus verließ. Morgen am hellichten Tag wäre die Gefahr, dass ihn Miss Hunter, die neugierige Nachbarin, die mir schräg gegenüber wohnte und eine Mandantin und überdies glühende Verehrerin meines Verlobten war, beim Verlassen des Hauses beobachtete, zu groß.

»Ludwig, ich glaube, es wird Zeit, dass du gehst«, stieß ich heiser hervor. Es wollte mir schier das Herz brechen, wie entgeistert mich mein Geliebter ansah. So, als könne er nicht fassen, dass ich ihn nach allem, was gerade noch zwischen uns geschehen war, hinauskomplimentieren wollte.

»Es muss sein. Was sollen die Leute denken, wenn morgen früh ein Mann aus meinem Haus schleicht?«, fragte ich und fand diesen Satz, kaum dass ich ihn ausgesprochen hatte, selber ziemlich dumm.

»Sie werden denken, dass die schöne Merima endlich ihre große Liebe gefunden hat«, erwiderte er ungerührt.

»Aber du weißt doch, dass es nicht sein darf. Miss Hunter gibt das brühwarm an Tame weiter. Verstehst du?«

Ludwig rollte mit den Augen. »Na und? Dann ersparst du dir dein Geständnis, dass uns beide nichts auf der Welt mehr trennen wird, mein Lieb.«

Er gab mir einen Kuss auf die Nase.

»Du bist wirklich unmöglich. Ein Kindskopf«, tadelte ich ihn, aber meine Stimme klang alles andere als streng. Hatte er nicht recht? Waren die Würfel nicht längst gefallen? Oder bildete ich mir nach diesem Erlebnis wirklich ein, ich könnte mit Tame noch guten Gewissens vor den Priester treten? Ich muss, redete ich mir verzweifelt zu. In diesem Moment überkam mich eine lähmende Angst. Tame würde spätestens in der Hochzeitsnacht erfahren, dass ich einen anderen Mann geliebt hatte.

»Er wird mich umbringen, wenn er davon erfährt«, entfuhr es mir panisch.

»Ich bin doch bei dir. Und man kann ja über diesen Advokaten sagen, was man will, aber ich halte ihn nicht für einen Killer.« Täuschte ich mich, oder umspielte da schon wieder so ein gewisses verschmitztes Lächeln Ludwigs Lippen?

Dieses Mal ärgerte mich seine Unbekümmertheit mehr, als dass sie mich aufheiterte.

»Du kannst dich nicht einfach über den Willen der Ahnen hinwegsetzen. Tames und mein Schicksal sind nun einmal untrennbar miteinander verbunden«, entgegnete ich ärgerlich.

»Ach, Liebste, und ich dachte, dieser Spuk wäre für immer vorüber.« Ludwig war das Lächeln vergangen. »Leg dich in meinen Arm«, forderte er mich auf, und ich tat, was er verlangte.

Zögernd kuschelte ich mich in seine Armbeuge, und da war es wieder, dieses sichere Gefühl, dass ich bei ihm aufgehoben und geborgen war. Nein, er würde nicht zulassen, dass mir ein Unheil widerfuhr.

»Ludwig, du kannst das nicht verstehen. Wir kommen aus zwei unterschiedlichen Welten. Du glaubst, dass Gott mit uns ist, aber ich bin nun einmal diese Verpflichtung eingegangen, und die Ahnen ...«

»Die lieben dich und werden niemals zulassen, dass du einen Mann heiratest, während du dich nach einem anderen verzehrst«, flüsterte er beschwörend.

Ich wollte doch nichts lieber, als ihm zu glauben, aber was sollte ich gegen diese verdammte Angst unternehmen, die mir in allen Poren saß? Während Ludwig mir zärtlich durchs Haar strich, wurde mir klar, dass ich mich von diesen alten Geschichten freimachen musste. Ich redete mir ein, dass mein Vater mich verstehen würde, wenn ich wortbrüchig wurde. Gerade er würde das verstehen müssen, hatte er meine Mutter doch auch nur gegen den erklärten Widerstand seines Stammes zur Frau nehmen können. Er hatte mir einmal gestanden, dass er nur ein einziges Mal glücklich gewesen wäre, als sein Vater schon lange tot war. An dem Tag, an dem er die »Französin« geheiratet hatte, wie seine Leute meine Mutter abschätzig nannten. Ich höre ihn noch verhalten sagen: »Hätte ich wohl den Mut gehabt, sie gegen den Willen meines Vaters zu heiraten?«

Vater war schließlich auch der Liebe gefolgt, weil er nicht jene Frau geheiratet hatte, die für ihn bestimmt gewesen war, die Tochter eines anderen mächtigen Maori-Häuptlings. Würde mich der Fluch der Ahnen wirklich treffen, wenn ich nun meinem Herzen folgte?

Ich weiß nicht, wie es geschehen konnte, aber ich erwachte von dem durchdringenden Geräusch der Türklingel. Erschrocken fuhr ich hoch. Mit einem Seitenblick stellte ich fest, dass Ludwig in meinem Bett noch süß schlummerte. Auf seinem Gesicht lag ein seliges Lächeln. Und die Sonne, die warm durch das Fenster auf das Bett schien, sagte mir in aller Deutlichkeit, dass es kein Traum sein konnte. Ich war in Ludwigs Arm eingeschlafen. Erneut ertönte das fordernde Klingeln der Haustürglocke.

Hamburg, Dezember 2013

Das Völkerkundemuseum befand sich in einer alten Villa an einer belebten Straße.

Als sie den Eingang passierten, wandte sich Sarah verlegen an Jerry. »Vielleicht schaust du dir erst einmal die Ausstellung an, und ich suche Jan in seinem Büro auf«, schlug sie vor. Ihr schien es keine gute Idee zu sein, den Kurator in Begleitung ihres Chefs aufzusuchen, denn er hatte ganz explizit sie zu einem Treffen eingeladen, nicht sie beide. Wahrscheinlich dachte er, dass er ihr das Märchen von dem integren Forscher Ludwig Dehn dann leichter unterjubeln konnte.

»Gut, schieb mich nur in die Ausstellung ab«, murrte Jerry.

»Prima, dann suche ich ihn jetzt«, entgegnete Sarah ungerührt und fragte die Dame an der Kasse nach Jan Gerkens Büro.

»Moment, ich rufe ihn an; wen darf ich melden?«

»Miss Williams.«

Jerry blieb unschlüssig neben ihr stehen, doch Sarah forderte ihn freundlich auf, sich auf einen Besichtigungsgang durch das Museum zu machen. Jerry warf ihr einen beleidigten Blick zu, bevor er sich zögernd in die Ausstellung begab.

Die Dame an der Kasse rief derweil den Kurator an und teilte ihm mit, dass eine Dame auf ihn wartete. Kaum hatte sie den Hörer aufgelegt, beschrieb sie Sarah den Weg zum Büro. »Er ist noch in einer Besprechung«, erklärte sie freundlich. »Aber Sie sollen schon mal hinaufgehen.«

Sarah folgte den Anweisungen der Dame, stieg die steinerne Treppe bis in den ersten Stock hinauf und hielt sich rechts. An einer Tür prangte sein Namensschild. Sie setzte sich auf eine Bank und wartete.

Nach einer halben Ewigkeit ging die Tür auf, und kein Geringerer als ihr Airbusnachbar Michael trat heraus. Er schien ebenso erstaunt wie sie.

»Miss Williams, was machen Sie denn hier?«

»Ich bin mit Mr. Gerken verabredet. Und Sie?«

Michael grinste breit. »Ich sagte Ihnen doch, dass ich Händler bin, und Mr. Gerken hat gerade etwas von mir gekauft.«

»Aha, das ist ja ein Zufall«, gab Sarah scheinbar gleichgültig zurück, wenngleich sie diese neuerliche Begegnung mit ihrem charmanten Sitznachbarn keineswegs kaltließ. Abgesehen davon, dass er sie im Flieger unsanft an Raiwiri erinnert hatte, war er ihr durchaus nicht unsympathisch.

Michael aber setzte sich ungefragt neben sie auf die Bank. »Es gibt keine Zufälle, Miss Williams. Ich wusste, dass ich Sie wiedersehen würde, aber dass das so schnell geschehen würde, habe selbst ich nicht zu hoffen gewagt. Wie geht es Ihnen? Wo wohnen Sie in Hamburg?«

Sarah musste zugeben, dass ihr diese zufällige Wiederbegegnung nicht eben unangenehm war. Michael war ohne seinen Rauschebart schon ein sehr attraktiver Mann.

»Sie sind gar nicht neugierig, oder?«, erwiderte sie.

»Nein, gar nicht, vor allem, wenn es um junge Damen geht, die mir quasi zugeflogen sind. Also, was treibt Sie in dieses Museum? Wollen Sie das Haus Hinemoa besichtigen?«

Sarah überlegte noch, was sie ihrem charmanten Landsmann antworten sollte, als sich die Tür zum Büro des Kurators öffnete und Jan in den Flur trat. Erstaunt blickte er von Sarah zu Michael und zurück.

Er wollte die beiden einander gerade vorstellen, als Michael erklärte: »Ich kenne Miss Williams bereits aus dem Flugzeug. Sie saß neben mir auf dem Flug von Sydney nach Dubai.«

»Gut, dann kommen Sie doch in mein Büro, Sarah«, sagte Jan förmlich.

»Ich würde gern ganz kurz mit Miss Williams unter vier Augen sprechen«, erklärte Michael. Sarah wollte gerade protestieren, weil es ihr unangenehm war, dass Michael Jan wegschickte, aber da hatte er sich bereits diskret in sein Büro zurückgezogen.

»Das war jetzt aber wirklich nicht nötig«, fauchte Sarah ihn an. »Ich glaube kaum, dass Sie mir etwas zu sagen haben, das nicht für Dritte bestimmt ist.«

Michael aber schien sich durch ihren schroffen Ton nicht aus der Ruhe bringen zu lassen. Im Gegenteil, er grinste breit, während er sie belustigt musterte.

»Wäre es Ihnen lieber gewesen, ich hätte Ihnen in Gegenwart von Mr. Gerken gesagt, dass Sie mir seit gestern nicht mehr aus dem Sinn gehen?«

Sarah zog es vor zu schweigen, aber sie entspannte sich. Nein, so ein Geständnis in Anwesenheit Jans wäre sicher keine gute Idee gewesen.

»Ich habe mir so gewünscht, Sie wiederzusehen. Ich habe den netten Mr. Gerken gerade gebeten, ob er mir nicht die Telefonnummer Ihrer Großmutter geben könnte.«

»Meiner Großmutter? Woher wissen Sie das?« Da war er wieder, ihr Argwohn gegen diesen Mann.

Er stöhnte gekünstelt auf. »Ihnen kann man auch gar nichts vormachen. Ich habe einen Tag vor meinem Abflug Ihren Exverlobten in einer Kneipe getroffen, und der hat jedem, der es hören wollte oder auch nicht, die Geschichte von Ihrem Urgroßvater und Ihrer überstürzten Reise nach Deutschland erzählt.«

»Aha, und da haben Sie nicht zufällig beschlossen, denselben Flieger zu nehmen?« Das klang spitz.

Er schenkte ihr ein unschuldiges Lächeln. »Ich hatte bereits gebucht, aber diese Chance lasse ich nicht ungenutzt verstreichen. Wann darf ich Sie wiedersehen? Ich meine, richtig. Essen gehen zum Beispiel. Ich bin hier ganz in der Nähe im Grand Elysée untergebracht. Die haben ein hervorragendes Restaurant. Sagen wir heute Abend?«

»Ich weiß nicht. Nachher hat meine Großmutter etwas geplant und …«

»Nun seien Sie bitte nicht so. Morgen ist hier Weihnachten, und über die Feiertage werden Sie sicher keine Zeit haben für mich. Also, sagen Sie ja. Bitte!«

Sarah kämpfte mit sich. Sie fand es nicht besonders nett, sich heute Abend abzusetzen. Andererseits war er wirklich ein ausgesprochen attraktiver Kerl, und ein kleiner Flirt würde ihrer verletzten Seele mit Sicherheit guttun. Andererseits blieb da, was seine Geschichte anging, ein gewisses Restmisstrauen.

»Geben Sie mir doch einfach Ihre Telefonnummer im Hotel. Dann lasse ich Ihnen eine Nachricht zukommen, ob es klappt oder nicht«, erwiderte sie unschlüssig.

»Gegenvorschlag. Ich reserviere für 20 Uhr in der Brasserie Flum, dem Restaurant des Hotels Grand Elysée, einen Tisch für uns. Und wenn Sie nicht können, lassen Sie mir eine Nachricht zukommen.«

Sarah rollte mit den Augen. »Sie lassen ja doch nicht locker, oder?«

»Richtig.«

»Gut, ich werde sehen, was ich machen kann.«

»Das ist schön, Miss Williams. Sehr schön sogar.« Ohne Vorwarnung gab er ihr einen sanften Kuss auf die Wange, bevor er sich mit den Worten »Ich freue mich« abwandte und fröhlich pfeifend den langen Gang in Richtung Treppenhaus einschlug.

Sarah sah ihm verdutzt hinterher. Wie schon im Flieger verursachte Michael gemischte Gefühle in ihr. Anziehung und zugleich äußerste Skepsis.

Sie atmete ein paarmal tief durch, bevor sie an Jans Bürotür klopfte.

Falls ihn Michaels Vertraulichkeit ihr gegenüber eben irritiert haben sollte, ließ er es sich nicht anmerken, stellte Sarah fest, als sie den Raum betrat. Jan lächelte zuvorkommend und bot ihr einen Stuhl an.

»Möchten Sie einen Kaffee, oder wollen wir uns im ›Okzident‹, unserem Museumscafé, ein wenig stärken?«, fragte er höflich.

»Wie Sie wollen. Wir können auch gern ins Café gehen«, erwiderte Sarah, die mit den Gedanken noch nicht ganz bei der Sache war. Michaels eindeutige Avancen hatten sie stärker verunsichert, als sie zugeben würde.

»Dann gehen wir ins Café«, entgegnete Jan, stand auf und hielt ihr die Tür auf. Als sie dicht an ihm vorbeiging, roch sie sein Rasierwasser. Ein betörender Geruch, wie sie fand. Überhaupt war auch Jan ein durchaus attraktiver Mann, aber nicht im Entferntesten ein solcher Draufgänger wie Michael. Er ist sicher kein Mann für eine flüchtige Affäre, ging es Sarah durch den Kopf. Und außerdem schien er nicht das geringste Interesse an ihr zu haben.

»Haben Sie Ihren Jetlag gut überstanden? Und gut ausgeschlafen?«

»Ach, ich fühle mich eigentlich rundherum wohl, wenn es draußen nur nicht plötzlich so kalt geworden wäre. Und Sie? Sind Sie heute Morgen schon in aller Frühe aufgebrochen?«

»Nein, ich habe heute ja eigentlich frei und konnte noch in

Ruhe mit Ihrer Großmutter frühstücken. Wir haben einen kleinen Renovierungsplan für die Fassade ihres Hauses erstellt.«

»Was haben Sie mit Renovierungen zu tun?«

»Um Ihre Großmutter dazu zu bewegen, die Festrede zu den Eröffnungsfeierlichkeiten des frisch renovierten Hauses Hinemoa zu halten, musste ich einiges bieten. Mein Bruder hat eine Firma, die alte Fassaden restauriert, und er ist mir noch einen Gefallen schuldig. Und mit dem Versprechen, ihre Villenfassade aufzuputzen, habe ich mir Ihre Großmutter als Rednerin erkaufen können.«

Jan hielt Sarah die Tür zum Café auf, das um diese Zeit fast leer war. »Vor den Feiertagen geht kein Mensch ins Museum«, erklärte er ungefragt und steuerte zielsicher auf einen Ecktisch zu.

»Milchkaffee und ein Rühreifrühstück für dich, Jan?«, fragte die Bedienung und gab Jan ganz ungezwungen einen Kuss auf die Wange.

»Und Sie?«

»Ich nehme nur einen Latte macchiato.« Sarah war noch gesättigt von dem üppigen Frühstück. Was wohl Michael bei Jan gesucht hatte, schoss ihr durch den Kopf, aber sie wollte auf keinen Fall neugierig wirken.

Als könnte Jan Gedanken lesen, fragte er in diesem Moment scheinbar zwanglos, wie sie denn Michael Banks kennengelernt habe.

»Er saß im Flieger neben mir«, erwiderte sie einsilbig. Und es war ganz bestimmt auch nicht das, was Jan hören wollte. Denn dass sie auf dem Flug Sitznachbarn gewesen waren, hatte Michael schließlich bereits preisgegeben. Sarah stellte die Gegenfrage. »Und woher kennen Sie Mr. Banks?«

»Kennen ist zu viel gesagt. Er handelt mit Maori-Artefakten und hat mir ein paar besonders schöne Stücke besorgt. Im Übrigen hat er mir Paua-Muscheln gebracht, damit die Figuren, denen man sie im Laufe der Jahre gestohlen hat, wieder Augen bekommen. Er hat mir auch das Originalholz geliefert, das wir für die Umzäunung brauchen.«

»Und warum hat er es Ihnen nicht einfach nur geschickt, sondern hat diese weite Reise auf sich genommen?«, fragte Sarah.

Jan zuckte die Schultern. »Das habe ich ihn auch gerade gefragt. Das war nämlich eigentlich der Plan, dass die Sachen per Luftfracht verschickt werden sollten, aber dann bekam ich vor ein paar Tagen eine Mail von Mr. Banks, in der er schrieb, er käme persönlich. Er sagte mir, er habe sich einfach das Haus Hinemoa ansehen und eh in den Ferien nach Europa reisen wollen.«

Sarah konnte sich nicht helfen. Sie hatte wieder so ein merkwürdiges Gefühl. Welcher Kaufmann reiste schon um die halbe Welt, um sich ein Versammlungshaus anzusehen, aus dem er keinerlei Profit schlagen konnte? Nein, irgendetwas stimmt nicht, sagte ihr ihr journalistischer Instinkt, aber was?

»Sie schauen so skeptisch«, bemerkte Jan. »Glauben Sie, Ihr charmanter Landsmann hatte andere Beweggründe, nach Deutschland zu reisen? Wenn er Sie nicht erst im Flieger kennengelernt hätte, würde mir da gleich etwas einfallen.«

Sarah verstand nicht gleich, was er damit sagen wollte. Erst als sie ein leises Zucken um seine Mundwinkel bemerkte. Das steht ihm außerordentlich gut, ging es ihr durch den Kopf, er sollte öfter lächeln.

»Wenn ich Sie richtig verstanden habe, war das jetzt ein Scherz auf meine Kosten«, konterte sie.

»Wieso? Wäre das denn so komisch, wenn Ihnen ein Herr ans andere Ende der Welt folgen würde?«

Versuchte Jan Gerken da etwa gerade, mit ihr zu flirten?

»Er hat mich übrigens nach der Telefonnummer Ihrer Großmutter gefragt.«

»Und haben Sie sie ihm gegeben?«

»Ja, er behauptete, es handele sich um ein Geschäft. Hätte er gesagt, es ginge ihm um Sie, hätte ich sie ihm natürlich verweigert.«

Ihre Blicke trafen sich. Er hatte jetzt einen schelmischen Gesichtsausdruck. Steht ihm gut, dachte sie und seufzte. Warum sollte sie Jan die Wahrheit verschweigen?

»Nun ... Mr. Banks und ich sind uns schon einmal begegnet. Auf einem Fest in der Kanzlei meines Exverlobten ...« Sie stutzte. Wenn sie sich nicht dermaßen mit Raiwiri zerstritten und er sich nicht bereits getröstet hätte, hätte sie sich ganz unverbindlich bei ihm über den Kaufmann erkundigen können.

Jans Lächeln war bei ihren Worten erloschen, und er musterte sie eher unterkühlt. »Dann könnte der Herr Ihnen doch tatsächlich nachgereist sein.«

Sarah rang sich zu einem Lächeln durch. »Wohl eher nicht, denn woher hätte der gute Mann wohl wissen sollen, dass Jerry und ich nach Deutschland fliegen würden? Das haben wir selber erst ein paar Tage zuvor geplant. Es sei denn, er hat sich sofort, nachdem mein betrunkener Exverlobter in der Kneipe alle meine Reisepläne ausgeplaudert hat, ein Ticket besorgt, aber das ist eher unwahrscheinlich, oder?«

»Wer weiß!«

»Danke, dass Sie dem Herrn zutrauen, sich meinetwegen auf den weiten Weg gemacht zu haben.«

»Wäre das ein Wunder?«

»Wer hätte das gedacht. Sie können ja doch charmant sein.«

»War das jetzt ein Kompliment?« Er lächelte, doch wurde er sofort wieder ernst.

»Wenn Sie mögen, zeige ich Ihnen jetzt unsere Baustelle«, fügte Jan sachlich hinzu und erhob sich von seinem Stuhl. Er hoffte sehr, dass Sarah nicht bemerkte, wie ihn ihre Anwesenheit verunsicherte. Sie sieht meiner Ex aber auch wirklich zum Verwechseln ähnlich, dachte er, aber deshalb kann ich die beiden nicht in einen Topf werfen. Wenngleich sie ja offensichtlich mehr als bereit war, sich schnell über die Enttäuschung mit ihrem Exverlobten zu trösten. Dieser Mr. Banks hat zweifelsohne Feuer gefangen, und das genießt Miss Williams ganz offensichtlich, dachte Jan. Und das wiederum scheint dich ja sehr zu wurmen, mein Lieber!, fügte er selbstkritisch in Gedanken hinzu.

Jan ging zu einem Schrank und holte eine Akte hervor. »Erst zeige ich Ihnen aber mal den Kaufvertrag, damit Sie nicht in dem Irrtum verbleiben, ich würde Sie zu einem Beutestück, das wir zu Unrecht in unserem Museum ausstellen, führen.« Mit einem Griff holte er ein in einer Plastikhülle verwahrtes Dokument hervor und reichte es Sarah.

Sie nahm das Papier aus der Hülle und überflog den Vertragsinhalt. Danach hatte der Museumsdirektor Mr. Walter Evans das Haus Hinemoa an Ludwig Dehn verkauft, und zwar für tausend Schilling. Sarah warf einen prüfenden Blick auf die beiden Unterschriften. Man musste kein Grafologe sein, um zu erkennen, dass die Unterschrift des Museumsdirektors von Ludwig Dehn höchstpersönlich kopiert worden war. Das kleine »e« besaß in beiden Namen denselben Schwung.

Kopfschüttelnd gab sie dem Kurator das Dokument zurück. »Ich möchte Ihnen nicht zu nahetreten, aber ich glaube, da sind Sie einer ganz plumpen Fälschung aufgesessen«, sagte sie und deutete auf die identischen Buchstaben in den Namen von Käufer und Verkäufer.

»Also, ich sehe da keinerlei Übereinstimmungen«, widersprach Jan energisch.

»Mr. Gerken. Dieser Kaufvertrag ist nicht die Tinte wert, mit der er unterzeichnet wurde, denn es hat niemals einen solchen Vertrag gegeben.«

»Und was macht Sie da so sicher?«

»Die Akte, die ich im Ucklander Gerichtsarchiv gefunden habe. Mr. Evans hat damals Anzeige gegen Ludwig Dehn erstattet, weil das Haus bei Nacht und Nebel widerrechtlich vom Museumsgrundstück entfernt wurde. Mr. Evans war damals auf einer Reise, und als er wiederkam, war die Halle, in der die Einzelteile gelagert hatten, leergeräumt. Und Ludwig Dehn hatte auf einem Schiff Neuseeland verlassen. Und drei Mal dürfen Sie raten, was noch mit an Bord gewesen ist.«

Statt sich geschlagen zu geben, huschte ein Grinsen über Jans Gesicht. »Wir können festhalten, dass einer der beiden lügt. Entweder Mr. Evans, wenn er behauptet, das Haus sei ihm gestohlen worden, oder Ludwig Dehn, der das Haus gekauft haben will. Aber können Sie mit Sicherheit sagen, dass Ihr Urgroßvater derjenige gewesen ist, welcher?«

»Vielleicht versuchen wir es mal mit einem grafologischen Gutachten. Jede Wette, die Unterschrift von Mr. Evans stammt ebenfalls aus der Feder meines Urgroßvaters«, erwiderte Sarah und streckte ihm die Hand entgegen. »Um was wetten wir, dass sich der Vertrag als Fälschung herausstellen wird?«

»Wenn ich Recht behalte, dass der Vertrag echt ist, schreiben Sie bei Ihrer Rückkehr einen Artikel im *Herald*, dass im Völkerkundemuseum in Hamburg ein echter Kaufvertrag über das Haus Hinemoa aufgetaucht ist.«

Ein Schatten huschte über Sarahs Gesicht. Sie hatte geglaubt, er würde ihr vorschlagen, sie zum Essen einzuladen oder jedenfalls etwas Vergleichbares, aber er schien wirklich ausschließlich am guten Ruf ihres Urgroßvaters interessiert zu sein. Warum enttäuscht mich das so?, fragte sie sich in demselben Augenblick. Ihre Blicke trafen sich, aber sie konnte nichts als professionelles Interesse in seinen Augen lesen. Hastig wandte sie sich ab, weil es sie ärgerte, wie sie bei dem Kurator vergeblich nach einer Spur von Flirtbereitschaft suchte.

Jan ergriff ihre Hand: »Dann freue ich mich schon auf Ihren Artikel im *Herald*«, sagte er triumphierend.

»Freuen Sie sich nicht zu früh«, scherzte Sarah.

Jan aber ging zu seinem Telefon und wählte eine Nummer. Am anderen Ende meldete sich offenbar ein Grafologe, denn der Kurator versprach ihm, gleich nach den Feiertagen das Dokument vorbeizubringen, damit der Freund ein Gutachten erstellen konnte.

»Sie können Ihre Niederlage wohl gar nicht erwarten«, sagte Sarah und hegte nicht den geringsten Zweifel daran, dass dieser Vertrag eine Fälschung war. »Und was bekomme ich von Ihnen, wenn ich Recht behalte?«

Er musterte sie mit schief gelegtem Kopf. »Hm, wie wäre es mit einer Hafenrundfahrt?«, murmelte er.

»Gut, dann bin ich jetzt sehr gespannt, endlich das Haus Hinemoa in seiner ganzen Schönheit zu sehen«, seufzte Sarah. Immerhin war eine Hafenrundfahrt schon etwas persönlicher als ein Artikel im *Herald*. Er hat wirklich besonders schöne Augen, ging es ihr durch den Kopf, und er ist gut gebaut, fügte sie in Gedanken hinzu, als er vor ihr zur Tür ging, um sie ihr aufzuhalten.

»Die ganze Schönheit des Versammlungshauses werden Sie im Bau wohl noch nicht zu Gesicht bekommen. Dort wird ordentlich gewerkelt. Wir haben nur die besten Schnitzer, Maler und Flechterinnen aus Neuseeland eingeflogen.«

Sarah war sehr gespannt, als sie durch eine Ausstellungshalle gingen und am äußersten Ende das Haus Hinemoa auftauchte. Jan hatte nicht zu viel versprochen. An dem Bau wurde fleißig gearbeitet. Handwerker waren dabei, eine Umzäunung für das Haus zu errichten, sodass es einen eigenen, echt aussehenden Vorplatz bekam. Man musste ein paar Stufen hinabsteigen, um zu dem Haus zu gelangen. Sarah und Jan zogen die Schuhe aus und betraten das Innere. Sarah konnte sich nicht helfen. Obwohl es zurzeit einer Baustelle glich, spürte sie sofort den Zauber dieses Hauses. Ihr lief eine Gänsehaut über die Arme. Zum ersten Mal betrat sie ein Versammlungshaus in dem Wissen, dass Maori-Blut auch in ihren Adern floss.

Im Inneren waren die Flechterinnen eifrig damit beschäftigt, die alten Paneele auszubessern. Es waren drei junge Maori-Frauen, die auf dem Boden hockten und erstaunt zu Sarah aufblickten, als sie ihnen *»Kia ora!«* zurief. Sie hielt einen kleinen Plausch auf Englisch mit den Künstlerinnen und berichtete ihnen, dass sie aus Auckland kam. Die Antwort war ein großes Hallo, denn die drei stammten ebenfalls aus der Nähe von Auckland.

Jan unterhielt sich derweil mit einem Schnitzer, der gerade ein altes Paneel restaurierte. Sarah kam neugierig näher. »Ist das Tutanekai, wie er voller Sehnsucht nach Hinemoa auf der Flöte spielt?«

»Genau, die ganze Geschichte ist in den Schnitzpaneelen abgebildet.«

»Wunderschön«, stieß Sarah begeistert hervor. Sie war zwar öfter schon im Inneren von Versammlungshäusern gewesen, aber das hier übte einen besonderen Zauber auf sie aus. Sie schob es darauf, dass dies ihr erster Besuch eines solchen Hauses war, den sie als Frau mit Maori-Wurzeln unternahm. Plötzlich überkam sie das Bedürfnis, mehr über ihre Ahnen zu erfahren. Was war ihre Urgroßmutter Merima für eine Frau gewesen, und wieso war sie bei ihrer Recherche über Ludwig Dehn gar nicht auf sie gestoßen? Die Information, dass Ludwig Dehn eine Maori geheiratet hatte, war nirgends aufgetaucht.

»Wissen Sie etwas über die Frau meines Urgroßvaters?«, fragte sie versonnen.

Jan schüttelte bedauernd den Kopf. »Nein, ich erfuhr davon,

dass Ihre Großmutter eine Maori zur Mutter hatte, auch erst vor ein paar Tagen, als ich ihr Ihren Artikel zeigte. Über Ludwig Dehns Privatleben ist im Museum herzlich wenig bekannt. Man erzählt sich nur, dass seine Frau früh verstorben ist und er über ihren Tod niemals hinweggekommen ist.«

»Sie waren das also, der meine Großmutter auf meine Fährte gesetzt hat?«

»Na ja, in unserem Archiv wird alles gesammelt, was es über das Haus Hinemoa gibt, und aus Neuseeland hatten wir eigentlich selten einen Artikel. Dieser fiel mir dann ins Auge. Und als Ihre Großmutter Ihr Foto sah, hat sie wohl gleich begriffen, dass es einen familiären Kontext gibt ...« Jan stockte. Sarah sah ihm förmlich an, dass ihm die Frage auf der Zunge lag, warum Dorothee bis zu dem Tag nichts über das Schicksal ihrer Familie in Neuseeland gewusst habe.

»Meine Großmutter wurde von ihrem Ehemann quasi aus dem Land geworfen. Ohne ihre Tochter, meine Mutter. Weil Dorothee ihm verschwiegen hatte, dass sie ein Mischling ist. Meine Eltern verunglückten tödlich, als ich noch ein Säugling war, und Jane, Mutters beste Freundin, adoptierte mich, aber das erfuhr ich erst, nachdem mir Dorothee diese Mail geschickt hatte.«

»Sie sehen ihr wirklich unglaublich ähnlich«, bemerkte Jan versonnen. »Die Augen, die Nase, das Kinn ...«

Sarah lächelte verlegen. Das war wohl als Kompliment gemeint.

»Ach, wen haben wir denn da?«, ertönte plötzlich Jerrys fröhliche Stimme. Er war in Begleitung einer attraktiven Blondine.

»Das ist Lena, eine deutsche Journalistin«, stellte er sie Jan und Sarah auf Englisch vor. »Wir sind uns gerade in der Sonderausstellung der Südseefotografien begegnet. Und nun war die Dame so freundlich, mir das berühmte Haus zu zeigen ...« Er sah sich um. »Ist aber eher eine Baustelle.«

Sarah lächelte. Natürlich konnte Jerry im Inneren des Hauses Hinemoa nicht annähernd das empfinden, was der Aufenthalt in ihr auslöste. Sie verließ das Haus rasch und zog ihre Schuhe wieder an, um sich eine Vitrine mit Maori-Schmuck anzusehen, an der sie auf dem Weg hierher vorbeigeeilt waren. Sie hatte gerade das Gefühl, ein bisschen allein sein zu müssen.

Ihr Blick fiel auf einen prachtvollen Pikorua-Anhänger aus Jade, und sie dachte daran, dass Jane ihr einen geschenkt hatte. Sie verspürte das dringende Bedürfnis, die Kette anzusehen, aber sie war in ihrem Koffer. Sarah hatte das Symbol der Verbundenheit so sehr auf ihre Liebe zu Raiwiri bezogen, dass sie die Kette seit dem Zerwürfnis mit ihm gar nicht mehr beachtet hatte.

Plötzlich meinte sie, im Glas der Vitrine Michael auftauchen zu sehen. Er blickte in ihre Richtung, blieb kurz stehen, doch dann eilte er davon. Als sie sich umwandte, war er fort. Sarah schüttelte verwirrt den Kopf. Nein, das konnte nicht sein. Er konnte sich nicht in Luft aufgelöst haben. Schnellen Schrittes durchquerte sie die Halle, aber von Michael war weit und breit keine Spur. Sollte sie etwa Gespenster gesehen haben?

Auckland, Dezember 1929

Ich zitterte am ganzen Körper, als ich mich aus dem Bett erhob, mir den Morgenmantel überwarf und wie betrunken zur Haustür wankte. Wer kann das sein, fragte ich mich bang. Der Gedanke, dass ich Besuch bekam, während Ludwig oben in meinem Bett lag, trieb mir die Schamesröte ins Gesicht. Wie hatte es nur geschehen können, dass er bei mir übernachtet hatte? Ich konnte nur hoffen, dass er nicht aufwachte und womöglich nackt, wie Gott ihn geschaffen hatte, durchs Haus geisterte, während meine – wie ich vermutete – neugierige Nachbarin in der Tür stand.

Unten angekommen fuhr ich mir noch einmal durch meine lange Mähne. Mein sonst immer gut frisiertes, glänzendes Haar stand wild zu allen Seiten ab. Eine Folge der schönen Stunden mit Ludwig.

Ein eisiger Schreck durchfuhr meine Glieder. In meinen Augen funkelten unübersehbar tausend Sterne. Würde nicht jeder sofort erkennen, dass ich gerade eine unvergessliche Liebesnacht hinter mir hatte? Und dann die Wangen, die meinen dunklen Teint rosig überstrahlten.

Mit klopfendem Herzen öffnete ich die Tür und erstarrte. Es war Tame, der mit einem Blumenstrauß in der Hand davor stand.

»Tame? Ich ... ich dachte, du wolltest erst morgen wiederkommen?«, stammelte ich.

»Ja, das war mein Plan, aber ich hatte plötzlich das Gefühl, ich müsste dir endlich zeigen, dass du ... ich meine ... dass ich ...« Für seine Verhältnisse wirkte er äußerst verlegen. Dieser Umstand zusammen mit den Blumen, die er mir jetzt beinahe unbeholfen in die Hand drückte, verunsicherte mich zutiefst. Mir schwante Übles. So zugewandt hatte ich diesen Mann noch nie erlebt. Ich wusste gar nicht, was ich tun sollte, außer dass ich ihn auf schnellstem Weg loswerden musste. Mir fiel nicht ein, wie ich das anstellen könnte.

»Willst du mich nicht hineinbitten?«, fragte er. Und diese Frage versetzte mich derart in Panik, dass ich keinen Ton hervorbrachte, während Tame mein Schweigen offenbar als Aufforderung sah, einzutreten, und sich an mir vorbei in den Flur drängte.

»Aber ich bin noch im Morgenmantel, das, also das passt mir nicht, ich meine, ich ...«, protestierte ich, doch Tame hatte sich bereits auf den Weg in die Küche gemacht.

Ich blieb mit dem Blumenstrauß in der Hand regungslos im Flur stehen. Wenn ich nur Ludwig unauffällig warnen könnte.

»Möchtest du auch einen Tee?«, rief Tame da, woraufhin ich aus meiner Erstarrung erwachte und in Richtung Küche eilte. Mir musste schnellstens etwas einfallen, wie ich ihn aus dem Haus bekommen konnte, aber was konnte das sein? Es war doch sonst nicht seine Art, mich am Morgen in meinem Haus zu überfallen und sich ohne Aufforderung in der Küche zu schaffen zu machen.

»Tame, mir geht es nicht gut. Ich bin gestern überfallen worden. Ich glaube, ich muss noch einmal ins Krankenhaus«, sagte ich stockend. Das schien mir der einzige Ausweg, ihn aus dem Haus zu locken. Auch wenn ich keine Ahnung hatte, was ich mit ihm im Krankenhaus sollte, zumal man dort irrtümlicherweise Ludwig für meinen Ehemann hielt.

Erschrocken musterte er mich. »Um Himmels willen, was ist geschehen?«

Ich deutete auf das Pflaster an meiner Stirn.

»Man hat mich in der Halle, in der das Haus Hinemoa lagert, mit einem Spaten niedergeschlagen.«

»Aber warum? Zeig mal!« Tame berührte so sanft meine Stirn, dass ich unwillkürlich zusammenzuckte. So zärtlich hatte er mich noch nie zuvor berührt, bevor er das Pflaster mit einem Ruck abriss und die Wunde begutachtete.

»Die sieht sehr gut aus. Ist sogar schon verschorft. Wenn du mir ein neues Pflaster gibst, mache ich es dir drauf«, murmelte er und tastete vorsichtig über meine Stirn. Schon wieder berührte er mich. Was um Himmels willen war nur in Tame gefahren? Jetzt sah er mir direkt in die Augen. »Ich muss dir etwas sagen«, murmelte er etwas verlegen.

Ein ungeahnter Hoffnungsschimmer keimte in mir auf. Vielleicht würde er mir jetzt gestehen, er habe sich in eine andere Frau verliebt.

»Komm, setz dich!« Seine Stimme klang so ernst, dass ich mich regelrecht in die Idee hineinsteigerte, er würde mich sogleich mit einem derartigen Geständnis überraschen. Mein Herz hüpfte beinahe vor Glück. Das wäre das Schönste, was mir widerfahren könnte. Dann wäre der Weg für meine Liebe mit Ludwig frei . . . oh Gott, Ludwig. Ich hörte ein leises Poltern, das oben aus dem Schlafzimmer kam. Wenn er jetzt bloß nicht in die Küche kam, bevor ich Klarheit hatte, was Tame auf dem Herzen lag.

Tame schien nichts gehört zu haben. Er verzog jedenfalls keine Miene.

Ich setzte mich mit bebenden Knien zu ihm in die Bistroecke. Völlig überraschend nahm er meine Hand. Ich zog sie nicht zurück. Nicht jetzt, wo es vielleicht nicht mehr als eine freundschaftliche Geste war.

»In dem Dorf, in dem ich war, gibt es eine weise Frau, und die hat mir angeboten, ein paar Dinge über mein Leben zu sagen, die sie sieht. Ich war erst skeptisch, aber dann hat sie mir von der Frau erzählt, die ich liebe ...«

Mir liefen abwechselnd kalte und heiße Schauer über den Rücken. Bitte, lass es eine andere als mich sein, betete ich inbrünstig.

»Sie beschrieb diese Frau, und sie sprach über dich ...«

Jetzt spürte ich nur noch eisige Schauer, die mich schier lähmten. Ich hätte am liebsten geschrien: Nein, nein, bitte nicht! Aber ich blieb vor Entsetzen stumm.

»Sie erinnerte mich an den Bann einer alten Prophezeiung, die sie mir als junger Mann gemacht hatte, und versprach, diese Prophezeiung würde bald ihren Bann verlieren. Darin wurde mir angekündigt, dass ich die Frau, die mir bestimmt sei, nie anfassen oder ihr meine Liebe gestehen dürfe, denn dann würde sie fortgehen. Diese Prophezeiung war der Grund, warum ich dir nie gezeigt habe, dass ich dich von Herzen liebe und dass ich dich begehre.«

Tames Gesicht näherte sich meinem, und ich musste alle Kraft aufwenden, nicht laut aufzuschreien. Er wollte mich küssen, aber ich drehte den Kopf zur Seite.

»Ich verstehe, dass dich das erschreckt, aber ich bin mir sicher. In deinen Augen muss ich ja stets ein ferner Mann gewesen sein, der keine Emotionen hat, aber das stimmt nicht. Hier drinnen ...« Er deutete auf sein Herz und seufzte. »Hier wusste ich das schon lange. Auch dass ich dir ein guter Ehemann sein werde, denn ich begehre dich so sehr, dass es weh tut. Schon als ich dich das erste Mal sah, aber da warst du noch ein unschuldiges Mädchen. Es ist nicht der Schwur, weshalb ich dich zur Frau möchte, es ist meine unendliche Liebe für dich.« Er hielt weiterhin meine Hand, aber nicht wie in einem Schraubstock, sondern voller Zärtlichkeit.

Ich wollte mich ihm entziehen, aber ich konnte nicht. Da hörte ich Ludwig die Treppen herunterkommen. Ich wollte ihn warnen, aber es ging nicht, denn ich war wie gelähmt. Und in diesem Augenblick ergab ich mich in mein Schicksal, und das hieß nicht Tame. Und da rief Ludwig auch schon meinen Namen. »Merima, wo bist du?«

Tame horchte auf, ungläubig, als hätte er einen Geist gehört, doch da trat Ludwig in die Küche. Er hatte sich nicht einmal seine Hose angezogen. Ich sah ihn zuerst, denn Tame saß mit dem Rücken zu ihm. Ludwig blieb im Türrahmen stehen. In seinen Augen stand die Fassungslosigkeit geschrieben. Trotzdem fand er als Erster die Sprache wieder.

»Guten Morgen allerseits.«

Tame fuhr herum. Das war der Augenblick, in dem ich meine Hände fortziehen konnte. Ich sprang von meinem Stuhl auf und flüchtete in Ludwigs Arm.

Tames Augen waren vor Entsetzen geweitet, als er uns – mich im Morgenmantel im Arm des nackten Ludwigs – erblickte.

»Lassen Sie sofort Merima los«, zischte er.

»Nein, ich habe ihr versprochen, sie zu beschützen«, erwiderte Ludwig mit fester Stimme.

Tames Blick sprühte vor Hass, als er langsam aufstand und einen Schritt auf uns zutrat.

»Sie wird meine Frau«, schrie Tame.

»Sie irren sich«, erwiderte Ludwig mit fester Stimme. Ich zitterte vor Angst, doch Ludwig schien sich nicht vor Tame zu fürchten.

Mit einem Sprung kam Tame auf uns zu und versuchte, mich mit Gewalt aus Ludwigs Armen zu reißen, doch ich klammerte mich wie eine Ertrinkende an ihn.

»Gib sie mir! Sie gehört mir!«, brüllte Tame wie von Sinnen.

»Sie ist kein lebloser Gegenstand, du Idiot!«, schrie Ludwig zurück und nahm mich noch fester in den Arm. In diesem Augenblick wurde mir klar, dass ich mich aber genauso verhielt, als wäre ich ein Möbelstück, um das sich zwei stritten. Ich befreite mich aus Ludwigs Arm und trat beherzt einige Schritte auf Tame zu.

Zur Bekräftigung, dass ich bereit war, selber Haltung zu beziehen, stützte ich die Hände kämpferisch in die Hüften, als ich mich vor Tame aufbaute. Ich suchte seinen Blick und wich ihm auch nicht aus, als seine Augen rollten und ich befürchten musste, er werde gleich die Zunge herausstrecken und den Kriegstanz beginnen.

»Tame, ich danke dir für deine Offenheit«, sagte ich mit fester Stimme, so, als ob ich überhaupt keine Angst vor diesem in seinem Stolz zutiefst gekränkten Mann hätte. Dabei klopfte mir mein Herz bis zum Hals vor lauter Panik. Tame besaß gerade eine Ausstrahlung, als wäre er zu allem fähig, zumal er über seinen Schatten gesprungen war und mir seine Liebe gestanden hatte.

»Auch ich habe dir etwas zu sagen. Ich liebe diesen Mann und werde dieser Liebe folgen.« Ich wunderte mich selber, dass ich überhaupt einen klaren Ton hervorbrachte, während in meinem Inneren ein Erdbeben tobte. Und ich weiß aus leidvoller Erfahrung, wie sich ein Beben anfühlt, war ich doch am 17. Juni diesen Jahres in Murchison auf der Südinsel gewesen, um ein Artefakt für das Museum zu erwerben, ausgerechnet an dem Tag, an dem dort das Erdbeben tobte, in dessen Verlauf siebzehn Menschen ihr Leben verloren. Mir war zum Glück nichts passiert, aber es dauerte drei Tage, bis ich das Krisengebiet auf einem Pferderücken wieder verlassen konnte, um zur Fähre gen Norden zu gelangen. Ja, ich weiß, wie es sich anfühlt, wenn man den Boden unter den Füßen verliert und glaubt, der Weltuntergang wäre gekommen.

Tame stand regungslos da. Wie eine Säule. Nur das gefährliche Funkeln in seinen Augen verriet, wie sehr es in seinem Inneren brodelte.

»Tame, ich wünschte, ich könnte deine Gefühle erwidern«, stieß ich entschlossen hervor. »Aber mein Herz gehört Ludwig. Und ich glaube fest, die Prophezeiung, die man dir als junger Mann gemacht hat, sollte dir zeigen, dass es eine andere Frau ist, die auf ein Zeichen von dir wartet ...« Ich stockte, denn Tame rührte sich immer noch nicht von der Stelle. Ludwig trat an mich heran und drückte mich zum Zeichen, dass er meinen Mut bewunderte, fest an sich. Meine Hochachtung galt derweil ihm, weil er sich ganz zurückhielt und sich nicht herausgefordert fühlte, Mann gegen Mann gegen seinen Konkurrenten anzutreten.

Doch dann ging alles ganz schnell. Tame schnellte wie ein Raubtier nach vorn und traf Ludwig so gezielt in den Oberbauch, dass der taumelnd in sich zusammensackte, ohne auch nur einen einzigen Laut von sich zu geben. Ich schrie auf. Dann beugte ich mich über meinen Geliebten, rief verzweifelt seinen Namen, aber Ludwig war ohnmächtig. Ich packte ihn bei den Schultern und schüttelte ihn, aber er rührte sich nicht.

»Was hast du getan, Tame, was hast du getan?« Ich hob meinen Kopf und blickte in Tames vor Hass verzerrtes Gesicht. Dann spürte ich nur noch einen grässlichen Schmerz an meinem Kopf. Tame hatte mich an den Haaren emporgezogen. Aus seinen Augen sprach der Wahnsinn. »Es wird niemals in meinem Leben eine andere Frau geben als dich. Du bist die Frau in der Prophezeiung. Dich werde ich immer lieben. Du gehörst zu mir!«

Er presste mich fest an sich und versuchte, mich zu küssen. Ich wehrte mich, so gut ich konnte, aber Tame war stärker als ich. Er drückte seinen Mund auf meinen. Mir wurde übel. Ich hatte Sorge, dass ich mich erbrechen müsste. In meiner Not biss ich ihm in die Lippe. Tame stieß einen mörderischen Schrei aus. Ich hatte den Geschmack von Eisen im Mund und spuckte sein Blut in hohem Bogen aus. Tame gab mir in demselben Augenblick eine heftige Ohrfeige. Er traf mein Ohr, das sofort höllisch zu schmerzen begann. Ich aber gab keinen Schmerzenslaut von mir, sondern blickte meinen Verlobten nur fassungslos an.

»Das kann keine Liebe sein. Das ist Hass! Willst du das wirklich? Wenn du mich zwingst, deine Frau zu werden, dann weißt du, wie unsere Zukunft aussieht.«

Tame war blass geworden unter seiner dunklen Haut. Der Hass in seinem Blick verwandelte sich in pure Verächtlichkeit.

»Du wirst sehen, was du davon hast. Die Ahnen werden sich bitterlich an dir rächen. Du und die Deinen sind dem Tod geweiht!« Tame rückte von mir ab und trat einen Schritt auf den am Boden liegenden Ludwig zu. »Und der da!« Er deutete mit dem Zeigefinger auf meinen Geliebten. »Der da wird der Erste sein.« Mit diesen Worten hob er seinen Fuß und wollte damit Ludwigs Kopf zermalmen. Ich aber warf mich dazwischen und schrie den rasenden Tame an: »Willst du wirklich zum Mörder werden?«

Er stutzte, dann setzte er seinen Fuß zurück auf den Boden. Tränen liefen ihm über das Gesicht. Ich wollte ihn trösten, aber ich hätte nicht gewusst, wie. Tame drehte sich auf dem Absatz um und verließ gebeugt wie ein alter Mann die Küche. Zum ersten Mal, seit ich Tame kannte, berührte er mich im Herzen. Ich empfand unendliches Mitleid. Dieses umso mehr, weil ich inzwischen wusste, dass er mich wirklich von Herzen liebte. Ich überlegte, ob ich ihm zur Tür folgen sollte und ihm schwören, dass ich nicht anders konnte. Doch da begann Ludwig leise zu stöhnen. Ich beugte mich zu ihm hinunter. In dem Augenblick öffnete er die Augen.

»Was ist passiert?«, fragte Ludwig, als er mich erblickte.

»Tame hat dich niedergeschlagen«, erwiderte ich, während ich ihm zärtlich über die Wangen strich.

»Und wo ist der Kerl jetzt?« Ludwig wollte sich mit einem Ruck aufsetzen. Das gelang ihm aber nicht, und er stöhnte auf vor Schmerz. »Der Idiot hat mich direkt auf den Solarplexus getroffen! Ein bisschen kräftiger, und ich hätte tot sein können. Wo ist das Arschloch?«

»Tame hat das Haus verlassen. Und keine Sorge, er wird nicht wiederkommen und ganz sicher nicht um mich kämpfen. Er hat eingesehen, dass er keinerlei Chancen bei mir hat.«

Ludwig verzog sein vor Schmerz verzerrtes Gesicht zu einem Lächeln. »Dann ist das doch der geeignete Augenblick, meine Liebste, dich um deine Hand zu bitten. Willst du meine Frau werden, Merima?«

Auch ich musste wider Willen lächeln. Es war unglaublich, wie Ludwig in jeder noch so furchtbaren Situation seinen Humor wiederfand.

»Und was, wenn ich jetzt Nein sagen würde?«

»Das kannst du mir nicht antun, dann werde ich nicht mehr aufstehen. Dann werde ich hilflos hier liegen bleiben. Und dann bist du daran schuld!«

Ich stieß einen tiefen Seufzer aus. »Gut, mein Liebster, dann werde ich mich in mein Schicksal ergeben. Es gibt Schlimmeres auf Erden!«

Ludwig machte Anstalten, mich in den Arm zu nehmen, aber der Schmerz verhinderte das. Außerdem japste er so, als würde er keine Luft bekommen. Sein Zustand machte mir Sorgen.

»Liebling, ich denke, du brauchst einen Arzt. Ich werde schnell zur Nachbarin hinüberlaufen, damit sie einem Arzt Bescheid sagt. Ich möchte dich nicht so lange alleine lassen.«

»Ich brauche keinen Arzt«, bellte Ludwig, nun gar nicht mehr lachend, sondern schwer atmend.

»Und ich, mein Liebling, schaue mir nicht an, dass du mir womöglich unter meinen Händen stirbst. Du bekommst ja kaum Luft.«

»Aber ich will nicht alleine hierbleiben. Nachher kommt der Mistkerl zurück und schlägt noch einmal zu. Du weißt, dass mit Schlägen auf den Solarplexus keineswegs zu spaßen ist, oder?«

»Umso wichtiger ist es, dass ich dir jetzt einen Arzt hole.« Ohne mich um seinen Protest zu kümmern, sprang ich vom Boden auf und rannte aus dem Haus. Meine Nachbarin, Miss Hunter, war nicht besonders erfreut, als sie die Haustür öffnete und mich erblickte. Nur mit einem Morgenmantel bekleidet, mit wirrem Haar und völlig außer Atem. Darauf konnte ich jetzt keine Rücksicht nehmen. Und auch nicht auf ihre neugierige Miene, als ich ihr verkündete, ich würde dringend einen Arzt benötigen. Und zwar einen Doktor Fielding aus dem städtischen Hospital. Sie solle sich direkt an ihn wenden und ihn bitten, ins Haus von Miss To Pau zu kommen. Das sei die Kopfverletzung von gestern. Es gehe nicht um die Dame persönlich, sondern einen Freund, aber es wäre schön, wenn er sich die Sache schnellstens einmal anschauen könne. Ich fragte die untersetzte Dame mit den mausgrauen Augen, ob sie sich das auch merken könne. Miss Hunter sah mich entgeistert an.

»Warum holen Sie denn nicht selber einen Arzt?«, erwiderte sie schnippisch.

»Das ist im Moment nicht möglich, meine Liebe. Mein Verlobter liegt drüben in meinem Haus, und ich muss mich um ihn kümmern.«

»Gut, das ist natürlich etwas völlig anderes!«, sagte sie nun eine Spur freundlicher. Natürlich wusste ich sofort, warum sich ihre Stimmung so schnell verändert hatte. Sie vermutete sicher, dass Tame die verletzte Person war.

»Was hat denn Ihr Verlobter? Ich meine, ich muss dem Arzt

doch irgendetwas sagen.« Ich bedankte mich scheinheilig für ihr Mitgefühl und versicherte ihr, er winde sich in Bauchkrämpfen. Und sie solle dem Arzt mitteilen, dass es sehr dringend sei. Womöglich habe er eine Blinddarmentzündung.

Da Miss Hunter weiterhin davon ausgehen musste, dass es sich um Tame handelte, zog sie sich blitzschnell eine Jacke über, schloss ihre Haustür ab und eilte die Straße hinunter in Richtung Hospital. Ich machte mich ohne Zögern auf den Weg zu meinem Haus. Ludwig fand ich in der Küche immer noch am Boden liegend vor. Er berichtete mir nach Luft japsend, dass er ein paarmal versucht habe, sich aufzurichten. Vergeblich.

Ich versicherte ihm, dass der Arzt unterwegs sei. Ich hockte mich neben ihn auf den Boden und hielt seine Hand. Er war ganz grünlich im Gesicht, und ich vermutete, dass er unter großen Schmerzen litt.

»Und du bist dir ganz sicher, mein Schatz, dass dieser Kerl nicht weiter versuchen wird, dich unter Druck zu setzen, damit du doch seine Frau wirst?«

»Ganz sicher!« Ich sagte das mit fester Stimme, obwohl ich tief im Inneren meine Zweifel daran hegte, ob Tame wirklich endgültig aufgegeben hatte.

»Es war übrigens wunderschön, heute Morgen mit dir aufzuwachen«, flüsterte mir Ludwig verliebt zu. Das brachte er ganz, ohne nach Luft zu schnappen, heraus. »Und das, mein Liebling, werden wir jetzt jede Nacht erleben«, fügte er hinzu.

Mit einem Mal überkam mich ein eiskalter Schrecken. In der ganzen Aufregung hatte ich mich überhaupt nicht gefragt, wo Ludwig und ich denn leben würden, wenn ich mich doch für ihn entscheiden würde. Und ich konnte auch nicht mehr genau sagen, woher ich überhaupt den Mut genommen hatte, mich so klar gegen Tame zu stellen. Das beantwortete mir aber nicht die Frage nach meiner Zukunft mit Ludwig. Am liebsten hätte ich das Thema sofort mit ihm besprochen, aber ich wollte ihn nicht unnötig aufregen. Stattdessen streichelte ich ihm durch sein dichtes Haar. Ludwig lächelte mich dankbar an. Doch so sehr er sich zu einem Lächeln zwang, ich konnte dahinter erkennen, dass ihm der Bauch wohl sehr wehtun musste.

Ich hatte die Haustür offen gelassen, damit Doktor Fielding ungehindert das Haus betreten konnte. Als nun aufgeregte Schritte vom Flur herüberdrangen, hatte ich keinen Zweifel, dass es der Arzt war, doch dann hörte ich eine Frauenstimme, eine mir bekannte Frauenstimme, die unverkennbar schrille Stimme meiner Nachbarin Miss Hunter. Ehe ich mich versah, stand die Dame in meiner Küche. Als sie Ludwig am Boden sah, entgleisten ihre Gesichtszüge. Sie stieß ein paar unverständliche Laute aus. Doktor Fielding beugte sich zu Ludwig hinunter und fragte ihn, ob er noch Schmerzen habe. Ludwig nickte und deutete auf die Stelle, an der Tame ihn getroffen hatte.

»Volltreffer!«, bemerkte der Arzt. »Wer das auch immer gewesen ist, er hat sie direkt am Solarplexus erwischt. Das hätte auch schiefgehen können. Ich hatte neulich einen Patienten in der Klinik, dem bei einer Kneipenschlägerei dasselbe widerfahren ist. Er war ein paar Stunden bewusstlos, bis er dann gestorben ist. Aber keine Sorge, bei Ihnen ist es nicht so schlimm. Sonst wären Sie nicht so schnell aus Ihrer Ohnmacht erwacht. Geben Sie mir bitte einmal vorsichtig Ihre Hände. Ich versuche, Sie hochzuziehen und auf einen Stuhl zu setzen.«

Ludwig ächzte und stöhnte, während der Arzt ihm dabei half, sich hinzusetzen. Schließlich aber hockte Ludwig zusammengekrümmt und erschöpft auf einem Bistrostuhl. Der Anblick entbehrte nicht einer gewissen Komik, denn Ludwig war immer noch splitterfasernackt. Ich erbarmte mich seiner und rannte nach oben in mein Zimmer, um ihm wenigstens eine Hose und ein Hemd zu holen. Als ich mit den Sachen in die Küche zurückkam und an Miss Hunter vorbeiging, registrierte ich belustigt, dass sie Ludwig weiterhin entgeistert anstarrte. So, als habe sie noch nie einen nackten Mann gesehen. Miss Hunter war schon seit Jahren Witwe, vielleicht hatte sie so einen Anblick tatsächlich bereits vergessen.

Der Arzt begann, vorsichtig Ludwigs Bauch abzutasten. Er schrie einmal laut auf. Dann wandte sich Doktor Fielding an mich.

»Ich würde Ihren Mann gerne mit ins Krankenhaus nehmen. Wenigstens über Nacht zur Beobachtung.«

»Das ist nicht ihr Mann!«, krähte meine Nachbarin aufgeregt dazwischen. Der Arzt schenkte ihr keinerlei Beachtung, sondern bat mich, ein paar Sachen für Ludwig zu packen. Schmunzelnd fügte er hinzu: »So schnell kann sich das Blatt wenden. Ihr Kopf sieht doch schon wieder ganz prima aus.« Er entfernte mit einem Ratsch mein Pflaster und betrachtete die Wunde. »Ausgezeichnet, ganz ausgezeichnet verheilt über Nacht!«

»Darf ich meinem Mann ...« Ich betonte den »Mann« extra laut. »... helfen, die Hose und das Hemd anzuziehen? Vielleicht ist es nicht so schön für ihn, den Blicken aller derart ungeschützt ausgesetzt zu sein.«

Ludwig sah mich dankbar an und ließ sich bereitwillig beim Anziehen helfen.

»Er ist nicht ihr Mann!«, wiederholte meine Nachbarin mit einer Stimme, die sich beinahe hysterisch überschlug. Ich warf ihr einen strengen Blick zu. »Liebe Miss Hunter, das ist hier eine Privatangelegenheit. Wenn ich Sie jetzt bitten dürfte, mein Haus zu verlassen. Trotzdem, herzlichen Dank, dass Sie Dr. Fielding so schnell hierhergeholt haben.«

Miss Hunter sah mich mit einer Mischung aus Entsetzen und Empörung an. Sie blieb einen Augenblick lang schnaufend im Türrahmen stehen, dann eilte sie fluchend von dannen.

»Ich sage den Sanitätern im Krankenwagen Bescheid, dass sie mit der Trage kommen sollen, um Ihren Mann ins Krankenhaus zu bringen.«

»Ich möchte nicht ins Krankenhaus, ich möchte meine Frau nicht allein lassen«, protestierte Ludwig energisch.

Der Arzt schüttelte unwillig den Kopf. »Nun seien Sie nicht so unvernünftig, Mann!«

Ludwig aber sah den Arzt bittend an. »Glauben Sie mir, ich kann meine Frau heute nicht allein in diesem Haus lassen.«

»Sie beide sind aber ganz schön störrisch«, schimpfte der Arzt und holte aus seiner Arzttasche ein Medikament hervor, das er Ludwig reichte. »Wenn die Schmerzen nicht aufhören, dann nehmen Sie von diesen Tabletten eine ganze. Ich lasse Sie nur ungern zu Hause. Aber da Sie ja auch in der Obhut Ihres Mannes gesundet sind, werde ich mal ein Auge zudrücken. Kümmern Sie sich um Ihren Mann.«

Ich wusste nicht, ob ich mich darüber freuen sollte, dass der Arzt Ludwigs Wunsch folgte und ihn in meiner Obhut zurückließ. Zu groß war die Angst, dass die Schmerzen schlimmer werden würden. Ich sah doch, wie schlecht es ihm ging. Was, wenn sich sein Zustand verschlimmerte?

»Keine Sorge«, versuchte Ludwig den Arzt zu beruhigen. »Mir geht es wirklich wieder gut.«

»Eine Frage hätte ich dann noch. Wer hat Ihnen das angetan? Ich glaube kaum, dass Ihre Frau Ihnen in den Bauch geschlagen hat.«

»Das war eine Auseinandersetzung zwischen zwei Männern«, erklärte ich hastig.

»Auseinandersetzung ist ja gelinde ausgedrückt«, knurrte der Arzt. »Das hätte wirklich ins Auge gehen können. Kommen Sie, stützen Sie sich wenigstens auf meinem Arm auf, damit ich Sie zu Ihrem Bett bringen kann. Das schafft Ihre Frau niemals allein.«

Der Arzt hakte Ludwig unter und zog ihn vom Stuhl in die Höhe. Ludwig stützte sich bei ihm auf und ließ sich von Doktor Fielding in mein Schlafzimmer zurückbringen. Ich begleitete die beiden Männer in die obere Etage.

»Wohl ist mir nicht damit«, erklärte der Doktor mit ernster Miene, nachdem er sich von seinem Patienten verabschiedet und sich von mir vor die Schlafzimmertür hatte bringen lassen. »Ich weiß ja nicht, wie das geschehen ist, aber die Sache spricht wohl für sich. Haben sich die beiden Herren Ihretwegen geprügelt?«

Ich wurde rot bis unter die Haarwurzeln. Es war mir sehr unangenehm. Deshalb antwortete ich ausweichend auf seine Frage. »Dann will ich Ihnen mal die Wahrheit sagen, Herr Doktor. Mr. Dehn ist nicht mein Ehemann. Und auch nicht mein Verlobter. Ich sollte eigentlich einen anderen Mann heiraten, habe mich aber dann in den deutschen Forscher verliebt.«

»Oje«, stöhnte Doktor Fielding. »Hauptsache, Sie halten jede Aufregung von meinem Patienten fern. Ich hoffe, dass der eifersüchtige Herr nicht noch einmal mit ihm aneinandergerät. Vor allem nicht mit seinem Solarplexus.«

»Nein, nein, die Gefahr ist gebannt. Ich denke nicht, dass er sich meinem Haus überhaupt noch einmal nähern wird.«

Der Arzt verabschiedete sich kopfschüttelnd. Mir entging nicht, dass eine gewisse Sorge aus seinem Blick sprach. Ich versicherte aber, alles zu beherzigen, was Ludwigs Genesung zuträglich war.

Ich brachte Doktor Fielding bis zur Haustür, und als ich zurück in mein Schlafzimmer eilte, überschlugen sich die Gedanken in meinem Kopf. Hatte ich mich wirklich auf die Seite von Ludwig Dehn geschlagen? Wo war die Panik, die Angst, dass mir sonst etwas zustoßen könnte, wenn ich nicht Tames Frau würde? Ich hatte nicht mehr die Spur von Sorge. Im Gegenteil, obwohl Ludwig hilflos im Bett lag, spürte ich eine nie geahnte

Geborgenheit in seiner Nähe. Ich eilte schnell zurück an mein Bett und gab dem sichtlich erschöpften Ludwig einen stürmischen Kuss auf die Wange. »Du musst mich jetzt sogar heiraten«, lachte ich. »Wo soll ich sonst noch hin?«

Ludwig sah mich für seine Verhältnisse erstaunlich ernsthaft an. »Dein Platz ist an meiner Seite. Wir gehören zusammen. Ich wusste von Anfang an, dass du niemals die Ehefrau von Tame werden kannst. Wir werden so schnell wie möglich heiraten. Und dann ...« Er stockte. Wahrscheinlich musste er auch gerade daran denken, was diese Entscheidung für unser beider Zukunft bedeuten würde.

Ich überlegte, ob ich ihm jetzt schon jene Frage stellen sollte, die mir auf der Seele brannte. Der Augenblick war günstig, hatte er doch selber unsere Zukunft angesprochen. Ich konnte nicht warten.

»Sprich es nur aus, Liebster. Du wolltest sagen, dass du mich dann mit nach Deutschland nimmst, oder?«

Ludwig stieß einen tiefen Seufzer aus. »Ich weiß es wirklich nicht. Natürlich möchte ich dich nicht aus deiner Umgebung reißen. Du hast ja nicht nur ein schönes Haus, sondern auch eine befriedigende Arbeit und deine Wurzeln hier.«

Ich strich ihm zärtlich über die Wangen. »Aber du wirst doch Sehnsucht nach deiner Heimat haben und irgendwann dorthin zurückkehren wollen, oder?«

»Sicher, aber es muss nicht morgen oder übermorgen sein. Lass uns erst einmal heiraten, und dann sehen wir weiter.«

Ich kuschelte mich ganz vorsichtig neben ihn ins Bett und nahm seine Hand. »Ich gehe überall mit dir hin«, stöhnte ich, wenngleich ich mir nur schwerlich vorstellen konnte, meine neuseeländische Heimat jemals zu verlassen.

Wir streichelten uns eine Zeit lang und schwiegen. Jeder von uns hing seinen Gedanken nach. Nach einer halben Ewigkeit fragte Ludwig: »Sag mal, was ist heute hier wirklich vorgefallen? Ich meine, wie kam Tame überhaupt ins Haus?«

Ich zögerte einen Augenblick, weil mir gar nicht der Sinn danach stand, mir die ganze Geschichte erneut in Erinnerung zu rufen, aber Ludwig würde ja doch keine Ruhe geben, bevor er nicht alles wusste.

»Du hast noch tief und fest geschlafen. Erinnerst du dich, dass ich dich gestern Abend gebeten habe zu gehen? Offenbar bist du meiner Anordnung nicht gefolgt.« Ich sagte das in zärtlichem Ton, denn inzwischen bereute ich nicht mehr, dass Ludwig in meinem Bett eingeschlafen war und uns in diese Lage gebracht hatte. Wer weiß, ob ich unter anderen Umständen jemals den Mut gehabt hätte, Tame die Wahrheit zu sagen und zu Ludwig zu stehen. Ich befürchtete jedenfalls, dass es mir sonst sehr viel schwerer gefallen wäre, Tame zu verlassen. Dabei hoffte ich nur eines: dass er sich in Frieden geschlagen geben und keinen Kampf anzetteln würde.

»Da können wir nur beten, dass diese ganze Geschichte kein böses Nachspiel hat. Und Tame akzeptiert, dass er dich für immer verloren hat«, seufzte Ludwig.

Ich musste unwillkürlich in mich hineinlächeln. Es war schon ein wenig unheimlich, dass wir so oft das Gleiche dachten und fühlten.

Ich kämpfte mit mir. Sollte ich Ludwig davon erzählen, dass Tame mir Sekunden vor Ludwigs splitternacktem Erscheinen in der Küche seine Liebe gestanden hatte?

Da fühlte ich schon Ludwigs fragenden Blick auf mir ruhen. Er musterte mich durchdringend. »Mein Liebling, wenn du noch etwas auf dem Herzen hast, rede darüber.«

Seufzend berichtete ich ihm, wie Tame mir in der Küche sein Geständnis gemacht und mir von der Prophezeiung erzählt hatte.

»Ich habe nie daran gezweifelt, dass er dich von Herzen liebt. Und dass er dich begehrt. Ich glaube, er hat sich seine kühle Fassade nur zugelegt, um seiner Begierde Herr zu werden. Und du hast keine Angst, dass er sich für diese Schmach bei uns rächen wird?«

»Und wenn schon, er kann uns beiden nichts anhaben. Jetzt, wo wir uns entschieden haben, fühle ich mich unverletzlich. Die Frage ist nur, wie wir mit dem Haus Hinemoa umgehen.«

In diesem Augenblick klingelte es an der Haustür. Ich setzte mich auf und sah Ludwig fragend an. »Soll ich die Tür öffnen?«, fragte ich zögernd. Ludwig zuckte mit den Schultern. »Warum nicht? Schau doch einfach, wer dich besuchen möchte. Vielleicht ist es deine neugierige Nachbarin. Wahrscheinlich will sie sich noch einmal an meinem makellosen Körper ergötzen.« Ludwig grinste breit.

Ich erhob mich unwillig vom Bett und strich den Morgenmantel, den ich immer noch über meiner nackten Haut trug, glatt. Ich überlegte kurz, ob ich mir mein Kleid überwerfen sollte, aber das würde zu viel Zeit in Anspruch nehmen. Dann würde der Besucher sicherlich denken, es wäre keiner zu Hause. Also verzichtete ich darauf und ging im Morgenmantel zur Tür.

Als ich öffnete, durchzuckte mich ein eisiger Schreck. Kein Geringerer als Tame stand vor der Tür. Er sah entsetzlich aus. Er hatte geradezu unmenschliche Züge. Sein Haar hing ungepflegt ins Gesicht, in seinem Gesicht prangte ein verschmiertes Tattoo, das er sich offenbar selbst mit Farbe beigebracht hatte. Das Schlimmste war sein Hemd. Tame, der stets Wert auf ein gepflegtes Äußeres legte, trug ein zerrissenes Hemd, das einen Blick auf seinen nackten Brustkorb freigab. Er trat einen Schritt auf mich zu, und ich erstarrte förmlich zur Salzsäule.

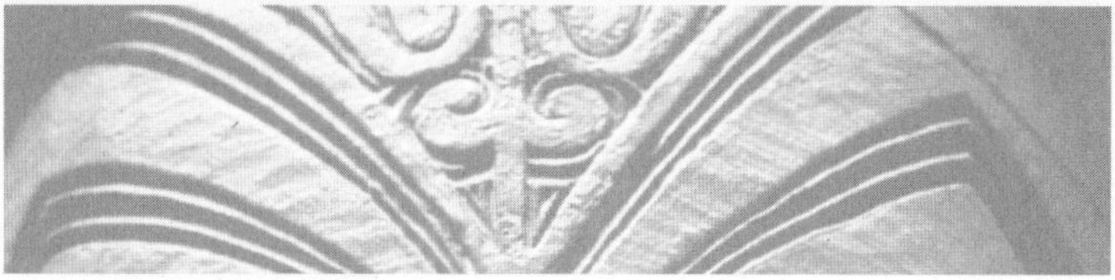

Hamburg, Dezember 2013

Sarah hatte ein verdammt schlechtes Gewissen, als sie ihrer Großmutter an diesem Abend gestehen musste, dass sie eine Verabredung hatte. Dass es sich um ein Date handelte, verschwieg Sarah vorsichtshalber. Dabei war es ziemlich offensichtlich, denn Sarah hatte eines ihrer wenigen Kleider angezogen, das sehr kurz und sehr sexy war. Sie gab trotz dieser Aufmachung vor, einen Schnitzer zu treffen, der an der Restauration des Hauses Hinemoa beteiligt war. Dorothee schien einen Augenblick lang irritiert und konnte ihre Enttäuschung kaum verbergen. Sie hatte gehofft, dass sie an diesem Abend gemeinsam mit ihrer Enkelin die Fotos von Helen anschauen würde.

»Aber Großmutter, ich bleibe dir doch noch eine Weile erhalten.« Sarah nahm Dorothee in den Arm und drückte sie fest.

Dorothee zwang sich zu einem Lächeln. »Natürlich, mein Kind. Geh nur.«

»Ich habe heute die Bauarbeiten am Hause Hinemoa gesehen«, bemerkte Sarah rasch, um das Thema zu wechseln.

»Und hat dir unser Kurator auch den Kaufvertrag gezeigt?«

Sarah wand sich ein wenig. Sie hatte keine Lust, gerade jetzt mit der Großmutter eine Diskussion über die Echtheit der Papiere anzuzetteln.

Sie nickte und schilderte ihrer Großmutter dann rasch ihre Eindrücke, die sie von dem Haus vor Ort gewonnen hatte.

»Auch wenn sie gerade alles renovieren, es ist wirklich das

schönste Versammlungshaus, das ich je gesehen habe. Und ich kenne viele. Vielleicht lag es auch daran, dass ich so ein Haus zum ersten Mal in dem Bewusstsein betreten habe, selber Maori-Wurzeln zu haben.«

Dorothee strich Sarah flüchtig über die Wangen, doch dann musterte sie ihre Enkelin eindringlich. »Hast du den Vertrag gesehen?«, wiederholte sie.

Sarah stöhnte genervt auf. Sie sah ein, dass es keinen Zweck hatte, der Großmutter die Antwort zu verweigern. In dem Punkt war Dorothee wie sie selbst. Auch Sarah würde sich niemals mit an den Haaren herbeigezogenen Themenwechseln abspeisen lassen, wenn sie ihrem Gegenüber eine Frage gestellt hatte. Auf eine klare Frage erwartete auch Sarah eine klare Antwort.

»Es tut mir leid, dich enttäuschen zu müssen. Aber es sieht ein Blinder mit dem Krückstock, dass es sich um eine Fälschung handelt. Doch um eine solche auszuschließen, hat der Kurator einen Grafologen beauftragt. Warten wir also sein Urteil ab. Ich bin mir allerdings ziemlich sicher, dass sich der Vertrag als Fälschung entpuppen wird.«

Wieder kämpfte Dorothee mit sich. Es wäre ein Leichtes, ihrer Enkelin auf der Stelle die ganze Wahrheit ins Gesicht zu schleudern. In dem Fall könnte man sich auch den Grafologen ersparen, aber alles in Dorothee sträubte sich dagegen, es ihrer Enkelin so einfach zu machen. Sie hoffte immer noch, dass Sarah von allein darauf kommen würde, dass ihr Urgroßvater nichts Unrechtes getan hatte. Dorothee wusste auch nicht genau, warum sie sich das so sehr wünschte. Erwartete sie von ihrer Enkelin, dass sie die Wahrheit erspürte? Das war eine sehr große Anforderung, zumal man in Neuseeland damals dafür gesorgt hatte, dass Ludwig Dehn als der wahre Verbrecher dastand.

»Darf ich dir eine Frage stellen, mein Kind?« Dorothee wartete die Antwort ihrer Enkelin gar nicht ab, sondern fuhr einfach fort. »Hast du dich schon einmal gefragt, was dein Gefühl, was dein Bauch zu dieser Angelegenheit sagt? Was fühlst du? Glaubst du wirklich, dass dein eigener Vorfahre, dein Urgroßvater, ein gemeiner Dieb gewesen ist?«

Sarah blickte Dorothee mit großen Augen an. Was war das für eine Frage? Hier ging es nicht um familiäre Bande und Emotionen. Die Fakten, die sie in Auckland überprüft hatte, sprachen eine klare Sprache. Ludwig Dehn war vom damaligen Direktor des Museums, Mr. Evans, wegen Diebstahls angezeigt worden. Und es gab keine zwei Meinungen, dass das Haus Hinemoa bei Nacht und Nebel auf ein Schiff verfrachtet und nach Deutschland gebracht worden war. Plötzlich überkam sie der dringende Verdacht, dass Dorothee keinesfalls vergessen hatte, dass sie ihr gegenüber die wahren Räuber schon einmal erwähnt hatte. Das deutete alles darauf hin, dass ihre Großmutter mehr wusste als sie. Warum teilte sie dieses Wissen nicht mit ihr?

»Großmutter, du sprichst in Rätseln. Wenn du etwas weißt, was du an mich weitergeben solltest, dann bitte tu das. Ich habe das Gefühl, dass du von mir so etwas wie eine übersinnliche Eingebung erwartest. Und ganz ehrlich, damit kann ich nicht dienen. Das musste schon meine Adoptivmutter Jane feststellen, als sie mir gestand, sie könne manchmal die Zukunft sehen. Ich bin auf dem Ohr taub und auf dem Auge blind. Wenn du etwas zu sagen hast, etwas mit Hand und Fuß, etwas, das ich dir als Journalistin in dieser Sache abnehmen kann, dann bin ich jederzeit bereit, meine Meinung zu revidieren. Aber was ich dazu benötige, sind Beweise. Also, wenn du Beweise für das Gegenteil hast, dann enthalte sie mir bitte nicht länger vor!«

Dorothee lief es eiskalt den Rücken herunter. Aber nicht, weil sie die Haltung ihrer Enkelin nicht verstand, sondern weil dieses Kind ihr wirklich so ähnlich war, wie sie es nie für möglich gehalten hätte. Diese Worte hätten von ihr selber stammen können, bevor ihr das Leben damals in Neuseeland eine Wunde zugefügt hatte, die sie empfänglicher für Dinge hatte werden lassen, die sich nicht wissenschaftlich beweisen ließen. Allerdings war ihr das äußerst unheimlich. Noch keinem Menschen hatte sie verraten, dass sie vor nunmehr dreißig Jahren über Monate einen immer wiederkehrenden Albtraum gehabt hatte. Ihre Tochter Helen hatte um Hilfe gerufen, immer wieder um Hilfe gerufen. Inzwischen wusste Dorothee, dass es in jener Zeit gewesen sein musste, in der ihre Tochter tödlich verunglückt war. Aber wäre es in dieser Situation nicht fairer, wenn sie einfach das Tagebuch ihrer Mutter aus der Schublade hervorholte und es Sarah zum Lesen gab? War es nicht vermessen, sie dazu zu zwingen, eine Intuition für die Unschuld Ludwig Dehns zu entwickeln? Ich werde noch einmal gründlich darüber nachdenken müssen, ging es Dorothee durch den Kopf, aber dieser Augenblick schien ihr nicht geeignet, das Beweisstück zu liefern.

»Wo triffst du dich denn mit dem Schnitzer?«, fragte Dorothee so unvermittelt, dass Sarah nicht gleich eine Antwort parat hatte.

»Ich, äh ... ja also, wir treffen uns in einem Hotel. Ich glaube, es heißt ›Elysée‹, ja, es liegt ganz in der Nähe des Museums ...«, stammelte Sarah. Zu ihrem großen Ärger spürte sie, dass ihre Wangen rot geworden waren. Sarah war nicht der Typ Frau, der schnell errötete. Aber wenn es sie traf, dann spürte sie die aufsteigende Hitze in den Wangen ganz deutlich. Wie albern, Großmutter zu beschwindeln, ging es Sarah reumütig durch den Kopf. »Ich treffe mich mit keinem der Schnitzer«, bemerkte sie Sekunden später leise. »Ich habe eine Verabredung mit Michael, einem jungen Mann, der im Flieger neben mir saß. Wir haben uns vorhin im Museum getroffen. Er wollte mich unbedingt wiedersehen und hat mich heute Abend in sein Hotel zum Essen eingeladen.«

»Ach, schade, und ich habe so gehofft, dass unser Kurator und du euch etwas näherkommen würdet. Ihr wäret so ein schönes Paar ...« Dorothee stockte und schlug sich mit der Hand vor den Mund. »Entschuldige, mein Kind, das geht wirklich zu weit. Hier war wohl der Wunsch Vater des Gedankens. Es liegt wahrscheinlich daran, dass ich einen Narren an dem jungen Mann gefressen habe. Ach, wenn ich jünger wäre, dann ...«

Sarah musste lachen. »Großmutter, du kommst ja richtig in Fahrt! Es ist keinesfalls so, dass ich Mr. Gerken unattraktiv finde, aber er scheint so überhaupt gar kein Interesse an mir zu haben. Außer dem Wunsch, den du mit ihm teilst, dass ich doch endlich einsehen möge, was für ein aufrechter und ehrlicher Mann Ludwig Dehn gewesen ist.«

»Und da bist du dir so sicher? Dass er dich nicht begehrenswert findet?«, fragte Dorothee lauernd.

»Ziemlich sicher! Michael, meine Flugbekanntschaft, hat sich diesbezüglich ganz eindeutig ins Zeug gelegt. Bei ihm gibt es keinerlei Missverständnisse über die Frage, ob er etwas mehr von mir will oder nicht. Er hat mich schon den ganzen Flug über angeflirtet. Das hat mir nach dem Desaster mit meinem Verlobten verdammt gutgetan.«

»Wie ist er denn so, dieser Michael?«, hakte Dorothee neugierig nach.

»Ach, das weiß ich gar nicht so genau. Es tut mir einfach gut. Mehr ist das bestimmt nicht«, antwortete Sarah ausweichend.

Unvermittelt nahm Dorothee ihre Enkelin in den Arm und drückte sie fest. »Ich wünsch dir alles Glück dieser Welt. Und du hast ganz recht, wir haben noch viele gemeinsame Stunden. Ich hoffe, du bleibst ein bisschen.«

Gerührt erwiderte Sarah die Umarmung ihrer Großmutter.

»Du bist also nicht böse, wenn ich zu dieser Verabredung gehe?«

»Nein, auf keinen Fall. Geh nur und genieße den Abend. Aber sag mal, wo hast du denn Jerry gelassen?«

»Unser Don Juan hat im Museum eine deutsche Kollegin kennengelernt und sie zum Essen eingeladen«, lachte Sarah.

»Im Grunde ist es mir ganz lieb, dass mir jetzt ein bisschen Zeit bleibt, gemeinsam mit Lore den morgigen Abend zu planen. Es soll doch alles wunderschön und feierlich werden, wo wir zum ersten Mal als Familie dieses Fest zusammen feiern.«

»Du bist wunderbar, Großmutter«, erwiderte Sarah zärtlich. »Und es ist alles so festlich und schön bei dir. Ich fühle mich wirklich wie zu Hause«, fügte Sarah hinzu, bevor sie nach oben in ihr Gästezimmer ging, um ihre Handtasche zu holen.

Dorothee blieb noch eine ganze Zeit lang regungslos stehen und blickte ihrer Enkelin hinterher, auch, als sie längst aus dem Zimmer war. Sie liebte diese junge Frau wirklich von Herzen und kam sich in diesem Augenblick etwas schäbig vor bei dem Gedanken, ihr Merimas Geschichte noch länger vorzuenthalten. Vielleicht sollte ich ihr das Tagebuch unter den Tannenbaum legen, dachte Dorothee.

Sie staunte nicht schlecht, als Sarah wenig später geschminkt und mit aufgestecktem Haar zurück ins Wohnzimmer kam. Was für eine hübsche Frau, fand sie und musste plötzlich daran denken, wie sie damals in den Fünfzigerjahren in ihrem groß geblümten Kleid mit dem weit schwingenden Tellerrock zum ersten Mal vor Tom gestanden hatte.

»Ich spendiere dir ein Taxi. Es regnet draußen wie aus Eimern. Es ist das Wetter, das gern als das ›Hamburger Wetter‹ bezeichnet wird. Ich befürchte, dass wir weiße Weihnachten vergessen können, wobei ich es dir so gewünscht hätte.«

Die Worte ihrer Großmutter gingen Sarah sehr zu Herzen. Sie spürte die Verbundenheit ganz deutlich. Diese familiäre Wärme hatte sie bislang nur bei Jane und John empfunden. Sie fühlte sich so wohl, dass in ihr Zweifel aufkamen, ob sie ihre Großmutter am heutigen Abend überhaupt Michaels wegen zurücklassen sollte.

Und schon hatte sie ihre Gedanken laut ausgesprochen. »Vielleicht sollte ich doch lieber bei dir bleiben.«

»Auf keinen Fall! Jetzt bin ich viel zu neugierig, was heute Abend zwischen dir und dem jungen Mann geschehen wird. Du bist jung. Das ist wahnsinnig spannend. Ich würde gerne Mäuschen sein.«

Sarah lachte. Seufzend zog sie ihren Mantel an und gab ihrer Großmutter einen Abschiedskuss. »Ich freue mich riesig darauf, mit dir das Weihnachtsfest zu verbringen«, sagte Sarah, bevor sie das Haus verließ. Der Taxifahrer stand bereits ungeduldig wartend vor dem eisernen Gartentor.

»Ich wollte gerade wieder fahren. Hier ist ja überhaupt keine Klingel. Und das bei dem Schietwetter«, brummte der Mann in breitem Hamburgisch. Sarah hatte große Mühe, seine Worte zu verstehen. Sie tat so, als würde sie nur Englisch sprechen, um sich weiteres Gemecker zu ersparen.

Auf der Elbchaussee und auch auf dem weiteren Weg zum Hotel Grand Elysée herrschte reger Verkehr. Am Montag vor Heiligabend war ganz Hamburg unterwegs, um letzte Geschenke zu kaufen. Der Gedanke an Weihnachtsgeschenke ließ Sarah erschrocken zusammenfahren. Daran hatte sie überhaupt noch nicht gedacht. Sie nahm sich fest vor, morgen Vormittag erneut in die Stadt zu fahren, um etwas besonders Schönes für ihre Großmutter auszusuchen, auch eine Kleinigkeit für Jerry und zudem etwas Passendes für den Kurator.

Es war kurz vor 20 Uhr, als das Taxi vor dem Hotel hielt. Sarah gab dem Fahrer reichlich Trinkgeld, obwohl er ziemlich wild gefahren war. So wild, dass ihr ein wenig übel war.

Zögernd betrat sie das Restaurant Flum und sah sich suchend

um. Alle Tische waren besetzt. An einem Ecktisch entdeckte sie Michael, der ihr sichtlich erfreut zuwinkte. Er sah blendend aus, wie Sarah auf den ersten Blick feststellen musste. Er trug nicht mehr seine sportliche Kleidung, sondern ein weißes Hemd und ein schwarzes Jackett.

»Ich habe mich gerade gefragt, was ich wohl getan hätte, wenn Sie nicht kommen würden. Aber ich hab durchaus darauf gehofft, dass Sie meine Einladung annehmen.«

Sarah setzte sich ihm gegenüber an den Tisch und versicherte ihm, dass er es nur ihrer Großmutter zu verdanken habe, dass sie am Abend vor Weihnachten ausgehen durfte. Als eine kleine Gesprächspause aufkam, lenkte Michael das Gespräch auf das Hamburger Wetter und das Museum.

Sarah musterte ihn durchdringend. Ihr fiel wieder ein, dass sie ihn heute in der Scheibe der Ausstellungsvitrine gesehen zu haben meinte.

»Kann es sein, dass Sie, nachdem wir uns vor dem Büro des Kurators getroffen hatten, noch durch die Ausstellung gegangen sind?«

Michael schüttelte den Kopf. »Nein, ich habe das Museum nach unserem Gespräch ziemlich schnell verlassen, weil ich noch einen anderen beruflichen Termin hatte.«

»Dann hab ich wohl Gespenster gesehen«, seufzte Sarah.

Die Unterhaltung stockte, als der Kellner kam und die Karte brachte. Sarah entschied sich für ein Steak, und sie studierten gemeinsam die Weinkarte. Sie waren beide sehr verwundert, dass ein neuseeländischer Sauvignon Blanc angeboten wurde, und entschieden sich für den heimischen Tropfen.

»Und wie lange werden Sie noch in Hamburg bleiben?«, fragte Sarah, nachdem sie ihre Bestellungen aufgegeben hatten.

Michael zuckte mit den Achseln. »Tja, ich habe bislang keinen Rückflug gebucht. Ich habe noch eine wichtige berufliche Sache in Deutschland zu erledigen und weiß nicht, wie lange ich für diese Angelegenheit benötige. Und Sie?«

»Ich habe auch noch keinen Plan. Ich denke, dass ich es über die Festtage mit meinem Chef Jerry besprechen werde. Wir können ja nicht beide der Redaktion zu lange fernbleiben. Vielleicht bleibe ich auch länger als er.«

»Und wie ist das für Sie, zu erfahren, dass Ludwig Dehn Ihr Urgroßvater war? Nach dem Artikel?«, fragte Michael.

Sarah musterte ihn verwundert. Woher wusste er das? Doch dann fiel ihr ein, dass ihm Raiwiri in der Kneipe offenbar alles erzählt hatte. Sie stutzte. Hatte Raiwiri nicht gesagt, er mochte Michael nicht? Wieso sollte er ausgerechnet ihm sein Herz ausschütten? Wenn ich ihn bloß fragen könnte, dachte Sarah.

»Komisch ist das, aber warum wollen Sie das wissen?« Das klang spitz.

Warum war sie ihm gegenüber nur so schrecklich misstrauisch? Was hat er denn getan, dass sie immerzu an seiner Aufrichtigkeit zweifelte? Ich sollte damit aufhören, redete sie sich gut zu und entschied sich, ihm anzuvertrauen, warum sie nach Deutschland geflogen war. Sie begann mit der Mail aus Hamburg und endete mit einer Schilderung des Wiedersehens mit ihrer Großmutter, ging aber bei allem nicht zu sehr ins Detail.

»Das ist doch wirklich der Hammer!«, stieß Michael amüsiert hervor. »In Ihrem Artikel haben Sie ja nicht gerade freundlich über das Schaffen des Forschers berichtet.«

»Das macht die Sache nicht einfacher. Meine Großmutter ist in der Sache natürlich völlig anderer Meinung als ich. Sie ist der festen Überzeugung, dass mein Urgroßvater das Versammlungshaus ganz legal nach Deutschland geschafft hat. Dieses Thema versuchen meine Großmutter und ich sorgfältig zu umschiffen.«

»Und haben Sie schon einen Blick auf die legendäre Sammlung des Forschers Ludwig Dehn werfen dürfen?«

Sarah blickte Michael verwirrt an. Woher in aller Welt konnte er von dieser Sammlung wissen? Das war wirklich merkwürdig. Sie kämpfte mit sich, ob sie ihn direkt danach fragen sollte, aber in diesem Augenblick brachte der Kellner den Sauvignon Blanc aus ihrem Heimatland, goss ihnen beiden davon ein und stellte den Rest in einen Kühler auf den Tisch.

Bevor Sarah sich dazu durchrang, ihrer Skepsis Ausdruck zu verleihen – denn sie wollte nur ungern den Eindruck erwecken, als leide sie unter Verfolgungswahn –, kam ihr Michael zuvor. »Sie fragen sich bestimmt, woher ich von dieser legendären Sammlung weiß, oder? Das ist ganz einfach. Ich bewege mich in den gewissen Händlerkreisen. Und dort ist es ein offenes Geheimnis, dass Ihr Urgroßvater eine der wertvollsten Privatsammlungen von Maori-Artefakten außerhalb Neuseelands besaß. Zwar hat sie keiner je gesehen, aber es eilt ihr ein Ruf wie Donnerhall voraus.«

Da war es wieder, dieses gespaltene Gefühl, das Sarah schon seit ihrer Begegnung im Flieger dem charmanten Landsmann gegenüber empfunden hatte. Und wieder machte sich Misstrauen in ihr breit und vergiftete die ungezwungene Atmosphäre, in der sie einander in diesem Restaurant begegnet waren. Aber Sarah konnte nicht anders. Woher wusste er von den Maori-Artefakten? Nicht einmal sie, die über Ludwig Dehns Machenschaften so intensiv recherchiert hatte, war bei ihrer Recherche auf diese Sammlung gestoßen. War es wirklich ein Zufall, dass sie beide einander begegnet waren?

»Sie mustern mich so skeptisch, Sarah. Zweifeln Sie an meinen Angaben?«

Sarah zögerte zunächst, aber dann entschied sie sich, ihm die Wahrheit direkt ins Gesicht zu sagen. »Ja, Michael, wenn Sie mich so fragen, ja, ich habe leise Zweifel, ob wir beide einander wirklich zufällig begegnet sind. Erst Ihre merkwürdige Art, so zu tun, als ob Sie mich noch niemals zuvor gesehen hätten. Und dann mein Artikel in Ihren Unterlagen. Ich weiß nicht recht, was ich davon halten soll.«

Statt beleidigt zu reagieren, lächelte Michael sie breit an. »Nehmen wir mal an, ich hätte mich absichtlich im Flieger neben Sie gesetzt, weil ich ausschließlich an der Sammlung Ihres Urgroßvaters interessiert wäre. Was sollte ich von Ihnen wollen? Sie Ihnen stehlen? Nein, dann hätte ich Ihnen wohl eher ein Kaufangebot unterbreitet. Ich bin Kaufmann. Schon vergessen?« In seiner Stimme schwang ein leise verärgerter Ton mit.

Sarah spürte, wie ihre Wangen vor Verlegenheit heiß wurden. Sie wandte den Blick ab und trank hastig ihr Weinglas in einem einzigen Zug leer. Vor lauter Anspannung füllte sie sich das Glas erneut randvoll und trank es aus, ohne abzusetzen. Sie hatte seit dem Frühstück nichts mehr gegessen und fühlte sich sofort ein wenig beschwipst.

»Ich bin nun einmal ein misstrauischer Mensch«, gab Sarah zerknirscht zu.

Zu ihrer großen Überraschung war Michael keinesfalls böse auf sie, sondern griff vorsichtig nach ihrer Hand und drückte sie zärtlich. »Das kenne ich«, erwiderte er. »Ich glaube auch immer alles erst, wenn ich den Beweis dafür in der Hand habe.«

Sarah rang sich zu einem Lächeln durch. »Sie können mir also verzeihen, dass ich ständig versuche, Ihnen etwas Unlauteres zu unterstellen?«

»Das kenne ich. Schon in der Schule hat man immer zuerst mich beschuldigt, abgeschrieben oder betrogen zu haben. Dabei bin ich eine durch und durch ehrliche Haut«, entgegnete Michael mit einem entwaffnenden Lächeln.

Sarah wollte sich noch einmal aus der Flasche nachschenken, doch sie war bereits leer. Michael winkte, ohne zu fragen, nach dem Kellner und bestellte eine weitere Flasche Sauvignon Blanc.

Sarah fiel plötzlich das merkwürdige Verhalten ein, mit dem Raiwiri Michael auf dem Kanzleifest begegnet war. Was wohl zwischen den beiden vorgefallen war? War es vielleicht Raiwiri gewesen, der seinen alten Schulfreund Michael irgendwelcher Missetaten bezichtigt hatte, die er gar nicht begangen hatte?

Eigentlich wollte Sarah auf keinen Fall nachfragen, aber sie war schon etwas zu betrunken, um ihre Zunge im Zaum zu halten.

»Was hat mein Exverlobter eigentlich gegen Sie? Oder umgekehrt gefragt, was haben Sie gegen ihn? Dass Sie beide nicht gerade eine Freundschaft verbindet, war auf dem Kanzleifest ja unübersehbar.«

»Tja«, seufzte Michael. »Nun, ich habe eigentlich nicht viel gegen ihn, außer dass er auch schon früher den Eindruck vermittelte, als habe er die moralische Integrität für sich gepachtet.«

»Er war also im Gegensatz zu Ihnen ein Musterschüler?«, fragte Sarah lächelnd.

»Das kann man so nicht sagen. Er war nur immer wahnsinnig stolz auf seine Wurzeln und seine Herkunft. Dass er aus der Familie Tanaki stammt, aus der der große Schnitzer Awapatu hervorgegangen ist, schien ihm Grund genug, die Nase ziemlich hoch zu tragen.«

»Na ja«, sagte Sarah nachdenklich. »Die Maori sind eben sehr stolz auf ihre Ahnen. Und was der Schnitzer geleistet hat, war ja auch wirklich große Kunst. Er hat außer dem Haus Hinemoa, seinem letzten Werk, etliche berühmte Dinge geschaffen.«

»Das will ich gar nicht in Abrede stellen. Aber Raiwiri ist immer sehr darauf herumgeritten. Und ganz ehrlich, Sarah, in diesem Punkt ist unsere Kultur eben ein wenig anders.«

Sarah grinste in sich hinein. Das wäre eigentlich der Zeitpunkt, Michael in ihre wahre Familiengeschichte einzuweihen, zumindest sollte er zu diesem Zeitpunkt erfahren, dass sie selber Maori-Wurzeln besaß.

»Ja, die Maori können manchmal verdammt stolz auf ihre Ahnen sein und diesen Kult sehr hochhalten. Ich für meinen Teil muss mich erst einmal daran gewöhnen, dass dies auch ein Teil meiner eigenen Kultur ist.«

Michael sah Sarah entgeistert an. »Das verstehe ich nicht ganz. Was haben Sie mit der Maori-Kultur zu tun, außer dass Sie beinahe Raiwiri geheiratet hätten?«

Sarah lächelte. »Ludwig Dehn hat eine Halbmaori geheiratet, und deren Gene habe ich geerbt. Und ich muss Ihnen ganz ehrlich sagen: Ich bin stolz darauf. Und bekomme langsam eine Ahnung davon, wie es ist, die Ahnen so zu ehren, wie es die Maori tun.«

Als die neue Flasche Wein kam, schenkte der Kellner Sarahs Glas besonders voll. Sie trank es ziemlich hastig aus. Einerseits fühlte sie sich wohl in der Gegenwart des charmanten Landsmannes, andererseits war in ihr immer noch ein Rest von Misstrauen. Sie verstand selbst nicht, warum. Er hatte doch sehr glaubwürdig darlegen können, dass er nichts Böses im Schilde führte. Außerdem machte es sie schrecklich nervös, dass er ständig Blickkontakt suchte. Ein paarmal hielt sie seinem Blick stand, wandte ihn aber immer wieder ab. Er schien nicht im Geringsten verlegen zu sein, sondern sich seiner Sache ziemlich sicher. In seinen Augen glaubte sie zu lesen, dass er sie beide bereits in seinem Hotelzimmer sah.

Und wenn sie ganz ehrlich war, zog er sie körperlich intensiv an. Sie hatte große Lust, mit ihm ein erotisches Abenteuer zu erleben. Es war nicht Liebe auf den ersten Blick, sondern Verlangen. Er schien Ähnliches zu denken, denn sie spürte jetzt seine Hand, die er unter dem Tisch auf ihr Knie legte. Ein prickelndes Gefühl rauschte durch ihren Körper. Sie trug nur eine dünne Strumpfhose, und es fühlte sich so an, als ob er ihr die Hand auf die nackte Haut legte.

Trotzdem hätte sie die Hand am liebsten weggezogen, weil ihr irgendetwas in seinen Augen nicht passte. Und dann wusste sie auch, was es war. In seinem Blick lag so etwas wie Triumph. Etwas wie Siegesgewissheit, eine Art Selbstgefälligkeit, die sie provozierte. Sarah rang gerade noch nach Worten, wie sie ihm ihre Bedenken kommunizieren sollte, da kam das Essen, und er zog seine Hand weg.

Während des Essens schwiegen sie beide. Aber Sarah war so nervös, dass sie den Wein in immer hastigeren Schlucken hinunterstürzte. Sie war es gewohnt, über alle Situationen die Kontrolle zu behalten, aber bei Michael hatte sie das ungute Gefühl, dass er die Fäden in der Hand hielt. Ich glaube, ich sehe langsam Gespenster, sagte sich Sarah, nachdem sie das köstliche Essen mit Appetit verspeist hatte und nun den Blick ihres Gegenübers ganz bewusst suchte.

»War das nicht wunderbar?«, schwärmte Michael, während er sein Besteck auf dem Teller zurechtlegte zum Zeichen, dass er fertig war. »Und was möchten Sie zum Dessert?« Er sagte das in einem solch doppeldeutigen Ton, dass Sarah keinen Zweifel hatte, wie er das meinte.

Sie spürte, dass sie inzwischen einen ziemlichen Schwips hatte. Außerdem hatte sie wirklich große Lust, mit diesem Mann auf sein Hotelzimmer zu gehen. Ob ihre Motivation nun darin lag, sich an Raiwiri zu rächen oder ob Michael wirklich derart unwiderstehlich war, hätte sie in diesem Augenblick nicht mit Sicherheit sagen können. Nur eines war ihr selbst in diesem Augenblick klar: Wenn sie nüchtern gewesen wäre, hätte sie niemals die folgenden Worte ausgesprochen: »Ja, ich nehme den Nachtisch, aber den, der nicht auf der Karte steht. Unterschreiben Sie die Rechnung? Ich gehe schon einmal vor.« Sarah streckte die Hand fordernd nach dem Schlüssel aus. Es bereitete ihr sichtlich Vergnügen, seine verblüffte Miene zu beobachten. In diesem Augenblick schien er nicht mehr ganz Herr der Lage, sondern durch ihr offensives Verhalten mehr als überrascht zu sein. Verwundert zog er die Zimmerkarte aus seiner Jacketttasche hervor und reichte sie ihr. »Das ist eine gute Idee. Gehen Sie schon vor.« Er versuchte, cool zu klingen, was ihm allerdings nicht ganz gelang, denn aus seiner Stimme sprach eine gewisse Unsicherheit.

Beim Aufstehen spürte Sarah, wie sie ein wenig ins Schwanken geriet. Leichte Bedenken machten sich in ihr breit. Sollte sie in diesem Zustand wirklich in das Hotelzimmer des Landsmannes gehen und mit ihm schlafen? Es war ein bisschen wie ein Spiel. So, als hätte sie das Blatt bereits überreizt und könnte nicht mehr zurück. Nein, Sarah hätte wirklich nicht gewusst, wie sie elegant zurückrudern sollte. Außerdem begehrte sie Michael. Ihr Körper befand sich in einem Zustand von Aufruhr und Vorfreude. Ach, was soll's, sagte sie sich, es ist alles erlaubt, was mir hilft, Raiwiri schnellstens zu vergessen!

Sie war so überdreht, dass sie Michael eine provozierende Kusshand zuwarf, bevor sie sich auf dem Absatz umdrehte und in Richtung Fahrstuhl stöckelte. Zimmer 210 stand auf der Schlüsselkarte. Als der Fahrstuhl im zweiten Stock hielt, stieg sie aus und lief den rechten Gang hinunter. Auf dem Flur schluckten dicke Teppiche jedes Geräusch von Schritten. Sie hatte gemischte Gefühle, als sie vor seiner Zimmertür angekommen war. Sie überlegte ernsthaft, ob sie die Schlüsselkarte wirklich gegen das Schloss halten oder nicht doch lieber über die Fluchttreppe des Hotels das Weite suchen sollte. Schließlich siegte ihre Neugier, und sie öffnete die Zimmertür. Das Zimmer war sehr angenehm eingerichtet und besaß große Fenster. Das Bett war frisch gemacht, und auf der Bettdecke lag eine Süßigkeit als Gute-Nacht-Gruß des Hotels. Sarah ließ sich auf der Bettkante nieder und spielte noch einmal kurz mit dem Gedanken, das Zimmer auf schnellstem Wege zu verlassen. Was dagegen sprach, war ihre bleierne Müdigkeit. Sie spürte in jeder Pore, wie erschöpft sie war. Dies war nicht der geeignete Zeitpunkt, das große leidenschaftliche Abenteuer zu suchen. Im Gegenteil, ihr war danach, sich auf dem frisch gemachten Bett auszustrecken und auf der Stelle einzuschlafen. Als Michael auf sich warten ließ, legte sie sich aufs Bett. Nur für ein paar Minuten dösen, sagte sie sich.

Sarah wachte mit einem merkwürdigen Geschmack im Mund auf. So, als hätte sie die ganze Nacht verschlafen. Mit einem Ruck setzte sie sich auf und versuchte sich zu orientieren, aber jemand hatte die Vorhänge zugezogen. Es war stockduster, und ein eisiger Schrecken durchfuhr sie. Sie wusste sofort, dass sie in einem Hotelzimmer war, aber wo war Michael? Sie tastete vorsichtig links neben sich auf dem Nachttisch nach einem Lichtschalter, und sie hatte Glück und fand auf der Lampe einen Knopf, den sie vorsichtig drückte. Das Zimmer erhellte sich, und Sarah warf einen vorsichtigen Blick auf die linke Bettseite. Tatsächlich, da lag Michael wie hingegossen splitternackt auf seiner Seite. Seine zerzauste rotblonde Mähne breitete sich malerisch auf dem weißen Kissen aus. Sarah blickte erschrocken an sich hinunter. Sie war noch voll angekleidet, nur die Schuhe hatte ihr jemand ausgezogen. Leise stand sie auf und machte sich auf den Weg zum Bad. Sie wusch sich mit klarem Wasser das Gesicht und stellte mit einem flüchtigen Blick in den Spiegel fest, dass sie gar nicht so schlimm aussah, wie sie befürchtet hatte. Ihr Blick fiel auf eine Zahnpastatube. Sie nahm ein bisschen von der Paste auf ihren Zeigefinger und putzte sich damit die Zähne. So verschwand wenigstens der schale Geschmack im Mund. Dann benutzte sie seine Bürste und fuhr sich ein paarmal durch ihr leicht zerzaustes Haar.

Als sie zurück zum Bett schlich, um ihre Schuhe zu greifen, wachte Michael auf. Er grinste sie breit an. Sie konnte sich nicht helfen, wie er dalag mit seinem braun gebrannten, muskulösen

Körper, kein Gramm Fett und Muskeln an den richtigen Stellen, war er sehr anziehend.

Er streckte die Arme nach ihr aus und flüsterte: »Komm, Darling, du hast mir den Nachtisch versprochen.« Sarah war eigentlich fest entschlossen, das Zimmer auf schnellstem Wege zu verlassen und zu vergessen, wozu sie sich in ihrem Schwips hatte hinreißen lassen, aber sie blieb wie angewurzelt stehen.

»Komm!«, raunte er verführerisch.

Sarah beschloss, ihm wenigstens einen flüchtigen Abschiedskuss auf die Wange zu geben, und beugte sich zu ihm hinunter. Diese Bewegung nutzte Michael, um sie sanft zu sich ins Bett zu ziehen. Sarah verlor das Gleichgewicht und landete in seinem Arm. So schnell, wie Michael ihr kleines Missgeschick nutzte, um mit seinen Händen unter ihr Kleid zu gelangen, konnte sie gar nicht gucken. Sie wollte sich wehren und aufsetzen, aber ihr Landsmann wusste ganz genau, wie man Frauen zum Bleiben überredete. Er hatte einen zupackenden und zugleich zärtlichen Griff. Er streichelte ihr so intensiv über die inneren Seiten ihrer Oberschenkel, dass Sarah leise aufstöhnte. Und schon hatte er ihre Strumpfhose zu fassen bekommen und sie davon befreit.

»Du fühlst dich wahnsinnig gut an«, stöhnte er, während er mit den Fingerspitzen über ihre nackten Schenkel fuhr. Sie spürte seine fordernde Männlichkeit und berührte ihn dort sanft. Michael stöhnte laut auf. Er griff nach ihrem Slip und zog ihn ihr geschickt aus. Sie war mehr als bereit für ihn und fasste ihn so an, dass sie ihre Bereitschaft, auf der Stelle mit ihm zu schlafen, deutlich signalisierte. Doch Michael hielt ihre Hand fest und tastete sich mit der anderen Hand vorsichtig zwischen ihre Schenkel.

»Wahnsinn!«, seufzte er. »Wahnsinn!« Als Sarah wieder Anstalten machte, ihn dazu zu bewegen, in sie einzudringen, wehrte Michael ihr Ansinnen erneut zärtlich ab. Stattdessen begann er hingebungsvoll, sie zwischen den Beinen zu streicheln. Sarah wusste kaum, wie ihr geschah. Raiwiri war ein sehr guter Liebhaber gewesen, aber diese Situation hatte den Hauch von etwas Verbotenem an sich, was Sarah sichtlich erregte. Außerdem war in ihren Adern immer noch der Rest des Alkohols, der in diesem Augenblick eher anregend als ermüdend wirkte. Sie war keine Frau, die sich schnell und ganz gehen ließ, aber Michael wusste genau, was er tat. Ihre Blicke trafen sich. In seinen Augen spiegelte sich etwas völlig anderes wider als das, was seine Finger ausdrückten. Da war es wieder, das Triumphierende, das Siegesgewisse und etwas Überhebliches in seinem Ausdruck. Aber so kurz vor dem Höhepunkt würde sie das nicht davon abbringen können, mit einem heißen lauten Schrei alles loszulassen. Sie krallte ihre Finger voller Lust in seinen Nacken und bäumte sich ihm entgegen. Michael drang genau in diesem Augenblick in sie ein. Seine Bewegungen waren keinesfalls zart und zurückhaltend, sondern wild und leidenschaftlich. Er erschien sehr erregt, doch es dauerte eine ganze Zeit, ehe er mit einem lauten Stöhnen zum Höhepunkt kam.

Als alles vorüber war und er sich neben sie gelegt hatte, nahm er sie in den Arm. Das befremdete Sarah ein wenig. Das Ganze war zwar sehr leidenschaftlich gewesen, aber Liebe fühlte sich in Sarahs Herzen anders an. Plötzlich und mit aller Macht musste sie an Raiwiri denken. Und wie schön es gewesen war, wenn sie nach dem Sex miteinander gekuschelt hatten. Das war jedes Mal so unendlich vertraut gewesen. Was Sarah in diesem Augenblick fühlte, war Unbehagen, ja, sie fühlte sich ein wenig einsam in diesem fremden Hotelzimmer. Man kann der Enttäuschung und Traurigkeit eben doch nicht davonrennen, dachte sie und setzte sich auf. Es bot sich ihr ein bizarrer Anblick. Ihr Kleid war bis zur Brust nach oben geschoben, und unten herum war sie vollständig nackt.

»Was hast du vor?«, fragte Michael heiser.

Sarah räusperte sich verlegen. »Ich glaube, es ist besser, wenn ich mir ein Taxi nach Hause nehme. Großmutter wird sich sonst große Sorgen machen. Wenn ich hier schlafe, werde ich vor morgen Mittag nicht aufwachen. Ich bin doch sehr müde, auch von der Reise.«

»Wenn du meinst.« Michaels Stimme klang beleidigt.

Sarah streichelte ihm gedankenverloren über die Wange. »Glaub mir, es ist wirklich besser. Lieber verabreden wir uns noch einmal.« Sie bedauerte sofort, was sie da von sich gegeben hatte, denn im Grunde ihres Herzens schrie diese Begegnung mit Michael nicht unbedingt nach einer Wiederholung.

»Für dich war es nicht gut, oder?« Michael hatte sich jetzt auch im Bett aufgesetzt und musterte sie durchdringend.

Sarah wusste nicht recht, was sie auf diese direkte Frage antworten sollte. Körperlich war sie voll und ganz auf ihre Kosten gekommen, ja, denn im Grunde genommen hatte sie sich schon immer eine wilde und ein wenig verruchte Liebesszene gewünscht. Sarah hatte bislang wenige Erfahrungen gemacht mit verbotenen Situationen. Außer im Urlaub hatte sie es auch noch nie in einem Hotelzimmer getrieben. Schon gar nicht mit einem Mann, den sie gerade mal ein wenig mehr als vierundzwanzig Stunden kannte. Und der einen wirklich traumhaften Körper besaß. Was wohl Raiwiri dazu sagen würde, wenn er wüsste, dass sie ausgerechnet mit diesem Michael in einem Hamburger Hotelzimmer gelandet war. Und was Jerry? Wobei es ihren Chef wahrscheinlich nicht besonders wundern würde, hatte er ihr doch schon prophezeit, dass sie mit Michael einen weiteren Verehrer hatte.

»Du musst mir diese Frage auch nicht beantworten, wenn du nicht willst. Es war dumm, dich danach zu fragen«, sagte Michael zerknirscht.

Sarah fühlte sich ertappt. Es war nicht fair, ihm eine Antwort schuldig zu bleiben. »Du bist ein wahnsinnig guter Liebhaber«, gab Sarah zu. »Und du hast einen tollen Körper«, fügte sie hastig hinzu.

Michael betrachtete sie mit schief gelegtem Kopf. »Du willst mir also durch die Blume sagen, dass ich ein richtig guter Toy Boy bin, oder?«

Sarah erschrak über seine Worte. »Nein, nein, das wollte ich niemals sagen. Ich möchte dir nur versichern, dass es sehr schön mit dir war. Nur, dass ich trotzdem zu meiner Großmutter möchte. Natürlich habe ich noch Gefühle für meinen Exverlobten. Wir sind doch erst ein paar Tage getrennt. Wir wollten heiraten. Das kann man nicht einfach so zur Seite schieben wie ein altes ausgedientes Möbelstück.«

Michael war mit einem Satz aus dem Bett gesprungen. Seiner Miene nach zu urteilen, war er sehr gekränkt über ihre Worte. »Streng dich nicht an, Sarah, dadurch wird es auch nicht besser. Ich dachte eigentlich, dass es mit uns beiden etwas Ernsteres werden könnte, aber da habe ich mich wohl getäuscht.« Er drehte ihr den Rücken zu und verschwand im Bad. Sarah nutzte die günstige Gelegenheit, um sich vollständig anzuziehen und nach ihren Schuhen zu suchen. Sie wusste nicht warum, aber sie hatte ein schlechtes Gewissen. Das lag daran, dass sie bislang immer nur mit Männern geschlafen hatte, bei denen wirklich Liebe im Spiel gewesen war. Und das war vor Raiwiri auch nur zwei Mal in ihrem Leben geschehen. Einmal während der Schulzeit und dann während ihrer Ausbildung zur Journalistin. Mit einem Kollegen, der sie, kurz bevor sie eine gemeinsame Wohnung hatten beziehen wollen, mit einer anderen Kollegin betrogen hatte.

Sarah seufzte laut auf. Was konnte sie dafür, dass sie sich nicht sicher fühlte in dem, was zwischen ihnen beiden geschehen war? Körperlich war es eine Offenbarung gewesen, aber ihr Herz hatte nur in einem geringen Maße mitgespielt. Sollte sie das jetzt leugnen und Michael vormachen, dass sie unsterblich in ihn verliebt war? Einmal abgesehen davon, dass er das ohnehin nicht glauben würde, war Sarah für derlei Spiele nicht geschaffen. Ganz plötzlich kam ihr ein völlig abwegiger Gedanke. Was, wenn sie statt mit Michael mit Jan ins Bett gegangen wäre, hätte sie das auch so emotionslos gelassen? Die Antwort, die ihr Inneres ihr gab, erschreckte sie zutiefst. Nein, bei Jan wäre das garantiert etwas anderes gewesen. Sie versuchte fieberhaft, diese überraschende Erkenntnis zu verdrängen. Es musste die Übermüdung sein und der Restalkohol, der noch durch ihren Körper tobte und ihre Gedanken verwirrte.

Sarah schreckte zusammen, als Michael zurückkam. Wortlos legte er sich ins Bett und zog sich die Decke bis zum Hals. »Na dann, Sarah!«

Sie wusste gar nicht, wie sie sich jetzt aus der Affäre ziehen sollte. Wäre es klug, über die Situation zu sprechen, oder wäre es besser, einfach aus Michaels Leben zu verschwinden? Michael verstand ihr Zögern offensichtlich falsch. Er setzte sich im Bett auf und schien neue Hoffnung zu schöpfen. »Es wäre schön, wenn du mir eine zweite Chance geben würdest«, sagte er flehend.

»In den nächsten Tagen werde ich kaum Zeit für ein neuerliches Treffen haben«, erwiderte Sarah zögernd. »An den Festtagen kann ich meine Großmutter mit Sicherheit nicht allein lassen.«

»Das hab ich auch gar nicht erwartet.«

»Gut, vielleicht können wir uns zwischen den Jahren noch einmal treffen«, bemerkte Sarah halbherzig.

»Ich habe mir sagen lassen, dass zu einem Hamburg-Besuch unbedingt eine Hafenrundfahrt gehört. Ich schlage vor, wir machen das am Tag nach den Festtagen«, schlug Michael vor. Sarah konnte bei diesem Vorschlag gar nicht anders, als an die

Wette mit Jan zu denken. Der Gedanke, mit einer Barkasse durch den Hafen zu fahren, war durchaus reizvoll, aber wollte sie sich das nicht lieber für den Kurator aufheben? Sie blieb ihm also eine Antwort schuldig.

»Was wirst du überhaupt an diesen Tagen anfangen?«, fragte sie stattdessen.

»Ich habe in der Stadt ein paar Geschäftsfreunde, die mich zum Fest eingeladen haben.« Er musterte sie prüfend. »Keine Antwort ist auch eine Antwort. Dann sind wir also verabredet. Am 27. Gegen 11 Uhr. Willst du mich hier in der Lobby des Hotels abholen?«

Sarah nickte schwach, obwohl sie nicht ganz sicher war, ob das eine gute Idee war, einmal abgesehen davon, dass die Hafenrundfahrt, wenn überhaupt, Jan zustand. Andererseits würde sie Michael gern noch einmal wiedersehen ... Der Gedanke, eine weitere heiße Liebesnacht mit ihm zu verbringen, hatte durchaus etwas Verführerisches, aber sie befürchtete, das Ganze würde eher frustrierend enden. Für beide.

Zu ihrer Überraschung stand Michael auf und umarmte sie. Seine Lippen suchten ihren Mund, und er küsste sie leidenschaftlich. Sie erwiderte seinen Kuss und war kurz versucht, sich wiederholt von ihm ins Bett ziehen zu lassen. Doch ihre Vernunft siegte über die Erregung, die durch ihren Körper rieselte. Sie konnte sich beim besten Willen nicht vorstellen, dass sie sich, so attraktiv er auch war, wirklich in ihn verlieben könnte. Als er erregt begann, über den Stoff ihres Minikleids zu streicheln, machte sie sich aus der Umarmung los und trat einen Schritt zurück. »Ich glaube, es ist kein guter Zeitpunkt, das Ganze zu wiederholen. Ich bin nicht nur müde, sondern spüre den Alkohol noch in jeder Pore«, sagte sie entschieden. Sie gab ihm noch einen flüchtigen Kuss auf die Wange, bevor sie sich ihre Handtasche griff und das Hotelzimmer schnellen Schrittes verließ.

Kaum war die Tür hinter ihr ins Schloss gefallen, blieb sie stehen und atmete tief durch. Ein Blick auf ihre Armbanduhr zeigte ihr, dass es inzwischen drei Uhr morgens war. Sie stieg in den Fahrstuhl und fuhr in die Lobby. An der Rezeption bestellte sie sich ein Taxi. Dann trat sie in die milde Winterluft hinaus. Es hatte aufgehört zu regnen. Während der Taxifahrt nach Othmarschen tobten die wildesten Gedanken durch ihren Kopf. Keine Frage, der Sex war wirklich besonders gewesen, aber trotzdem musste sie mit einer fast schmerzhaften Sehnsucht an Raiwiri denken. Hatte sie wirklich geglaubt, ihren Verlobten mit dieser flüchtigen Affäre aus ihrem Herzen verbannen zu können? Im Gegenteil, es tat noch viel mehr weh als zuvor. Der Gedanke, dass eine andere Frau mit ihm das Bett teilte, trieb ihr die Tränen in die Augen. Und ohne zu überlegen, griff sie nach ihrem Mobiltelefon und wählte seine Nummer. Nach ihrer Rechnung musste es jetzt drei Uhr nachmittags des folgenden Tages sein. Ihr Herzschlag drohte förmlich auszusetzen, als sich Raiwiri nach einer halben Ewigkeit tatsächlich meldete. Sie war so aufgeregt, dass sie befürchtete, keinen Ton herauszubringen.

»Hier spricht Sarah.« Ihre Stimme war eher ein Krächzen.

»Wo bist du?«

Sarah stieß einen tiefen Seufzer aus. »Ich bin in einem Taxi in Hamburg«, erwiderte sie zögernd. »Und du?«

»Wir warten auch gerade auf ein Taxi, das uns zum Flughafen bringt.«

Sarah wusste sehr wohl, dass es nicht klug wäre, ihm diese Frage zu stellen, aber sie konnte nicht anders.

»Wer ist ›wir‹? Rachel und du?«

In der Leitung herrschte eisiges Schweigen. Was hab ich denn gedacht, fragte sich Sarah verzweifelt, dass er mir jetzt ewige Liebe schwören und mir versichern würde, dass Rachel nur zu einem Mandantengespräch bei ihm gewesen war?

»Schon gut! Du hast dich aber wirklich sehr schnell getröstet!«

»Du etwa nicht? Jerry wird außer sich vor Glück sein, dass er dich auf dieser Reise begleiten durfte!«

Sarah merkte, wie sie die Fassung verlor. »Das kannst du gar nicht vergleichen, Jerry und Rachel. Jerry ist mein Freund, mein platonischer Freund, das wird er immer bleiben. Doch ich kann mir kaum vorstellen, dass Rachel dir nur tröstend das Händchen hält!« Die letzten Worte hatte sie laut gebrüllt.

»Sie war für mich da, als du mich verlassen hast!«, erwiderte Raiwiri ganz ruhig und leise.

Das provozierte Sarah nur noch mehr. »Nicht ich habe dich verlassen, sondern du mich! Und dass du dir sofort eine andere Frau zum Trost ins Bett holst, finde ich, ehrlich gesagt, widerlich!«

»Fass dir mal schön an die eigene Nase, meine Liebe. Die platonische Geschichte mit Jerry kannst du dem Weihnachtsmann erzählen!« Er lachte laut und künstlich auf, bevor er etwas emotionaler hinzufügte: »Hast du dich einmal gefragt, wie ich mich fühle, dass du mit einem anderen Mann verreist und unsere sämtlichen Pläne einfach Hals über Kopf in den Wind geschossen hast?«

Sarah wollte sofort kontern, doch dann fiel ihr siedend heiß ein, wie sie sich verhalten hatte. War sie nicht auch gerade planlos mit dem erstbesten Mann ins Bett gegangen, der ihr schöne Augen gemacht hatte? Hatte sie nicht eben erst Sex mit einem Mann gehabt, nur um Raiwiri zu vergessen?

»Und wo verbringen die Turteltauben die Feiertage?«, fragte Sarah in zynischem Ton.

»In Sydney, wie geplant«, erwiderte Raiwiri ungerührt.

Sarah schnappte nach Luft. »Du willst mir nicht allen Ernstes erzählen, dass diese Frau mit meinem Ticket reist?«, empörte sie sich.

»Wir brauchen unseren Urlaub. Und dir wünsche ich schöne Festtage im fernen Deutschland. Und grüß mir deine Großmutter, die gute Dehn.«

Sarah überlegte gerade, was sie erwidern konnte, ohne noch tiefer zu sinken, doch da hatte Raiwiri das Gespräch bereits beendet. Wie betäubt saß sie im Taxi und ließ ihren Blick nach draußen schweifen. Über dem Fluss lag dichter Nebel. Das entsprach Sarahs Gemütslage. Genauso fühlte sie sich, wie von einer dicken, feuchten Nebelschwade eingehüllt.

Dorothee horchte auf, als sie das Motorengeräusch des Taxis draußen vor der Pforte vernahm. Sie legte das Tagebuch, das sie soeben aus der Schublade geholt hatte, weil sie partout nicht schlafen konnte, zur Seite und trat an das Fenster. Von dort aus konnte sie beobachten, wie ihre Enkelin sich der Villa näherte. Es herrschte fast Vollmond, sodass Dorothee sogar ihren Gesichtsausdruck erkennen konnte. Sie erschrak. Denn es war unverkennbar, dass ihre Enkelin weinte. Trotzdem trat sie einen Schritt zurück und machte sich nicht bemerkbar. Sie hatte so sehr gehofft, dass Sarah sich an diesem Abend wirklich amüsieren würde. In Dorothees Augen hatte das Kind einen vergnüglichen Abend mit einem Galan mehr als verdient. Die Geschichte mit ihrem Verlobten hatte Sarah bestimmt mehr mitgenommen, als sie zugeben wollte. Und nun war der Abend mit dem Landsmann wohl doch eine einzige Enttäuschung gewesen. Warum würde sie sonst weinen? Dorothee stieß einen tiefen Seufzer aus. Aber was sollte sie alte Frau dem Mädchen raten? Sie war ganz gewiss keine Expertin in Liebesdingen. Dazu war ihre eigene Geschichte zu trist gewesen. Wenn sie nur an Tom dachte ... Ja, sie hatte in ihrem Leben wirklich nur zweimal geliebt. Nach Tom hatte sie nur noch einem einzigen Mann ihr Herz geschenkt, ihrem Hausarzt, Ole Peters, aber der war verheiratet gewesen, und Dorothee wusste aus der schmerzhaften Beziehung mit Tom, dass sie niemals die Geliebte eines Mannes werden würde. Und nun war es zu spät. Oles Frau war zwar im letzten Jahr gestorben, aber nun verband sie eine freundschaftliche Ebene, zumal sie ihm ja auch niemals ihre wahren Gefühle gestanden hatte. Trotzdem hatte er sich sehr darüber gefreut, dass sie ihn, den einsamen Witwer, heute ganz spontan zum Silvesterfest eingeladen hatte.

Dorothee lauschte. Sie hörte Sarahs Schritte auf der Treppe verklingen. Ein wenig haderte sie mit sich. Sollte sie vielleicht doch noch zu ihrer Enkelin gehen und sie nach dem Grund ihrer Tränen fragen? Sie entschied sich dagegen. Zum einen wollte sie unbedingt noch in dem Tagebuch lesen, zum anderen war sie wirklich nicht die beste Ratgeberin in Sachen Liebe.

Sie trank den Rest der zweiten Flasche Rotwein, die sie vorhin zusammen mit Jerry geleert hatte. Der war vergnügt und angetrunken am späten Abend in die Villa zurückgekehrt und hatte Dorothee von einem blonden deutschen Frollein vorgeschwärmt. Dorothee hatte ihre Zweisamkeit dazu benutzt, um ihn etwas genauer über Sarahs Verlobten auszufragen. Nun wusste sie mehr, als ihr lieb war. Doch die Informationen, die sie über Raiwiri erhalten hatte, hatten ihr zumindest die Entscheidung, ob sie das Tagebuch unter den Weihnachtsbaum legen sollte oder nicht, abgenommen. Dorothee hatte ja nicht ahnen können, dass jener Raiwiri ein Enkel von Tame war. Und diese Zusammenhänge wollte Dorothee ihrer Enkelin zu diesem Zeitpunkt nicht zumuten. Sie befürchtete, das wäre für ihre verletzte Seele einfach zu viel. Die Wahrheit musste also noch warten. Bis dahin würde Dorothee, das hatte sie sich jedenfalls vorgenommen, ihrerseits das Thema Ludwig meiden. Allerdings hatte das anregende Gespräch mit Jerry nicht gerade dazu beigetragen, dass Dorothee einschlafen konnte. Sie litt ohnehin schon seit

Längerem unter massiven Schlafstörungen und machte so manche Nacht zum Tag. Deshalb wollte sie auch noch ein wenig im Tagebuch ihrer Mutter lesen.

Als Dorothee das Büchlein zur Hand nahm, fiel jene Skizze heraus, die sie jedes Mal erneut erschaudern ließ. Es war eine Zeichnung, die auf den Geisteszustand der Verfasserin Rückschlüsse ziehen ließ. Angefertigt hatte sie Merimas Tante Aranga, und sie war dermaßen verstörend, dass Dorothee sie hastig wieder an die Stelle ins Tagebuch zurücksteckte, an der sie sie vorgefunden hatte, bevor sie sich erneut in die Aufzeichnungen ihrer Mutter vertiefte.

Auckland, Dezember 1929

Tame funkelte mich mit irrem Blick an. Noch stand er draußen, sodass mich der Gedanke durchzuckte, ihm die Tür vor der Nase zuzuschlagen.

Als ob er meine Gedanken lesen könnte, hatte er blitzschnell seinen Fuß in die Tür gestellt.

»Tame, was willst du hier?« Meine Stimme war lauter geworden als beabsichtigt.

Tame machte einen völlig verwirrten Eindruck. Seine Augen glühten, als wolle er mich damit versengen. Er streckte die Hand aus und murmelte in einem fort: »Gib mir den Schlüssel für die Halle!«

Ich erschrak zutiefst. Was wollte er mit dem Schlüssel?

Tame trat einen Schritt auf mich zu. Ich konnte jetzt seinen Atem spüren. Am liebsten hätte ich um Hilfe geschrien, aber selbst wenn Ludwig meinen Hilfeschrei hörte, er würde sich doch nicht rühren und mir zu Hilfe eilen können. Es blieb mir also gar nichts anderes übrig, als Tames irrem Blick standzuhalten. Das schien Tame zu verunsichern, denn für einen winzigen Augenblick blitzte etwas Menschliches in seinen Zügen auf. Erneut streckte er mir seine Hand entgegen und wiederholte diese Worte, deren Sinn ich nicht wirklich verstand. »Gib mir den Schlüssel zur Halle! Den Schlüssel zur Halle!«

»Was willst du mit dem Schlüssel zur Halle?« Ich hatte Mühe, das Zittern in meiner Stimme zu verbergen.

»Das Haus Hinemoa soll brennen!«, schrie Tame wie von Sinnen.

Mir liefen eiskalte Schauer über den Rücken. War Tame wegen meiner Abfuhr verrückt geworden? Niemals würde ich ihm den Schlüssel zur Halle geben.

Was sollte ich bloß tun? Ludwig konnte mir in dieser Situation keine Hilfe sein. Und nach der Nachbarin Miss Hunter zu rufen wäre auch keine Lösung. So wie sie Tame vergötterte. Nein, ich war ganz auf mich selbst gestellt und musste mir etwas einfallen lassen, um Tame zu beruhigen.

Ich sah ihm fest in die Augen. »Warum, Tame, warum meinst du, dass das Haus brennen müsse?«

»Die Ahnen haben es verflucht! Es muss verschwinden! Sonst bringt es großes Unglück über dich, über die deinen, aber auch über mich! Denn auch ich habe mich verpflichtet, dich zur Frau zu nehmen. Ich habe dir nicht alles erzählt über die Prophezeiung, die mir als junger Mann gemacht wurde. Man hat mir gesagt, dass ich, wenn ich die Frau nicht eheliche, die mir bestimmt ist, der Erste sein werde, den der Fluch des Hauses trifft!« Den letzten Satz hatte er wie ein Wahnsinniger herausgebrüllt. Ich fühlte mich völlig hilflos. Was konnte ich nur tun, um ihn zu beruhigen? Ich befürchtete, dass ich ihn nicht mehr auf den Boden der Realität würde zurückbringen können. Wenn ich es nicht besser wüsste, würde ich glauben, dass Tame verrückt geworden war. Er hatte so gar nichts mehr von dem jungen Mann, der stets die Contenance bewahrte, was auch immer geschah. Und der höchstens einmal, wenn ihm etwas gegen den Strich ging, meine Hand quetschte. Das mochte ein wenig aggressiv gewesen sein, war jedoch stets eine kontrollierte Geste gewesen. In diesem Augenblick hingegen war er in der Tat völlig von Sinnen. Das bestätigte sich, als er die Hände in die Luft warf und immerzu schrie: »Das Haus Hinemoa muss brennen!«

In diesem Augenblick hörte ich, wie sich Pferde näherten. Das Getrappel kam immer näher. Ich warf einen Blick in die Richtung, aus der die Pferde herannahten, und spürte eine Mischung aus Erleichterung und Entsetzen, als ich an ihren Uniformen erkannte, dass es Polizisten waren.

Als Tame die beiden Männer wahrnahm, brüllte er sie lauthals an, dass sie verschwinden sollten. Doch die beiden Ordnungshüter dachten gar nicht daran. Ohne Tame aus den Augen zu lassen, stiegen sie von ihren Pferden ab und näherten sich dem schreienden Mann, der seine Arme immer noch gen Himmel gestreckt hatte und nun begann, auf Maori wilde Flüche auszustoßen. Ich verstand nur die Hälfte von dem, was er da von sich gab. Als die Polizisten ihn fast erreicht hatten, fuhr Tame wie der Blitz herum und warnte die beiden, auch nur einen Schritt näher zu kommen.

Die beiden Männer sahen einander fragend an. Sie trugen zwar Waffen bei sich, aber Tame war schließlich nicht irgendein Mann, sondern ein stadtbekannter Anwalt mit einem hervorragenden Ruf. Besonders einem der beiden Polizisten, einem Maori, schien die ganze Angelegenheit äußerst unangenehm zu sein.

»Mr. Tanaki«, rief er in versöhnlichem Ton. »Wir müssen Sie mit zur Wache nehmen, leider, denn es besteht der Verdacht, dass Sie oben am Museum ein Feuer legen wollten. Ein Mitarbeiter hat uns alarmiert. Sie wurden bei einer der Hallen gesehen, als Sie dort zündelten.«

»Keinen Schritt weiter!«

Ich nutzte das Durcheinander der Situation und näherte mich Tame, sodass ich ihm meine Hand beruhigend auf seine Schulter legen konnte. Er fuhr herum, aber er ließ meine Berührung zu.

Ich weiß selber nicht, wie ich zu diesen Worten kam, aber es war wie eine Eingebung. Ich wusste in diesem Augenblick, dass ich Tame helfen musste. Ich sagte leise: »Wenn ich mit dir komme, gehst du dann freiwillig mit den beiden Polizisten?«

Tame sah mich ungläubig an. Für einen kurzen Augenblick hatte ich das Gefühl, dass er wieder bei Sinnen war. Im nächsten Augenblick allerdings begann er wie ein Kleinkind zu schluchzen, legte seinen Kopf an meine Brust und jammerte: »Ja, bitte, ja!«

»Dann zieh ich mir jetzt schnell etwas an«, teilte ich den Polizisten mit und deutete auf meinen Morgenmantel. »Ich denke, er wird sich jetzt nicht mehr gegen seine Festnahme wehren.« Tame trottete mit gesenktem Kopf auf die Polizisten zu. Sie nahmen ihn in ihre Mitte. Es bestand offenbar keinerlei Gefahr, dass er vor ihnen flüchten würde.

Ich eilte nach oben in mein Schlafzimmer. Ludwig hatte sich mühsam aufgesetzt. Neugierig musterte er mich. »Was war denn da draußen für ein Lärm? Da hat ein Kerl herumgeschrien, der sich anhörte wie Tame. Ich habe mir schon richtig Sorgen um dich gemacht, aber ich komm ja nicht einmal zum Fenster. Einen schönen Beschützer hast du dir da ausgesucht!«

Ich verspürte das Bedürfnis, den armen Ludwig in den Arm zu nehmen, aber mir blieb keine Zeit. Stattdessen öffnete ich den Kleiderschrank, griff mir eines meiner Sommerkleider und zog es hastig über den Kopf.

»Meine Süße, du willst wirklich nicht verraten, was da draußen los war? Und warum du dich jetzt überstürzt anziehst?«

»Doch, mein Schatz. Ich habe keine Geheimnisse vor dir«, versuchte ich zu scherzen. Während ich mit einer Bürste durch mein Haar fuhr, berichtete ich Ludwig, was eben vor meiner Tür geschehen war. Als ich ihm mitteilte, dass ich Tame auf die Polizeiwache begleiten würde, runzelte er skeptisch die Stirn. Ich vermutete, dass ihm meine Hilfsbereitschaft ganz und gar nicht passte. Ich wusste ja auch nicht, was mich dazu bewogen hatte, aber es war merkwürdig: Tame war mir als Mensch noch nie so nah gewesen wie eben gerade. Er brauchte Hilfe, und ich fühlte mich ihm gegenüber verpflichtet. Ich dachte daran, dass er meinem Vater zu Lebzeiten ein guter Freund gewesen war. Es hätte meinem Vater sicherlich gefallen, dass ich ihn in der Not nicht im Stich lassen würde. Wenn ich ihm schon nicht als Ehefrau helfen konnte, so doch als Freundin des Hauses. Ludwig musterte mich immer noch skeptisch. Er schien darüber nachzudenken, wie er mir sein Missfallen möglichst schonend beibringen konnte, ohne gleich den Eindruck des eifersüchtigen Verlobten zu erwecken.

Ich setzte mich kurz auf die Bettkante zu Ludwig und nahm seine Hand. »Ludwig, Tame scheint nicht mehr bei Sinnen. Ich kann ihn in diesem Zustand nicht der Polizei ausliefern, ohne ihm meine Hilfe anzubieten.«

Ludwig stieß einen tiefen Seufzer aus. »Er hat versucht, ein Feuer bei den Hallen im Museum zu legen? Dir ist klar, dass er das Haus Hinemoa hat vernichten wollen, oder?«

»Ja«, gab ich zerknirscht zu. »Aber ich glaube, meine Abfuhr verbunden mit den Prophezeiungen haben ihm den Verstand geraubt. Er muss erst einmal wieder zu sich kommen. Dann wird er begreifen, dass sein Verhalten unsinnig gewesen ist.«

»Dein Wort in Gottes Ohr!«, seufzte Ludwig. »Aber pass bitte auf dich auf! Versprich mir, dass du keine Minute mit ihm allein sein wirst. Ich bin mir nicht ganz sicher, ob er nicht doch ein ganz gefährlicher Bursche ist. Ich meine, er hätte mich töten können.«

Ich gab Ludwig einen Kuss auf die Wange, bevor ich mich umdrehte und zum Ausgang eilte. Dort warteten die Polizisten schon ungeduldig auf mich, während Tame völlig apathisch zwischen ihnen stand. Sein Blick war leer, und er sang leise Maori-Weisen vor sich hin. Als ich ihm vorsichtig auf die Schulter tippte, sah er zwar in meine Richtung, aber sein Blick war leer. Er sah durch mich hindurch, und ich glaube, dass er mich nicht einmal wirklich bemerkte.

Der eine Polizist forderte Tame auf, sich vor ihm auf sein Pferd zu setzen, der andere ließ mich aufsteigen. Ich wusste, dass die Polizei bei uns in Auckland zwar einen motorisierten Wagen besaß, aber der hatte den beiden Polizisten offenbar nicht zur Verfügung gestanden. So ritten wir auf den Pferden der Polizisten bis zur Wache in der Nähe des Hafens. Unterwegs fing Tame an, alte Lieder zu singen. Er schien völlig entrückt.

Auf der Wache erwartete uns bereits ein aufgeregter Mr. Evans.

»Sie glauben ja gar nicht, was ich erlebt habe. Stellen Sie sich vor, Ihr Verlobter hat vor der Halle einen Brand gelegt. Das hätte ins Auge gehen können.« Er wandte sich vorwurfsvoll an Tame. »Was ist nur in Sie gefahren, Mr. Tanaki?« Tame aber ignorierte den Museumsdirektor völlig. Stattdessen wedelte er erneut mit den Armen durch die Luft und murmelte Beschwörungen vor sich hin.

Die Polizisten boten Mr. Evans und mir einen Stuhl an. Auch Tame wurde mehrfach energisch aufgefordert, sich hinzusetzen, was er aber gar nicht wahrzunehmen schien. Schließlich schob ihm der Maori-Polizist einen Stuhl unter den Hintern und drückte ihn an den Schultern auf den Sitz.

Nach der Aufforderung der Polizisten, ihnen das Geschehen zu schildern, sprudelte es aus Mr. Evans nur so heraus. In blumigen Worten berichtete er, wie ein Angestellter des Museums den jungen Anwalt hinter der Halle entdeckt hatte, als er gerade ein Feuer angezündet hatte. Auf Intervention des Museumsmitarbeiters hätte Tame lauter wirre Dinge von sich gegeben und immer wieder behauptet, er würde im Auftrag der Ahnen handeln.

Nachdem die Vernehmung von Mr. Evans beendet war, wandte sich der Maori-Polizist in einfühlsamem Ton an Tame.

»Doktor Tanaki, haben Sie alles mitbekommen, was Mr. Evans uns hier geschildert hat?«

Tame hob den Kopf und nickte, als ob er alles verstanden habe. Der Polizist fragte ihn, ob das, was Mr. Evans beobachtet hatte, der Wahrheit entsprach. Nach dem zu urteilen, wie Tame ihn jetzt ansah, hatte er offensichtlich rein gar nichts von dem begriffen, über was hier verhandelt wurde.

»Haben Sie hinter der Halle am Museum ein Feuer gelegt, beziehungsweise haben Sie es zumindest versucht?«, fragte der andere Polizist jetzt in etwas strengerem Ton.

Tame funkelte den Polizisten wütend an. »Natürlich habe ich versucht, das Haus Hinemoa abzufackeln. Wenn es vernichtet ist, kann sein Fluch uns nicht mehr treffen. Ich muss es tun!«

Mir wurde abwechselnd heiß und kalt. Wenn ich mir vorstellte, was binnen weniger Augenblicke aus diesem stets reservierten, ernsten Mann geworden war! Ein Schatten seiner selbst und darüber hinaus eine von Ängsten gepeinigte Kreatur.

Er tat mir so unendlich leid. Ich griff nach seiner Hand und drückte sie sanft. Tame schien das nicht einmal zu bemerken, sondern funkelte den Polizisten wütend an.

»Kann ich jetzt endlich gehen?«, fragte er aggressiv. »Ich muss mein Werk erfolgreich beenden, die Ahnen verlangen es, sonst wird mir ein schlimmes Schicksal widerfahren!«

Der Maori-Polizist sah ihn mitleidig an. Der andere schien dem angeblichen Brandstifter nicht so wohlwollend gesonnen zu sein. Das Legen von Feuer war in unserer Stadt, in der die meisten Häuser aus Holz waren, kein Kavaliersdelikt.

»Ich befürchte, wir haben keine andere Wahl, als Mr. Tanaki vorerst aus dem Verkehr zu ziehen. Ich schlage vor, wir wenden uns an das städtische Irrenhaus. Es sollte ihn jemand abholen und in Gewahrsam nehmen«, schlug der andere Polizist vor.

Der Maori-Polizist warf mir einen fragenden Blick zu. Ich

zuckte mit den Achseln. Ich wusste doch auch nicht, was in Tame gefahren war, und musste mich, obwohl es mir schier das Herz brechen wollte, in der Sache der Meinung des zweiten Polizisten anschließen. In diesem verwirrten Zustand war Tame eine Gefahr. Ich selber sah keine Möglichkeit, ihn von dieser Tat, von der er offensichtlich besessen war, abzuhalten. Vielleicht war es wirklich das Beste, wenn man ihn ein paar Tage in der geschlossenen Anstalt zur Ruhe bringen würde in der Hoffnung, er würde aus seinem Zustand wieder erwachen und einsehen, dass er sich in etwas verrannt hatte.

Der Maori-Polizist räusperte sich ein paarmal. Er hatte mich auch verstanden, ohne dass ich die schreckliche Wahrheit hatte aussprechen müssen. Er entschuldigte sich kurz, verließ den Raum und kam wenig später in Begleitung eines weiteren Kollegen zurück.

»Wir bringen Sie jetzt in eine Klinik, Mr. Tanaki. Sonst müssten wir Sie in eine Arrestzelle stecken. Und ich glaube, dass das ganz bestimmt nicht der richtige Ort für Sie ist.«

Tame schien diese Worte und ihre Bedeutung nicht wirklich zu begreifen. Mit leerem Blick starrte er an den Polizisten vorbei gegen die Wand.

»Ich komme mit, wenn es Ihnen nichts ausmacht.« Ich wusste auch nicht genau, warum ich dieses Angebot machte, aber ich fühlte mich irgendwie für Tame verantwortlich. Er befand sich in einem Zustand äußerster Verwirrung. Noch niemals zuvor hatte ich solche intensiven Gefühle für diesen Mann empfunden. Und wenn es auch nur Mitleid war. Aber das kam aus vollem Herzen. Ob es ihm den Verstand geraubt hat, dass ich ihm einen Korb gegeben habe, nachdem er mir seine Liebe erklärt hat, fragte ich mich wieder und immer wieder. Und ich hatte ein schlechtes Gewissen, obwohl ich doch gar nicht anders gekonnt hätte, als meinem Herzen zu folgen.

Wenig später fuhr der Wagen der Polizei vor, und Tame stieg ohne Widerstand hinten ein. Ich setzte mich neben ihn und nahm vorsichtig seine Hand. Dieses Mal bemerkte er, dass ich ihn berührte. Er sah mich für den Bruchteil einer Sekunde wieder aus halbwegs normalen Augen an. »Ich habe dich immer geliebt, Merima, aber ich weiß jetzt, dass ich dich nicht halten kann. Aber du musst es mir glauben, das Haus gehört vernichtet, damit es uns nicht vernichten kann! Dein Schicksal ist doch auch mein Schicksal!«

Als wir vor dem Hospital ankamen, wartete vor dem großen Portal bereits ein sympathisch aussehender junger Arzt. Seine dunklen Locken und seine großen braunen Augen ließen keinen Zweifel daran, dass er Maori-Wurzeln besaß. Er begrüßte Tame nicht wie einen kranken Irren, sondern äußerst respektvoll. »Guten Tag, Mr. Tanaki. Schön, Sie zu sehen.« Dann reichte er Tame die Hand, um ihm aus dem Wagen zu helfen. Tame ließ es sich gefallen. In diesem Augenblick wirkte er kein bisschen verwirrt, sondern schien sich tatsächlich zu fragen, wann ihm dieser Mann schon einmal begegnet war. Ein Leuchten ging über sein Gesicht. »Ja, ich erinnere mich. Sie waren neulich mit Ihrem Großvater in meiner Kanzlei. Sie haben mich beauftragt, Landrechte Ihres Großvaters zu erstreiten. Wir waren erfolgreich vor Gericht, erinnern Sie sich?«

Ein Lächeln umspielte die Lippen des jungen Arztes. »Und ob ich mich daran erinnere. Sie haben unserer ganzen Familie eine riesengroße Freude bereitet. Der Kauribaum auf dem Farmgelände bedeutet uns sehr viel. Unter diesem haben schon meine Ahnen gesessen und heilige Zeremonien abgehalten.«

Ich beobachtete das Ganze mit ungläubigem Erstaunen. Tame machte den Eindruck, als habe es den ganzen Albtraum, den ich soeben miterleben musste, nie gegeben.

Auch der Maori-Polizist schien fassungslos angesichts des

völlig normalen Verhaltens eines Mannes, der vor wenigen Stunden noch versucht hatte, die Halle des Aucklander Museums in Flammen zu setzen. Der Polizist gab dem jungen Arzt ein Zeichen, dass er ihn zunächst unter vier Augen zu sprechen wünschte.

Nur zögerlich folgte der junge Arzt dem Polizisten, bis die beiden außer Hörweite waren. Der zweite Polizist trat sofort einen Schritt auf Tame zu und hielt sein Handgelenk fest, als ob er befürchtete, dass Tame die Flucht ergreifen würde. Diese aggressive Geste störte mich zutiefst. Ich fauchte den Polizisten an, dass er Tames Handgelenk loslassen solle. Der Mann zögerte, doch dann tat er, was ich verlangte.

Tame machte nicht die geringsten Anstalten, fortzulaufen. Im Gegenteil, sein Blick wurde von einem Augenblick zum anderen wieder völlig leer und starr. Erst als ich seine Hand vorsichtig in meine nahm, huschte ein Lächeln über sein Gesicht. Wenn mir jemand vor ein paar Wochen prophezeit hätte, dass ich mich jemals als Beschützerin Tames fühlen würde, ich hätte ihn für verrückt erklärt.

Die sorgenvolle Miene des jungen Arztes, als er zusammen mit dem Maori-Polizisten zu uns zurückkehrte, sprach Bände.

»Dann gehen wir doch besser ins Haus«, sagte er, bevor er mir einen intensiven Blick zuwarf.

»Sind Sie seine Verlobte?« Er musterte mich immer noch durchdringend. »Entschuldigen Sie, ich habe mich noch gar nicht namentlich vorgestellt. Mein Name ist Doktor Tanawa.«

Das war ein unglaublich peinlicher Augenblick für mich. Was sollte ich ihm sagen? Nein, nicht mehr, denn er hat mich heute in flagranti mit einem anderen Mann ertappt?

Der Arzt aber schien mein Schweigen als Zustimmung zu nehmen und bat mich, Tame und ihm in das Innere des Gebäudes zu folgen.

Mir wurde ganz schwindlig. Was sollte ich bloß tun? Ich konnte doch unmöglich als Tames Verlobte mit ins Hospital gehen. Nein, hier würden sich unsere Wege trennen. So schwer es mir auch fiel. Ich musste zurück zu meinem Geliebten, der sicherlich schon sehnsüchtig auf mich wartete.

Ich räusperte mich verlegen. »Haben Sie einen winzigen Augenblick für mich Zeit?« Ich sah Doktor Tanawa flehentlich an. Ich entfernte mich mit dem Arzt von Tame und den beiden Polizisten so weit, dass sie unser Gespräch nicht würden hören können.

Bevor der Arzt überhaupt eine Frage stellen konnte, kam ich ihm zuvor. »Ich bin nicht seine Verlobte. Ich war seine Verlobte. Wie soll ich Ihnen das erklären? Die Ereignisse am heutigen Tag haben sich überschlagen. Ich bin Tame seit Kindheit als Ehefrau versprochen. Er hat meinem Vater einst das Leben gerettet, sodass ich meinem Vater als junges Ding versprochen habe, Tame eines Tages zu heiraten. Allerdings habe ich ihn nie geliebt. Tame glaubte nun fest daran, dass der Fluch des Hauses Hinemoa aufgelöst werden würde, wenn ich seine Frau würde. Aber ich liebe einen anderen. Und Tame hat mich heute zusammen mit dem anderen in meinem Haus erwischt. Unsere Situation ließ keine Fragen offen. Ich muss es Ihnen offen sagen, Herr Doktor. Wir hatten uns in der Nacht geliebt. Und das ist auch Tame nicht verborgen geblieben. Er hat meinem Geliebten einen heftigen Schlag in den Solarplexus verpasst und danach mein Haus verlassen, allerdings nicht, ohne mir zu drohen, dass der Fluch des Hauses Hinemoa nun, da wir kein Ehepaar würden, unser beider Leben bedrohe. Deshalb vermute ich, dass sein Versuch, die Halle des Museums anzuzünden, damit zusammenhängt.«

Doktor Tanawa schenkte mir einen warmen Blick. »Machen Sie sich keine Sorgen, bei mir ist Mr. Tanaki gut aufgehoben. Ich denke, dass es sich nur um eine vorübergehende Eintrübung des

Bewusstseins handelt. Ich bin zuversichtlich, dass wir ihn von seiner Wahnvorstellung befreien können. Natürlich werde ich Sie über seinen Zustand informieren.«

»Das ist sehr freundlich von Ihnen. Ich danke Ihnen von Herzen.« Ich wollte mich daraufhin schnell zu den anderen zurückbegeben, als der Arzt mir seine Hand auf die Schulter legte. »Eine Frage habe ich noch, Miss ...«

»Merima To Pau ist mein Name«, sagte ich leise.

»Was hat es mit dem Fluch und diesem Haus Hinemoa auf sich? Wenn ich Mr. Tanaki erfolgreich behandeln soll, wäre es von Vorteil, ich wüsste etwas über die Hintergründe.«

Ich zögerte einen Augenblick, weil ich müde war, die Geschichte unseres Versammlungshauses immer und immer wieder zu erzählen. Doch in diesem Fall war es für einen guten Zweck. Wenn es bei der Behandlung meines Exverlobten helfen würde, dann wäre ich die Letzte, die nicht alles dazu beitragen würde.

In knappen Worten schilderte ich Doktor Tanawa alles, was ich ihm in dem Zusammenhang über das Haus Hinemoa und den Fluch sagen konnte. Ich vergaß nicht, zu erwähnen, dass Tames Ahne der Schnitzer gewesen war, der angeblich dem Fluch ebenso zum Opfer gefallen war wie mein eigener Großvater. Auch erzählte ich ihm von Tames festem Glauben, dass unsere Ehe den Fluch würde aufheben können. Dabei erwähnte ich auch das Versprechen, das ich meinem Vater gegeben hatte, und mein schlechtes Gewissen, weil ich mich nun nicht in der Lage sah, mein Wort zu halten.

Ich warf einen Blick hinüber zu den zwei Polizisten, zwischen denen Tame völlig regungslos stand. Der Unmut der beiden darüber, dass der Arzt und ich uns abseits von ihnen so intensiv unterhielten, war nicht zu übersehen.

»Ich glaube, wir müssen zurück«, seufzte ich. »Die beiden Herren werden ungeduldig und haben sicherlich noch andere

Fälle zu erledigen. Aber wenn Sie weitere Auskünfte wünschen, finden Sie mich im Museum in Auckland. Ich betreue die Abteilung für Maori-Kultur. Und vielleicht kommen Sie zur Eröffnung des Hauses Hinemoa ...« Ich stockte. Was redete ich da so leichtfertig daher nach allem, was heute geschehen war? Sollte ich mich wirklich über alle Prophezeiungen hinwegsetzen?

»Nun, ich denke, wir werden das Haus in Kürze eröffnen«, fügte ich mit fester Stimme hinzu. Ja, ich würde nicht länger an all diesen Spuk glauben, sondern dem wunderbaren Versammlungshaus meiner Ahnen endlich einen neuen Platz geben. Und ich war davon überzeugt, dass das die Ahnen viel mehr versöhnen würde als obskure Schwüre und Versprechungen. Ich hatte ja jetzt schmerzhaft an Tames Beispiel erfahren, wohin das führte, wenn man sich zu sehr an diesen ganzen Spuk klammerte.

Ich kämpfte mit mir, ob ich mich nicht doch noch gebührend von Tame verabschieden sollte. Ich konnte gar nicht anders, sondern nahm ihn fest in den Arm. Es war richtig, denn ein Strahlen ging über sein Gesicht. Ein solches Strahlen, das ich nur einmal bei ihm gesehen hatte. Nämlich in dem Augenblick, als er mir seine Liebe gestanden hatte. Trotzdem wollte ich es nicht übertreiben. Ich löste mich vorsichtig aus der festen Umarmung, und in dem Moment flüsterte er mir verschwörerisch zu: »Rette dich, Merima, rette dich!«

Schaudernd wandte ich mich von ihm ab, verabschiedete mich kurz und knapp von den beiden Polizisten, nannte Doktor Tanawa meine Adresse und Telefonnummer und bat ihn, mich über Tames Zustand zu informieren. Dann machte ich mich eilig auf den Weg zu meinem Haus. Den ganzen Tag über war es warm, ja, geradezu heiß, in Auckland gewesen. Inzwischen hatte sich eine dichte Wolkendecke über die Stadt gelegt, und es begann vom Himmel zu prasseln, als wenn sich Schleusentore geöffnet hätten. Völlig erschöpft und nass bis auf die Haut erreichte ich den Hügel.

Natürlich hatte ich ein schlechtes Gewissen, dass ich Ludwig so lange allein gelassen hatte, und ich konnte nur hoffen, dass sich sein Zustand inzwischen nicht verschlechtert hatte. Ich rannte förmlich die Treppen hinauf in die erste Etage und riss die Tür auf. Eine Welle der Erleichterung durchflutete meinen Körper, als ich Ludwig aufrecht im Bett sitzen sah. Ich stürzte mich auf meinen Geliebten und umarmte ihn, als gäbe es kein Morgen.

Aufgeregt berichtete ich ihm, was ich inzwischen erlebt hatte. Er streichelte mir zärtlich über die Wangen und murmelte in einem fort, dass er mich sehr, sehr lieben würde.

Ich konnte nichts dagegen tun. Plötzlich rannen mir Tränen über das Gesicht.

»Der Spuk ist vorbei, mein Liebling. Dir wird nichts passieren. Ich bin bei dir«, versicherte er mir. »Und sobald ich wieder aufstehen kann, werden wir unsere Liebe auch vor dem Gesetz besiegeln. Ich möchte doch nicht, dass die Leute über dich reden.«

»Ich liebe dich auch über alles«, flüsterte ich zärtlich, zog meine nasse Kleidung aus, kroch zu ihm ins Bett und kuschelte mich nackt an seine Brust.

Ludwig machte sofort Anstalten, mich zu verführen, doch ich hielt seine fordernde Hand fest.

»Mein Lieb, das tut deiner Gesundheit ganz und gar nicht gut. Das kann ich nicht verantworten«, raunte ich mit belegter Stimme, denn die Lust hatte auch mich bereits bei seiner ersten Berührung ergriffen.

»Gut, aber nur, weil der Arzt gesagt hat, ich soll mich schonen«, stöhnte Ludwig übertrieben. »Und auch nur, weil ich weiß, dass wir dafür noch alle Zeit dieser Welt haben.«

So lag ich ganz ruhig in seinen Armen und fühlte mich unendlich geborgen. Er streichelte mir zart über mein Haar, während wir einander versicherten, dass uns nichts und niemand je würde trennen können.

Hamburg, Silvester 2013

An diesem letzten Abend des alten Jahres herrschten in der Hansestadt geradezu frühlingshafte Temperaturen. Dorothee hatte ihren Gästen wiederholt bedauernd versichert, dass dies völlig ungewöhnlich sei für einen Silvesterabend in Hamburg.

Sarah betrachtete sich begeistert im Spiegel. Ihre Großmutter hatte ihr zu Weihnachten ein Ballkleid aus den Fünfzigerjahren geschenkt. Es war ein knielanger Neckholder aus einem burgunderfarbenen Taftstoff. Noch nie zuvor hatte Sarah so ein festliches Kleid besessen. Es wirkte kein bisschen altmodisch. Und das wollte sie nun heute Abend zu Ehren ihrer Großmutter tragen, weil es nämlich einst ihr Lieblingskleid gewesen war. Dorothee hatte darauf bestanden, ein großes Silvesterfest zu feiern. Nach dem gelungenen Weihnachtsabend hielt Sarah das für eine sehr gute Idee. Der Heiligabend war sehr festlich gewesen. Sarah hatte wie ein Kind gestaunt, was Lore und Dorothee alles herbeigezaubert hatten: Der Salon erstrahlte im Glanz eines Tannenbaums mit echten Kerzen, darunter stapelten sich Berge von Geschenken, das Essen schmeckte köstlich, und das Singen der Weihnachtslieder war ein Riesenspaß. Dorothee und Jerry hatten sich am Klavier abgewechselt, sodass sie im Wechsel und voller Inbrunst englische und auch deutsche Weihnachtslieder gesungen hatten. Zu später Stunde war sogar getanzt worden, und sie hatten viele Flaschen eines köstlichen Champagners genossen.

Die Erinnerung an einen ganz besonderen Augenblick ließ

Sarah aber auch jetzt noch erröten. Sie entsann sich in allen Einzelheiten daran, als sei es eben gerade erst geschehen. Dorothee hatte den Türrahmen mit Mistelzweigen geschmückt. Irgendwann am frühen Morgen, als sie alle schon reichlich Alkohol getrunken hatten, stand Sarah unter diesem Türrahmen und schaute ihrer Großmutter und Jerry beim Tanzen zu. »Ist es bei Ihnen zu Hause nicht Brauch, dass man eine Frau, die allein unter dem Mistelzweig steht, küssen muss?« Jans wohlklingende Stimme brachte ihr Herz zum Klopfen, und sie drehte sich ganz langsam zu ihm um. Eigentlich lag ihr eine freche Entgegnung auf der Zunge, etwa nach dem Motto: Das soll bei uns Brauch sein? Aber in Jans Augen lag plötzlich ein solches Funkeln, dass sie ihm ihren Mund zum Kuss anbot.

Ich will nicht mehr daran denken, redete sich Sarah gut zu und drehte sich einmal im Kreis, um den schwingenden Rock ihres neuen Kleides zu bewundern. Als sie wieder zur Ruhe kam und ihr Spiegelbild betrachtete, ertappte sie sich dabei, wie sie sich vorsichtig über die Lippen fuhr. Es ist wie verhext, dachte sie ärgerlich, ich fühle immer noch seinen weichen Mund auf meinem. Es war zwar nur ein freundschaftliches Küsschen gewesen, aber Sarah war bei dieser Berührung ein wohliger Schauer durch den ganzen Körper gerieselt. Umso enttäuschter war sie gewesen, als Jan sich nach dem Kuss von ihr abgewandt und sich wieder dem Champagner gewidmet hatte, ohne sie zum Tanzen aufzufordern oder noch weiterhin zu beachten. Im Gegenteil, er hatte den Rest des Abends damit verbracht, mit Jerry über das Weltgeschehen zu diskutieren. Die beiden Männer waren ganz in ihrem Element und sich in vielen Punkten sehr einig. Sarah und ihre Großmutter hatten währenddessen am Esstisch gesessen und sich endlich die Fotos von Helen angesehen, die Jane Sarah überlassen hatte. Dorothee hatte ein paarmal mit den Tränen kämpfen müssen.

Doch dann, kurz vor dem Ende des Festes, hatte es noch einen weiteren irritierenden Augenblick gegeben. Jan war unvermittelt auf den Tisch zugetreten und hatte ihre Hand genommen. »Einen Tanz sollten Sie mir schenken.« Er wartete gar nicht auf Sarahs Antwort, sondern zog sie sanft mit sich. Sie wusste bis heute nicht, ob es ein Zufall gewesen war, dass Jerry in diesem Augenblick den Song *Just the Way You Are* anstellte. Wenn sie nicht alles täuschte, hatte Jerry Jan kurz zugezwinkert. Doch dann hatte sie alles um sich herum vergessen, als Jan sie geradezu zärtlich in den Arm nahm und sich der Melodie dieses Liedes hingab. Sarah war wie verzaubert von der sanften Art, wie Jan sie über die Tanzfläche führte, und zugleich hatte sie das Gefühl, dass jedes Wort, das Bruno Mars sang, ihr galt. Sie hätte stundenlang mit Jan so weitertanzen können, doch er verbeugte sich nach dem Ende des Liedes förmlich und führte sie zu ihrem Stuhl zurück. Eigentlich hatte sie Jerry fragen wollen, ob das ein Zufall gewesen war, aber sie hatte sich nicht getraut aus Angst, sich lächerlich zu machen, denn Jan hatte an diesem Abend keine weiteren Anstalten gemacht, ihr auf irgendeine Weise näherzukommen. Er hatte sich auch von Dorothee partout nicht dazu überreden lassen, die Nacht in Othmarschen zu verbringen, sondern sich am frühen Morgen ein Taxi genommen.

Es ärgerte Sarah, dass Jan sich immer wieder in ihre Gedanken einschlich. Während sie in die zum Kleid passenden schwarzen Pumps schlüpfte, versuchte sie, sich lieber an ihre erneute Begegnung mit Michael zu erinnern. Sie hatte tatsächlich mit ihm nach den Festtagen eine Hafenrundfahrt unternommen. Anfangs hatte sie fast ein schlechtes Gewissen Jan gegenüber gehabt. Schließlich hatte er ihr eine Barkassenfahrt als Wetteinsatz angeboten, sollte der Kaufvertrag über das Haus Hinemoa tatsächlich gefälscht sein, wovon Sarah fest ausging, aber dann hatte sie Michaels Drängen nachgegeben. Er hatte sie auf dem Festnetz bei Dorothee angerufen. Sie hatte zunächst gezögert, seine Einladung anzunehmen, aber dann hatte sie zugesagt, und sie konnte nicht leugnen, dass ihr die Unternehmung mit Michael wirklich Vergnügen bereitet hatte. Die Fahrt in der Barkasse hatte sie ein wenig an zu Hause erinnert, wenngleich das Wasser hier in Hamburg einfach nur grau war und ganz weit entfernt von den Grüntönen, die ihr aus Auckland so vertraut waren. Dafür hatte sie sich in einem Welthafen wiedergefunden, in dem sich Riesencontainer und haushohe Passagierschiffe tummelten. Obwohl es in Auckland auch etliche Frachtschiffe gab, wirkte der Hafen mit seinen tausend weißen Segelbooten und den Passagierfähren wesentlich beschaulicher. Der Nachmittagsausflug mit Michael war zu ihrer großen Überraschung rein freundschaftlich verlaufen, und keiner von ihnen beiden hatte auch nur mit einem Wort die gemeinsame Nacht im Hotel erwähnt. Nachdem sie am Hafen noch ein Fischbrötchen gegessen und unter großem Gekicher in einem Geschäft für Seglerzubehör eine dunkelblaue Clubjacke für Michael erstanden hatten, waren sie, ohne irgendwelche Zärtlichkeiten auszutauschen, ihrer Wege gegangen. Sarah hatte sich zwar über seine Zurückhaltung gewundert, aber es war ihr sehr entgegengekommen. Sie hatte nämlich entschieden, die Affäre mit dem attraktiven Landsmann auf keinen Fall zu intensivieren. Doch gegen eine Freundschaft hatte sie nichts einzuwenden. Deshalb hatte sie auch nicht gezögert, Michael zu der Silvesterparty bei ihrer Großmutter einzuladen, vorbehaltlich des Einverständnisses der alten Dame. Dorothee hatte nichts dagegen einzuwenden gehabt, dass ihre Enkelin noch einen Gast mitbrachte. Aber erst nachdem sie Sarah in einem merkwürdigen Ton gefragt hatte, ob sie sich wieder mit dem Neuseeländer vertragen hätte. Auf Nachfrage hatte sie zugegeben, dass sie Sarahs Tränen im Mondlicht gesehen hatte. Sarah hatte die Sache richtiggestellt und ihrer Großmutter gestanden, dass sie wegen Raiwiri geweint hatte. Dorothee hatte sogar Jerry erlaubt, seine blonde Bekanntschaft aus dem Museum mitzubringen. Überhaupt hatte

Sarah das Gefühl, dass ihre Großmutter in der Gesellschaft dieser jungen unterhaltsamen Menschen regelrecht auflebte, aber auch sie hatte noch einen weiteren Gast eingeladen, ihren alten Hausarzt Ole Peters.

Zufrieden warf Sarah einen letzten prüfenden Blick in den Spiegel. Sie kam sich vor wie eine Diva. Das war für sie, die bequeme und sportliche Kleidung bevorzugte, schon etwas Besonderes. Wenn das Raiwiri sehen könnte, ging ihr durch den Kopf, denn ihr Exverlobter hatte jedes Mal, wenn sie ein Kleid getragen hatte, betont, dass sie das viel öfter machen solle.

Als sie in den Salon trat, saßen bereits Jerry, seine blonde Bekannte sowie ein älterer weißhaariger Herr mit Dorothee in der Kaminecke und tranken Champagner. Aller Augen waren auf Sarah gerichtet. Jerry pfiff anerkennend durch die Zähne, während Dorothee ihre Enkelin ansah wie einen Geist. Dann huschte ein zufriedenes Lächeln über ihr Gesicht. »Das ist die größte Freude, die du mir machen konntest!«, sagte sie gerührt, und Sarah meinte zu erkennen, dass es in ihren Augen feucht schimmerte.

Der vornehm wirkende Herr, den Sarah ein wenig älter als ihre Großmutter schätzte, stand auf und reichte ihr formvollendet die Hand. »Ich habe schon viel von Ihnen gehört. Es ist mir eine Freude, Sie endlich persönlich kennenzulernen«, begrüßte er sie höflich.

Sarah warf ihrer Großmutter einen fragenden Blick zu. Sie hatte von diesem sympathischen Gentleman noch nie etwas aus dem Mund Dorothees gehört.

»Die Freude ist ganz auf meiner Seite«, erwiderte Sarah in korrektem, aber förmlichem Deutsch.

Als wenig später die Hausglocke ertönte, die Jan inzwischen repariert hatte, klopfte Sarahs Herz ein wenig. Mit einiger Verwunderung stellte sie fest, dass es nicht dem Erscheinen von Michael galt, sondern dem von Jan.

Dorothee, die entzückend aussah in ihrem blauen, eng anliegenden Kleid und wie ein junges Mädchen strahlte, sah kurz auf und bat Sarah mit einem Augenzwinkern, die Tür zu öffnen. Zu ihrer großen Enttäuschung war es Michael.

Der Neuseeländer hielt einen großen Blumenstrauß in der Hand und lächelte Sarah an. »Du bist die schönste Landsmännin, die ich je in einem Flugzeug getroffen habe«, sagte er grinsend und reichte ihr die Blumen. Da war er wieder, sein ganzer Charme, mit dem er sich bei ihrer letzten Begegnung etwas zurückgehalten hatte. Sarah konnte nicht behaupten, dass ihn das unattraktiver machte. Im Gegenteil, er sah einfach blendend aus in seinem Abendanzug. Er hatte sich bei Sarah extra noch einmal danach erkundigt, ob es für diesen Abend eine Kleiderordnung gebe. Sarah hatte dezent bei Dorothee nachgefragt, die übermütig geantwortet hatte, die Herren sollten sich ruhig richtig in Schale werfen. Das zumindest hatte Michael sehr ernst genommen. Außerdem benutzte er ein neues Rasierwasser, wie Sarah feststellen musste, als sie ihm seinen Mantel abnahm. Und auch, dass es sehr gut roch. Bevor sie ihn in den Salon bitten konnte, umarmte er sie plötzlich überraschend. »Hat dir heute Abend schon jemand gesagt, dass du unwiderstehlich und bezaubernd aussiehst?«, flüsterte er ihr mit seiner rauen Stimme ins Ohr. Sarah konnte gar nichts dagegen tun. Sofort spürte auch sie diese körperliche Anziehung zu ihm wieder in jeder Pore. Sie hätte nicht die Hand dafür ins Feuer gelegt, was sie getan hätte, wenn sie in diesem Augenblick mit ihm allein gewesen wäre ...

Trotzdem entzog sie sich rasch seiner Umarmung und bemerkte in recht sprödem Ton, dass er auch sehr gut aussehen würde. Dann bat sie ihn förmlich, ihr zu folgen. Vor der Tür zum Salon griff Michael fordernd nach dem Blumenstrauß. »Ich hätte dir vielleicht auch einen mitbringen sollen, aber der ist für die Gastgeberin.« Sarah schnappte nach Luft. Natürlich war es eine höfliche Geste, ihrer Großmutter einen Blumenstrauß mitzubringen, aber es war nicht die feine Art, sie zunächst in dem Glauben zu lassen, dass er für sie bestimmt war.

Michael machte ein übertrieben betretenes Gesicht. »Ja, ich hätte wirklich zwei Sträuße besorgen sollen. Aber keine Sorge, der nächste Blumenstrauß ist für dich«, erklärte er grinsend. Sarah wusste nicht, warum sie dieses Missverständnis so ärgerte. Mit säuerlicher Miene öffnete sie die Tür zum Salon und stellte Michael den anderen vor. Ihre Großmutter schien nicht allzu angetan von dem groß gewachsenen jungen Mann zu sein, denn sie begrüßte ihn zurückhaltend. Auch wenn er offenbar wusste, wie man sich einer Lady gegenüber benahm. Er deutete eine Verbeugung an und sagte förmlich: »Michael Banks aus Auckland. Gnädige Frau, ich danke Ihnen recht herzlich für diese großzügige Einladung«, als er die von ihr angebotene Hand schüttelte.

Dorothee ließ diese formvollendete Begrüßung des jungen Mannes mit gemischten Gefühlen über sich ergehen. Einerseits fand sie ihn sehr attraktiv, andererseits war Jan ihr erklärter Favorit, und sie hatte insgeheim noch immer nicht die Hoffnung aufgegeben, dass Sarah sich vielleicht doch für den Kurator erwärmen würde. Natürlich, und das konnte sie vor sich selber durchaus zugeben, nicht ganz ohne Hintergedanken. Die Vorstellung, ihre Enkelin würde aus gutem Grund nicht wieder ans andere Ende der Welt verschwinden, war ihr geheimster Traum, den sie natürlich niemals preisgeben würde. Als der Neuseeländer seinen Nachnamen nannte, klingelte etwas bei Dorothee, aber sie konnte sich in diesem Augenblick nicht erinnern, wo sie diesen Namen schon einmal gehört hatte. Später einmal würde sie zutiefst bedauern, dass sie nicht länger darüber nachgedacht hatte. Aber dazu war sie an diesem Abend viel zu aufgeregt. Er war so, als würde ihre frühe Jugend noch einmal lebendig. Die ganze ausgelassene Stimmung erinnerte sie sehr an die Tanzabende, die sie in London verlebt hatte. Trotz des Krieges hatten sich die jungen Leute ihr Vergnügen bewahrt und an manchen Abenden versucht, das Grauen zu vergessen. Und zum ersten Mal seit vielen Jahren erinnerte sie sich auch wieder an George, einen jungen Mann, der keinen Tanz mit ihr ausgelassen hatte. Doch bevor er ihr den ersten Kuss geben konnte, war er ein paar Tage vor Kriegsende mit seinem Flugzeug über dem Kanal abgestürzt. Dorothee wäre damals gern in London geblieben, aber ihren Vater hatte es in die Heimat und in jenes Haus zurückgezogen, in dem seine geliebte Frau einst gestorben war. Die Gedanken an die Londoner Zeit waren so plötzlich über Dorothee gekommen, dass sie gar nicht zugehört hatte, was der junge Mann sie soeben gefragt hatte.

Die Stimme ihrer Enkelin brachte sie zurück in die Realität. »Großmutter, Michael hat gerade gefragt, woher du all diese wunderschönen Möbel hast.«

Dorothee lächelte verlegen. Ihr war es ein wenig unangenehm, dass sie mit ihren Gedanken abgeschweift war. »Diese Einrichtung hat mein Vater zusammengetragen. Er liebte diesen Stil über alles.«

»Sehr geschmackvoll, gnädige Frau«, erwiderte Michael höflich. Dorothee konnte sich nicht helfen. So attraktiv der junge Mann auch war und überdies gut erzogen, irgendetwas gefiel ihr nicht an ihm.

Auch Jerry schien nicht übermäßig begeistert, Sarahs Sitznachbarn aus dem Flugzeug wiederzusehen. Er begrüßte ihn freundlich, aber nicht so überschwänglich, wie es sonst seine Art war, wenn er jemanden spontan ins Herz geschlossen hatte.

Sarah setzte sich neben Michael auf das Sofa und bot ihm einen Champagner an. Der Neuseeländer hob das Glas und prostete in die Runde. Nun warteten alle nur noch auf den letzten Gast, Jan. Dorothee hatte darum gebeten, dass sie sich bis 20 Uhr in ihrem Haus einfinden sollten. Jetzt war es zehn Minuten vor acht.

Als es erneut klingelte, sprang Sarah vom Sofa auf, um Jan die Tür zu öffnen. Er trug ebenfalls einen sehr eleganten Abendanzug unter seinem offenen Mantel und hielt zwei Blumensträuße in der Hand. Bei diesem Anblick musste Sarah unwillkürlich lächeln. Jan bezog das offenbar auf sich und lächelte zurück. Ihre Blicke trafen sich, und Sarah hatte Schwierigkeiten, sich von seinen klaren blauen Augen loszureißen.

»Noch können Sie sich den Strauß aussuchen«, sagte Jan mit seiner tiefen Stimme, die Sarah von Anfang an äußerst erotisch gefunden hatte. Er hielt ihr die beiden Blumensträuße hin. Das eine war ein klassisches Weihnachtsgesteck, in dessen Mitte sich ein roter Weihnachtsstern befand, der von anderen Winterblumen und Tannenzweigen eingerahmt wurde. Der andere Blumenstrauß bestand vorwiegend aus rosafarbenen Bauernrosen. Ohne zu überlegen, zeigte Sarah auf Letzteren.

Diese Wahl entlockte Jan erneut ein Lächeln. »Wenn ich ganz ehrlich bin, dann hatte ich den auch eher für Sie vorgesehen.«

Diese entwaffnend offenen Worte brachten Sarah in Verlegenheit. Sie wurde aus dem Kurator nicht schlau. Mal machte er ihr Komplimente und behandelte sie, als würde er etwas mehr für sie empfinden. Und dann benahm er sich wieder so, als wolle er lediglich höflich sein, weil sie Dorothees Enkelin war.

Sie nahm den Blumenstrauß entgegen und bat Jan ins Haus. Im Flur nahm sie ihm seinen Mantel ab und führte ihn zu den anderen in den Salon. Er grüßte freundlich in die Runde, ohne jedem von ihnen die Hand zu geben. Nur zu Dorothee ging er persönlich, um ihr den Blumenstrauß zu überreichen. Sie sprang hocherfreut von ihrem Sofa auf und begrüßte ihn herzlich. Sarah entging keineswegs der skeptische Blick Michaels, als er den Kurator als neuen Gast erkannte. Sie hatte ihm vorher nichts von den anderen Gästen erzählt. Er hatte aber auch nicht danach gefragt. Er verzog seine Miene leicht säuerlich, als er den wunderschönen Blumenstrauß in Sarahs Hand entdeckte.

Auch Jan schien erstaunt darüber zu sein, dass sich der neuseeländische Kaufmann unter Dorothee Dehns Silvestergästen befand. Es blieb ihnen aber keine Zeit, ihrem Erstaunen weiter Ausdruck zu verleihen, weil Dorothee nun zu Tisch bat. Die Tafel war wie immer in diesem Haus festlich gedeckt. Ihre Großmutter hatte Sarah zwischen Jan und Jerry platziert, Michael ihr gegenüber. Als alle auf ihren Stühlen saßen und Lore ihnen ein Glas Champagner eingeschenkt hatte, erhob sich Dorothee und hielt eine kleine Begrüßungsrede. Sie sagte, wie glücklich es sie mache, dieses Silvesterfest mit ihrer Enkelin zu verbringen. Auch ihrem Freund, Ole Peters, widmete sie ein paar warme Worte. Sie stellte ihn als alten Freund des Hauses vor. Sarah aber schloss aus seinem entzückten Gesichtsausdruck sofort, dass jedenfalls er noch andere Gefühle für Dorothee hegte, keineswegs nur rein freundschaftliche. Er wirkte wie ein verliebter Schuljunge. Ob das wohl nie aufhört, ganz gleich, wie alt man ist, dachte Sarah.

Nachdem Dorothee ihre Tischrede beendet hatte, rückte Jan vertraulich näher und flüsterte ihr zu: »Das grafologische Gutachten ist da. Ich kann es ja selber kaum glauben, aber ich werde Sie wohl zu einer Hafenrundfahrt einladen müssen. Und wissen Sie, was der Hammer ist? Ich hatte meinem Bekannten vorsichtshalber noch ein weiteres von Ludwig Dehn unterzeichnetes Dokument zur Überprüfung mitgegeben. Und nun kommt's: Die Unterschriften auf dem Kaufvertrag stammen von ein und derselben Person, aber es war nicht Ludwig Dehn! Da wird doch der Hund in der Pfanne verrückt.« In seiner Aufregung hatte Jan auf Deutsch geflüstert, und erst als er in Sarahs fragendes Gesicht blickte, begriff er, dass sie den letzten Satz nicht verstanden hatte. Grinsend übersetzte er ihr das deutsche Sprichwort ins Englische, woraufhin Sarah einen solchen Lachanfall bekam, dass ihr die Tränen aus den Augen rannen.

Die Augen der gesamten Festgesellschaft waren jetzt auf sie beide gerichtet. Dorothee sah sie mit gespielt strafendem Blick an. »Wenn ihr etwas Lustiges zu erzählen habt, dann sagt es ruhig laut! Wir wollen mitlachen.«

Sarah verging das Lachen auf der Stelle. Es wäre kein guter Zeitpunkt, an der festlichen Tafel zu eröffnen, dass der Vertrag zwischen Ludwig Dehn und Mr. Evans gefälscht worden war. Das würde Dorothee mit Sicherheit so tief treffen, dass sie ihre Feierlaune auf einen Schlag verlieren würde. Das sah Jan wohl ähnlich, denn er erwiderte mit fester Stimme: »Nein, gnädige Frau, so lustig war es ganz bestimmt nicht. Ich habe Ihre Enkelin gerade zu einer Hafenrundfahrt eingeladen und ihr angedroht, dass sie mit Sicherheit seekrank werden würde, da unsere bewegte Elbe kaum mit dem ruhigen Ducklander Hafen zu vergleichen ist.«

Sarah pflichtete ihm eifrig bei und versicherte, dass sich der Hamburger in diesem Punkt ganz bestimmt irrte, da sie bereits Neuseelands Nordinsel auf einem Segelboot umrundet hätte, ohne dass ihr auch nur einmal schlecht geworden wäre.

»Das kann ich aus eigener Erfahrung bestätigen«, bemerkte Michael und grinste Sarah breit an. Sie versuchte, seine Bemerkung zu überhören, aber er fügte triumphierend hinzu: »Du hast dich neulich sehr gut auf der Barkasse gehalten. Sogar das anschließende Fischbrötchen ist dir hervorragend bekommen, oder?« Er wandte sich mit einem triumphierenden Lächeln an Jan und setzte noch einmal nach. »Nein, mit einer Seekrankheit können Sie unsere Sarah nun wirklich nicht schrecken!«

Sarah merkte beinahe körperlich, wie Jan sich bei diesen Worten in sein Schneckenhaus zurückzog. Er würdigte sie keines Blickes mehr. Im Gegenteil, er tat eher so, als ob ihn das alles gar nichts anging und überhaupt nicht weiter interessierte. Sarah wusste ganz genau, weshalb er so empfindlich reagierte. Michael hatte mit seinen knappen Worten mehr als deutlich gemacht, wie vertraut Sarah und er sich waren. Dann hätte er ja gleich erzählen können, dass wir im Hotelzimmer miteinander gevögelt haben, dachte Sarah verärgert. Sie war so wütend, dass sie ihrerseits Michael einen bitterbösen Blick zuwarf.

Als Lore das Essen servierte, ein traditionelles und einfaches Silvesteressen mit Kartoffelsalat und Würstchen, herrschte an diesem Ende des Tisches eisernes Schweigen, während die anderen in angeregte Gespräche vertieft waren. Besonders die Stimme von Dorothees altem Freund Ole Peters war herauszuhören. Der alte Herr war ein begnadeter Unterhalter, der höchst amüsant Geschichten aus seinem langen Leben zum Besten geben konnte, und zwar ohne seine Zuhörer zu langweilen. Sarah hätte viel lieber seinen Erzählungen gelauscht, als Blut und Wasser zu schwitzen, weil Michael damit kokettierte, wie nahe sie einander schon gekommen waren. Sie konnte gut verstehen, dass Jan sich von Michaels Besitzergehabe genervt fühlte, andererseits gab es zwischen Jan und ihr eigentlich nichts, was seine Eingeschnapptheit gerechtfertigt hätte. Trotzdem wünschte sie sich, dass Jan das Gespräch mit ihr wieder aufnahm. Schließlich beugte sie sich zu ihm hinüber und flüsterte ihm zu, dass sie keinesfalls Triumphgefühle empfinden würde angesichts der Tatsache, dass der Vertrag gefälscht war. Aus dem Augenwinkel konnte sie beobachten, wie Michael ihren Annäherungsversuch gegenüber Jan missmutig verfolgte.

»Es wäre besser, wenn wir das Gespräch über den Vertrag auf einen anderen Zeitpunkt vertagen würden. Ihre Großmutter beobachtet schon wieder, was wir beide uns hier wohl zuzuflüstern haben. Wir wollen ihr doch nicht das Fest verderben«, entgegnete Jan förmlich.

Seine kühle Abgegrenztheit machte Sarah wütend. Sie hatte

ihm schließlich überhaupt nichts getan. Und mit welchem Recht führte er sich auf wie eine beleidigte Diva? Was konnte sie dafür, dass sich Michael wie ein Rüde aufführte, der überall seine Marken setzte?

Es war Michael, der als Erster der drei seine Fassung wiedererlangte. Mit betont freundlicher Miene wandte er sich an Jan. »Sind alle meine Waren inzwischen im Museum eingetroffen, lieber Herr Gerken?«, erkundigte er sich mit honigsüßer Stimme.

Jan war Profi genug, um seinem neuseeländischen Geschäftspartner in gleicher Form zu begegnen. Er rang sich zu einem falschen Lächeln durch. »Ja, es ist alles zu meiner Zufriedenheit. Die Muscheln sind sehr schön. Unsere Schnitzer haben sich sofort darauf gestürzt, um die Augen zu reparieren.«

Sarah hingegen war so verunsichert, dass sie kaum mehr einen Bissen hinunterbekam. Sie war auf beide Männer gleichermaßen wütend. Auf Michael, weil er sich seine billige Nummer hätte sparen können, und auf Jan, weil er so schrecklich beleidigt darauf reagierte. Und das ohne Grund! Sarah stutzte. War es wirklich ohne jeglichen Grund? Sollte sie etwa übersehen haben, dass der Kurator ihr mehr entgegenbrachte als das Interesse, das sie als Enkelin Dorothee Dehns verdiente?

Auch Jan war der Appetit gänzlich vergangen. Er bemühte sich zwar, so viel zu essen, wie es sich für eine Essenseinladung gehörte, aber in seinem Magen lag ein Kloß. Was bin ich doch für ein Idiot, sagte er zu sich selbst, hatte er sich tatsächlich eingebildet, die schöne Enkelin Dorothee Dehns würde mehr für ihn empfinden. Und nun hatte sie ihr Herz Hals über Kopf an diesen Händler verschenkt. Eigentlich hätte er sich das denken können, nachdem sich Mr. Banks schon im Museum so besitzergreifend ihr gegenüber aufgeführt hatte. Aber er hatte Sarahs und seinen leisen und zarten Annäherungen am Heiligabend viel zu viel Bedeutung beigemessen. Hatte er sich wirklich eingebildet, dass ihr der zärtliche Kuss unter dem Mistelzweig annähernd so viel bedeutet hatte wie ihm? Und hatte er wirklich geglaubt, ihr Herz beim engen Tanzen laut schlagen zu hören? Er hätte sich gar nicht getraut, sie zum Tanzen aufzufordern, wenn Jerry ihn nicht dazu ermutigt hätte. »Ich spiele euch beiden ein ganz besonderes Lied«, hatte er Jan zu später Stunde am Heiligen Abend zugeflüstert. Beschwipst wie Jan gewesen war, hatte er dieses Angebot liebend gern angenommen. Es war kein Tag seit Weihnachten vergangen, an dem er nicht an Sarahs zarte Lippen auf seinem Mund gedacht hatte.

Ich falle doch immer wieder auf dieselben Frauen rein, dachte er verärgert und nahm einen kräftigen Schluck Champagner. Für solche Frauen sind Männer austauschbar, so austauschbar, dass sie an dem einen Abend den einen und am nächsten den anderen küssen. Er war schließlich nicht blöd, sondern hatte Michaels Ton sehr deutlich entnehmen können, dass die beiden einander mehr als vertraut waren. Im Museum hatten sie einander noch gesiezt, und jetzt, nur wenige Tage später, duzte Michael Sarah vertraulich und unternahm mit ihr Hafenrundfahrten. Da konnte man ihm erzählen, was man wollte, er hatte ein feines Gespür dafür, wann zwischen Mann und Frau mehr lief als nur Freundschaft. Und er hatte wirklich geglaubt, dass er bei Sarah Chancen hatte. Ja, er hatte sich fest vorgenommen, am heutigen Abend etwas offensiver mit seinen Gefühlen umzugehen. Er war mit sich ins Gericht gegangen und hatte beschlossen, dass die Enttäuschung mit seiner Exfrau nicht sein ganzes zukünftiges Liebesleben beeinflussen dürfte. Sarah war es wert, dass er über seinen Schatten sprang. Die beiden Frauen sahen sich zwar ähnlich, hatten aber doch sonst so gar nichts gemeinsam. Das jedenfalls hatte er in den letzten Tagen geglaubt. Zu Unrecht, wie er eben schmerzhaft hatte erfahren müssen.

Diese Gedanken fraßen sich wie ein Gift in sein Herz, während er lustlos in dem eigentlich äußerst schmackhaften Kartoffelsalat herumstocherte.

Erst Dorothees Stimme holte ihn aus seinen Gedanken. »Jan, schmeckt es Ihnen nicht, wollen Sie etwas anderes haben? Ich dachte nur, dass wir nach der ganzen Schlemmerei der Festtage etwas Leichtes vertragen könnten.« Sie hatte das fast entschuldigend gesagt.

Mit hochrotem Kopf sah Jan von seinem Teller auf. Lore, die stets mit ihnen am Tisch saß, war bereits aufgesprungen und bot ihm an, etwas anderes zuzubereiten, etwas, das ihm besser schmecken würde. Jan war das unendlich peinlich.

»Nein, machen Sie sich bloß keine Mühe, nein, Lore, es schmeckt wunderbar, nein, nein, ich brauche keine Extrawurst. Mir ist nur von den Festtagen noch etwas flau im Magen«, stammelte Jan. Als Jan nun in die feixende Miene Michaels blickte, der das Ganze amüsiert beobachtet hatte, verspürte er den Impuls, aufzuspringen und ihm eine kräftige Ohrfeige zu versetzen. Aber nur in Gedanken. Zu einer derartig aggressiven Handlung hatte er sich nicht einmal hinreißen lassen, nachdem ihm sein ehemals bester Freund ins Gesicht gelogen und an jenem Heiligabend versichert hatte, dass er und Jans Frau sich in dem Hotel nur ein Zimmer angeguckt hätten, weil bei ihm die Taufe seiner Tochter anstünde und er Unterkünfte für die Gäste suche. Wäre seine Frau nicht weinend zusammengebrochen, wer weiß, vielleicht hätte er sich ja an diese Lüge wie an einen Strohhalm geklammert. Ja, was Frauen angeht, bin ich einfach nur ein Idiot, dachte Jan in einem Anflug von Selbstmitleid.

»Lassen Sie das Essen doch bloß stehen«, sagte Dorothee voller Mitgefühl. »Das hätten Sie ruhig vorher sagen können. Wir sind wahrscheinlich alle ziemlich, na ja, ich spreche es einmal ganz deutlich aus: vollgefressen!« Alle lachten, bis auf Jan und Sarah. Sie wusste genau, dass Jan seine Magenverstimmung nur vorschob. Ihn nervt es, dass mit Michael und mir etwas war, ging Sarah durch den Kopf, doch sie kam nicht dazu, weiter darüber nachzugrübeln, weil Jan in diesem Augenblick seine Schultern straffte und in gewohntem Selbstbewusstsein in die Runde sah. »Lassen Sie sich bloß nicht durch mich den Appetit verderben. Ich habe gedacht, meine kleine Magenverstimmung sei vorbei, aber die Festbraten liegen mir immer noch schwerer im Magen, als ich vermutet habe. Vielleicht kann ich sie mithilfe des Champagners bekämpfen.« Er lächelte in die Runde, erhob sich, nahm sein Glas und prostete Dorothee zu. »Und ganz herzlichen Dank für die Einladung. Es ist wie immer köstlich bei Ihnen. Ich werde mich auf dem Fest nun am Champagner festhalten.« Er wandte sich direkt an Lore. »Und Sie sind die allerbeste Köchin auf der Welt. Es gibt gar nichts, was aus Ihrer Küche kommt, das schlecht schmecken könnte. Und Würstchen und Kartoffelsalat gab es schon in meiner Jugend zu Silvester. Ich esse es sonst für mein Leben gern.« Als Jan sich zurück auf seinen Stuhl setzte, streifte sein Arm Sarahs Schulter.

»Entschuldigung!«, murmelte er hastig.

»Dann darf ich die Herrschaften vielleicht bitten, mir in die Kaminecke zu folgen. Das Dessert werden wir gemütlich vor dem Feuer einnehmen«, verkündete Dorothee und blinzelte Jan freundschaftlich zu.

Mit einem Seitenblick bemerkte Sarah erstaunt, dass Jan jetzt wesentlich entspannter wirkte, jedenfalls rein äußerlich. Durch diesen Eindruck ließ sie sich dazu hinreißen, sich bei ihm unterzuhaken, um mit ihm gemeinsam zur Sitzecke zu wechseln. Jan ließ es zwar geschehen, aber Sarah spürte genau, dass er innerlich zur Salzsäule erstarrt war. Dann kann ich mich auch an einen Kühlschrank halten, dachte Sarah verärgert und ließ ihn wieder los. Dieses kleine Intermezzo hatte Michael beobachtet, und er nahm die günstige Gelegenheit wahr, seinerseits Sarahs Hand zu nehmen und sie zum Sofa zu führen. Dort setzte er sich ganz dicht neben sie.

Sarah war diese demonstrativ besitzergreifende Art ihres Landsmannes zwar unangenehm, aber sie sah keine Möglichkeit, etwas dagegen zu unternehmen, ohne unnötiges Aufsehen zu erregen. Jan setzte sich auf den letzten freien Platz, den Sessel ihr genau gegenüber. Sarah bemühte sich, nicht in seine Richtung zu sehen. Die Spannung, die zwischen ihnen lag, spürte sie dennoch beinahe körperlich. Sie griff ihr Glas und trank es hastig leer. Dabei hatte sie sich fest vorgenommen, an diesem Abend etwas vorsichtiger mit dem Alkohol umzugehen. Eigentlich war es nicht ihre Art, so viel zu trinken, aber seit der Trennung von Raiwiri war sie häufig beschwipst. Kaum hatte sie den Gedanken zu Ende geführt, bemerkte sie verärgert, dass sie in Gedanken schon wieder bei dem Thema Raiwiri war. Und ihr wurde bewusst, dass sie in den letzten Tagen alles unternommen hatte, ihre Trauer wegen ihrer Trennung zu verdrängen. Hatte sie die beiden jungen Männer nur dazu benutzt, um schneller darüber hinwegzukommen? Sollte sie sich nicht besser völlig in sich zurückziehen und warten, bis sie wirklich frei war?

Michael hatte inzwischen wie selbstverständlich den Arm um ihre Schulter gelegt. Sarah spielte mit dem Gedanken, sich aus dieser Umarmung zu winden, aber das hätte sie nicht tun können, ohne dass alle anderen es mitbekommen hätten. Trotz ihres Vorsatzes, keinen Blick mehr in Jans Richtung zu werfen, konnte sie der Versuchung nicht widerstehen. In dem Moment, als sie zu ihm hinüberlugte, trafen sich ihre Blicke. Sein fest zusammengekniffener Mund signalisierte komplette Abwehr, während seine Augen etwas anderes ausdrückten. Wieder konnte sie den Blick kaum abwenden, doch Michael, der das mit einigem Unmut beobachtet hatte, gab ihr unvermittelt einen Kuss auf die Wange.

Sie fuhr herum und funkelte ihn wütend an; Michael ließ sich allerdings nicht aus der Ruhe bringen. Er streichelte ihr versonnen über die Wangen und flüsterte so laut, dass es zumindest akustisch bei dem Gegenüber ankommen musste: »Es war schön neulich Nacht.«

Jan verzog keine Miene. Stattdessen erhob er sich und erklärte mit fester Stimme, dass er Lore in der Küche helfen würde. Dorothee reagierte auf diese Ankündigung mit einem übertriebenen Kopfschütteln. »Aber lieber junger Freund, Sie wissen doch, dass Lore keine Hilfe duldet. Hat sie Sie nicht gerade erst am Heiligen Abend aus der Küche geworfen, als Sie sich aufgedrängt haben und sie behauptet hat, Sie wollten ihr in der Küche alles durcheinanderbringen? Wollen Sie noch einmal so einen Rausschmiss riskieren?«, lachte sie.

Jan konnte sich sehr wohl daran erinnern, aber nichts würde ihn daran hindern, den Salon von Dorothee Dehn auf der Stelle zu verlassen. Er brauchte dringend Luft. Dieses Getue des neuseeländischen Händlers konnte er keine Sekunde länger ertragen. Ihm entging dabei nicht, dass sich auch Sarah ganz offenbar alles andere als wohl in ihrer Haut fühlte. Er hatte den Eindruck, dass es ihr unendlich peinlich war, wie sich ihr Bekannter bemühte, jeden im Raum an ihrer Affäre teilhaben zu lassen. Jedenfalls war die Botschaft bei ihm angekommen. Er wusste jetzt etwas, was er gar nicht so genau wissen wollte, nämlich, dass die beiden miteinander im Bett gewesen waren. Der Kaufmann hatte es ja extra für seine Ohren so laut geflüstert: eine schöne Nacht! Kaum, dass sich die Tür des Salons hinter Jan geschlossen hatte, blieb er einen Augenblick im Flur stehen und versuchte, sich mit ein paar tiefen Atemzügen zu beruhigen. Ich benehme mich einfach lächerlich, redete er sich gut zu. Es kann nicht sein, dass ich mich wie ein eifersüchtiger Liebhaber verhalte. Statt in die Küche zu Lore zu gehen, die ihm in der Tat am Weihnachtsabend bereits eine heftige Abfuhr erteilt hatte, suchte er die

Waschräume auf. Er drehte den Wasserhahn auf und ließ das eiskalte Nass über seine Unterarme und Hände laufen. Dann tauchte er sein Gesicht in das kalte Wasser und betrachtete sein Spiegelbild. Wie ein Schüler übte er den richtigen Gesichtsausdruck, den er für den Rest des Abends aufsetzen wollte. Er nahm sich fest vor, als selbstbewusster und gestandener Mann in den Salon zurückzukehren und sich nicht länger wie ein verknallter Teenager aufzuführen.

Mit festem Schritt kehrte er in den Salon zurück und setzte sich auf seinen Platz. Um zu demonstrieren, dass er wieder ganz der Alte war, wandte er sich an Sarah.

»Und wie finden Sie unsere Stadt vom Wasser her? Sie müssen zugeben, dass sich die Häfen von Auckland und Hamburg ganz grundlegend unterscheiden, oder?«

Sarah musterte ihn einen Moment entgeistert, bevor sie ihm antworten konnte, doch da war ihr bereits Michael zuvorgekommen. »Das kann man natürlich überhaupt nicht vergleichen. Aber, sagen Sie einmal, Herr Gerken, woher wissen Sie das eigentlich so genau? Sind Sie überhaupt schon jemals in Auckland gewesen?«

Ein Lächeln huschte über Jans Gesicht. »Aber lieber Mr. Banks, wie sollte ich wohl sonst von dem türkisfarbenen Meer wissen und von seiner ungeheuren Schönheit? Meinen Sie, ich habe mein Wissen von Postkarten?«

Michaels überhebliches Lächeln erstarrte. Offenbar hatte er damit nicht gerechnet. Um trotzdem in einem guten Licht dazustehen, murmelte er abfällig: »Na ja, so ein Urlaub sagt noch gar nichts!«

»Ich habe ein Auslandssemester in Auckland und eines in Wellington absolviert. Im Übrigen bin ich vier Monate durch Neuseeland gereist und kenne, ohne zu übertreiben, fast jeden Winkel Ihres Landes«, entgegnete Jan ungerührt.

Nun mischte sich auch Jerry in das Gespräch ein. »Das ist ja hochinteressant, Mr. Gerken. Vielleicht könnten wir über Sie und Ihre Erfahrungen in unserem Land einmal einen Artikel für den *Herald* schreiben. Was meinst du, Sarah, das klingt doch sehr spannend.«

Sarah musste sich ein Grinsen verkneifen, denn sie kannte ihren Chef und alten Freund gut genug, um zu wissen, dass ihm die Spannung zwischen den beiden Männern nicht entgangen war. Und dass er ganz offensichtlich Partei für Jan ergriff. Es reizte sie ebenfalls, Michael ein wenig in seine Schranken zu verweisen.

»Das ist eine hervorragende Idee, Jerry. Wenn du mir den Auftrag erteilst, werde ich Mr. Gerken zu seinem intensiven Aufenthalt in Neuseeland einmal ausführlich interviewen.«

»Ja, Sarah, das ist ein Auftrag deines Chefs!«, entgegnete Jerry schmunzelnd. Dann wandte er sich wieder seiner blonden Begleitung zu.

Nun schien auch Michael begriffen zu haben, dass er es mit seinem Revierverhalten etwas übertrieben hatte. Er lächelte Jan falsch zu. »Das ist wirklich hochinteressant, Mr. Gerken. Da sind Sie dann ja ganz an der richtigen Adresse. Unsere neuseeländische Journalistin wird sicherlich einen hervorragenden Artikel über Sie im *Herald* veröffentlichen.«

Wahrscheinlich wäre dieses Geplänkel noch eine ganze Zeit lang so weitergegangen, wenn Dorothee nicht vorgeschlagen hätte, man solle sich vor dem Jahreswechsel die Zukunft beim Bleigießen vorhersagen lassen. Und wie in diesem Haus kein Fest ohne Plan verlief, erschien wie auf Kommando Lore mit einer Kerze und einer Schüssel kalten Wassers, die sie in die Mitte des Sofatisches stellte. Dorothee verteilte währenddessen mit kindlicher Freude ein paar Glücksfiguren aus Blei an ihre Gäste. Jan erhielt eine Krone, Michael eine Schubkarre und Sarah ein Herz.

Dieser Brauch war in Neuseeland völlig unbekannt. Sarah glaubte zwar nicht an derlei Humbug und schon gar nicht daran, dass man aus den Bleifiguren womöglich die Zukunft lesen konnte, aber sie nahm dieses kleine Spiel mit Humor. Lore, die die Figuren deutete, schien allerdings an die Aussagekraft der zerflossenen Figuren aus Blei zu glauben und war ganz aufgeregt, als Sarah ein Gebilde aus dem Wasser fischte, das wie eine Krake aussah. Nun musste Sarah das Ding vor eine Glühbirne halten, damit es an der weißen Wand ein Schattenbild ergab.

»Das ist eine Spinne, mein Kind, das ist ganz sicher eine Spinne«, erklärte Lore völlig ernst.

»Und was bedeutet das?«, fragte Sarah und versuchte, ihr Amüsement über diesen Kinderspaß nicht allzu deutlich zum Ausdruck zu bringen.

»Können Sie es bitte noch einmal in alle Richtungen drehen?«, verlangte Lore, was sie tat, doch die Figur gab nicht viel anderes her als eine Krake oder eine Spinne.

»Sie werden jemanden verführen«, verkündete Lore verschwörerisch. »Oder Sie werden zu etwas verführt. Es geht jedenfalls um Verlockungen, Versuchungen und Verführungen.« Sarah konnte sich gerade noch beherrschen, um nicht lautlos loszuprusten. Sie konnte dieses Silvestervergnügen partout nicht ernst nehmen.

Auch Jan hatte eher ein kindliches Vergnügen daran, als sich seine Krone in eine Art Schiff verwandelte.

»Ein Boot, eine Fähre, ein Dampfer ...«, rief er begeistert aus.

»Sie werden zu neuen Ufern aufbrechen«, verkündete Lore mit ernster Miene. Sarahs und Jans Blicke trafen sich in diesem Augenblick, und sie mussten sich beide ein Grinsen verkneifen. Um ihre Münder zuckte es verdächtig, aber sie wollten Lore, die diesem harmlosen Vergnügen eine geradezu schicksalhafte Bedeutung zumaß, nicht verärgern.

Nur Michael schien der harmlose Spaß überhaupt nicht zu

behagen. Missmutig schmolz er seine Schubkarre ein und holte schließlich voller Widerwillen ein Gebilde aus dem kalten Wasser, das entfernt wie eine Maske aussah.

»Sie verstecken sich! Sie haben ein Geheimnis!«, kommentierte Lore eifrig.

»Das ist völliger Blödsinn!«, schimpfte Michael und ließ das obskure Gebilde in seiner Hosentasche verschwinden.

Jerry, der das Ganze belustigt beobachtet hatte, lachte laut auf. »Das klingt doch spannend!« Dann war er selbst an der Reihe und holte etwas aus dem Wasser, was keiner wirklich deuten konnte, auch nicht Lore. Alle bis auf Michael beugten sich über das merkwürdige Teil und überboten sich gegenseitig mit Deutungen, konnten sich aber nicht einigen, was das Gebilde wohl darstellen mochte. Auch wenn es außer Lore keiner wirklich ernst nahm, hatten alle außer Michael Spaß an diesem harmlosen Silvestervergnügen. Doch als Dorothee ein Gebilde aus der Wasserschüssel hervorholte, das unzweifelhaft wie ein Kreuz aussah, kippte die Stimmung. Lores Miene versteinerte beim Anblick des Kreuzes, und sie schwieg. Es war Michael, der Lore auf Englisch aufforderte, auch dieses Gebilde zu deuten. Lore verstand ihn zwar, aber sie ignorierte seine Frage.

Sarah wurde beim Anblick des Kreuzes ganz flau im Magen, denn sie konnte sich sehr wohl denken, was das zu bedeuten hatte. Und natürlich fiel ihr Janes Prophezeiung ein.

Nur Dorothee selbst ließ sich nichts anmerken. »Sagen Sie schon, Lore, was hat das Kreuz zu bedeuten?« Lore kräuselte die Stirn und zögerte einen Augenblick, doch dann sagte sie die Wahrheit. »Das Kreuz bedeutet normalerweise Tod …« Lore war deutlich anzumerken, dass sie das nicht so stehenlassen wollte. »Das ist aber nur eine von vielen Deutungsmöglichkeiten«, fügte sie hastig hinzu. »Es … es kann auch etwas anderes heißen wie, wie …« Offensichtlich wollte ihr auf die Schnelle nichts Passendes einfallen. »Lassen Sie es gut sein, Lore, ich habe keine Angst vor dieser Deutung«, sagte Dorothee mit fester Stimme.

Sarah lief ein kalter Schauer über den Rücken. Hatte Jane doch die Zukunft vorausgesagt? Jerrys Stimme riss sie aus ihren Gedanken. Er bat, den Platz mit ihr zu tauschen, weil er über ihren Kopf hinweg in ein angeregtes Gespräch mit Jan vertieft war. So bot sich Sarah die Gelegenheit, sich derweil mit Jerrys blonder Eroberung, Lena, zu unterhalten. Sie war Journalistin bei einer großen Hamburger Zeitschrift und hatte großes Interesse an der Maori-Kultur. Über dieses Thema war sie auch neulich im Museum mit Jerry ins Gespräch gekommen. Offenbar hatte Jerry ihr von Sarahs kritischem Artikel über Ludwig Dehn erzählt, denn an diesem hatte Lena ganz besonderes Interesse. Sie plauderte ganz offen darüber, so offen, dass Sarah Sorge hatte, dass Dorothee etwas von dem Gespräch mitbekommen würde. Als die junge Frau zum Rauchen in den Garten ging, begleitete Sarah sie. Außer Hörweite ihrer Großmutter erklärte Sarah der deutschen Kollegin, warum sie im Salon nicht gern über dieses Thema sprechen wollte. Dafür hatte Lena vollstes Verständnis, und Sarah versprach ihr, sich mit ihr im neuen Jahr einmal in der Stadt zu treffen.

Draußen im Garten herrschten angenehme, milde Temperaturen. Von überall hörte man bereits das vereinzelte Knallen von Silvesterkrachern. Der Himmel war sternenklar, und der Mond schien fahl durch die alten Bäume hindurch. Sarah mochte die Journalistin, die sie auf ein paar Jahre älter schätzte als sich selbst. Natürlich war sie sehr neugierig, zu erfahren, ob Jerry mit der jungen Frau bereits angebändelt hatte oder nicht. Als könnte sie Gedanken lesen, fragte sie Sarah plötzlich ganz unvermittelt nach ihrem Chef.

»Sie kennen Jerry ja schon länger, wie er mir erzählt hat. Ich hätte da gerne einen Rat von Ihnen. Er hat mich gebeten, ihn nach Berlin und München zu begleiten, weil er unbedingt diese beiden Städte kennenlernen möchte. Das würde ich auch gern tun, aber vorher wüsste ich gerne, ob er mir die Wahrheit gesagt hat. Er versicherte mir, dass er völlig ungebunden sei, und ich möchte keine bösen Überraschungen erleben. Der Letzte, der mir das geschworen hat, hatte Frau und Kinder. Hat Jerry auch so etwas in der Art in Neuseeland?«

Diese Offenheit machte Sarah Lena noch sympathischer. »Nein, das ganz sicherlich nicht. Jerry ist ... wie soll ich das jetzt sagen? Also ... Jerry ist mehr der freiheitsliebende Junggeselle, nun, bei uns würde man sagen, der *Loneley Wolf.*«

Lena lachte hell auf. »Bei uns heißt das Schürzenjäger!«

Sarah fiel in das Lachen ein. Diesen Begriff hatte sie noch nie gehört, aber sie ahnte natürlich, was das zu bedeuten hatte. Es war ihr etwas unangenehm, sollte sie Jerry durch ihr freches Gelächter Lena gegenüber in Misskredit gebracht haben. Also versuchte sie zurückzurudern. »Also, er ist wahnsinnig charmant und zuvorkommend. Er liebt die Frauen. Ich möchte nichts Negatives über ihn gesagt haben.«

»Das haben Sie doch gar nicht. Ich bin auch ein eingefleischter Single. Ich wollte nur sicherstellen, dass nicht irgendwo eine Ehefrau lauert. Ich mache mir da gewiss nichts vor. Jerry wird nach diesem Abenteuer zurück nach Neuseeland gehen, und diese Sache, wie gut wir uns auch immer verstehen, hat auf keinen Fall eine Zukunft.«

Diese klaren Worte, die an Jerrys Adresse gingen, bezog Sarah allerdings sofort auf sich. Denn auch sie würde nach Neuseeland zurückkehren. Warum also sollte sie ihr Herz unnötig an einen Mann wie Jan Gerken hängen? Auf einmal tat es ihr leid, wie abweisend sie Michael gegenüber gewesen war. Er hat mir doch gar nichts getan, sondern nur zeigen wollen, dass zwischen uns mehr ist als bloße Freundschaft, ging es ihr durch den Kopf, und sie nahm sich vor, den restlichen Abend etwas netter zu ihrem Landsmann zu sein. Sollte Jan Gerken doch denken, was er wollte!

In diesem Augenblick wurde ihre Zweisamkeit durch laute Stimmen gestört. Zwischen den alten Bäumen sah sie Dorothee und ihre restlichen Gäste näher kommen. Sie trugen alle Mäntel und waren ausgehbereit. »Zieht euch schnell etwas an!«, riet sie den beiden Frauen. »Wir gehen hinunter an die Elbe und sehen uns das Feuerwerk an.«

Auch Lore war mit dabei und trug einen Korb, aus dem die Hälse mehrerer Champagnerflaschen ragten. Sie mahnte die beiden ebenfalls zur Eile und fügte hinzu, dass die Plätze in der ersten Reihe sonst alle schnell vergeben wären.

Sarah und Lena eilten zurück ins Haus und kehrten mit ihren Mänteln zurück zur Gruppe. Jerry legte ganz ungezwungen den Arm um die Journalistin und zog sie mit sich fort. Sarah folgte den anderen mit einem gewissen Abstand. Der Weg führte durch Straßen, die von Villen gesäumt waren, bis sie an die Elbchaussee kamen, die Sarah sofort erkannte. Weiter ging es durch einen Park den Elbhang hinunter bis zum Strand. Auf halber Höhe wartete Michael auf sie. Seine Miene verhieß nichts Gutes. Er schien ärgerlich auf sie zu sein. Sarah stieß einen tiefen Seufzer aus und griff nach seiner Hand. Bevor Michael seinem Ärger Luft machen konnte, kam sie ihm zuvor. »Es tut mir leid, wenn ich dich vorhin etwas ausgebremst habe, aber mir war es sehr unangenehm, dass du die gesamte Gesellschaft an unserer Intimität hast teilhaben lassen.«

»Es ging nicht um die ganze Gesellschaft, sondern um den Herrn Kurator. Hast du keine Augen im Kopf? Sonst würdest du sehen, wie er dich anschwärmt!«, entgegnete er wütend, entzog ihr aber seine Hand nicht.

»Das bildest du dir nur ein. Jan hat nicht das geringste Interesse an mir«, widersprach Sarah energisch. »Und wenn schon, das wäre kein Grund, dass du laut flüsternd verkündest, dass wir beide miteinander im Bett gewesen sind. Was soll meine Großmutter denken, wenn sie das mitbekommt?«

Michael stöhnte genervt auf. »Du bist erwachsen, du kannst schlafen, mit wem du willst. Wenn das Ganze zwischen uns wirklich nur ein billiges Vergnügen war, dann sag es mir jetzt ins Gesicht. Dann lass ich dich in Ruhe und fahre gleich nach Mitternacht ins Hotel.«

Sarah drückte sanft seine Hand. »Nein, Michael, das ist es nicht. Ich bin einfach ein wenig durcheinander. Es ist noch keine Woche her, seit sich Raiwiri von mir getrennt hat. Ich frage mich nur, ob ich mich nicht etwas leichtfertig und voreilig in eine Affäre mit dir gestürzt habe.«

Michael blieb stehen und sah ihr tief in die Augen. »Wenn es für dich nicht schön gewesen ist, dann kannst du es mir ruhig sagen. Ich habe keine Ansprüche auf dich und werde dich nicht weiter belästigen. Aber wenn du es auch so schön gefunden hast, dann würde ich dich jetzt gerne küssen. Und das, ganz ohne dass du mir versicherst, mich zu heiraten oder ewig mit mir zusammen zu bleiben.«

Michaels Mund näherte sich ihrem. In Sarahs Kopf ging alles durcheinander, doch da berührten seine Lippen schon die ihren, und sie öffnete sie bereitwillig. Sie küssten sich leidenschaftlich. Dieser Kuss hätte wahrscheinlich ewig gedauert, wenn er nicht durch Dorothees mahnenden Ruf beendet worden wäre. »Wo bleibt ihr denn?« Sarah löste sich von seinen Lippen und sprang förmlich einen Schritt zurück. Sie entdeckte ihre Großmutter ein paar Meter voraus, wie sie interessiert in ihre Richtung sah. Ob sie den Kuss wohl beobachtet hat, fragte sich Sarah peinlich berührt. Ihr nächster Gedanke galt Jan. Hoffentlich hat er nichts von unserer Knutscherei mitbekommen, schoss es ihr durch den Kopf. Kaum hatte sie diesen Gedanken zu Ende geführt, da ärgerte sie sich schon über sich selbst. Was ging es ihn an, wen sie küsste? Und warum dachte sie immer wieder an ihn und das, was er von ihr denken mochte?

»Wir kommen!«, rief sie zurück. »Geht schon vor. Wir finden euch ganz bestimmt.«

Dorothee drehte sich auf dem Absatz um und ging schnellen Schrittes in Richtung Elbe davon.

Nun war es Michael, der mit ihr Händchen halten wollte, doch sie gab vor, dass ihre Hände froren, und steckte sie tief in die Manteltaschen. An seiner beleidigten Miene konnte sie unschwer erkennen, dass ihn ihre abweisende Geste wieder mehr getroffen hatte, als sie es beabsichtigt hatte.

»Michael, bitte versteh mich! Ich bin über die Sache mit meinem Verlobten noch nicht weg. Das war doch nicht nur irgendeine Beziehung, sondern meine Zukunft. Meine ganze Welt ist aus den Angeln geraten. Bitte lass mir Zeit.«

»Wenn ich gewusst hätte, dass ich nur dein Trostpflaster bin, hätte ich mich gar nicht so emotional auf dich eingelassen«, erwiderte Michael vorwurfsvoll.

»Aber ich habe dir doch bereits im Flieger erzählt, dass meine Trennung von Raiwiri erst ein paar Tage zurückliegt. Dann kannst du dir wohl denken, dass ich noch nicht vollständig darüber weg bin!« Jetzt schwang auch eine Spur Verärgerung in Sarahs Stimme mit. Sie fand ihren neuseeländischen Landsmann wirklich attraktiv, und der Sex mit ihm war sehr aufregend gewesen, aber das berechtigte ihn noch lange nicht, sich wie ein eifersüchtiger Ehemann aufzuführen.

»Wir müssen uns jetzt beeilen. Schau nur. Die ersten Raketen werden gezündet. Gleich geht das Feuerwerk los, und wir verpassen es womöglich wegen eines Beziehungsgespräches, ohne dass wir überhaupt eine Beziehung haben!«

Mit diesen Worten drehte sich Sarah auf dem Absatz um und

eilte den Elbhang hinunter zum Strand. Jetzt erst wurde ihr klar, dass sie nicht die Einzigen waren, die den Jahreswechsel an der Elbe miterleben wollten, denn von allen Seiten kamen Menschenmassen herbei. Es schien unmöglich, in diesem Gewühl Dorothee und die anderen zu finden. Panisch drehte sich Sarah um, doch auch Michael war offensichtlich von der Menge verschluckt worden. Immerhin schaffte es Sarah, sich ganz nach vorne zu drängeln. Vor ihr lag jetzt der Fluss, und die fröhlichen und aufgedrehten Menschen um sie herum blickten voller Erwartung auf die andere Seite des Ufers. Ein Blick auf ihre Armbanduhr zeigte Sarah, dass nur noch wenige Sekunden bis zum Jahreswechsel blieben. Ist es ein Zufall, dass ich in diesem Augenblick alleine in einem fremden Land an einem fremden Strand stehe?, fragte sie sich, und ein Gefühl der Melancholie durchströmte sie. Ihre Gedanken schweiften ab ins ferne Sydney, wo Raiwiri in Begleitung von Rachel den Jahreswechsel bereits seit vielen Stunden hinter sich hatte. Und sie dachte an Jane, die ohne ihren John ins neue Jahr gehen musste. Was würde sie darum geben, ihr in dieser schweren Stunde beigestanden zu haben. Tränen liefen ihr über das Gesicht, und sie machte sich keinerlei Mühe, die Zeichen ihrer Traurigkeit wegzuwischen. Als die Menschenmenge um sie herum begann, rückwärts von zehn bis eins zu zählen, riss sie das aus ihren sentimentalen Gedanken. Raiwiri ist Vergangenheit, sagte sie sich, und ihre Tränen versiegten wie auf Kommando. Hier und heute fängt ein neues Leben an. Das war ihr Vorsatz für das neue Jahr, und der ließ sie innerlich ganz ruhig werden. Sarah sah nun ebenso gebannt wie alle Umstehenden auf das gegenüberliegende Ufer. Mit einem lauten Knall schnellte der erste Feuerwerkskörper in die Höhe, und ein Goldregen ging über der nächtlichen Elbe nieder. Um sie herum knallten die Korken, und die Menschen lagen einander in den Armen. Über der Elbe zischte und knallte es, und der Himmel erstrahlte in allen erdenklichen Formationen und

Farben. Sarah war so vertieft in diesen Anblick, dass sie zusammenzuckte, als sich eine Hand von hinten auf ihre Schulter legte. Sie fuhr herum und blickte in Jans blaue Augen, aus denen sie fast ein ebensolches Feuerwerk leuchten sah, wie es über der Elbe tobte.

»Ich wünsche Ihnen ein wunderbares neues Jahr«, sagte Jan mit seiner tiefen und wohlklingenden Stimme.

»Das wünsche ich Ihnen auch, Jan«, erwiderte Sarah und hielt seinem Blick stand. Sie überlegte noch, ob sie ihn nicht einfach in den Arm nehmen sollte, als er sie ganz fest an sich drückte. Sie wusste nicht, wie das genau geschehen konnte, aber plötzlich trafen sich ihre Münder, und sie küssten sich. Im Gegensatz zu dem Kuss unter dem Mistelzweig war dies ein leidenschaftlicher Kuss. Sie spürte nur noch ihre suchenden Zungen, wie sie einander fordernd und zugleich unendlich zärtlich liebkosten. Es gab nichts mehr außer diesem einen Augenblick. Erst als ihr erneut jemand auf die Schulter tippte, erwachte sie aus diesem Traum. Erschrocken löste sie sich aus Jans Umarmung und drehte sich um. Hinter ihr stand Dorothee, die sie sichtlich zufrieden anlächelte. »Wo warst du denn nur, mein Kind? Ich habe dich überall gesucht. Ich wollte doch die Erste sein, die dir ein schönes neues Jahr wünscht.« Sie umarmte ihre Enkelin kräftig und drückte sie fest an sich. »Ich wünsche dir ein wunderschönes neues Jahr, und mögen sich all deine Wünsche erfüllen!«

In dem Moment nahm Sarah erst wahr, was für ein Geräuschpegel um sie herum herrschte. Überall wurde gejohlt und gelacht, geknallt und geknutscht. »Ich wünsche dir auch ein wunderschönes neues Jahr«, erwiderte Sarah und musste plötzlich an Janes Prophezeiung denken. »Und bleib mir bloß gesund!«, fügte sie hastig hinzu.

Doch Dorothee hatte bereits Jan in den Arm genommen, und die beiden wünschten sich ebenfalls alles erdenklich Gute für das neue Jahr, das vor ein paar Minuten begonnen hatte. Sarah beobachtete, wie Jan sich zu ihrer Großmutter hinunterbeugte und ihr etwas ins Ohr flüsterte. Sie hätte zu gerne gewusst, was er Dorothee wohl so Geheimes zu sagen hatte, aber in diesem Augenblick trat ein johlender Jerry auf sie zu, in der einen Hand die offene Champagnerflasche, an der anderen Hand eine strahlende Lena. Die ließ er nur los, um Sarah zu umarmen und ihr ein gutes neues Jahr zu wünschen. Nun traten auch der alte Doktor und Michael auf die Gruppe zu.

Michael nahm Sarah fest in den Arm und flüsterte ihr zu, dass er gern der Erste gewesen wäre, der ihr ein gutes neues Jahr gewünscht hätte. Und dann küsste er sie überraschend auf den Mund. Und zwar so fordernd, dass es keinen Zweifel gab, was für ein Neujahrskuss das werden sollte. Überrumpelt drehte sie ihren Kopf zur Seite. Nein, das kann ich nicht tun! Was war nur in sie gefahren, dass sie zwei Männer hintereinander derart leidenschaftlich küsste? Tat sie das wirklich nur, weil sie von dem Wunsch getrieben war, Raiwiri zu vergessen? Die Erkenntnis traf sie wie ein Blitz: Sie versuchte tatsächlich, etwas zu verdrängen, aber etwas völlig anderes! Sie hatte sich in Jan Gerken verliebt! Suchend sah sie sich nach ihm um, doch an dem Platz, an dem der Kurator eben noch gewesen war, stand ihre Großmutter ganz allein. Sarah wandte sich ohne weitere Erklärung von Michael ab und trat auf ihre Großmutter zu. »Wo ist Jan?«, raunte sie ihr zu.

»Ihm ging es nicht gut. Er ist nach Hause gefahren«, erwiderte Dorothee.

Sarah selbst ahnte, dass Jan sein Unwohlsein nur vorgeschoben hatte, weil er auf ihre Gesellschaft – und vor allem die von Michael – in dieser Silvesternacht keinen Wert mehr legte.

Auckland, Februar 1930

Tame war mittlerweile über zwei Monate in der Klinik. Sein Zustand hatte sich nicht gebessert. Er sprach den Ärzten gegenüber immer noch davon, dass das Haus Hinemoa brennen müsse. Vor diesem Hintergrund konnte man ihn nicht entlassen, obwohl er ansonsten sehr friedlich war und keinen weiteren Ärger machte. Er fügte sich in den Klinikalltag ein und machte auch keinerlei Anstalten, aus dem Krankenhaus zu flüchten. Ich besuchte ihn einmal die Woche. Ludwig sah das zwar nicht gern, aber er legte mir auch keine Steine in den Weg. Was ihn vielmehr störte, war die Tatsache, dass ich mich auf keinen Hochzeitstermin festlegen wollte, solange Tame noch in der geschlossenen Abteilung bleiben musste. Dafür hatte er nicht wirklich Verständnis. Wenn es nach ihm gegangen wäre, hätten wir längst geheiratet und er wäre zu mir in das Haus auf den Hügel gezogen. Für ihn stand inzwischen fest, dass er die nächsten Jahre in Neuseeland bleiben würde. Diese Entscheidung habe ich mit großer Erleichterung aufgenommen. Es wäre mir doch sehr schwergefallen, mein Heimatland von heute auf morgen für immer zu verlassen.

Heute war mein Besuchstag bei Tame. Da meine alte Tante Aranga in derselben Klinik vor sich hin vegetierte, schaute ich auch jedes Mal kurz bei ihr vorbei. An diesem Morgen jedoch hatte mich die dringende Nachricht erreicht, dass es der Schwester meines Vaters sehr schlecht ging und dass man von Seiten der

Ärzte befürchtete, sie würde die folgende Nacht nicht überleben. Deshalb wollte ich zuerst bei Aranga vorbeischauen.

»Soll ich dich begleiten?«, erkundigte sich Ludwig halbherzig. Ich wusste ganz genau, dass er keinen gesteigerten Wert darauf legte, mit in die Irrenanstalt zu kommen. Er hatte mich ein einziges Mal bis zum Haupteingang gebracht. Das hatte ihm eigentlich schon genügt. Er fand das Haus bereits von außen sehr deprimierend. Ich konnte auch nicht gerade von mir behaupten, dass ich mich im Inneren des psychiatrischen Krankenhauses wohlfühlte. Über allem waberte eine Wolke von Desinfektionsmitteln, die grauen Linoleumfußböden waren abgetreten und die weißen Wände vergilbt. Am schlimmsten aber waren die vereinzelten Schreie, die aus den verschlossenen Räumen drangen. Oftmals hörte es sich so an, als würden Tiere wimmern. Ich musste mir manchmal die Ohren zuhalten, weil ich diese unmenschlichen Geräusche nicht ertragen konnte. Nein, eine anheimelnde Atmosphäre herrschte in diesen Räumlichkeiten wirklich nicht. Der einzige Lichtblick war der behandelnde Arzt, der sich Tame sowie mir gegenüber äußerst respektvoll benahm. Ich hatte den Verdacht, dass nicht alle Ärzte so zugewandt waren wie Doktor Tanawa. Der Arzt, der meine alte Tante betreute, war ein wortkarger Griesgram, sodass ich es nach ein paar Wochen gewagt hatte, Doktor Tanawa zu bitten, einmal nach der alten Frau zu sehen. Ich weiß nicht, wie er es angestellt hat, jedenfalls war er von dem Tag an der behandelnde Arzt meiner Tante. Vielleicht täusche ich mich, aber ich hatte das Gefühl, dass es ihr seitdem ein wenig besser ging, obwohl bei ihr von wirklicher Genesung kaum die Rede sein konnte. Sie saß eigentlich den ganzen Tag immer nur in derselben Position in einem alten Lehnstuhl. Ihre Hände krallten sich in das abgetragene Leder, und ihr Blick war starr auf das Gemälde des Hauses Hinemoa gerichtet, das gegenüber an der Wand hing. Nur wenn ich zur Tür hineinkam, signalisierte sie mir durch ein leises Nicken mit dem Kopf, dass sie mich überhaupt wahrnahm. Ich setzte mich dann neben sie auf einen Stuhl und hielt einfach nur ihre knochige Hand. Manchmal gab sie ganz plötzlich einen schier unmenschlichen Laut von sich, um danach wieder in völlige Apathie zu verfallen. Obwohl ich um diese Ausfälle wusste, erschrak ich jedes Mal ganz fürchterlich, und mein Herz klopfte mir bis zum Hals, wenn das geschah. Ganz selten fing sie aus heiterem Himmel zu wimmern an, und ihr ganzer Körper zitterte unkontrolliert. Ich holte dann jedes Mal eine Schwester, weil ich nicht wusste, wie ich sie wieder beruhigen konnte.

Es war eher ein unwürdiger Zustand, in dem sie sich befand, denn sie hatte zudem keinerlei Kontrolle mehr über ihre Körperfunktionen. Sie war vollständig dem guten Willen des Personals ausgeliefert, da sie rund um die Uhr Pflege benötigte. Das Einzige, was ich hin und wieder für sie tun konnte, war, sie zu füttern. Wie bei einem Kleinkind gab ich ihr Löffel um Löffel eines Breis. Das schien sie gerne zu mögen.

Ich hatte also gemischte Gefühle, was die Nachricht über ihr baldiges Ableben anging. Einerseits wäre es für sie vielleicht eine Erlösung, andererseits tat es immer weh, wenn ein Mensch für immer gehen musste.

»Träumst du, mein Schatz?«, riss mich Ludwig aus meinen Gedanken. »Wenn du möchtest, komme ich heute mit dir«, bekräftigte er seinen guten Willen, mich zu begleiten. Ich schenkte ihm ein dankbares Lächeln. »Nein, ich schaff das schon allein. Vielleicht könntest du Mr. Evans bei Laune halten, sollte ich wegen Tante Arangas Zustand nicht rechtzeitig zurück sein.« Ich hatte den Museumsdirektor am frühen Abend zu einem kleinen Abendessen eingeladen, um mit ihm über ein verlockendes Angebot zu sprechen, das er mir kürzlich gemacht hatte.

»Merima, ist der Besitz des Hauses Hinemoa nicht eine viel zu große Belastung für Sie?«, hatte er mich vertraulich gefragt.

»Manchmal schon«, hatte ich geseufzt.

»Sehen Sie, und darüber habe ich länger nachgedacht. Sie sollten die Verantwortung teilen.«

»Aber mit wem?«

»Mit mir zum Beispiel«, hatte Mr. Evans wie aus der Pistole geschossen geantwortet. »Verkaufen Sie es mir.«

»Verkaufen? Ihnen? Ja, selbst, wenn ich das wollte, ich dürfte es ja gar nicht, sondern müsste es erst der Regierung anbieten. Laut Gesetz hat sie ein Vorkaufsrecht.«

Mr. Evans hatte wissend gelächelt. »Sie wollen es aber nicht!«

»Woher wissen Sie das?«

»Ich habe schon mal vorgefühlt.«

»Sie haben was?« Ich kam aus dem Staunen gar nicht raus.

»Die Regierung hat kein Interesse. Überlegen Sie sich das. Ich könnte mir vorstellen, dass Sie das entlastet bei dem ganzen Fluch, der daran hängt, und der schrecklichen Geschichte mit Tame ...«

»Aber wenn, dann würde ich es doch dem Museum verkaufen, oder?«

»Nein, unsere Mittel sind erschöpft. Und außerdem haben wir ja bereits ein Versammlungshaus im Museumsbesitz. Nein, ich würde es kaufen.«

Ich war wirklich nicht abgeneigt und hatte ihn daraufhin zum Essen eingeladen. Der Gedanke, die Verantwortung abzugeben, war sehr verlockend, zumal es ja indirekt in meiner Hand bleiben würde, bliebe ich doch die Abteilungsleiterin.

»Bedenken Sie, wenn es mir gehört, sind wir nicht mehr von den Launen eines Mr. Tanaki abhängig. Dann entscheide ich, ich meine natürlich wir, also in Absprache mit Ihnen, was mit dem Versammlungshaus geschieht. Ob und wann die Eröffnung stattfindet.«

Ich stutzte. »Ob? In dem Punkt ist längst eine Entscheidung gefallen, denke ich.«

»Natürlich, das ... ja, das war ... lediglich ein Versprecher«, stammelte der Museumsdirektor, und ich fand, dass er plötzlich sehr nervös wirkte.

Ich gebe zu, das Ganze erscheint mir sehr verlockend, denn manchmal, wenn ich nachts wachliege, überkommt mich schon ein merkwürdiges Gefühl bei dem Gedanken an den Fluch, der über dem Versammlungshaus liegt. Ich bin also sehr offen für seine Vorschläge. Hauptsache, wir sind uns in einem Punkt einig: dass das Haus Hinemoa möglichst bald seinen Platz auf dem Museumshügel findet und zum beliebten Anziehungspunkt für die Besucher wird.

Ludwig, den ich natürlich sofort eingeweiht hatte, war die Erleichterung förmlich anzusehen, als ich ihm verriet, dass es eine Möglichkeit gäbe, die Hauptverantwortung für das Haus Hinemoa abzugeben. Ich glaube, er würde Luftsprünge machen, wenn ich mir mit Mr. Evans handelseinig würde.

In diesem Augenblick aber konnte ich mir keine weiteren Gedanken mehr über Mr. Evans Angebot machen, denn mein Besuch im Krankenhaus duldete keinen Aufschub. Ich umarmte Ludwig noch einmal fest. Er versicherte mir, dass er den Museumsdirektor schon unterhalten würde, falls ich erst etwas später nach Hause zurückkehren würde. Außerdem wünschte er mir viel Glück, wobei er auch nicht genau wusste, was er für meine Tante Aranga hoffen sollte. »Wenn ich ehrlich sein soll, mein Liebling, dann ist es vielleicht das Beste, wenn sie von ihren Qualen erlöst wird«, bemerkte er nachdenklich zum Abschied.

Ich zuckte mit den Schultern. »Wir wissen ja nicht einmal, ob sie Qualen erleidet. Wahrscheinlich merkt sie gar nicht, was mit ihr wirklich geschieht.«

Ich legte den Weg zur Nervenheilanstalt zu Fuß zurück, obwohl Ludwig gerade ein Automobil gekauft hatte, einen Austin 7, und regelrecht darauf brannte, mich mit seiner neuen Limousine dorthin zu bringen. Mir aber tat das Laufen sehr gut, um mich seelisch auf meine sterbende Tante vorzubereiten. Als ich auf die Station kam, auf der meine Tante Aranga lag, wartete Dr. Tanawa bereits ungeduldig auf mich.

»Wie gut, dass Sie rechtzeitig gekommen sind. Ich befürchte, Ihre Tante wird die nächsten Stunden nicht überleben.«

»Ich werde sofort nach ihr schauen«, versprach ich ihm.

»Sie ist sehr unruhig«, bemerkte der Arzt nachdenklich. »Irgendwie so, als würde sie noch etwas loswerden wollen. Sie hat heute Morgen angefangen, die Wand in ihrem Zimmer mit Tinte zu beschmieren. Als die Schwester ihr das verboten und sie ins Bett gesteckt hat, ist sie in lautes Gebrüll ausgebrochen und war erst damit zu beruhigen, dass die Schwester ihr Papier zum Bekritzeln ans Bett gebracht hat. Seitdem ist sie ganz ruhig und malt irgendwelche entsetzlichen Bilder. Aber schauen Sie selbst.«

Doktor Tanawa begleitete mich noch in das Zimmer, in das man meine Tante inzwischen gebracht hatte. Üblicherweise war sie in einem Schlafsaal mit mehreren kranken Frauen untergebracht, doch in ihrem Zustand hatte man ihr ein Einzelzimmer gegeben. Wie der Arzt mir mitteilte, litt sie an hohem Fieber. Er verschwieg mir nicht, dass er das für ein letztes Aufbäumen ihres geschwächten Körpers hielt.

Vorsichtig betraten wir das kleine Zimmer am Ende des Flures. Erstaunt stellte ich fest, dass Aranga mit dem Malen innehielt, als sie mich erblickte. Es blieb nicht wie üblich bei einem kurzen Kopfnicken zur Begrüßung, sondern sie warf die Arme in die Höhe und wedelte damit, so als ob sie mich zu ihrem Bett heranwinken wollte. Zögernd folgte ich ihren Anweisungen. Offenbar hatte ich ihre hektischen Bewegungen richtig gedeutet, denn sie beruhigte sich merklich, je weiter ich mich ihr näherte.

Kaum stand ich neben dem Bett, hielt mir Aranga ein vollgekritzeltes Blatt Papier vor die Nase und stieß dabei einen mörderischen Schrei aus. Dann versuchte sie, aus dem Bett zu springen, und deutete mit der freien Hand auf das Bild des Hauses Hinemoa an der gegenüberliegenden Wand. Es war eine Zeichnung, die ich mir noch nie von Nahem angesehen hatte. Tante Aranga stieß so lange tierische Laute aus, bis ich zu dem Bild hinüberging und den Rahmen von der Wand nahm. Wieder winkte sie mich mit wilden unkoordinierten Bewegungen zu sich heran. Doktor Tanawas und meine Blicke trafen sich. Er betrachtete das Ganze mit einer gewissen Neugier. Ich zuckte ganz leicht mit den Achseln, um ihm zu signalisieren, dass ich, auch ohne den Sinn zu verstehen, alles tun würde, was meine Tante verlangte. Sie nahm mir das Bild des Versammlungshauses grob aus der Hand und legte es auf der Bettdecke ab, bevor sie mir ihre Zeichnung in die Hand drückte. Ich konnte zwar nicht im Einzelnen erkennen, was meine Tante dort zu Papier gebracht hatte, aber das, was ich erkennen konnte, ließ mir kalte Schauer über den Rücken rieseln. Es waren zwei abgetrennte Köpfe, aus denen Blut hervortropfte. Offenbar sollten es die Köpfe zweier Maori sein, denn in ihren Gesichtern war jeweils ein Moko zu erkennen. Auch wenn sie sehr undeutlich gemalt waren, glaubte ich, das eine als ein männliches und das andere als ein weibliches Muster deuten zu können, denn das eine Gesicht war komplett mit dem Moko verziert, während sich das andere Muster nur auf die Lippen und das Kinn beschränkte.

Doktor Tanawa war einen Schritt auf mich zugetreten und blickte mir über die Schulter. »Das ist ja unglaublich, was sie da zu Papier gebracht hat.«

Ich versuchte derweil, die übrige Zeichnung zu entschlüsseln. Das Haus, das meine Tante gezeichnet hatte, sollte offenbar das Haus Hinemoa darstellen. Ganz isoliert am rechten Bildrand war eine Maori-Figur gemalt, die, wie an den üppigen Brüsten unschwer zu erkennen war, eine Frau darstellte.

»Ich habe keine Ahnung, was das zu bedeuten hat«, murmelte ich leise. In dem Moment blickte ich erschrocken auf, denn es fiel mir plötzlich auf, wie still es im Raum geworden war. Unheimlich still, zu still! Ein Blick zum Bett meiner Tante bestätigte das, was ich tief im Inneren bereits ahnte: Die Schwester meines Vaters war tot! Das Erschütterndste daran war, dass sie ihre Augen schreckensweit aufgerissen hatte. Doktor Tanawa trat ans Bett und schloss sie ihr. Ich nahm indessen die Zeichnung des Hauses Hinemoa zur Hand. Mein Blick blieb an der Figur hängen, die eine Frau darstellte und die offenbar identisch war mit derjenigen, die Tante Aranga gezeichnet hatte. Dann widmete ich mich dem Abschied von der Schwester meines Vaters. Ich beugte mich zu ihrem zerknitterten Gesicht hinunter und gab ihr einen letzten Kuss auf die Stirn. Ich tat das mit allem Respekt, aber ich konnte nicht weinen. Zu sehr empfand ich ihren Tod als Erlösung.

Als Doktor Tanawa und ich das Zimmer wenig später verließen, ging ich mit leeren Händen. Es war der Arzt, der mich auf dem Flur darauf aufmerksam machte, dass ich die Zeichnung vergessen hatte. Ich überlegte kurz, ob ich dieses grausame Gekritzel wirklich mitnehmen wollte. Doktor Tanawa aber drängte mich regelrecht, das Blatt Papier zu holen. »Sehen Sie es als letzten Willen Ihrer Tante. Sie war so aufgeregt, dass ich vermute, es steckt etwas mehr dahinter als nur das sinnlose Gekritzel einer Irren.«

Das leuchtete mir ein. Wahrscheinlich hatte sich meine Tante wirklich etwas dabei gedacht, sofern sie überhaupt dazu in der Lage war, sich auch nur annähernd so etwas wie Gedanken zu machen. Ich vermutete eher, dass sie einer tiefen Angst Ausdruck verliehen hatte. So etwas wie ein lichter Moment im Angesicht des Todes. Zögernd drehte ich mich um.

»Soll ich Sie begleiten?«, fragte Doktor Tanawa mitfühlend.

Ich bin sonst wirklich kein Angsthase, und Tante Aranga war schließlich nicht die erste Tote, die ich gesehen hatte. Im Zimmer meines Vaters hatte ich stundenlang ganz ohne Angst ausgeharrt, um mich entsprechend von ihm zu verabschieden. Nun gruselte ich mich davor, mit der alten Frau allein im Zimmer zu sein. Ich wandte mich dem Arzt zu und lächelte ihn an: »Ja, ich glaube, ich hätte sehr gern Ihre Begleitung.«

Gemeinsam gingen wir zum Zimmer meiner Tante zurück. Die Zeichnung hatte ich auf einem Tisch abgelegt. Zögernd griff ich nach dem Blatt Papier. Ich konnte nicht gerade behaupten, dass es mein Herzenswunsch war, das Gekritzel meiner Tante zu besitzen. Ich wusste nur eines: Ich würde es weit weg legen, dorthin, wo ich es nicht jeden Tag sehen musste. Mir fiel mein Tagebuch ein. Ich konnte das Blatt Papier einfach zusammenfalten und zwischen zwei Seiten ablegen. So wäre mir dieses Gemälde vorerst aus den Augen. In diesem Augenblick hatte ich kein übermäßiges Interesse daran, herauszubekommen, was Tante Aranga mir mit dieser Zeichnung hatte mitteilen wollen. Ich fand sie entsetzlich! Das Einzige, was ich darüber hinaus empfand, war ein unendliches Mitgefühl für die arme Frau, in deren krankem Kopf solche wilden Fantasien getobt hatten.

Der Besuch am Sterbebett meiner Tante hatte mich derart mitgenommen, dass ich keinerlei Lust verspürte, auch noch den verwirrten Tame aufzusuchen. Der Arzt schien meine Gedanken lesen zu können. Er schlug mir vor, nach Hause zu gehen und an einem anderen Tag wiederzukommen. »Sie haben doch sicherlich genug zu tun, um die Beerdigung vorzubereiten«, bemerkte er mitfühlend. »Und Herrn Tanaki werden wir sicherlich noch eine Weile bei uns behalten müssen«, ergänzte Doktor Tanawa.

Ich war versucht, meinem Impuls nachzugeben und auf einen Besuch bei Tame zu verzichten, doch dann siegte mein Pflichtgefühl. Er wartet auf mich, dachte ich. Jedes Mal saß er schon vollständig angezogen in seinem Sessel und blickte sehnsüchtig zur Tür. Es war ja nicht so, dass er die ganze Zeit über nur wirres Zeug redete. Er hatte durchaus lichte Momente, in denen er sich dafür bedankte, dass ich ihn nicht vergessen hatte. Was er auch nie vergaß, war die Tatsache, dass wir beide nicht heiraten würden und dass ich Ludwig Dehn liebte. Mir war es manchmal ein wenig unheimlich, wie tapfer er damit umging. Als hätte es das ganze Drama um unsere einst geplante Ehe nie gegeben. Er schien die Auseinandersetzung in meinem Haus mit Ludwig völlig vergessen oder verdrängt zu haben. Jedenfalls erwähnte er sie nie auch nur mit einem Wort, genauso wenig wie die Tatsache, dass er Ludwig und mich quasi in flagranti ertappt hatte. Das Einzige, was ich ihm gegenüber auf keinen Fall erwähnen durfte, war das Haus Hinemoa. Das brachte ihn jedes Mal förmlich zum Ausrasten. Dann wurde er hektisch, geradezu hysterisch, und begann, wirres Zeug zu reden, das immer wieder in wüsten Ankündigungen gipfelte, das Versammlungshaus müsse dem Erdboden gleichgemacht werden, er müsse es vernichten, sonst werde es uns vernichten, ja, es müsse brennen, sonst würden weder er noch ich jemals unseres Lebens froh. Wenn er in dieser Stimmung war, konnte ich ihn nicht beruhigen. Da halfen weder gute Worte noch mitfühlende Berührungen. Dann war er schlicht ein verrückter Mann, der unverhohlen mit Brandstiftung drohte. Ein paarmal versuchte ich, ihm zu erklären, dass er, solange er diese Worte im Mund führte, nicht wieder in die Freiheit entlassen werden könne, weil man ihn als Gefahr für die Menschheit ansah. Vergeblich, denn nichts von dem drang zu ihm durch. In diesem Punkt hatte wirklich sein Verstand ausgesetzt, und es wollte partout nicht besser werden.

An diesem Tag war es besonders schlimm. Tame überfiel mich sofort mit einer Tirade über die Gefährlichkeit des Fluches, der über dem Haus Hinemoa lag. Mir war in diesem Augenblick gar nicht danach, mir die schrecklichen Dinge vorzustellen, die auf ihn und auf mich zukommen würden, wenn wir das Versammlungshaus nicht dem Höllenfeuer, das er eigenhändig legen wollte, überlassen würden. Deshalb hielt ich mich an diesem Tag nicht so lange bei ihm auf wie sonst. Beinahe fluchtartig verließ ich das Hospital und war heilfroh, als ich draußen in der samtigen Luft ein paarmal tief durchatmen konnte. Es war ein heißer und sonniger Tag, am Himmel hing keine einzige Wolke. In meinem Kopf hingegen herrschte ein düsteres Chaos, das so gar nicht zu diesem wunderbaren Wetter passen wollte. Ich musste immer wieder an die schreckensweit aufgerissenen Augen meiner Tante denken und dann wieder an die wüsten Drohungen, die Tame ausgestoßen hatte. Ich war heilfroh, als ich in die Geborgenheit meines Hauses zurückkehrte und Ludwig mich fest in den Arm nahm. Wie immer an seiner Brust fühlte ich mich sofort von einer Welle der Geborgenheit getragen. Er stellte mir auch keine unnötigen Fragen. Mein Gesichtsausdruck und meine bleiche Miene verrieten ihm offenbar genug über das, was geschehen war.

Nachdem er mich eine ganze Zeit lang sanft hin und her gewiegt hatte, begann ich zu reden. »Meine Tante ist tot. Und Tames Zustand ist unverändert«, erklärte ich ihm in knappen Worten.

Ludwig führte mich in die Küche, wo er bereits einen Tee vorbereitet hatte. Zögernd holte ich die Zeichnung von Tante Aranga aus der Tasche und breitete sie vor ihm aus. »Dieses schreckliche Bild hat meine Tante hinterlassen. Ich kann es gar nicht anschauen, ohne dass es mich gruselt. Ich habe keine Ahnung, was sie mir damit sagen wollte.«

In Ludwigs Miene zuckte es kurz, während er seinen Blick auf das Grauen heftete. »Ja, was soll das wohl bedeuten? Ich sehe zwei abgetrennte Köpfe, im Hintergrund das Versammlungshaus, davor eine einzelne Figur, die offenbar eine Frau darstellt, und da liegt jemand tot am Boden.«

Ich setzte mich neben ihn und betrachtete die Zeichnung. Den am Boden liegenden Menschen hatte ich auf den ersten Blick nicht gesehen. Mir wurde noch schwerer ums Herz, je länger ich die Zeichnung betrachtete. Hastig faltete ich sie wieder zusammen und ließ sie in meiner Jackentasche verschwinden.

»Jetzt muss ich alles für Tante Arangas Beerdigung vorbereiten«, bemerkte ich.

»Vielleicht sollte ich Mr. Evans für heute Abend absagen«, schlug Ludwig vor. Natürlich war Ludwigs Vorschlag verlockend, denn große Lust, heute noch Verträge mit Mr. Evans auszuhandeln, hatte ich in der Tat nicht. Andererseits war es mir ein inneres Bedürfnis, die Angelegenheit mit dem Versammlungshaus endgültig zu klären. Und die Versuchung, die Verantwortung für das Haus Hinemoa abzugeben, lockte mich zunehmend. Besonders nach dem heutigen Besuch bei Tame.

»Nein, Liebster, ich bereite jetzt das Essen vor. Uns bleiben noch zwei Stunden. Wenn ich ganz ehrlich bin, möchte ich die Angelegenheit so schnell wie möglich hinter mich bringen. Und meine Entscheidung steht so gut wie fest. Ich werde das Versammlungshaus dem Museum verkaufen.« Ludwigs Antwort war eine stürmische Umarmung, und er seufzte erleichtert auf. »Oh, mein Schatz, ich habe mir so gewünscht, dass du dich von dieser Last befreist!«

Ludwig machte keinerlei Anstalten, die Umarmung zu lösen. Ich hatte das Gefühl, er würde mich am liebsten bei der Hand nehmen und in unser Schlafzimmer führen, doch dann würde ich es wohl kaum schaffen, das Abendessen rechtzeitig zuzubereiten.

Sanft entwand ich mich seinen Armen und machte mich daran, die Zutaten für das Essen in der Küche bereitzulegen. Ich wusste, dass Mr. Evans' Lieblingsspeise Lammbraten war. Und den konnte ich sehr gut zubereiten.

Konzentriert machte ich mich ans Kochen. Diese Tätigkeit hatte schon immer beruhigend auf mich gewirkt. Das war schon früher so gewesen, wenn ich für meinen Vater das Essen zubereitet hatte. Meine Gedanken entspannten sich, und die düsteren Bilder, die mich aus der Nervenklinik bis hierher begleitet hatten, verschwammen immer mehr. Nachdem ich den Braten mit Knoblauch und Rosmarin gespickt hatte, schob ich ihn zufrieden in den Ofen. Ein Blick auf meine Armbanduhr zeigte mir, dass mir noch eine gute Stunde blieb, um mich ein wenig auszuruhen. Ich spürte nämlich, wie mich plötzlich eine bleierne Müdigkeit überfiel. Ich gab meinem Bedürfnis nach und legte mich auf das Sofa. Es dauerte nur ein paar wenige Augenblicke, und ich war fest eingeschlafen.

Ich wurde von einem sanften Schütteln geweckt. »Liebling, Mr. Evans kommt gleich«, flüsterte Ludwig.

Ich schreckte auf, und mein erster Blick fiel auf die Standuhr. Ich hatte viel zu lange geschlafen, nun blieb mir eine Viertelstunde. »Warum hast du mich nicht vorher geweckt? Wie soll ich denn jetzt alles schaffen?«, fuhr ich Ludwig an. Er musterte mich mitfühlend. »Du musst nur noch eines, mein Schatz: dir dein schönes Haar kämmen. Und vielleicht dein Kleid glattziehen. Ansonsten siehst du schlicht bezaubernd aus. Vorbereiten musst du jedenfalls gar nichts mehr!« Er deutete nun auf die festlich gedeckte Tafel. Mit einem Kennerblick überflog ich die Tischdekoration. Ludwig hatte wirklich an alles gedacht. Sogar an die silbernen Serviettenringe. Ich umarmte ihn zum Zeichen meines Dankes stürmisch. Dann sah ich an mir hinunter und stellte erleichtert fest, dass es etwas Schlimmeres gab, als in der weißen Bluse und einem blauen Rock Gäste zu empfangen. Doch meine wilde Mähne musste ich wohl in Ordnung bringen. Da hatte

Ludwig recht. Das Haar war mir nämlich aus der Spange geglitten, und es fiel mir jetzt offen und zerzaust bis fast zur Hüfte.

Als unser Besuch mit ein paar Minuten Verspätung an der Haustür klingelte, hatte ich mein Haar gebändigt und aufgesteckt. Ich begrüßte meinen Chef als strahlende Gastgeberin. Wir hatten uns gerade am Tisch niedergelassen, als unser Fernsprechgerät läutete.

Ich merkte förmlich, wie mir sämtliche Farbe aus dem Gesicht wich, als ich Doktor Tanawas aufgeregte Stimme sagen hörte, dass Tame soeben aus der Anstalt geflüchtet war. Am liebsten hätte ich diese Neuigkeit für mich behalten, aber ich war so blass geworden, dass ich Tames Flucht vor Ludwig und Mr. Evans nicht verbergen konnte. Der Museumsdirektor wurde schrecklich nervös und äußerte seine Sorge, dass Tame die Teile in der Halle doch noch erfolgreich in Brand setzen könnte, bevor das Haus wieder aufgebaut werden konnte. Ich schlug ihm vor, von unserem Telefon aus bei der Polizei anzurufen und darum zu bitten, dass man die Halle, in der die Paneele weiterhin lagerten, überwachte. Er nahm meinen Vorschlag bereitwillig an und war erst zufrieden, nachdem man ihm bei der Polizei versichert hatte, unauffällig einige Beamte auf dem Gelände zu postieren. Danach konnten wir endlich in Ruhe essen. Wir waren noch gar nicht bei dem entscheidenden Thema angelangt, dem Schicksal des Hauses Hinemoa, als das Geräusch von zerberstendem Glas uns alle gleichermaßen zusammenschrecken ließ. Ludwig sprang erschrocken von seinem Stuhl auf und bückte sich. Als er sich wieder aufrichtete, war er kreideweiß im Gesicht und hielt einen großen Stein in der Hand. Für mich war es keine Frage, wer uns die Scheibe eingeworfen hatte. Schweren Herzens ging ich zum Telefon und wollte der Polizei mitteilen, dass ich wüsste, wo sich der Flüchtige aufhielt. Ich kam mir zwar vor wie eine Verräterin, doch meine Sorge um das Haus Hinemoa war größer als meine

Skrupel. Je eher man Tame zurück in die Klinik brachte, desto geringer war die Gefahr, dass das Versammlungshaus in Flammen aufgehen würde. Ich hatte den Hörer schon in der Hand, als Ludwig mich aufgeregt bat, mir erst einmal die Botschaft anzusehen, die jemand mit einem Band um den Stein gewickelt hatte. Ludwig entfernte es und faltete den Zettel auseinander. In großen Buchstaben stand dort geschrieben:

Verschwinde, Hunne!

Ich zuckte zusammen. Hunne war ein Schimpfwort für die Deutschen, das man im Weltkrieg benutzt hatte, um damit zum Ausdruck zu bringen, wie brutal sie zum Teil vorgegangen waren. Keine Frage, damit war Ludwig gemeint! Obwohl Tame Ludwig bestimmt nicht sonderlich leiden konnte, solche Botschaften würde er mit Sicherheit nicht verfassen, geschweige denn durch meine Scheiben werfen. Wer dafür auch immer verantwortlich war, er hatte den beiden Männern und mir jedenfalls einen gehörigen Schrecken eingejagt.

Trotzdem wollte ich mir den Abend nicht verderben lassen. Und insgeheim konnte ich es gar nicht mehr erwarten, Mr. Evans das Haus Hinemoa zu verkaufen. Natürlich weigerte ich mich, an diesen ganzen Spuk zu glauben, nachdem es dem armen Tame schier den Verstand geraubt hatte, doch mein Gefühl sagte mir, es würde mir besser gehen, wenn das Haus nicht mehr in meinem Besitz wäre. Ich liebte und ehrte es ja noch genauso wie vorher, aber wenn ich nicht mehr seine Hüterin wäre, dann wäre ich auch frei von dem Fluch. Auch wenn das irrational war, klammerte ich mich an diesen Gedanken. Ich wollte endlich meine Ruhe haben. Für Ludwig und für mich. Und mein Bauch sagte mir, dass der Verkauf der richtige Weg war.

Mr. Evans hatte bereits alles vorbereitet. Nachdem wir mit dem Essen fertig waren, konnte er es gar nicht mehr erwarten, mir die vorgefertigten Verträge vorzulegen. Ich las das Vertragswerk gegen. Es war nicht besonders umfangreich, sodass ich mit einem Blick überschauen konnte, was mir nicht gefiel.

»Mr. Evans, ich hätte es gern, wenn wir schriftlich festhalten, dass die Regierung ihr Vorkaufsrecht nicht wahrgenommen hat. Damit zumindest feststeht, dass ich bzw. Sie es ihr angeboten haben.«

Mein harmloser Einwand schien den Museumsdirektor ins Schwitzen zu bringen. Schweiß stand plötzlich auf seiner Stirn. Bevor er antwortete, holte er ein riesiges Taschentuch aus seiner Jacke und wischte sich damit die Stirn. Ludwig und ich warfen uns einen fragenden Blick zu. Wir wunderten uns gleichermaßen, dass ihm diese Formalie derart zu schaffen machte.

»Muss das sein?«, fragte er unwirsch.

»Mir wäre es lieber, wenn wir es schwarz auf weiß festhielten«, entgegnete ich.

»Ja, wenn Sie darauf bestehen, gut, dann ergänzen wir das«, sagte er in unfreundlichem Ton.

Ich verstand nicht ganz, warum Mr. Evans auf dieses Thema so nervös reagierte. Wenn man ihm böse wollte, konnte es dafür nur eine einzige Erklärung geben: Er hatte gar nicht bei der Regierung vorgefühlt und versuchte, das Vorkaufsrecht zu umgehen.

Natürlich wollte ich diesen Verdacht auf keinen Fall aussprechen, weil ihn das sicherlich zutiefst in seiner Ehre getroffen hätte, aber da hörte ich meinen Mann schon scherzen: »Wenn man Sie so reden hört, könnte man glatt auf den Gedanken kommen, dass Sie bei der Regierung gar nicht vorstellig geworden sind.«

»Papperlapapp!«, schimpfte Mr. Evans und wischte sich erneut Bäche von Schweißtropfen aus dem Gesicht.

Das erregte ein gewisses Misstrauen in mir. Noch einmal beugte ich mich über den Vertrag und studierte die Paragrafen ein wenig intensiver. Da stolperte ich über eine Passage, die meine Person betraf. Im ersten Durchgang hatte ich nur gelesen, dass ich die künstlerische Leitung beim Wiederaufbau des Hauses haben würde, wenn das Haus auf dem Museumsgelände aufgestellt würde. Ich fand es zwar einerseits sehr freundlich, dass dies explizit erwähnt war, aber andererseits war es eine Selbstverständlichkeit. Schließlich war ich die Leiterin der Abteilung und damit weiterhin für das Haus Hinemoa als Ausstellungsstück zuständig. Aber was hieß: *wenn* das Haus aufgestellt würde ... Und den zweiten Absatz, der nun folgte, hatte ich offenbar beim ersten Mal völlig überlesen. Dort stand geschrieben, dass ich keine weiteren Rechte mehr auf das Versammlungshaus hätte. Ich durfte weder bestimmen, wo das Haus wiederaufgebaut wurde, noch hatte ich Einfluss auf die Frage, ob es an Dritte weiterveräußert werden könne. Ich stutzte und warf Mr. Evans einen skeptischen Blick zu.

»Ich habe hier gerade noch einmal den Abschnitt überflogen, der meine Person betrifft. Was meinen Sie damit, dass ich nicht bestimmen darf, wo das Haus wiederaufgebaut wird? Sind wir uns nicht mehr einig, dass es vor dem Museum auf der Freifläche stehen wird?«

Wieder zückte mein Chef sein Taschentuch und wischte sich hektisch die Stirn. Er war krebsrot im Gesicht. Ich konnte schwer beurteilen, ob es von dem schweren roten Wein kam, den Ludwig zum Essen serviert hatte, oder ob er nur nervös war. Als er mir eine Antwort schuldig blieb, schob ich diese Seite zu Ludwig und deutete auf die entsprechende Stelle.

»Ich finde, das ist eine berechtigte Frage von Merima. Warum haben Sie das so explizit erwähnt? Es besteht doch tatsächlich Einigkeit über den Aufbauplatz, oder?«

Mr. Evans wurde immer hektischer. Seine Augen flackerten, und der Schweiß lief ihm jetzt bis in die Augen. Ich hatte meinen Chef noch nie zuvor so hektisch erlebt.

»Ja, natürlich, es ist alles geklärt. Das Haus Hinemoa wird vor dem Museum aufgebaut. Das sind nur ein paar Floskeln, die mir mein Anwalt in den Vertrag geschrieben hat. Ich weiß auch nicht genau, was das soll.«

Ludwig runzelte die Stirn. Dann suchte er meinen Blick. »Tja, ich finde diese Klauseln etwas merkwürdig, aber was meinst du, mein Liebling? Willst du den Vertrag trotzdem unterschreiben oder lieber nicht?«

Ich überlegte. Eigentlich vertraute ich Mr. Evans voll und ganz. Natürlich zogen wir in dieser Sache an einem Strang. Das Haus sollte vor dem Museum aufgebaut werden. Aber was hatte es mit der Klausel auf sich, dass ich bei einem Verkauf an Dritte nicht gefragt werden musste?

»Was bedeutet es, dass ich keine Rechte habe, wenn das Haus an Dritte verkauft werden soll? Ist das nicht eine völlig absurde Klausel? Wir sind uns doch einig, dass das Haus Hinemoa eine der großen Attraktionen des Museums werden soll. Wer denkt denn da an Verkauf?«

»Natürlich keiner! Es ist wieder eine dieser Floskeln, die mein Anwalt in den Vertrag hineingeschrieben hat. Er ist der Meinung, dass man auch die Fälle rechtlich absichern muss, die abwegig sind. Es kann ja theoretisch der Fall eintreten, dass in zwanzig Jahren ein anderes Museum Interesse hat, unser Ausstellungsstück zu erwerben, und uns im Gegenzug etwas anderes bietet. Das würden wir zwar nie tun, jedenfalls nicht, solange ich Direktor bin, aber mein Anwalt meinte, der Verkauf müsste frei von Rechten Dritter sein.«

Ludwig stieß einen tiefen Seufzer aus. »Was meinst du, Merima, wäre es nicht besser, wir würden unsererseits den Vertrag morgen noch einmal von einem Anwalt überprüfen lassen?«

In diesem Augenblick spürte ich, dass ich die Sache hier und heute hinter mich bringen wollte. Ich hatte kein Interesse, auch nur noch einen Tag länger im Besitz des Versammlungshauses zu sein. Im Gegenteil, ich wollte es endlich erledigen. Und vielleicht hätte ich jedem anderen misstraut, aber doch nicht meinem Chef, Mr. Evans. Es war völlig absurd, dass er irgendetwas aushandelte, was mich übervorteilte.

»Nein, ich unterschreibe!«

Ich konnte sehen, wie Mr. Evans sich bei meinen Worten entspannte.

»Aber nur, wenn wir ein paar Klauseln handschriftlich hinzufügen«, fügte ich hinzu, was Mr. Evans sofort wieder den Schweiß auf die Stirn trieb.

»Ach, Kindchen, warum machen Sie es so kompliziert? Sie können mir vertrauen!«, seufzte er genervt.

Ludwig hingegen nickte mir aufmunternd zu. Ich verstand, was er damit sagen wollte. Er unterstützte mich in meiner Forderung, noch einige zusätzliche Klauseln handschriftlich hinzuzufügen.

»Und was soll das konkret sein?« Mr. Evans wischte sich mit dem Taschentuch über die Stirn.

»Erstens möchte ich Ihre explizite Versicherung, dass die Regierung es nicht kaufen wollte, und zweitens fehlt mir die Erwähnung der Rechte, die das Haus selbst hat. Um meine Rechte mach ich mir keine Sorgen, aber wenn wir das Haus Hinemoa nur wie eine tote Sache behandeln, wird es ihm nicht gut gehen.«

Mr. Evans rollte genervt mit den Augen. »Rechte des Hauses«, zischte er abfällig.

»Gut, wenn Ihnen das nicht zusagt, lieber Mr. Evans, dann lassen wir den Vertrag doch noch einmal von einem Anwalt überprüfen«, schlug ich listig vor. Ich wusste ganz genau, dass er eine solche Verzögerung auf jeden Fall umgehen wollte.

Er runzelte die Stirn. »Ja, gut, dann sagen Sie, was Sie wollen, wir werden uns schon einigen.«

Ich schloss die Augen, um meine Bedingungen zu formulieren. Ich wusste in etwa, was ich inhaltlich verlangte, aber dies musste jetzt in klare, verständliche Sätze gefasst werden.

»Ich diktiere Ihnen jetzt, was ich im Namen des Hauses vertraglich geregelt sehen möchte. Wollen Sie es vielleicht aufschreiben?« Ich öffnete meine Augen und reichte Mr. Evans das Vertragswerk, auf dem noch eine halbe leere Seite war. Dann stand ich auf und holte aus der Anrichte einen Füllfederhalter und ein Tintenfass hervor.

Es war Mr. Evans sichtlich anzumerken, dass er alles andere als begeistert von den Zusatzklauseln war, aber ich ignorierte seinen Widerwillen und diktierte ihm die Zusatzvereinbarungen:

»Zum Schutz des Hauses Hinemoa werden folgende drei Vereinbarungen zwischen dem Käufer, Mr. Evans, und der Verkäuferin, Merima To Pau, geschlossen: 1. Das Haus Hinemoa wird binnen einer Halbjahresfrist wieder aufgebaut und seiner Bestimmung als Versammlungshaus zugeführt. 2. Der Wiederaufbau wird ausschließlich von Maori durchgeführt. Es werden die besten Schnitzer, Maler und Flechterinnen beschäftigt. 3. Das Haus wird von einem Tohunga in einem Ritual von allen Flüchen gereinigt, bevor es seinem Zweck übergeben wird.«

Mr. Evans ächzte und stöhnte, während er diese Worte niederschrieb. Kaum war er fertig, ließ er eine Schimpftirade ab. »Ich verstehe überhaupt nicht, warum das in unseren Vertrag gehört. Das sind doch Selbstverständlichkeiten. Was soll das denn?«

»Wollen Sie das nun unterschreiben, Mr. Evans, oder nicht?«, mischte sich Ludwig ungeduldig ein. »Ich finde, dass dieser Zusatz dem Hause Hinemoa durchaus gerecht wird. Und denk an die Versicherung, dass die Regierung gefragt worden ist.«

»Genau. Also schreiben Sie: Ich, der Käufer, Mr. Evans, versichere, dass ich mit einem Regierungsvertreter über das Vorkaufsrecht für das Haus gesprochen habe, dort aber kein Interesse an einem Kauf herrscht.«

Mr. Evans stieß unverständliche Unmutslaute aus, bevor er eine wegwerfende Handbewegung machte. »Ja, gut, dann unterschreiben wir jetzt!«

»Und du bist dir ganz sicher, dass der Vertrag jetzt voll und ganz in deinem Interesse geschlossen ist, Merima?«, gab Ludwig zu bedenken.

»Mein Schatz, ich bin fest davon überzeugt, dass der Rest nur juristische Finessen sind, die meine Interessen nicht berühren.«

»Ich danke Ihnen für Ihr großes Vertrauen, Merima«, brummte Mr. Evans mit einem ironischen Unterton. »Aber Sie sollten nicht unterschreiben, bevor Sie das Wichtigste nicht ausgefüllt haben.« Er deutete auf eine Lücke im Vertragstext. Es handelte sich um den Preis.

Für mich war eigentlich immer klar gewesen, dass ich mit dem Versammlungshaus kein Geschäft machen wollte. Am liebsten hätte ich es ihm ohne großen Vertrag einfach geschenkt, aber das hatte Mr. Evans nicht annehmen wollen. Er war es gewesen, der auf einem Kaufvertrag bestanden hatte.

Ich griff nach der Feder und schrieb in die Lücke eine Eins. Ein Schilling! Für mich war das ein symbolischer Preis, denn das Haus Hinemoa war nicht käuflich und auch nicht verkäuflich. Dann schob ich Mr. Evans wortlos den Vertrag hin.

»Ist das wirklich Ihr Ernst?«, fragte er ergriffen, doch dann machte er eine abwehrende Handbewegung. »Das geht nicht. Den Vertrag könnte man für ungültig erklären. Ich möchte nicht, dass da noch etwas schiefgeht.« Er machte aus der Eins eine Tausend.

»Einverstanden?«

Ich nickte eifrig und zückte die Feder. Ich warf Ludwig noch einen prüfenden Seitenblick zu und sah, dass er lächelte. Das deutete ich als Einverständniserklärung.

Als Ludwig wenig später mit einer Flasche Champagner, die wir bereitgestellt hatten für den Fall, dass wir uns heute handelseinig werden würden, zurückkehrte, herrschte eine ausgelassene Stimmung zwischen uns dreien. Wir prosteten uns übermütig zu und stießen auf die glorreiche Zukunft des Hauses Hinemoa an.

Im selben Augenblick drang aus dem Garten ein Geräusch durch die geöffnete Terrassentür zu uns hinein, so als würde jemand laut niesen. Ludwig sprang wie der Blitz auf und stürmte in die Dunkelheit hinaus. Obwohl mir vor Angst die Knie weich wurden, folgte ich ihm. Plötzlich blieb Ludwig abrupt stehen und gab mir ein Zeichen, es ihm gleichzutun. Voller Anspannung beobachtete ich, wie er sich nun in Richtung des Eisenholzbaumes pirschte und plötzlich mit einem Satz hinter dem Baum verschwand. Ich hielt den Atem an, doch das Nächste, was ich hörte, war eine schrille Frauenstimme. »Lassen Sie mich los, Sie grober Kerl, Sie!« Wenn ich mich nicht täuschte, war das die Stimme meiner Nachbarin Miss Hunter. Und tatsächlich zerrte Ludwig meine Nachbarin hinter dem Baum hervor. »Das ist sehr gefährlich, was Sie da treiben!«, fauchte Ludwig sie an. »Mit dem Stein hätten Sie jemanden schwer verletzen können!«

»Sie lassen mich jetzt sofort los, Sie Grobian!« Ludwig tat widerwillig, was sie verlangte. Er hatte einen hochroten Kopf vor lauter Zorn. »Hören Sie! Sie hätten einen von uns mit dem Stein am Kopf treffen können!«

Miss Hunter funkelte Ludwig angriffslustig an. »Was faseln Sie immer von einem Stein? Ich habe in Ihrem Garten nach meinem Hund gesucht.«

»Dann hätten Sie sich sicherlich nicht hinter dem Eisenholzbaum versteckt«, mischte ich mich ungerührt ein. »Ich werde jetzt einfach die Polizei holen. Es ist in der Tat kein Kavaliersdelikt, Steine durch Fensterscheiben zu werfen.«

Miss Hunter wurde bleich wie eine Wand. »Das habe ich niemals getan! Ich würde nie Steine durch Fensterscheiben werfen. Das müssen Sie mir glauben, ich komme, ich ... ich ...«

»Ich höre!« Ich hatte mich jetzt kämpferisch vor ihr aufgebaut und die Arme ineinander verschränkt.

»Ich gebe es zu, ich habe noch Licht gesehen ... und ich, nun, ich ... ich war neugierig und wollte wissen, wen Sie zu Besuch haben.«

»Das sollen wir Ihnen abkaufen?« Es war ganz offensichtlich: Ludwig glaubte ihr kein Wort. Ich hingegen hatte meine Zweifel, ob Miss Hunter wirklich mit Steinen werfen würde.

»Aber wer sollte es sonst gewesen sein?«, fragte ich nach. Meine Nachbarin wedelte aufgeregt mit den Armen »Ich habe vorhin zwei Männer beobachtet, die ich noch nie zuvor in unserer Gegend gesehen habe. Ich kann sie sogar beschreiben. Der eine hatte einen auffällig roten Bart und sah sehr ungepflegt aus!«

Ludwig und ich sahen uns fassungslos an. Offenbar dachten wir beide dasselbe: Die Steinewerfer waren dieselben Täter, die mich in der Halle mit dem Spaten niedergeschlagen hatten! Aber was um Himmels willen wollten sie von uns? Warum versuchten sie, uns einen solchen Schrecken einzujagen? Und was hatte das alles mit dem Haus Hinemoa zu tun?

In diesem Augenblick schwand meine Hoffnung, dass ich mit dem Verkauf des Versammlungshauses tatsächlich frei von allen Flüchen und Prophezeiungen sein würde, die sich um das Haus Hinemoa rankten.

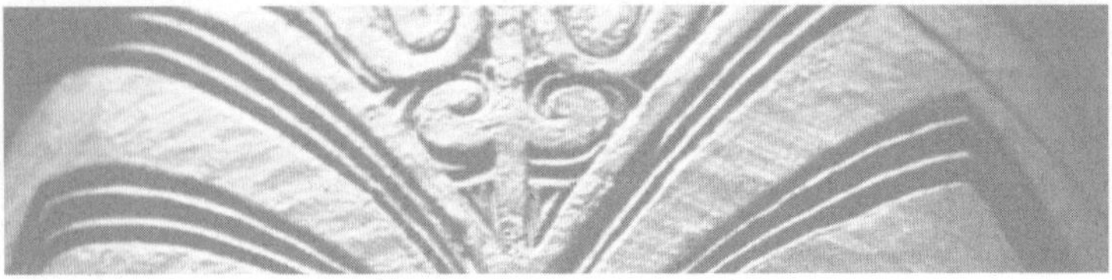

Hamburg, Januar 2014

Der Hamburger Winter war für diese Jahreszeit immer noch zu warm. Das jedenfalls betonte Dorothee angesichts des nassen Wetters. Sarah aber hatte ganz andere Sorgen. Seit Silvester hatte sie Jan nicht mehr gesehen. Ein paarmal hatte sie versucht, ihn in seinem Büro zu erreichen, und seine Sekretärin gebeten, dass er sie zurückrufen und ihr eine Kopie des grafologischen Gutachtens mailen solle. Das Gutachten war am nächsten Tag in ihrem Postfach gewesen, angerufen hatte er sie aber nicht. Immerhin war der Jahreswechsel jetzt schon über zehn Tage her. Sarah saß an diesem Nachmittag an ihrem Schreibtisch im Gästezimmer und beantwortete Mails von Freunden. Immer wieder glitten ihre Gedanken zu dem Silvesterkuss ab, den sie mit Jan ausgetauscht hatte. Es war wie verhext. Da konnte sie sich hundertmal vornehmen, dass er überhaupt keine Bedeutung hatte, er drängte sich immer wieder in ihr Bewusstsein. Dabei hatte sie sich im realen Leben längst etwas intensiver mit Michael eingelassen. Er hatte sich nämlich sehr um sie bemüht und sich auf gewisse Art unentbehrlich gemacht. Jeden Tag lud er sie zu irgendwelchen Ausflügen ein und zeigte ihr die Stadt, in der er auch zum ersten Mal in seinem Leben war, als wäre er hier zu Hause. Obwohl Sarah sich fest vorgenommen hatte, nicht mehr mit ihm auf sein Hotelzimmer zu gehen, war es in den letzten Tagen doch noch zwei Mal geschehen. So wirklich bereute Sarah diese Inkonsequenz nicht, denn Michael war ein aufregender Liebhaber. Es war jedes Mal wieder anders, mit ihm zusammen zu sein, und er verstand es wirklich, sie nach allen Regeln der Kunst zu verführen und zu verwöhnen. Deshalb ärgerte es sie umso mehr, dass ihr Herz bei der Erinnerung an den Kuss mit Jan heftiger klopfte, als wenn sie sich im Nachhinein die Erlebnisse mit Michael ins Gedächtnis rief.

Für den heutigen Abend hatte sie Michael in das Haus ihrer Großmutter eingeladen. Er hatte sich nämlich explizit darüber beschwert, dass die alte Dame ihn ganz offensichtlich nicht mögen würde. Sarah hielt diese Vermutung zwar für gar nicht so abwegig, aber das würde sie ihm gegenüber auf keinen Fall zugeben. Im Gegenteil, sie wollte ihm mit dieser Einladung beweisen, dass er sich irrte.

Dorothee hatte ihrer Enkelin hoch und heilig versprechen müssen, heute besonders nett zu Michael zu sein, was sie schließlich unwirsch getan hatte. Seit sie von dem gefälschten Vertrag erfahren hatte, litt die alte Dame permanent unter schlechter Laune. Dabei hatte Sarah ihr die Nachricht sehr dezent beigebracht und war keinesfalls in Triumphgeheul ausgebrochen. Sarah und ihre Großmutter hatten beschlossen, das Ergebnis des grafologischen Gutachtens zunächst einmal für sich zu behalten. Sarah hatte Dorothee sogar versprechen müssen, die Tatsache, dass der Vertrag gefälscht war, selbst Jerry zu verheimlichen. Sarah geriet durch dieses Versprechen in einen Gewissenskonflikt, aber letztlich hatte sie Jerrys immer enger werdender Kontakt zu der deutschen Journalistin davon überzeugt, vorerst über das Ergebnis des grafologischen Gutachtens zu schweigen. Lena war nämlich äußerst interessiert an den Recherchen, die Sarah über Ludwig Dehn in Neuseeland gemacht hatte. Und sie deutete in einem Gespräch an, ihrerseits an einem kritischen Artikel über den Forscher zu arbeiten. Manchmal fühlte Sarah sich wie eine Verräterin in eigener Sache. Hatten ihr nicht alle Beteiligten prophezeit, dass Blut dicker wäre als Wasser? Dass sie als Urenkelin des Forschers plötzlich korrumpierbar würde? Vielleicht hätte sie es ihrer Großmutter auch gar nicht so leichtfertig versprochen, wenn diese sie nicht geradezu beschworen hätte, den gefälschten Vertrag nicht überzubewerten. *Kind, manchmal sieht alles nach außen ganz anders aus, als es wirklich gewesen ist. Glaube mir, ich weiß, dass mein Vater rechtens gehandelt hat. Und du wirst den Beweis in nicht allzu ferner Zeit in den Händen halten!*

Sarah hätte gern gewusst, woher Dorothee diese Gewissheit nahm, aber ihre Großmutter hatte deutlich gemacht, dass sie nicht mehr sagen konnte, jedenfalls nicht zu diesem Zeitpunkt. Sarah glaubte nicht so recht daran, dass es derart stichhaltige Beweise für Ludwig Dehns Unschuld gab. Sie hatte eher den Eindruck, dass ihre Großmutter alles versprechen würde, um sie davon zu überzeugen, dass Ludwig Dehn ein »Guter« gewesen war.

Sarah hatte auf Dorothees ausdrücklichen Wunsch auch Jan in einer Mail darüber informiert, dass ihre Großmutter und sie beschlossen hätten, das Ergebnis zunächst einmal unter dem Deckel zu halten. Der Kurator hatte professionell und höflich geantwortet, dass er das für eine vernünftige Entscheidung hielt und von ihm keiner erfahren werde, was der Grafologe herausgefunden hatte. Es gab auf jeden Fall keine zwei Meinungen: Die Unterschriften von Mr. Evans und Ludwig Dehn stammten von ein und derselben Person!

Seufzend klappte Sarah ihren Laptop zu. Sie hatte ihrer Großmutter versprochen, heute Nachmittag mit ihr Tee und Kekse im Salon einzunehmen. Und Dorothees Einladungen waren stets blumig formulierte Anordnungen. Ihnen nicht nachzukommen wäre einer Beleidigung gleichgekommen.

Als Sarah in den Salon kam, war der Tisch vor dem Kamin bereits für den kleinen Imbiss gedeckt. Dorothee liebte die nachmittägliche Zeremonie der »Tea Time«. Sarah wunderte sich allerdings, dass man für drei Personen eingedeckt hatte. Für Michael konnte das kaum gedacht sein, weil sie ihn erst zum Abendessen erwartete. Ihre Großmutter saß in einer Ecke auf einem Lehnstuhl und war in ein Büchlein vertieft.

Sarah näherte sich ihrer Großmutter, die sie offensichtlich nicht kommen hörte, vorsichtig. Sie wollte sie nicht erschrecken und tippte ihr ganz sanft auf die Schulter. »Was liest du denn da so Spannendes? Es muss dich sehr fesseln, denn an deinem Gehör kann es nicht liegen, dass du mich nicht wahrnimmst. Du hast doch sonst Ohren wie ein Luchs«, lachte Sarah und warf einen Blick in das Buch, in das ihre Großmutter so vertieft war. Sie erkannte, dass es sich um ein Tagebuch mit eng beschriebenen Zeilen in einer etwas altmodischen Schrift handelte. Als Dorothee Sarahs neugierigen Blick wahrnahm, klappte sie das Buch hastig zu und ließ es neben sich im Sessel verschwinden. »Hast du mich aber erschreckt!«, stieß sie verärgert hervor. »Ich habe dich überhaupt nicht kommen hören.«

Sarah war ein wenig erstaunt über diese heftige Reaktion ihrer Großmutter, aber sie ließ sich nichts anmerken, obwohl sie sich fragte, in was für einem Tagebuch Dorothee da eben gelesen haben mochte. Ob das ihr eigenes Tagebuch war? Trotzdem traute sie sich nicht, ihrer Neugier nachzugeben, denn Dorothee trug eine abweisende Miene zur Schau.

Dass sie keine Nachfragen ihrer Enkelin wünschte, zeigte sie sehr deutlich. Kaum hatte sie auf dem Sofa vor dem Kamin Platz genommen, begann sie, Small Talk zu betreiben. Etwas, das Dorothee ansonsten sehr fern lag.

»Wie war dein Tag?«

»Sehr gut. Ich habe meine ganze Post aus Neuseeland beantwortet. Und du? Wie war dein Tag?«

»Ich hatte heute Besuch von dem Bruder unseres geschätzten

Kurators. Er hat mit mir gesprochen, weil er morgen anfängt, meine Fassade zu renovieren.«

»Und? War Mr. Jan Gerken auch mit dabei?«, erkundigte sich Sarah beifällig.

»Nein, er hatte Wichtigeres zu tun, aber ich erwarte ihn jeden Augenblick.«

Sarah stutzte. »Du hast doch nicht etwa Jan Gerken heute zu dir zum Tee eingeladen? Du weißt sehr wohl, dass Michael heute zum Abendessen kommt, oder?«

»Das war eine Notsituation. Wir haben etwas sehr Wichtiges zu besprechen.«

»Und diese wichtige Sache hätte keine Zeit bis morgen gehabt?«, hakte Sarah verschnupft nach. Wenn das mal keine Absicht war, dachte sie verärgert, es war sehr unklug, die beiden Männer schon wieder aufeinander loszulassen. Und das wusste ihre Großmutter genau. Sie wollte anscheinend, dass die beiden Männer einander begegneten. Aber warum, fragte sich Sarah. Hoffte sie, dass Michael sich wieder mit seinem Besitzanspruch und seiner Eifersucht blamierte?

»Ich konnte wirklich nichts dagegen tun«, erklärte Dorothee mit Nachdruck. »Wir haben eine sehr dringende Angelegenheit zu klären. Das duldete keinerlei Aufschub. Tut mir wirklich leid, wenn deinem Michael Jans Gesellschaft nicht genehm ist. Aber darauf kann ich leider keine Rücksicht nehmen.«

»Dann sollte ich Michael vielleicht anrufen und ihm vorschlagen, dass wir lieber essen gehen«, bemerkte Sarah spitz. Sie konnte sich nicht helfen. Sie hielt den Besuch von Jan für einen raffinierten Schachzug ihrer Großmutter und glaubte keine Sekunde daran, dass es wirklich einen dringenden Grund gab, warum der Kurator ausgerechnet heute nach Othmarschen kommen musste.

»Sag ruhig, wenn es dir lieber ist, dass ich mit Michael essen gehe. Dann werde ich das tun. Das war zwar nicht Sinn der Einladung an ihn, denn die habe ich ja gerade deshalb ausgesprochen, um ihm zu demonstrieren, dass du nichts gegen ihn hast. Ich bin natürlich nicht so dumm, ihm die Wahrheit zu sagen. Ich werde eine Ausrede vorschieben …« Sarah hatte einen hochroten Kopf bekommen und sich regelrecht in Rage geredet. Dabei war ihr insgeheim völlig klar, warum sie so heftig darauf reagierte. Sosehr sie es sich auch gewünscht hatte, Jan wiederzusehen – es war doch höchst fraglich, ob so ein Wiedersehen ausgerechnet in Michaels Gegenwart besonders erbaulich werden würde. Und natürlich fürchtete sie auch Michaels Reaktion. Es war abzusehen, dass er über Jans Gesellschaft nicht begeistert sein würde!

»Vielleicht könntest du dafür sorgen, liebe Großmutter, dass Jan das Haus verlassen hat, bevor Michael kommt.«

»Nein, das werde ich ganz sicher nicht tun. Ich kann Jan doch nicht rausschmeißen. Was ist denn dabei, wenn er mit uns isst? Wir sind doch alle erwachsene Menschen.«

»Das hast du dir wirklich fein ausgedacht! Du hetzt die beiden aufeinander, weil du hoffst, dass Michael die schlechtere Figur macht, nicht wahr?«

Dorothee schüttelte ihren weißen Pagenkopf und blickte ihre Enkelin empört an.

»Kind, was unterstellst du mir denn da? Ich hab mir gar nichts dabei gedacht. Und wenn euch beiden Turteltauben das nicht passt, dann könnt ihr ja gleich nach dem Essen auf dein Zimmer gehen.«

Sarah aber wurde umso wütender, je mehr Dorothee diese in ihren Augen äußerst unglaubwürdige Show abzog.

»Und schlag dir endlich aus dem Kopf, dass ich mich in deinen Kurator verlieben werde! Ich bin mit Michael zusammen. Es wird dir nicht entgangen sein, dass diese Beziehung auch eine

Zukunft hat, weil wir nämlich in absehbarer Zeit beide wieder am anderen Ende der Welt sein werden!«

Täuschte sich Sarah, oder war Dorothee bei diesen Worten leise zusammengezuckt? Sarah tat das bereits in demselben Augenblick leid. Sie wusste doch, dass Dorothee es wahnsinnig schwerfallen würde, wenn sie zurück nach Neuseeland ging. Trotzdem sollte sie sich ein für alle Mal aus dem Kopf schlagen, dass ich mich in Jan verlieben könnte, dachte Sarah verärgert.

»Und mal abgesehen von meiner Sicht der Dinge, dein Kurator will gar nichts von mir! Ich bin ihm völlig egal! Also hör jetzt bitte auf, uns beide miteinander verkuppeln zu wollen!«, fügte sie energisch hinzu.

»Also, wenn man dich so reden hört, müsste einem doch der Verdacht kommen, dass dir Jan Gerken mehr bedeutet, als du zugeben willst. Warum würdest du dich sonst aufregen?«, entgegnete Dorothee ungerührt.

»Weil du mir versprochen hast, heute Abend ganz besonders nett zu Michael zu sein. Und nett ist es ganz bestimmt nicht, dass du ausgerechnet zu diesem Treffen Jan einladen musstest!«

»Ich gehe davon aus, dass die beiden Herren erwachsen genug sind, sich für eine Stunde am Tisch entsprechend zu benehmen«, erwiderte Dorothee. »Und ich hoffe überdies, dass dein Michael sich etwas dezenter verhält, was euer Verhältnis angeht. Du denkst vielleicht, ich hätte das an Silvester nicht mitbekommen. Da täuschst du dich aber gewaltig. Es hätte nicht viel gefehlt, und er hätte über den ganzen Tisch gebrüllt, dass ihr miteinander im Bett gewesen seid. Ich bin keine altmodische alte Frau. Aber das ist nicht mein Stil. So! Und jetzt kennst du meine Meinung über deinen neuen Freund. Nein, ich habe ihn nicht besonders ins Herz geschlossen, aber ich respektiere, dass du ihn magst.«

Sarah stieß einen tiefen Seufzer aus. Im Grunde genommen konnte sie doch auch nichts dafür, dass die beiden Männer einander nicht leiden konnten. Sie hatte den Gedanken noch nicht zu Ende geführt, da stutzte sie. Ohne kokett zu sein, kannte sie schließlich den wahren Grund, der zum Zwist zwischen den beiden geführt hatte. Wobei sie Michael in diesem Punkt besser verstand als Jan. Michael hielt nicht hinter dem Berg damit, dass er zu ihr eine ernsthafte Beziehung wollte, Jan aber versteckte sich. Er näherte sich ihr an und ging dann sofort wieder auf Abstand. Das konnte sie wohl kaum als echtes Interesse an ihrer Person werten. Ich werde heute Abend zu Michael stehen, beschloss Sarah in diesem Augenblick. Dann wären die Fronten klar, und die beiden Männer mussten sich keinerlei Scheingefechte liefern.

Trotz ihrer Vorsätze, Jan die kalte Schulter zu zeigen, beschleunigte sich ihr Herzschlag merklich, als es wenig später an der Tür läutete. Ihr erster Impuls war, aufzuspringen und ihm persönlich zu öffnen, doch sie blieb demonstrativ sitzen. Täuschte sie sich, oder quittierte ihre Großmutter ihre demonstrativ zur Schau gestellte Gleichgültigkeit mit einem leisen Lächeln, als sie aufstand, um persönlich zur Tür zu gehen?

Um ihre Aufregung zu überspielen, griff sich Sarah scheinbar gelangweilt eine Zeitschrift und blätterte darin. Natürlich nahm sie kein Wort von dem wahr, was da geschrieben stand, sondern wartete fieberhaft auf den Augenblick, in dem sich die Tür zum Salon öffnete.

Sarah tat so, als wäre sie mit Lesen beschäftigt. Es ärgerte sie maßlos, dass ihr Herz immer noch so laut pochte. Als sie ihre Zeitschrift schließlich beiseitelegte, blickte sie direkt in Jans blaue Augen, in denen heute nicht das geringste Zeichen von Zuneigung zu erkennen war. Er reichte ihr förmlich die Hand. »Guten Tag, Sarah, ich hoffe, Sie haben Ihre Hamburger Tage bis jetzt in vollen Zügen genossen.« Bei diesen Worten warf er Dorothee einen wissenden Blick zu.

»Setzen Sie sich erst einmal, Jan. Wir werden es meiner Enkelin doch nicht ersparen können. Deshalb sollten wir so schnell wie möglich zum Punkt kommen.«

Sarah erschrak. Gab es tatsächlich einen triftigen Grund, warum Dorothee Jan an diesem Tag nach Othmarschen bestellt hatte? Was verheimlichten ihr der Kurator und Dorothee? Sie blickte fordernd von einem zum andern. »Wenn ihr mir etwas zu sagen habt, dann macht es bitte nicht so spannend!«

Dorothee stieß einen tiefen Seufzer aus. »Ich hätte so gerne erst den Tee zu mir genommen und einen Keks gegessen, aber dir kann man eben nichts vormachen. Du bist mir so ähnlich, mein Kind. Ich konnte solche Geheimniskrämerei auch nie ertragen. Dann legen Sie die Karten schon auf den Tisch, Jan!«

Der Kurator holte seufzend einen Ordner aus seiner Aktentasche hervor. Daraus entnahm er einen Schriftsatz, den er Sarah wortlos reichte.

»Lesen Sie selbst«, forderte Jan sie auf. Zögernd nahm Sarah das Dokument zur Hand. Allein der Briefkopf ließ nichts Gutes erwarten. Rechtsanwalt Tanaki – Raiwiri! Sarah stockte förmlich der Atem, denn sie ahnte, was das zu bedeuten hatte. Ihr Exverlobter hatte seine Drohung also wahrgemacht! Hastig überflog Sarah Raiwiris Schriftsatz. Er forderte das Museum für Völkerkunde auf, das Haus Hinemoa an seine Eigentümer zurückzugeben. Seitenlang führte ihr Exverlobter in steifem Juristen-Englisch aus, warum sich das Versammlungshaus zu Unrecht in Deutschland befand. Sarah wurde abwechselnd blass und rot im Gesicht. Raiwiri hatte jene Unterlagen als Beweismittel beigefügt, die sie für ihren preisgekrönten Artikel zusammengetragen hatte. Es befanden sich in den Anlagen unter anderem eine Kopie der Diebstahlsanzeige von Mr. Evans, ein Kaufvertrag zwischen Merima To Pau und Mr. Evans über das Versammlungshaus sowie die Strafakte Ludwig Dehn. Um seinen Anspruch zu untermauern, hatte er Informationen über einen vergleichbaren Fall beigefügt, in dem die Kanzlei erfolgreich gegen ein schottisches Museum geklagt hatte. Das Museum hatte schließlich freiwillig einige Maori-Artefakte herausgegeben, um einen aufwendigen Prozess zu vermeiden. Beim Überfliegen des Schlusssatzes blieb ihr allerdings schier der Atem stehen. Vor lauter Schreck las sie ihn laut vor:

»*Ich möchte meinem Schriftsatz und meiner Forderung noch einen persönlichen Satz hinzufügen. Sie sollten dringend die Geschichte des Ludwig Dehn umschreiben. Er war nicht nur ein Kunsträuber, sondern aller Wahrscheinlichkeit nach auch ein Mörder. In der Nacht, in der sich Ludwig Dehn ins ferne Deutschland absetzte, verschwand in Auckland spurlos der erfolgreiche Rechtsanwalt Doktor Tame Tanaki. Es existiert in den hiesigen Archiven eine Aussage des Museumsdirektors Mr. Evans, in der er den Verdacht äußerte, dass Ludwig Dehn den Rechtsanwalt aus dem Wege geräumt hat, als dieser verhindern wollte, dass das Haus Hinemoa auf das Schiff verfrachtet wurde. Es wurden zwar zu keinem Zeitpunkt polizeiliche Ermittlungen in diese Richtung aufgenommen, weil man die Leiche von Doktor Tanaki bis heute nicht gefunden hat, aber eine Menge Indizien sprechen für Dehns Täterschaft. Dies nur als kleinen Hinweis und gut gemeinten Rat an Sie, Ludwig Dehn auch in Ihrem Land nicht länger als großen Forscher zu feiern ...*«

»Das kann doch wohl nicht wahr sein! Das macht er bestimmt nur, um mich zu treffen!«, stieß Sarah empört hervor.

»Es ist nicht wahr! Und das kann ich auch beweisen!«, kommentierte Dorothee diese ungeheuerliche Unterstellung entschieden.

Sarah aber hatte diese Bemerkung ihrer Großmutter nur mit halbem Ohr wahrgenommen, weil es in ihrem Kopf fieberhaft arbeitete. Wie in aller Welt konnte sie es anstellen, Raiwiri von dieser Klage abzubringen? »Das ist eine Racheaktion. Er will mir durch die Blume zu verstehen geben, dass ich als Abkömmling von Ludwig Dehn der letzte Dreck bin. Ich werde meinen ganzen Einfluss geltend machen, um ihn zur Rücknahme der Klage zu bringen«, erklärte sie kämpferisch.

»Ich befürchte, das würde eher nach hinten losgehen. Der Herr scheint fest entschlossen, dir zu zeigen, wer hier im Recht ist«, seufzte Dorothee.

»Ich habe mich bereits mit unserem Rechtsanwalt beraten«, bemerkte Jan nachdenklich. »Selbst wenn bewiesen wäre, dass Ludwig Dehn das Haus Hinemoa ohne rechtliche Grundlage nach Hamburg hat verschiffen lassen, weil er keine Genehmigung für die Ausfuhr einholen ließ, ist noch lange nicht gesagt, dass der angebliche Eigentümer damit einen Rückgabeanspruch hätte. Das Versammlungshaus wurde anlässlich seiner Eröffnung im Völkerkundemuseum noch einmal komplett restauriert. Und auch die jetzigen Arbeiten haben das Haus und den Wert völlig verändert. Es ist nicht mehr jenes Haus, das damals auf das Schiff gebracht wurde. Das Allerschlimmste, was uns passieren kann, ist eine kleine Ausgleichszahlung.«

Sarah bemerkte aus dem Augenwinkel, dass ihre Großmutter dem Kurator gar nicht mehr richtig zuhörte. Sie wirkte völlig abwesend.

Dorothee war in der Tat mit ihren Gedanken ganz woanders. Sie war nämlich mit der Frage beschäftigt, ob jetzt nicht endlich der richtige Augenblick wäre, Jan sowie Sarah von der Existenz von Merimas Tagebuch zu berichten. Dort würden sie alles schwarz auf weiß lesen. Und die Wahrheit erfahren. Nicht nur über das Schicksal des Hauses, sondern auch über das des bedauernswerten Doktor Tame Tanaki ... Wenn diese Aufzeichnungen bei Gericht eingereicht wurden, war dies ein klarer Beweis, dass Ludwig Dehn kein Unrecht begangen hatte. Aber wäre das nicht ein Vertrauensbruch ihrer Mutter gegenüber, wenn sie

Fremde in ihrem Tagebuch schnüffeln ließ? Etwas völlig anderes wäre es, wenn Sarah die privaten Aufzeichnungen irgendwann zu Gesicht bekäme. Aber als Beweismittel in einem Prozess? Dorothee war in diesem Punkt so schrecklich unschlüssig und durcheinander. Damit würde sie intime Bekenntnisse ihrer Mutter öffentlich machen. Das wäre in höchstem Maß indiskret. Am liebsten würde sie Zeit gewinnen, um sich klar darüber zu werden, was sie jetzt zu tun hatte.

»Wie viel Zeit gibt der Anwalt dem Museum, um sich zu diesem Anliegen zu äußern?«, fragte Dorothee schließlich.

Jan vertiefte sich in die Akte und kräuselte die Stirn. »Doktor Tanaki gibt uns eine Frist von vier Wochen.«

»Doktor Tanaki?«, murmelte Dorothee ungläubig. Sie wandte sich an Sarah. »Dein Exverlobter heißt auch Tanaki?«

Sarah nickte. »Ja, Raiwiri Tanaki.«

»Ist er verwandt mit Tame Tanaki?«

Sarah überlegte. »Ich weiß es nicht, den Namen höre ich, wenn ich ehrlich bin, heute zum ersten Mal, aber das heißt gar nichts. Er hat eine große Sippe ...«

»Weißt du denn gar nichts Näheres über seine Familie? Seinen Vater? Seinen Großvater?«, hakte Dorothee ungeduldig nach.

»Nicht sonderlich viel. Sein Vater ist schon vor längerer Zeit verstorben. Ich weiß nur, dass er die Kanzlei von seinem Vater geerbt hat. Und dass schon sein Großvater und dessen Bruder Rechtsanwälte gewesen sind. Und ich glaube, dessen Großvater oder Großonkel war der Schnitzer, der damals vor der Eröffnung des Hauses Hinemoa tot aufgefunden wurde und der die ganzen schönen Paneele geschnitzt hat.«

Dorothee stockte schier der Atem. Keine Frage, Sarahs Exverlobter war ein Verwandter Tame Tanakis und damit ein Nachfahre des Schnitzers Awapatu. Wenn er nun erfuhr, was damals wirklich geschehen war, würde er seine Klage sicher sofort zurückziehen; dessen war sich Dorothee sicher. Aber konnte sie ihm deshalb das Tagebuch ihrer Mutter zur Verfügung stellen? Nein, aber Sarah musste es sofort zu lesen bekommen! Damit waren die Würfel gefallen. Sie hatte keine andere Wahl mehr, als ihre Enkelin umgehend in die wahre Geschichte einzuweihen. Ja, sie musste ihr noch heute Merimas Tagebuch übergeben. Es ging nicht mehr darum, dass Sarah von selbst erkannte, dass ihr Urgroßvater kein Kunsträuber gewesen war, sondern jetzt ging es darum, einen möglichen Skandal um das Haus Hinemoa und ihren Vater zu vermeiden. Und den würde es unweigerlich geben, wenn die Hamburger Presse Wind davon bekam, dass Herausgabeansprüche aus Neuseeland geltend gemacht wurden. Damit diese Information und besonders auch der Inhalt des Tagebuchs ihrer Mutter nicht öffentlich wurden, zählte sie jetzt auf Sarah und ihre Überzeugungskraft dem jungen Anwalt gegenüber. Dorothee konnte sich nicht vorstellen, dass der Exverlobte ihrer Enkelin sehenden Auges die alte Schuld seines Vorfahren ans Licht zerren wollte, was im Falle eines Prozesses zwangsläufig geschehen würde.

Dorothee wandte sich geschäftsmäßig an den Kurator. »Machen Sie sich keine Sorgen, Jan. Ich glaube kaum, dass Sie verpflichtet sind, das Versammlungshaus an Neuseeland herauszugeben. Wir sollten ganz entspannt abwarten.«

Jan nickte zustimmend. »Ja, das glaube ich auch, zumal dieser Anwalt gar nicht im Auftrag der Regierung handelt, sondern im Auftrag einer Privatfamilie, der Familie Evans. Das sind die Nachfahren des Museumsdirektors, die behaupten, das Haus Hinemoa sei im persönlichen Besitz des Mannes gewesen und nicht Eigentum des Museums.«

»Das ist ein solches juristisches Chaos und ein derartiges Hickhack, das zu durchdringen Jahre dauern wird«, bemerkte Dorothee.

Sarah aber runzelte skeptisch die Stirn. Sie kannte Raiwiris präzise Arbeit und wusste nur zu gut, dass er noch nie einen dieser Fälle verloren hatte. Er war, was seinen Job anging, mit allen Wassern gewaschen.

»Ich gebe zu bedenken, dass man meinen Exverlobten nicht unterschätzen sollte. Er würde nie eine Klage einreichen, wenn sie nicht Hand und Fuß hätte, selbst aus Rache nicht.«

Dorothee aber konnte nicht länger ein Pokerface aufsetzen. Sie griff entschlossen unter das Kissen auf ihrem Sessel, zog das Tagebuch hervor und reichte es Sarah.

»Das sind die Aufzeichnungen meiner Mutter Merima. Wenn du das gelesen hast, kennst du die wahre Geschichte. Dann weißt du, wer die echten Räuber gewesen sind. Und auch, wer die Mörder waren. Und du hast gute Argumente, deinen Exfreund davon zu überzeugen, die Klage sang- und klanglos zurückzunehmen. Mehr möchte ich nicht verraten. Lies selbst!«

Sarah nahm das Büchlein, das von einem speckigen Ledereinband zusammengehalten wurde, vorsichtig zur Hand. Ihr lag die brennende Frage auf der Zunge, warum Dorothee ihr das Tagebuch nicht gleich gegeben hatte, aber etwas im Blick ihrer Großmutter hielt sie davon ab.

Entschuldigend wandte sich Dorothee an Jan. »Das grafologische Gutachten hätten Sie sich sparen können, lieber Jan. Ich wusste, dass der Vertrag zwischen meinem Vater und Mr. Evans eine Fälschung ist.«

»Und warum haben Sie mir das nicht gleich gesagt?«

Dorothee stieß einen tiefen Seufzer aus. »Weil ich die ganze Geschichte nicht öffentlich machen wollte. Hätte ich Ihnen das Tagebuch gezeigt, dann wären noch andere Dinge ans Licht gekommen, die keinen etwas angehen. Ich war in einem furchtbaren Zweispalt. Und ich selbst weiß davon doch erst seit ein paar Wochen. Ich habe das Tagebuch durch Zufall im Keller gefunden, als ich mich eines Tages daran gemacht habe, mit dem Aufräumen zu beginnen. Da fiel es mir in die Hände. Ich habe von der ganzen Dramatik nichts geahnt. Mein Vater hat nie mit mir über die wahre Geschichte gesprochen. Ich kannte nur die offizielle Version. Dass mein Vater dieses Haus rechtmäßig vom Museum erworben und nach Deutschland geschafft hat. Was er mir gegenüber auch nie erwähnt hat, war die Tatsache, dass das Haus Hinemoa ursprünglich der Familie meiner Mutter gehört hat.«

»Wow!« Jan pfiff anerkennend durch die Zähne. »Das ist ja hochinteressant!«

»Vergessen Sie es!«, erwiderte Dorothee in strengem Ton. »Das, was Sie hier und heute aufschnappen, ist rein privater Natur und nicht für die Öffentlichkeit bestimmt. Und glauben Sie mir, wenn der Heißsporn von Anwalt jetzt nicht mit den Säbeln rasseln würde, ich hätte meiner Enkelin das Tagebuch irgendwann zu einem späteren Zeitpunkt gegen das Versprechen übergeben, über den Inhalt des Tagebuches eisern zu schweigen. Denn das da ...« Dorothee deutete auf das Tagebuch. »... das da ist das intime Zeugnis einer ganz großen Liebe und nicht zur Untermauerung irgendwelcher Thesen über die moralische Integrität meines Vaters gedacht.« Sie musterte ihre Enkelin mit flehendem Blick. »Aber du, mein Kind, du musst wissen, was einst geschah. Und ich habe auch nichts dagegen, wenn Sie ...« Sie wandte sich erneut an Jan. »... wenn Sie das Tagebuch auch irgendwann einmal lesen.«

Sarah war ziemlich durcheinander. Das kleine Büchlein lag wie Blei in ihrer Hand, so gewichtig war es durch die beschwörenden Worte ihrer Großmutter geworden. Sie wagte nicht einmal, einen flüchtigen Blick hineinzuwerfen, sondern legte das Buch auf dem Tisch ab, was Dorothee misstrauisch beobachtete. »Tu mir doch einen Gefallen, mein Kind, bring das Büchlein nach oben in dein Zimmer und verwahre es gut.« Sarah ahnte sehr wohl, vor wem sie das Tagebuch in Sicherheit bringen sollte, und stöhnte genervt auf. Die Großmutter hatte damit natürlich Michael gemeint. Sie wollte offenbar nicht, dass er Kenntnis von diesen Aufzeichnungen hatte.

Widerwillig erhob sich Sarah vom Sofa und ging mit dem Buch in der Hand nach oben in ihr Zimmer. Dort verstaute sie das Büchlein unter ihrem Kopfkissen, allerdings nicht ohne einen flüchtigen Blick hineinzuwerfen, um sich zu vergewissern, ob es sich um das Tagebuch handelte, bei dessen Lektüre sie vorhin ihre Großmutter gestört hatte. Dieser Verdacht bestätigte sich sofort. Es war genau jene Schrift, die sie vorhin gesehen hatte.

Als Sarah zurück in den Salon kam, waren Jan und ihre Großmutter in eine angeregte Diskussion vertieft. Es ging um einige Paneele, die zur Wiedereröffnung neu hergestellt werden sollten. Dorothee war der Meinung, man müsste sich ganz eng an das Original halten, während Jan für die künstlerische Freiheit der modernen Schnitzer plädierte.

Sarah tat so, als ob sie dem Gespräch interessiert folgte, während sie die Zeit nutzte, um Jan ungestört und eingehend zu mustern. Es war ihr bislang noch gar nicht wirklich aufgefallen, dass er am Kinn ein tief eingekerbtes Grübchen besaß, das sie an ihm unglaublich sexy fand. Sie war so in die Betrachtungen seines Gesichtes vertieft, dass sie gar nicht mitbekam, wie Dorothee ihr eine Frage gestellt hatte. Erst als sie die Stimme ihrer Großmutter wie von ferne sagen hörte: »Träumst du?«, riss sie das aus ihren schwärmerischen Gedanken. Sie lief rot an. Hoffentlich hat er nicht gemerkt, wie ich ihn angestarrt habe, dachte Sarah peinlich berührt.

»Nein, nein«, erwiderte sie hastig. »Ich habe über dieses Tagebuch nachgedacht und die Frage, was darin wohl so Wichtiges steht und warum du es mir nicht einfach erzählen magst.«

»Weil du es aus meinem Mund nicht glauben wirst. Du würdest es für meine gefärbte Sicht der Dinge halten. Du wirst vermuten, ich hätte alles beschönigt mit dem Ziel, meinen Vater im rechten Licht erstrahlen zu lassen.«

»Aber wenn sich tatsächlich aus diesen Aufzeichnungen ergeben sollte, dass mein Urgroßvater kein Räuber unseres Kulturguts gewesen ist, dann werde ich ihm einen Artikel im *Herald* widmen, um ihn zu rehabilitieren!«

Dorothee rollte mit den Augen. »Eben nicht! Ich verlange von dir eisernes Schweigen. Wir brauchen keine Gegendarstellung. In unserem Land ist und bleibt Ludwig Dehn ein anerkannter Wissenschaftler. Ich glaube, wenn mein Vater vor der Entscheidung gestanden hätte, in der Öffentlichkeit besser dazustehen oder die intimen Aufzeichnungen seiner geliebten Frau zu schützen, er hätte sich immer für Letzteres entschieden. Und in diesem Sinne wollen wir es auch handhaben.« Sie schenkte ihrer Enkelin ein Lächeln. »Das Einzige, womit du deine ungerechte Berichterstattung wiedergutmachen könntest, wäre, einen positiven Artikel über meinen Vater im *Herald* zu schreiben, sobald du zurück bist«, schlug Dorothee jetzt listig vor.

Dieser Vorschlag ihrer Großmutter machte Sarah schmerzlich bewusst, dass ihre Tage in Deutschland sich dem Ende entgegenneigten. Morgen würde Jerry von seinem kleinen Ausflug durch deutsche Städte zurückkehren, und sie hatte eigentlich vor, mit ihm gemeinsam den Rückflug anzutreten.

»Gegen einen Artikel als Wiedergutmachung habe ich nichts einzuwenden«, seufzte Sarah. Ein kurzer Blick auf ihre Großmutter zeigte ihr, dass es Dorothee ebenso schwer wie ihr selber fiel, über einen baldigen Abschied nachzugrübeln. Wahrscheinlich denkt sie dasselbe wie ich, mutmaßte Sarah. Die Entfernung zwischen Hamburg und Auckland erlaubt es eben nicht, alle paar Wochen für einen Besuch um den halben Erdball zu fliegen.

Dabei klammerte sich Sarah an die Hoffnung, dass Dorothee, so fit wie sie war, ihr zumindest einen Gegenbesuch würde abstatten können.

Von diesem Augenblick an herrschte vor dem Kamin eine eher gedrückte Stimmung. Da die beiden Frauen kaum noch redeten, gab sich Jan alle Mühe, wenigstens pro forma ein Gespräch mit ihnen aufrechtzuerhalten, indem er ihnen alle möglichen Fragen stellte. Doch irgendwann versiegte der Gesprächsstoff ganz, und keiner sprach mehr ein Wort. Da räusperte sich Dorothee. »Hast du dir schon einmal überlegt, wie es für dich wäre, länger bei mir zu bleiben?«

Sarah zuckte bei dieser Frage zusammen und starrte verlegen auf ihre Fußspitzen. Wenn ihre Großmutter und – vor allem – wenn Jan wüsste, wie oft sie darüber nachgedacht hatte, unter welchen Umständen sie bereit wäre, ihren Aufenthalt in Deutschland auszudehnen. Und dass sie immer wieder zu ein und demselben Ergebnis gelangt war: Ihrer Großmutter zuliebe würde sie nicht länger bleiben, denn ihre eigentliche Familie war nun einmal in Neuseeland, aber für eine große Liebe? Sarah spürte, wie Jans und Dorothees Blick auf ihr ruhten. Sie wagte es gar nicht, den Kopf zu heben aus lauter Sorge, die beiden könnten ihr ansehen, was sie wirklich dachte. Aber was sollte sie ihrer Großmutter antworten? »Nein, es geht nicht!« oder besser: »Ja, wenn Jan mich von Herzen darum bitten würde.«

Erst als es an der Haustür läutete, wagte Sarah aufzusehen. Zu ihrer großen Verwunderung sprang Dorothee wie ein junges Ding vom Sofa auf und bestand darauf, die Tür zu öffnen. »Wer kann das denn jetzt schon sein?«, murmelte sie.

»Ach, du Schreck!«, entfuhr es Sarah. Sie hatte völlig vergessen, dass sie Michael angeboten hatte, ruhig schon etwas früher nach Othmarschen zu kommen. Sie wollte es ihrer Großmutter gerade nachrufen, als ihr Blick an Jans blauen Augen hängenblieb. Täuschte sie sich, oder war die ganze kühle Überlegenheit aus seinen Augen verschwunden und sie strahlten stattdessen Wärme und Zuneigung aus?

»Bevor Sie wieder nach Neuseeland reisen, möchte ich Ihnen gern ein Geständnis machen«, sagte Jan jetzt zögernd. Sarahs Herz klopfte bis zum Hals. Wenn er es bloß endlich ausspricht, dachte sie sehnsüchtig. Und Michael war von einer Sekunde zur nächsten aus ihren Gedanken verschwunden. Es gab nur noch Jan, sie und diesen magischen Moment. So sehr sie sich dagegen wehrte, sie kannte die Antwort auf seine Frage. Ja, ja, jubilierte es in ihrem Inneren, wenn er mich darum bittet, länger in Hamburg zu bleiben, ich werde es tun!

Jan nahm ihr Gesicht in beide Hände und küsste sie zärtlich auf den Mund. Sarah hätte diesen Kuss gern noch länger und vor allem intensiver ausgekostet, doch da hatte Jan sich schon wieder in seine Ecke zurückgezogen. »Ich muss es Ihnen einfach sagen, bevor Sie eines Tages plötzlich fort sind. Ich hätte Sie gern näher kennengelernt. Schade, dass Sie nicht bleiben können«, bemerkte er mit belegter Stimme. In Sarah zog sich bei seinen Worten alles zusammen. Nein, das war nicht im Entferntesten das, was sie hatte hören wollen. Obwohl es zugewandt gewesen war, was er ihr da eben gestanden hatte, spürte Sarah die Enttäuschung in jeder Pore. Es war so schlimm, dass sie fürchtete, in Tränen auszubrechen! Nun hatte sie zwar die Gewissheit, dass Jan mehr für sie empfand, aber er war offensichtlich nicht annähernd gewillt, irgendetwas dafür zu tun. Im Gegenteil, er hatte sich offensichtlich damit abgefunden, dass sie zeitnah wieder ans andere Ende der Welt reisen würde. Sonst würde er ja wenigstens auf den Gedanken kommen, ihr eine Verlängerung des Deutschlandaufenthalts nahezulegen.

»Ja, schade, dass wir beide gar nicht die Gelegenheit hatten, einander näher kennenzulernen«, entgegnete sie in förmlichem

Ton und wandte sich demonstrativ zur Tür, als sie die Stimmen von Dorothee und Michael hörte. Ihre Enttäuschung verwandelte sich in solche Wut auf Jan und sein laues Geständnis, dass sie sich trotzig vom Sofa erhob und ihren neuseeländischen Freund ganz offensiv mit einer Umarmung begrüßte. Michael war glänzender Laune und sah in seiner dunkelblauen Clubjacke mit den silbernen Knöpfen äußerst attraktiv aus. Er erwiderte Sarahs Umarmung und gab ihr stürmisch einen Kuss auf jede Wange und begrüßte auch Jan beinahe überschwänglich mit einem kräftigen Händeschütteln.

Dorothee machte keinen Hehl daraus, dass sie die Ankunft des neuen Gastes, der viel zu früh eingetroffen war, störte. »Tja, das war es dann wohl mit unserer gemütlichen kleinen Kaminrunde«, sagte sie säuerlich. »Dann lösen wir sie wohl mal auf!«

»Das ist eine gute Idee, denn ich habe noch viel Arbeit«, pflichtete ihr Jan eifrig bei, wobei er es ganz offensichtlich vermied, in Sarahs Richtung zu blicken.

»Aber wo denken Sie hin! Ich habe Sie natürlich als Gast zum Abendessen eingeplant«, widersprach Dorothee ihm energisch.

»Das ist sehr lieb von Ihnen, aber auf meinem Schreibtisch stapelt sich die Arbeit. Ich denke, ich werde heute eine Nachtschicht einlegen müssen.«

»Aber damit können Sie doch auch nach dem Abendessen beginnen!«, bettelte Dorothee.

»Ein anderes Mal gern!«, erwiderte Jan in einem Ton, der keinen Widerspruch duldete.

»Gut, Sie Sturkopf, dann gehen Sie in Gottes Namen. Aber nur, wenn Sie mir hier und jetzt auf die Hand versprechen, dass Sie am Sonntag zum Mittagessen zu mir kommen!«

»Versprochen!« Jan lächelte. Dann verabschiedete er sich höflich von Michael und auch von Sarah, wobei er jeglichen Augenkontakt mit ihr bewusst vermied. In Sarah brodelte der Zorn.

Was für ein Feigling!, dachte sie. Kurz spielte sie mit dem Gedanken, ihm hinterherzulaufen und ihm im Flur die Meinung zu sagen, aber ihre Vernunft hielt sie davon ab. Schließlich hatte er ihr nichts Schlimmes angetan. Im Gegenteil, er hat endlich Gefühle gezeigt, aber nicht genug, hämmerte es in Sarahs Kopf, trotzdem, es gibt keinen Grund, ihm eine Szene zu machen. Ich muss ihn vergessen! Das jedenfalls sagte ihr Verstand, während ihr Herz das Gegenteil wollte.

Nachdem Jan das Zimmer verlassen hatte, herrschte zunächst einmal angespanntes Schweigen im Raum. Es war Dorothee deutlich anzumerken, wie sehr sie sich darüber ärgerte, dass ihr schöner Plan nicht aufgegangen war. Sarah hatte ihre Großmutter durchschaut. Sie hatte von Anfang an geplant, dass auch Jan zum Essen dabei sein würde und sie Michael vorführen würde, wem von den beiden Männern ihre Sympathien galten. Und diese Suppe hat Jan ihr kräftig versalzen, dachte Sarah, doch ein Triumphgefühl wollte sich bei ihr nicht einstellen. Sie brauchte jetzt all ihre Kraft, um nicht in Tränen auszubrechen.

»Ist dir nicht gut? Du bist so blass«, erkundigte sich Michael besorgt und legte den Arm um sie.

»Alles gut«, erwiderte Sarah schwach. Noch ein Wort, und ich kann mich nicht länger beherrschen, ging es ihr durch den Kopf, während Michaels Hand schwer auf ihrer Schulter lastete.

»Ich würde mich bis zum Abendessen gern noch ein wenig ausruhen. Ihr kommt sicher auch allein zurecht.« Ohne eine Antwort abzuwarten, eilte Dorothee aus dem Salon. Michael sah ihr entgeistert hinterher, bevor er sich an Sarah wandte. »Was war das denn?«

Sarah versuchte, das unhöfliche Benehmen ihrer Großmutter durch ein Lächeln zu überspielen. »Sie ist eben nicht mehr die Jüngste. Lass sie noch ein wenig schlafen. Was hältst du davon, wenn ich dir mein Zimmer in der oberen Etage zeige?«

Sie wusste auch nicht, warum sie ihm das anbot, aber irgendwie musste sie die peinliche Situation doch überspielen. Außerdem lenkte sie das von Jan ab. Die Gefahr, in einen unkontrollierten Heulkrampf auszubrechen, war jedenfalls gebannt. Vorerst jedenfalls!

Sarah hatte eigentlich erwartet, dass Michael es ausnutzen würde, wenn sie allein im Raum waren, doch er machte weder Anstalten, sie zu umarmen noch sie zu küssen. Das kränkte sie nicht sonderlich, sondern es wunderte sie nur.

»Dein Zimmer ansehen? Das können wir gerne machen«, erwiderte er nicht gerade enthusiastisch, doch dann leuchteten seine Augen. »Ich finde, dieses Haus ist der Wahnsinn. Magst du mir nicht mal dieses ganze Geisterhaus zeigen? Vom Keller bis zum Boden?«

Merkwürdiges Anliegen, ging es Sarah durch den Kopf, aber sie wollte kein Spielverderber sein. »Okay, dann folge mir!«

Sarah führte ihn zunächst durch die ganze untere Etage. Dort befanden sich außer dem großen Salon Dorothees Arbeitszimmer, die Küche, Lores kleine Wohnung und diverse Hauswirtschaftsräume.

Sie waren jetzt an der Treppe angelangt. »Möchtest du als Nächstes die obere Etage sehen? Dort kann ich dir allerdings nicht alle Räume zeigen, weil meine Großmutter sich in ihr Schlafzimmer zurückgezogen hat.«

»Nein, nein, was mich viel mehr interessiert, ist das Geheimnisvolle an diesem Haus. Ich habe das Gefühl, hier ist irgendetwas verborgen. Die Räume sind sehr schön, aber sie sind vielleicht zu gemütlich. Gibt es nicht einen Bodenraum, mit Spinnweben und alten Truhen?«

Über Sarahs Gesicht huschte ein verschmitztes Grinsen. »Gut, wenn du es etwas unheimlicher möchtest, dann könnte ich dich jetzt in den kalten Keller führen.«

Michael schüttelte sich übertrieben. »Brrrrr, das klingt ja scheußlich. Aber ich glaube, das ist genau das, was ich mir vorgestellt habe.«

»Aber ich warne dich! Dort unten gibt es Geister!«, lachte Sarah.

»Keine Sorge, ich bin doch bei dir«, scherzte Michael und folgte ihr zur Kellertreppe.

»Vorsicht, sie ist wirklich sehr alt und sehr steil«, ermahnte Sarah ihren Gast.

Als sie unten im Vorraum angekommen waren, schaltete Sarah das Flutlicht an. Michael stieß einen lauten Begeisterungsschrei aus. »Das ist ja der glatte Wahnsinn!«

»Du hast mich neulich auf die legendäre Sammlung meines Urgroßvaters angesprochen. Hier siehst du die gesammelten Schätze des Forschers Ludwig Dehn!« Sarah sprach das in lockerem Ton aus, während ihre Gedanken unwillkürlich zu dem Gespräch abschweiften, das sie mit Jan und ihrer Großmutter am Nachmittag vor dem Kamin geführt hatte. Wenn es richtig war, was ihre Großmutter behauptete, dann hatte Ludwig alle diese Schätze rechtmäßig nach Deutschland gebracht. Sarah hegte immer noch erhebliche Zweifel daran, dass dies der Wahrheit entsprach, und konnte es eigentlich kaum erwarten, bis sie endlich in dem Tagebuch schmökern durfte. Nun musste sie aber erst einmal ihren Gast durch die Sammlung Ludwig Dehns führen. Vor fast jedem Stück blieb Michael staunend stehen und betrachtete es ausführlich. Sofort meldete sich Sarahs gesundes Misstrauen. War es wirklich richtig, dass sie ausgerechnet einem Händler für Maori-Artefakte diese Perle von einer Sammlung zeigte? Sie beobachtete ihn mit einem verstohlenen Seitenblick. Er schien äußerst konzentriert bei der Sache. Und auch ein wenig angespannt, denn in diesem Augenblick hatte er seine Zähne so zusammengepresst, dass es aussah, als würde er mit dem Kiefer mahlen. Eine innere Stimme riet ihr, es wäre besser, den Keller auf schnellstem Wege wieder zu verlassen.

Sarah zog ihn am Ärmel seiner Jacke. »Komm, ich denke, du hast genug gesehen. Gespenster wirst du hier nicht finden«, versuchte sie zu scherzen. Michael aber schien sie überhaupt nicht mehr wahrzunehmen. Stattdessen taxierte er die eine der beiden Maori-Figuren mit einem prüfenden Blick. Es war die Figur des Kriegers. Sarah wurde etwas mulmig zumute. Sie hatte das ungute Gefühl, deutlicher werden zu müssen. »Michael!«, sprach sie ihn etwas lauter an. »Ich denke, du hast genug gesehen. Ich weiß nicht, ob es meiner Großmutter recht ist, dass ich dir diese Privatsammlung zeige.«

Doch ihr neuseeländischer Freund war wie paralysiert. Er schien ihre Aufforderung, den Keller möglichst schnell wieder zu verlassen, einfach überhört zu haben. Jedenfalls reagierte er nicht darauf, geschweige denn, dass er ihr eine Antwort gab.

In dem Moment platzte Sarah schlichtweg der Kragen. »Michael!«, schrie sie ihn an. Da erst wandte er sich ihr zu. Ein überaus seltsamer Ausdruck lag auf seinem Gesicht, Verzückung sprach aus seinem Blick. Seine Augen waren glasig. »Warum schreist du so?«, fragte er verärgert.

»Weil du mir nicht zuhörst, verdammt! Ich habe jetzt mehrfach gesagt, dass du genug gesehen hast. Dies ist eine Privatsammlung, und ich weiß nicht, ob es meiner Großmutter recht ist, dass ich ohne ihr Einverständnis Führungen veranstalte.«

»Ich weiß nicht, ob das wirklich das Problem an der Sache ist! Da stellt sich mir doch viel eher die Frage, ob es rechtens ist, dass diese Schätze hier unten in einem privaten Keller vergammeln und der Öffentlichkeit vorenthalten werden. Manches neuseeländische Museum würde sich freuen, wenn es diese Artefakte ausstellen könnte!« Michael schien ehrlich empört. In gewisser Weise konnte Sarah ihn sogar verstehen. Sie fand es auch nicht besonders sozial, diese wertvollen Stücke im Keller verstauben zu lassen. Schließlich hatte sich Jerry wegen dieses Themas bereits mit Dorothee angelegt. Aber das würde sie Michael jetzt ganz bestimmt nicht verraten. Stattdessen sagte sie in trotzigem Ton: »Das sieht meine Großmutter übrigens ganz genauso. Es ist längst entschieden, dass diese Artefakte dem Völkerkundemuseum zur Verfügung gestellt werden.«

Michael stieß einen verächtlichen Zischlaut aus. »Das hätte ich mir denken können, dass dieser windige Kurator sich deshalb so bei deiner Großmutter einschleimt. Für ihn ist sie ja wie ein Sechser im Lotto.« Dann begann er unvermittelt, an der Kriegerfigur zu rütteln, was Sarah mit Entsetzen beobachtete.

»Was soll das?«, fragte sie eine Spur zu laut.

»Ich wollte nur feststellen, aus welchem Material die Figur geschnitzt ist«, entgegnete Michael, während er sich abrupt der Frauenfigur zuwandte und genau dasselbe mit ihr anstellte. An der Art, wie diese Figur hin und her schwang, konnte Sarah erkennen, dass diese sehr viel leichter sein musste als die andere.

Was hat das zu bedeuten, schoss es ihr durch den Kopf, und woher hatte Michael davon gewusst? Es war wohl kaum ein Zufall, dass er die beiden Figuren so gezielt anfasste. Sie trat einen Schritt auf ihn zu und packte ihn hart am Arm. »Du sagst mir jetzt sofort, was du über diese beiden Figuren weißt!«

Ein Lächeln huschte über Michaels Gesicht. Er schien ihr den Ausbruch gar nicht übelzunehmen. Im Gegenteil, er wirkte jetzt völlig entspannt und weich. Statt einer Antwort nahm er sie in den Arm. »Du bist aber auch eine misstrauische Person«, flüsterte er beinahe zärtlich. »Es ist bekannt, dass es zwei Arten von Figuren gibt, die einen sind aus einem Stamm in einem Stück geschnitzt, die anderen werden aus zwei Teilen hergestellt, sind innen hohl und werden dann zu einem Ganzen zusammengesetzt.«

Sarah wusste zu wenig über das Schnitzhandwerk, um ihm widersprechen zu können. Obgleich es ihr ein wenig merkwürdig vorkam, was er da von sich gab. Sie nahm sich vor, das noch einmal intensiv zu recherchieren. Erst einmal tat sie allerdings so, als ob sie ihm seine Erklärung abnehmen würde. Michael zog sie noch ein wenig fester zu sich heran und blickte sie zärtlich an.

»Es wäre schön, wenn du für dich behältst, dass du die Sammlung gesehen hast. Ich verspreche dir im Gegenzug, dass sämtliche hier lagernden Artefakte der Öffentlichkeit zugänglich gemacht werden. Und ich werde auch mit meiner Großmutter noch einmal darüber sprechen müssen, ob wir nicht einige dieser Dinge neuseeländischen Museen spenden sollten.«

»Apropos deine Großmutter. Sagtest du nicht, es könne ihr unter Umständen missfallen, dass du mir diese Sammlung gezeigt hast? Vielleicht wäre es besser, dass wir uns schnellstens nach oben begeben. Nicht, dass sie uns in flagranti erwischt. Und ich schwöre, ich werde darüber schweigen wie ein Grab. Was die alte Dame nicht weiß, macht sie nicht heiß.«

Sarah war erleichtert darüber, dass er sich einsichtig zeigte. Offenbar hatte er gar kein weiterreichendes professionelles Interesse an den Figuren, sondern diese nur aus lauter Begeisterung geschüttelt.

Sie griff nach seiner Hand, und die beiden verließen einträchtig den Keller.

»Und? Möchtest du jetzt die obere Etage sehen?«

Michael aber schien mit den Gedanken ganz woanders zu sein. Er fragte etwas verwirrt: »Was hast du eben gesagt?«

»Haben dich die Brüste der weiblichen Figur derart durcheinandergebracht, dass du vergessen hast, dass du unbedingt das ganze Haus sehen wolltest?«, scherzte Sarah.

In diesem Augenblick kam Dorothee die Treppe herunter. Sarah merkte ihr sofort an, dass sie auf einen gemeinsamen Abend mit Michael überhaupt keine Lust hatte. Wenn sie bedachte, wie ihre Großmutter jedes Mal nahezu von innen strahlte, kaum dass Jan in ihrer Nähe war ... Dorothees Blick schweifte nun über Sarahs Kopf hinweg zur Kellertür. Sarah wandte sich unauffällig um und stellte fest, dass die Tür noch offen stand. Unter diesen Umständen hatte es wohl wenig Sinn, den Besuch in den Gewölben zu leugnen, dachte sie und ging sofort in die Offensive. Wenn ihre Großmutter sie als Erste darauf ansprechen würde, würde alles, was sie vorbrächte, wie eine Verteidigungsrede klingen.

Mit einem beherzten Schritt trat sie auf die Kellertür zu und schloss sie. »Ich hoffe, du hast nichts dagegen, dass ich Michael die Schätze deines Vaters gezeigt habe. Sie sind doch einfach viel zu schade, um nicht von bewundernden Augen verschlungen zu werden«, lachte Sarah.

Dieses Geständnis, das in krassem Gegensatz zu ihren Versicherungen stand, ihrer Großmutter nichts zu verraten, brachte ihr einen strafenden Blick Michaels ein.

Auch Dorothees ohnehin angespannte Miene versteinerte. »Ich möchte nicht unhöflich sein, aber ich würde doch darum bitten, vorher gefragt zu werden. Bei diesen Artefakten handelt es sich um eine Privatsammlung, die nicht jedem zugänglich ist. Mein Vater hat sich sicherlich etwas dabei gedacht, diese Stücke im Keller zu verwahren.« Ihre Stimme war so eiskalt, dass Sarah erschauderte. Dorothee musterte Michael mit einem fast stechenden Blick. »Und hat Ihnen gefallen, was Sie dort gesehen haben, Mr. Banks?«

Dorothee spürte ganz genau, dass sie sich ihrem Gast gegenüber sehr unhöflich benahm, aber sie konnte nicht anders. Beim Aufwachen hatte es plötzlich in ihrem Kopf geklingelt, und sie hatte gewusst, wo und wann sie den Namen Banks schon einmal gehört beziehungsweise gelesen hatte. Im Tagebuch ihrer Mutter! Natürlich war sie vernünftig genug, ihn wegen seiner verbrecherischen Vorfahren nicht gleich selbst zum Kriminellen abzustempeln, aber so ganz konnte sie sich von einem gewissen Vorurteil ihm gegenüber nicht freimachen. Ihr stand einfach nicht der Sinn danach, sich vornehm zurückzuhalten, sondern danach, Klartext zu reden.

»Darf ich Sie etwas sehr Persönliches fragen, Mr. Banks?«

»Fragen Sie nur, was Sie von mir wissen wollen«, entgegnete er betont höflich, aber die Anspannung in seiner Stimme war nicht zu überhören.

»Sie sagten doch, dass Sie mit Maori-Artefakten handeln, oder? Ich wüsste gern, ob diese Branche in Ihrer Familie eine gewisse Tradition hat?«

In Dorothees Stimme schwang jetzt etwas derart Bedrohliches mit, dass Sarah unwillkürlich zusammenzuckte. Was war bloß in ihre Großmutter gefahren? Sie wahrte doch sonst stets die Contenance. Sie behandelte Michael ja so, als ob er ein Verbrechen begangen hätte.

Sarah räusperte sich laut. »Großmutter«, sagte sie. »Ich weiß nicht, ob uns das etwas angeht. Wenn Mr. Banks von seiner Familie erzählen möchte, dann wird er es sicher freiwillig tun.«

»Wieso?«, entgegnete Dorothee in scharfem Ton. »Er weiß doch auch, dass er sich im Hause des Forschers Ludwig Dehn befindet.«

Sarah war das Verhalten ihrer Großmutter regelrecht peinlich. »Bitte, Großmutter, lass gut sein!«, zischte sie.

»Es ist nett, dass du mich verteidigen möchtest.« Zur Bekräftigung seiner Worte drückte Michael Sarahs Hand kurz und fest. »Aber ich habe nichts zu verbergen! Ja, gnädige Frau, ich komme aus einer Kaufmannsfamilie. Alle meine Vorfahren waren Händler. Genügt das, um Ihre Frage zu beantworten? Oder möchten Sie noch Details zu den Stammbäumen?«

Sarah rollte mit den Augen. Sie verstand partout nicht, was da gerade vor sich ging. Ihre Großmutter musste doch merken, dass ihre Fragen unverschämt waren. Sie warf ihr einen warnenden Blick zu. Ihr stockte förmlich der Atem, als sie ihre Großmutter in demselben Augenblick in scharfem Ton fragen hörte: »Ja, eine konkrete Frage hätte ich noch. Hieß einer Ihrer Vorfahren James Banks? Besser bekannt als der ›Rotfuchs‹?«

»Großmutter!«, stieß Sarah empört aus.

»Mein liebes Kind, glaube mir, ich habe meine Gründe, Mr. Banks solche Fragen zu stellen«, erwiderte Dorothee ungerührt.

»Ich beantworte Ihre Fragen doch gern, wenn es Ihrem Wohlbefinden dient, gnädige Frau«, bemerkte Michael in spöttischem Ton. »Aber Sie müssen verzeihen, dass ich Ihnen diese Frage nicht ad hoc beantworten kann. Ich müsste erst einmal in meinem Gedächtnis kramen, ob dieser Name mir aus der Familienchronik bekannt ist. Oder ob ich ihn vielleicht einmal aus dem Mund meines Vaters gehört habe.« Er legte seine Stirn in grüblerische Falten.

Dorothee aber schien diese erzwungene Gedankenpause nur noch mehr gegen ihn aufzubringen. »Entschuldigen Sie bitte!«, zischte sie unwirsch. »Also, wenn es in meiner Familie einen Zuchthäusler gegeben hätte mit dem auffälligen Namen ›Rotfuchs‹, dann bräuchte ich mit Sicherheit keine solche Bedenkzeit!«

Da ihre Großmutter ihren verbalen Ermahnungen gegenüber völlig immun war, stieß Sarah ihr einmal kurz in die Seite, um sie endlich zum Schweigen zu bringen.

Michael sah Dorothee daraufhin mit unschuldiger Miene an. »Sie haben recht, gnädige Frau, wenn eine solche Figur unter meinen Vorfahren gewesen wäre, dann hätte ich es mit Sicherheit auf Anhieb gewusst. Tja, es tut mir leid, aber ich muss Sie enttäuschen, einen Zuchthäusler mit dem Spitznamen ›Rotfuchs‹

hat es meines Wissens in unserer Familie nicht gegeben. Nun ist der Name Banks auch nicht gerade selten in Neuseeland.«

In Dorothees Kopf arbeitete es fieberhaft. Sie konnte sich nicht helfen, aber sie glaubte dem Kerl kein Wort. Sie war fest davon überzeugt, dass er sowohl ein Abkömmling jenes James Banks' als auch selber ein windiger Geier war, der längst alles über die Sammlung ihres Vaters wusste. Merkwürdiger Zufall, dass ausgerechnet ein Kenner der Maori-Kunst, der mit einschlägigen Artefakten handelte, Sarah angeblich rein zufällig im Flieger getroffen hatte ...

Doch Dorothee war klug genug, einzusehen, dass sie nicht unbedingt mit offenen Karten spielen sollte. Im Augenblick schien es angebrachter, so zu tun, als handelte es sich um ein riesiges Missverständnis. Sarah schien über ihr Verhalten ohnehin schon äußerst befremdet, sodass es nur noch eine Frage der Zeit sein konnte, wann sie mit ihrer Enkelin ernsthaft aneinandergeraten würde. Und diese Blöße würde sie sich vor Michael nicht geben. Also musste Dorothee wohl oder übel gute Miene zum bösen Spiel machen und ihrer Enkelin reinen Wein einschenken, sobald Mr. Banks das Haus verlassen hatte. Auch wenn sie es persönlich lieber gesehen hätte, wenn Sarah die Wahrheit durch Merimas Tagebuch erfahren hätte: Das, was den »Rotfuchs« anging, musste sie ihr noch heute offenbaren, auch wenn sie der Geschichte im Tagebuch damit vorgriff. Da sie den Verdacht hegte, dass auch dieser Michael etwas im Schilde führen könnte, war ihr besonders unwohl bei dem Gedanken, dass er die Figuren im Keller zu Gesicht bekommen hatte. Nicht auszudenken, wenn er wie einst sein Vorfahre auf der Suche nach den Schätzen war, weil er nicht wusste, dass sie sich nicht mehr in ihrem Versteck befanden. Woher auch? Das wussten nur zwei beziehungsweise mit ihr nun drei Menschen ... Und sie hatte gerade erst neulich in einer Fachzeitschrift gelesen, dass es immer noch ein paar verrückte, eigenbrötlerische Sammler gab, die für so etwas viel, viel Geld bezahlen würden. Aber jetzt hieß es, ein Pokerface aufzusetzen.

Mit einem falschen Lächeln wandte sie sich Michael zu.

»Entschuldigen Sie bitte, Mr. Banks. Da ist wirklich meine Fantasie mit mir durchgegangen. Nur, weil Sie den gleichen Namen tragen wie ein mir aus meiner Zeit in Neuseeland von Zeitungsartikeln bekannter krimineller Händler von Maori-Artefakten, hätte ich niemals einfach so behaupten dürfen, dass dieser Herr ein Vorfahre von Ihnen ist. Können Sie mir das verzeihen? Ich bin manchmal eine dumme alte Frau.«

Michael schien nicht zu merken, dass Dorothee ihm ihr Bedauern nur vorspielte. Im Gegenteil, er wirkte sichtlich erleichtert. »Aber, gnädige Frau, das kann doch jedem einmal passieren. Und ich hätte Ihnen, wenn dieser Herr tatsächlich mit mir verwandt gewesen wäre, diese Wahrheit nicht vorenthalten. Denn selbst wenn ich einen solchen Vorfahren hätte, würde das ja noch lange nicht bedeuten, dass ich in seine Fußstapfen getreten sein muss, nicht wahr?«

»Das finde ich aber auch, Großmutter. Was hätte Michael denn dafür gekonnt, wenn dieser Mr. Banks tatsächlich mit ihm verwandt gewesen wäre? Aber nun verrate du uns einmal, woher du so viel über diesen Herrn weißt?«

Dorothee machte eine wegwerfende Handbewegung. »Ach, das ist nicht weiter wichtig. Ich bin in diesem Punkt überempfindlich, weil ich von meinem Vater weiß, dass man immer wieder versucht hat, ihn zu bestehlen. Aber jetzt Schwamm drüber! Wir wollen uns zu Tisch setzen.« Sie schnupperte demonstrativ und deutete in Richtung Küche. »Das duftet schon herrlich. Lore hat sich wieder einmal selbst übertroffen. Setzt euch doch schon einmal zu Tisch. Ich helfe Lore beim Aufdecken.«

Als sie in den Salon zurückkehrten, war der Tisch bereits wie von Geisterhand eingedeckt. »Du musst Großmutter in dem Punkt nicht so ganz ernst nehmen«, riet Sarah Michael beschwichtigend. »Ich glaube, es hat ihr selber sehr leidgetan. Ich hoffe, du nimmst es ihr nicht weiter übel.«

»Im Gegenteil, sonst hätte ich vielleicht nie erfahren, wie entschieden du dich auf meine Seite schlägst.«

»Na ja, so wie Großmutter dich grundlos angegangen ist, gab es ja wirklich keine Entschuldigung. Was meinst du? Wollen wir vielleicht nach dem Essen zum Tanzen in die Stadt fahren? Ich glaube, es ist keine gute Idee, wenn wir den weiteren Abend mit Großmutter vor dem Kamin verbringen.«

Michael musterte sie mit einem entschuldigenden Blick. »Nichts lieber als das, aber ich bin heute noch mit einem Geschäftspartner verabredet, mit dem ich morgen für ein paar Tage nach London fliege.«

»Das kommt aber sehr überraschend«, entgegnete Sarah irritiert.

»Hab ich dir davon nicht erzählt? Ich bin ganz sicher, wir haben über meine Geschäftsreise gesprochen.« Michael machte einen sichtlich zerknirschten Eindruck.

Sarah nahm diese Nachricht mit gemischten Gefühlen auf. Einerseits hätte sie heute gern die Nacht mit ihm verbracht, um Jan zu vergessen, und andererseits zog es sie natürlich magisch zu dem Tagebuch ihrer Urgroßmutter.

Michael nahm sie sanft in den Arm und blickte ihr in die Augen. »Du bist doch nicht etwa böse auf mich? Ich verspreche dir, ich bin in spätestens einer Woche wieder zurück. Mein Flug geht dann in der Woche darauf. Ich hoffe natürlich sehr, dass wir zusammen nach Neuseeland zurückkehren.«

Daran hatte Sarah auch schon gedacht. Dass es vielleicht vernünftig wäre, gemeinsam den Rückflug anzutreten. Länger als weitere vierzehn Tage würde sie auf keinen Fall in Deutschland bleiben können. Das alles wollte sie am nächsten Tag mit Jerry besprechen, wenn er von seiner Städtereise mit Lena zurückgekehrt war.

In diesem Augenblick betrat Dorothee den Salon mit einer Fleischplatte in beiden Händen. Ihre schlechte Stimmung schien wie weggeblasen, denn sie forderte »den lieben Mr. Banks«, wie sie ihn nun nannte, auf, sich am Rinderbraten reichlich zu bedienen. Dorothees gute Laune setzte sich auch beim Essen fort. Sie unterhielt die kleine Gesellschaft mit Anekdoten aus ihrem Leben, doch Sarah stellte mit einem Seitenblick fest, dass Michael nicht ganz bei der Sache war. Er lächelte zwar wie auf Kommando, in Wirklichkeit war er mit den Gedanken ganz offensichtlich woanders. Ob das mit der Geschäftsreise zusammenhängt?, fragte sich Sarah.

Als Dorothee erfuhr, dass Michael sie nach dem Essen verlassen würde, kam es Sarah so vor, als ob für einen winzigen Moment ein triumphierendes Lächeln über das Gesicht ihrer Großmutter huschte.

Michael hatte es nach dem Dessert, einer original Hamburger Roten Grütze, die Sarah hervorragend schmeckte, plötzlich sehr eilig. Kaum hatte er den letzten Bissen hinuntergeschlungen, sprang er von seinem Stuhl auf und erklärte bedauernd, dass er dringend zu der Verabredung mit seinem Geschäftsfreund müsse. Doch so sehr Sarah sich auch den Kopf über die Frage zerbrach, wann er diese Verabredung zuvor schon einmal erwähnt haben konnte, es wollte ihr partout nicht einfallen. Und hatten sie diesen Abend in Othmarschen nicht als eine Verabredung mit open End geplant? Sarah erinnerte sich noch ganz genau, wie er ihr zugeflüstert hatte, dass er unbedingt einmal ihr Gästezimmer sehen wolle. Das hatte sie als ganz klaren Hinweis verstanden, dass er vorhatte, bei ihr im Zimmer zu übernachten. Irgendetwas stimmt hier nicht, sagte sich Sarah, doch was? Ihr blieb keine

Zeit mehr, darüber länger nachzugrübeln, denn Michael verabschiedete sich nun recht eilig von ihrer Großmutter, dann von Lore, und schließlich bat er Sarah, sie möge ihn noch zur Haustür bringen. Das hätte sie auch ohne sein Bitten getan, aber der plötzliche Aufbruch befremdete sie. Seufzend folgte sie ihm zur Garderobe. Dort griff er plötzlich nach einer Plastiktüte, die er vorhin dort abgestellt hatte. Zu Sarahs großer Überraschung holte er eine Flasche Kiwilikör hervor. Wider Willen musste sie lächeln. Hatte sie ihm nicht neulich auf der Hafenrundfahrt gestanden, dass Kiwilikör der einzige scharfe Schnaps war, den sie überhaupt vertragen konnte? Und ob es den wohl auch in Deutschland gäbe?

Michael drehte jetzt den Verschluss der Flasche auf und reichte sie ihr. »Komm, lass uns zum Abschied noch einen Schluck aus der Heimat nehmen!«, schlug er zu ihrer großen Überraschung vor. Sarah war etwas verwirrt über dieses Abschiedsgeschenk, aber sie folgte seinem Wunsch. Der schmeckt ja scheußlich, dachte sie und verzog angewidert das Gesicht. »Schmeckt dir mein Präsent nicht?«, fragte er beleidigt. Sarah stand jetzt nicht der Sinn nach einer Verabschiedung im Streit. Widerwillig setzte sie die Flasche erneut an und nahm zunächst einen kleinen und auf seinen auffordernden Blick einen weiteren kräftigen Schluck. Dann reichte sie Michael die Flasche, der sie zwar ansetzte, aber nicht daraus trank, weil ihm in dem Augenblick offenbar etwas eingefallen war. »Ich glaube, ich habe meinen Schal im Salon vergessen«, sagte er jetzt.

Sarah war über diesen plötzlichen Themenwechsel etwas irritiert. »Schau doch erst einmal in deinem Mantel nach«, riet sie ihm und reichte ihn Michael.

Nachdem er vergeblich nach seinem Schal gesucht hatte, stöhnte er: »Ich hatte ihn ganz sicher dabei. Ob du vielleicht im Salon nachschauen könntest? Ich befürchte, ich habe ihn über die Stuhllehne gehängt. Und ich möchte nicht noch einmal stören.« Sarah eilte kopfschüttelnd in den Salon zurück und suchte eine ganze Weile nach dem verlorenen Schal. Unter dem Tisch, unter dem Stuhl, an der Stuhllehne und sogar in der Kaminecke durchsuchte sie alles. Dorothee sah sich das eine Weile schweigend mit an, dann fragte sie, was Sarah denn dort mache. Als Sarah ihr von Michaels Schal berichtete, versteinerte die Miene ihrer Großmutter. »Und er ist jetzt ganz allein im Hausflur?«, fragte sie entsetzt.

Sarah sah sie entgeistert an. »Geht es schon wieder los?«, schnaubte sie. Doch Dorothee beachtete sie gar nicht mehr, sondern begab sich mit Riesenschritten auf den Flur hinaus.

»Was ist nur in meine Großmutter gefahren?«, murmelte Sarah und folgte ihr. Sie sah schon von Weitem, wie Michael triumphierend einen Schal hochhielt. »Ich hatte ihn tatsächlich in den Ärmel gesteckt«, rief er. Sarah warf ihrer Großmutter, die in der Mitte des Flures stehen geblieben war und so tat, als würde sie etwas im Garderobenschrank suchen, einen skeptischen Blick zu. Was hatte sie nur befürchtet? Dass Michael sich in den Keller schleichen und die Artefakte klauen würde? Was sie auch immer zu diesem seltsamen Verhalten veranlasste, Sarah würde, sobald Michael aus der Tür war, ein ernstes Gespräch mit ihr führen müssen.

Michael und Sarah umarmten sich zum Abschied, aber er machte keinerlei Anstalten, sie zu küssen. Das war ihr auch lieber so, denn sie spürte, dass sie aus dem Hintergrund von Dorothee beobachtet wurden. Er versicherte ihr, dass er sich melden würde, sobald er in London gelandet war. Und er flüsterte ihr zu, dass sie es sich überlegen solle, ob sie nicht gemeinsam den Rückflug antreten könnten. Kaum war die Tür ins Schloss gefallen, wandte sich Sarah zu ihrer Großmutter um.

»Ich glaube, wir müssen miteinander reden!«

»Und ob wir miteinander reden müssen!«, pflichtete ihr Dorothee mit nicht minder ernster Miene bei.

Schweigend kehrten die beiden in den Salon zurück und setzten sich in die Kaminecke. Dorothee schenkte sich mit einem Seufzer ein Glas Rotwein ein. Sie goss das Glas so voll, wie sie es bei Tisch oder in Gesellschaft niemals tun würde. Dann bot sie auch Sarah etwas Wein an, aber die lehnte ab. Ihr war heute Abend nicht mehr nach Alkohol. Sie wollte einen klaren Kopf behalten, wenn sie begann, das Tagebuch ihrer Urgroßmutter zu lesen. Und wenn, dann würde sie dazu allenfalls einen Schluck von dem Kiwilikör nehmen. Sie stutzte. Wo war die Flasche überhaupt? Sie hatte sie nicht mehr gesehen, nachdem sie nach der vergeblichen Schalsuche aus dem Salon zurückgekehrt war. Vielleicht stand sie unter der Garderobe. Sarah nahm sich fest vor, nachher dort nachzuschauen. Sie konnte sich kaum vorstellen, dass Michael sein Geschenk wieder mitgenommen hatte. In dem Augenblick trat Lore mit finsterer Miene auf den Tisch zu und wandte sich vorwurfsvoll an Dorothee. In der Hand hielt sie einen Zettel und einen Stift. »Bevor Sie es sich hier gemütlich machen, sollten wir kurz die Liste machen mit dem, was erledigt werden muss, bevor morgen die Herren von der Fassadenrenovierungs-Firma kommen!« Sarah hatte schon öfter bemerkt, dass Lore Dorothees Trinkverhalten missbilligte, aber die treue Perle, wie Dorothee sie manchmal scherzhaft nannte, hatte noch nie zuvor auch nur ein Wort darüber verloren. Das tat sie in diesem Augenblick zwar auch nicht mit Worten, aber ihr vernichtender Blick, den sie auf das übervolle Glas richtete, sprach Bände.

Dorothee gefiel diese kleine Störung ganz und gar nicht. Trotzdem erhob sie sich widerwillig und folgte Lore zum Esstisch. An Sarah gewandt sagte sie, dass es nur einen kurzen Augenblick dauern würde. Dieser Äußerung widersprach Lore sofort. »Ich möchte Sie beide nur ungern stören, aber wie Sie vielleicht wissen, kommt morgen die Firma und beginnt mit der Restaurierung unserer Fassade. Das Wetter ist so milde, dass sie es auch im Januar angehen können. Und ich denke, dass wir noch einiges vorbereiten müssen. Der Bruder von unserem Kurator erledigt das für Ihre Großmutter als reinen Freundschaftsdienst. Da müssen wir ihm und seinen Leuten doch wenigstens etwas zu essen anbieten.«

Dorothee stieß einen tiefen Seufzer aus. »Könnten Sie das nicht ausnahmsweise allein machen, Lore?«

»Heute ist mein freier Abend! Und ich bin durchaus bereit, ein wenig meiner Zeit dafür zu opfern, damit wir gemeinsam den morgigen Tag planen. Aber ganz allein? Nein!«

Sarah, die Lore bis jetzt nur als herzensgute Frau kennengelernt hatte, die alles für Dorothee zu tun bereit war, spürte sehr wohl, dass die Köchin und Haushaltshilfe ein wenig erbost war. Und so sehr sie auch persönlich darauf brannte, so schnell wie möglich mit ihrer Großmutter ein ernstes Gespräch zu führen, so sehr war sie auch daran interessiert, die gute Fee des Hauses wieder zu besänftigen. Sarah legte Lore beruhigend die Hand auf die Schulter. »Ich gehe derweil auf mein Zimmer, und Sie unterhalten sich in aller Ruhe mit meiner Großmutter. Und wenn ihr beide fertig seid, dann könnt ihr mir Bescheid sagen.«

Lore nickte ihr dankbar zu, und auch Dorothee gab sich geschlagen. Sarah war eigentlich ganz froh darüber, dass sie jetzt erst einmal allein und in Ruhe die letzten Stunden Revue passieren lassen konnte. Bevor sie ins obere Stockwerk ging, suchte sie im Flur nach der Flasche mit dem Kiwilikör, doch so sehr sie sich auch bemühte, sie blieb unauffindbar. Merkwürdig, dachte Sarah.

In ihrem Zimmer angekommen legte sie sich auf den Überwurf ihres Bettes und starrte einfach nur die Decke an. Kaum hatte sie sich etwas entspannt, da schweiften ihre Gedanken zu Jan ab. Es war wie verhext. Sie spürte immer noch seinen Mund auf ihren Lippen. Am liebsten würde sie sich voll und ganz in dieses Gefühl hineingeben, aber da war dieser ernüchternde Satz, den er wenig später ausgesprochen hatte. Sarah stöhnte laut auf. Es hat keinen Sinn, redete sie sich gut zu, an die Frage, was passiert wäre, wenn sie beide einander nähergekommen wären, auch nur einen einzigen weiteren Gedanken zu verschwenden. Er ahnt sicherlich nicht, mutmaßte sie, dass ich in Erwägung gezogen habe, seinetwegen länger in Deutschland zu bleiben. Sie musste sich regelrecht dazu zwingen, Jan aus ihren Gedanken zu streichen und diese auf Michael und seine spontane Geschäftsreise zu lenken. Da fiel es ihr wie Schuppen von den Augen, was sie bislang nicht einmal vor sich selber hatte zugeben mögen: Sie mochte Michael, sie fand ihn attraktiv, sie ging gern mit ihm ins Bett, aber ihr Herz schlug so eindeutig für Jan, dass es schmerzte.

Um sich abzulenken, holte Sarah schließlich das Tagebuch ihrer Urgroßmutter unter dem Kopfkissen hervor. Bevor sie es aufschlug, betrachtete sie es eine Weile von außen. Der schwarze lederne Umschlag war völlig abgegriffen, und trotzdem strahlte dieses Büchlein eine gewisse Erhabenheit aus. Sarah wollte es mit allen Sinnen erfassen. Sie hielt es sich vor die Nase und roch daran. Dem Umschlag entströmte ein selten angenehmer Geruch von altem, echtem Leder. Sie zögerte eine Weile, doch dann öffnete sie das Büchlein. Ihre anfängliche Sorge, sie könne die Schrift nicht entziffern, war unbegründet. Im Gegenteil, es las sich leicht und ohne Mühe. Merima, Dorothees Mutter, hatte sich nicht mit langen Einleitungen aufgehalten. Ihr Tagebuch begann mit einer Liebeserklärung an Ludwig Dehn. Schon nach den ersten Sätzen der Aufzeichnungen ihrer Urgroßmutter tauchte Sarah in Merimas Welt ein. Doch noch eines wurde ihr nach ein paar Sätzen sonnenklar: Die Liebe war zu jeder Zeit ein Mysterium! Auch vor nunmehr fünfundachtzig Jahren hatte man sie nicht erklären können. Sie folgte nie den Gesetzen des Verstandes, sondern immer der Stimme des Herzens. Selbst wenn es noch so unvernünftig war. Vielleicht, dachte Sarah verträumt, ist Liebe schlichtweg der Zauber der Unvernunft. Mit einem Mal überfiel sie eine bleierne Müdigkeit. Ihre Lider wurden dermaßen schwer, dass sie beim besten Willen nicht dagegen ankämpfen konnte. Sarah schaffte es kaum, das Büchlein neben sich auf die Bettdecke zu legen, da waren ihr bereits die Augen zugefallen.

Hamburg, Januar 2014

Dorothee hatte während des Gesprächs mit Lore die allergrößten Schwierigkeiten, sich auf die profanen Alltäglichkeiten zu konzentrieren. Es drängte sie, baldmöglichst mit Sarah über den Verdacht, den sie Mr. Banks gegenüber hegte, zu sprechen. Kaum hatten sie alle Details für den morgigen Tag geklärt, begab sie sich eilig zu Sarahs Zimmer im oberen Stock. Sie klopfte höflich an, erst zart, doch als keine Antwort von innen kam, etwas fordernder. Wieder drang nicht das geringste Geräusch aus dem Inneren des Zimmers. Daraufhin drückte Dorothee vorsichtig die Klinke hinunter und öffnete die Tür einen Spalt breit. »Sarah?« Dorothee erhielt keine Antwort. Auf Zehenspitzen betrat sie das Zimmer und entdeckte Sarah schlafend auf ihrem Bett. Neben ihr lag das aufgeschlagene Tagebuch. Dorothee betrachtete ihre schlafende Enkelin eine Weile mit einer Mischung aus Enttäuschung, weil sie so gern mit ihr gesprochen hätte, und Rührung. Sarah wirkte so friedlich und entspannt. Dorothee zog vorsichtig die Bettdecke unter den Füßen ihrer Enkelin hervor und deckte sie zu. Hoffentlich tue ich ihrem neuseeländischen Freund nicht Unrecht, ging es ihr durch den Kopf. Aber Dorothee konnte sich einfach nicht helfen: Ihr Bauch signalisierte ihr eindeutig, dass mit diesem Mr. Banks etwas nicht stimmte! Oder will ich nur etwas Negatives in ihm sehen, weil ich immer noch davon träume, dass Sarah und Jan sich finden?, sinnierte Dorothee selbstkritisch, während sie ihrer Enkelin einen zärtlichen

Blick zuwarf, bevor sie das Licht löschte und das Zimmer verließ.

Ein wenig bedauerte Dorothee, dass sie sich nicht wenigstens ein letztes Mal ganz kurz das Tagebuch ihrer Mutter ausgeliehen hatte. Sie hätte es zu gern noch einmal bis zum Ende gelesen. Aber nun war es zu spät, denn sie befürchtete, womöglich ihre Enkelin zu wecken, wenn sie in deren Zimmer das Licht anschaltete.

Doch sie war noch überhaupt nicht müde und überlegte, was sie mit dem angebrochenen Abend anfangen sollte. Sie beschloss schließlich, sich schon ins Bett zu legen und dort ein Buch zu lesen, denn ihr Geist war zwar hellwach, aber ihre müden Knochen würden es ihr sicherlich danken, wenn sie sich ein wenig ausstreckte. Allerdings konnte sie sich nicht richtig auf das Buch konzentrieren, weil ihre Gedanken immer wieder zu der Frage, ob Michael Banks wohl wirklich etwas Schlechtes im Schilde führte, abschweiften. Und auch der Gedanke an die baldige Abreise ihrer Enkelin verbunden mit der bangen Frage, ob dies ein Abschied für immer sein würde, beschäftigte sie ... Seufzend legte sie das Buch aus der Hand und gab sich ihren Gedanken hin. Es hatte keinen Sinn, dagegen anzukämpfen. Je intensiver sie nachgrübelte, desto weniger Lösungen fielen ihr für die anstehenden Probleme ein. Wenigstens stellte sich allmählich eine gewisse Müdigkeit ein, der sie sich wohlig hingab.

Sie schreckte hoch, weil ein ungewohntes Geräusch an ihr Ohr gedrungen war. Dorothee setzte sich auf und rieb sich die Augen. Hatte sie das nur geträumt? Da war es wieder, ein Poltern, das aus der unteren Etage kam. Das hätte sie nicht weiter beunruhigt, wenn sie nicht genau gewusst hätte, dass Lore das Haus nach ihrem Gespräch verlassen hatte, weil sie bei ihrer kranken Schwester übernachten wollte. Vielleicht hat sie es sich ja anders überlegt, dachte Dorothee und warf einen Blick auf ihren Wecker. Der zeigte zwanzig Minuten nach zwei an. Nein, dachte Dorothee entschieden, Lore würde niemals mitten in der Nacht nach Othmarschen zurückkehren. Es musste einen anderen Grund geben. Dorothee kämpfte mit sich. Einerseits verspürte sie den Impuls, der Sache nachzugehen, andererseits war ihr der Gedanke, das warme Bett zu verlassen, gar nicht angenehm. In dem Augenblick ertönte das dumpfe Poltern erneut, und es gab keinen Zweifel mehr: Dort unten war jemand! Unwillig setzte sich Dorothee im Bett auf, zog ihre Hausschuhe und einen Bademantel an. Als sie das Zimmer verlassen wollte, fiel ihr Blick auf eine Stange, mit deren Hilfe sie die Dachfenster in ihrem Schlafzimmer zu öffnen pflegte. Sie griff danach, für den Fall, dass es doch nicht Lore war, die durch das untere Stockwerk geisterte ... Auf leisen Sohlen schlich sie sich die Treppe hinunter. Als sie um die Ecke bog, sah sie es sofort und trat erschrocken einen Schritt zurück: Die Kellertür stand offen. Dorothees Herz klopfte bis zum Halse. Das war der sichere Beweis, dass es sich nicht um Lore handelte. Ihre Haushälterin würde niemals freiwillig nachts in den Keller gehen. Das tat sie ja schon bei Tage höchst unwillig. Nein, im Keller waren Fremde, und Dorothee hatte nicht den geringsten Zweifel, wer da am Werk war. Ein Blick in Richtung Haustür bestätigte ihren Verdacht. Dort waren keinerlei Einbruchsspuren zu erkennen. Dorothee war sich sicher, dass der Eindringling mit einem Schlüssel ins Haus gekommen war. Sie schlich rückwärts zum Schlüsselbord und erkannte mit einem einzigen Blick, dass der Ersatzschlüssel für die Haustür fehlte. Und natürlich ahnte sie, wer den Schlüssel genommen hatte und auch, wann dies geschehen sein musste. Dorothee atmete ein paarmal tief durch. Sie war unsicher, wie sie sich verhalten sollte. Wäre es richtig, den Notruf zu wählen, oder konnte sie es wagen, die Täter auf frischer Tat zu ertappen? Dorothee tendierte zu Letzterem. Wenn es wirklich Michael

Banks war, der sich Artefakte aneignen wollte, dann hatte sie nichts zu befürchten. Selbst wenn der junge Mann kriminelle Energie besaß, er würde ihr mit Sicherheit nichts tun. Und Dorothee hatte keineswegs vor, ihn der Polizei zu übergeben. Nein, ihr würde es genügen, ihn ohne Beute aus ihrem Haus zu jagen, verbunden mit dem Versprechen, ihre Enkelin nie wiederzusehen. Dorothee straffte die Schultern und näherte sich mutig der Kellertür.

Sie blickte angespannt nach unten. Dort brannte Licht. »Mr. Banks, zeigen Sie sich! Sonst sehe ich mich gezwungen, die Polizei zu holen!«, rief sie laut. Natürlich hoffte sie, dass Sarah von dem Lärm aufwachen würde. Es wäre wesentlich besser, wenn sie sich selbst davon überzeugen konnte, was für ein Hallodri ihr Verehrer aus Neuseeland war.

Dorothee hielt die Luft an. Zunächst tat sich gar nichts, doch dann tauchte unten an der Treppe Michael Banks rotblonder Schopf auf. »Hab ich es mir doch gedacht!«, stieß Dorothee triumphierend hervor. Ihr Erscheinen warf den jungen Mann indessen nicht sonderlich aus der Bahn. Er stand ziemlich selbstbewusst unten an der Treppe, die Hände in die Hüften gestützt. Herausfordernd blickte er nach oben. »Ich fordere Sie auf, sofort meinen Keller zu verlassen!«, befahl Dorothee.

Täuschte sie sich, oder grinste er etwa?

»Ihnen wird das Grinsen schon vergehen!«, brüllte sie ärgerlich. »Ich wiederhole mich ungern, aber verlassen Sie sofort meinen Keller!«

»Nicht ohne die beiden beziehungsweise drei Sahnestücke!«

Dorothee wich sämtliche Farbe aus dem Gesicht. Michael Banks war also gar nicht an den Masken oder den übrigen Maori-Artefakten interessiert, sondern ... Ihr wurde übel bei dem Gedanken. »Da können Sie lange suchen, das, was Sie haben wollen, werden Sie nicht in unserem Keller finden!« Dorothees

Herz klopfte bis zum Hals. In diesem Augenblick machte sich eine Erkenntnis in ihr breit, die ihren ganzen Körper erzittern ließ: dass sie Mr. Banks und seine kriminelle Energie dramatisch unterschätzt hatte. Um in den Besitz der Schrumpfköpfe und der unermesslich wertvollen Kette zu gelangen, waren schon ganz andere Verbrechen begangen worden! Ja, selbst vor kaltblütigen Morden war einst mancher nicht zurückgeschreckt. Und sie fühlte es, bevor sie es sah. Hinter ihr stand eine zweite Person, was sie an dem Atem in ihrem Nacken spürte. Nun bedauerte sie zutiefst, dass sie sich so leichtsinnig in Gefahr begeben hatte. Sie hielt die Stange in ihrer Hand fest umklammert.

Michael Banks war ihr jetzt ein paar Stufen entgegengekommen. Aus seinen Augen sprach die nackte Gier. In Dorothees Kopf arbeitete es fieberhaft. Sie befürchtete, nicht allein mit der Situation fertigzuwerden. Besonders nicht, seit sie wusste, dass er einen Komplizen hatte, der direkt hinter ihr stand. Ihre größte Hoffnung galt immer noch Sarah. Irgendwann musste sie doch von dem Lärm aufwachen.

»Die gnädige Frau weiß also ganz genau, wovon die Rede ist. Das ist ja schon mal sehr gut«, bemerkte Michael in süffisantem Ton. »Dann wissen Sie vielleicht auch, wo die Objekte sich momentan befinden? In der schönen Frau sind sie leider nicht. Es tut uns natürlich leid, dass wir die Dame mit der Axt auseinandernehmen mussten, aber sie war leer.«

Dorothee versuchte Zeit zu gewinnen. Sie war nicht gewillt, diesen Gangstern zu verraten, was sie über den Verbleib der Schrumpfköpfe wusste. In diesem Augenblick fühlte sie einen stechenden Schmerz im linken Oberarm und sah entsetzt zu, wie sich eine riesige Männerpranke um ihren schmalen Arm schloss. Sie schrie laut auf und ließ vor Schreck die Stange fallen. Spätestens von diesem Schrei muss Sarah doch aufwachen, dachte Dorothee verzweifelt.

Da hielt ihr Michaels Komplize bereits mit der anderen Hand fest den Mund zu. »Nun verrate uns endlich das Versteck! Und halt die Schnauze. Noch ein Ton, und ich ziehe dich aus dem Verkehr!«, zischte er ihr ins Ohr, bevor er seine Hand langsam wieder von ihrem Mund nahm. Der Mann hatte eine unangenehm metallisch klingende Stimme, und er sprach ebenfalls Englisch.

»Ich kann mir beim besten Willen nicht vorstellen, wer in der heutigen Zeit für so etwas wie Schrumpfköpfe überhaupt Geld ausgibt«, bemerkte Dorothee mit heiserer Stimme und dem Ziel, Zeit zu gewinnen.

Michael, der immer noch auf der halben Treppe stand, lachte laut auf. »Es gibt unter Sammlern gar nichts, was es gar nicht gibt. Je reicher die Leute sind, desto abgründiger sind ihre Sammlerleidenschaften. Und kunstvoll tätowierte Köpfe stehen auf der Liste ganz oben.«

Sein Komplize stöhnte genervt auf. »Jetzt hör auf, Opern zu quatschen.« Er wandte sich Dorothee zu. »So, und du sagst uns jetzt sofort, wo die Kette ist!«

»Ich weiß nicht, wovon Sie reden«, log sie mit fester Stimme.

Michael musterte sie skeptisch. »Sie behaupten also, nichts von dem Schatz zu wissen, den der Schnitzer einst im Haus Hinemoa versteckt hat?«

»Leider nein!«, entgegnete sie so überzeugend, dass Michael ihr offenbar glaubte. Jedenfalls konnte sie eine gewisse Unsicherheit in seinem Blick erkennen.

»Lass dich nicht verarschen!«, bellte sein Komplize. »Wenn die Alte uns nicht endlich das Versteck verrät, sollten wir unserem Kunden vielleicht ihren Kopf anbieten.« Zur Bekräftigung seiner martialischen Drohung packte er noch fester zu. Sie hatte Sorge, ihr schmaler Arm würde brechen. Wieder stieß Dorothee einen gellenden Schrei aus. Zu ihrer großen Verwunderung reagierte Michael darauf mit einem breiten Grinsen. »Guter Versuch, wirklich! Aber schonen Sie Ihre Stimme. Ihre Enkelin kann Sie nämlich nicht hören. Dafür hab ich gesorgt!«

»Sie verdammtes Schwein!«, stieß Dorothee wütend aus und wollte sich auf ihn stürzen, doch sein Komplize, ein pockennarbiger Kerl mit den Muskeln eines Bodybuilders, hielt sie zurück. Sie ließ sich trotzdem nicht einschüchtern.

»Was haben Sie mit ihr gemacht?«, schrie sie zornig. »Wenn Sie ihr auch nur ein Haar gekrümmt haben, bringe ich Sie eigenhändig um!«

Michael grinste immer noch. »Ich würde Sarah nie ein Leid zufügen. Das wissen Sie ganz genau. Ich habe ihr vorhin im Flur zum Abschied nur ein paar Schlucke eines guten Kiwilikörs zu trinken gegeben.«

»Was sind Sie nur für ein widerlicher Kerl! Sie haben doch genau gewusst, dass Sarah die Urenkelin von Ludwig Dehn ist. Wie Sie das auch immer herausbekommen haben, es ist Ihnen keine Sekunde lang um sie gegangen. Was haben Sie bloß für einen miesen Charakter, sich bei einer jungen Frau einzuschmeicheln und mit ihren Gefühlen zu spielen!«, schimpfte sie.

Michaels Grinsen erstarb. »Ich mag Ihre Enkelin wirklich«, widersprach er ihr mit Nachdruck.

Genervt mischte sich sein Komplize ein. »Mann, Alter, wir sind hier nicht zum Familienfest. Merkst du nicht, dass die Oma irgendwas im Schilde führt?«

Doch Michael schien die Worte seines Kumpels gar nicht wahrzunehmen. Er musterte Dorothee durchdringend, während er offensichtlich über etwas nachgrübelte. Sie hielt seinem Blick stand. Ihre Menschenkenntnis war so gut, dass sie sehr wohl spürte, dass sie etwas in Michael angerührt hatte. Das musste sie ausnutzen.

»Ich würde mich sehr wundern, wenn Sie tatsächlich so etwas wie ein Gewissen hätten«, sagte sie provozierend, um Michael damit aus der Reserve zu locken. Es war ihre einzige Chance. Wenn Michael tatsächlich etwas für Sarah empfand, würde er sich die ganze Sache vielleicht noch einmal überlegen. Und dann wäre sie außer Gefahr.

Dorothee hielt vor lauter Anspannung den Atem an, als Michael zögernd zu sprechen begann. »Ich mache Ihnen jetzt einen Vorschlag, gnädige Frau. Mein Freund und ich verschwinden auf der Stelle aus Ihrem Haus. Ich gehe zu Ihren Gunsten davon aus, dass Sie nichts über den Verbleib der Sachen wissen. Im Gegenzug schwören Sie mir, Sarah nichts von diesem Vorfall zu erzählen. Ich möchte nicht, dass sie erfährt, wie ich mich bewusst an ihre Fersen gehängt habe, nachdem ich zufällig von Raiwiri in einer Kneipe, in der er sich nach der Trennung von Sarah sinnlos besoffen hat, erfahren habe, wer sie wirklich ist. Ich habe viel gelogen, das können Sie mir glauben, aber eines ist wahr: Ich habe mich wirklich in Ihre Enkelin verliebt.«

Michaels Komplize rollte genervt mit den Augen. »Alter, was soll der Scheiß? Wir haben einen Auftrag, es geht um eine Menge Kohle. Dein Privatmist interessiert mich nicht. Wir bringen jetzt die Lady zum Reden. Basta!«

»Nein, wir lassen sie in Ruhe!« Michael warf Dorothee einen flehenden Blick zu. »Schwören Sie es? Tun Sie mir den Gefallen und brechen Sarah nicht das Herz?«

Dorothee zuckte mit den Schultern. »Aber Sie glauben doch nicht allen Ernstes, dass ich einen weiteren Kontakt zwischen meiner Enkelin und Ihnen zulassen würde, nachdem ich jetzt weiß, wes Geistes Kind Sie sind?«

»Natürlich nicht! Ich werde Sarah in Kürze einen Brief schreiben, in dem ich ihr erkläre, dass ich mich unterwegs in eine andere Frau verliebt habe. Das ist alles besser, als wenn sie die Wahrheit erführe.«

Dorothee dachte kurz nach. Das war eigentlich ein ganz vernünftiger Vorschlag, wie sie fand. Mochte der junge Mr. Banks auch über eine hohe kriminelle Energie verfügen, seine Gefühle Sarah gegenüber schienen echt zu sein. Und ein so skrupelloser Verbrecher wie seine Vorfahren war er auf keinen Fall.

»Gut«, erklärte sie knapp. »Dann verschwinden Sie, und zwar schnell! Und nehmen Sie Ihren Kollegen ...« Dorothee warf einen anklagenden Blick auf die Hand seines Komplizen, die ihren Arm immer noch mit eisernem Griff umklammert hielt. »... bitte mit!«

Der aber dachte nicht daran, Dorothee loszulassen. Im Gegenteil, er funkelte Michael wütend an. »Sag mal, Mann, hast du noch alle Tassen im Schrank? Wir haben diese ganze Mühe doch nicht auf uns genommen, um auf Kuschelkurs mit der Alten zu gehen. Meister, das war eine verdammt teure Angelegenheit. Denk doch an die Flüge und den ganzen Mist. Und wenn wir ohne die Dinger zurückkommen, verlangt unser Auftraggeber mit Sicherheit den Vorschuss zurück. Also ich zieh mich auf keinen Fall zurück!«

Die beiden Männer standen sich jetzt kampfbereit gegenüber. »Hier bin immer noch ich der Boss!«, brüllte Michael.

»Ach ja? Wenn ich unserem Auftraggeber erzähle, dass du den Job wegen einer Frau geschmissen hast, dann hast du die längste Zeit was zu sagen gehabt!«

Michael drohte seinem Komplizen mit der Faust. »Lass sofort die Dame los, Ken! Hörst du?«

Kens Antwort war ein dreckiges Lachen, und er griff nur umso fester um Dorothees Arm. Sie aber biss die Zähne zusammen und schrie dieses Mal nicht auf, obwohl der Schmerz schier unerträglich war. Sie spürte ihre Angst vor Michaels Komplizen in jeder Pore, denn sie hatte das Gefühl, dass dieser Ken zu allem entschlossen war. Er machte jedenfalls nicht den Eindruck, als wenn er freiwillig von ihr ablassen würde.

Sie hatte den Gedanken noch nicht zu Ende geführt, als Ken ausholte und seine Faust auf Michaels Nase landete. Der stieß einen mörderischen Schrei aus. Blut spritzte. Dann ging alles ganz schnell. Michael ging zum Gegenangriff über, doch in dem Moment ließ Ken Dorothee los und schubste sie stattdessen mit voller Wucht die Kellertreppe hinunter. Im Fallen riss Dorothee Michael mit sich, und die beiden stürzten kopfüber in die Tiefe. Auf den ersten Stufen spürte Dorothee noch den Schmerz, wenn ihr Kopf gegen die steinernen Stufen stieß – klack, klack, klack –, doch als sie unten auf dem Betonboden aufkam, hatte sie bereits das Bewusstsein verloren.

Als Sarah erwachte, wusste sie zunächst gar nicht, wo sie sich befand. Sie spürte nur ihren trockenen Mund und eine Abgeschlagenheit in allen Gliedern. Ganz vorsichtig setzte sie sich im Bett auf und sah sich um. Binnen weniger Sekunden konnte sie sich wieder orientieren. Sie war im Gästezimmer ihrer Großmutter in Othmarschen. Aber warum hatte sie die Rollos nicht runtergezogen, und warum lag sie voll angekleidet unter der Bettdecke? Das Schlimmste aber war ein dumpfer Kopfschmerz, als hätte man ihr mit einem Hammer auf den Kopf geschlagen. Sie rieb sich die Schläfen, um den Schmerz zu lindern, und überlegte fieberhaft, warum sie angezogen ins Bett gegangen war. Ihr erster Gedanke galt dem Alkohol. Hatte sie so viel getrunken, dass sie sich nicht mehr erinnerte? Dann fiel ihr der Kiwilikör ein. Und da wusste sie alles wieder: Michael hatte ihr zum Abschied ein paar Schlucke aus einer Flasche mit diesem grauenvollen Kiwilikör verabreicht, und sie war mit dem Tagebuch ihrer Urgroßmutter ins Bett gegangen. Und dann, auch daran entsann sie sich jetzt wieder ganz genau, hatte sie eine bleierne Müdigkeit überfallen, der sie nichts entgegenzusetzen hatte. Sie benötigte dringend etwas Wasser, denn ihr Mund war so trocken, dass ihre Zunge am Gaumen festklebte. Sie griff neben sich, um ihre Wasserflasche anzusetzen, aber die war leer. Sie kämpfte mit sich, ob sie tatsächlich in die Küche gehen sollte, um sich Wasser zu holen, oder ob sie versuchen sollte, sich auf die Seite zu drehen und weiterzuschlafen. Doch ihr Körper schrie förmlich nach Wasser, wie sie es nur von einem schlimmen Kater kannte. Stöhnend stieg sie aus dem Bett und machte sich auf den Weg in die untere Etage. Im Flur angekommen merkte sie sofort, dass etwas nicht stimmte. Die Kellertür stand offen, und Licht drang nach oben. Ihr wurde mulmig zumute, aber sie näherte sich mutig der offenen Tür. Beim Anblick dessen, was sie von oben erkennen konnte, begannen ihre Knie dermaßen zu zittern, dass sie sich erst einmal am Treppengeländer festhalten musste. Am Fuß der Treppe lag ihre Großmutter in einer Blutlache. Sarah holte ein paarmal tief Luft, bevor sie ganz vorsichtig Stufe für Stufe nach unten stieg. Sie konnte keinen klaren Gedanken fassen. In ihrem Kopf ging alles durcheinander. Was hatte ihre Großmutter mitten in der Nacht im Keller gewollt? Hatte sie zu viel getrunken? Warum war sie sonst die Treppe hinuntergestürzt, die sie schon Hunderte Male zuvor unversehrt gegangen war? Und tief in ihrem Inneren stellte sie sich die Frage, ob ihre Großmutter überhaupt noch lebte. Je weiter sie sich ihr näherte, desto übler wurde ihr. Ihr Verstand sagte ihr, dass sie sich beeilen sollte, aber es ging nicht. Sie bewegte sich wie in Trance und hatte bei jedem ihrer Schritte das dumpfe Gefühl, jeden Augenblick in Ohnmacht fallen zu müssen.

Nachdem sie nach einer halben Ewigkeit unten angelangt war, kniete sie sich neben den Kopf ihrer Großmutter, und es war ihr völlig gleichgültig, dass sie sich mitten in das Blut gesetzt hatte. Und erst, als sie sich auf den Boden gehockt hatte und in das wachsweiße Gesicht ihrer Großmutter blickte, konnte sie ihrem

Entsetzen Ausdruck verleihen. Sie stieß einen spitzen Schrei aus. Zunächst befürchtete sie, dass ihre Großmutter tot war, aber dann nahm sie ihren flachen Atem wahr. In dem Augenblick realisierte sie, dass sie sofort handeln musste. »Halte durch!«, schrie sie verzweifelt. »Bitte, Großmutter, halte durch! Ich hole Hilfe!«

Wie eine Wahnsinnige rannte sie die Treppen nach oben und wählte den Notruf. Ihre Großmutter hatte über dem Telefon eine Liste mit den wichtigsten Nummern aufgehängt, auf der ganz oben die 112 stand. In ihrer Aufregung sprach sie zunächst Englisch, aber dann erklärte sie der Stimme am Telefon auf Deutsch, wohin der Notarztwagen kommen sollte. Sarah war froh, dass sie wieder handlungsfähig war. Im Schockzustand hätte sie nichts bewirken können, um ihrer Großmutter zu helfen. Sie wollte schnellstens in den Keller zurückkehren, als sie auf der Telefonliste die Nummer von Dorothees altem Freund Dr. Ole Peters entdeckte. Sie wählte seine Nummer und erklärte dem schlaftrunkenen Mann in knappen Worten, was geschehen war. Er versprach, sofort in die Villa zu kommen, denn er wohnte nur zwei Straßen entfernt. Ihr nächster Gedanke galt Jan. Ohne zu überlegen, wählte sie seine Nummer, die ebenfalls auf der Liste war, und schilderte ihm aufgeregt, was geschehen war. Er bat sie, ihn anzurufen, sobald man Dorothee in ein Krankenhaus gebracht hatte. Er versprach, sofort dorthin zu kommen.

Wie eine Wahnsinnige rannte Sarah zurück in den Keller. Der leise Atem ihrer Großmutter war wie Musik in ihren Ohren. Und ganz plötzlich fiel ihr Janes Vorhersage ein, und ihr wurde so schlecht, dass sie sich beinahe übergeben hätte. Sollte sie wirklich Recht behalten, und das hier war das Ende? Nein, Sarah wollte gar nicht daran denken! Plötzlich sah sie ein paar Meter von der Unfallstelle entfernt eine zweite Blutlache auf dem Betonboden.

Doch das stürmische Klingeln an der Haustür, das jetzt ertönte, hielt sie davon ab, große Überlegungen darüber anzustellen, woher dieses Blut wohl stammen könnte. Stattdessen eilte sie nach oben und ließ den Notarzt und die beiden Sanitäter mit ihrer Trage eintreten.

Es ging alles ganz schnell. Der Arzt untersuchte Dorothees Kopf und entschied dann, dass die Sanitäter sie sehr vorsichtig auf die Trage heben sollten. An seiner sorgenvollen Miene konnte Sarah erkennen, wie ernst die Lage war. Deshalb stellte sie ihm auch keine unnötigen Fragen, nur, ob sie im Rettungswagen mit ins Krankenhaus kommen dürfte.

»Sind Sie eine Angehörige?«

»Ich bin ihre Enkelin!«

»Dann kommen Sie!«, forderte der Notarzt sie auf.

»Welches Krankenhaus?«, fragte sie.

»Universitätskrankenhaus«, entgegnete er knapp.

Sarah konnte den Blick kaum von dem blassen, eingefallenen Gesicht ihrer Großmutter lassen. Tränen traten ihr in die Augen. Es war schwer zu ertragen, wie schutzlos ihre Großmutter auf der Trage lag, das weiße Haar vom Blut verkrustet. Sie ist wohl mit dem Hinterkopf auf dem Betonboden aufgeschlagen, mutmaßte Sarah. Für den Bruchteil einer Sekunde fiel ihr wieder die zweite Blutlache im Keller ein, aber da forderte einer der Sanitäter sie auf, schnell in den Wagen zu steigen. Sie wollte nach hinten zu ihrer Großmutter klettern, aber man bat sie, vorn einzusteigen, weil der Arzt den Platz um die Trage herum für die Erstversorgung benötigte.

In diesem Augenblick kam der alte Doktor Peters mit keuchendem Atem um die Ecke gerannt. Sie konnte ihm gerade noch zurufen, dass man ihre Großmutter ins Universitätskrankenhaus brachte, bevor der Rettungswagen mit Blaulicht davonraste.

»Wissen Sie Genaueres über den Zustand meiner Großmutter?«, fragte Sarah mit bebender Stimme den Sanitäter, der den Wagen lenkte.

»Schweres Schädel-Hirn-Trauma«, erwiderte er knapp.

»Und was heißt das?«

Der Sanitäter zuckte mit den Schultern. »Das kann man von außen nicht erkennen. Dazu muss man erst einmal in den Kopf hineinsehen. Aber die Tatsache, dass sie noch immer bewusstlos ist, deutet darauf hin, dass es sich um eine schwere Hirnverletzung handelt.«

Sarah schluckte trocken. Obwohl es ihr lieber war, die Wahrheit zu kennen, als im Dunklen zu tappen, setzte ihr diese klare Antwort des Sanitäters schwer zu.

»Und was bedeutet das?«, hakte sie mit bebender Stimme nach.

»Schlimmstenfalls fällt sie ins Koma, und wenn sie überhaupt wieder aufwacht, dann muss man zumindest mit Folgeschäden rechnen.«

Sarah konnte nichts dagegen tun. Ihr liefen heiße Tränen über das Gesicht. Das konnte nicht sein. Nun hatte sie ihre Großmutter doch vor Kurzem erst gefunden! Sie wollte sie nicht auf so grausame Weise schon wieder verlieren.

Der Sanitäter warf ihr einen bedauernden Seitenblick zu. »Entschuldigen Sie, ich weiß natürlich nicht genau, was in diesem konkreten Fall zu erwarten ist. Es gibt auch immer wieder Fälle, in denen eine solche schwere Hirnverletzung glimpflich ausgeht. Sprechen Sie nachher lieber in Ruhe mit dem Arzt. Ich will da nichts gesagt haben.«

Sarah nickte leise und wischte sich entschieden die Tränen aus dem Gesicht, bevor sie Jan anrief und ihm mitteilte, dass ihre Großmutter ins Universitätskrankenhaus gebracht wurde.

Sie war sehr froh, dass sie auf dem tristen Krankenhausflur nicht allein auf eine ärztliche Auskunft über den Zustand ihrer Großmutter warten musste. Erst kam Ole Peters, um sie zu trösten, und wenig später traf auch Jan ein. Der alte Arzt versuchte,

Sarah ein wenig Mut zu machen, und betonte, dass das Ausmaß der Verletzung wirklich erst durch die Untersuchungen festgestellt werden konnte. Jan hingegen sprach wenig, sondern nahm Sarah einfach nur in den Arm.

So warteten die drei mehrere Stunden auf eine Nachricht des behandelnden Arztes. Jan schlug Sarah vor, nach Hause zu gehen und zu schlafen, doch sie dachte gar nicht daran. Sie würde kein Auge zutun, solange sie nicht wusste, was mit ihrer Großmutter war. Die besorgte Miene des behandelnden Arztes, als er endlich auf sie zukam, verhieß nichts Gutes. Sarah sprang aufgeregt von ihrem Besucherstuhl auf. »Was ist mit ihr? Wie geht es ihr?«

»Es geht ihr den Umständen entsprechend. Wir mussten, um den Druck auf das Gehirn zu entlasten, vorerst einen Teil der Schädeldecke entfernen.«

Sarah schlug entsetzt die Hände vors Gesicht.

»Das ist nicht unüblich in solchen Fällen«, versuchte der Arzt sie zu beruhigen. »Wir versetzen unsere Patienten dann in ein künstliches Koma, während das Hirn wieder abschwellen kann ... und der Schädel wird zusammengeflickt.«

»Was heißt das konkret? Wird sie jemals wieder gesund? Ja oder nein?« Sarah bebte vor Aufregung.

»Das können wir erst beurteilen, nachdem dieser Prozess völlig abgeschlossen ist«, erklärte ihr der Arzt ausweichend.

»Kann ich sie sehen?«

»Selbstverständlich. Aber bitte nur für einen kurzen Augenblick«, sagte der Arzt.

Als sie das Krankenzimmer auf der Intensivstation betraten, fasste Sarah nach Jans Hand und hielt sie ganz fest. So traten sie gemeinsam an das Bett. Sarah hatte sich fest vorgenommen, beim Anblick ihrer Großmutter nicht in Tränen auszubrechen, aber als sie Dorothee so bleich und hilflos in den weißen Kissen liegen sah, schluchzte sie verzweifelt auf.

»Es wird gut, es wird alles wieder gut. Ich spüre das«, flüsterte Jan ihr zu, während er sanft den Arm um sie legte. Sarah wurde innerlich ruhiger, und ein tröstender Gedanke ging ihr durch den Kopf: Er tut mir gut! Sehr gut sogar! Und eine tiefe Sehnsucht ergriff sie. Sie wünschte sich, dass er immer bei ihr bleiben würde.

Erst als er sie wenig später mit seinem Wagen zurück nach Othmarschen brachte, erwachte sie jäh aus diesem Traum.

»Vielleicht wartest du mit deiner Rückkehr nach Neuseeland noch ein paar Tage, bis sich ihr Zustand stabilisiert hat«, hörte Sarah ihn wie von ferne sagen.

»Rückkehr?«, fragte sie verwirrt. »Ich muss mich doch um meine Großmutter kümmern.«

»Es ist aber gut möglich, dass sie jetzt ein paar Wochen im Koma bleiben wird. Du kannst nicht dein ganzes Leben aufgeben. Aber ich verspreche dir, dass ich sie täglich besuchen und dir Bericht erstatten werde.«

Sarah stieß einen tiefen Seufzer aus. Sie nahm seine Worte mit gemischten Gefühlen auf. Einerseits spürte sie die Enttäuschung, dass er offenbar nicht einmal annähernd mit dem Gedanken spielte, sie zum Bleiben zu überreden, andererseits wurde ihr bewusst, dass er im Grunde genommen vollkommen recht hatte. Ihr Zuhause war Neuseeland. Mit einem Mal überkam sie eine unbeschreibliche Sehnsucht nach dem türkisfarbenen Meer und nach Jane. Beschämt fiel ihr ein, dass sie sich überhaupt nur ein einziges Mal bei ihrer Adoptivmutter gemeldet hatte. Sie hatte ihr eine Neujahrsmail geschrieben, auf die Jane in aller Ausführlichkeit geantwortet hatte. Mit einem Blick auf ihre Armbanduhr stellte sie fest, dass es mittlerweile sieben Uhr früh war. Also war es in Neuseeland bereits neunzehn Uhr. Spontan wählte sie Janes Nummer und konnte ihre Tränen nicht zurückhalten, als sie am anderen Ende die vertraute Stimme ihrer Adoptivmutter vernahm. In knappen Worten schilderte sie Jane, was in Hamburg geschehen war, und teilte ihr mit, dass sie spätestens in vierzehn Tagen zurück sein würde. Es entging Sarah nicht, dass Jane schwer atmete, während sie ihr von dem Unglück berichtete. Nachdem Sarah ihre Schilderung beendet hatte, herrschte betroffenes Schweigen in der Leitung.

»Hast du diesen Unfall genau so vorausgesehen?«, fragte Sarah schließlich.

»Nein, nein, ich hab nichts Näheres gesehen«, erklärte Jane hastig, aber Sarah meinte ihrem Ton genau anzumerken, dass Jane ihr in diesem Augenblick nicht die Wahrheit sagte.

»Soll ich dich noch bis zur Tür bringen?«, fragte Jan besorgt, als sie schließlich vor Dorothees Haus angekommen waren.

Obwohl Sarah das Gegenteil dachte und sich insgeheim wünschte, Jan würde sogar mit ihr ins Haus kommen, lehnte sie sein Angebot ab.

»Musst du nicht gleich ins Museum?«

»Nein, vor neun bin ich nie in meinem Büro. Ich denke, ich werde in der Stadt frühstücken gehen. Es lohnt sich nicht mehr, vorher noch einmal nach Hause zu fahren. Geduscht habe ich ja schon heute Morgen, bevor ich ins Krankenhaus zu dir gekommen bin. Und du bist ganz sicher, dass du allein zurück ins Haus gehen möchtest? Aber du hast ja wenigstens Lore.«

Erst in diesem Augenblick fiel Sarah ein, dass sie Lore heute früh überhaupt nicht gesehen hatte. Offenbar war sie in der Nacht bei ihrer Schwester gewesen, was sie öfter einmal machte.

»Ich befürchte, sie ist noch nicht vom Besuch bei ihrer Schwester zurück, aber wovor soll ich mich fürchten? Es ist ja nichts ...« Siedend heiß fiel ihr der zweite Blutfleck ein. Allein bei dem Gedanken wurde ihr ganz flau im Magen.

»Du, Jan, da wäre noch etwas, das ich mir nicht erklären kann. Im Keller gibt es eine zweite Blutlache. Nicht die, in der ich meine Großmutter gefunden habe, sondern ein kleines Stück weiter. Ich kann mir kaum vorstellen, dass meine Großmutter noch die Kraft hatte, im Keller herumzukriechen.«

»Hättest du etwas dagegen, wenn ich mir das mal eben persönlich ansehe?« Sarah spürte die Erleichterung in jeder Pore.

»Ja, das wäre vielleicht ganz gut. Vier Augen sehen mehr als zwei«, sagte sie sichtlich bemüht, nicht ganz so begeistert zu klingen.

Obwohl Jan bei ihr war, gruselte es sie regelrecht bei dem Gedanken, in den Keller zurückzukehren. Deshalb ließ sie ihm auch den Vortritt und folgte ihm vorsichtig.

»Was ist denn hier passiert?«, rief Jan entgeistert aus, als er unten angekommen war.

Sarah bezog das auf die beiden Blutflecken, aber dann erblickte sie mit Entsetzen, was Jan gemeint hatte. Dort, wo die Artefakte fein säuberlich in den Vitrinen gestanden hatten, herrschte das totale Chaos. Einige Masken waren herausgerissen und lagen verstreut am Boden. Der schlimmste Anblick aber war die geschnitzte Frauenfigur. Sie lag völlig zerstört am Boden. Jemand musste mit einer Axt so auf sie eingeschlagen haben, dass nur noch Einzelteile übrig waren.

»Das gibt es doch nicht. Das ist ja der reine Vandalismus!«, rief Jan fassungslos aus.

Sarah hatte die Hände vors Gesicht geschlagen. Sie fragte sich, warum ihr das vorher nicht aufgefallen war. Die Antwort drängte sich ihr allerdings auf, kaum dass sie den Gedanken zu Ende geführt hatte: Sie hatte vorhin nur Augen für ihre Großmutter gehabt und darüber hinaus unter Schock gestanden.

»Ich bezweifele, dass deine Großmutter die Treppe hinuntergestürzt ist. Ich befürchte, dass es kein Unfall gewesen ist.« Jan war so weiß wie die gekalkte Wand hinter ihm.

Sarah sah sich kopfschüttelnd in dem Chaos um. »Es sieht tatsächlich so aus, als wenn hier eingebrochen worden wäre. Vielleicht hat Großmutter die Einbrecher überrascht und wurde von ihnen zum Schweigen gebracht.«

Jan hatte nun seinerseits den zweiten Blutfleck entdeckt und sich neben die Lache auf den Boden gehockt. »Hier ist sehr viel weniger Blut als an der Stelle, wo deine Großmutter gelegen hat«, stellte Jan nachdenklich fest. »Ich bin mir ziemlich sicher, dass sie von einer zweiten Person stammt.«

Sarah und Jan sahen einander fragend an. Wie aus einem Munde sagten sie in ein und demselben Moment: »Wir sollten die Polizei holen!«

Da sah Sarah etwas am Boden funkeln. Sie griff nach dem runden Teil, das sie zunächst für eine Silbermünze gehalten hatte, doch bei näherem Hinsehen entpuppte es sich als ein Knopf. Sarah stockte der Atem, denn sie wusste sofort, wer ihn verloren hatte. Es war einer der beiden Silberknöpfe von Michaels neuer Clubjacke, die sie bei ihrem ersten gemeinsamen Ausflug unten am Hafen gekauft hatten. Und das wiederum konnte nur bedeuten ... Sarah spürte, wie ihr schummrig wurde. Ihre Knie fühlten sich plötzlich an, als wären sie aus Gummi, und sie geriet ins Schwanken. Jan konnte sie im letzten Augenblick auffangen und damit Schlimmeres verhindern. Sie holte ein paarmal tief Luft, bevor sie Jan von ihrem Verdacht berichtete. »Er kann den Knopf natürlich auch verloren haben, als ich ihm gestern Abend die Sammlung gezeigt habe.«

»Du hast was?«, entgegnete Jan entsetzt. »Es ist sehr lieb von dir, dass du nach Entlastungsgründen für deinen Freund suchst, aber für mich ist der Fall klar. Und wenn die Spurensicherung feststellen sollte, dass das Blut von zwei unterschiedlichen Personen stammt, dann sollten sie Mr. Michael Banks tunlichst zur Fahndung ausschreiben.«

In der Sache stimmte Sarah ihm voll und ganz zu, aber es fiel ihr verdammt schwer, sich selbst einzugestehen, dass ihr eine innere Stimme die ganze Zeit über Signale gegeben hatte, dass mit Michael Banks etwas nicht stimmte – und sie diese Stimme einfach mundtot gemacht hatte.

Sie schämte sich dafür, so naiv gewesen zu sein. Und sie könnte nur zu gut verstehen, falls Jan jetzt so etwas wie Schadenfreude empfand.

Doch in dem Augenblick griff er zärtlich nach ihrer Hand und drückte sie fest. »Es kann jedem passieren, Sarah, dass man sich irrt. Nimm es dir nicht übel. Es ist tatsächlich etwas dran an dem Spruch: Liebe macht blind! Mir ist es auch schon einmal so gegangen, dass ich alle roten Ampeln und Warnzeichen mit schlafwandlerischer Sicherheit überfahren habe und mich im Nachhinein gefragt habe, wie ich nur derart dämlich hatte sein können.«

Und er erzählte Sarah die Geschichte von seiner Exfrau und seinem einst besten Freund. Und dass er nicht gemerkt hatte, dass die beiden bereits ein heimliches Verhältnis hatten, als er sich in sie verliebt und sie geheiratet hatte. Und dass diese Ehe von vornherein als optimale Tarnung gegenüber der vermögenden Ehefrau seines verheirateten Freundes gedient hatte.

Sarah ahnte, dass er sich ihr in diesem Augenblick nur so öffnete, weil er sie zu trösten versuchte. Wenn er wüsste, dass es zwischen unseren Erlebnissen einen entscheidenden Unterschied gibt, dachte sie versonnen. Ich habe Michael zu keinem Zeitpunkt geliebt!

2. Teil

When I see your face, there's not a thing that I would change
'Cause you're amazing just the way you are.

Aus *Just The Way You Are* von Bruno Mars

Auckland, März 2014

Sarah war nach ihrer Rückkehr aus Hamburg gleich zu Jerry gezogen. Sie hatte ein großes, helles Zimmer für sich mit einer riesigen Fensterfront und Glastüren, die bis zum Boden gingen. Vor ihrem Zimmer befand sich eine große Terrasse, von der aus sie einen bezaubernden Blick über die gesamte Bucht hatte.

Es war ein warmer Sonntagmorgen im neuseeländischen Spätsommer. Sarah saß nur mit einem bunten Tuch bekleidet, das sie sich um den nackten Körper geschlungen hatte, am Terrassentisch und arbeitete an ihrem Laptop. Jerry hatte sie mit besonders viel Arbeit eingedeckt. Damit du nicht so viel grübelst, hatte er ihr schmunzelnd erklärt. Daraufhin hatte sie ihn scherzhaft als »Ausbeuter« beschimpft. Sie war sehr froh, dass sie nicht alleine war, sondern bei Bedarf Gesellschaft hatte. Und Jerry war nun einmal in diesen trüben Tagen die beste Gesellschaft, die man sich vorstellen konnte. Jeden Tag blickte sie sehnsüchtig in das Fach mit den Posteingängen. Seit ihrer Abreise aus Deutschland bekam sie fast täglich eine Nachricht von Jan. Es war manchmal gar nicht einfach, die Mails zu koordinieren, weil zwischen Hamburg und Auckland ein Zeitunterschied von zwölf Stunden bestand. Das war auch der Grund, warum sie äußerst selten miteinander telefonierten. An diesem Morgen starrte sie allerdings vergeblich in ihr Postfach. Sofort begann sie zu rechnen. Wenn es in Auckland zehn Uhr morgens war, war es in Hamburg Samstagabend zweiundzwanzig Uhr. Und für gewöhnlich besuchte

Jan Dorothee am frühen Abend. Also hätte er mir längst das tägliche Bulletin schicken können, schlussfolgerte Sarah leicht verärgert, und sie stellte sich vor, was er wohl an diesem Abend Besseres vorhaben mochte, als ihr zu mailen. Sie kam sich selber blöd dabei vor, so misstrauisch zu sein, zumal sie keinerlei Berechtigung hatte, irgendetwas von ihm zu verlangen. Jan war die treuste Seele, die sie sich überhaupt vorstellen konnte, und trotzdem fehlte ihr etwas in seinen Nachrichten. Er beschrieb stets, wie er Dorothee vorgefunden und was der Arzt gesagt hatte. Oftmals berichtete er auch, dass er Dorothee mit dem alten Doktor Peters gemeinsam einen Besuch abgestattet hatte. Ganz rührend beschrieb er in allen Details, dass sie ihr etwas vorgelesen und sanft auf sie eingeredet hätten. Und er berichtete, dass Ole Peters mit unerschütterlichem Optimismus daran glaubte, dass sie eines Tages unbeschadet aufwachen würde. Natürlich fragte Jan auch jedes Mal ganz höflich, wie es ihr ging, aber niemals verfiel er auch nur annähernd in so etwas wie einen Flirtton. Es war so, als ob alte Freunde sich austauschten. Dabei hatte er sie zum Abschied am Hamburger Flughafen noch geküsst. Es war ein herzzerreißendes Auseinandergehen gewesen. Lena und Jerry hatten beide geweint. Sarah hatte sich zusammenreißen können, und Jan und sie hatten einander lange und intensiv in die Augen gesehen, nachdem sich ihre Lippen voneinander gelöst hatten. Seine Mails aber endeten niemals mit »Umarmung« oder »Kuss«, sondern allenfalls mit herzlichen Grüßen. Und heute nun hatte er gar keine Nachricht geschickt. Ein eisiger Schrecken überfiel Sarah ganz plötzlich bei dem Gedanken, dass dies noch etwas ganz anderes bedeuten konnte: Was, wenn es ihrer Großmutter so schlecht ging, dass er sie nicht beunruhigen wollte? Ohne weiter zu überlegen, griff sich Sarah ihr Mobiltelefon und wählte seine Nummer. Es dauerte lange, bis Jan sich meldete, und zwar mit gedämpfter Stimme, so als wäre er an einem Ort, an dem er nicht wirklich telefonieren konnte.

»Ich, ja ... ich wollte nur wissen, hier ist Sarah, also, geht es meiner Großmutter gut?«, stammelte sie.

»Ja, es ist alles unverändert stabil, und der Arzt meint, man könne zeitnah die Aufwachphase einleiten«, flüsterte Jan. »Ich werde dir später, wenn ich aus dem Theater zurück bin, noch eine Nachricht schreiben.«

Sarah spürte, wie es ihr einen kleinen Stich versetzte, obwohl sie schon im selben Moment merkte, wie kleinlich das von ihr war. Sie konnte nicht von Jan verlangen, dass sein Leben stillstand, nur weil er eine Frau am anderen Ende der Welt in sein Herz geschlossen hatte. Sie waren kein Paar. Basta! Fast trotzig gingen diese Gedanken durch ihren Kopf, und sie war fest entschlossen, das Gespräch schnellstens zu beenden, doch ehe sie es sich versah, hörte sie sich lauernd fragen: »Und, bist du allein?« Kaum hatte sie diese Worte ausgesprochen, wurde sie knallrot. Wenn sie wenigstens nach dem Inhalt des Theaterstücks gefragt hätte oder nach dem Titel, aber so etwas? Das ging gar nicht.

»Du, ich muss jetzt Schluss machen. Die Pausenklingel hat schon zum zweiten Mal geläutet. Soll ich Lena von dir grüßen?«, erwiderte Jan.

Lena? Er war also mit Lena mit Theater. Sie konnte nichts dagegen tun. Die Eifersucht brannte wie ein Feuer in ihrer Brust.

»Ja ... gut. Grüß sie von mir!«, entgegnete Sarah förmlich. Ausgerechnet die bildhübsche und kluge Lena. Das hätte ich mir ja denken können, dass sich die zurückgelassenen einsamen Herzen finden, dachte sie missmutig. »Ja, bis bald!« Damit beendete sie das Gespräch hastig.

»Was hat dir denn die Petersilie verhagelt?«, fragte Jerry. Sie hatte ihn gar nicht kommen hören. »Oder ist etwas mit Dorothee?«, fügte er erschrocken hinzu.

»Nein, nein, mit ihr ist alles in Ordnung. Im Gegenteil, die Ärzte spielen mit dem Gedanken, demnächst die Aufwachphase einzuleiten. Es ist eher ...« Sarah stockte. Sie kam sich lächerlich vor, Jerry gegenüber zuzugeben, dass sie auf Lena eifersüchtig war. Aber Jerry gehörte zu den Menschen, die nicht locker ließen. Er legte den Kopf schief und musterte sie fragend. »Deinem besten Freund kannst du es ruhig sagen«, säuselte er.

»Ach, es ist nichts. Ich habe nur gerade mit Jan telefoniert, und er war im Theater, und zwar nicht alleine.«

Jerry sah sie verblüfft an. »Ja, was ist daran Besonderes? Du glaubst doch nicht, dass Jan unter die Einsiedler gegangen ist, oder?«

»Vielleicht verstehst du mich besser, wenn ich dir sage, wer seine Begleitung ist«, seufzte Sarah.

»Nun mach es mal nicht so spannend!«

»Seine Begleitung heißt Lena, ist bildhübsch und eine nähere Bekannte von einem gewissen Jerry«, bemerkte Sarah spitz. Nicht ganz ohne Schadenfreude nahm sie wahr, dass es in seinen Wangenmuskeln leicht zuckte. Das kannte sie schon bei ihm, und das passierte eigentlich nur, wenn er sich über etwas ärgerte.

»Das scheint dich nicht ganz so kalt zu lassen.«

Jerry zuckte mit den Achseln. »Natürlich nicht. Diese Frau bedeutet mir wirklich etwas, aber kann ich es ihr verübeln, wenn sie sich einen Mann sucht, mit dem sie auch eine Zukunft hat, weil er in ihrer Nähe lebt?«

Sarah musterte ihn erschrocken. »Du glaubst also wirklich, die beiden haben etwas miteinander?«

»Wundern würde mich das nicht. Jan ist ein extrem attraktiver Mann und Lena eine bezaubernde Frau. Und falls es dir noch nicht aufgefallen ist, vom Typ ähnelt sie dir durchaus. Ich denke, wir müssen akzeptieren, dass die beiden eine Beziehung eingehen, die einfach realistischer ist, als einen Partner am anderen Ende der Welt zu haben.«

»Im Gegensatz zu dir hatte ich überhaupt keine Beziehung zu Jan! Wir sind nur Freunde oder etwas in der Art! Was man von dir und Lena ja nun nicht gerade behaupten kann, oder? Ihr habt sicherlich während eurer Städtereise nicht in getrennten Zimmern übernachtet.«

Jerry musterte sie belustigt. »So zickig, wie du darüber sprichst, hegst du offensichtlich doch mehr Gefühle für den Kurator, als du vor dir selbst zugeben magst. Aber das sei dir gegönnt. Vom Kopf her finde ich das jedenfalls völlig richtig, dass die beiden einander nähergekommen sind. Von Stadtteil zu Stadtteil ist eine Beziehung nun mal einfacher als von Kontinent zu Kontinent.« Seine Miene hatte sich während seiner letzten Worte merklich verdüstert.

»Hast du eigentlich keinen Augenblick daran gedacht, Lenas wegen länger in Deutschland zu bleiben oder sie zumindest zu bitten, mit dir zu gehen?«

Jerry rollte genervt mit den Augen. »Also, daran gedacht, sie zu fragen, hab ich schon, aber du kennst mich. Ich bin ein Junggeselle durch und durch. Stell dir nur mal vor, Lena wäre tatsächlich mitgekommen – und ich wäre hier zu Hause wieder in mein altes Muster verfallen. Das wäre verdammt unfair gewesen.«

»Hast du ihr gegenüber je durchblicken lassen, dass du dir solche Gedanken gemacht hast oder nicht?«, hakte Sarah nach.

Jerry schüttelte mit dem Kopf. »Nein, was hätte das gebracht? Ich hätte sie nur unnötig verunsichert. Auch wenn es im Herzen ein bisschen schmerzt, es wäre verständlich, dass die beiden ein Paar werden.«

Im Gegensatz zu ihrem Chef konnte Sarah dieser Vorstellung überhaupt nichts Gutes abgewinnen. Aber zumindest hatten Jerrys klare Worte sie auf den Boden der Tatsachen zurückgeholt. Über diese Riesenentfernung sollte man wohl tatsächlich erst gar nicht versuchen, eine Beziehung einzugehen. Das war ihr nun völlig klar geworden. Und sie nahm sich fest vor, keinen Gedanken mehr an Jan und seine mögliche Beziehung zu Lena zu verschwenden. Kaum hatte sie den Gedanken zu Ende geführt, kam sie gleich wieder auf dieses Thema zurück.

»Aber sie hatte dir nichts Näheres darüber geschrieben, ob sie jetzt mit Jan zusammen ist, oder?«

»Nein, zumindest nicht konkret. Sie hat nur vage angedeutet, dass es in Hamburg einen Mann gibt, der sich sehr für sie interessiert und den sie auch sehr gerne mag ...«

Sarah konnte gar nichts dagegen tun. Dieser Satz bohrte sich wie ein Messer in ihr Herz. Da konnte sie sich vom Verstand her hundert Mal vornehmen, sich nicht darüber zu grämen – trotzdem schmerzte es. Aber sie biss die Zähne zusammen, um sich nichts anmerken zu lassen.

»Ich spiele mit dem Gedanken, für einen längeren Urlaub nach Deutschland zurückzukehren, wenn sie bei meiner Großmutter die Aufwachphase einleiten. Ich möchte auf jeden Fall bei ihr sein, wenn sie wach wird. Was meinst du, wirst du mich auf dieser Reise begleiten?«

Jerry stieß einen tiefen Seufzer aus. »Ich glaube eher nicht. Es würde Lena und mich unnötig verunsichern. Wenn ich etwas Ernsthaftes von ihr wollte, dann müsste ich ihr wohl einen Heiratsantrag machen, und du kennst meine Phobie vor diesem Zustand.« Er lächelte krampfhaft.

Sarah aber dachte sich ihren Teil. Sie hegte nicht den geringsten Zweifel daran, dass es ihren alten Freund Jerry richtig erwischt hatte. Und dafür gab es zwei eindeutige Indizien: Er hatte seit ihrer Rückkehr aus Deutschland nicht ein einziges Mal versucht, mit ihr zu flirten. Und das war so untypisch für Jerry, dass es dafür nur den einen Grund geben konnte! Und er hörte schon morgens *Just The Way You Are*, jenen Song, den er Heiligabend extra für Jan und sie gespielt hatte. Niemals zuvor hatte Jerry laut

Schnulzenmusik gehört. Nein, es lässt ihn überhaupt nicht kalt, dass Jan und Lena womöglich eine Beziehung haben, dachte Sarah und fügte in Gedanken hinzu: genauso wenig wie mich. »'Cause you're amazing just the way you are«, hörte sie Bruno Mars singen, und sofort war sie in ihrer Erinnerung bei dem Abend, an dem sie mit Jan getanzt hatte, und unter dem Mistelzweig, wo er sie zum ersten Mal geküsst hatte.

Eigentlich hatten Jerry und sie sich heute zum Segeln verabredet. Er besaß ein Boot, das im Jachthafen von Auckland lag. So sehr sie es liebte, mit der schnittigen Jacht über die Wellen zu flitzen und das Haar im Wind flattern zu lassen, die Vorstellung, dass Jan und Lena ein Paar sein könnten, hatte ihr die Segellaune gründlich verdorben. Sie schob ihre Absage allerdings auf die viele Arbeit, mit der Jerry sie eingedeckt hatte. Ihr Chef bedauerte es sehr, dass sie nicht mitkommen wollte, aber er blieb bei seinem Plan.

Als er wenig später die Wohnung verließ, war Sarah froh, allein zu sein, aber sie konnte sich nicht auf ihre Arbeit konzentrieren. Ihre Gedanken schweiften zu den schrecklichen Tagen nach dem Sturz ihrer Großmutter ab. Es lief vor ihrem inneren Auge ab, als sei es erst gestern gewesen: Das Eintreffen der Polizeibeamten, ihre akribischen Untersuchungen des Kellerbodens, dann das Ergebnis der Blutanalyse, das für sie nicht sonderlich überraschend ausgefallen war: Die Blutflecken stammten von unterschiedlichen Personen. In den ersten Tagen waren die Polizeibeamten in der Villa ein- und ausgegangen. Das hatte Lore bis an den Rand der Verzweiflung getrieben, denn sie war ohnehin schon mit den Nerven fertig, seit sie erfahren hatte, was mit Dorothee geschehen war. Sarah hatte die gute Haushaltshilfe erst einmal beurlaubt und ihr aufgetragen, die Zeit statt im Haushalt doch lieber an Dorothees Bett zu verbringen. Auch Sarah verbrachte jede freie Minute im Krankenhaus. Sie hielt stundenlang die knochige, bleiche Hand ihrer Großmutter oder erzählte ihr spannende Geschichten. Hin und wieder traf sie auch Jan in der Klinik. Sarah war sehr froh, dass sie in der Villa nicht allein war, denn Jerry war bereits einen Tag nach der furchtbaren Geschichte von seiner Städte-Tour zurückgekehrt. Sarah schlug vor, dass er allein nach Neuseeland zurückfliegen sollte, weil sie noch in Deutschland bleiben wollte, bis Dorothee endgültig außer Lebensgefahr war. Das aber lehnte Jerry kategorisch ab. Er organisierte eine fähige Vertretung für den *Herald* und versprach Sarah, dass er an ihrer Seite bleiben würde, bis sie guten Gewissens zurückfliegen konnte. Manchmal übernachtete Lena bei ihnen im Haus, und sie verbrachten sehr gemütliche Abende zu dritt. Lena war eine äußerst unterhaltsame Person. Nur in einem Punkt hatte Sarah ein Problem mit ihr. Lena war sehr ambitioniert und ehrgeizig und hatte sich in ihr hübsches Köpfchen gesetzt, unbedingt einen demontierenden Artikel über Ludwig Dehn zu schreiben. Offenbar hatte sie sich Sarah zum Vorbild genommen, der dieser Artikel einen so beachtlichen Erfolg beschert hatte. Deshalb war Sarah bei den abendlichen Gesprächen immer auf der Hut, nicht die Dinge verlauten zu lassen, die Lena in einem Artikel gegen Ludwig Dehn verwenden konnte. Zu später Stunde dann las Sarah meistens noch in dem Tagebuch ihrer Urgroßmutter. Nach der bisherigen Lektüre hatte sie keinen Zweifel mehr daran, dass Michael Banks der Einbrecher in Dorothees Haus gewesen war. Aber sie fragte sich immer wieder, auf welches Artefakt es der Neuseeländer abgesehen hatte. Und warum er die Frauenfigur zerstört hatte? Sie hoffte, dass das Tagebuch die weiteren Antworten für sie parat halten würde. Aber sie schaffte an diesen Abenden leider immer nur wenige Seiten. Sie fiel jeden Abend todmüde ins Bett. Die Sorge um ihre Großmutter, die vielen Fragen der Polizei und die Beaufsichtigung der Fassadenrenovierung hatten ihren Tribut gefordert.

Das akustische Signal ihres Rechners, das ihr anzeigte, wann in ihrem Postfach eine Nachricht eingegangen war, riss sie aus ihren Gedanken. Ungeduldig suchte sie gespannt nach einem Eingang, doch vergeblich. Sie hatte keine Nachricht erhalten. Da sah sie, dass Jerry seinen Rechner draußen auf dem Tisch hatte stehen lassen und dass in seinem Postfach, das er vorhin nicht geschlossen hatte, eine neue Nachricht eingegangen war. Sie hatte nicht vor, in seinem Rechner zu schnüffeln, doch als sie den Absender sah, stutzte sie. Es war eine Nachricht von Lena. Sarah kämpfte mit sich, ob sie ihrem Drang nachgeben sollte, die Nachricht zu lesen oder nicht. Aus Prinzip lehnte sie solche Indiskretionen natürlich komplett ab. Und trotzdem verspürte sie den Impuls, es zu tun. Schließlich siegte ihre Neugier. Sie hatte so ein schlechtes Gewissen, dass sie feuchte Hände bekam, als sie Lenas Nachricht auf Jerrys Rechner öffnete. Noch ein letztes Mal zögerte sie. Was erwarte ich denn?, dachte Sarah mit klopfendem Herzen. Dass Lena Jerry eine heiße Liebesnacht mit Jan gesteht? Lass es bleiben, mahnte ihre innere Stimme, wenn Lena Jerry jetzt eine Nachricht schreibt, dann ist sie nicht bei Jan. Dann ist sie nach dem Theater in ihre Wohnung gefahren! Das hast du gar nicht nötig! Sarah folgte der inneren Stimme und wollte die Nachricht gerade wieder schließen, als sie der Versuchung doch nicht widerstehen konnte, wenigstens einen flüchtigen Blick darauf zu werfen. Und was sie dort lesen musste, ließ sie alle moralischen Bedenken über Bord werfen. Es war keine private Liebesmail, sondern Lenas Angebot an Jerry, für den *Herald* einen Artikel über Ludwig Dehn zu verfassen. Sarah stockte schier der Atem, als sie folgenden Satz las: *Ich sitze gerade mit dem zauberhaften Jan Gerken in der Theaterkantine. Er hat mir soeben erzählt, dass ein neuseeländischer Anwalt das Museum auf Herausgabe des Hauses Hinemoa verklagt hat. Er sieht zwar keine Erfolgschancen für diese Klage, aber er hat große Angst, dass der Ruf des Forschers Schaden nimmt. Ich möchte Jan natürlich nicht in den Rücken fallen und das in Deutschland publik machen, bevor der Prozess nicht entschieden ist, aber die Leser in Auckland könnte das sehr interessieren, oder was meinst du? Ich denke kaum, dass Sarah bei den Verflechtungen mit ihrer Familie noch in der Lage sein wird, die journalistische Distanz zu diesem Thema zu halten. Gib mir schnell Bescheid. Dann liefere ich. Muss jetzt aufhören. Jan kommt mit zwei frisch gezapften Bieren zurück an den Tisch. Küsschen und Umarmung Lena*

Sarahs Herz klopfte bis zum Halse, doch dann zögerte sie keine Sekunde, diese Mail einfach zu löschen. Es war jetzt ganz sicherlich nicht der richtige Zeitpunkt, einen zweiten Artikel über Ludwig Dehn nachzuschießen. Dazu waren inzwischen auch Sarahs Zweifel an seiner Schuld zu groß geworden. Sie konnte sich partout nicht vorstellen, dass ihre Großmutter für den Vater eine Lanze brach, wenn sie nicht Beweise für seine Unschuld hatte. Und da fielen ihr die beschwörenden Worte ihrer Großmutter wieder ein: dass sie die ganze Wahrheit aus dem Tagebuch erfahren würde! Sie hatte das letzte Mal in Deutschland darin gelesen. Und zurück in Auckland hatte sie gar keine Zeit mehr dazu gehabt. Erst der Umzug zu Jerry und dann die viele Arbeit. Es wird höchste Zeit, dass ich das Tagebuch zu Ende lese, sagte sich Sarah entschlossen. Vielleicht kann ich dann auch Raiwiri in dieser Angelegenheit selbstsicherer gegenübertreten. Mit Schaudern dachte sie an ihre zufällige Begegnung in der Aucklander Haupteinkaufsstraße vor ein paar Tagen. Ihr war schier der Atem gestockt, als sie so aufeinander zugegangen waren, dass kein Ausweichen mehr möglich war. Arm in Arm mit Rachel war er fast in sie hineingerannt.

Raiwiri hatte keine Miene verzogen, aber Rachel hatte sie begrüßt und war sogar stehen geblieben. Nach ein paar verlegenen Floskeln nach dem Motto: Wie geht es dir? Und selbst?, hatte sich Sarah ein Herz gefasst und ihn auf den Prozess angesprochen. Schon länger hatte sie mit dem Gedanken gespielt, ihn anzurufen und um eine Rücknahme der Klage zu bitten, doch bislang hatte sie es nicht gewagt. Sie sah diese Begegnung als Wink des Schicksals. Trotz seiner abweisenden Miene und des demonstrativ zur Schau gestellten Desinteresses an ihrer Person hatte sie sich getraut.

»Raiwiri, ich habe eine große Bitte an dich. Ich kann mir denken, dass es dir sehr schwerfällt, mir auch nur den kleinsten Wunsch zu erfüllen, aber ich appelliere an dein Gerechtigkeitsempfinden. Nimm die Klage zurück. Das Haus Hinemoa gehört in das Völkerkundemuseum in Hamburg. Dort wird es geschützt und geehrt. Der Hüter behandelt es mit dem nötigen Respekt. Ich habe das Haus gesehen, war in seinem Inneren und habe gespürt, dass es dort am richtigen Platz ist. Und die Ahnen sind dort gut aufgehoben.«

Diese Worte brachten Raiwiri dazu, dass er von einer Sekunde auf die andere jegliche Contenance verlor. Die Adern auf seiner Stirn schwollen gefährlich an, und er befreite sich grob aus der Umarmung mit Rachel und fuchtelte mit dem Zeigefinger vor Sarahs Gesicht herum.

»Bist du noch ganz bei Trost? Wie kannst du das Wort Ahnen überhaupt in den Mund nehmen? Du bist eine Dehn. Du hast nur das eine Interesse, den Ruf deines Urgroßvaters, dieses Kulturräubers und Mörders, zu schützen. Du hast doch keinen Schimmer vom Geist und Spirit dieses Versammlungshauses, wie sich das anfühlt und ob es dem Haus in Deutschland wirklich gut geht. Ich hätte nicht gedacht, dass du so dämlich sein kannst!«

Das war selbst Rachel zu viel. Beschwichtigend legte sie ihre Hand auf Raiwiris Unterarm und flüsterte: »Lass gut sein!«

Er aber hatte sich dermaßen in Rage geredet, dass er den Arm seiner Freundin wie eine lästige Fliege abschüttelte.

Sarah hingegen war bei jedem seiner vernichtenden Worte immer ruhiger geworden. »Bist du jetzt fertig mit deiner Schimpftirade?«, fragte sie, als er nur noch wütend vor sich hin schnaufte. Sie wartete auch keine Antwort von ihm ab, sondern musterte ihn mit abschätzendem Blick. »Das ist der erste Irrtum, dass ich mich nicht mit der Kultur der Maori auskenne. Wie ich in Deutschland erfahren habe, war meine Urgroßmutter, und damit die Ehefrau des von dir so verachteten Ludwig Dehn, eine Maori. Damit fließt in mir das Blut der Maori, und ich habe sehr wohl ein Gespür dafür, wann es sich in einem Versammlungshaus so anfühlt, dass die Ahnen mit diesem Platz in Frieden sind. Und dieses Gefühl hat mich im Haus Hinemoa wie ein wohliger Strahl durchströmt.«

Raiwiri hatte den Mund geöffnet, um etwas zu entgegnen, aber Sarah sprach ungerührt weiter. »Und ich darf von mir behaupten, dass ich ein persönliches und ganz besonderes Gefühl für dieses Haus in mir trage, denn es sind meine Vorfahren gewesen, die den Bau dieses Hauses einst in Auftrag gegeben haben. Ja, das Haus Hinemoa gehörte meiner Familie. Meine Urgroßmutter Merima – die Ehefrau von Ludwig Dehn – hat es aus Gründen, die ich dir hier und heute noch nicht näher erläutern kann, an Mr. Evans für einen symbolischen Preis verkauft. Ich möchte dich von Herzen bitten, die Klage zumindest ruhen zu lassen, bis ich dir die Beweise liefern kann, dass es gute Gründe gegeben hat für den Transport des Hauses Hinemoa nach Deutschland.«

Erschöpft hielt Sarah inne. Es war unschwer zu erkennen, dass Raiwiri sichtlich mit der Fassung rang.

»Es ist alles schön und gut«, bemerkte er mit hochrotem Kopf. »Aber Fakt ist doch wohl, dass dieses Haus zum Zeitpunkt seines Transports nach Deutschland Mr. Evans gehörte.«

»Trotzdem solltest du die Klage zumindest so lange ruhen lassen, bis ich dir die definitiven Beweise für die Unschuld meines Urgroßvaters liefere.«

»Das könnte dir so passen. Ich denke gar nicht dran«, erwiderte Raiwiri kalt.

Rachel sah ihren Freund entgeistert an. »Aber Schatz, das ändert die Sachlage doch komplett. Ich würde dir dringend raten abzuwarten.«

Das brachte ihr einen anerkennenden Blick Sarahs ein. »Ja, deine Freundin hat wirklich recht. Was ist denn so schlimm daran, noch ein paar Wochen zu warten?«

Sarah kannte Raiwiri gut genug, um zu erkennen, dass seine kühle Beherrschung nur Fassade war. Sie befürchtete, dass er innerlich Höllenqualen litt, nachdem er nun erfahren hatte, dass sie keine Frau war, die ihre Überzeugung verraten hatte, sondern in Wirklichkeit sogar eine Nachfahrin des Maori-Stammes, dem das Haus Hinemoa gehört hatte. Und dass Rachel sich jetzt so offensichtlich auf ihre Seite schlug, musste mächtig an seinem Stolz kratzen.

»Ich gebe denen in Hamburg vier Wochen für ihre Stellungnahme. Wenn ich dann keine stichhaltigen Beweise auf dem Tisch habe, dass das Haus rechtmäßig nach Deutschland verschifft wurde, ziehe ich die Klage durch! Das ist mein letztes Wort!«, erklärte Raiwiri mit fester Stimme. »Komm, Liebling, wir müssen weiter.« Zur Bekräftigung, dass jetzt Rachel zu ihm gehörte, nahm er sie bei der Hand und zog sie hinter sich her. Sarah blieb wie angewurzelt auf der Stelle stehen und sah den beiden fassungslos hinterher. Es war ganz merkwürdig. Sie konnte sich in diesem Augenblick partout nicht mehr vorstellen, was sie einmal an Raiwiri geliebt hatte. Durch die Verletzung, die sie ihm offenbar mit ihrer Reise nach Hamburg zugefügt hatte, hatte er sich in einen völlig anderen Menschen verwandelt. Oder ist er in Wirklichkeit immer schon so gewesen, und ich habe ihn idealisiert?, hatte sich Sarah in jenem Augenblick in der Haupteinkaufsstraße Aucklands gefragt.

Und sie hatte immer noch keine befriedigende Antwort gefunden. Sie wusste nur eines sicher: Raiwiri weinte sie keine Träne nach. Auch schlich er sich nicht mehr in ihre nächtlichen Sehnsuchtsträume ein, wenn sie einmal nicht schlafen konnte. Dieser Platz war inzwischen an jemand anderen vergeben … Nein, aber an den will ich auch nicht mehr denken!, ermahnte sich Sarah und ging entschieden ins Haus, um das Tagebuch aus der Schublade ihres Schreibtisches zu holen. Sie konnte nur hoffen, dass sie im Weiteren wirklich schlagkräftige Argumente für die Unschuld Ludwig Dehns finden würde. Denn sie musste Raiwiri in der Sache wirklich Recht geben: Zu diesem Zeitpunkt gehörte das Haus im juristischen Sinne Mr. Evans! Jedenfalls stand es so im Tagebuch ihrer Urgroßmutter.

Sarah blätterte die Seite auf, die sie in Hamburg zuletzt gelesen hatte. Als Lesezeichen steckte zwischen diesen Seiten die Zeichnung Arangas. Mit Grauen betrachtete Sarah noch einmal das, was die kranke Tante Merimas vor ihrem Tod zu Papier gebracht hatte. Dann las sie noch die letzten Seiten, die sie bereits in Hamburg gelesen hatte, denn sie wollte sich das Ganze erneut ins Gedächtnis rufen. Als sie die Zeilen vor Augen hatte, fiel ihr alles wieder ein: Merima hatte Mr. Evans das Haus Hinemoa für einen symbolischen Preis verkauft in der Hoffnung, dass sie damit für alle Zeiten von dem Fluch befreit sein würde. Doch sie hatte einsehen müssen, dass dies ein frommer Wunsch war, der leider nicht in Erfüllung ging. Im Gegenteil, Tame war aus der Nervenheilanstalt ausgebrochen, getrieben von dem manischen Wunsch, das Haus Hinemoa in Brand zu setzen …

Ob Raiwiri weiß, dass sein Vorfahre so verrückt geworden war und das Haus hatte anzünden wollen, ging es Sarah durch den Kopf, bevor sie das bereits Gelesene überflog.

Sarah schauderte. Es war mehr als merkwürdig, dass auch Merima schon ein Opfer der Banks-Familie geworden war. Bevor sie sich mit Spannung in die Fortsetzung der Lektüre vertiefte, schweiften ihre Gedanken noch einmal zu Jan ab, und das Herz wurde ihr schwer. Ja, wie sie es auch drehte und wendete, was sie auch immer für Vorsätze fasste, eines konnte sie nicht ändern: Sie sehnte sich nach dem unerreichbaren Mann am anderen Ende der Welt!

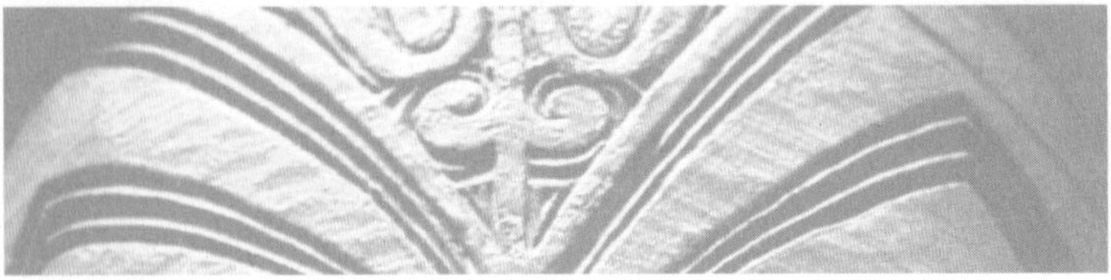

Auckland, Mai 1930

An einem schönen Herbsttag heirateten Ludwig und ich ganz schlicht im Salon unseres Hauses, die Türen zum Garten weit geöffnet. In meinen Augen gab es keinen schöneren Platz auf Erden als diesen. Natürlich hätte es einen Ort gegeben, der noch feierlicher gewesen wäre, das fertig aufgebaute Haus Hinemoa. Zu meinem großen Unmut aber lagerten die Einzelteile immer noch in der Halle hinter dem Museum. Mr. Evans vertrat den Standpunkt, man könne mit dem Wiederaufbau solange nicht beginnen, bis man Tame Tanaki nicht gefasst hatte. Er war seit Februar spurlos verschwunden. Ich hielt das für etwas übertrieben. Wir konnten das Haus doch nicht in der Halle vergammeln lassen, weil die Gefahr bestand, dass ein Verrückter es anzünden würde. Aber in dem Punkt war mit Mr. Evans nicht zu reden. Der stand auf dem Standpunkt, dass im Vertrag von einem halben Jahr die Rede war, und solange er sich daran hielt, konnte ich mich nicht beschweren. Wenn ich gewusst hätte, dass er sich derart stur verhalten würde, ich hätte mir die Sache mit dem Verkauf noch einmal überlegt. Aber jetzt war es zu spät. Manchmal hatte ich den Eindruck, als hätte er das Interesse an dem Versammlungshaus völlig verloren. Überhaupt wirkte er in letzter Zeit unkonzentriert und fahrig.

Und inzwischen war es mir auch nicht mehr so schwer ums Herz bei dem Gedanken, dass es wohl noch lange dauern würde, bis es in seiner ganzen Pracht wieder auferstehen würde. Und dass ich die Eröffnung wohl nicht selber miterleben würde. Ja, Ludwig und ich hatten eine Entscheidung getroffen, die mein Leben völlig verändern würde. Man hatte ihm eine Professur an der Hamburger Universität angeboten. Wir hatten lange hin und her überlegt. Natürlich fiel es mir wahnsinnig schwer, mein wunderschönes Land zu verlassen, aber es gab einen guten Grund, der den Ausschlag für den Umzug nach Deutschland gegeben hatte: Seit Februar wurden wir regelmäßig bedroht, aber die Täter konnten niemals gefasst werden. Mehrmals wurden Steine in unser Haus geworfen. Wir bekamen Drohbriefe, unsere Haustür wurde beschmiert, aber das Schlimmste war ein nächtlicher Überfall auf meine Person. Ich zittere jetzt noch, wenn ich davon schreibe. Es war nur ein kurzes Stück vor unserer Haustür, als ich plötzlich eine kalte Klinge an meinem Hals spürte. Der Täter war hinter mir aus dem Gebüsch gesprungen. Ich hatte ihn also nicht sehen, sondern nur hören und riechen können. Und Letzteres war wirklich kein Vergnügen gewesen. Den Gestank nach altem Schweiß habe ich immer noch in der Nase, wenn ich nur daran denke. Und ich vermute, dass er einen Bart trug, denn er war so nahe an mich herangetreten, dass ich spürte, wie mich etwas im Nacken piekste.

»Geh doch endlich mit deinem Hunnen weit fort! Wenn du nicht willst, dass dir etwas Schreckliches geschieht!«, drohte er mir mit seiner unheimlichen Stimme. Dann ließ er mich abrupt wieder los und verschwand im Dunkel der Nacht. Mit zitternden Knien sank ich wenig später in Ludwigs rettende Arme. Das war genau der Tag, als ihn der Brief aus Deutschland erreicht hatte. Bis in die späte Nacht beratschlagten wir, was das Beste für uns wäre. Wir wollten auch nicht feige sein und wegen ein paar Gangstern, die uns offensichtlich aus Auckland vertreiben wollten, das Weite suchen. Und immer wieder fragten wir uns, wer dahinterstecken mochte. Die Polizei hatte uns berichtet, dass man James Banks, den »Rotfuchs«, inzwischen festgenommen und zu dem Überfall auf mich verhört hatte. Der Mann aber hatte ein Alibi, und man hatte ihn wieder auf freien Fuß setzen müssen. So tappten wir völlig im Dunkeln, wer es auf uns abgesehen hatte. Wir waren uns aber einig, dass es irgendeinen Zusammenhang mit dem Haus Hinemoa geben musste, aber welchen? Ich hegte derweil den Verdacht, dass jemand James Banks ein falsches Alibi gegeben hatte und dass er doch dahintersteckte. Ja, ich war mir beinahe sicher, dass es sein Bart gewesen war, den ich im Nacken gespürt hatte.

Ausschlaggebend für meine Entscheidung, Auckland zu verlassen, war aber die Tatsache, dass mir meine Arbeit im Museum nicht mehr die Freude bereitete wie früher. Das lag nicht zuletzt an der Persönlichkeitsveränderung, die ich bei meinem Chef mit Bedauern wahrnehmen musste. War ich früher so etwas wie sein Ziehkind gewesen, beachtete er mich mittlerweile kaum noch. Ständig hatte er an meiner Arbeit etwas auszusetzen, und wenn ich Vorschläge machte, was wir noch für die Sammlung anschaffen könnten, lehnte er diese grundsätzlich ab. Manchmal hatte ich den Eindruck, dass er mich loswerden wollte. Und als meine Freundin Susan sich mit Frank, einem englischen Arzt, verlobte, mit dem sie nach ihrer Hochzeit nach London gehen würde, da sah ich einem zukünftigen Leben im fernen Deutschland nicht mehr nur mit Grauen entgegen. Ich fand es bewundernswert, dass Ludwig mich zu keinem Zeitpunkt drängte. Er machte stets deutlich, dass er mir zuliebe auch in Neuseeland bleiben würde, zumal man ihm eine Stelle in Wellington angeboten hatte. Ich werde trotzdem niemals vergessen, was für ein unendliches Glück aus seinen Augen strahlte, als ich ihm schließlich mitteilte, dass ich es für das Beste hielt, wenn wir nach Hamburg gingen.

Diese Gedanken tobten durch meinen Kopf, während ich mich im Schlafzimmer für meine Hochzeitsfeier fertig machte.

Susan hatte darauf bestanden, dass ich wenigstens ein weißes Kleid trug. Ich hätte auch eines meiner schönen Sommerkleider angezogen, aber Susan versuchte mir einzureden, das brächte Unglück. Ich glaubte zwar nicht an derlei Hokuspokus, aber als auch Ludwig kundtat, dass er mich am liebsten in einem weißen Kleid heiraten würde, tat ich den beiden den Gefallen. Und wenn ich mich im Spiegel betrachtete, musste ich den beiden Recht geben. Der weiße Satinstoff passte hervorragend zu meinem schwarzen Haar, das Susan mir zu einer kunstvollen Hochfrisur drapieren würde. Als sie an meine Tür klopfte, hatte sie in der einen Hand ihre Frisier-Utensilien, in der anderen Hand eine Flasche Champagner. Susan liebte es, dass es bei uns immer etwas von diesem französischen prickelnden Getränk gab. In ihrem Elternhaus war das ganz und gar nicht üblich. Ihre Vorfahren waren allesamt Schotten, und so gab es, wenn man etwas zu feiern hatte, Whisky zu trinken. Doch meine Mutter hatte immer darauf bestanden, genügend Champagner im Keller zu haben. Mein Vater, der ihr stets jeden Wunsch erfüllt hatte, hatte so viel davon gekauft, dass es bis zum heutigen Tag reichte. Ja, wir konnten ihn sogar zum Hochzeitsfest in Strömen fließen lassen.

Wir hatten nur einen überschaubaren Kreis von Menschen eingeladen. Natürlich meine Freundin Susan, ihre Eltern, ihre Brüder und ihren Verlobten sowie meine Kollegen und Kolleginnen aus dem Museum. Sogar ein paar Studienfreunde aus Dunedin hatten sich die Mühe gemacht, nach Auckland zu reisen. Natürlich hatte ich auch Mr. Evans eingeladen, der aber von vornherein gesagt hatte, dass er leider an dem Tag einen wichtigen Termin wahrzunehmen hätte. Meine Bitte, es sich noch einmal zu überlegen, und mein Drängen, die Verabredung vielleicht zu verlegen, stießen bei ihm auf taube Ohren. Ich konnte mich kaum des Eindrucks erwehren, dass diese Gründe vorgeschoben waren. Aus irgendeinem Grund, der mir verborgen geblieben war, mied er meine Gegenwart. Vielleicht lag es am Verschwinden seines Sohnes, dass er so merkwürdig geworden war. Der Junge war Ende Februar nicht mehr von einem Bootsausflug zurückgekehrt, und es stand zu befürchten, dass er ertrunken war. Ich konnte natürlich verstehen, dass ein solcher Schicksalsschlag einen Menschen verändern konnte, aber warum verhielt er sich ausgerechnet mir gegenüber derart grob? Ich mutmaßte, ihm missfiel die Tatsache, dass ich Ludwig Dehn heiratete. Vielleicht befürchtete er das, was nun tatsächlich eintreten würde: dass ich meine Arbeit bei ihm früher oder später aufgeben würde.

Ich schob die belastenden Gedanken beiseite und beobachtete fasziniert im Spiegel, wie Susan aus meinem langen schwarzen Haar ein kunstvolles Gebilde formte und es mit Perlen und Schleifen verzierte. In meinem schulterfreien, eng anliegenden Kleid mit dem weich fallenden, langen Rock kam ich mir vor wie eine Prinzessin. Allerdings hatten Susan und ich noch ein wenig an dem Kleid gearbeitet. Eigentlich hatte es im Dekolleté einen Spitzeneinsatz gehabt, der züchtig hoch geschlossen bis zum Hals gereicht hatte. Den hatte sie auf meinen Wunsch einfach aus dem Kleid herausgetrennt. Nun war es etwas Besonderes geworden, weil bei der aktuellen Mode kaum eine Frau ihre nackten Schultern zeigte, aber meine Freundin und ich waren von der Wirkung hingerissen. Natürlich hoffte ich, dass Ludwig meine Begeisterung teilte.

Wir redeten und kicherten die ganze Zeit, während Susan sich als Friseuse betätigte, aber dann wurde sie plötzlich ganz ernst.

»Ich weiß gar nicht, wie ich es in London aushalten soll, wenn ich dich am anderen Ende der Welt weiß und vielleicht niemals wiedersehen kann«, stieß sie verzweifelt hervor.

Ich holte ein paarmal tief Luft, während ich fieberhaft überlegte. Ich konnte sie doch nicht so traurig meine Hochzeit feiern lassen, obwohl ich bereits wusste, dass sie in Zukunft zwar nicht mehr ganz in meiner Nähe, aber auch nicht so dramatisch weit von mir entfernt leben würde. Ludwig und ich hatten uns zwar völliges Stillschweigen bis nach der Hochzeit geschworen, aber ich brachte es einfach nicht übers Herz, ihr die für unsere Freundschaft so wichtige Nachricht zu verheimlichen.

»Susan, schwörst du mir, das, was ich dir jetzt sage, keinem Menschen zu verraten?«

»Du bekommst ein Baby?«, fragte sie mit einer Mischung aus Entsetzen und Freude.

»Nein, da muss ich dich leider enttäuschen«, lachte ich aus voller Kehle. Ich senkte meine Stimme. »Ludwig und ich werden in ein paar Monaten nach Hamburg gehen. Wir beide, meine Liebste, werden also nicht so weit auseinandergerissen, wie du befürchtest. Ich habe mir sagen lassen, dass es eine Schiffsverbindung von Hamburg nach England gibt. Wir können einander also besuchen.«

Ich hatte den Satz noch gar nicht ausgesprochen, als meine Freundin mich von hinten stürmisch umarmte. Ich musste sie ernsthaft ermahnen, aufzuhören, weil sie mir ansonsten die wunderschöne Frisur wieder zerstört hätte.

»Ich hätte niemals geglaubt, dass du Neuseeland verlassen könntest. Was hat den Ausschlag gegeben? Hat Ludwig dich dazu gedrängt?«, wollte Susan nun aufgeregt wissen.

»Nein, man hat Ludwig eine Anstellung an der Hamburger Universität angeboten. Doch er hat mir zu keinem Zeitpunkt die Pistole auf die Brust gesetzt. Und da wusste ich ja bereits, dass du nach London gehen wirst. Das hat eigentlich den Ausschlag gegeben.« Das war natürlich nur die halbe Wahrheit. Von den Bedrohungen erzählte ich ihr kein Wort, denn ich wollte sie nicht unnötig beunruhigen. Sie strahlte jedenfalls wieder über das ganze Gesicht. Ich war froh, dass ich ihr diese Freude hatte machen können. Trotzdem, immer wenn ich daran dachte, dass ich mein geliebtes Land verlassen würde, überkam mich eine gewisse Melancholie. Die aber passte überhaupt nicht zum Anlass des heutigen Tages, sodass ich mich bemühte, alle schweren und düsteren Gefühle abzuschütteln. Dabei halfen ein Schluck Champagner und ein letzter prüfender Blick in den Spiegel. Ich hatte mir auch in jungen Jahren niemals meine eigene Hochzeit vorgestellt. Das lag mit Sicherheit daran, dass über allem jahrelang die schreckliche Vorstellung geschwebt hatte, ich müsste Tame heiraten. Jedenfalls hatte ich mir weder je vorgestellt, wie ich an diesem Tag aussehen, noch, wie ich mich fühlen würde. Ich war auf jeden Fall wahnsinnig aufgeregt, als ich in Susans Begleitung das Zimmer verließ. Als wir die Treppe hinunterkamen, applaudierte die Hochzeitsgesellschaft, die sich bereits am Fuß der Treppe versammelt hatte und mein Kommen fieberhaft erwartete. Nur Ludwig war nicht unter ihnen. Er war in diesem Punkt sehr altmodisch und der Auffassung, er dürfte mich erst im Salon sehen, wenn mich Susans Vater nach vorne zum Altar führte. Obwohl Ludwig der evangelisch-lutherischen Kirche angehörte, hatten wir den Bischof der anglikanischen Kirche als Priester für unsere Hochzeit gewinnen können sowie einen Maori-Geistlichen. Die beiden hatten sich darauf geeinigt, die Zeremonie gemeinsam durchzuführen.

Es rührte mich zu Tränen, als ich in die glücklichen Gesichter meiner Gäste blickte. Obwohl ich mir nie zuvor Gedanken über diesen Tag gemacht hatte, spürte ich, wie mich eine wohlige Wärme umfing. Ich bedankte mich und bat die Hochzeitsgäste, sich auf die für die Zeremonie vorbereiteten Stühle in den Salon zu begeben. Ich hatte auf jeden der Sitze eine rote Blüte gelegt.

Mein Herz klopfte mir bis zum Halse, als Susans Vater schließlich ganz feierlich auf mich zutrat und mir seinen Arm reichte. Als die ersten Klänge von *Pōkarekare ana* – von einer Maori-Studienfreundin vorgetragen und von mir als Überraschung für

Ludwig gedacht – erklangen, schritten wir zwischen den Stuhlreihen hindurch bis nach vorne zu dem improvisierten Altar. Dort erwartete mich mein zukünftiger Mann in einem dunklen Festtagsanzug. Seine Augen wurden feucht, als er meine Hand, die Susans Vater ihm gereicht hatte, liebevoll ergriff. Er sah mich an wie ein Weltwunder, bevor er sich zu meinem Ohr beugte und flüsterte: »Danke für dieses Lied!«

Meine alte Freundin Moana besaß die schönste Stimme, die ich kannte. Tief, rau und ausdrucksvoll sang sie das Lied der Liebenden. Mit einem verstohlenen Blick ins Publikum sah ich viele meiner Gäste weinen, und nicht nur die Frauen ... Selbst Susans Vater, Mr. Parker, ein Hüne von einem Mann und einer der erfolgreichsten Schaffarmer im Umland von Auckland, kämpfte mit den Tränen. Diesen Augenblick hätte ich am liebsten festgehalten, aber es wurde noch viel schöner.

Der Bischof und der Maori-Priester fanden so wärmende und herzliche Worte für unsere Ehe, dass ich vor lauter Glück gar nicht mehr wusste, wohin mit mir. Immerzu drückte ich Ludwigs Hand. Ich habe wohl schon hin und wieder eine Freundin sagen hören, der Hochzeitstag sei der schönste Tag für eine Frau, aber darauf hatte ich bis dato nie etwas gegeben. Ich wollte nicht behaupten, dass es der schönste Tag in meinem Leben werden sollte, weil ich hoffte, dass es noch viele, viele wunderschöne Tage danach geben würde ... Aber ich hatte es unterschätzt: Ich schwamm auf einer Welle unendlicher Glückseligkeit. Das Fest war einfach rundum gelungen. Da ich keine Verwandten mehr besaß, hatte Susans Mutter sich bereiterklärt, das Fest für mich zu organisieren. Ich musste nichts tun, nur genießen. Ein kleiner Wermutstropfen war die Tatsache, dass Mr. Evans tatsächlich nicht gekommen war und, was mich weit mehr bedrückte, uns nicht einmal Glückwünsche geschickt hatte. Andererseits machte sein Verhalten es mir leichter, ihm gleich nach dem Fest mitzuteilen, dass ich meine Arbeit bei ihm aufgeben würde, um mit Ludwig nach Deutschland zu gehen.

Auch Ludwig hatte eine Überraschung für mich vorbereitet. Er hatte ein Trio organisiert, das Swingmusik machte. Die Tanzfläche war auf der Terrasse, und bald swingte die ganze Gesellschaft ausgelassen in die Dämmerung hinein. Und in der Ferne funkelte das Meer. Es war wie ein Rausch. Doch als Ludwig mich zu später Stunde zärtlich umarmte und von der Tanzfläche führte, wusste ich, dass es jetzt Zeit war für unser ganz persönliches Fest. Ich wollte mich, kaum dass wir im Schlafzimmer angekommen waren, hastig aus meinem Hochzeitskleid schälen, doch Ludwig befahl mir mit rauer Stimme, einen Augenblick zu warten. Mir klopfte das Herz bis zum Hals, denn die Erregung in seiner Stimme war kaum zu überhören. Er setzte sich auf das Bett, musterte mich von oben bis unten, bevor er mir heiser zuraunte, ich solle mich langsam entkleiden. Ein Lächeln huschte über mein Gesicht, denn ich wusste ganz genau, was er von mir erwartete. Das wiederum erregte mich, und ich stellte provozierend ein Bein neben ihm auf das Bett. Ohne den Blick von ihm zu lassen, schob ich ganz langsam den weißen, leise raschelnden Satinstoff hinauf, bis mein Bein völlig entblößt war. Es gefiel mir, was ich in seinem Gesicht sah. Er atmete schwer, sein Mund war halb geöffnet.

»Komm!«, bat er mich erregt. Ich hingegen wollte nun seine Erregung ins Unermessliche steigern und mich meinerseits davon anheizen lassen. Ich hielt meinen gerafften Rock in meiner Hand, nahm das nackte Bein vom Bett und stellte das andere Bein auf. Genüsslich schob ich meinen Rock nach oben, wobei ich mir viel mehr Zeit ließ und mir den knisternden Stoff nahezu von der Haut streichelte.

Ludwig streckte die Hand nach meinem Schenkel aus, doch ich untersagte ihm in strengem Ton, mich anzufassen. Mit zunehmender Erregung nahm ich wahr, dass Ludwig kaum mehr an sich halten konnte, und genau das hatte ich beabsichtigt.

»Du Biest!«, flüsterte Ludwig mit heiserer Stimme.

»Du hast es so gewollt«, erwiderte ich kokett und spitzte meine Lippen zu einem Kuss.

In diesem Augenblick stellte ich mein Bein zurück auf den Boden, hielt den gerafften Rock meines Kleides jetzt mit einer Hand fest und entledigte mich mit der anderen meiner seidenen Unterhose. Ihr Stoff war so geschmeidig, dass sie mir von allein bis auf die Füße rutschte. Ich musste nur noch einen Schritt zur Seite gehen und das seidene Ding mit meinem Fuß beiseitekicken.

Ludwig konnte offenbar kaum glauben, was ich ihm in der Hochzeitsnacht für eine Vorstellung bot. Er starrte mich aus fiebrigen Augen an. Ich wusste doch auch nicht, woher ich dieses Wissen hatte, meinen frisch gebackenen Ehemann schier in den Wahnsinn zu treiben. Ich war noch Jungfrau gewesen, doch Ludwig hatte mir in den letzten Monaten schon so viel beigebracht, dass ich es in meiner eigenen Fantasie weiterführte.

»Zieh deine Hose aus!«, befahl ich ihm jetzt, ohne die Augen auch nur für den Bruchteil einer Sekunde von ihm zu lassen. Ich genoss seinen fiebrigen Blick in vollen Zügen.

Ludwig erhob sich vom Bett, ohne seinerseits den Blickkontakt zu mir zu verlieren, und tat, was ich verlangte. Er war mehr als bereit, die Hochzeitsnacht mit mir zu einem unvergessenen Fest der Sinne zu machen, stellte ich befriedigt fest.

»Leg dich hin«, hauchte ich nun und weidete mich daran, wie sehr mich dieser Mann begehrte.

Als Ludwig vor mir auf dem Bett lag, zog ich mir betont langsam das Hochzeitskleid über den Kopf und kroch zu ihm auf das Bett. Als mein Ehemann begriff, was ich vorhatte, stöhnte er erregt auf. Noch nie zuvor hatten wir uns in dieser Stellung geliebt, aber etwas Aufregenderes hätte ich mir zur Feier des Tages kaum ausdenken können. Nicht nur Ludwig stöhnte und seufzte unter mir, sondern auch mir jagte die Lust, ihn auf diese Weise zu spüren, heiße Schauer über den Rücken.

Als wir später verschwitzt und erschöpft nebeneinanderlagen, beugte er sich über mich und musterte mich schmunzelnd. »Wenn ich es nicht genau wüsste, ja, wenn ich es nicht sogar beschwören könnte, dann müsste ich glauben, dass du vor unserer Ehe in einem ganz anderen Gewerbe gearbeitet hast als in einem Museum.«

»Ach, Liebster, die einen haben das im Blut, die anderen nicht. Außerdem hatte ich einen wunderbaren Lehrer. Da kann einer Schülerin schon mal die Fantasie durchgehen«, erwiderte ich lachend.

»So?«, fragte Ludwig lauernd, während er mit seinen Fingern fordernd zwischen meinen Schenkeln tastete. Ich fühlte mich sofort bemüßigt, aktiv zu werden, aber nun war Ludwig an der Reihe, das Geschehen zu bestimmen. »Du rührst dich gar nicht!«, befahl er, und ich gehorchte. Es dauerte gar nicht lange, bis ich ein erlösendes Kribbeln spürte, das mir bis weit in den Bauch zog.

Die Sonne ging bereits wieder auf, als wir endlich erschöpft und befriedigt und aneinandergekuschelt einschliefen.

Das Erwachen am nächsten Morgen war dann allerdings sehr ernüchternd. Am liebsten hätten wir dort weitergemacht, wo wir am frühen Morgen aufgehört hatten, aber wir hatten sämtliche Vorbereitungen für unsere Abreise bis nach der Hochzeit verschoben. Und das bedeutete: Unsere Erledigungen duldeten keinen Aufschub mehr. Ludwig hatte einen Termin bei der Reiseagentur. Er wollte dort die Tickets für unsere Schiffspassage buchen. Und ich hatte eine Verabredung mit einem potenziellen Käufer meines Hauses. Obwohl es mir sehr schwerfiel, mich von dem Haus zu trennen, in dem nach dem erklärten Wunsch meines Vaters seine Enkelkinder hätten aufwachsen sollen, war ich vernünftig genug, es zum Verkauf anzubieten. Jetzt kam es auf den Bruch eines Versprechens mehr oder weniger auch nicht an. Schließlich hatte ich bereits den falschen Mann geheiratet. Und ich machte mir nichts vor. Wenn ich nach Deutschland ginge, dann würde es für immer sein. Ich würde also mein bisheriges Leben völlig hinter mir lassen. Und manchmal, wenn ich mit Grauen an den Fluch dachte, der angeblich über dem Haus Hinemoa lag, hatte ich die Hoffnung, am anderen Ende der Welt, fernab von den alten Geschichten, endlich in Ruhe und Frieden leben zu können.

Es fiel uns äußerst schwer, nach einem flüchtigen Küsschen aufzustehen und uns nicht weiter den Wonnen der Liebe hinzugeben.

»Lass dich einmal anschauen«, verlangte Ludwig, nachdem ich splitterfasernackt aus dem Bett gestiegen war. »Ich muss mir doch genau einprägen, was für eine wunderschöne Frau ich habe.«

»Aber, Liebster, du wirst meiner vielleicht bald überdrüssig werden, denn schon heute Nacht werde ich wieder an deiner Seite liegen«, lachte ich.

»Oh nein, das werde ich nie!«, protestierte Ludwig. »Ich muss doch an etwas Schönes denken können, wenn ich heute vielleicht stundenlang auf den Fluren der Reiseagentur warten muss.«

Wir hatten vor, auf einem komfortablen Personenschiff zu reisen, während Ludwig für seine zahlreichen Artefakte, die er auf seinen langen Forschungsreisen zusammengetragen hatte, bereits Platz auf einem Frachtschiff gebucht hatte, das Auckland in der nächsten Woche mit dem Ziel Hamburg verlassen würde. Seine

Schätze hatte er, nachdem er in mein Haus gezogen war, in der Halle zwischengelagert, in der auch das Haus Hinemoa auf seinen Aufbau wartete. Nachdem Tame aus der Nervenheilanstalt ausgebrochen war, hatte Mr. Evans zunächst einen alten ehemaligen Seemann engagiert, der mit seinem Hund im vorderen Teil der Halle wohnte und als eine Art Wächter fungierte und aufpasste, dass kein Unheil geschah. Aber da der Mann eigentlich immer betrunken war, war Ludwig das angesichts der Werte, die er auf seinen Reisen gesammelt hatte und die er dann in Hamburg ausstellen lassen wollte, zu unsicher. Wir besorgten also ein nahezu einbruchsicheres Schloss und verwahrten den Schlüssel, weil wir die Einzigen waren, die die Halle zurzeit benutzten, bei uns im Haus. Manchmal dachte ich noch an Tame, den Mann, den ich eigentlich hätte heiraten sollen, und fragte mich, wo er sich wohl versteckt hielt. Und es war wirklich merkwürdig. Jetzt endlich empfand ich etwas für ihn, und wenn es nur die Sorge um ihn war.

Was mir aber am heutigen Tag bevorstand, war der Gang ins Museum. Ich hatte mir fest vorgenommen, endlich mit Mr. Evans zu sprechen. Einmal musste ich ihm schließlich sagen, dass ich mit Ludwig nach Deutschland gehen würde.

In meinem ganzen Haus waren fleißige Helfer damit beschäftigt, die Spuren des gestrigen Festes zu beseitigen. Susans Mutter, Mrs. Parker, hatte wirklich an alles gedacht. Ich würde mich mit einem großen Geschenk erkenntlich zeigen. Ich wusste auch schon, was ich ihr überlassen würde. Sie liebte meinen Esstisch so sehr. Da Ludwig mir zugesichert hatte, dass er einen fast identischen Tisch zu Hause in Hamburg besaß, würde ich ihn Mrs. Parker überlassen. Apropos Geschenke. Im Salon war ein Tisch aufgebaut, der geradezu überquoll von Hochzeitspräsenten. Beim Anblick dieser vielen praktischen und wertvollen Geschenke überkam mich ein schlechtes Gewissen. Ich würde nur einen

Bruchteil davon mit nach Deutschland nehmen können. Wenn meine Gäste von meinen Plänen gewusst hätten, sie hätten sich nicht in Unkosten gestürzt, um mir silberne Schüsseln und sonstige Haushaltsgegenstände zu schenken.

»Oje, was machen wir nur mit all diesen schönen Dingen?«, fragte Ludwig, den ich gar nicht hatte kommen hören. Er legte den Arm um meine Schulter und ließ den Blick über all diese Geschenke schweifen.

Ich zuckte die Achseln. »Ich werde mir die allerbesten aussuchen. Und den Rest werde ich verschenken oder einfach im Haus belassen.«

»Mach dir keine Sorgen, Liebling. Ich habe auf dem Frachtschiff genügend Platz reservieren lassen, damit du all das mit nach Deutschland nehmen kannst, was dir wirklich lieb und teuer ist.«

Ich kuschelte mich dicht an ihn heran. »Ach, die Hauptsache ist doch, dass wir beide zusammen sind«, seufzte ich versonnen.

»Natürlich, mein Liebes, das ist das Wichtigste, aber ich werde dir trotzdem nie vergessen, dass du deine Heimat meinetwegen hinter dir lässt.«

Ich küsste meinen Mann überschwänglich auf die Wange. Dazu musste ich mich auf die Zehenspitzen stellen, denn Ludwig überragte mich um einiges.

»Soll ich dich im Wagen mitnehmen?«, bot mir Ludwig an. Ich überlegte kurz, doch dann lehnte ich ab. Es war mir ein Bedürfnis, den Weg zum Museum an diesem strahlend schönen Tag zu Fuß zurückzulegen. Allein, um über die richtigen Worte nachzudenken, wie ich es Mr. Evans möglichst schonend beibringen konnte, dass ich nach Deutschland gehen würde. Und außerdem wollte ich noch jede Sekunde auskosten, in der es mir vergönnt war, die frische heimische Luft Aucklands einzuatmen. Nach dem Gespräch mit Mr. Evans würde ich meinen Mitarbeitern Bescheid sagen müssen. Gestern auf meinem Fest hatte ich es nicht über das Herz gebracht, ihnen und damit auch mir die Stimmung zu verderben.

Als ich am Museum eintraf, steuerte ich zielstrebig auf Mr. Evans' Büro zu. Ich wollte das Gespräch schnellstens hinter mich bringen. Da das Vorzimmer nicht besetzt war und die Tür offen stand, stürmte ich gleich weiter zu seinem Schreibtisch. Ich erschrak zutiefst, wie grau und eingefallen mein Chef aussah. Er warf mir einen müden Blick zu. »Ach, meine liebe Merima, bitte verzeihen Sie mir, ich habe völlig vergessen, Ihnen eine Glückwunschkarte zu senden. Ich gratuliere Ihnen von Herzen. Und das Geschenk an Sie ist bereits unterwegs.« Er rang sich zu einem Lächeln durch. Ich war gerührt. Solche netten Worte hatte ich lange nicht mehr aus seinem Mund gehört. Nun fiel es mir noch schwerer, ihm die Wahrheit zu sagen.

»Schade, dass Sie nicht dabei waren. Es war wirklich ein rauschendes Fest«, erklärte ich bedauernd.

»Ja, das wurde mir schon von anderer Seite berichtet. Wirklich schade, dass ich einen Termin hatte.« Das klang aufrichtig bemüht, und ich fragte mich, ob es womöglich irgendwelche Neuigkeiten von seinem Sohn gab, was in diesem Fall nur heißen konnte, dass man die Leiche des Jungen gefunden hatte. Ich traute mich aber nicht, danach zu fragen. Über dieses Thema redete Mr. Evans grundsätzlich nicht, jedenfalls nicht mit mir.

Ich räusperte mich ein paarmal, doch dann fasste ich mir ein Herz. »Mr. Evans, ich muss Ihnen etwas Wichtiges mitteilen.«

Er machte eine abwehrende Handbewegung. »Ja, ja, aber erst einmal hab ich eine Bitte an Sie. Ich habe für ein paar Tage in Wellington zu tun und möchte, dass Sie mich so lange vertreten. Das können Sie doch, oder?«

»Ja, aber . . .«

»Dann wäre ja alles geklärt. Ich fahre noch heute weg. Sie müssen nur die laufenden Angelegenheiten bearbeiten. Die Akten und den Briefverkehr müssen Sie sich gar nicht anschauen. Das erledige ich, sobald ich wieder zurück bin. Ich denke, ich werde nicht länger als vier Tage unterwegs sein.«

Ich muss ihn ziemlich entgeistert angesehen haben, denn er fragte mich jetzt, ob noch irgendetwas wäre. Er würde einen Besucher erwarten. Ich überlegte gerade fieberhaft, ob ich unverrichteter Dinge gehen und es ihm nach seiner Reise mitteilen sollte, als jemand fordernd gegen seine geöffnete Tür klopfte. Mr. Evans kam nicht einmal dazu »Herein!« zu rufen, da trat sein Besucher bereits ein. Neugierig geworden, was für einen ungehobelten Gast mein Chef erwartete, wandte ich mich um – und erstarrte. Da stand der rothaarige Mann mit dem Bart, der »Rotfuchs« genannt wurde, jener brutale Kerl, der mich in der Halle mit dem Spaten niedergeschlagen hatte. Jener Mann, der mir höchstwahrscheinlich die kalte Messerklinge an den Hals gesetzt hatte. Ja, das schien mir in diesem Augenblick so sicher wie das Amen in der Kirche: Es waren James Banks und seine Leute, die alles daransetzten, Ludwig und mich aus der Stadt zu vertreiben. Das Schlimmste daran war, dass er mich provozierend angrinste. Was hatte dieser Verbrecher mit Mr. Evans zu tun? Entsetzt blickte ich zwischen dem feixenden Kerl und meinem Chef hin und her. Die Gesichtsfarbe des Museumsdirektors war nicht mehr grau, sondern eher grünlich. Er sah so aus, als ob er sich jeden Moment übergeben müsste.

Ich war so fassungslos, dass es mir zunächst die Sprache verschlug, doch als der unverschämte James Banks meinen Chef jetzt in groben Worten dazu aufforderte, umgehend mit ihm unter vier Augen zu sprechen, platzte mir der Kragen.

»Mr. Evans, ich denke, ich werde dann mal die Polizei holen. Vielleicht können Sie den Mann hier festhalten. Sie wissen, dass dies der Kerl ist, der mich neulich in der Halle niedergeschlagen hat, oder? Ludwig konnte ihn ganz genau beschreiben, und bei der Polizei war er auch kein unbeschriebenes Blatt mehr.«

»Ich habe ein Alibi!«, lachte James Banks dreckig.

»Ja, ein gekauftes. Welcher Gangster es Ihnen auch immer gegeben hat. Es war falsch. Da hat jemand einen Meineid geschworen. Und ich werde beschwören, dass Sie es waren, der mir ein Messer an den Hals gesetzt hat!«

»Sie konnten mich doch gar nicht sehen«, entgegnete der »Rotfuchs«.

Ich blickte ihn fassungslos an. »Sie geben es also zu?«

»Nein! Ich gebe gar nichts zu. Ich glaube, Sie leiden unter Verfolgungswahn!«

»Mistkerl!«, stieß ich wütend hervor. »Ich werde beschwören, dass ich Sie erkannt habe. Und dann kann sich die Polizei noch mal mit demjenigen beschäftigen, der Ihnen das gekaufte Alibi verschafft hat!«

Mein Chef, der immer noch so aussah, als müsste er sich jeden Moment übergeben, sah mich flehend an. »Nein, Merima, Sie müssen sich irren. Das ist nicht der Mann, der Ihnen etwas antun wollte. Bitte, lassen Sie mich mit meinem Besucher unter vier Augen reden. Und kommen Sie ja nicht auf die Idee, uns die Polizei ins Haus zu holen.«

»Mr. Evans!«, rief ich entgeistert aus. »Sie wollen doch den da ...« Ich deutete mit dem Zeigefinger auf James Banks. »... den da nicht noch verteidigen! Sie glauben wohl selber nicht, dass das Alibi echt ist, oder?«

Wieder lachte Mr. Banks dreckig. »Ich glaube schon, dass Mr. Evans an die Echtheit des Alibis glaubt. Es war nämlich derjenige, der mir dieses Alibi gegeben hat!«

Ich wandte mich erschrocken zu meinem Chef um und starrte ihn an wie einen Geist. Was ich in seinen Augen erkennen konnte, war nackte Panik. Und in diesem Augenblick wusste ich, was gespielt wurde. Er hatte entsetzliche Angst vor seinem Besucher. Das Alibi hatte er dem Fiesling auf keinen Fall freiwillig gegeben. Und was das Scheusal jetzt von sich gab, ließ mir förmlich das Blut in den Adern gefrieren. »Ich habe Ihrem Sprössling versprochen, dass ich mit ihm demnächst eine Bootstour nach Rangitoto Island unternehmen werde.«

Sprössling? Soviel ich wusste, hatte Mr. Evans nur den einen Sohn und mehrere Töchter. Wenn das stimmte, dann hieße das ja ... Ich mochte den Gedanken gar nicht zu Ende denken ... Das würde bedeuten, dass Mr. Banks Mr. Evans' Sohn in seiner Gewalt hatte. Und der Kerl versuchte nicht einmal zu verbergen, dass er meinen Chef erpresste. Aber das konnte ich mir doch nicht tatenlos ansehen! Ich baute mich vor James Banks auf und stützte kämpferisch die Hände in die Seiten.

»Mr. Evans, was hat das alles zu bedeuten? Womit hat dieser Kerl Sie in der Hand? Hat er Ihren Sohn in seiner Gewalt?«

»Merima, bitte verlassen Sie sofort mein Büro!«, befahl mir Mr. Evans mit matter Stimme. »Wir haben alles geklärt, was es zwischen uns zu regeln gibt. Ich brauche Sie nicht mehr.«

In meinem Kopf arbeitete es fieberhaft. Was sollte ich bloß tun? Mich feige zurückziehen und nichts gegen dieses ungeheuerliche Auftreten des Verbrechers unternehmen? Es ging schließlich nicht nur Mr. Evans etwas an, sondern betraf auch mich ganz persönlich. Dieser Mann tyrannisierte Ludwig und mich seit Wochen. Er versuchte, uns aus der Stadt zu treiben. Ich musste doch etwas unternehmen!

»Mr. Banks, verraten Sie mir wenigstens den Grund, warum Sie uns seit Wochen Steine in die Scheiben werfen, uns in unserem Garten auflauern und mich sogar mit einem Messer bedrohen? Was versprechen Sie sich davon? Was habe ich Ihnen getan? Was wollen Sie?«

Er maß mich mit zynischem Blick. »Okay, wenn Sie es unbedingt wissen wollen, lassen Sie Ihre Finger in Zukunft vom Haus Hinemoa! Dann ist alles gut. Dann werde ich Ihren Hunnen und Sie nie wieder belästigen. Das Haus Hinemoa geht Sie einen Scheißdreck an! Vergessen Sie es! Wenn Sie meinem Befehl schön brav folgen, werden wir einander nicht mehr ins Gehege kommen!«

Kaum hatte er das Versammlungshaus erwähnt, begann ich, am ganzen Körper zu zittern. Das hätte ich mir doch gleich denken können: All diese ungeheuren Dinge hingen mit dem Haus Hinemoa zusammen.

»Was wollen Sie mit unserem Versammlungshaus? Es geht Sie gar nichts an. Lassen Sie bloß Ihre dreckigen Hände davon!«, herrschte ich ihn trotz meiner Aufregung an. »Und Sie können sicher sein, dass mich mein Weg direkt zur Polizei führt. Und dann werden Sie aus dem Verkehr gezogen!«

Mich durchlief ein Beben. Wenn das stimmte, was ich vermutete, dann durfte ich schon Mr. Evans zuliebe nicht zur Polizei gehen.

Das bestätigte sich, als sich mein und Mr. Evans' Blick trafen. Aus seinen Augen sprach ein einziges Flehen. Nun gab es nicht mehr den geringsten Zweifel: Sein Junge war in Mr. Banks' Gewalt!

Und der miese Kerl schien sich seiner Sache ziemlich sicher zu sein. Er ignorierte meine Drohung und sah meinen Chef herausfordernd an. »Haben Sie das Vertragswerk fertig?«

»Mr. Evans, ich glaube, ich weiß, dass Sie das alles nicht freiwillig tun und warum er Sie in der Hand hat. Aber Sie dürfen das Haus Hinemoa trotzdem nicht an diesen Drecksack herausgeben!«, mischte ich mich panisch ein.

Der Museumsdirektor aber versuchte, meinem Blick auszuweichen, nahm ein Schriftstück von seinem Schreibtisch und schob es James Banks mit den Worten hin: »Sie müssen es nur unterschreiben!« Obwohl ich vor Angst und Wut immer noch zitterte, wagte ich es trotzdem, einen Blick in das Dokument zu werfen.

Nachdem ich die ersten Sätze gelesen hatte, schrie ich nur laut: »Nein! Nein!«

Ich wollte nicht glauben, was ich dort gesehen hatte, aber es stand schwarz auf weiß auf diesem Papier: Mr. Evans hatte Mr. Banks das Haus Hinemoa tatsächlich für tausend Schilling weiterverkauft! Noch in demselben Augenblick wurde mir klar, dass es überhaupt nichts bringen würde, wenn ich weiterhin mit offenem Visier kämpfte. Nein, hier half nur ein strategisch gut durchdachter Plan, und ich hatte auch schon eine vage Ahnung, in welche Richtung ich denken musste. Am liebsten wäre ich zur Polizei gegangen, aber das konnte ich Mr. Evans nicht antun. Wenn seinem Sohn deshalb etwas zustoßen würde, würde ich mir das nie verzeihen!

Hamburg, März 2014

An diesem Sonntagnachmittag herrschte reger Besucherverkehr auf dem Gelände des Universitätskrankenhauses in Eppendorf. Jan war tief in Gedanken versunken, als er mit dem Fahrstuhl in den ersten Stock fuhr. Er kämpfte mit seinem schlechten Gewissen. War es wirklich richtig gewesen war, Sarah zu verschweigen, dass man seit vierzehn Tagen versuchte, ihre Großmutter aus dem künstlichen Koma zu wecken? Dass sie inzwischen auf der Intensivstation im Aufwachraum lag? Und dass sich nichts bewegte? Doktor Peters, dem Dorothee vor einiger Zeit vorausschauend eine Patientenvollmacht erteilt hatte, war vom behandelnden Arzt zuvor umfassend über den Allgemeinzustand seiner Patientin aufgeklärt worden. Aus ärztlicher Sicht war man zu der Entscheidung gekommen, dass ihr Zustand so stabil war, dass man unbedingt die Aufwachphase einleiten sollte. Daraufhin hatte man sie auf die Intensivstation verlegt und die Medikamente reduziert, aber Dorothee hatte noch nicht darauf reagiert. Natürlich hätte Jan Sarah sofort darüber informieren müssen. Er war sich fast sicher, dass sie sofort in den Flieger gestiegen und nach Hamburg gekommen wäre. Und es gab nichts, was er sich sehnlicher wünschte, als sie endlich wieder in den Arm zu nehmen. Doch Ole Peters hatte ihn davon überzeugen können, Sarah nicht zu informieren. Es gab nämlich einen Haken an der Sache. Die Ärzte befürchteten, dass Dorothee nicht wirklich aufwachen, sondern in ein Wachkoma fallen würde.

»Das können Sie dem Mädchen unmöglich schreiben!«, hatte der alte Arzt Jan geraten. Der Doktor, der bis zuletzt optimistisch gewesen war, dass seine Freundin wieder aufwachen würde, war seit seinem Gespräch mit den Ärzten sehr bedrückt. Er war der Meinung, dass man es Sarah unmöglich zumuten könne, den weiten Weg von Neuseeland nach Hamburg zu machen, um miterleben zu müssen, wie ihre Großmutter in ein Wachkoma fiel. »Erst wenn wir wissen, wie es mit Dorothee weitergeht, sollten wir ihre Enkelin informieren.«

»Und was ist, wenn sie stirbt und wir Sarah nicht die Möglichkeit gegeben haben, ihre Großmutter noch einmal zu sehen?«, hatte Jan zu bedenken gegeben. Der alte Arzt hatte mit den Schultern gezuckt. »Es ist in jedem Fall eine schwierige Entscheidung, aber ich tendiere dazu, die junge Frau im fernen Neuseeland mit der Wahrheit zu verschonen. Vorerst jedenfalls.« Schweren Herzens hatte sich Jan schließlich der Meinung von Doktor Peters angeschlossen.

Auf der Station angekommen musste er an der Tür klingeln. Die Schwester begrüßte ihn freundlich und ließ ihn ein. In einer Schleuse zog er sich die Schutzkleidung an, ohne die er die Station nicht betreten durfte. Inzwischen waren Jan auch die langen Gänge der neurologischen Intensivstation des UKE vertraut. Dorothees Zimmer lag ganz am Ende des Ganges.

Die Tür stand offen. Es beschlich ihn jedes Mal wieder dasselbe befremdliche Gefühl, wenn er in ihr Zimmer kam. Die Vorhänge waren zugezogen, sodass es trotz der Lampen düster wirkte, insbesondere wenn man aus dem frühlingshaft warmen Wetter kam. Um das Bett der alten Dame herum stapelten sich eine Vielzahl technischer Geräte. Überall auf den Displays wurden Kurven, Zahlen und Symbole angezeigt. Die Geräte pfiffen, fiepten und klingelten zugleich. All die Schläuche, die aus Dorothees Körper ragten, sahen martialisch und gefährlich aus. Das einzig Positive war, dass sie schon vor Tagen angefangen hatte, wieder selbstständig zu atmen. Es war eine richtige Entscheidung, Sarah das hier zu ersparen, schoss es Jan durch den Kopf, während er sich dem Bett näherte. Wie immer streichelte Jan Dorothee zur Begrüßung ganz vorsichtig über die Hand, bevor er sich auf den Stuhl neben ihr Bett setzte. Dann begann er leise zu erzählen, was er heute im Museum erlebt hatte. Er berichtete ihr von den enormen Fortschritten der Renovierungsarbeiten am Haus Hinemoa. Besonders schwärmte er ihr von einem Paneel vor, das der Schnitzer zur Wiedereröffnung neu gestaltet hatte. Es zeigte den verliebten Tutanekai beim Flötenspiel, und zwar in einer modernen Variante. Wie gut, dass sie mich nicht hört, denn sie kann es doch gar nicht leiden, wenn im Haus Hinemoa nicht alles streng originalgetreu renoviert wird, ging es Jan durch den Kopf. In diesem Augenblick meinte er zu sehen, dass ihre Hand leicht zuckte. Er hielt das zunächst für eine Täuschung, aber er ließ den Blick nun nicht mehr von ihr. Wie gebannt starrte er auf ihre Finger. Eine ganze Weile tat sich nichts. Da war wohl doch der Wunsch Vater des Gedankens, dachte Jan betrübt und wollte sich gerade abwenden, als sich erst Dorothees Zeigefinger bewegte und dann die ganze Hand.

Jan sprang so heftig von seinem Stuhl auf, dass der umkippte, und rannte gehetzt nach draußen auf den Flur, um eine Schwester zu suchen. Er fand sie in dem Überwachungsraum, in dem über Monitore alle Patienten überwacht werden konnten.

Auf ihrem Namensschild stand »Schwester Marie«. Sie begleitete Jan zurück in Dorothees Zimmer. Er wollte ihr demonstrieren, was er gesehen hatte, doch Dorothees Hand lag leblos da, als hätte sie sich niemals bewegt.

»Ich habe mir das nicht eingebildet. Ich habe es wirklich gesehen!«, sagte Jan aufgeregt.

»Das glaube ich Ihnen ja gern«, redete die Krankenschwester

beruhigend auf Jan ein. »Manchmal sind es allerdings nur Zuckungen der Muskeln. Das sind leider keine bewussten Bewegungen, die Anlass zur Hoffnung geben.«

Jan war sehr enttäuscht. Wie gern hätte er Sarah geschrieben, dass ihre Großmutter aufgewacht war, wobei er sich keinerlei Illusionen machte. Das Aufwachen war nur die erste Hürde, die viel entscheidendere Frage war, was nach dem Aufwachen passierte.

»Tut mir sehr leid! Es ist enttäuschend, ich weiß, aber vielleicht zu einem späteren Zeitpunkt«, versuchte Schwester Marie Jan zu trösten, bevor sie das Zimmer verlassen wollte. In dem Moment, in dem sie sich zum Gehen gewandt hatte, zuckten Dorothees Augenlider.

»Warten Sie!«, rief Jan. Die Krankenschwester fuhr herum. Sie beugte sich vorsichtig über Dorothee.

»Das kann alles bedeuten«, bemerkte sie leise. »Das können ebenfalls die genannten unkontrollierten Zuckungen sein, es kann aber auch bedeuten, dass sie tatsächlich allmählich aufwacht.«

In diesem Augenblick betrat der behandelnde Arzt das Aufwachzimmer. »Ihre Augenlider haben gezuckt«, teilte Jan ihm aufgeregt mit. Auch der Arzt beugte sich über seine Patientin und betrachtete sie eine Weile. Das Zucken der Augenlider wurde immer stärker, bis es zu einem regelrechten Flattern wurde. Schwester Marie warf dem Arzt einen besorgten Blick zu. Daraus schloss Jan, dass die flatternden Lider kein gutes Zeichen waren.

Plötzlich riss Dorothee die Augen weit auf, und Jan hatte den Eindruck, als wäre ihr Gesicht eingefroren. »Oh nein!«, murmelte die Schwester. »Nur kein Wachkoma!«

Auch der Arzt machte jetzt einen überaus angespannten Eindruck. Doch dann bewegten sich Dorothees Pupillen. Der Arzt beugte sich erneut über seine Patientin und fragte: »Frau Dehn, wenn Sie mich verstehen, dann nicken Sie bitte!«

Daraufhin bewegte sie den Kopf leicht.

»Darf ich Sie bitten, für einen Augenblick das Zimmer zu verlassen?«, fragte Schwester Marie Jan höflich.

Jan warf Dorothee, die, wie er in dem Augenblick zu erkennen glaubte, jetzt ganz gezielt in seine Richtung sah, einen aufmunternden Blick zu und verließ das Zimmer mit den Worten: »Ich bin gleich wieder da«.

Draußen auf dem Flur wanderte er rastlos hin und her, statt sich auf einen der Stühle zu setzen. Dazu war er viel zu aufgeregt. Wenn alles gut geht, würde er Sarah nachher schon mitteilen können, dass es ihrer Großmutter wieder besser ging. Dann würde sie die gute Nachricht gleich morgen früh, wenn sie aufwachte, erhalten. Natürlich hoffte er insgeheim, dass sie sich daraufhin umgehend in den Flieger setzen und nach Hamburg kommen würde.

Er wurde durch das Vibrieren seines Handys in der Jackentasche aus seinen Gedanken gerissen. Nachdem er gesehen hatte, dass die Anruferin Lena war, stellte er sein Gerät hastig aus. Nicht nur, weil es hier im Krankenhaus und besonders auf der Intensivstation strengstens untersagt war, zu telefonieren, sondern auch, weil er gar nicht gewusst hätte, wie er sich Lena gegenüber nach der vergangenen Nacht verhalten sollte.

Mit gemischten Gefühlen dachte er daran, wie er heute Morgen auf Lenas Sofa aufgewacht war. Mit einem Schädel, der sich anfühlte, als würde er gleich platzen. Lena und er hatten einen unterhaltsamen Theaterabend miteinander verbracht und danach in der Kantine noch zwei Bier getrunken. Da Jan mit dem Wagen gekommen war, hatte er ihr angeboten, sie nach Hause zu bringen. Vor ihrer Tür war es dann zu dem in solchen Situationen fast schon obligatorischen Dialog gekommen: Lena hatte gefragt, ob er auf einen Absacker mit in ihre Wohnung kommen wollte. Jan hatte einen Augenblick gezögert. Seine innere Stimme hatte ihm signalisiert, dass es keine gute Idee wäre, noch mit in Lenas Wohnung zu kommen. Doch dann hatte sie ihn hinreißend angelächelt und ihm versichert, dass das völlig ungefährlich wäre. Schließlich wären sie beide in andere verliebt. Das hatte für ihn schließlich den Ausschlag gegeben, doch mitzugehen. Bei Lena konnte er wenigstens sein Herz einmal richtig ausschütten. Seit Sarahs Abflug war nicht ein Tag vergangen, an dem er nicht an die schöne Neuseeländerin gedacht hatte. So hatten Lena und Jan sich tatsächlich stundenlang über Sarah und Jerry ausgetauscht und die Schwierigkeiten diskutiert, die eine derartige Fernbeziehung mit sich brachte. Sie waren sich einig, dass man eine so hohe Kilometerzahl nicht überbrücken konnte, ohne dass einer von ihnen sein bisheriges Leben aufgeben musste. Irgendwann war Lena in Tränen ausgebrochen. Sie hatte ihm gestanden, dass sich ein Kollege aus der Redaktion in sie verliebt hatte. Sie aber konnte sich nicht auf diese Beziehung einlassen, weil ihr Herz an Jerry hing. Jan hatte sich neben sie gesetzt und sie tröstend in den Arm genommen. An seiner Brust hatte sich Lena lange ausgeweint. Dazu hatten sie Mengen von Sauvignon Blanc getrunken. Eigentlich war es Jans Plan gewesen, mit dem Taxi nach Hause zu fahren, aber dann hatte Lena ihm ein Bett auf dem Sofa hergerichtet. Bis dahin war alles noch sehr freundschaftlich verlaufen. Jan konnte sich nicht mehr genau daran erinnern, wie sie schließlich knutschend auf dem Sofa gelandet waren. Er konnte nicht leugnen, dass er die blonde Journalistin sehr attraktiv fand, aber er hatte zu keinem Zeitpunkt an diesem Abend mit dem Gedanken gespielt, mit ihr die Nacht zu verbringen. Und doch waren sie regelrecht übereinander hergefallen. Es war kurz und leidenschaftlich gewesen. Jan erinnerte sich noch, dass er sich danach bei ihr entschuldigt hatte. Sie aber hatte schmunzelnd entgegnet, dass es nichts zu entschuldigen gäbe. Es war allerdings zwischen ihnen beiden keine Frage gewesen, dass er allein auf dem Sofa und sie in ihrem Bett schlafen würde. Sie hatte ihm ein eher freundschaftliches Küsschen auf jede Wange gegeben, bevor sie in ihrem Schlafzimmer verschwunden war. Jan war ziemlich bald eingeschlafen. Das Aufwachen war nicht sehr angenehm gewesen, weil er einen dicken Kopf hatte und von einem einzigen Gedanken getrieben war: Was habe ich da bloß gemacht?«

Jan war auf seiner Wanderung über den Krankenhausflur gerade wieder vor Dorothees Zimmertür angekommen. In dem Augenblick öffnete sich die Tür, und Schwester Marie huschte mit besorgter Miene an ihm vorbei. Er konnte sie gar nicht fragen, was denn los war. Weitere Schwestern, Pfleger und ein Arzt kamen im Laufschritt herbeigeeilt und verschwanden in dem Krankenzimmer. Jan war sehr besorgt, sein Herzschlag beschleunigte sich, sodass er sich, um zur Ruhe zu kommen, nun doch auf einen der Stühle setzte. Wenig später, als er Schwester Marie zurückkommen sah, stand er schnell auf und nutzte die Gelegenheit, um sie nach Dorothees Zustand zu befragen. Die Schwester zierte sich ein wenig. Das kannte er schon, weil inzwischen auf der Station bekannt war, dass er kein Verwandter von Dorothee Dehn war. Deshalb war er froh, als Doktor Peters in diesem Augenblick ganz aufgeregt auf sie zutrat. Ihm durfte das Personal dank der Vollmacht Auskunft erteilen.

»Sie ist soeben aufgewacht!«, unterrichtete Jan den alten Arzt über die neusten Entwicklungen.

»Und?«, fragte Ole Peters Schwester Marie. »Gibt es irgendwelche Komplikationen? Ist sie ansprechbar? Ist sie ins Wachkoma gefallen?«

»Nein, nein, es hätte alles viel schlimmer kommen können. Sie befindet sich zurzeit in einem Zustand äußerster Verwirrung. Sie weiß nicht, wo sie ist, ist völlig desorientiert und möchte unbedingt aufstehen. Wir mussten sie kurzfristig fixieren. Ich kann Ihnen nicht sagen, wie lange dieses Durchgangssyndrom noch anhalten wird. Vielleicht sollten Sie lieber morgen wiederkommen«, schlug die Krankenschwester vor.

»Wir bleiben!«, ließen die beiden Männer wie aus einem Mund verlauten.

»Ja, ich möchte sie zumindest einmal gesehen haben«, ergänzte Doktor Peters.

Schwester Marie zuckte mit den Achseln. »Ja, gut. Aber Sie müssen sich eventuell auf eine längere Wartezeit einstellen. Sie wissen ja selber, dass so etwas manchmal tagelang dauern kann.«

Die beiden Männer entschieden sich, auf den Stühlen vor ihrem Zimmer so lange zu warten, bis sie ihre Freundin wenigstens einmal kurz sehen durften. Von ihren Plätzen aus konnten sie das hektische Kommen und Gehen beobachten, das in Dorothees Zimmer herrschte. So ging es weit über eine Stunde.

Doktor Peters war über das anstrengende Warten auf seinem Stuhl eingenickt. So hing Jan seinen eigenen Gedanken nach. Die führten ihn unweigerlich wieder zur gestrigen Nacht und vor allem zu der Frage, wie er damit umgehen sollte. Natürlich konnte er diese kleine Affäre völlig ignorieren und sie nie wieder erwähnen, er konnte Lena auch aus dem Weg gehen, aber es gab auch die Möglichkeit, ganz offen mit ihr darüber zu reden. Lena war eine durchaus vernünftige Person, der er zutraute, dass sie in dieser Angelegenheit seine Meinung teilte: dass es sich um einen einmaligen Ausrutscher nach dem Genuss viel zu vieler Gläser Sauvignon Blanc gehandelt hatte. Ja, er würde das Gespräch mit ihr suchen, und zwar heute noch!

Nach einer weiteren halben Stunde steckte Schwester Marie ihren Kopf aus der Zimmertür und erlaubte ihnen, Dorothee für einen kurzen Augenblick zu sehen.

Jan fand auf den ersten Blick, dass die alte Dame schon wesentlich besser aussah als vorhin. Täuschte er sich, oder huschte ein Lächeln über ihr Gesicht, als sie ihn entdeckte? Weil sie auch noch die Hand nach ihm ausstreckte, gab es für ihn keinen Zweifel mehr, dass sie ihn zumindest erkannt hatte. Sie öffnete den Mund und wollte etwas sagen, doch sie brachte keinen Ton heraus.

Jan drückte sanft die Hand, die Dorothee ihm entgegengestreckt hatte, und redete beruhigend auf sie ein. Auch den alten Doktor Peters, der zögernd aus dem Hintergrund an ihr Bett getreten war, schien sie zu erkennen.

»Ich glaube, Sie sollten sich jetzt von der Patientin verabschieden«, sagte Schwester Marie in einem Ton, der keinen Widerspruch duldete.

Jan, der immer noch Dorothees Hand hielt, versicherte ihr, dass er morgen wiederkäme. Ole Peters tätschelte ihr flüchtig die Wange und versprach ebenfalls, sie morgen erneut zu besuchen.

Die beiden Männer waren bereits an der Tür, als hinter ihnen ein klar artikuliertes »Wo ist Sarah?« ertönte. Wie der Blitz fuhren Jan und Ole Peters herum und starrten Dorothee ungläubig an. »Wo ist Sarah?«, wiederholte sie in klarem Ton.

Selbst Schwester Marie blickte derart überrascht zum Krankenbett, als hätte sich die alte Dame vor ihren Augen in einen Alien verwandelt.

Jan kehrte um und trat erneut an Dorothees Bett. »Ihre Enkelin ist zurück in Auckland.« Er sprach ganz deutlich und langsam, weil er fürchtete, dass Dorothee ihm sonst nicht folgen konnte. Aber sie schien ihn auf Anhieb zu verstehen.

»Warum ist sie nicht in Hamburg?«

»Dorothee? Können Sie sich daran erinnern, was vor Ihrem Sturz geschehen ist?«

»Sturz?«, entgegnete Dorothee unwirsch, aber so klar und

deutlich artikuliert, dass es keinen Zweifel gab: Ihr Sprachzentrum hatte offensichtlich nicht gelitten.

»Am besten, Sie kommen morgen wieder, meine Herren«, raunte die Schwester Jan zu.

Doch sie hatte es so laut gesagt, dass Dorothee es offenbar gehört hatte und die Schwester daraufhin wütend anfunkelte. »Nein, die beiden Herren bleiben, bis ich sage, dass sie gehen dürfen! Ich weiß ja nicht, wer Sie eingestellt hat und wo Lore ist, aber behandeln Sie mich nie wieder wie ein unmündiges Kind!«

Jans Blick und der von Schwester Marie trafen sich. Die Krankenschwester war in keiner Weise verärgert über ihre aufmüpfige Patientin, sondern hochgradig amüsiert. Sie zwinkerte Jan zu, und er musste sich sehr zusammenreißen, um nicht laut loszuprusten.

»Das ist völlig normal. Das vergeht ganz schnell wieder«, flüsterte ihm Ole Peters ins Ohr.

»Wer flüstert, der lügt, lieber Ole!«, bellte Dorothee.

»Ich sagte Jan gerade, wie bezaubernd du heute wieder aussiehst«, redete sich Doktor Peters heraus.

»Ach, du charmanter Lügner. Aber jetzt sage mir doch endlich mal einer, warum ihr alle in meinem Schlafzimmer seid?«

»Das hier ist nicht Ihr Schlafzimmer, sondern ein Krankenzimmer. Sie sind zu Hause gestürzt und haben sich schwer am Kopf verletzt. Sie waren, sagen wir mal, ein paar Tage ohne Bewusstsein«, erklärte ihr jetzt die Schwester in ruhigem Ton.

Dorothee musterte die Krankenschwester skeptisch. »Dann sind Sie also nicht meine neue Haushaltshilfe?«

Schwester Marie musste sich erneut ein Grinsen verkneifen. Sie trat auf das Bett zu und reichte Dorothee versöhnlich die Hand. »Ich bin Schwester Marie. Ich bin hier auf der Station für Sie zuständig. Wenn Sie irgendetwas brauchen, betätigen Sie bitte die Klingel. Mit Ihrer Erlaubnis möchte ich Ihren Besuch jetzt gerne nach Hause schicken. Es war heute anstrengend genug für Sie.«

Dorothee blickte kritisch von Jan zu Ole Peters und zurück. »Ja, gleich, aber ich möchte von den beiden gerne noch wissen, warum meine Enkelin nicht hier ist.«

»Gut, dann machen Sie schnell. Ich bin in fünf Minuten wieder da, und dann ist Ihr Besuch weg, denn Sie brauchen wirklich Ihre Ruhe. Sie haben einiges durchgemacht.«

Mit diesen Worten verließ Schwester Marie das Krankenzimmer.

»So, und jetzt möchte ich endlich wissen: Wo ist Sarah?«, hakte Dorothee in unwirschem Ton nach.

»Wir haben deine Enkelin ein paar Tage nach deinem Sturz nach Neuseeland geschickt. Als klar war, dass du erst einmal im künstlichen Koma liegen wirst …«

Dorothee tippte sich an die Stirn und unterbrach ihn barsch. »Ole, was erzählst du da für einen Unsinn? Künstliches Koma, und das als Arzt! Hast du zu viel Zeitung gelesen?«

Ole Peters warf Jan einen ratlosen Blick zu und zuckte mit den Schultern. Sie verstanden beide nicht, worauf Dorothee hinauswollte.

»Ja, guckt nicht so, ihr beiden! Warum erzählt ihr mir etwas von einem Koma? Das ist kompletter Blödsinn! Das sagt ihr doch nur, weil das jetzt überall in der Zeitung steht wegen diesem Michael Schumacher. Was verheimlicht ihr mir? Hab ich eine schwere Krankheit?«

»Dorothee, ich würde dir nie etwas vormachen, wenn es um deine Gesundheit geht«, erklärte Ole Peters energisch. »Es ist die Wahrheit: Du bist die Kellertreppe hinuntergestürzt, hast dir den Schädel verletzt, und zwar so sehr, dass, um den Druck zu verringern, die Schädeldecke aufgemacht werden musste. Und deshalb hat man dich ins künstliche Koma versetzt.«

»Aber wenn ich wirklich im Koma gewesen wäre, dann wäre ich doch jetzt nicht in der Lage zu sprechen. Die Zeitungen waren voll davon, und überall stand zu lesen, dass man, wenn man überhaupt wieder erwacht, alles neu erlernen muss. Dass man alles vergessen hat, dass man Menschen nicht mehr erkennt. Und ich weiß genau, wer ihr beiden seid. Und ich habe auch gelesen, dass es, je älter jemand ist, desto unwahrscheinlicher ist, dass er das unbeschadet übersteht.«

Sie hielt erschöpft inne. Mit dieser langen Rede hatte sie sich ganz offensichtlich überfordert. Ihr Atem ging schwer.

Ole Peters griff sanft nach ihrer Hand. »Das stimmt, meine Liebe, alles, was du gelesen hast, ist richtig. Dass jemand so drauflosplappert wie du in diesem Augenblick, grenzt wirklich an ein Wunder. Dass du uns beide erkennst, ist schon schier unfassbar ...«

Über Dorothees Gesicht huschte ein Lächeln, und sie winkte Ole Peters so dicht zu sich heran, dass sie ihm etwas ins Ohr flüstern konnte. Jan beobachtete das Ganze amüsiert, und es entging ihm nicht, dass der Arzt rote Ohren bekam, während Dorothee mit ihm sprach.

»Ich will nicht weiter stören. Wenn Sie beide gerne unter vier Augen sprechen wollen, dann geh ich ein bisschen auf dem Gang spazieren«, schlug Jan verschmitzt vor.

Dorothee machte eine abwehrende Handbewegung. »Das ist nicht nötig. Ich habe meinen alten Freund nur daran erinnert, dass er mir vor nunmehr fünfzehn Jahren den ersten Heiratsantrag gemacht hat. Wenn das wirklich stimmt, was Sie und was er da behauptet, dann will ich mir überlegen, ob ich ihn nicht doch annehme. Ich meine, man wird nicht jünger. Man sollte sich wirklich die Frage stellen, wer einen pflegt, wenn es eines Tages so weit ist.«

»Sie wissen sicher auch, dass ein Koma auch Persönlichkeitsveränderungen mit sich bringen kann. So charmant wie heute habe ich Sie ja selten erlebt«, scherzte Jan. »Wir sollten uns jetzt trotzdem langsam verabschieden. Es war ein anstrengender Tag für Sie, Dorothee. Wir sehen uns morgen wieder.«

»Nicht bevor Sie mir gesagt haben, warum meine Enkelin heute nicht hier ist!«, protestierte Dorothee energisch.

»Sarah ist ein paar Tage nach Ihrem Unglück nach Neuseeland geflogen. Sie erinnern sich, dass Ihre Enkelin dort einen gut bezahlten Job bei einer Zeitung hat? Ich habe sie allerdings förmlich dazu überreden müssen, in ihr Leben zurückzukehren. Sie hatte ein wahnsinnig schlechtes Gewissen und wäre gerne an Ihrer Seite geblieben.«

»Was sind Sie nur für ein Idiot, Jan Gerken! Warum haben Sie meine Enkelin nicht zum Bleiben überredet? Sie beide gehören doch zusammen! Ein Wort, Mann, und Sarah wäre in Hamburg geblieben! So dumm kann kein Mann sein!«, schimpfte Dorothee.

Jan brachten ihre Worte in arge Verlegenheit. Am liebsten hätte er ihr heftig widersprochen. Er wollte nicht unhöflich sein und auf den etwas verwirrten Zustand der alten Dame Rücksicht nehmen. Aber er wollte es so auch nicht stehen lassen. »Ihre Enkelin gehört nach Auckland, liebe Dorothee. Das ist ihre Heimat. Und meine ist in Hamburg. Aber ich habe sie jeden Tag über Ihren Zustand informiert. Wobei ...« Er kam ins Stocken.

»Raus mit der Sprache!«

Jan wand sich ein wenig. Er wusste nicht, ob es ihrer Gesundheit zuträglich war, wenn man jetzt schon Dinge erwähnte, die sie einfach überfordern würden. Aber an ihrem durchdringenden Blick war unschwer zu erkennen, dass sie sich nichts würde vormachen lassen. Selbst in diesem Zustand nicht.

»Ich habe Ihrer Enkelin verschwiegen, dass Sie sich seit mehr als vierzehn Tagen in der Aufwachphase befunden haben. Sie hätte alles stehen und liegen gelassen und wäre sofort nach Deutschland gekommen. Es war aber sehr schwer zu beurteilen, ob und wie Sie aufwachen würden. Und das wollte ich Sarah nicht zumuten.«

Dorothee schüttelte unwirsch den Kopf. »Sie hätte also heute an meinem Bett sitzen können, wenn Sie ihr die Wahrheit gesagt hätten? Und Sie haben nichts unternommen, um sie nach Deutschland zu locken. Ich befürchte, ich habe mich doch geirrt. Sie können gar nichts für sie empfinden. Sonst hätten Sie diese einmalige Chance auf ein Wiedersehen nicht ungenutzt verstreichen lassen.« Sie stieß einen tiefen Seufzer aus. »Jetzt bin ich aber wirklich müde und möchte allein sein. Außerdem dröhnt mir der Kopf, als hätte ich meinen ganzen Weinkeller allein geleert.«

Jan und Ole Peters verabschiedeten sich rasch von Dorothee und versicherten ihr, dass sie am nächsten Tag wieder zu Besuch kommen würden.

Sie waren noch nicht ganz aus der Tür, als Dorothee ihnen hinterherrief: »Und, Jan, bitte teilen Sie meiner Enkelin umgehend mit, dass ich wieder aufgewacht bin!«

Jan drehte sich zu Dorothee um. »Aber selbstverständlich werde ich ihr das sofort schreiben.«

Draußen im Gang sahen sich die beiden Männer kopfschüttelnd an. »Sie nehmen es meiner alten Freundin hoffentlich nicht übel, dass sie Sie derart taktlos angeht, oder?«, sagte der Doktor.

»Nein, natürlich nicht. Ich bin ja beinahe erleichtert, dass bei ihr wenigstens eines der Symptome aufgetreten ist, die in solchen Fällen üblich sind. Immerhin erinnert sie sich nicht mehr an den Sturz.«

Ole Peters lachte. »Wollen wir hoffen, dass wir ihre kleine Persönlichkeitsveränderung wirklich nur dem Durchgangssyndrom zu verdanken haben.«

In dem Augenblick kam Schwester Marie mit drohendem Zeigefinger auf sie zu. »Sie wissen schon, dass dies eine Intensivstation ist und dass Sie viel zu lange bei der Patientin geblieben sind?«

Der Doktor nickte eifrig. »Ungewöhnliche Patienten erfordern ungewöhnliche Maßnahmen«, scherzte er. »Aber ganz im Ernst, ich habe einige Male im Laufe meiner Tätigkeit als Arzt Patienten im Krankenhaus besucht, weil sie mit Schädelverletzungen im Koma gelegen haben. Und es sind immer wieder welche aufgewacht, einige auch, ohne größere Schäden davonzutragen. Aber keiner von ihnen hatte einen solchen Schutzengel wie Dorothee Dehn.«

»Da sagen Sie ein wahres Wort. Ganz unter uns, wir hier auf der Station hatten intern keine allzu großen Hoffnungen, dass die alte Dame überhaupt wieder aufwachen würde. In ihrem Alter grenzt das wirklich an ein Wunder. Ich werde Ihnen Bescheid sagen, falls wir Ihre Bekannte schon morgen auf die alte Station zurückbringen lassen. Ich habe nicht das Gefühl, dass sie noch länger bei uns bleiben muss. Aber nun hoffe ich, dass sie auch so gut essen kann, wie sie schon wieder spricht – als wäre nichts geschehen.«

»Ich denke, das wird kein Problem sein«, sagte der Doktor. »Das Einzige, was bei ihr wirklich wie ausgelöscht zu sein scheint, ist die Erinnerung an das Unglück selbst.«

Als die beiden Männer aus dem Krankenhausgebäude ins Freie traten, schien die Sonne so kräftig vom wolkenlosen Himmel, als wäre es mitten im Sommer.

»Der wärmste 9. März seit Beginn der Wetteraufzeichnung«, bemerkte Dr. Peters begeistert. »Einen ähnlich warmen März hatten wir mal im Jahre 1961, da war ich noch an diesem Krankenhaus tätig. Damals als Oberarzt auf der Inneren …«

Jan hörte ihm nur mit halbem Ohr zu. Er war in Gedanken bei Lena und der Frage, wie er mit der gestrigen Nacht umgehen sollte. Am liebsten hätte er sich sofort mit der Journalistin getroffen. Andererseits wäre es sehr unhöflich, den alten Herrn ganz allein auf dem Klinikgelände zurückzulassen. Schließlich waren sie gerade gemeinsam Zeugen des »Wunders von Eppendorf« geworden. Und das hatte den Freund des Hauses Dehn genauso aufgewühlt wie Jan selbst. Vielleicht sollte ich ihm zumindest anbieten, ihn mit dem Wagen nach Othmarschen zu bringen, dachte er, denn soviel er wusste, hatte Dr. Peters seinen Führerschein bereits vor Jahren aus Altersgründen abgegeben.

Jan wollte Ole Peters gerade seinen Vorschlag unterbreiten, da fragte ihn der alte Herr, ob er noch Lust hätte, ihn in das Medizinhistorische Museum zu begleiten.

»Das ist nur ein paar Schritte entfernt im Fritz Schumacher-Haus«, fügte der betagte Mediziner eifrig hinzu. »Sie als Kurator müsste das doch interessieren!«

Jan atmete erleichtert auf. Er war heilfroh, keine fadenscheinigen Ausreden vorschieben zu müssen. »Da haben Sie vollkommen recht, Dr. Peters, aber ein paar Kollegen und ich haben gerade erst neulich eine ganz spezielle Führung vor Ort bekommen. Es lohnt sich. Besonders der originalgetreu restaurierte Sektionssaal hat es mir angetan. Obwohl man sich keinerlei Gruseleffekte bedient hat, schlägt das Kopfkino sofort Kapriolen.«

»Da befand sich damals zu meiner Zeit die echte Pathologie. Dort habe ich manch großes Kino geboten bekommen«, lachte Dr. Peters. »Ein guter Freund, ein leidenschaftlicher Pathologe, machte sich ein Vergnügen daraus, mir abends, wenn die anderen fort waren, bei einer guten Flasche Rotwein vor Ort und am Objekt selbst den Exitus meiner Patienten im wahrsten Sinn des Wortes in all seinen Einzelteilen zu erläutern ...«

In der Regel lauschte Jan den Erinnerungen des alten Mediziners gern, aber in diesem Augenblick wollte er keine Zeit verlieren, um die Sache mit Lena endlich hinter sich zu bringen.

»Ich könnte Sie vielleicht nachher dort abholen und nach Hause fahren. Dann können wir uns im Wagen noch ein wenig unterhalten«, unterbrach Jan ihn hastig. »Oder wie kommen Sie sonst nach Othmarschen?«

Der alte Herr musterte Jan zweifelnd. »Junger Mann, haben Sie nie etwas vom Busfahren gehört? Linie 25 bis zum Bahnhof Altona, dann weiter mit der 15 fast direkt bis vor meine Haustür. Aber trotzdem nett, dass Sie sich so um mich sorgen. Bis morgen!«

Kaum war Dr. Peters außer Sichtweite, schrieb Jan Lena eine SMS, dass er im Café im Park ganz in der Nähe auf sie warten würde. Jetzt konnte er nur hoffen, dass sie die Angelegenheit genauso rational sah wie er.

Da so schönes Wetter war, herrschte Hochbetrieb in dem urigen Café, das mitten im Park am Weiher lag. Lena hatte ihm sofort zurückgeschrieben, dass sie sich auf den Weg machen würde. Jan fand einen freien Platz und ließ in Gedanken noch einmal seinen Besuch bei Dorothee Revue passieren. Es grenzte wirklich an ein Wunder, wie fit sie nach dem Aufwachen gewesen war. Er freute sich schon darauf, Sarah in aller Ausführlichkeit von dem Ereignis zu berichten und ihr bei der Gelegenheit zu gestehen, dass er ihr die Wahrheit über die bereits eingeleitete Aufwachphase vorenthalten hatte. Doch er kam gar nicht mehr dazu, sich in allen Einzelheiten vorzustellen, was für eine Riesenfreude er ihr damit bereiten würde.

Lena hatte sich nämlich sehr beeilt. Mit zerzaustem Haar, im Joggingzeug und völlig außer Atem kam sie angerannt. Obwohl sie nicht gestylt war wie am Abend zuvor für das Theater, war sie selbst in diesem Look sehr sexy, wie Jan fand. Jan war ein wenig verunsichert, wir er sie begrüßen sollte, aber Lena in ihrer natürlichen Art fand sofort die richtigen Worte. »Entschuldigung, dass ich mich für dich nicht extra schön gemacht habe, aber ich musste erst einmal meinen Kater bezwingen, und da war Joggen das einzig richtige Mittel. Natürlich habe ich vorher literweise Wasser getrunken.«

Dann ließ sie sich neben ihn auf den Stuhl fallen und stöhnte, dass sie erst einmal einen richtig starken Kaffee benötigte. Sie bestellte sich, als die Bedienung kam, einen doppelten Espresso. Jan gefiel ihre offene und lockere Art. Und er war sich auch ganz sicher, dass er vielleicht versucht hätte, ernsthaft mit ihr zu flirten, wenn sein Herz nicht anderweitig vergeben gewesen wäre.

»Du siehst aber schon richtig angezogen aus«, bemerkte sie und deutete auf sein Jackett. »Hattest du schon einen wichtigen Termin? Und sag mal, wann hast du dich eigentlich aus meiner Wohnung geschlichen? Ich muss noch tief und fest geschlafen haben.«

Jan setzte einen übertrieben überraschten Blick auf und legte den Kopf ein wenig schief. »Ich in Ihrer Wohnung? Da muss mir offensichtlich etwas entgangen sein«, versuchte er zu scherzen und hoffte insgeheim, dass Lena seinen Humor verstehen und nicht beleidigt reagieren würde.

»Sagte ich meine Wohnung? Da muss ich mich wohl versprochen haben. Ich meine natürlich, wann haben Sie heute Morgen Ihre Wohnung verlassen?« Lena grinste ihn breit an.

Jan lächelte erleichtert. »Also, dass wir wieder zum Sie zurückkehren, wäre angesichts der jüngsten Ereignisse wohl doch etwas übertrieben. Und nicht dass du mich falsch verstehst, ich will das nicht verdrängen, was zwischen uns war, aber ich hab ein leicht schlechtes Gewissen und wünschte mir, es bliebe unter uns.«

Lena legte ihm freundschaftlich die Hand auf den Oberarm. »Schon gut, Jan, ich hatte es ja auch überhaupt nicht darauf angelegt, mit dir ins Bett zu gehen. Ich weiß auch nicht, wie das passieren konnte ...« Sie hielt inne und grinste. »Also, das versteh du jetzt bitte nicht falsch! Ich finde dich äußerst attraktiv, und wenn ich nicht in einen fernen Neuseeländer verliebt wäre, wärst du meine erste Wahl.« Sie fing an zu lachen. Erleichtert fiel Jan in ihr Gelächter ein. »Das hätte ich besser nicht ausdrücken können«, pflichtete Jan ihr bei.

Lena stieß einen tiefen Seufzer aus. »Obwohl es mit uns und den Neuseeländern eigentlich ziemlich bescheuert ist. Ich meine, wer kann schon eine Beziehung leben, wenn einen Zehntausende von Kilometern trennen?«

»Wow! So viel?«

»Ja!«, lachte Lena. »Aber wir können ja folgende Vereinbarung treffen. Wenn sich das Neuseeland-Abenteuer als praxisuntauglich erweist, dann daten wir keine Dritten, sondern erst mal uns. Versprochen?« Lena umarmte Jan freundschaftlich.

»Das ist eine gute Idee, denn soweit ich mich noch erinnern kann, war unser kleines Intermezzo wirklich schön«, flüsterte er.

»Ja, soweit ich mich entsinne, ist da was dran! Aber nun sag mal ehrlich, bei was für einem offiziellen Anlass bist du denn schon gewesen an diesem Sonntag? In der Kirche?«

»Nein, ich war im Krankenhaus. Und stell dir vor, Dorothee Dehn ist aus dem Koma erwacht.«

Lena runzelte die Stirn. »Ist das jetzt ein gutes oder schlechtes Zeichen?«, fragte sie vorsichtig. »Ich meine, wie ist ihr Zustand? Zurzeit weiß ja alle Welt, was alles geschehen kann, wenn jemand aus dem künstlichen Koma erwacht. Die Zeitungen sind voll davon.«

»Diese Frau ist ein Phänomen. Du glaubst es nicht, aber sie hatte nicht das geringste Sprachproblem. Und sie hat Doktor Peters und mich erkannt. Allerdings kann sie sich an die Einzelheiten des Unglücks nicht mehr erinnern ...« Er stockte. Bislang hatte er mit Lena über diese Angelegenheit nicht gesprochen, aber sollte er ihr nicht einfach die Wahrheit sagen?

Jan räusperte sich. »Wobei Unglücksfall wohl das falsche Wort ist. Allem Anschein nach ist sie die Treppe hinuntergestoßen worden.«

Aus Lenas Augen funkelte jetzt die nackte Neugier. Das ist der typische Journalistenblick, ging es Jan durch den Kopf, und er war sich gar nicht sicher, ob er ohne vorherige Absprache mit Sarah weitere Details preisgeben sollte.

»Ist ja irre interessant. Was weißt du noch darüber? Kennt man den Täter?«

»Es ist nichts bewiesen, aber es ist davon auszugehen, dass es Michael Banks gewesen ist.«

»Was? Der Michael, der mit uns Silvester gefeiert hat? Das ist ja ein Ding!«

Jan wurde angesichts ihrer überbordenden Begeisterung etwas mulmig zumute. Nicht dass sie daraus einen reißerischen Artikel machte ...

Er sah sie ernst an. »Damit eines klar ist, Lena. Das, was ich dir hier anvertraue, ist nicht für die Öffentlichkeit bestimmt. Wir müssen erst einmal abwarten, ob Dorothees Gedächtnis in dieser Sache zurückkehrt. Schließlich ist sie die Einzige, die weiß, was wirklich geschehen ist.«

»Nein, da musst du dir keine Sorgen machen. Das verwurste ich nicht zu einem Artikel, bevor sich Dorothee Dehn wieder an alles erinnert. Vielleicht kannst du es ja dann einfädeln, dass ich ein exklusives Interview mit ihr zu dieser Sache kriege.«

»Das sehen wir dann, wenn es so weit ist«, entgegnete Jan ausweichend. »Erst einmal muss Dorothee Dehn wieder ganz gesund werden. Und es ist auch gar nicht gesagt, dass ihre Erinnerung an die Tat je zurückkommt.«

»Aber wenn du gar nicht weißt, was wirklich geschehen ist, wie kommst du denn darauf, dass Michael Banks dahinterstecken könnte?«

Jan fühlte sich nicht wohl in seiner Haut. Lena war eben eine mit allen Wassern gewaschene Journalistin und ließ sich nicht so leicht wieder von der heißen Spur drängen.

»Es gab am Tatort einige Indizien, aber ich möchte darüber wirklich nicht sprechen, solange Dorothee Dehn sich nicht zu diesem Vorfall geäußert hat.« Jan hatte jetzt einen etwas strengeren Ton angeschlagen, denn in ihrer Rolle als Journalistin schien Lena ziemlich hartnäckig zu sein. Und sie hatte genau verstanden, dass jetzt nichts mehr aus ihm herauszubekommen sein würde. Sie lächelte ihn gewinnend an. »Aber wenn du alles geklärt und Sarahs Erlaubnis eingeholt hast, mit mir darüber zu sprechen, und nachdem sich Dorothee Dehn zu diesem Vorfall geäußert hat, dann denk bitte an mich und mein professionelles Interesse an der ganzen Geschichte!«

»Weißt du eigentlich, dass du ein echter Quälgeist sein kannst?« Jan schmunzelte, während er ihr diese nicht ganz ernst gemeinte Frage stellte.

»Ich hätte meinen Beruf verfehlt, wenn ich zu früh aufgeben würde. Und deshalb ...« Lena sah Jan provozierend an. »... würde ich jetzt gern mit dir einen gemütlichen Spaziergang durch den Jenischpark machen. Es ist einfach der schönste Park, den ich mir überhaupt vorstellen kann, und bei diesem Wetter tummelt sich alles an der Elbe. Da könnten wir Glück haben, und es ist überhaupt nicht voll. Was meinst du? Oder was hast du sonst vor an diesem angebrochenen Nachmittag?«

Jan kämpfte mit sich. Einerseits war der Gedanke sehr reizvoll, sich weiterhin mit Lena zu unterhalten, andererseits kamen ihm Zweifel, ob es nach der gestrigen Nacht nicht besser wäre, es würde jeder seiner eigenen Wege gehen. Außerdem brannte er darauf, Sarah eine Mail über Dorothees Zustand zu schreiben ... wenn es auch im Grunde genommen gleich war, ob er es jetzt oder ein wenig später tat. Im Moment war es in Auckland gegen vier Uhr morgens. Da würde sie sowieso nicht in ihr Postfach gucken.

»Bitte, Jan!«, bettelte Lena und setzte einen raffinierten Augenaufschlag ein, um ihn zu überzeugen. »Wer weiß, wann wieder so schönes Wetter ist. Komm, wir sind einfach nur gute Freunde.«

»Schon überredet. Aber nur unter einer Bedingung.«

»Und die wäre?«

»Du bleibst so, wie du bist.«

»Im Joggingzeug? Ich dachte, ich könnte mich noch schnell umziehen. Ich wohne doch gleich drüben in der Wrangelstraße. Vielleicht kannst du im Wagen warten, und ich mache ganz schnell.«

Jan schüttelte mit dem Kopf. »Keine Chance!«

»Gut, wenn du streng bist, dann soll jeder denken, dass die durchgeschwitzte Lady zu dir gehört.« Mit diesen Worten hakte sich Lena demonstrativ bei Jan unter.

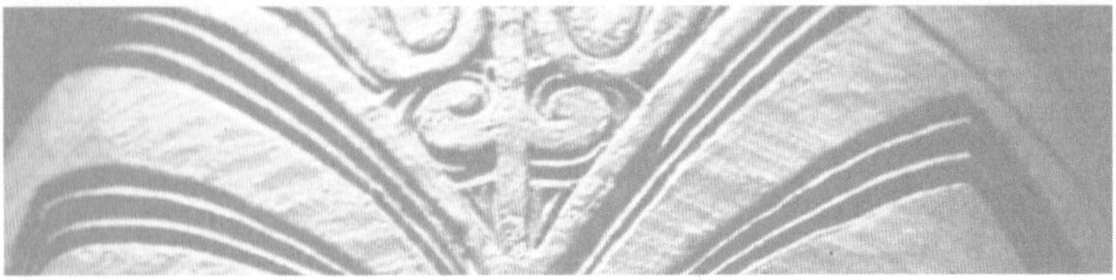

AUCKLAND, MÄRZ 2014

Sarah wachte mit einem schlechten Gewissen auf. Es machte ihr ernsthaft zu schaffen, dass sie Lenas Mail an Jerry gelöscht hatte. Aber was sollte sie tun? Sollte sie ihm die Sache beichten? Wie sie es auch drehte und wendete, es blieb ein ziemlicher Vertrauensbruch, dass sie überhaupt in Jerrys Postfach geguckt hatte. Andererseits fand sie es aber auch wirklich ziemlich dreist von Lena, dass sie jetzt im *Herald* einen Artikel über Ludwig Dehn schreiben wollte. Nicht nur, weil sie so schamlos versuchte, ihren Draht zu Jerry auszunutzen, sondern weil sie zudem versuchte, in Sarahs erfolgreiche Fußstapfen bei diesem Thema zu treten – weil sie glaubte, dass sie als Ludwig Dehns Urenkelin nicht mehr in der Lage sein würde, objektiv über ihn zu berichten ... Nein, Lena hatte es gar nicht anders verdient! Und doch meldeten sich sofort wieder Sarahs Bedenken. Es war Jerry gegenüber ein Vertrauensbruch. Und das würde er ihr zu Recht übelnehmen können.

Stöhnend zog sich Sarah die dünne Bettdecke über den Kopf. Am liebsten würde sie heute gar nicht aufstehen. Obwohl sie durch die Vorhänge erkennen konnte, dass es wieder ein wunderschöner Tag war, sah es in ihrem Inneren eher düster aus. Vielleicht lag es auch an dem Traum, der sie heute Nacht gequält hatte. Sie konnte sich an alles noch ganz genau erinnern. Es war so schrecklich real gewesen: Sarah kommt nach der Arbeit in ihr Zimmer. Sie sieht sofort, dass jemand ihre Sachen benutzt hat. Ihre Kleidung liegt vor dem Schrank zu einem Riesenberg getürmt, das Bett ist zerwühlt, auf dem Nachttisch steht eine Flasche Wein mit zwei Gläsern. Langsam nähert sich Sarah ihrem eigenen Bett, aber es ist leer. Um das Bett verstreut liegen diverse Kleidungsstücke. Die einen gehören ganz offensichtlich einer Frau und die anderen ... Sarahs Herz klopft bis zum Hals. Es ist Jans Jackett, das zusammengeknüllt auf dem Boden liegt. Da haben sich zwei Menschen offenbar sehr hastig ihrer Kleidung entledigt ... Sie fragt sich gerade, wo das Liebespaar ist, das sich in ihren Laken gewälzt hat, da hört sie leises Gekicher. Es kommt aus dem Badezimmer. Sarah nähert sich vorsichtig der Badezimmertür. Sie ist nur angelehnt. Durch einen Spalt kann sie bis zur Badewanne sehen. Ihr Herzschlag droht auszusetzen. Die beiden in der Wanne lieben sich. Sie öffnet die Tür ganz weit und starrt auf das Liebespaar in der Badewanne. Die beiden nehmen sie überhaupt nicht wahr. Sarah weiß sofort, wer die beiden sind. Dann sieht Jan in ihre Richtung, aber er scheint durch sie hindurch zu sehen, Lena aber zwinkert ihr verschwörerisch zu ... In dem Augenblick war sie aufgewacht.

Während Sarah an diesen Traum dachte, sank ihre Laune noch weiter in den Keller. Überstürzt sprang sie aus dem Bett und rannte ins Badezimmer, um sich ein wenig kaltes Wasser ins Gesicht zu schütten. Der Wecker zeigte sieben Uhr. Normalerweise stand sie gegen acht Uhr auf, um dann zwischen neun und zehn in ihrem Büro zu sein. Meist ging sie zusammen mit Jerry zur Arbeit. Heute aber musste sie erst um elf Uhr am Flughafen sein, um zu einer Recherchereise nach Dunedin zu fliegen. Es blieb ihr also durchaus genügend Zeit, noch eine Runde zu schlafen. Doch Sarah kannte sich. Es würde überhaupt keinen Sinn machen, wenn sie sich jetzt auf die andere Seite drehte. Sie würde auf keinen Fall einschlafen können. Dazu drehte sich das Karussell in ihrem Kopf viel zu schnell. In diesem aufgewühlten Zustand würde sie kein Auge mehr zutun.

Sarah entschloss sich also aufzustehen. Missmutig ging sie ins Bad, duschte gründlich, cremte sich sorgfältig mit einer besonders gut riechenden Lotion ein und bürstete vor dem Spiegel ausgiebig ihr Haar. Während sie das tat, stellte sie sich plötzlich vor, sie würde auch so eine aparte Frisur wie ihre Großmutter tragen. Einen Pagenkopf mit akkurat geschnittenem Pony. Nein, das konnte sie sich partout noch nicht vorstellen! So etwas würde sie sich für später aufheben. Der Gedanke an Dorothee machte sie nur umso trauriger. Wie es ihr wohl gehen mochte? Wenn ich doch nur wüsste, was den Betroffenen durch den Kopf geht, wenn sie im Koma liegen, fragte sich Sarah. Und wenn sie keine klaren Gedanken fassen können, was fühlen sie? Sarah hatte in letzter Zeit ziemlich viel zu diesem Thema recherchiert und war dabei auch auf einige besorgniserregende Erkenntnisse gestoßen. Besonders ein Bericht hatte ihr förmlich das Blut in den Adern gefrieren lassen. Eine Frau hatte in allen Einzelheiten geschildert, dass sie sich während des ganzen Komas wie in einer Folterkammer gefühlt hatte. Und das Erschreckende für sie war gewesen, dass es keine fremden Menschen gewesen waren, die sie gequält hatten, sondern Leute, die sie entfernt kannte: Nachbarn, Geschäftsleute, bei denen sie einkaufte, der Mann von der Tankstelle … kurz, es musste das absolute Grauen gewesen sein. Das war Sarahs größte Angst: dass Dorothee im Koma psychisch litt. Außerdem beunruhigte es sie zunehmend, dass man keinerlei Versuche unternahm, sie aufzuwecken. Es war mittlerweile Anfang März. Fast sechs Wochen künstliches Koma waren eine lange Zeit. Normalerweise war man doch bemüht, das künstliche Koma so kurz wie möglich zu halten, denn je länger es dauerte, desto größer war die Gefahr, dass es zu Komplikationen führte. Und bei Großmutter kommt auch noch das hohe Alter hinzu, dachte Sarah besorgt.

Nachdem sie sich angezogen hatte, packte sie ein paar Toilettenartikel und Kleidung zum Wechseln in eine Reisetasche. Sie hatte heute und in den nächsten Tagen Interviewtermine in Dunedin. Da Neuseeland im August letzten Jahres das erste Land Ozeaniens gewesen war, in dem die gleichgeschlechtliche Ehe legalisiert worden war, wollte der *Herald* einen Bericht machen, wie es in der Praxis aussah, nachdem der Hype ein wenig abgeklungen war.

Als sie wenig später in die Küche kam, war Jerry schon dabei, das Frühstück vorzubereiten.

»Bist du heute aus dem Bett gefallen?«, fragte sie ihren Freund und begrüßte ihn mit einem Küsschen auf die Wange.

»Nein, nein, aber ich hatte eine Mail von Lena, die mich geweckt hat …« Er stockte und musterte Sarah zweifelnd. »Aber ich will nicht vorgreifen. Wahrscheinlich hat dir Jan die Neuigkeit ja auch schon berichtet.«

Da fiel Sarah ein, dass sie wegen ihrer quälenden Gedanken an den Badewannen-Albtraum gar nicht dran gedacht hatte, einen Blick in ihre Mails zu werfen. Ein eisiger Schreck durchfuhr ihre Glieder. »Ist was mit Dorothee?«

Jerry war verunsichert. Zögernd teilte er ihr mit, was er von Lena erfahren hatte.

Sarah hatte während seiner Worte derart weiche Knie bekommen, dass sie sich auf einen Küchenstuhl fallen ließ. »Ich meine, es ist natürlich fantastisch, dass Großmutter so unbeschadet wieder aufgewacht ist, aber … aber …« Sie konnte gar nichts dagegen tun, als ihr die Tränen in die Augen traten. Es war eine Mischung aus Erleichterung und Fassungslosigkeit darüber, dass Jan ihr die Einleitung der Aufwachphase einfach verschwiegen hatte.

»Und ich wäre so gern bei ihr gewesen. Warum hat mir der Idiot nicht Bescheid gesagt? Ich hätte mich sofort in den nächsten Flieger gesetzt. Wir haben doch vereinbart, dass er mich informiert, sobald sie in der Aufwachphase ist. Warum hat er das nicht getan? Warum?«, schluchzte Sarah verzweifelt auf.

Erschrocken stellte Jerry die Kaffeekanne auf den Tresen und legte den Arm um seine Mitbewohnerin. »Ich verstehe nicht so ganz, er hat jeden Tag geschrieben, wie es ihr geht. Und du bist sicher, du hast nichts falsch verstanden? Vielleicht hat er dir ja bereits von der Aufwachphase geschrieben, und du hast es überlesen? Oder die Mail ist nicht angekommen?«

»Nein! Hat er nicht!«, widersprach Sarah verzweifelt. »Und ich weiß auch, warum. Er wollte nicht, dass ich nach Hamburg komme. Aber das kann er nicht entscheiden. Es ist doch *meine* Großmutter!«

»Beruhige dich, Kleines«, redete Jerry in väterlichem Ton auf Sarah ein. »Vielleicht wollte er dich nur schützen. Lena schrieb, dass Jan und Ole Peters bei ihr waren, als sie aufgewacht ist. Sie war also nicht allein. Das ist doch die Hauptsache!«

Sarah funkelte ihren Freund wütend an. »Wie kannst du sagen, dass das egal ist, ob ich im entscheidenden Augenblick an ihrem Bett gesessen habe oder nicht!«

»Das will ich doch gar nicht gesagt haben. Es ist nur so, ich will jetzt keinen Unfrieden zwischen dir und Jan stiften. Ich hab nicht geahnt, dass er dir diese Information vorenthalten hat.«

»Und sehr schön, dass Lena vor mir Bescheid wusste. Wahrscheinlich besucht sie meine Großmutter, lange, bevor ich nach Deutschland reisen kann«, zischte Sarah spitz. Ihre Tränen waren inzwischen versiegt, und sie spürte stattdessen einen Riesenzorn auf Jan in sich aufsteigen.

»Wenn du willst, Sarah, kannst du dich sofort in den Flieger nach Deutschland setzen. Ich muss dann halt schauen, wem ich deine Artikel geben kann … Das kriegen wir schon irgendwie hin.« Das klang nicht überzeugend.

Sarah musterte ihren Chef skeptisch. »Es wäre Unsinn. Ich habe bereits mein Flugticket nach Dunedin in der Tasche, der Flieger geht um elf, und alle zehn Interviewtermine stehen. Das kann kein anderer machen. Das Thema Homo-Ehe ist ja schließlich keine wissenschaftliche Befragung. Die Leute haben alle mit mir durch die vorangegangenen Mails ein persönliches Verhältnis aufgebaut. Ich bin sogar zu einer Hochzeit eingeladen. Da kannst du keinen anderen hinschicken. Und außerdem werde ich endlich Jane wiedersehen. Ist ja schließlich auch meine Familie. Ich werde mich umgehend bei meiner Großmutter melden und mit ihr besprechen, dass ich sie so schnell wie möglich besuchen werde. Jetzt kommt es auf einen Tag mehr oder weniger auch nicht an, wann ich nach Deutschland fliege. Ich wollte an ihrem Bett sitzen, wenn sie aufwacht. Und das habe ich Herrn Dr. Gerken auch in aller Deutlichkeit gesagt! Mit dem will ich nichts mehr zu tun haben!«

Jerry stieß einen tiefen Seufzer aus. »Schatz, ich kann doch verstehen, dass du jetzt sauer bist. Aber ich glaube, es geht in deinem Kopf alles ein wenig durcheinander. Kann es sein, dass du viel wütender darüber bist, dass er Lena vor dir eingeweiht hat? Und dass alles darauf hinweist, dass die beiden sich …« Er stockte. »Na ja, das zwischen ihnen etwas läuft.«

Sarah funkelte Jerry wütend an. »Du brauchst gar nicht so zu tun, als ob dich das kaltlassen würde. Ich fliege heute nach Dunedin. Basta! Und nach meiner Rückkehr überlege ich, wann ich nach Hamburg reise. Aber jetzt werde ich erst einmal meine Großmutter anrufen, und zwar sofort!«

»Herzchen, mach keinen Blödsinn! Schau auf die Uhr. Es ist jetzt acht Uhr morgens, sprich, in Hamburg ist es bereits zwanzig Uhr. Ich glaube kaum, dass du auf der Station jemanden erreichen wirst. Und schon gar nicht auf einer Intensivstation. Und fraglich ist eh, ob sie dir überhaupt eine Auskunft erteilen. Hast du denn schon in deine Mails geschaut, ob Jan dir etwas Neues über ihren Zustand geschrieben hat?«

»Nein! Und wenn ich eine Mail von ihm haben sollte, dann lösche ich sie ungelesen!«, bellte Sarah.

»Sarah, sei nicht albern. Willst du nicht wenigstens mal nachschauen?« Jerrys Ton war beinahe flehend.

Widerwillig erhob sich Sarah von ihrem Stuhl und ging in ihr Zimmer, um in ihrem Postfach nachzuschauen. Ihr Herzschlag beschleunigte sich merklich, als sie bei den Eingängen tatsächlich eine Mail von Jan entdeckte. Obwohl eine innere Stimme sie vor einer Kurzschlussreaktion warnte, betätigte sie die Löschtaste. In der ersten Sekunde danach fühlte sich das sehr befriedigend an, doch dann kamen ihr ganz erhebliche Zweifel. Was, wenn sie wirklich irgendetwas missverstanden hatte und Jan ganz andere Beweggründe gehabt hatte, ihr die Vorgänge vorzuenthalten? Energisch schüttelte sie diese Gedanken ab. Was sollte sie sich jetzt den Kopf über Jans Motive zerbrechen?

»Und?«, wollte Jerry gleich wissen, als Sarah mit missmutiger Miene in die Küche zurückkehrte.

Sarah zuckte die Achseln. »Ich habe doch gesagt, dass ich seine Mails löschen werde. Und genau das habe ich getan! Er hat mich belogen!«

»Tja, ich hätte dir geraten, das Ganze etwas entspannter anzugehen, aber natürlich weiß ich genau, was dich am meisten ärgert.«

»Jerry, nun tu nicht so altväterlich. Du bist mindestens genauso eifersüchtig wie ich. Du versuchst bloß, es zu überspielen. Gib es wenigstens vor mir zu!«

»Sarah, das habe ich doch bereits getan! Was soll ich denn noch machen? In Tränen ausbrechen oder Lena vorwurfsvolle Mails schreiben? Ich dachte, wir hätten das inzwischen geklärt. Du willst doch auch keine Fernbeziehung zwischen Neuseeland und Hamburg. Oder spielst du etwa mit dem Gedanken, hier alles hinter dir zu lassen und nach Hamburg zu gehen?«

»Die Frage stellt sich gar nicht mehr! Jetzt, wo sich die beiden Hamburger gefunden haben.«

»Du weichst mir aus. Hast du dir jemals die Frage gestellt, ob du Jan zuliebe in Deutschland leben könntest?«

»Nein, niemals!«, entgegnete Sarah trotzig. Natürlich wusste sie, dass dies nicht die ganze Wahrheit war. Schließlich hatte sie zumindest daran gedacht, den Aufenthalt in Deutschland Jan zuliebe zu verlängern. Wenn er mich denn dazu ermutigt hätte, fügte Sarah in Gedanken hinzu.

»Okay, okay«, bemerkte Jerry beschwichtigend. »Aber wenn Jan als Informant über Dorothees Zustand wegfällt, wie willst du dich dann informieren, wenn du sie über die Station nicht erreichen kannst?«

Sarah runzelte die Stirn. Diese Frage hatte sie sich bei ihrer spontanen Aktion überhaupt nicht gestellt. Doch sofort fiel ihr eine Lösung ein: Doktor Peters! Sie hatte sich seine Telefonnummer notiert, nachdem Dorothee ins Krankenhaus gekommen war. Sie hatte jeden Abend bei ihm angerufen, um ihn über den neuesten Stand der Dinge zu informieren, als sie noch in Hamburg gewesen war. Außerdem hatte er sie immer wieder beruhigt, und das hatte ihr gut getan. Immerhin war der Mann Mediziner und wusste, wovon er redete.

Ihr Herzschlag beschleunigte sich ein wenig, als sie seine Nummer in Hamburg wählte. Es dauerte einen Augenblick, bis der alte Herr sich am anderen Ende der Leitung meldete. Er war außer sich vor Freude, als er ihre Stimme hörte.

»Kind, Sarah, Mädchen, schön, dass Sie gleich anrufen. Jan hat Ihnen sicherlich davon berichtet, wie Ihre Großmutter heute zum Erstaunen aller wie Phoenix aus der Asche wiederauferstanden ist. Das hätten Sie sehen sollen! Sie war von der ersten

Sekunde zur anderen wieder ganz die Alte. Gut, sie war ein bisschen sehr nassforsch, aber das hat uns eher amüsiert als verärgert. Gerade, wo sie doch sonst immer so ganz Dame ist, hatte das schon etwas sehr Unterhaltsames. Ihrer Sprache merkt man überhaupt nicht an, dass sie im Koma gelegen hat. Das grenzt wirklich an ein Wunder.«

»Und haben Sie mit ihr über das reden können, was im Keller geschehen ist?«, erkundigte sich Sarah aufgeregt.

»Nein, das ist eine Folgeerscheinung des Komas. Sie kann sich nicht mehr daran erinnern. Wir werden noch ein bisschen Geduld haben müssen, bis die Erinnerung wiederkommt. Falls sie wiederkommt ...«, bemerkte Dr. Peters.

»Wenn Sie Großmutter morgen wieder im Krankenhaus besuchen, könnten Sie ihr wohl etwas von mir ausrichten?«

»Ja, sicher, Sarah, natürlich ...« Er hielt inne. »Hat das einen besonderen Grund, dass Sie nicht Jan darum bitten, sondern mich? Soweit ich informiert bin, tauschen Sie sich täglich über Dorothees Zustand aus. Er konnte es doch gar nicht erwarten, Ihnen die Neuigkeit zu überbringen, dass Ihre Großmutter aus dem Koma erwacht ist.«

Sarah stieß einen tiefen Seufzer aus. Sie war sich nicht ganz sicher, ob sie dem alten Arzt reinen Wein einschenken sollte oder nicht. Schließlich rang sie sich dazu durch, ihm den wahren Grund zu nennen, warum sie sich in diesem Fall an ihn und nicht an Jan wandte.

»Es gibt eine kleine Unstimmigkeit zwischen Herrn Gerken und mir«, begann sie förmlich. »Er hat mir in seinen Mails verschwiegen, dass sich meine Großmutter schon über vierzehn Tage in der Aufwachphase befand. Bei meiner Abreise aus Hamburg hatte ich mit ihm vereinbart, dass er mich informiert, sobald diese Phase eingeleitet wird. Ich wäre sofort nach Hamburg gekommen. Ich kann es nicht anders sagen, ich fühle mich belogen. Er hat zwar nicht die Unwahrheit gesagt, aber er hat mir die Wahrheit verschwiegen. Das ist genauso schlimm! Was meinen Sie, wie gerne ich gestern am Bett meiner Großmutter gesessen hätte!«

Dr. Peters räusperte sich ein paarmal, bevor er ihr zögernd antwortete. »Liebes Kind, ich kann mir sehr gut vorstellen, dass Sie diesen Augenblick gerne miterlebt hätten, aber seien Sie nicht allzu streng mit Ihrem Freund. Es ist nämlich gar nicht auf seinem Mist gewachsen, sondern ich habe ihn dazu überredet, Ihnen die Wahrheit zu verschweigen.«

»Sie?«

»Ja, ich hielt es für besser, Sie mit der Prognose der Ärzte zu verschonen. Ich sage es Ihnen ganz ehrlich: Keiner hat daran geglaubt, dass Ihre Großmutter je wieder aufwachen würde. Man hat allgemein befürchtet, dass sie direkt vom Koma in ein Wachkoma fallen würde. Ich meine, ich persönlich habe auf das Wunder sehr gehofft und habe auch viel gebetet. Ich habe mir immer wieder vorgestellt, dass ein Wunder geschehen würde, aber es war vom medizinischen Standpunkt her wirklich nicht zu erwarten. Und dass sie überhaupt aufwachen und dann noch in der Lage sein würde, sich sofort zu orientieren, Jan und mich wiederzuerkennen und nach Ihnen zu fragen, das hätte wirklich keiner je gedacht.«

»Sie hat nach mir gefragt? Und wie haben Sie ihr erklärt, dass ich nicht an ihrem Bett sitze?«, hakte Sarah aufgeregt nach.

»Wir haben ihr erklärt, dass wir Sie nach Hause geschickt haben, nachdem klar war, dass sie erst einmal ins künstliche Koma versetzt würde. Und Sie können mir glauben, Jan wollte Ihnen sofort Bescheid geben, als er erfahren hat, dass die Aufwachphase beginnt, aber ich war wegen der niederschmetternd schlechten Prognose dagegen.«

»Es ehrt Sie, Dr. Peters, dass Sie die alleinige Verantwortung auf sich nehmen«, seufzte Sarah. »Aber Jan ist ein erwachsener Mann. Wir beide hatten eine andere Vereinbarung. Er hätte seine eigene Entscheidung treffen müssen.«

»Sie sind aber sehr streng mit unserem jungen Freund. Glauben Sie mir, diese letzten vierzehn Tage waren kein Zuckerschlecken. Was hätten Sie davon gehabt, Tag für Tag am Bett Ihrer Großmutter zu sitzen, und nichts hätte sich getan? Wir haben unser Leben hier, und Sie haben Ihr Leben in Neuseeland. Hätten Sie um die Ecke gewohnt, hätte das alles anders ausgesehen, aber so?«

Er ist der beste Verteidiger, den sich Jan überhaupt vorstellen kann, dachte Sarah und beschloss, die Sache zunächst auf sich beruhen zu lassen. Es hatte keinen Sinn. Der alte Herr ließ anscheinend nichts auf Jan kommen.

»Wann werden Sie meine Großmutter wieder besuchen?«

»Morgen. Am Montag am frühen Abend haben Jan und ich uns verabredet. Vier Augen sehen mehr als zwei.«

»Wären Sie dann vielleicht so freundlich, meiner Großmutter eine Handynummer von mir zu geben? Das ist die Nummer des mobilen Telefons, das ich benutze, wenn ich beruflich unterwegs bin. Ich werde nämlich gleich nach Dunedin zu einem Interview fliegen. Vielleicht könnten Sie meine Großmutter, wenn sie noch kein Telefon am Bett hat, morgen von Ihrem Handy aus telefonieren lassen.«

Die Antwort des alten Herrn war ein gedämpftes Lachen. »Ich weiß, dass sich das kein junger Mensch vorstellen kann. Aber ich besitze kein mobiles Telefon. Nein, weder einen Computer noch ein Handy.«

»Dann versuchen Sie doch, das Telefon einer Krankenschwester zu bekommen. Ich muss dringend mit meiner Großmutter sprechen und mit ihr klären, wann ich nach Hamburg kommen soll.«

»Da machen Sie sich mal keinen Kopf, Kindchen. Das bekomme ich schon irgendwie hin. Ich bin zwar alt, aber das Organisieren unmöglicher Dinge hat mir seit jeher Freude bereitet. Und so etwas verlernt man nicht.«

Sarah und Doktor Peters verabschiedeten sich herzlich voneinander. Nachdem sie das Gespräch beendet hatte, bemerkte sie, wie Jerrys prüfender Blick auf ihr ruhte. Er hatte bei dem Gespräch zwischen ihr und dem Doktor offensichtlich zugehört, denn ihm stand das Missfallen allzu deutlich ins Gesicht geschrieben.

»Warum reitest du eigentlich so penetrant darauf herum, dass Jan es dir verheimlicht hat? Hast du überhaupt kein Verständnis dafür, dass die beiden Männer dich ganz offensichtlich schützen wollten? Ich meine, es ist nun einmal die Wahrheit: Deine Heimat ist hier und nicht im fernen Deutschland. Jan hat dir das bestimmt nicht verschwiegen, weil er dir etwas Böses will.«

»Das habe ich auch zu keinem Zeitpunkt behauptet!«, zischte Sarah. Offenbar hatte sich die gesamte Männerwelt gegen sie verschworen. Auf Jan ließ wohl keiner etwas kommen.

Sie brauchte jetzt nur eines: frische Luft! Hastig verließ sie die Küche und schnappte sich ihre Reisetasche. Dabei fiel ihr Blick auf das Tagebuch ihrer Urgroßmutter, das auf dem Nachttisch neben dem Bett lag. Sie stopfte das Büchlein in ihre Computertasche, denn sie war unendlich gespannt, wie es einst mit Merima weitergegangen war. Bevor sie ihr Zimmer verließ, blieb sie kurz vor dem Fenster stehen und blickte gedankenverloren über die Bucht. Ihre Wut auf Jan war inzwischen so gut wie verraucht. Wahrscheinlich hatte er sie wirklich nur schützen wollen. Und warum sollte Doktor Peters ihr etwas vormachen? Die beiden hatten anscheinend in bester Absicht entschieden, dass es so für sie besser wäre. Jetzt bereute sie ein wenig, dass sie Jans Mail einfach gelöscht hatte. Sie spielte mit dem Gedanken, ihn kurz vom Flughafen anzurufen und ihm zu gestehen, dass sie seine Mail vor lauter Ärger vernichtet hatte und das mittlerweile bereuen würde. Vielleicht war er ja so nett und schickte ihr die Nachricht noch einmal.

Als Sarah in die Küche zurückkam und Jerry ein Abschiedsküsschen geben wollte, sah sie ihn angespannt auf den Bildschirm seines Laptops starren. Er schaute derart finster drein, dass sie sich kaum traute, ihm näher zu kommen.

»Du, ich mach mich dann mal auf zum Flughafen. Es ist zwar noch sehr früh, aber ich schlendere ein wenig durch die Geschäfte. Ich hab doch sonst nie Zeit, mir Kosmetika zu kaufen, weil du mich dermaßen mit Arbeit eindeckst.« Letzteres sagte sie in einem scherzhaften Ton, weil sie hoffte, Jerry etwas aufzumuntern. Ihn direkt zu fragen, was ihm dermaßen miese Laune bereitet hatte, traute sie sich nicht. Jerry hob den Kopf und musterte Sarah missmutig über den Rand seiner Brille.

»Und du beklagst dich über die Geheimniskrämerei von anderen. Also ganz ehrlich, meine Liebe, das hättest du mir nun wirklich sagen können!«

Sarah sah Jerry ratlos an. »Ich weiß überhaupt nicht, wovon du sprichst. Ich wüsste wirklich nicht, dass ich dir etwas Wichtiges verheimlicht hätte.«

»Ach ja?« Jerry deutete auf eine Mail in seinem Postfach. Sarah kam näher und blickte über seine Schulter auf den Monitor. Es war eine Mail von Lena, die ihn so geärgert hatte. Sarah las die Mail laut vor:

»Lieber Jerry, noch schnell einen Gruß, bevor ich mich vor den Fernseher lege. Tatort! Du erinnerst dich? Der Krimi, den du immer sonntags im Hotel mit mir ansehen musstest und bei dem du ein wenig Deutsch gelernt hast ... Gestern war eine lange Nacht, und heute habe ich mit Jan einen schönen Spaziergang gemacht, und danach waren wir Eis essen, denn in Hamburg ist gerade Sommer im eigentlichen Winter ...«

»Muss ich jetzt weiterlesen, oder war's das schon? Ich denke, es macht dir nichts aus, dass die beiden Tag und Nacht miteinander verbringen«, bemerkte Sarah spitz.

»Nein, das war noch nicht das Ärgernis ... wie oft soll ich betonen, dass ich es nicht besonders prickelnd finde, aber unabänderlich!« Jerrys Ton klang äußerst verärgert.

Widerwillig fuhr Sarah mit dem Lesen fort:

»Und stell dir mal vor, was Jan mir unter dem Siegel der Verschwiegenheit gesteckt hat: Es deutet offenbar alles darauf hin, dass Mrs. Dehns Sturz kein Unfall gewesen ist, sondern dass dieser Michael Banks, dein persönlicher Freund, sie die Kellertreppe hinuntergeschubst hat. Offenbar hatte sie ihn bei einem Einbruch erwischt. Und was kann dieser Kerl anderes gewollt haben als irgendwelche Stücke aus Ludwig Dehns Sammlung? Ich finde jedenfalls, dass diese Geschichte immer mysteriöser wird. Hast du mal darüber nachgedacht, was ich dich in meiner letzten Mail von heute Morgen gefragt habe? Ob ich nicht einen Artikel über diesen Forscher im Herald *schreiben soll? Ich würde jetzt aber gern noch ein bisschen warten, bis mir Jan Näheres zu den Vorfällen erzählt. Er will erst mal abwarten, was Dorothee selber dazu sagt ... Morgen mehr! Bin hundemüde. Kuss. Deine Lena.«*

Sarah hatte beim Lesen einen hochroten Kopf bekommen. Jan hatte Lena also tatsächlich von dem Verdacht, dass möglicherweise Michael Banks hinter Dorothees Treppensturz stand, berichtet! Das wäre dann ein ganz klarer Wortbruch! Sarah und Jan hatten nämlich abgemacht, dass sie diese Geschichte erst einmal für sich behalten wollten. Allein der Polizei gegenüber hatte Sarah darauf hingewiesen, dass sie am Tatort den Knopf von Michael Banks' Jacke gefunden hatte. Und anhand von DNA-Abgleichen der Spuren am Knopf und dem Blutfleck war man inzwischen zu dem Ergebnis gelangt, dass Blut und Knopf von ein und derselben Person stammten. Was natürlich jede Menge

Fragen aufwarf. Der Blutfleck deutete darauf hin, dass Michael Banks, sofern tatsächlich beide DNA-Spuren von ihm stammten, selber verletzt worden war. Wie auch immer, Sarah war fest davon überzeugt, dass Michael Banks irgendwie in die Sache verwickelt war, aber mit Gewissheit konnte man das erst sagen, wenn Dorothee ihre Aussage gemacht hatte. Dass zumindest die beiden DNA-Spuren von ein und derselben Person stammten, hatte Sarah Jan noch gar nicht gemailt, weil der Brief der Hamburger Polizei sie auch erst vor wenigen Tagen erreicht hatte. Aber warum macht es Jerry so sauer, dass Jan Lena von dem Verdacht berichtet hat, fragte sich Sarah, wenn jemand einen Grund hatte, wütend zu sein, dann sie! Doch letztlich glaubte sie zu wissen, was Jerry so sehr gegen sie aufbrachte. Natürlich, dachte sie, er fragt sich, von welcher Mail Lena spricht, und ahnt, dass ich ihre Nachricht habe verschwinden lassen. Damit, dass ihr kleiner Eingriff in Jerrys Mailpostfach so schnell auffliegen würde, hatte sie wirklich nicht gerechnet …

»Also, Jerry, das tut mir … also, wirklich, Jerry, es tut mir leid, dass ich Lenas Mail gelöscht habe. Aber es hat mich so geärgert, dass sie dir angeboten hat, einen Artikel über meinen Urgroßvater zu schreiben«, stammelte Sarah.

Jerry sah sie fassungslos an. »Du hast *was?*«

»Das war eine Art Übersprungshandlung. Ich hörte das Geräusch der eingehenden Mail und dachte, es wäre eine Mail für mich. Und dann war es ein Eingang bei dir. Du hattest den Rechner draußen auf dem Tisch stehen gelassen. Nur deshalb habe ich überhaupt einen Blick darauf geworfen, und dann hab ich gesehen, dass die Nachricht von Lena ist. Ich weiß auch nicht, was mich da geritten hat. Ich glaube, es war die pure Eifersucht. Ich habe wohl gehofft, dass ich etwas über Jans und Lenas Verhältnis herausbekommen würde …«

Jerry tippte sich übertrieben gegen die Stirn. »Du willst mir doch nicht allen Ernstes erzählen, dass du eine Mail von Lena an mich einfach aus meinem Postfach gelöscht hast, oder?«

Sarah wand sich vor Peinlichkeit. Sie fühlte sich so schrecklich ertappt, und trotzdem fand sie Jerrys Reaktion ein bisschen übertrieben. »Du tust ja gerade so, als hätte ich ein Verbrechen begangen, es tut mir leid.«

Jerrys Augen funkelten vor Zorn. Sarah erschrak ein wenig, denn so böse hatte sie ihren Chef und Freund eigentlich selten erlebt. Schon gar nicht ihr gegenüber!

»Das mit der Mail ist ein Hammer, das muss ich sagen, aber was ich noch krasser finde, ist die Tatsache, dass du diesen Verdacht gegen Michael Banks mir gegenüber mit keinem Wort erwähnt hast. Hast du denn überhaupt kein Vertrauen zu mir?«

Sarah lief erneut knallrot an. »Doch, natürlich, ich hätte es dir gerne erzählt. Aber Jan und ich haben abgemacht, dass wir schweigen, bist Dorothee aufgewacht ist.«

»Wieso? Hast du gedacht, dass ich daraus sofort eine Headline im *Herald* mache, oder was?«

Je mehr Sarah darüber nachdachte, desto peinlicher wurde ihr die ganze Angelegenheit. Was auch immer sie jetzt antworten würde, es würde Jerry mit Sicherheit nicht beschwichtigen.

»Ich hab die Information nicht an dich weitergegeben, weil ich befürchtet habe, du könntest es Lena verraten. Und Lena traue ich nun einmal, was die Verschwiegenheit angeht, nicht ganz über den Weg. Ich meine, das hat sie schließlich gerade bewiesen mit ihrer Mail an dich. Also mit der, die ich gelöscht habe. Ist doch keine Art, dich um einen Artikel im *Herald* zu bitten. Das ist mein Arbeitsplatz und mein Thema!«

Jerry rollte genervt mit den Augen. »Und nun hat es ihr dein Herzallerliebster verraten«, bemerkte er verächtlich. »Danke für dein Vertrauen!«, fügte er bissig hinzu.

Sarah legte beschwichtigend ihre Hände auf seine Schultern.

»Entschuldige bitte, Jerry. Ich weiß doch nicht, wo mir der Kopf steht. Aber bitte, sei nicht mehr sauer! Ich finde, ich habe meine Strafe bekommen. Niemals hätte ich Jan zugetraut, dass er eine derartige Plaudertasche ist. Ich denke, jetzt gibt es wirklich keinen Zweifel mehr. Die beiden vögeln miteinander. Jede Wette, unser Kurator hat sich in einer Liebesnacht mit ihr verplappert. Das kennen wir doch alle, dass wir im Bett unsere Herzen auf der Zunge tragen und Dinge ausplaudern, die wir eigentlich für uns behalten wollten. Aber ich kann dir nur eines versichern: Mit dem Kerl bin ich fertig! Und was wirst du mit dieser Information anfangen, lieber Jerry? Lässt du deiner Herzensdame jetzt den roten Teppich ausrollen und ermunterst sie dazu, im *Herald* einen Artikel über meinen Urgroßvater zu schreiben?«

»Ja, das würde ich am liebsten tun! Nur um dir zu demonstrieren, dass du dich in dieser Angelegenheit nicht gerade mit Ruhm bekleckert hast. Aber nein, das ist und bleibt dein Thema!«

Sarah stieß einen tiefen Seufzer aus. »Du wirst deiner deutschen Freundin also nicht meinen Job geben?«, insistierte sie.

»Willst du es schriftlich haben?«, spottete Jerry.

Sarah konnte gar nichts dagegen tun, in diesem Augenblick füllten sich ihre Augen mit Tränen. Mit einem Mal überfiel sie die tiefe Trauer bei dem Gedanken, sich in Jan dermaßen getäuscht zu haben. Erschrocken über ihren Stimmungswandel erhob sich Jerry und nahm Sarah kräftig in den Arm. »Du musst nicht weinen, Kleines. Ich kann dir gar nicht böse sein. Ich habe dir schon längst verziehen. Und natürlich ist es bitter, damit konfrontiert zu werden, dass sich die Lieben in Deutschland bereits miteinander getröstet und sich in die Arme des anderen geworfen haben. Vielleicht sollten wir so schlau sein, es ihnen gleichzutun.« Jerry strich Sarah zärtlich über ihr blondes Haar. »Wenn wir das hinter uns haben, dann sollten wir uns mal einen richtig schönen Abend machen. Aber nicht hier zu Hause, so

WG-mäßig, sondern mit ein bisschen Kultur und Essengehen. Was die beiden können, das können wir doch schon lange, oder? Ich mach dir einen Vorschlag, den du nicht ablehnen kannst. Wir segeln nächstes Wochenende hoch zu den Northlands.«

Jerry sah Sarah jetzt tief in die Augen und wischte ihr liebevoll die Tränen aus dem Gesicht.

»Das ist eine gute Idee, Jerry, immer gesetzt den Fall, dass ich dann nicht schon auf dem Weg nach Hamburg bin. Ich denke, wir reden darüber, sobald ich wieder zurück bin. Mein Rückflug geht am Donnerstagabend. Wenn du Lust hast, kannst du mich ja vom Flughafen abholen.«

Statt ihr eine Antwort zu geben, griff Jerry entschlossen nach Sarahs Reisetasche. »Nicht nur abholen, sondern auch hinbringen.«

»Ist doch nicht nötig«, entgegnete Sarah gequält.

»Schatz, hast du mal auf die Uhr gesehen?«

Sarah warf einen Blick auf ihre Armbanduhr und erschrak. »Um Himmels willen, ich kriege den Flieger nicht mehr!«

»Oh doch! Mit mir als Chauffeur gar kein Problem!« Im Laufschritt verließen die beiden die Wohnung und rannten zu Jerrys Zweitwagen, einem alten schwarzen Aston Martin, seinem ganzen Stolz.

Zum ersten Mal, seit Sarah die Beifahrerin in diesem Sportwagen war, kritisierte sie seine forsche Fahrweise nicht mit einem einzigen Wort, sondern wurde nur kalkweiß und hielt sich stumm am Griff fest.

Jerry hatte nicht zu viel versprochen. In letzter Minute erreichten sie den Inlandsflughafen von Auckland. Sarah blieb gerade noch die Zeit, ihrem Freund ein Küsschen auf die Wange zu geben und ihre Reisetasche aus dem Kofferraum zu holen, bevor sie zum Schalter eilte. Mit hängender Zunge erreichte sie den Schalter am Abflugterminal, an dem die freundliche Mitarbeiterin der Air New Zealand sie zur Eile mahnte, weil das Boarding bereits beinahe abgeschlossen war. Am Gate warteten nur noch die Stewardessen auf sie.

Völlig außer Atem betrat Sarah schließlich die Maschine und war froh, dass ihr Platz vorn in der dritten Reihe war. Erschöpft ließ sie sich auf den Gangplatz fallen, lehnte sich zurück, legte den Gurt an, schloss die Augen und ließ noch einmal den ganzen hässlichen Streit mit Jerry vor ihrem inneren Auge vorüberziehen. Kurz darauf startete die Maschine, was Sarah aber nicht im Geringsten nervös machte. Nach ihren Erlebnissen auf dem Flug nach Dubai konnte sie nichts mehr schrecken. Das Einzige, wovor sie Angst hätte, wäre, ein Schicksal zu erleiden wie die Passagiere der malaysischen Maschine, die bis zum heutigen Tag immer noch spurlos verschwunden war. Aber Sarah war sich sicher, dass derlei mysteriöse Dinge überall auf der Welt passieren konnten … nur nicht auf einem neuseeländischen Inlandflug, der nicht einmal zwei Stunden dauerte.

Erst als die Maschine die Flughöhe erreicht hatte und die Stewardess mit den Getränken kam, öffnete Sarah die Augen wieder und entschied sich für einen Kaffee und ein Wasser.

Sie überlegte kurz, ob sie sich noch ein wenig auf die Interviews vorbereiten oder die Zeit im Flugzeug nicht lieber dazu nutzen sollte, im Tagebuch ihrer Urgroßmutter weiterzulesen. Als sie sich in Erinnerung rief, an welcher Stelle sie das letzte Mal aufgehört hatte, gab es für sie keinen Zweifel mehr. Vorsichtig wie einen wertvollen Schatz holte sie das Tagebuch hervor und blätterte es an der Stelle auf, an der Merima erfahren musste, dass Mr. Evans ihr geliebtes Haus Hinemoa an den kriminellen James Banks verscherbelt hatte.

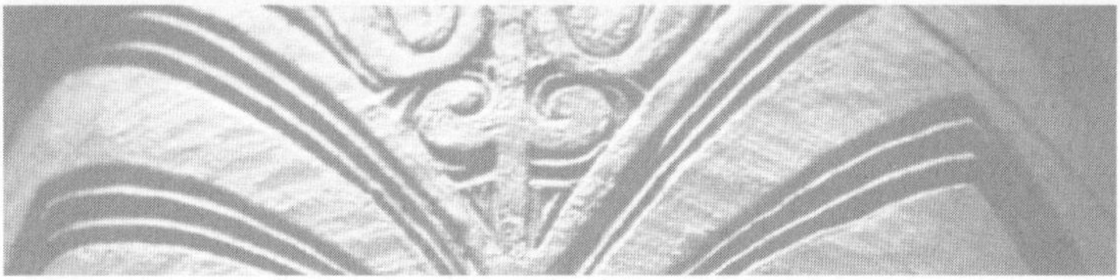

Auckland, Mai 1930

Ich weiß gar nicht mehr genau, wie ich vom Museum nach Hause gekommen bin. So tief erschüttert war ich, nachdem mir klar geworden war, dass ich jeden verbalen Kampf gegen den Verbrecher verlieren würde. Ich habe mich dann ganz schnell von den beiden Herren verabschiedet. Obwohl ich eine unglaubliche Wut gegen meinen Chef im Bauch hatte, tat er mir andererseits auch von Herzen leid. Es muss grausam sein, wenn man sein Kind in den Händen von Erpressern weiß und keine Hilfe holen kann. Ich war aber noch nicht ganz aus der Tür seines Büros, als ich James Banks' Stimme hinter mir befehlen hörte: »Halt! Mr. Evans hat mir gesagt, Sie hätten ein Schloss für die Halle besorgt. Den Schlüssel!« Fordernd hielt er mir seine Hand entgegen. Die Vorstellung, ihm den Schlüssel für die Halle auszuhändigen, löste bei mir einen Würgereiz aus. Ich hatte mich allerdings gut im Griff und schaffte es, die aufkeimende Übelkeit vor den beiden Männern zu verbergen. Aber ich wusste, dass James Banks den Schlüssel für die Halle niemals aus meinen warmen Händen bekommen würde ... Eisige Schauer durchrieselten mein Inneres. Erst einmal musste ich Zeit gewinnen.

»Mr. Banks, ich habe den Schlüssel natürlich nicht dabei«, entgegnete ich mit fester Stimme. »Und ich werde Ihnen den Schlüssel nicht übergeben, bevor ich nicht ein paar persönliche Dinge aus der Halle geholt habe, die mein Mann dort lagert. Sie werden verstehen, dass ich Ihnen kaum das Vertrauen entgegenbringe, Sie unbeaufsichtigt an meine persönlichen Sachen zu lassen.«

Mr. Banks rollte genervt mit den Augen. »Ja, dann machen Sie zu! Ich gebe Ihnen drei Tage. Dann übergeben Sie mir den Schlüssel hier im Büro. Wie mir Mr. Evans schon mitteilte, vertreten Sie ihn ein paar Tage in diesem Laden. Wenn Sie es nicht freiwillig tun, steh ich wieder in Ihrem Garten. Oder hier! Und Sie wissen, was das heißt.«

Oh ja, dachte ich bei mir und erschauderte. Das wusste ich nur zu gut! Trotzdem würde er an den Schlüssel zur Halle nur über meine Leiche gelangen! Plötzlich drängte sich mir die Frage auf, warum Mr. Banks so unbedingt das Haus haben wollte. Kein Zweifel, es war eines der schönsten Häuser seiner Art, nur wer außerhalb Neuseelands interessierte sich für so ein riesiges Objekt? Ich wusste, dass es unklug wäre, wenn ich meiner Neugier freien Lauf ließe, aber ich konnte nicht anders. Und schon hörte ich mich selbst: »Mr. Banks, erlauben Sie mir eine Frage. In welches Land werden Sie das Haus Hinemoa verscherbeln? Ich kann mir kaum vorstellen, dass Sie es in unserem Land belassen.«

Der »Rotfuchs« lachte hämisch. »Kluges Mädchen! Nein, hier stimmt der Preis nicht. Da Sie eh nichts mehr dagegen unternehmen können, werde ich mal so nett sein und Ihnen verraten, wer das Meiste geboten hat. Es geht an einen Vergnügungspark in die USA. Dort will man es zu einem Lokal umfunktionieren.«

»Vergnügungspark? Lokal?«, wiederholte ich ungläubig. »Aber wissen Sie denn nicht, dass Sie nach unserem Gesetz eine Genehmigung der Regierung benötigen, um das Haus ins Ausland verschiffen zu dürfen?«

»Ach, wie rührend, dass Sie sich den Kopf darüber zerbrechen, ob ich etwas Illegales tue. Wie sehe ich denn aus, Schätzchen? Wie einer, der erst ins Gesetzbuch schaut, bevor er handelt?« Er lachte hämisch.

Ich war fest entschlossen, dem Haus Hinemoa ein solches Schicksal zu ersparen. Dass in diesem heiligen Haus getrunken und geraucht werden sollte, war sicherlich das Letzte, was sich die Ahnen wünschten.

Plötzlich verfinsterte sich James Banks' Miene. Er trat bedrohlich einen Schritt auf mich zu und packte mich bei den Schultern. Er hatte seine Augen zu gefährlichen, kleinen Schlitzen zusammengekniffen. »Sie sind vielleicht gar nicht so naiv, wie Sie tun! Wahrscheinlich wissen Sie ganz genau, dass das Haus nur der Beifang ist. Wenn Sie das Versteck kennen, dann spucken Sie es ruhig aus!«

»Welches Versteck?«, fragte ich arglos.

Mr. Banks musterte mich prüfend, bevor er eine wegwerfende Handbewegung machte. »Vergessen Sie es! Und jetzt ab nach Hause, und denken Sie an den Schlüssel!«

Zum Abschluss warf ich Mr. Evans noch einen prüfenden Blick zu, aber der senkte die Augen und starrte stattdessen auf die Holzplatte seines Schreibtisches. Ich vermute, er schämte sich wahnsinnig für seinen Verrat, aber das Gefühl, das bei mir dominierte, war nicht Verachtung oder Wut, sondern das pure Mitleid. Wozu wäre ich wohl fähig, wenn jemand mein Kind in seiner Gewalt hätte?

Ich kam jedenfalls am ganzen Körper zitternd und bleich wie eine Wand in mein Haus zurück. Zu meinem großen Bedauern war Ludwig immer noch unterwegs. Ich vermutete meinen Mann am Hafen, wo er das Verstauen seiner Artefakte in das Frachtschiff besprach, denn soviel ich wusste, war das Beladen für den heutigen Nachmittag vorgesehen.

Ich weiß nicht, wie lange ich so regungslos an meinem Esstisch gesessen und darüber nachgegrübelt habe, was es für Möglichkeiten gab, zu verhindern, dass das Haus Hinemoa in James Banks' Hände fiel. Und je mehr ich darüber nachdachte, desto weniger Angst verspürte ich: weder die Angst vor irgendwelchen Flüchen noch solche vor dem Zorn der Ahnen. Was nun merklich in mir wuchs, war eine neue starke Kraft. Vielleicht vergleichbar dem Beschützerinstinkt einer Mutter ihrem Kind gegenüber. Mit dem Zorn einer Löwenmutter, weil man ihrem Jungen etwas Schreckliches antun wollte. Ich musste jedenfalls alles Menschenmögliche tun, um das Versammlungshaus davor zu retten, von den Verbrechern in einen Vergnügungspark nach Amerika verscherbelt zu werden, wo sich kein Mensch darum kümmerte, ob es dem Haus dort auch gut gehen würde. Im Gegenteil, so sehr ich mich auch dagegen gewehrt hatte, weiterhin als Hüterin des Hauses für sein Wohl zu sorgen, jetzt konnte ich mich meiner Verantwortung nicht länger entziehen! Das Haus forderte sozusagen ein, dass ich mich um sein Schicksal kümmerte.

Mir liefen eiskalte Schauer über den Rücken bei der Vorstellung, dass es irgendwo auf der Welt einsam und ohne Verbindung zu den Ritualen seiner Ahnen vor sich hin vegetieren würde. Hatte ich auch angesichts des Fluchs mit allen Mitteln verdrängen wollen, dass es sich bei dem Versammlungshaus nach den Mythen der Maori um ein eigenständiges Wesen handelte, in diesem Augenblick wurde das Haus Hinemoa so lebendig, dass ich es förmlich zu mir sprechen hörte. »Merima, Tochter des Häuptlings To Pau, sei du unsere Hüterin. Bring uns an einen Ort, an dem wir uns wohlfühlen. Wir vertrauen uns dir an! Wir sind hier nicht mehr sicher!«

Das klang so echt, dass ich befürchtete, wahnsinnig zu werden. Vor lauter Entsetzen hielt ich mir die Ohren zu, aber die Stimme kam nicht von draußen, sie war tief in mir. Als mir klar wurde, dass es sich um meine innere Stimme handelte, wurde ich ruhiger, und ganz plötzlich wusste ich genau, dass mir früher oder später eine Lösung des Problems einfallen würde. Ich wusste zwar nicht genau, was ich unternehmen konnte, aber ich ahnte, dass mir Mr. Evans' Abwesenheit aus Auckland förderlich sein würde.

Nun hielt mich nichts mehr im Haus. Ich durfte keine Zeit vergeuden. Also machte ich mich im Eilschritt auf den Weg zum Hafen. Es war einfach, Ludwig in dem Gewimmel zu finden, das an den Kaianlagen herrschte. Überall wurden Schiffe beladen und entladen. Ich aber suchte gezielt nach einem Schiff mit dem Namen »Queen Mary«. Als ich mich der Gangway näherte, sah ich meinen Mann schon oben an Deck mit einem Besatzungsmitglied diskutieren. Ich rief laut seinen Namen, und er winkte mir zu. Ich hoffte, er würde mir nicht auf den ersten Blick ansehen, dass etwas Schreckliches passiert war, aber da hatte ich mich getäuscht. Er rief: »Schatz, du bist entsetzlich blass. Du siehst aus, als wäre jemand hinter dir her. Was ist geschehen? Sag bloß, es hat dich wieder jemand verfolgt!«

»Komm, lass uns ein Stückchen die Kaimauer entlangschlendern. Es ist in der Tat etwas passiert, aber ich weiß gar nicht, ob ich so schnell die richtigen Worte finde ...« Ich schnappte nach Luft.

Ludwig nahm mich erst einmal fest in den Arm und sprach dann beruhigend auf mich ein. »Ich hab alle Zeit der Welt. Reg dich nur nicht so auf!«

Wir gingen eine Weile schweigend nebeneinanderher, während ich nach den richtigen Worten rang. Schließlich, auf einer Bank am Ende der Kaimauer, begann ich, ihm zunächst zögernd, dann immer schneller und hektischer zu schildern, was mir im Büro von Mr. Evans widerfahren war. Ich musste immer wieder innehalten und tief durchatmen.

Ludwig war entsetzt. Nachdem ich meine Schilderung beendet hatte, schüttelte er ungläubig den Kopf. »Das kann doch nicht angehen, dass wir die Polizei nicht informieren können.«

»Das ist ja gerade das Drama!«, erwiderte ich beschwörend.

»Sein Junge ist in den Händen dieser Leute, und die lassen ihn erst wieder frei, wenn sie das Haus Hinemoa in ihrem Besitz haben, und das ist in dem Augenblick der Fall, in dem ich ihnen den Schlüssel dafür aushändige. Und wenn ... da war noch etwas ...« Ich hielt inne und überlegte fieberhaft, was genau James Banks gesagt hatte. Da fiel es mir wieder ein. »Dieser Mistkerl erwähnte, dass das Versammlungshaus nur das Beiwerk sei, und er fragte mich nach einem Versteck. Ich schließe daraus, dass irgendwo bei den Einzelteilen oder in den Einzelteilen des Versammlungshauses etwas versteckt ist, das der Kerl unbedingt in seine Hände bekommen möchte.«

»Hm«, brummte Ludwig und legte seine Stirn in Falten. Er grübelte jetzt offenbar seinerseits, was wir unternehmen konnten, ohne das Leben von Mr. Evans' Sohn zu gefährden.

»Und wie wäre es, wenn wir zum Schein auf das ganze Geschäft eingingen, dem Kerl den Schlüssel geben und ihm die Polizei, sobald er Evans' Kind wieder freigelassen hat, auf den Hals hetzen?«

Genau das hatte ich auch schon durchdacht, war aber an die Grenzen dieses Plans gestoßen. Ich schätzte James Banks nicht so dumm ein, dass er nach der Freilassung des Sprösslings unseres Museumsdirektors in der Stadt bleiben würde. Außerdem hätte ich den Verdacht, dass hier nicht ein einziger verbrecherischer Kerl am Werk war, sondern eine gut organisierte Bande. Des Weiteren konnte ich mich des Eindrucks nicht erwehren, dass das, was die Kerle suchten, sehr wertvoll sein musste. Sonst würden sie diesen ganzen Aufwand nicht betreiben. Was sie gefährlich machte. Ich befürchtete, sie würden sich an uns rächen, wenn sie nicht kriegten, was sie verlangten. Einen Vorgeschmack, wie hoch ihre Gewaltbereitschaft war, hatten wir ja schon bekommen.

»Ich vermute, dass wir damit keinen Erfolg haben werden und

sie das Haus Hinemoa schneller auf ein Schiff verladen haben, als wir überhaupt schauen können. Dieser Kerl machte überhaupt nicht den Eindruck, als hätte er auch nur die Spur von Angst. Er scheint sich seiner Sache sehr sicher zu sein. Ach ja, ich glaube, ich habe noch nicht erwähnt, dass er bereits einen Käufer in Amerika hat.«

Kurz schilderte ich Ludwig, was für ein Schicksal auf das Haus Hinemoa in Amerika zukommen würde. »Unfassbar!« Ludwig war ehrlich empört. Für einen Mann, der nur rein theoretisch über unsere Rituale Bescheid wusste, reagierte er äußerst einfühlsam. Deshalb wagte ich auch, ihm anzuvertrauen, dass das Haus gesprochen oder vielmehr mir über meine eigene innere Stimme eindeutige Signale gesendet hatte. Dass nämlich ich den künftigen Aufenthalt des Versammlungshauses bestimmen solle.

Wieder legte Ludwig seine Stirn in Falten. Plötzlich erhellte sich seine Miene. Er strahlte mich regelrecht an. »Merima, ich weiß jetzt, was wir tun!«

Da ich genau in demselben Augenblick ebenfalls einen Geistesblitz hatte, war ich sehr gespannt, inwieweit sich unsere Vorschläge deckten. »Ich habe auch eine grandiose Idee!«, rief ich aufgeregt aus. »Aber du bist zuerst dran!«

Ludwig schien in der Tat begeistert von seinem Vorschlag, denn er murmelte immer wieder: »Das ist wirklich genial. Einfach genial!«

Obwohl mir so schrecklich schwer ums Herz war, musste ich wider Willen lächeln. Es war so komisch, wie sich Ludwig vor lauter Begeisterung selbst lobte, ohne endlich auszusprechen, was er sich da ausgedacht hatte.

»Liebling! Vielleicht erzählst du mir nun endlich, was dir da eben eingefallen ist …« Ich griff nach seiner Hand und drückte sie fest.

»Wir nehmen das Haus mit!«

Ich konnte es kaum fassen. Genau dasselbe hatte ich vor ein paar Minuten gedacht. Die beste Lösung wäre es, wir würden das Haus Hinemoa mit nach Deutschland nehmen. Vielleicht würde es in der Stadt Hamburg, aus der Ludwig stammte, einen Platz geben, an dem sich unser Versammlungshaus wohlfühlte. Ich vermutete, dass es sich an jedem Ort, den Ludwig und ich aussuchten, besser fühlen würde als auf dem Abstellgleis in dieser Halle, wo es schlicht verrottete, oder gar als schnöde Unterhaltung in einem Vergnügungspark.

»Aber wir müssen, bevor wir es in Deutschland aufstellen, unbedingt ein Ritual abhalten. Du weißt doch, der alte Fluch muss geheilt werden.«

Ludwig nahm mich zärtlich in den Arm. »Alles, was du willst, mein Liebling! Aber über diese Einzelheiten sollten wir uns bei der Überfahrt Gedanken machen. Denn wenn wir das Haus wirklich auf das Schiff verladen lassen wollen, müssen wir uns beeilen und selbst auf diesem Schiff reisen. Sobald dieser Banks herausbekommt, dass das Haus verschwunden ist, haben wir keine ruhige Minute mehr. Dieser Banks bekäme es fertig, uns umzubringen. Warte hier! Ich werde schnell mit dem Kapitän sprechen und erst mal klären, ob unser Plan von seiner Seite aufgehen könnte.« Ludwig drückte mich noch einmal fest und machte sich zum Gehen bereit. Ich blieb wie betäubt stehen, obwohl ich genau derselben Meinung war wie er. Trotzdem sah ich alle möglichen Hindernisse auf uns zukommen. Wie sollten wir das Haus so schnell auf das Schiff verladen lassen? Wie sollte ich es schaffen, über Nacht unseren Hausstand aufzulösen? Das war alles sehr verwirrend, und doch war ich davon überzeugt, dass wir keine andere Chance hatten. Diese Flucht bei Nacht und Nebel war der einzige Weg, das Haus Hinemoa den gierigen Krallen der Verbrecher zu entreißen.

Ehe ich es mich versah, kehrte Ludwig mit zufriedener Miene

zu unserer Bank am Ende der Kaimauer zurück. »Pass auf! Von Seiten des Kapitäns ist das alles überhaupt kein Problem. Er hätte heute sowieso einige Männer der Besatzung zur Halle geschickt, um meine Artefakte auf einen Wagen zu laden und zum Hafen zu bringen. Nun aber wird er jeden Mann und jede Maus dazu verpflichten, bei dem Transport zu helfen. Das wird mich zwar eine Kleinigkeit kosten, aber das ist mir die Sache wert. Der Kapitän ist der festen Überzeugung, dass das in einer Nacht zu schaffen ist. Und morgen früh ist die Halle leer.«

»Das will ich ja gerne glauben«, entgegnete ich skeptisch. »Aber was ist mit meinem Haus? Es ist ja immer noch nicht verkauft, und es müsste auch jemand meine liebsten Möbel zum Schiff transportieren …«

Ludwig sah mich etwas mitleidig an. »Merima, wir werden keinerlei Möbelstücke mitnehmen können. Wir brauchen jeden Meter an Stauraum für die Paneele des Versammlungshauses. Es ist wirklich viel, viel Platz dort unten, aber jetzt, wo das Haus Hinemoa mit uns reist, müssen wir Abstriche machen. Es tut mir so unendlich leid, aber die Möbel müssen in Auckland bleiben.«

Ich schluckte ein paarmal. Natürlich wollte ich mir nicht anmerken lassen, dass das ein Schock für mich war. Ich würde jedes Opfer für das Versammlungshaus bringen, aber mich für immer und ewig von meinen geliebten Möbeln trennen zu müssen, das war hart. Bevor mir das Herz allerdings allzu schwer wurde, hatte ich den rettenden Gedanken. Ich würde meine Freundin Susan einweihen müssen. Sie würde definitiv erst in sechs Monaten heiraten, weil ihr Verlobter vorher gar keine Zeit dazu hatte. Vielleicht konnte sie in dieser Zeit mein Haus verkaufen und meine Möbel auf das Schiff bringen lassen, das ihr Hab und Gut dann später nach London verschiffen würde. Das Einzige, wozu ich in der verbleibenden Zeit in der Lage sein würde, wäre, einen Teil meiner Kleidung und meine persönlichen Dinge zusammenzupacken.

»Ach ja, und noch etwas verlangt der Kapitän, wenn er das Versammlungshaus auf seinem Schiff transportiert. Er braucht irgendeinen Nachweis, dass ich der Eigentümer des Hauses bin. Er hat nämlich schon öfter Ärger mit den Behörden bekommen, die bei der Einreise nach Deutschland genau prüfen, ob die eingeführten Dinge auch auf legalem Weg ins Land gekommen sind.«

»Darüber mach dir keine Gedanken, Ludwig, ich setze einfach einen Vertrag auf. Eigentlich genau denselben Vertrag, den Mr. Evans mit James Banks gemacht hat, nur mit dem entscheidenden Unterschied, dass dieser Vertrag zwischen Evans und dir geschlossen worden ist.«

Ludwig fuhr zärtlich durch mein schwarzes Haar. »Ich frage dich jetzt zum letzten Mal, Merima To Pau, du folgst mir wirklich freiwillig nach Hamburg? Du wirst es nie bereuen, dass ich dich in ein fremdes Land entführt habe? Und du kommst mit mir, obwohl du das Risiko eingehst, dein Heimatland nie wiederzusehen?«

Ich sah ihm zärtlich in die Augen. »Ja, mein Lieb, ich geh mit dir in dein Land. Ich werde sicherlich hin und wieder Heimweh haben, aber das hast du vielleicht auch manchmal gefühlt, seit du weit weg von Hamburg bist. Doch wirklich einsam werde ich mich in deinem Land niemals fühlen können. Denn außer dir ist da noch das Haus Hinemoa, ein Stück Heimat, ein Wesen, für das ich zu sorgen habe und für das wir endlich einen Platz finden sollen, an dem es in der Tradition der Ahnen leben darf und nicht vor sich hinvegetieren muss.«

»Das hast du schön gesagt«, seufzte Ludwig, nahm meine Hand und zog mich von der Bank. »Aber wir müssen uns sputen. Jede Minute zählt. Ich werde die Männer zusammentrommeln und mit ihnen zur Halle fahren. Wahrscheinlich müssen sie sich noch ein paar Pferdefuhrwerke ausleihen, um die ganzen Einzelteile zum Hafen zu transportieren.«

»Und ich laufe schnell ins Büro und kann nur hoffen, dass Mr. Evans schon abgereist ist. Damit ich dort den Kaufvertrag fälschen kann. Er sagte, er werde heute noch fahren. Danach komme ich kurz in der Halle vorbei, bevor ich im Haus packen werde.«

Hand in Hand eilten wir zur »Queen Mary« zurück. Der Kapitän erwartete uns schon ungeduldig und mit ihm eine ganze Horde vierschrötiger Seemänner. Ich musste beim Anblick der kräftigen Kerle schmunzeln. Die teils bärtigen Männer sahen wirklich so aus, als würden sie es in einer einzigen Nacht schaffen, ganze Städte auf ein Schiff zu verladen. Ihr teils Furcht einflößendes Äußeres hat aber noch einen eklatanten Vorteil, schoss es mir durch den Kopf. Sollten sich der »Rotfuchs« und seine Gang an diesem Tag bei der Halle herumtreiben, würden diese Burschen sie mit Sicherheit davon abhalten, näher zu kommen. Wobei ich nicht davon ausging, dass James Banks irgendwelches Misstrauen schöpfte. Ich vermutete eher, dass er sich sehr sicher fühlte und fest davon überzeugt war, dass er seinen Willen auf der ganzen Linie durchgesetzt hatte. Ich konnte nur hoffen, dass mein Chef seinen Sohn unversehrt zurückbekam, sobald bekannt wurde, dass das Haus Hinemoa verschwunden war, und zwar ohne jegliches Verschulden des Museumsdirektors.

Ich machte auf dem Weg zum Büro einen kleinen Umweg. Ich wollte endlich meine Freundin einweihen. Als ich sie auf ihrer Terrasse in dem bunt blühenden Garten in der Sonne sitzen sah, wurde mir ganz schwer ums Herz. Ich sah mich an ihrer Stelle in meinem Garten. Das alles werde ich niemals wiedersehen, durchfuhr es mich eiskalt. Vielleicht ist es besser, wenn mich diese Gefühle jetzt überkommen, dachte ich traurig. Ein kleiner Trost war die Vorstellung, dass auch Susan sich bald von unserer Heimat würde verabschieden müssen.

Susan traute ihren Augen nicht, als sie in meine Richtung blinzelte.

»Was machst du denn um diese Zeit hier? Das ist doch mitten in deiner Arbeitszeit«, rief sie in einer Mischung aus Freude und Erstaunen aus.

Stöhnend ließ ich mich in den zweiten Korbsessel fallen. Ich hatte mir vorher gar nicht so richtig überlegt, was ich ihr erzählen sollte und was nicht. In diesem Augenblick wurde mir klar, dass ich sie unmöglich in die ganze verbrecherische Geschichte einweihen durfte. Das wäre eine viel zu große Belastung für sie. Also musste ich mir schnell etwas ausdenken, was erklärte, dass ich meine Möbel nicht mitnehmen konnte. Ich entschied mich für das Naheliegende.

»Ach, Susan, es gibt ein Problem. Ludwig hat dermaßen viele Artefakte, dass der Stauraum im Schiff nicht mehr für meine Möbel reicht. Jetzt weiß ich nur noch eine Lösung …«

Susan führte lachend meinen Satz zu Ende. »… dass meine Freundin Susan diese Möbel mit ihren zusammen nach Europa einschiffen lässt.«

Ich umarmte sie stürmisch. »Und das würdest du wirklich für mich tun?«

»Natürlich, aber nur, wenn wir heute Abend gepflegt essen gehen.«

»Susi, es geht nicht. Leider, ich würde es liebend gerne tun, aber: Ludwig und ich reisen heute Nacht mit dem Frachtschiff nach Deutschland.«

Susan setzte sich kerzengerade auf und musterte mich fassungslos. »Heute Nacht? Frachtschiff? Ihr habt doch eine komfortable Kabine auf einem Passagierdampfer gebucht. Was hat das zu bedeuten?«

Mir war überhaupt nicht wohl bei der Sache. Es fiel mir wahnsinnig schwer, meine beste Freundin dermaßen zu belügen. Aber hatte ich eine andere Wahl? Ich konnte sie unmöglich in diese ganze schreckliche Geschichte einweihen. So wie ich meine geradlinige Freundin kannte, würde sie nicht zögern, zur Polizei zu gehen. Und wenn die Kerle dem Jungen dann was antaten, nicht auszudenken! Nein, ich musste sie schützen.

»Ludwig hat Skrupel bekommen, seine wertvollen Artefakte unbeaufsichtigt nach Deutschland zu schicken.«

»Wovor hat er denn Angst?«, fragte Susan. Ich merkte ihr an, dass diese Sache bei ihr auf Unverständnis stieß. »Glaubt er etwa, dass das Schiff gekapert und ausgeraubt wird?«

»Ach, es ist mehr so ein Gefühl, also, er will gern ... er fühlt sich besser, wenn er bei den Dingen bleibt, die er auf seinen ganzen Reisen zusammengetragen hat. Das ... das ...«, stammelte ich.

»Schon gut, mein Schatz. Du musst dich nicht rechtfertigen. Es ist nur einfach ein Schock. Aber ich werde ihn überwinden. Das allerdings nur, wenn du mir schwörst, dass du mich, sobald wir in London angekommen sind, dort besuchen kommst.«

Vor lauter Erleichterung, dass sie mir weder böse war noch mich weiter mit neugierigen Fragen traktierte, umarmte ich sie überschwänglich. »Ich verspreche dir alles, was du willst. Natürlich werde ich dich in London besuchen. Am besten gleich in der ersten Woche. Ich muss doch in London ein Schiff besorgen, das meine Sachen nach Hamburg transportiert.« In diesem Augenblick fiel mir ein, dass ich ja einen weiteren Anschlag auf sie vorhatte. »Und da wäre noch etwas«, seufzte ich.

»Spuck's schon aus!«, forderte Susan lachend.

»Ich möchte dich bitten, den Verkauf meines Hauses abzuwickeln. Ich habe schon drei ernsthafte Interessenten, aber da ich dachte, ich hätte noch ein paar Wochen Zeit, habe ich mich bislang nicht festgelegt. Es ist mir gleichgültig, welchen der drei

Interessenten du nimmst. Entscheide dich für den, der dir am sympathischsten ist.«

Susan legte den Kopf schief und musterte mich schmunzelnd. »Das krieg ich auch noch hin. Aber wundern muss ich mich doch. Du bist mir vielleicht eine. Sonst bist du stets so überlegt, und alles bei dir ist geplant. Es passt überhaupt nicht zu dir, dass du so Hals über Kopf das Land verlässt.«

Ich befürchtete, ich war knallrot angelaufen, denn meine Wangen glühten wie Feuer. Meine beste Freundin hatte mitten ins Schwarze getroffen. Natürlich war das überhaupt nicht meine Art. Und wenn es nicht alles so zwingend notwendig wäre, ich hätte dieses Chaos kaum ertragen. Doch es half alles nichts. Ich hatte nur ein Ziel: mein Land mit meinem Liebsten zusammen unversehrt zu verlassen und das Haus Hinemoa in Sicherheit zu bringen!

Trotzdem wollte ich meiner Freundin zumindest einen Hinweis darauf geben, dass besondere Umstände vorlagen, zumal sie womöglich etwas davon mitbekommen würde, wenn das Haus Hinemoa plötzlich verschwunden war. Was wusste ich denn, ob der Vorfall verschwiegen oder an die große Glocke gehängt werden würde?

»Susan, es ist auch nicht normal, dass wir Neuseeland bei Nacht und Nebel verlassen. Es gibt triftige Gründe, und ich möchte dich nur um eines bitten: Was auch immer geredet wird, sobald Ludwig und ich das Land verlassen haben, vertraue mir und zweifle nie daran, dass ich richtig gehandelt habe. Und ich verspreche dir hoch und heilig, dass ich eines Tages, wenn wir uns in London in den Armen liegen, alles erzählen werde, was ich dir an diesem Tag zu deinem eigenen Schutz nicht sagen kann.«

Susan stieß einen tiefen Seufzer aus. »Ich bin ehrlich froh, dass du diese Worte noch hinzugefügt hast. Ich hatte ein merkwürdiges Gefühl, so als wäre irgendetwas nicht in Ordnung. Du weißt, dass ich ein neugieriges Wesen bin, doch in diesem Fall vertraue ich dir ganz und gar. Ich denke, du hast deine Gründe, warum du mich nicht in diese Problematik einweihen möchtest.«

»Ich bin so froh, dass ich dir wenigstens diesen Hinweis geben konnte«, entgegnete ich erleichtert und nahm meine Freundin fest in den Arm. Es dauerte eine halbe Ewigkeit, in der wir uns immer wieder drückten und küssten. Wir hatten beide die allergrößten Schwierigkeiten, einander loszulassen. Schließlich war ich es, die sich schweren Herzens aus der Umarmung befreite. Aber nur, weil mir einfiel, was ich noch alles zu erledigen hatte.

Ich drehte mich nicht noch einmal um, als ich schnellen Schrittes den Garten verließ. Ich wollte nicht, dass sie meine Tränen sah, obwohl ich genau wusste, dass es ihr genauso ging wie mir.

Mein nächstes Ziel war das Büro von Mr. Evans. Als ich den Gang zu seinem Zimmer entlangeilte, betete ich, dass er wirklich schon fort war. Ein erneutes Zusammentreffen mit ihm würde zu sehr an meinen Nerven zerren. Und was sollte ich mit ihm reden? Ich hatte natürlich einen guten Grund, ihn zu verachten, aber ich tat es nicht. Er hatte mich und das Haus Hinemoa mit Sicherheit nicht leichtfertig verkauft, sondern aus Angst um seinen Sohn. Ich konnte ihm nur von Herzen wünschen, dass er, sobald er sein Kind wiederhatte, in Frieden würde leben können. Natürlich fragte ich mich auch immer wieder, wie ich in so einer Situation gehandelt hätte. Wäre ich nicht doch lieber zur Polizei gegangen? Hätte ich den Mann vielleicht austricksen wollen, statt mich in Panik von ihm erpressen zu lassen? Und immer wieder spielte ich kurzzeitig mit dem Gedanken, dass ich die Polizei hinter seinem Rücken doch noch informieren sollte. Das verwarf ich allerdings jedes Mal, weil ich mir nie verzeihen würde, wenn daraufhin seinem Sohn etwas zustieße. Und ich befürchtete, dass

Mr. Banks nicht so siegessicher auftreten würde, wenn er nicht genau wüsste, dass ihm nichts passieren konnte. Ich hätte alles riskiert, wenn Mr. Evans und ich Hand in Hand gearbeitet hätten, um Mr. Banks und seine Bande dingfest zu machen, aber einen Alleingang in Sachen Polizei konnte ich nicht verantworten.

Die Tür zu seinem Vorzimmer war geschlossen. Ich klopfte, und Mr. Evans' Sekretärin Miss Miller bat mich einzutreten. Sie war hocherfreut, mich zu sehen. Wir mochten uns und verbrachten manchmal unsere Mittagspause gemeinsam. »Ich hab ja gar nicht gewusst, dass Sie heute ins Büro kommen. Mr. Evans ist ja gerade erst zum Bahnhof gefahren. Ich dachte, Sie würden mit Ihrer Vertretung morgen beginnen.«

Es war mittlerweile sechzehn Uhr, und es gab noch unendlich viel zu tun. Langsam wurde ich nervös und fragte mich, wie ich das alles schaffen sollte. Also setzte ich ein falsches Lächeln auf und behauptete, dass ich nur eine Liste mit jüngst bestellten Artefakten aus seinem Zimmer bräuchte. Miss Miller wunderte sich wahrscheinlich, dass ich für diese kleine Erledigung die Tür hinter mir zuzog. Meist stand die Tür zum Vorzimmer offen. Auf Mr. Evans' Schreibtisch herrschte ein unbeschreibliches Chaos. Selbst wenn ich nicht gewusst hätte, dass sich mein Chef in einem absoluten Ausnahmezustand befand, an der Unordnung auf seinem Arbeitsplatz hätte ich sofort gemerkt, dass mit ihm etwas nicht stimmte. Er war sonst der penibelste Mann, den ich kannte. Ich konnte nur hoffen, dass ich den Vertrag, den er mit Mr. Banks abgeschlossen hatte, schnell finden würde.

Ich hatte Glück. Er lag zuoberst auf dem Schreibtisch. Hastig nahm ich ihn an mich, doch schon stand ich vor der nächsten Hürde. Der Vertrag musste getippt werden, und das machte für gewöhnlich Miss Miller. Es blieb mir gar nichts anderes übrig, als die hilfsbereite Sekretärin zu bitten, mir dieses Vertragsexemplar in zwei Ausfertigungen zu tippen. Zu diesem Zweck änderte ich handschriftlich die Daten der Vertragspartner und reichte ihr die Vorlage, ohne mit der Wimper zu zucken.

Ich hoffte, dass die gute Miss Miller einfach ihre Arbeit tun würde, ohne irgendwelche Fragen zu stellen. Doch kaum hatte ich diesen Gedanken zu Ende geführt, als sie prüfend zwischen dem Dokument und mir hin und her blickte.

»Miss To Pau, äh, ich meine natürlich Mrs. Dehn, da fällt mir aber ein Stein vom Herzen. Ich bin froh, dass er das Haus Hinemoa nun doch nicht an irgendwelche dubiosen Händler verscherbelt, sondern es Ihnen zurückgibt. Ich habe nie verstanden, dass Sie auf alles verzichten wollten. Es gehört Ihnen doch! Bei Ihnen ist alles in guten Händen.«

»Wie kommen Sie denn darauf? Ich meine, dass Mr. Evans es einem dubiosen Händler verkauft hat?«, fragte ich scheinheilig.

»Ich kann ja schließlich lesen und musste das da tippen …« Angewidert deutete sie auf den Vertrag zwischen Mr. Evans und dem Mistkerl Banks, den ich ihr als Vorlage gegeben hatte. »Der Kerl, dem er das verkauft hat, ist doch hier ein- und ausgegangen. Und glauben Sie mir, der hätte uns am liebsten um all unsere Schätze erleichtert«, ergänzte die Sekretärin voller Empörung. »Diese Gier, die aus seinem Blick sprach. Ich war sehr verschnupft darüber, dass Mr. Evans das wunderbare Versammlungshaus überhaupt weiterverkauft hat, und zwar an einen Kerl, der es dem Museum bestimmt nicht selbstlos als Ausstellungsstück zur Verfügung stellt. Nein, der hätte das an den Meistbietenden verscherbelt. Und ich bin mir sicher, dass es nun, wo es in Mr. Dehns und Ihrer Hand ist, endlich aufgebaut wird. Die Familie meiner Mutter wartet schon sehnsüchtig darauf. Sie kennt auch einen Tohunga, der es … na, Sie wissen schon, von dem Fluch heilen könnte …«

Ich schenkte der Schreibkraft ein warmes Lächeln. Sie trug

zwar einen Pakeha-Namen wie ihr Vater und war blond, war aber ansonsten eine Maori durch und durch. Und ich wusste, dass die Familie ihrer Mutter sehr traditionsbewusst war. Es tat mir in der Seele weh, ihr nicht die Wahrheit sagen zu können.

»Miss Miller, ich wäre Ihnen sehr verbunden, wenn Sie diesen Vertrag, den Sie jetzt für mich aufsetzen, aus Ihrem Gedächtnis streichen. Sagen wir einfach, dieses Dokument hat es nie gegeben. Und ich schwöre Ihnen hiermit, was auch immer geschehen wird und was die Leute auch immer reden werden, ich bin Hüterin des Hauses Hinemoa, und ich werde diese Aufgabe wahrnehmen, solange ich lebe.«

»Sie können sich auf mich verlassen.« Mit diesen Worten machte sich Miss Miller daran, den Vertrag für mich zu tippen. Ich nutzte die Zeit, um mich von meiner Abteilung zu verabschieden. Nicht nur von den Menschen, sondern auch von den Gegenständen, die mir alle so lieb und teuer gewesen waren. Eine ganze Weile blieb ich vor dem Kanu stehen und fing an, ganz leise ein Lied zu singen, das mir mein Vater als Kind beigebracht hatte, *Hine e Hine*, ein Schlaflied. Es beruhigte meine angeschlagenen Nerven und machte es mir möglich, mich von meinem liebgewordenen Arbeitsplatz in Frieden zu verabschieden. Ich hatte noch gar keine Zeit gehabt, mir zu überlegen, was ich in Deutschland anfangen würde. Ganz sicher würde ich nicht nur zu Hause sitzen und den Haushalt machen. Aber das musste ich alles auf mich zukommen lassen. Zumindest wusste ich, dass Ludwig genauso dachte wie ich, und war überzeugt davon, dass sich eine Gelegenheit ergeben würde, zusammenzuarbeiten.

Ich umarmte alle meine Mitarbeiter herzlich, was bei ihnen für leichte Verwunderung sorgte. Wie sollten sie auch ahnen, dass dies ein Abschied für immer war? Eigentlich hatte ich es ihnen ja heute sagen wollen, dass ich bald nach Deutschland gehen würde, aber nun hatten sich meine Pläne geändert. Und das durfte ich keinem Menschen verraten, wenn ich den Erfolg unserer Aktion nicht gefährden wollte.

Als ich ins Büro zurückkehrte, hielt mir Miss Miller bereits die fertigen Vertragsexemplare entgegen sowie das ursprüngliche Pamphlet. Ich bedankte mich und zog mich in Mr. Evans' Büro zurück. Wieder zog ich diskret die Tür hinter mir zu, denn ich wollte nicht, dass Miss Miller Zeugin wurde, wie ich den Vertrag zwischen Mr. Evans und Mr. Banks vernichtete.

Ich legte meinen ganzen Zorn in das Zerreißen dieses Dokuments. Wie von Sinnen produzierte ich einen Haufen winziger Fetzen, die ich schließlich mit Todesverachtung wegwarf. Es verschaffte mir eine gewisse Befriedigung, dass von diesem Vertrag kein Zeugnis an die Nachwelt gelangen würde. Das änderte nichts an der Tatsache, dass das Haus Hinemoa rechtlich weiterhin als Mr. Evans' Eigentum gelten würde, denn es existierte schließlich immer noch jenes Vertragswerk, in dem ich das Versammlungshaus an meinen Chef verkauft hatte. Doch, wie es rein rechtlich aussah, interessierte mich, um ehrlich zu sein, nicht im Geringsten. Ich wusste nur, wie es um die Fakten bestellt war: Sofern Ludwig und die Seeleute es tatsächlich schaffen würden, das Haus Hinemoa im Frachtraum des Schiffes zu verstauen, und das Schiff ablegte, bevor irgendjemand das Verschwinden der Einzelteile bemerkt hatte, würde James Banks das Versammlungshaus nie zu Gesicht bekommen! Es sei denn, er nahm die weite Reise nach Deutschland auf sich, was allerdings mehr als unwahrscheinlich war.

Nachdem von dem verräterischen Vertrag kein brauchbares Fitzelchen mehr übrig war, machte ich mich daran, die Unterschrift meines Chefs auf dem Vertrag zu fälschen. Das war kein allzu schwieriges Unterfangen, weil Mr. Evans' Schrift klar und leserlich war. Nach ein paar Probeversuchen auf einem separaten

Stück Papier fühlte ich mich in der Lage, sie auf den Vertrag zu kritzeln. Ich fand, dass mir mein gefälschtes Werk sehr gut gelungen war.

Und nun musste ich in diesem Chaos noch etwas finden: die Zeichnungen des Hauses Hinemoa und die Anleitung, wie es aufgebaut werden sollte. Diese war damals offenbar von dem Schnitzer Awapatu angefertigt worden. Er hatte jedes einzelne Bauteil des Hauses auf der Rückseite mit einer Zahl versehen und diese akribisch in der Aufbauzeichnung wiedergegeben. Ich blickte mich suchend um und stellte mit Erleichterung fest, dass Mr. Evans zwar auf seinem Schreibtisch ein wahres Chaos angerichtet hatte, nicht aber in seinem Archiv. Alles war alphabetisch geordnet. Flugs hielt ich den richtigen Ordner in der Hand und öffnete ihn hastig. Ich erstarrte, denn der Ordner war leer! Mr. Evans hatte wirklich an alles gedacht. Offenbar hatte er den Verbrechern schon sämtliche Unterlagen für das Versammlungshaus überreicht. Mir kamen die Tränen, und einen winzigen Augenblick lang war ich versucht, unseren Plan aufzugeben. Wie sollte denn in Deutschland jemals das Haus Hinemoa aufgebaut werden können ohne die Anleitung? Dieser Augenblick der Schwäche dauerte allerdings nicht lange. Schon nach ein paar Minuten war ich entschlossener denn je, das Versammlungshaus mit nach Deutschland zu nehmen. Das Fehlen der Pläne war eine Hürde, kein unüberwindliches Hindernis! Sobald wir das Haus in Sicherheit gebracht hatten, würde ich die besten Schnitzer und die fähigsten Männer nach Deutschland kommen lassen, um mit ihnen gemeinsam das Haus Hinemoa in altem und zugleich neuem Glanz entstehen zu lassen.

Ein Blick auf die Uhr zeigte mir, dass ich mich nun beeilen musste. Ich war schon bei der Tür, als mir Bedenken kamen, ob ich mich wirklich so ganz ohne Worte aus dem Staub machen sollte. Ich kehrte zum Schreibtisch zurück, nahm einen Bogen Briefpapier und schrieb Mr. Evans in kurzen, knappen Worten, dass ich mein Heimatland in dieser Nacht verlassen würde, und zwar mit dem Versammlungshaus meiner Ahnen. Ich wünschte ihm alles Gute und besonders, dass er seinen Jungen unversehrt zurückbekommen würde. Ich versicherte ihm, dass ich nicht wusste, wie ich an seiner Stelle gehandelt hätte. Ich verlieh meiner Hoffnung Ausdruck, dass er im Nachhinein, sobald er sein Kind wieder wohlbehalten in seinen Armen halten würde, der Öffentlichkeit gegenüber richtigstellen würde, dass das Haus Hinemoa nicht unrechtmäßig verschwunden, sondern auf diese Weise vor einem schlimmen Schicksal gerettet worden war.

Als ich mich von Miss Miller verabschiedete, hatte ich den Eindruck, sie wusste, dass sich hier gerade irgendetwas Ungewöhnliches abspielte. Sie drückte mich so fest, als wüsste sie, dass sie mich niemals wiedersehen würde.

Mit dem falschen Vertrag in der Hand eilte ich zur Halle hinter dem Museum. Dort waren bereits einige vierschrötige Seemänner damit beschäftigt, Paneele auf einen Pferdeanhänger zu verladen. Sogar der Kapitän hatte die Ärmel hochgekrempelt und packte mit an.

Ich überreichte ihm den gefälschten Vertrag und versicherte ihm, dass damit auch die Formalien erledigt wären. Er warf nicht einmal einen Blick auf das Schriftstück, sondern faltete es ungelesen zusammen und ließ es in der Innentasche seiner Jacke verschwinden. Mir war allerdings nicht wohl bei dem Gedanken, dass die Männer bereits bei Tageslicht begonnen hatten, die Halle auszuräumen. Aber ich konnte dem Kapitän ja unmöglich vorschreiben, dass er lediglich bei Nacht und Nebel arbeiten durfte. Es blieb also nur zu hoffen, dass weder James Banks noch einer seiner Spießgesellen in der Nähe des Museums herumlungerte.

Ganz hinten bei den schweren Statuen erblickte ich nun meinen Mann. Er versuchte gerade mit zwei Helfern, die große Wächterfigur anzuheben und zu einem der Pferdefuhrwerke zu transportieren. Es gelang den drei Männern nur unter großen Schwierigkeiten, die Figur aus der Halle zu tragen. Ich warf einen prüfenden Blick auf die Paneele, Balken, Figuren und etlichen weiteren Einzelteile, die noch auf ihren Abtransport warteten. Seufzend stellte ich fest, dass es noch ein ganzes Stück Arbeit für die Männer sein würde.

Völlig verschwitzt kehrte Ludwig in die Halle zurück. Er war jetzt allein. Die anderen Männer waren mit den ersten voll beladenen Wagen zum Hafen gefahren.

Ich berichtete ihm in aller Kürze vom Fehlen des Aufbauplanes und dass ich dem Kapitän einen ordentlichen Vertrag in die Hand gedrückt hatte. Ludwig lächelte mich verschmitzt an. »Du bist einfach großartig«, bemerkte er bewundernd und gab mir ein Küsschen auf die Nase.

»Wenn ich es jetzt noch schaffe, bis zur Abfahrt des Schiffes meine privaten Sachen zu packen, darfst du mich über den grünen Klee loben, sobald das Schiff abgelegt hat.«

Ludwig lächelte, doch dann verfinsterte sich seine Miene. »Aber was ist mit deinen Möbeln? Ich habe ein wahnsinnig schlechtes Gewissen, dass wir keinen Platz mehr auf dem Schiff haben.«

Ich strich meinem Mann versonnen über die Wangen. »Liebling, mach dir keine Gedanken um meine Möbel. Ich habe längst eine gute Lösung gefunden. Susi wird die Sachen auf jenes Schiff verfrachten lassen, das ihre Möbel nach London transportiert. Dann müssen wir ihr eben bei Gelegenheit einen Besuch in London abstatten.«

Ludwig sah mich voller Liebe an. »Was bist du nur für eine großartige Frau! Andere würden jammern und klagen. Sie würden ihrem Mann Vorwürfe machen, dass er sie in sein Heimatland entführt. Ach, ich kenne keine so tapfere und patente, so kluge und schöne Frau wie dich ...«

»Das will ich hoffen«, bemerkte ich lachend. »Du kannst dir dann ja auch beizeiten Gedanken machen, welcher Arbeit deine kluge und schöne, tapfere Frau in Deutschland nachgehen könnte. Aber jetzt muss ich mich dringend auf den Heimweg machen. Es wartet noch allerlei Arbeit auf mich.« Mein Blick fiel auf die geschnitzte weibliche Statue, und ich überlegte, ob wir es gemeinsam schaffen könnten, sie auf einer Schubkarre nach draußen vor die Tür zu schieben, damit ich diesen Gang nicht umsonst machte.

Ludwig machte eine abwehrende Handbewegung. »Nein, mein Schatz, das mache ich nachher zusammen mit den Männern.«

»Wir können es doch wenigstens versuchen«, widersprach ich heftig. »Die Zeit ist knapp, und wir sollten diese wertvollen Minuten dazu benutzen, etwas zum Abtransport bereitzustellen. Dann können sie es gleich aufladen, sobald sie mit ihrem Pferdewagen zurück sind.«

Ludwig rollte mit den Augen. »Ich hätte dich nicht loben sollen«, scherzte er. »Das ist dir zu Kopf gestiegen. Jetzt spürst du in dir schon die Kraft zweier Seemänner.«

Ich ließ mich nicht von ihm foppen, sondern packte bereits die Statue an ihrer Rückseite an.

»Schieben, schieben!«, befahl Ludwig. »Du kannst das Teil niemals heben!«

Ich tat, was Ludwig von mir verlangte, und wunderte mich, wie leicht die Figur zu bewegen war. Das war mal wieder typisch für Ludwig, dass er mir nicht zutraute, dass ich über einige Kraft in den Armen verfügte. Und es gab noch etwas, das mich zutiefst verwunderte. Auf meiner Seite gab es keine einzige Schnitzerei, nur das nackte Holz. So, als hätte der Schnitzer gemogelt: die Figur vorn prachtvoll gestaltet und die Rückseite nicht mehr geschafft.

»Siehst du!«, rief ich triumphierend aus. »Die Figur ist doch federleicht! Stell sie eben mal ab. Ich muss dir was zeigen. Schau dir mal meine Seite an!«

Als die Statue wieder sicher am Boden stand, blickte Ludwig sie irritiert an. »Merkwürdig!«, murmelte er. »Die andere Statue war tatsächlich mindestens zehnmal so schwer!«

Mich aber überkam erneut eine unbändige Ungeduld, und ich nahm mir vor, Ludwig die nackte Rückseite der Statue in Hamburg zu zeigen. Ich fand auch, dass wir im Moment keine Zeit hatten, über die Gewichte der einzelnen Statuen zu philosophieren. »Ludwig, jetzt lass uns die Figur endlich nach draußen bringen«, sagte ich voller Ungeduld und wollte gerade wieder zupacken, als mich die Erkenntnis wie ein Blitz durchzuckte. Die einzelnen Teile setzten sich plötzlich zu einem Ganzen zusammen. Es war nur ein Verdacht, aber er drängte sich mir in einer Intensität auf, dass ich am ganzen Körper zu zittern begann. Ich dachte an Arangas Zeichnung ... Ludwig hatte recht. Diese Statue war nicht nur leichter als die andere, nein, sie war überhaupt zu leicht für eine geschnitzte Holzfigur. Unsere Schnitzer fertigten ihre Arbeiten aus einem Stück an. Diese Figur aber war so leicht, dass es dafür nur eine einzige Erklärung gab: Sie war von innen hohl! Die unterschiedlichsten Gedanken flogen mich wie ein Schwarm wild gewordener Wespen an. Ich hatte große Schwierigkeiten, Ordnung in meinem Kopf zu schaffen. Der erste klare Gedanke war, dass James Banks vom Haus Hinemoa als Beifang gesprochen hatte, was nur eine einzige Deutung zuließ: Es war tatsächlich etwas Wertvolles im Haus Hinemoa versteckt. Und zwar nicht hinter Paneelen oder Flechtarbeiten, sondern in dieser Figur.

Obwohl mit Sicherheit gerade nicht der richtige Zeitpunkt war, dieser Frage nachzugehen, siegte meine Neugier.

»Ludwig, bevor die Männer wieder zurück sind, müssen wir versuchen, diese Figur zu öffnen, um in ihr Inneres zu sehen. Sie ist hohl. Und das ist nicht normal. Irgendjemand muss im Hohlraum etwas versteckt haben, und wir müssen nachsehen, was es ist.«

Ludwig tippte sich leise gegen die Stirn und musterte mich fassungslos. »Du willst jetzt nicht etwa diese Figur öffnen? Wenn das notwendig ist, können wir das machen, sobald wir in Sicherheit sind.« Doch in diesem Punkt war nicht mit mir zu reden. »Ludwig, verstehst du denn nicht? In dieser Statue befindet sich das, wonach James Banks und seine Bande so fieberhaft suchen. Es ist nicht das Haus Hinemoa. Das nehmen sie mit, weil es auch Geld bringt. Aber das, was sie wirklich wollen und wofür sie über Leichen gehen, das werden wir im Inneren der Figur finden.«

Ludwig schien immer noch nicht überzeugt von meinem Plan. »Merima, das ist doch Irrsinn. Wir können unsere kostbare Zeit nicht damit verplempern, die Figur zu öffnen. Und wie soll das überhaupt gehen? Soll ich einen Hammer nehmen und sie zerstören?«

Nein, das wollte ich auf keinen Fall, aber ich war so besessen von der Idee, dass diese Figur aus zwei Teilen bestand, dass ich mich fieberhaft daran machte, an den Seiten nach einer Öffnung oder einem Hebel zu suchen.

Ludwig sah meinem Treiben missbilligend zu, aber er war so klug, seinen Mund zu halten. Offenbar machte ich den Eindruck einer Besessenen. Ich wollte schon aufgeben, als ich tatsächlich mit dem Zeigefinger ein Loch ertastete. Mein Herzschlag drohte förmlich auszusetzen, als ich mit dem Finger einmal durch das Innere der Öffnung fuhr, bis ich an einem Metallstück hängen blieb. Doch so sehr ich auch daran herumfummelte, es tat sich gar nichts. Ich wollte schon aufgeben, weil mein Verstand sich meldete. Es wäre tatsächlich Wahnsinn, weiterhin Zeit mit dem Öffnen der Statue zu verplempern. Genau in dem Augenblick begriff ich, dass sich mein Finger unter einem ganz simplen Haken befand, und ich tippte leicht dagegen mit dem Ergebnis, dass sich die Statue einen Spalt breit öffnete.

»Was ist das?«, stieß Ludwig erschrocken hervor und trat einen Schritt zurück. Ich hingegen trat auf die Figur zu und griff beherzt in ihr Inneres. Es fühlte sich sehr merkwürdig an, was ich in meiner Hand hielt. Ja, ich hatte das Gefühl, ich hätte einen Haarschopf in der Hand. Mutig zog ich meine Beute hervor, doch als ich sie betrachten wollte, wurde mir schwarz vor Augen, obwohl ich bereits etwas in der Richtung vorhergesehen hatte.

Ich erwachte wenige Minuten später. Ludwig hockte neben mir am Boden und hatte meinen Kopf auf seinem Schoß.

»Kannst du dich an die Zeichnung meiner Tante Aranga erinnern und dass wir keine Ahnung hatten, was sie uns damit sagen wollte?«, fragte ich mit zitternder Stimme, kaum dass ich wieder zu mir gekommen war.

Er nickte. »Du meinst ...?« Er war sehr blass um die Nase.

»Ja, ich befürchte, im Hohlraum befindet sich ein zweiter Kopf. Und da wir keinerlei Zeit mehr haben, weil die anderen jede Sekunde zurückkommen können, wäre es toll, wenn du herausfinden könntest, was sich noch im Inneren der Figur befindet.«

Sichtlich nervös öffnete Ludwig die Figur mit dem Ergebnis, dass ihm ein zweiter Schrumpfkopf sowie ein Stück vergilbtes Papier entgegenpurzelte und eine Sekunde später auch ein Schmuckstück klirrend zu Boden fiel.

Wie in Trance bückte ich mich und hob das Papier und das Schmuckstück auf. Es handelte sich um eine Kette, die aus unzähligen in Gold gefassten Jadesteinen gefertigt war. So etwas Wertvolles hatte ich mein ganzes Leben noch nicht gesehen. Und sofort überkam mich der Gedanke, dass James Banks und seine Leute von der Existenz dieses Schmuckstücks gewusst haben mussten. Für dieses Stück lohnte es sich also tatsächlich zu morden, ging es mir durch den Kopf.

Ich wollte das Schmuckstück am Boden ablegen, um die Schrift auf dem Papier zu entziffern, doch Ludwig befahl mir, das Schmuckstück sofort in meiner Handtasche verschwinden zu lassen. Ich verstand und tat, was er verlangte. Dann faltete ich das Stück Papier auseinander und versuchte, die zittrige Schrift zu lesen. Es war gar nicht einfach, aber schließlich gelang es mir. Ich las laut vor, was ich dort entziffern konnte:

»Aranga, ich bete und hoffe, dass du das Geheimnis dieser Statue lüften wirst, bevor sie in die falschen Hände gerät. Du bist eine weise Frau, und du wirst verstehen. Du wirst begreifen, dass die Statue, die deine Stiefmutter darstellt, das Rätsel um den Tod deines Vaters und seiner Frau in sich verbirgt. Mir bleibt nicht mehr viel Zeit. Ich habe Unmenschliches geleistet, um dieses Versteck zu schaffen. Es fällt mir nicht leicht, dir mein Verbrechen zu gestehen. Verzeih, dass ich nur eine einzige Lösung sehe, es zu sühnen. Sobald die Statue geschlossen ist, werde ich aus dem Leben scheiden. Aranga, ich habe es nicht gewollt! Als ich Jonathan Banks im Pub traf und ich mich mit ihm betrank, da hab ich gewusst, dass er niemals mein Freund wird. Aber ich habe ihm in meinem Suff gesagt, dass ich einen heiligen Zorn auf deinen Vater hege. Weil er von mir verlangt, dass ich eine Statue schaffe, die seine Frau darstellt. Und dass ich dieses Werk niemals über Nacht schaffen kann. Und dass ich überhaupt dagegen bin, dass das Haus Hinemoa eröffnet wird, bevor ein heiliges Ritual vorgenommen worden ist. Dass es den Zorn der Ahnen hervorruft, wenn wir nicht solange warten. Jonathan hat verständnisvoll getan. Er hat mir angeboten, mir aus den Schwierigkeiten zu helfen. Listig hat er mir vorgeschlagen, dass er mit seinen Leuten einen kleinen Überfall auf deinen Vater fingieren wird, um ihn so in Angst und Schrecken zu versetzen. Jonathan hat mir geschworen, dass dein

Vater daraufhin vor lauter Angst, dass der Fluch der Ahnen ihn doch noch treffen würde, die Eröffnung des Hauses Hinemoa verschieben wird. Als ich fragte, was er dafür verlangte, weil bekannt war, dass er niemals etwas umsonst machen würde, sagte er, den Preis würde er mir danach verraten. Ich sollte nur dafür sorgen, dass der Häuptling und seine Frau an diesem Abend in ihrem Haus wären. Ach, Aranga, ich bin ein Verfluchter! Sie haben gelogen und mich betrogen, und sie haben deinen Vater und seine Frau ermordet. Sie haben ihnen die Köpfe abgeschlagen und sie mir nach der Tat gebracht, damit ich sie für sie präparieren solle. Das sollte der Preis sein, den ich zu zahlen hätte! Jonathan Banks drohte mir, dass ich dasselbe Schicksal erleiden würde, wenn ich seinem Befehl nicht Folge leisten und ich ihnen nicht in drei Tagen die fertigen Köpfe aushändigen würde. Sie hatten aber nicht nur die Köpfe bei sich, sondern auch das wertvolle Geschmeide, das einst deiner Mutter gehört hat. Ich hörte, wie Jonathan einem seiner Spießgesellen zuflüsterte, dass sie es ganz in der Nähe vergraben würden. Ich wusste in diesem Augenblick, dass ich mein Leben verwirkt hatte, aber ich wollte wenigstens dafür sorgen, dass dein Vater und seine Frau nicht auf einem Markt oder bei einem Sammler an der Wand zwischen ausgestopften Tieren enden würden. Außerdem wollte ich das Schmuckstück retten. Ich wusste, dass ich in meinem Leben nicht mehr für dich würde tun können. Ich verfolgte die Verbrecher auf leisen Sohlen und konnte ihre Spur aufnehmen. Ausgerechnet unter einem heiligen Kauribaum verbuddelten Jonathan Banks und die anderen Verbrecher das Schmuckstück, das dir gehört. Ich hab es mit meinen eigenen Händen ausgegraben und zurück in unser Dorf getragen. Und noch in derselben Nacht fing ich an, die falsche Statue zu bauen. Am darauffolgenden Morgen wurde die Bluttat entdeckt und große Aufruhr herrschte in unserem Dorf. Ich habe mich sehr gewundert, dass du nicht einmal in meiner Werkstatt vorbeigeschaut hast, aber ich vermute, dass du untröstlich über den Tod deines Vaters bist. Und nicht nur Jonathan Banks ist sein Mörder, sondern ich bin es auch! Ich könnte dir nie wieder in die Augen sehen. Deshalb bin ich dir dankbar, dass du mich seit vorgestern nicht mehr besucht hast. Nun wirst du mich nur noch tot vorfinden. Ich hoffe inständig, dass du die Zeichen begreifst, die an der Statue deiner Stiefmutter sichtbar sind, und dass ich dir wenigstens den Kopf deines Vaters für ein würdiges Begräbnis und das Geschmeide deiner Mutter wiedergeben kann. Ich habe dich so geliebt wie keinen anderen Menschen auf dieser Welt. Vergiss mich, Aranga, und finde einen guten Mann, der nicht zu solchem Verrat fähig ist, wie ich es gewesen bin. Aber glaube mir, hätte ich gewusst, was die Verbrecher im Schilde führen, ich hätte sie nie zum Haus deines Vaters geschickt. Awapatu«

Es kostete mich einige Mühe, den Brief durchzulesen, ohne in Tränen auszubrechen oder laut loszuschreien. Jetzt wusste ich mit Sicherheit, dass auch Jonathan Banks' Nachfahren – ich hatte inzwischen das Gerücht aufgeschnappt, dass die gefürchtete Bande aus mindestens drei Banks-Brüdern bestand – vor nichts zurückschrecken würden, um an die wertvolle Kette und die beiden Schrumpfköpfe, für die offenbar einiges Geld gezahlt wurde, zu gelangen. Offenbar war die Kunde von der Existenz des großen Schatzes, den das Haus Hinemoa barg, über Jahrzehnte in dieser Familie weitergetragen worden und hatte Gier und Mordlust hervorgebracht.

Obwohl ich am ganzen Körper zitterte und mir plötzlich der Mund so trocken wurde, dass die Zunge am Gaumen klebte, schaffte ich es, einen Überblick über die Lage zu behalten. Ludwig schien das alles ebenso mitgenommen zu haben wie mich. Er war ganz bleich um die Nase.

»Du musst die Sachen aufs Schiff schaffen, ich muss dafür sorgen, dass die …« Ich deutete auf die beiden Schrumpfköpfe, ohne sie anzusehen. »... Ich muss dafür sorgen, dass die beiden ein würdevolles Begräbnis erhalten.«

Dann stürzte ich mich in Ludwigs Arme und stieß ein paar tiefe Seufzer aus. Als ich von draußen Stimmen hörte, löste ich mich rasch aus der Umarmung und suchte fieberhaft nach einem Behältnis, in dem ich die Köpfe nach Hause transportieren konnte. Mein Blick fiel auf einen Korb, der in einer Ecke stand. Es kostete mich viel Überwindung, aber ich hatte keine andere Wahl. Beherzt und zugleich vorsichtig nahm ich den ersten Kopf und legte ihn in den Korb und dann den zweiten. Ich traute mich immer noch nicht, sie mir richtig anzusehen. So sehr gruselte ich mich davor. In diesem Augenblick kamen die Männer zurück. Allen voran der Kapitän, der mir mitteilte, dass das Schiff um Mitternacht ablegen würde.

»So früh schon?«, fragte ich erschrocken.

»Ja, wir haben die gesamte Fracht an Bord, bis auf die Sachen, die jetzt noch in der Halle sind. Und wenn wir weiter in diesem Tempo arbeiten, werden wir es schaffen.«

Mit einem Blick auf Ludwig stellte ich fest, dass er ganz grün im Gesicht geworden war. Offenbar war unser Fund an ihm auch nicht spurlos vorübergegangen. Er versprach mir, sich mit dem Beladen zu beeilen und dann rechtzeitig mit den Männern und mehreren Pferdewagen zu unserem Haus zu kommen.

Wir umarmten uns zum Abschied so heftig, als müssten wir uns für lange Zeit trennen. Jeder von uns wusste, warum wir uns so innig aneinanderklammerten. Es war das blanke Entsetzen, das uns in allen Gliedern saß. Ich hatte das dumpfe Gefühl, in einem Albtraum gefangen zu sein.

Dunedin, März 2014

Sarah war derart fasziniert von ihrer Lektüre, dass sie nichts von dem mitbekam, was um sie herum geschah. Erst als der Flugkapitän ankündigte, dass sie sich im Landeanflug auf Dunedin befanden, hob sie den Kopf. Und sofort kam ihr wieder dieser ungeheuerliche Gedanke, der sie bereits beim Lesen des Tagebuchs mehrfach überfallen hatte: War es möglich, dass auch Michael immer noch hinter dem Schmuckstück und den Schrumpfköpfen her war? Das würde zu dem Artikel eines Kollegen in der *Dominion Post* passen, den sie neulich mit Schaudern gelesen hatte. Es war ein Bericht über skurrile Sammlerleidenschaften, in dem unter anderem ein anonymer Milliardär interviewt wurde, der freimütig zugegeben hatte, dass er für einen guten Schrumpfkopf durchaus eine fünfstellige Summe ausgeben würde. Jetzt verstand Sarah auch, warum die Täter in Hamburg die Statue so beschädigt hatten. Offenbar hatten sie vermutet, dass die Schrumpfköpfe sowie das Schmuckstück in deren Hohlraum versteckt waren. Sarah fröstelte und brannte darauf, endlich mit Dorothee telefonieren zu können.

Aber erst einmal freute sie sich riesig darauf, Jane zu sehen. Ihre Adoptivmutter hatte es sich nicht nehmen lassen wollen, sie vom Flughafen abzuholen und mit ihr zum Mittagessen zu gehen. Seit Sarahs Rückkehr aus Deutschland hatten sie zwar diverse Male miteinander telefoniert, aber Sarah hatte ihr am Telefon wenig über all die Dinge verraten, die ihre Familie betrafen.

Tief in Gedanken versunken verließ Sarah nach der Landung die Maschine und schlenderte durch die Halle des kleinen Flughafens in Richtung des Gepäckbandes. Dort stellte sie als Erstes ihr Handy wieder an, um nachzusehen, ob sich ihre Großmutter gemeldet hatte. Sie zuckte leicht zusammen, als sie eine Hamburger Nummer im Display erkannte. Es war Jans Nummer. Hastig drückte Sarah sie weg. Sie war fest entschlossen, sich nicht mehr bei ihm zu melden. Das Gepäck kam zügig, Sarah griff nach ihrer Reisetasche und strebte gen Ausgang. Jane hatte ihr mitgeteilt, dass sie auf dem Parkplatz im Wagen auf sie warten würde.

Ein paar Schritte vor ihr ging ein großer, durchtrainierter Mann mit rotblonden Locken. Er hat fast so ein kräftiges Kreuz wie Michael Banks, schoss es ihr durch den Kopf, bevor sie innerlich erstarrte. Was, wenn es Michael war? Ihr Herzschlag beschleunigte sich merklich. Dann hätte ich ihn doch vorhin im Flieger sehen müssen. Es waren wenige Leute an Bord gewesen, ich kann ihn nicht übersehen haben, versuchte Sarah ihre aufgewühlten Gedanken zu beruhigen. Andererseits fiel ihr ein, dass sie sich ja sofort in das Tagebuch vertieft und sich eigentlich gar nicht für ihre Mitreisenden interessiert hatte. Mit einem flüchtigen Blick auf die Anzeigetafel stellte sie fest, dass fast zeitgleich eine Maschine aus Wellington gelandet war. Mit der hätte der Typ auch gekommen sein können.

Sarah beschleunigte ihren Schritt und war jetzt fast auf gleicher Höhe mit dem Mann. Als sie direkt neben ihm war, warf sie ihm einen verstohlenen Seitenblick zu. Es gab nicht den geringsten Zweifel: Es war Michael Banks! Die Gedanken in ihrem Kopf überschlugen sich. Was sollte sie tun? Sollte sie seinen Namen rufen? Sollte sie ihn festhalten? Sollte sie sich gar nicht bemerkbar machen?

Schließlich packte sie ihn beherzt am Ärmel und zischte: »So sieht man sich wieder, Michael!«

Ehe sie es sich versah, hatte er sich losgerissen und war in Richtung Ausgang gerannt. Sarah aber dachte gar nicht daran, ihn entkommen zu lassen, und sie war eine hervorragende Läuferin. Auf dem Parkplatz holte sie ihn ein und packte ihn erneut am Arm. Dieses Mal nur noch fester und härter.

Er traute sich nicht, sie anzusehen, sondern blickte starr auf die Spitzen seiner Sneakers. »Was bist du bloß für ein blödes Arschloch! Weißt du eigentlich, dass meine Großmutter im Koma lag?«, herrschte sie ihn an.

Er hob nicht einmal den Kopf, sondern flüsterte kaum hörbar: »Es tut mir leid.«

»Ist das alles, was du zu sagen hast? Und guck mich an, wenn ich mit dir spreche«, brüllte Sarah voller Zorn.

Sie zuckte merklich zusammen, als er ihr jetzt sein Gesicht zuwandte. Der sonst so attraktive, sonnengebräunte junge Mann hatte eine graue Gesichtsfarbe, und dunkle Augenringe hingen wie Schatten in seinem Gesicht. Alles in allem sah Michael Banks mindestens zehn Jahre älter aus als noch in Hamburg.

»Wenn du es verlangst, gehen wir jetzt zur Polizei, und ich stelle mich«, sagte er mit schleppender Stimme.

Das machte Sarah nur wütender, denn sie konnte gar nichts dagegen tun: Sie empfand eine Spur von Mitgefühl mit diesem Kerl.

»Aber eines lass mich vorher klarstellen«, fügte Michael schwach hinzu. »Ich habe dir niemals vorgespielt, in dich verliebt zu sein. Das war echt. Und ich habe deine Großmutter nicht die Kellertreppe hinuntergestoßen. Das war ein Unfall. Aber mehr möchte ich jetzt nicht dazu sagen.«

»Doch, du wirst mir sehr wohl noch etwas sagen!«, schnauzte Sarah ihn an. »Woher wusstest du von den Schrumpfköpfen und der Kette? Wie hast du erfahren, dass ich Ludwig Dehns Urenkelin bin und dass ich nach Hamburg zu meiner Großmutter reise? Wer hat dich auf mich angesetzt? Wie hast du das alles eingefädelt?«

Michael lachte bitter auf. »Gut, ich werde versuchen, dir diese Fragen zu deiner Zufriedenheit zu beantworten. Die ganze Sache war nicht von langer Hand geplant. Das einmal vorweg. Ausschlaggebend war die Anfrage, die mein Kompagnon von einem Sammler aus Europa bekommen hatte. Der wollte unbedingt tätowierte Schrumpfköpfe, und am besten von Maori. Er lockte mit der Wahnsinnssumme von fünfhunderttausend Euro. Das ist schon ein paar Monate her. Damals erzählte ich meinem Kompagnon die Geschichte, die seit Generationen durch unsere Familie geistert. Dass in einem Versammlungshaus, das man aus Neuseeland ins ferne Deutschland gebracht hatte und das den Namen Hinemoa trägt, ein Schatz versteckt wäre, bestehend aus einem unermesslich teuren Geschmeide und zwei Schrumpfköpfen. Und dann haben sich die Ereignisse überschlagen. Es war dein guter Freund Jan Gerken …« Er hielt inne und wagte es zum ersten Mal, sie direkt anzusehen.

Sarah verzog keine Miene. »Ja, und? Weiter!«

»Dein Freund Gerken hatte bei mir doch die Muscheln für die Renovierung des Hauses Hinemoa geordert. Da entstand die Idee, dass ich meine Lieferung begleiten würde, um dieses Haus vor Ort zu inspizieren. Als er mir am Telefon erzählte, dass in ein paar Tagen die Enkelin des Forschers, der das Haus einst nach Hamburg hatte verschiffen lassen, aus Neuseeland käme, und er deinen Namen nannte, war klar, dass ich mich an deine Fersen heften würde, denn ich wusste ja seit dem Kanzleifest, wer du warst. Und dann hat mir auch noch der Zufall in die Hände gespielt, als ich in der Kneipe meinen Anwalt und Rachel getroffen habe. Dein Exverlobter war sternhagelvoll, aber ich habe aus ihm herausbekommen, wann du fliegst. Tja, und dann wollte ich mein Glück versuchen, habe das Ganze aber mehr als

Spiel betrachtet, doch der Auftraggeber hat mir meinen Kompagnon im nächsten Flieger nachgeschickt. Und da wurde es bitterer Ernst. Für mich war das zunächst eher eine Art Glücksspiel.«

»Mit mir als Trostpreis!«, bemerkte Sarah bissig. »Tu nicht so naiv! Du wirst genau gewusst haben, dass es sich bei den Köpfen nicht um irgendwelche Trophäen dubioser Kopfgeldjäger gehandelt hat, sondern dass dein Vorfahre Jonathan Banks meinen Vorfahren, den Häuptling To Pau, brutal und kaltblütig ermordet hat, um mit seinem Kopf ein Geschäft zu machen!«

Michaels Gesichtsfarbe wechselte nun von Weiß zu Puterrot. »Was soll der Unsinn? Was soll ich denn noch zugeben? Jawohl, ich bin ein Glücksritter, der nicht immer den legalen Weg wählt, um ans Ziel zu gelangen. Ja, und meine Geschäfte waren manchmal nicht ganz astrein, und ja, ich habe gehofft, durch dich an die Sachen zu kommen. Aber verliebt habe ich mich in dich bereits auf dem Kanzleifest, sodass bei der ganzen Sache auch ein persönliches Engagement mitgespielt hat.«

Sarah war etwas verunsichert. »Du weißt als wirklich nichts von dem Mord!«

»Nein!«

»Aber du weißt schon, dass dein anderer sauberer Vorfahre, ein gewisser James Banks, ein gemeiner Entführer und Erpresser gewesen ist?«

»Woher willst du das wissen? Nein, viel weiß ich über James Banks nicht, nur dass er offenbar der Anführer einer berüchtigten Diebesbande gewesen sein soll. Ja, ich kann es nicht leugnen. In meiner Familie hat es immer Ganoven gegeben.«

»Ganoven? Das hört sich ja niedlich an. Er wäre auch über Leichen gegangen, um die Schrumpfköpfe und das wertvolle Schmuckstück zu finden!«

»Bevor du mir jetzt sämtliche Verbrechen meiner Vorfahren

bis in das 19. Jahrhundert vorwirfst, mach einfach kurzen Prozess. Lass uns zur nächsten Polizei fahren und gut ist!«

Sarah blickte Michael Banks unschlüssig an. In ihrem Kopf ging alles durcheinander. Sollte sie ihren ehemaligen Geliebten wirklich ans Messer liefern? Bevor sie von Dorothee erfahren hatte, was in Othmarschen wirklich geschehen war? War es nicht Strafe genug für diesen Kerl, dass er jegliche Chance verspielt hatte, jemals ihr Herz zu gewinnen? Und was war mit dem Blutfleck auf dem Boden des Kellers, stammte der von ihm?

»Warum war im Keller meiner Großmutter ein zweiter Blutfleck?«, fragte sie ihn ohne Umschweife.

Michael Banks stieß einen tiefen Seufzer aus. »Ich sagte doch, es war ein Unfall. Mein Kompagnon hat deine Großmutter gestoßen, und sie hat mich im Fallen mitgerissen. Als ich aufwachte, war mein Kompagnon weg, und ich sah deine Großmutter in der Blutlache liegen.«

Sarah funkelte Michael wütend an. »Und dann hast du dich aus dem Staub gemacht, ohne Hilfe zu holen?«, empörte sie sich.

»Ich war schon auf dem Weg zum Telefon, als ich deine Schritte im oberen Stockwerk gehört habe. Ich wollte dir auf keinen Fall begegnen! So, jetzt ist genug gespielt! Lass uns endlich zur Polizei fahren!«

Sarah legte ihre Stirn in grüblerische Falten. Wenn sie ehrlich war, hatte sie nicht das geringste Bedürfnis, ihn bei der Polizei anzuzeigen.

»Hau ab!«, fauchte sie. »Und lass dich niemals mehr in meiner Nähe sehen!«

Michael sah sie entgeistert an und rührte sich nicht vom Fleck.

»Hast du keine Ohren?«, hakte sie nach. »Ich sagte, du sollst abhauen. Ich will dich niemals wiedersehen.«

Michael rührte sich immer noch nicht, machte stattdessen Sekunden später einen Schritt auf Sarah zu. Sie begriff erst in letzter Sekunde, was er vorhatte. Er wollte sie zum Abschied umarmen! Und das war mit Sicherheit das Letzte, was sie von ihm wollte! Sie trat einen Schritt zurück, aber da hatte er schon seine Arme nach ihr ausgestreckt.

»Finger weg!«, brüllte Sarah, holte aus und versetzte ihm eine saftige Ohrfeige, woraufhin er ihre Hand packte.

»Lassen Sie sofort meine Tochter los!«, erklang mit einem Mal eine erboste und ihr sehr bekannte Stimme. Sarah fuhr herum und sah, wie Jane sich Michael mit hoch erhobenen Fäusten näherte.

Michael Banks sah sie an wie ein in die Enge getriebenes Wildtier, das vor die Flinte des Jägers geraten war und keinen Ausweg mehr wusste. »Ich liebe dich«, stieß er gehetzt hervor, bevor er sich auf dem Absatz umdrehte und davonrannte.

»Was war denn das für ein Kerl?«, fragte Jane völlig außer Atem, als sie ihre Adoptivtochter zur Begrüßung in den Arm nahm.

Sarah holte erst einmal tief Luft, bevor sie überhaupt etwas sagen konnte. »Ach, Jane, das ist eine so lange Geschichte, die ich dir nicht hier auf dem Parkplatz erzählen möchte. Dann würden wir bis morgen hier stehen«, seufzte sie.

»Ich habe im ›Reef‹ für uns reserviert«, erklärte Jane in ihrer herzerfrischend pragmatischen Art.

Sarah gab Jane zur Bestätigung, dass dies eine hervorragende Wahl war, ein Küsschen auf die Wange. Das Reef in der George Street war eines von Sarahs Lieblingsrestaurants in Dunedin, weil sie dort schmackhaften Fisch und vortreffliches Seafood hatten.

Als sie im Wagen Richtung Dunedin saßen, konnte Jane ihre Neugier trotzdem nicht länger zurückhalten. »Sag mal, hat dich dieser Mann auf dem Parkplatz belästigt? Ich habe noch nie gehört, dass sich am Flughafen Sittenstrolche herumtreiben.«

Sarah stöhnte auf. »Es ist viel schlimmer! Ich kannte den Mann. Ja, ich habe in Hamburg sogar mit ihm geschlafen.«

»Sag mal, Kind, und ich soll jetzt wirklich bis zum Restaurant warten? Du scheinst ja eine Menge erlebt zu haben, seit wir uns das letzte Mal gesehen haben. Aber ich werde meine Neugier zügeln. Aber eines wüsste ich schon gerne vorab: Wie geht es deiner Großmutter?«

Sarah berichtete ihrer Adoptivmutter alles, was sie inzwischen über Dorothees überraschendes Erwachen wusste.

Jane huschte der Hauch eines Lächelns über das Gesicht.

»Was amüsiert dich denn daran so?«, fragte Sarah in leicht vorwurfsvollem Ton.

Jane machte eine wegwerfende Handbewegung. »Ach, Sarah, ich will dich gar nicht mit meinen Vorhersagen belasten.«

»Wie? Hast du vielleicht vorhergesehen, dass sie den Sturz überleben wird?«

»Nein, nicht direkt. In dem Bild, das ich von der alten Dame hatte, schlug sie noch einmal die Augen auf. Das ist das, was ich gesehen habe. Dann war das Bild verschwunden ...«

»Dann wollen wir mal hoffen, dass es wirklich ein gutes Zeichen war. Ich habe ja bislang nicht einmal mit ihr sprechen können.« Sarah kam kurz die Geschichte mit Jan hoch, aber sie wollte Jane nicht gleich mit ihrem ganzen Frust überfallen.

»Und ich würde auch gerne Johns Grab besuchen«, schlug Sarah vor, um vom Thema abzulenken.

»Das machen wir nach dem Essen. Das hab ich natürlich mit eingeplant«, sagte Jane.

Sarah überlegte fieberhaft, wo sie überhaupt mit dem Erzählen beginnen sollte. Sie hatte Jane am Telefon so gut wie gar nichts von den zahlreichen Komplikationen erzählt. Nicht einmal, dass

Raiwiri und sie sich getrennt hatten. Sarah wusste doch, wie sehr Jane ihren Verlobten ins Herz geschlossen hatte. Schweren Herzens entschied sie sich, mit dieser Neuigkeit zu beginnen. Und zwar jetzt sofort, denn im Restaurant gab es mit Sicherheit noch genügend Gesprächsstoff. Die ganze alte Geschichte um das Haus Hinemoa, Michael Banks und … Jan!

»Ich wollte es dir schon länger sagen, Jane. Raiwiri und ich haben uns getrennt.«

Jane stieß einen tiefen Seufzer aus. »Und ich habe mich gerade gefragt, wie viele Monate du noch damit warten möchtest, mir das zu erzählen!«

»Was soll das heißen? Du weißt davon?«

»Raiwiri hat mich neulich angerufen, um mir adieu zu sagen.«

Sarah wusste nicht, warum sie diese Neuigkeit so ärgerte. Was fiel dem Kerl ein, Jane hinter ihrem Rücken zu kontaktieren?

»Und was hat er gesagt?«

»Dass du eine Dehn mit Leib und Seele bist und dass es besser ist, wenn ihr beide getrennte Wege geht. In seinen Augen ist Ludwig Dehn nicht nur ein Kunsträuber, sondern auch der Mörder seines Urgroßonkels Tame …«

»Das glaube ich nicht! Und was hat er noch gesagt?«

»Er erwähnte auch, dass du von ihm verlangst, er solle mit einem Rechtsstreit, den er gegen das Museum in Hamburg führen will, warten. Und dass er es dir zuliebe machen wird …«

»Oh, was für ein edler Charakter!«

Mit einem prüfenden Seitenblick stellte Sarah fest, dass Jane offenbar noch etwas auf dem Herzen hatte, es aber nicht sagen mochte.

»Nun sag schon, was hat er noch gesagt?«

»Er wird Vater«, seufzte Jane.

Sarah zählte innerlich bis drei, denn sie wartete darauf, bei dieser Nachricht auszurasten. Aber nichts tat sich. In ihr blieb alles ruhig und friedlich. Die Erkenntnis traf sie in diesem Augenblick wie ein Blitz: Sie war über Raiwiri als Mann hinweg! Und mit ihm als Anwalt würde sie auch noch fertigwerden, sobald sie ihm die Dinge aus dem Tagebuch berichtet hatte, die ihn mit Sicherheit davon abbringen würden, tatsächlich einen Rechtsstreit mit dem Museum anzuzetteln.

»Oh Gott, hoffentlich hab ich dich nicht zu sehr geschockt. Ich wollte ungern die Überbringerin der schlechten Nachricht sein. Hat es dich sehr getroffen? Das tut mir alles so leid!«, erklärte Jane sichtlich betroffen.

»Mach dir keinen Kopf! Mein Herz gehört längst jemand anderem, aber er lebt am anderen Ende der Welt. Das kann leider nichts werden.«

»Du hast dich verliebt? Und auch das hast du mir verschwiegen? Und was ist schon eine räumliche Distanz bei einer wirklich großen Liebe? Nein, nein, ich erkenne dich gar nicht wieder, Kind, du wirst doch nicht vor ein paar Kilometern kapitulieren. Wenn er der richtige Mann ist, ergeben sich Mittel und Wege. Du lässt dir doch sonst immer etwas einfallen. Erzähl mal von ihm. Wie sieht er aus? Was macht er beruflich?«

In diesem Augenblick klingelte Sarahs Telefon. Da »unbekannter Anrufer« auf ihrem Display erschien, nahm sie das Gespräch an. Schließlich konnte es einer von ihren Interviewpartnern sein oder gar ihre Großmutter. Als sie Jans tiefe Stimme vernahm, beschleunigte sich ihr Herzschlag. Ohne lange Begrüßung kam Jan sofort auf den Punkt. »Doktor Peters hat mir gesagt, dass du böse auf mich bist. Und du hast recht. Ich hätte es dir unbedingt sagen müssen. Ich weiß das, aber du musst mir eines glauben, Sarah: Ich habe das nur getan, um dich zu schützen. Oder hättest du nicht gleich alles stehen und liegen lassen, um für Monate nach Deutschland zu kommen? Was wäre mit deinem Job gewesen, was mit deinem Leben? Und wofür? Du hättest Tag für Tag an Dorothees Bett gesessen und gehofft, dass sie aufwacht. Und dann die Prognosen der Ärzte. Es hat doch keiner damit gerechnet, dass es so gut ausgeht. Ich wollte dir das Ganze einfach nur ersparen.«

Sarah spürte, wie die ganze Wut von ihr abfiel. Seine Worte klangen aufrichtig und echt. Er machte sich ernsthaft Gedanken um ihr Wohl.

»Alles wird gut«, sagte sie mit sanfter Stimme. »Es war nur so, dass mein Exverlobter auch immer alles zu meinem Wohl entscheiden wollte und mich nie gefragt hat, ob mir das recht ist. Also sind Entscheidungen, die Männer über meinen Kopf hinweg treffen, für mich so etwas wie ein rotes Tuch. Und außerdem ...« Sarah stockte. Sie würde ihm natürlich nicht verraten, dass sie fälschlicherweise geglaubt hatte, er hätte ihr das verschwiegen, damit sie nicht so schnell wieder nach Hamburg käme ...

»Wäre das wundersame Erwachen deiner Großmutter nicht ein triftiger Grund, sich persönlich von ihrem Zustand zu überzeugen?«, fragte Jan leise. »Sie würde sich sehr freuen.«

»Nur sie?«, erwiderte Sarah und spürte, wie ihre Wangen bei dieser Frage ganz heiß wurden.

»Nein, es gibt in Hamburg noch andere Menschen, die es kaum mehr erwarten können, dich endlich in ihre Arme zu schließen«, entgegnete Jan und fügte ein zartes Geräusch hinzu, das sich durch das Telefon wie ein Küsschen anhörte.

»Ich freue mich auch auf dich«, flüsterte sie.

In diesem Augenblick fiel unendlich viel Anspannung von Sarah ab. Jane hatte recht. Was konnte schon eine räumliche Distanz gegen eine große Liebe ausrichten? Mit einem Mal schämte sie sich, dass sie in letzter Zeit dermaßen von Misstrauen zerfressen gewesen war.

»Du hast dich also doch nicht mit Lena getröstet? Jerry und

ich hatten schon Sorge, dass ihr beide das neue Traumpaar seid ...« Sarah wollte einen Scherz machen, um zu demonstrieren, dass diese kleinlichen und kindlichen Eifersüchteleien der Vergangenheit angehörten. Sie wunderte sich, dass in der Leitung Schweigen herrschte. Unheimliches Schweigen und ein paar tiefe Seufzer.

»Woher weißt du das? Von Jerry? Hat sie es ihm also doch erzählt! Ach, es hatte gar nichts zu bedeuten, das sehen wir beide so.«

Sarah hatte das Gefühl, als würde sich eine Faust in ihren Magen bohren, sich einmal umdrehen und ihr sämtliche Eingeweide herausreißen. Sie wurde kalkweiß. Auch Jane spürte, dass irgendetwas Schlimmes passiert war, denn sie war rechts auf einen Parkplatz gefahren und hatte den Motor abgestellt. Das nahm Sarah allerdings nur mit einem verschwommenen Seitenblick wahr. Zu allem Überfluss begann sich alles vor ihren Augen zu drehen. Es war wie ein Karussell, und alles ging schneller und immer schneller.

»Sarah? Bist du noch dran? Es war wirklich nicht der Rede wert. Wir waren beide betrunken, und da ist es eben passiert. Lena sieht es ganz genauso wie ich ...«

Wie in Trance drückte Sarah das Gespräch weg und stierte aus dem Autofenster. Sie blickte auf einen sonnenbeschienenen, sattgrünen Hügel, auf dem sich Hunderte von Schafen tummelten, aber das Bild verschwamm vor ihren Augen. Es wurde zu einer grauen, klebrigen Masse. Erst Janes Hand, die sich ganz sanft auf ihre legte, holte sie in die Realität zurück. Jane war klug genug, keinerlei neugierige Fragen zu stellen, was Sarah sehr entgegenkam. Sie war jetzt nicht in der Lage zu sprechen. Der Schock saß ihr in allen Gliedern. Wie sie seine Worte auch drehte und wendete, eines ließ sich nicht wegreden: Jan hatte mit Lena geschlafen! Und was auch immer das zu bedeuten hatte, ob es den beiden leidtat oder nicht, ob sie betrunken gewesen waren oder stocknüchtern, es interessierte Sarah nicht mehr.

Sie ließ es zu, dass Jane sie in den Arm nahm und sanft an ihre Brust zog. Das war der Platz, an dem sie sich seit jeher ungestraft die Seele aus dem Leib hatte heulen dürfen. Der Platz, an dem sie schon ihren Kummer über aufgeschlagene Knie, über ihren ersten Liebeskummer und über Ärger in der Schule losgeworden war.

»Mom!«, schluchzte sie wie ein kleines Mädchen. Mom, so hatte sie Jane bis weit in ihre Pubertät hinein genannt.

Nach einer halben Ewigkeit hob Sarah den Kopf und musterte ihre Adoptivmutter mit verheulten Augen. »Er hat mit einer anderen Frau geschlafen!«

»Du liebst ihn sehr, oder?«

»Ich will ihn nie wiedersehen«, erwiderte Sarah entschieden. »Glücklicherweise war ich noch nicht mit ihm im Bett, aber so viel zum Thema: Eine große Liebe überwindet jede Distanz!«, fügte Sarah bitter hinzu.

Jane war klug genug, ihrer Adoptivtochter in diesem Moment nicht zu widersprechen. Sie vermutete, dass Sarah förmlich explodieren würde, wenn sie jetzt das Wort »Ausrutscher« ins Spiel bringen würde. Sie kannte ja diesen Deutschen nicht, aber sie kannte Sarah. Und so zärtlich wie eben am Telefon hatte Jane sie noch mit keinem Mann sprechen hören. Auch nicht mit Raiwiri!

Auckland, Mai 1930

Den ganzen Weg zu meinem Haus marterte ich mich mit der Frage, ob Aranga wohl Zeugin des Mordes an ihrem Vater und dessen Frau geworden war. Schließlich hatte sie die beiden abgeschlagenen Köpfe in ihrer Gruselzeichnung zu Papier gebracht. Ob sie darüber den Verstand verloren hatte? Offenbar war ihr an ihrem Todestag eine diffuse Erinnerung gekommen. Sonst hätte sie niemals diese Zeichnung angefertigt, die ganz offensichtlich ein Signal für mich gewesen war, damit ich begriff, was damals geschehen war. Was für Dramen hätten wir uns alle ersparen können, wenn wir die Wahrheit früher gekannt hätten! Was hätte sich mein geliebter Vater an quälerischen Gedanken und Schuldgefühlen ersparen können, wenn er gewusst hätte, dass sein Vater niemals das Opfer des Zorns der Ahnen, sondern das Opfer der Habgier skrupelloser Verbrecher geworden war! Mein Großvater war von Jonathan Banks und seinen Männern brutal ermordet worden. Sie hatten seine und die Kleidung seiner Frau am Fluss abgelegt, damit jeder glauben musste, die beiden wären ertrunken. Bei der Panik meines Großvaters vor dem reißenden Fluss wäre das eine durchaus plausible Todesart gewesen. Plötzlich musste ich an Tame denken. Wo er jetzt wohl sein mochte? Ob er seinen Verstand wiedererlangt hatte? Ich würde ihn so gerne noch einmal sehen, um ihm zu sagen, dass es nie einen Zorn der Ahnen gegeben hatte.

Ich hatte eigentlich gedacht, dass ich längst frei von diesem ganzen Zauber gewesen wäre. Aber das war nicht der Fall, wie ich jetzt deutlich merkte. Dieses Wissen um die Wahrheit befreite auch mich. Ich hatte jetzt die absolute Gewissheit, dass ich das Versammlungshaus ohne diese schreckliche Geschichte, die wie ein düsterer Schatten über ihm gelastet hatte, viel unbeschwerter einer neuen Bestimmung würde zuführen können.

Als ich in meinem Haus angekommen war, galt mein erster Gedanke den beiden Köpfen und der Frage: wohin damit? Ich konnte sie nicht einfach lieblos in diesem Korb zurücklassen. Wenn ich mir vorstellte, Susan würde einem Käufer das Haus zeigen und sie würden womöglich einen Blick in diesen Korb werfen ... nicht auszudenken! Außerdem war dies mit der Würde meines Großvaters nicht zu vereinbaren. Ob ich es wollte oder nicht, mir oblag die Pflicht, meinen Großvater und seine Frau mit dem nötigen Respekt zu beerdigen. Aber wo sollte ich auf die Schnelle einen Priester herbekommen? Ich beschloss, damit zu warten, bis Ludwig wieder zu Hause war.

Dann fiel mir das wertvolle Geschmeide ein, das ich achtlos in meine Handtasche gestopft hatte. Mit zitternden Fingern holte ich es hervor und hielt es gegen das Sonnenlicht. Die Steine glitzerten um die Wette. Aber wo sollte ich das Schmuckstück verstecken? Da dies offenbar das eigentliche Objekt der Begierde dieser Verbrecher war, wäre es in meiner Handtasche ganz bestimmt nicht sicher. Ich hoffte natürlich inständig, dass sich James Banks' und meine Wege nie mehr kreuzen würden, aber konnte ich das wissen? Lag es nicht zumindest im Bereich des Wahrscheinlichen, dass er einen Späher ausgeschickt hatte, der die Halle im Auge behielt? Und auch mein Haus? Schließlich kam mir der rettende Gedanke! Ich würde das Schmuckstück an meinem Körper verstecken! Mit immer noch zitternden Fingern tastete ich nach dem Verschluss. Es gelang mir, ihn wieder zu schließen. Mit einem einzigen flüchtigen Blick in den Spiegel stellte ich fest, dass ich bisher nie etwas derart Schönes und Wertvolles um den Hals getragen hatte. Aber es war sehr schwer an meinem Hals, denn sowohl die Steine als auch das massive Gold wogen beträchtlich. Kurz entschlossen nahm ich das Schmuckstück und stopfte es zurück in die Handtasche. Nun musste ich erst einmal all meine Kraft aufwenden, um das Nötigste einzupacken und meinen Großvater respektvoll zu beerdigen.

Als Erstes holte ich einen Koffer vom Schrank und suchte mir meine liebsten Kleidungsstücke aus. Ich besaß nicht wenig zum Anziehen, sodass ich eine Auswahl treffen musste. Das war nicht immer leicht, aber unter diesem starken Zeitdruck schaffte ich auch das. Neben meiner Kleidung waren mir meine Bücher, das wertvolle Geschirr meiner Mutter und Familienfotos wichtig.

Ich nahm alle Bücher mit, die mit der Kultur meines Volkes zu tun hatten. Beim Geschirr musste ich mich entscheiden. Meine Mutter hatte so viele schöne Dinge in die Ehe eingebracht, dass es mir verdammt schwerfiel, mich von manch liebgewonnenem Gegenstand zu trennen. Schließlich hatte ich allein mit dem Hausstand zwei große Umzugskisten gefüllt.

Draußen wurde es bereits dämmrig, als ich mit dem Gröbsten fertig war. Ich musste mich für einen Augenblick ausruhen und stärkte mich mit einem Glas Champagner. Von den Vorräten, die in meinem Abstellraum lagerten, nahm ich nur ein Dutzend Flaschen mit. Ich wollte gerade feierlich auf den Abschied von meinem Haus anstoßen, als mein Blick auf ein Foto fiel, das neulich ein Fotograf von meinem Haus gemacht hatte. Ich hatte unbedingt eine Erinnerung daran haben wollen. Gedankenverloren legte ich es zwischen zwei Seiten in meinem Tagebuch. Dabei fiel mir Arangas Zeichnung ein, und ich zog sie hervor. Als ich sie in diesem Augenblick betrachtete, erschloss sich mir das Grauen, das Aranga in dieser Zeichnung festgehalten hatte, natürlich ganz anders als auf den ersten Blick. Eindringlich betrachtete ich den leblosen Körper, der hinter der Statue lag und offenbar den Schnitzer Awapatu darstellen sollte. Das deutete wohl darauf hin, dass sie ihn gefunden hatte. Warum war sie damals nicht früher zu seiner Werkstatt gekommen? Und wo war sie die übrige Zeit gewesen? Ich konnte nur spekulieren und mutmaßte, dass sie von den Verbrechern entdeckt worden war und die versucht hatten, sie umzubringen. Dass sie wahrscheinlich schwer verletzt und hilflos irgendwo gelegen hatte, bis sie es geschafft hatte, sich zu ihrem Geliebten zu schleppen. Schließlich hatte man sie ja neben ihrem toten Verlobten mit schweren Messerstichen in der Brust ohnmächtig aufgefunden und sie noch im letzten Moment retten können. Danach war sie nie mehr dieselbe gewesen. Nein, das, was sie mit angesehen haben musste, hatte ihr wohl den Verstand geraubt.

Ich ermahnte mich, meine kostbare Zeit nicht mit Spekulationen zu verbringen. Entschieden legte ich die Zeichnung zurück in das Tagebuch, klappte es zu und platzierte das Büchlein sichtbar auf dem Tisch. Erst hatte ich überlegt, ob ich es in eine der Kisten stopfen sollte, aber mir war lieber, ich trug es ganz nah bei mir, denn ich würde auf der langen Reise über das weite Meer nach Deutschland sicherlich viel Gelegenheit haben, Tagebuch zu schreiben. Ich würde es lieber in meiner Handtasche transportieren.

In diesem Augenblick hörte ich die Tür klappen und war sehr erleichtert, dass Ludwig nach Hause kam. Nicht, dass ich konkret Angst empfunden hatte, es könne noch etwas schiefgehen, aber die Gesellschaft meines Mannes beruhigte mich doch. Ich berichtete ihm davon, dass ich den Großteil meiner Sachen bereits zusammengepackt hatte und dass mich nur noch eine Frage quälen würde: was mit den Überresten meines Großvaters und seiner Ehefrau geschehen sollte? Ich gestand ihm, dass mir am wohlsten wäre, wenn wir einen Maori-Priester auftrieben, der ein würdevolles Ritual durchführte.

Ludwig sah mich jedoch entgeistert an. »Merima, ich kann das sehr gut verstehen, aber wir haben keine Zeit mehr.«

»Gut!«, seufzte ich. »Aber dann müssen wir beide sie beerdigen. Wir können sie nicht einfach in dem Korb liegen lassen.«

Täuschte ich mich, oder färbte sich Ludwigs Gesicht schon wieder grünlich? »Natürlich müssen wir ihnen ein würdevolles Begräbnis machen, aber dann lass es uns schnell hinter uns bringen«, entgegnete mein Mann.

Jetzt war also der Augenblick gekommen, vor dem ich mich die ganze Zeit gefürchtet hatte. Nun war es unausweichlich. Ich musste mir die beiden Köpfe näher ansehen. Und plötzlich fiel mir Ludwigs und mein Gespräch über Schrumpfköpfe ein. Ich weiß noch genau, dass mein Mann, der Forscher, mich darüber belehrt hatte, wie die Köpfe der Häuptlinge in der Tradition meines Volkes auf diese Weise früher konserviert worden waren, weil es ihnen Macht und Kraft versprach.

Beherzt blickte ich in den Korb, atmete ein paarmal tief durch und versuchte, meinen Ekel zu überwinden. Als ich mir sicher war, dass der anfängliche Brechreiz überwunden war, nahm ich ganz vorsichtig die beiden Köpfe aus dem Korb und legte sie nebeneinander auf den Boden. Es war deutlich zu erkennen, welcher Kopf von meinem Großvater stammte und welcher von seiner Frau. Letzterer hatte ein Moko am Kinn, ein klares Zeichen für die Tätowierung einer Frau. Das Gesicht meines Großvaters war über und über mit dem Moko seines Stammes gezeichnet. Je länger ich die beiden Köpfe betrachtete, desto mehr verschwand mein körperliches Unbehagen. Eigentlich sahen sie so aus, als wären sie aus Wachs gefertigt. Sie hatten etwas Puppenhaftes an sich und wirkten künstlich.

Auch Ludwig war jetzt näher gekommen und starrte die beiden Köpfe neugierig an. »Ist gar nicht mehr so schlimm«, sagte er schließlich.

Ich warf ihm einen warmherzigen Blick zu. »Und du bist auch gar nicht mehr so grün im Gesicht«, erwiderte ich und versuchte zu lächeln. »Hast du mir nicht jüngst bei unserem ersten Treffen Vorträge darüber gehalten, dass du bei einem abgelegenen Stamm schon einmal Schrumpfköpfe gesehen hast?«

Ludwig wand sich. »Na ja, das war ein wenig übertrieben, ich möchte sagen, ich wollte ein bisschen angeben vor dir. Du hast dich so schön darüber geärgert, dass du dich bei diesem Thema nicht auskennst, da hab ich ein wenig aufgedreht. Und nein, ich habe nie zuvor einen abgetrennten Kopf gesehen.«

Ich gab ihm einen liebevollen Kuss auf die Wange. »Dann sollte ich es mir noch einmal überlegen, ob ich wirklich mit dir nach Deutschland gehe. Du bist ja ein ganz ausgekochter Halunke.«

»Dann lass uns zur Tat schreiten! Ich denke, wir beerdigen sie unter dem Eisenholzbaum. Was meinst du?«, schlug Ludwig vor.

»Eine sehr gute Idee. Mein Vater hat diesen Baum geliebt, und es würde ihm sicherlich eine große Freude machen, wenn er wüsste, dass ich seinen Vater an einem so schönen Platz beerdige.«

Wenig später hatten wir unter dem Kauribaum ein Loch geschaufelt, das so groß war, dass beide Köpfe Platz darin haben würden. Neben das Loch in der Erde hatten wir eine Fackel gesteckt, die in der Dunkelheit flackerte. Ich fand die ganze Atmosphäre ein wenig gespenstisch. Wäre Ludwig nicht an meiner Seite gewesen, hätte ich mich sicherlich furchtbar gegruselt. Wir hatten uns vorher darauf geeinigt, dass Ludwig ein Gebet sprechen und ich das Lied *Pö atarau* singen würde, das mein Vater und seine Leute jedes Mal gesungen hatten, wenn einer der jungen Maori-Soldaten ihres Stammes in den Ersten Weltkrieg gezogen war.

Wir hatten die zwei Köpfe feierlich auf ein seidenes Tuch gelegt. Es gehörte eigentlich zu einem meiner Festkleider, die ich in meiner alten Heimat zurücklassen würde. Wir wollten die Köpfe aber nicht schutzlos begraben, sondern hatten eine passende Kiste herbeigeschafft. Gerade, als wir mit dem feierlichen Ritual beginnen wollten, hörten wir hinter uns ein Hüsteln. Erschrocken drehten wir uns um. Ludwig hatte geistesgegenwärtig nach dem Spaten gegriffen und war bereit, jeden Angreifer damit in die Flucht zu schlagen. Wir konnten keinen Menschen sehen, obwohl der Mond ziemlich hell in den Garten schien, doch nun folgte ein Niesen. Ludwig und ich sahen uns wissend an. Es gab nicht den geringsten Zweifel: Ganz in der Nähe versteckte sich ein Mensch.

Wir waren unschlüssig, was wir jetzt tun sollten. Sollten wir uns trennen und das Gebüsch durchsuchen? Sollte Ludwig allein vorauspreschen und nach dem Eindringling suchen? Die Entscheidung nahm uns der ungebetene Gast in unserem Garten ab.

Zuerst hörten wir seine Stimme. »Ich tue euch nichts. Ich komme in friedlicher Absicht.«

»Tame?« Keine Frage, das war eindeutig die Stimme meines Exverlobten.

»Dann zeig dich, Mann!« Ludwig hielt den Spaten fest in der Hand und blickte suchend nach allen Seiten.

Im nächsten Augenblick raschelte es hinter einem Rhododendronbusch, woraufhin sich Ludwig in Angriffsposition begab. Im nächsten Augenblick bahnte sich Tame den Weg durch das Buschwerk und trat etwas zerzaust in den Garten.

»Ich habe gesagt, ich tue euch nichts! Nimm deinen Spaten runter, Mann!«, herrschte Tame Ludwig an.

Ludwig warf mir einen verunsicherten Blick zu. Ich nickte. Merkwürdigerweise hatte ich keinerlei Angst vor Tame. Was ich natürlich auf den ersten Blick nicht einschätzen konnte, war sein momentaner Geisteszustand. Er machte einen ganz normalen Eindruck, aber das konnte auch täuschen.

»Was macht ihr da?« Tame näherte sich den beiden Köpfen und starrte sie fassungslos an.

Ich fasste mir ein Herz und fing an, ihm die ganze grausame Geschichte zu erzählen. Die ganze Zeit, während ich redete, rührte sich Tame nicht vom Fleck. Wie betäubt stierte er die beiden Schrumpfköpfe an. Ludwig hatte seinen Spaten immer noch schlagbereit in der Hand.

Nachdem ich meine Schilderung beendet hatte, drehte sich Tame langsam zu uns um. »Awapatu war also ein Verräter«, bemerkte er tonlos.

»Er hat seine Tat bitter bereut«, sagte ich hastig. »Und er hat sie mit dem Leben bezahlt. Aber jetzt sag uns bitte, wo warst du die ganze Zeit?«

»Zuerst war ich bei einem Heiler meines Volkes. Als ich wieder auf den Beinen war, hat er mich zu einem Pakeha-Arzt nach Dunedin geschickt. Auch ein Nervenarzt wie in der Irrenanstalt, doch er fand einen anderen Zugang zu mir. Wir haben viele Gespräche geführt, und eines Tages wusste ich, dass ich zwar in der Tradition meines Volkes und meiner Kultur verwurzelt bin und auch bleiben werde, aber ich hatte die Angst vor Flüchen und Prophezeiungen verloren.«

Ludwig entspannte sich und ließ langsam die Schaufel sinken. »Und was willst du jetzt tun?«

»Ich werde die Arbeit in meiner Kanzlei wieder aufnehmen und meinen Weg gehen. Und dir, Merima, wünsche ich alles erdenklich Gute. Obwohl ich dich sehr geliebt habe, lass ich dich jetzt gehen, und zwar in Frieden.«

Am liebsten wäre ich ihm vor lauter Rührung um den Hals gefallen. Ich wollte ihn aber nicht vor Ludwig umarmen und musterte ihn stattdessen dankbar. »Dein Segen ist mir unendlich wichtig. Ludwig und ich sind inzwischen verheiratet. Wir werden das Land noch heute Nacht verlassen.«

Tame blickte entgeistert von einem zum anderen. »Warum werdet ihr Neuseeland verlassen? Ich bin doch keine Gefahr mehr für euch! Was willst du im fernen, kalten Deutschland?«

Ich räusperte mich ein paarmal, denn ich haderte mit mir, ob ich ihm die Wahrheit sagen sollte. Tame wirkte in diesem Augenblick völlig gesund, aber hatte ich es in der Klinik nicht öfter erlebt, dass er mir normal vorkam, um dann wieder in den Wahnsinn zu verfallen, er müsse das Haus Hinemoa abfackeln?

Es blieb mir nichts anderes übrig, als ihn direkt darauf anzusprechen. Wenn auch nur noch ein Funken der Krankheit in ihm lauerte, würde er die Fassade der Normalität mit Sicherheit nicht aufrechterhalten können, sobald ich das Versammlungshaus erwähnte.

»Und du bist wirklich vollständig von dem Wahn geheilt, das Haus Hinemoa anzünden zu müssen?«

Tame nickte. »Ja, das war ja gerade die Wahnvorstellung, unter der ich gelitten habe. Dass ich das Versammlungshaus stellvertretend für alle Zwänge und alle Ängste, die mir in der Vergangenheit eingeimpft worden sind, büßen lassen wollte. Es stand stellvertretend für die Ahnen, die mich auf Schritt und Tritt verfolgten und Dinge von mir verlangten, die ich gar nicht wollte ...« Er hielt inne, und plötzlich huschte ein seliges Lächeln über sein angespanntes Gesicht. »Ich werde auch bald heiraten. Und du wirst es nicht glauben, Merima, aber sie ist eine Pakeha.«

Nun konnte ich nicht an mich halten, sondern rannte in Tames Arme. Er drückte mich fest an sich und flüsterte mir zu, dass alles in Ordnung wäre. Plötzlich hielt er inne und musterte mich kritisch. »Warum willst du unser Land verlassen, Merima?«

Er warf Ludwig einen bösen Blick zu. »Hat er dich dazu gezwungen?«

Ich schüttelte heftig den Kopf. »Nein, Ludwig wäre selbst gern noch hiergeblieben, aber ...« Ich zögerte einen Augenblick, aber dann brach die ganze Geschichte aus mir heraus.

Tame hatte während meiner Schilderung die Fäuste geballt und den Kiefer fest zusammengepresst. Als ich mit meiner Geschichte zu Ende war, konnte er sich nicht länger beherrschen. »Es kann ... es ist doch unmöglich, ich meine, es darf nicht sein, dass so eine Verbrecherbande euch aus dem Land treibt! Du hättest zur Polizei gehen müssen! Und Evans hätte sich niemals auf diese Erpressung einlassen dürfen!«

»So einfach ist das nicht«, erwiderte ich in rechtfertigendem Ton. »Wenn ich zur Polizei gegangen und daraufhin seinem Kind etwas geschehen wäre, hätte ich mir das im Leben nicht verziehen. Wenn Mr. Evans mir allerdings ein Zeichen gegeben hätte, dass er dieses Risiko hätte eingehen wollen, wäre ich mit ihm diesen Weg gegangen. Aber ein Alleingang wäre unverantwortlich gewesen!«

»Ich hätte meine Frau niemals gedrängt, mit mir nach Deutschland zu gehen. Jedenfalls nicht jetzt. Doch eines Tages hätte ich meine Heimat auf jeden Fall wiedersehen wollen. Nun ist alles anders gekommen, aber ich glaube, es gibt Schlimmeres, als mit mir in Hamburg zu leben und dort für das Haus Hinemoa einen würdigen Platz zu finden«, bemerkte Ludwig nachdenklich.

Tame stieß einen tiefen Seufzer aus. »Darf ich bei der Beerdigungszeremonie dabei sein?«, fragte er beinahe schüchtern.

»Aber natürlich, du bist herzlich willkommen«, erwiderte ich begeistert und zog Tame an der Hand zu der kleinen Grube.

Nach längerem Schweigen begann Ludwig mit der Zeremonie, indem er sein Gebet sprach. Dann sprach ich ein paar Worte und sang mein Lied.

»Pö atarau, E moea iho nei, E haere ana, Koe ki pämamao …« Die Töne klangen glockenhell durch die neuseeländische Nacht, als würde ein Engel seine Stimme erheben.

In die zweite Strophe fiel Tame mit ein. Er besaß eine wunderbare Bassstimme, und wir ergänzten uns hervorragend. Voller Inbrunst sangen wir nun gemeinsam: *Haere rä, Ka hoki mai anö, Ki i te tau, E tangi atu nei.*

Ludwig kamen beim Zuhören die Tränen. Verstohlen wischte er sich über das Gesicht. Er konnte immerhin so viel Maori, dass er den Inhalt verstand. Das Lied handelte vom Abschied und der Hoffnung, dass man sich einmal wiedersehen würde.

Als alles vorüber war, bot ich Tame an, noch mit ins Haus zu kommen, um sich ein paar Erinnerungsstücke an meinen Vater auszusuchen. Im Wohnzimmer hingen einige wertvolle Masken, die ich nicht mitnehmen wollte, weil ihr Platz in Neuseeland war. Und ich fragte ihn, ob er den Schreibtisch meines Vaters haben wolle, der von einem Maori-Schnitzer reich verziert worden war. Tame nahm mein Angebot gerührt an und versprach, in einer Stunde mit einem Pferdefuhrwerk für den Transport zurück zu sein. Von Ludwig verabschiedete er sich jetzt schon, da mein Mann ihm mitteilte, dass er gleich wieder beim Schiff sein musste, um das Einladen der wertvollen Dinge zu überwachen. Die beiden Männer schüttelten sich respektvoll die Hand. Mehr konnte ich von beiden nicht erwarten.

Nachdem erst Tame und dann Ludwig das Haus verlassen hatten, wurde mir schwer ums Herz. Ich ging noch einmal durch alle Zimmer und betrachtete wehmütig die Dinge, die ich in meiner Heimat zurücklassen würde. Besonders die liebevoll eingerichtete Küche konnte ich nur schwer loslassen. Ich versuchte, mir jedes Detail einzuprägen, um mir eine ähnliche Küche in Ludwigs Haus zu schaffen. Und noch einmal überkamen mich Zweifel, ob es wirklich richtig war, bei Nacht und Nebel zu flüchten. Andererseits war die Entscheidung, nach Deutschland zu gehen, schließlich schon vor diesem Ereignis gefallen. Ich hatte mich doch längst entschieden, Neuseeland hinter mir zu lassen.

Ich war gerade in der oberen Etage im Schlafzimmer und dachte sehnsüchtig daran, welch lustvolle Stunden Ludwig und ich in diesem Raum verbracht hatten, als ich unten im Flur schwere Schritte hörte. Ich dachte mir nichts dabei, weil ich vermutete, dass Ludwig wieder zurückgekommen war. Allerdings wunderte ich mich sehr, dass er nicht antwortete, als ich laut seinen Namen rief. Mir wurde mulmig zumute, als sich die Schritte näherten. Sie waren schon bei der Treppe. Was sollte ich tun? Mich verstecken? Oder mich dem Eindringling stellen? Ich entschied mich für Letzteres und trat mutig auf den Flur hinaus. Ich erstarrte. Kein Geringerer als James Banks kam drohend auf mich zu. Er hatte die Faust erhoben, und aus seinen Augen funkelte die eiskalte Wut.

»Du Miststück!«, brüllte er mich an und fuchtelte mit seiner Faust vor meiner Nase herum. »Das hast du dir fein ausgedacht! Glaubst du, ich bin so blöd und vertraue dir? Du wirst sofort dafür sorgen, dass die Sachen wieder von diesem verdammten Schiff runterkommen.«

Ich hielt seinem Blick stand und zuckte nicht zurück. »Das werde ich nicht tun! Sie werden das Haus Hinemoa nicht an irgendeinen Vergnügungspark verscherbeln! Und die sterblichen Überreste meines Großvaters werden Sie auch nicht in Ihre dreckigen Finger bekommen! Sie wissen, dass Ihre Vorfahren Mörder waren, oder?«

Er lachte dreckig auf. »Ich hab es doch gewusst! Du weißt also ganz genau, was wir suchen. Dann verrate mir mal, wo du das Geschmeide versteckt hast.« Er war jetzt so nah auf mich zugetreten, dass ich seinen schlechten Atem riechen konnte. Mir wurde speiübel. »Von mir werden Sie überhaupt nichts bekommen!« Ich versuchte, mir nicht anmerken zu lassen, dass mir das Herz bis zum Hals klopfte.

»Dann werde ich jetzt dein Haus auf den Kopf stellen!«

»Tun Sie das! Allerdings werden Sie nichts finden, denn alles, was Sie suchen, ist längst in Sicherheit! Sie haben verloren, Banks! Und ich würde Ihnen dringend raten, Mr. Evans jetzt seinen Sohn gesund und munter wiederzugeben. Sonst werden Sie mit Sicherheit am Galgen enden!«

James Banks aber lachte nur. Dabei riss er seinen Mund weit auf, sodass ich seine gelben, verrotteten Zähne sehen konnte. Mir wurde so schlecht, dass ich befürchtete, mich auf der Stelle übergeben zu müssen.

»Noch ist das Spiel nicht zu Ende, Darling!«, spottete er. »Ich werde dich als Geisel nehmen und deinem Gatten eine Botschaft schicken. Entweder lädt er das Haus Hinemoa wieder aus, übergibt mir die Köpfe und den Schmuck – oder er wird dich nicht lebend wiedersehen. So viel zum Thema Galgen!«

Mit diesen Worten packte er mich an der Kehle. Zunächst spürte ich eine gewisse Erleichterung, dass ich die Kette nicht trug, weil er sie mit Sicherheit an meinem Hals gefühlt hätte ... doch dann befürchtete ich, dass mein letztes Stündlein geschlagen hatte. Da sah ich hinter ihm Tame auftauchen. In der Hand hielt er einen Schürhaken. Ich versuchte, mir meine Erleichterung nicht anmerken zu lassen. Und dann ging alles blitzschnell. James Banks ließ von mir ab, holte aus der Jackentasche eine Pistole und schoss auf meinen nahenden Retter. Tame brach lautlos zusammen, während ich einen mörderischen Schrei ausstieß. Ich drängte mich an meinem Peiniger vorbei und lief zu Tame. Ich kauerte mich neben ihn auf den Boden, und da sah ich es: Auf seinem weißen Hemd breitete sich ein blutiger Fleck aus, als würde eine rote Quelle aus ihm heraussprudeln. In diesem

Augenblick riss er die Augen auf, und er öffnete den Mund, aber es entrang sich seiner Kehle nicht mehr als ein schwacher Seufzer. Doch seinem Blick konnte ich entnehmen, was seine sterbende Stimme mir nicht mehr sagen konnte: Er hatte nie aufgehört, mich zu lieben!

Dann war alles still. Totenstill! Tame hatte seinen letzten Atemzug getan. Ich schloss ihm sanft die Augen. Stumme Tränen rannen mir über das Gesicht, aber James Banks, dieses Scheusal, ließ mir keine Zeit zu trauern. Er riss mich an den Haaren empor. »So, jetzt ist meine Geduld am Ende!« Er schleifte mich hinter sich her bis in mein Schlafzimmer. Ich befürchtete schon das Allerschlimmste, doch James Banks steuerte nicht auf mein Bett zu, sondern zielstrebig auf das Fenster. Er öffnete es und schrie hinaus: »Richard! Zeig dich!«

»Hier!«, tönte es von unten aus dem Garten.

»Lauf schnell zur ›Queen Mary‹ unten am Hafen und überbringe Mr. Ludwig Dehn folgende Botschaft: Seine Frau ist in den Händen von Entführern ... Er soll seinen Hintern augenblicklich hierher zum Haus bewegen. Ich bring die Dame derweil in unser Versteck, falls der Kerl auf den Gedanken kommt, mit der Polizei hier anzurücken.«

Ich zitterte am ganzen Körper bei der Vorstellung, dass alles umsonst gewesen war. Und ich hatte jetzt die Gewissheit, dass dieser James Banks genauso ein gefährlicher Krimineller war wie sein Vorfahre Jonathan, der auch vor Mord nicht zurückgeschreckt war. Sofort schweiften meine Gedanken zu Tame ab, und ich musste mich sehr zusammenreißen, um nicht erneut in Tränen auszubrechen.

James Banks schubste mich vor sich her aus dem Schlafzimmer in Richtung Treppe. Um den am Boden liegenden toten Tame machte er einen großen Bogen. Als wir am Salon vorbeikamen, warf mein Peiniger einen flüchtigen Blick hinein und befahl mir stehenzubleiben. »Sieh an! Das sind ja ein paar ganz wertvolle Masken. Die werden wir bei der Gelegenheit auch gleich mitnehmen.«

Mir lief es eiskalt den Rücken hinunter bei der Vorstellung, dass sich dieser Bastard auch noch am Eigentum meines Vaters vergreifen würde. Doch dann wollte mir schier der Atem stocken, als ich meine halb geöffnete Handtasche auf dem Tisch stehen sah. Nicht auszudenken, wenn der Mistkerl einen Blick hineinwarf.

Ich hatte den Gedanken noch gar nicht zu Ende geführt, als James Banks einen triumphierenden Pfiff ausstieß. »Das ist aber reizend, dass du deine Reisekasse so sichtbar deponiert hast.« Er musterte mich mit einem fiesen Blick. »Frauen bewahren das Reisegeld doch in ihrer Handtasche auf, oder?«

Mit einem Satz hatte er meine Tasche gepackt und den Inhalt auf dem Esstisch ausgekippt. Mit einem klirrenden Geräusch landete meine Kette auf der Holzplatte.

»Was haben wir denn da?« Aus seinen Augen sprach die nackte Gier.

»Nehmen Sie sofort Ihre Finger weg!«, ertönte hinter mir eine vertraute Stimme. Ich fuhr herum und konnte mein Glück gar nicht fassen. In der Tür stand Ludwig mit einer Waffe in der Hand, die er auf James gerichtet hielt.

Als ich sah, wie der Kerl in seine Tasche greifen wollte, trat ich ihm geistesgegenwärtig so heftig von hinten in die Kniekehle, dass er einknickte, woraufhin Ludwig auf ihn zustürzte und ihn mit einem Fausthieb gänzlich zu Boden streckte. Banks rührte sich nicht mehr. Ludwig schien ihn tatsächlich k.o. geschlagen zu haben.

»Woher hast du die Waffe? Woher hast du gewusst, dass ich in Gefahr bin?«

»Ich wurde zufällig Zeuge, wie dieser Banks seinem Adlatus von oben aus dem Schlafzimmerfenster Befehle erteilt hat.«

»Und wo ist der Kerl jetzt?«

»Er liegt gefesselt und geknebelt im Schuppen, und ich habe mir seine Waffe ausgeliehen.« Ludwig betrachtete die Pistole von allen Seiten. »Ich wüsste nicht mal, wie man so ein Ding bedient.«

»Es ist etwas Schreckliches geschehen«, sagte ich. »Er hat Tame erschossen!«

In diesem Augenblick ertönte lautes Stöhnen vom Boden. Mitleidlos musterten wir den rothaarigen Kerl, der uns hasserfüllt anfunkelte.

Ludwig zielte erneut mit der Waffe auf ihn und befahl mir, die Polizei zu holen, damit sie diese beiden Kerle in Gewahrsam nehmen konnte.

»Das würde ich lieber lassen!«, bellte der Verbrecher. »Wenn ich heute Abend nicht wieder bei meinen Leuten bin, werden sie dem Evans-Jungen den Hals umdrehen. Wenn Sie das verantworten wollen? Bitte! Aber sagen Sie nicht, ich hätte Sie nicht gewarnt!«

Ludwig und ich warfen uns einen hilflosen Blick zu. Wir wussten beide, dass wir in diesem Punkt verloren hatten. Natürlich würden wir dieses Risiko nicht eingehen. Ludwig forderte mich auf, ihm ein Seil zu bringen. Wir hatten davon jede Menge für den Umzug besorgt. Als ich damit zurückkam, fesselte Ludwig dem Kerl die Arme auf dem Rücken und stopfte ihm einen alten Lappen in den Mund.

»Jetzt bring mich zu Tame«, bat Ludwig. Ich fasste meinen Mann bei der Hand und führte ihn in die obere Etage. Die beiden Männer waren ganz bestimmt keine Freunde gewesen, aber Ludwig schien dieser Anblick wirklich nahezugehen. Er war ganz blass geworden.

Mit einem Blick auf seine Armbanduhr murmelte er: »Wir haben noch eine gute Stunde Zeit. Dann kommen die Jungs, um die restlichen Sachen abzuholen. Die sollten wir nutzen, um Tame im Garten zu begraben.«

Es war gar nicht einfach, ihn zu zweit aus dem Haus zu schleppen. Ich kam jedenfalls schrecklich ins Keuchen, besonders auf der Treppe.

Wenn ich Ludwig nicht schon über alle Maßen lieben würde – dafür hätte ich mich noch einmal in ihn verlieben können.

Ludwig bat mich, aus der Wohnung Betttücher und Laken zu holen, während er mit dem Spaten allein eine Grube aushob. Wir wickelten den toten Tame ganz fest in die Leinentücher ein und schnürten ihn wie eine Mumie zusammen. Ich wunderte mich zunächst darüber, dass ich das fast emotionslos hinter mich brachte, doch mir wurde schnell klar, warum ich nicht losheulte. Meine Sinne waren durch das, was ich an diesem Tag erlebt hatte, dermaßen überreizt, dass ich keine Tränen mehr hervorzubringen vermochte.

Wir hatten das Loch gerade wieder zugeschaufelt, als wir schon lautes Gejohle von draußen hörten. Es waren die Seeleute, die uns mitsamt der letzten Fuhre abholen wollten.

»Sie dürfen auf keinen Fall in den Salon. Nicht, dass sie den Kerl dort liegen sehen!«, rief mir Ludwig zu, bevor er zur Vordertür rannte, um die Männer ins Haus zu lassen. Ich eilte zum Salon und griff nach meiner Handtasche und dem Tagebuch, das ich hektisch in die Tasche stopfte. Banks würdigte ich keines einzigen Blickes. Es tat mir in der Seele weh, dass ich ihn nicht der Polizei ausliefern konnte. Nun musste ich davon ausgehen, dass seine Leute ihn suchen und wohl bald befreien würden. Ich konnte nur hoffen, dass es zu einem Zeitpunkt geschehen würde, an dem wir den Hafen von Auckland bereits verlassen hatten. Prüfend blickte ich mich noch einmal in meinem Wohnzimmer um. Mein Herz krampfte sich zusammen bei der Vorstellung, dies alles in meinem Leben niemals wiederzusehen, aber dann riss ich mich von dem Anblick los. Sentimentalität konnte ich mir nicht leisten. Entschlossen ging ich zur Tür. Dort drehte ich mich doch noch einmal um und sah in Banks' Richtung. Wenn Blicke töten könnten, dachte ich erschrocken, trat auf den Flur hinaus, warf die Tür hinter mir mit einem lauten Knall zu und verließ fluchtartig mein Haus. Gerade wurden die letzten Kisten auf die Anhänger der Pferdefuhrwerke gehoben, und dann ging es auch schon los in Richtung Hafen. Die nun folgende Stunde war die längste in meinem bisherigen Leben. Wie gelähmt vor lauter Angst, dass in letzter Sekunde noch etwas dazwischenkommen könnte, stand ich an Deck und sah zu, wie die Seemänner die letzten Dinge an Bord der »Queen Mary« hievten. Erst als das Schiff ablegte, wagte ich es, wieder durchzuatmen.

Auckland, März 2014

Sarah stand nun bereits über fünf Minuten vor der Tür der Anwaltskanzlei und zögerte, den Klingelknopf zu drücken. Letzte Zweifel überkamen sie, ob es wirklich eine gute Idee gewesen war. Nachdem sie im Tagebuch ihrer Großmutter die Geschichte von Tame gelesen hatte, hatte sie sich unter einem falschen Namen einen Termin bei Raiwiri geben lassen, weil sie sich nicht sicher war, ob er sie ansonsten überhaupt empfangen würde.

Ein wenig bereute sie, dass sie so vorgeprescht war, denn sie fühlte sich ziemlich ausgelaugt. Sie hätte sich gern ein wenig erholt, um dieses schwierige Gespräch in besserer Verfassung zu führen. Sie hatte in Dunedin beinahe durchgehend gearbeitet und wenig geschlafen. Immer wieder hatten ihr die Gedanken an Jan den Schlaf geraubt. Es ging ihr einfach nicht aus dem Kopf, was Jane zu dieser Angelegenheit gesagt hatte. Sie hielt Sarahs Entscheidung, Jan nie wiedersehen zu wollen, für überstürzt. Schau doch erst mal, wie es mit euch beiden ist, wenn du das nächste Mal in Deutschland bist, hatte sie ihrer Tochter geraten. Sarah hatte darauf ziemlich trotzig reagiert und behauptet, sie hätte überhaupt kein Interesse mehr an diesem Mann am anderen Ende der Welt. Leider konnte sie Jane nichts vormachen. Ihre Adoptivmutter war schlau genug gewesen, nicht zu widersprechen, aber an ihrem Blick hatte Sarah gesehen, dass sie ihr kein Wort glaubte.

Das Klingeln ihres Telefons riss sie aus ihren Gedanken. Sie überlegte, ob sie den Anruf ignorieren sollte, um ihren Besuch bei Raiwiri endlich hinter sich zu bringen, doch dann sah sie, dass es eine unbekannte Handynummer war, und nahm das Gespräch an.

Als sie die Stimme ihrer Großmutter hörte, konnte sie es zunächst kaum glauben. Gerade gestern erst hatte ihr Doktor Peters bedauernd mitgeteilt, dass Dorothee zwar wieder auf einer normalen Station liegen würde, aber kein Telefon im Zimmer hätte. Die Stimme ihrer Großmutter klang fest und klar, als hätte sie niemals im Koma gelegen.

»Wie geht es dir?«, fragte Sarah aufgeregt.

»Die wollen mich hier nicht mehr. Ich werde noch vor dem Wochenende entlassen«, erwiderte Dorothee.

»Na, dann setz ich mich, sobald ich hier wegkann, in den Flieger und besuche dich!«, erklärte Sarah.

»Nein, das ist überhaupt nicht nötig. Es geht mir blendend. Mir wäre es viel wichtiger, dass du im April kommst, wenn das Haus Hinemoa wiedereröffnet wird. Und ich meine Rede halten muss.«

»Ja, wenn du meinst ...«, erwiderte Sarah verunsichert. »Ich dachte nur, du könntest jetzt vielleicht Hilfe gebrauchen.«

»Mach dir keine Gedanken. Ich hab ja Lore, und Jan tut für mich auch, was er kann. Aber ich werde die nächsten sechs Wochen ohnehin nicht in Hamburg sein ...«

»Wo bist du denn dann?«

»Stell dir vor, Jan und Doktor Peters haben eine Reha-Maßnahme für mich erkämpft. Der Arzt hatte doch tatsächlich zunächst gesagt, das wäre in meinem Alter nicht mehr nötig. Da hättest du aber mal meine beiden Freunde erleben sollen. Die haben dem Jungspund so richtig die Hölle heißgemacht.«

»Aber was müssen sie denn bei dir behandeln? Du scheinst doch wieder völlig hergestellt zu sein«, sagte Sarah besorgt.

»Leider bin ich nicht mehr so gut auf den Beinen. Ich bewege mich nur noch in Mäuseschritten voran. Gangataxie, hat der Arzt dazu gesagt.«

»Oje, das hat mir Doktor Peters bei seinen Berichten aber verheimlicht.«

»Allerdings, das hab ich ihm auch strengstens verboten«, lachte Dorothee. »Du solltest es doch nicht von den beiden Herren erfahren, dass ich mich jetzt wie eine Oma fortbewege, die auf einen Rollator angewiesen ist.«

»Immerhin noch besser, als wenn dein Gedächtnis nicht mehr funktionieren würde«, entgegnete Sarah tröstend. »Ich habe übrigens Merimas Tagebuch fast durchgelesen. Das ist eine erschütternde Geschichte«, fügte sie hinzu.

»Welches Tagebuch meinst du, Kind?«

Sarah stockte schier der Atem. Wusste Dorothee etwa nichts mehr von dem Tagebuch ihrer Mutter?

»Ich meine das Tagebuch deiner Mutter.«

»Meine Mutter hat nie Tagebuch geschrieben. Dann wüsste ich schließlich etwas über ihr Leben, aber sie ist gestorben, als ich zwei Jahre alt war.«

Sarah wurde abwechselnd heiß und kalt. Das bedeutete, dass das Gehirn ihrer Großmutter doch einige Schäden davongetragen hatte! Sie entschloss sich, eine weitere Frage zu stellen, um Dorothees Gedächtnis zu testen.

»Ich habe übrigens Michael Banks in Dunedin getroffen.«

»Muss ich den kennen?«, fragte ihre Großmutter unbekümmert.

Sarah schluckte ein paarmal. Sie durfte sich auf keinen Fall anmerken lassen, wie schockiert sie war. Ich muss unbedingt mit Doktor Peters über Großmutters Zustand sprechen, schoss es Sarah durch den Kopf, während ihr Blick erneut auf das Klingelschild der Anwaltsfirma fiel.

»Ich muss jetzt Schluss machen, Großmutter. Ich stehe gerade vor Raiwiris Kanzlei, um ihn davon zu überzeugen, dass er die Klage gegen das Museum fallen lässt.«

Insgeheim betete Sarah, dass Dorothee sich wenigstens daran noch erinnerte, aber sie wurde enttäuscht. »Welche Klage?«, hörte sie ihre Großmutter fragen.

Sarah versuchte, das Gespräch nun schnell zu Ende zu bringen, aber da hörte sie ihre Großmutter sagen: »Moment, mein Kind, es möchte dich noch jemand sprechen.«

Natürlich ahnte sie sofort, um wen es sich handelte, und sie überlegte kurz, ob sie das Gespräch einfach wegdrücken sollte.

»Sarah, tu mir den Gefallen, leg bitte nicht auf.« Wie immer ging Sarah Jans Stimme durch und durch. Sofort beschleunigte sich ihr Herzschlag.

»Ich hab jetzt das Krankenzimmer verlassen. Wir können ganz offen reden. Ich wollte, dass du dich selbst von ihrem Zustand überzeugst. Was sagst du dazu?«

Sarah räusperte sich ein paarmal. Es ist albern, wenn ich ihm jetzt nicht antworte, dachte sie. Es geht schließlich um meine Großmutter.

»Ich halte die Reha für eine wichtige Maßnahme. Und ich danke dir, dass du dich dafür eingesetzt hast. Was sagen die Ärzte? Kann man bei solchen Gedächtnisausfällen überhaupt etwas machen? Wird sie ihre Erinnerung wiedererlangen?«

»Es besteht in solchen Fällen immer die Hoffnung, dass die Erinnerung zurückkommt, aber es ist nicht sicher. Mach dir keine Sorgen. Doktor Peters hat sich ein Hotelzimmer in Malente genommen, um in ihrer Nähe zu sein. Ich werde die beiden mit dem Wagen hinbringen. Und ich werde sie dort am Wochenende besuchen.«

»Das ist sehr nett von dir«, erwiderte Sarah förmlich.

»Sarah, hör auf, wie ein Kühlschrank mit mir zu reden! Es tut mir leid, wenn dich das mit Lena gekränkt haben sollte. Ich will das Ganze auch in keiner Form mehr entschuldigen oder kleinreden. Die Dramatik liegt nur darin, dass meine Gefühle ganz woanders sind. Und das weißt du ganz genau! Aber wie sollte das mit uns beiden denn überhaupt funktionieren? Wir haben beide unser Leben, unsere Berufe, unsere Freunde dort, wo wir leben. Das ist nicht mal eben eine Entfernung wie zwischen Hamburg und München. Das ist so schrecklich aussichtslos.«

Sarah zuckte unmerklich zusammen. Sie konnte es ihm ja nicht einmal übelnehmen, dass er dieses Thema so direkt und auch so unromantisch ansprach. Sie fragte sich doch seit Wochen dasselbe. Wie sollte eine Liebe über diese Entfernung funktionieren? Das konnte sie ihm unmöglich vorwerfen. Und dennoch fühlte sich ihre Brust an, als würde ihr soeben ein Messer tief hineingestochen und einmal umgedreht. Dabei war dies jetzt die einmalige Gelegenheit, vernünftig mit ihm zu sprechen und einvernehmlich zu dem Schluss zu kommen, dass sie niemals ein Paar werden könnten. Aber irgendetwas in ihr sträubte sich dagegen, ihm ihre Gefühle zu offenbaren. Warum in aller Welt sollte sie ihm bei dieser Ausweglosigkeit noch gestehen, was sie für ihn empfand?

»Ich bin ganz deiner Meinung, Jan. Man sollte sein Herz nicht an einen Menschen hängen, der Zehntausende von Kilometern entfernt lebt. Das ist Unsinn. Wir haben beide unser Leben dort, wo wir wohnen. Du hast völlig recht. Das war doch auch der Grund, warum ich in Hamburg etwas mit Michael angefangen habe. Weil er ein Landsmann ist. Ich nehme dir die Geschichte mit Lena überhaupt nicht übel. Sie ist eine tolle Frau. Und mach dir wirklich keinen Kopf, Jerry und ich sind uns inzwischen auch nähergekommen«, log sie. Obwohl ihr Herz schmerzte, während sie diesen Quatsch von sich gab, setzte sie noch einen drauf. »Lass uns einfach gute Freunde sein. Ich bin doch froh, dass du dich so um meine Großmutter kümmerst. Und nur damit du es weißt: Ich habe einen neuen Artikel über Ludwig Dehn für den *Herald* geschrieben, den ich Jerry für eine der nächsten Ausgaben vorschlagen werde. Er hat das Haus Hinemoa nicht gestohlen. Im Gegenteil, er hat es vor dem Ausverkauf gerettet. Soll ich dir den Artikel mailen?«

»Tu das. Gut, dann ist die Sache wohl geklärt«, erwiderte Jan müde. Sarah hörte an seiner Stimme, wie sehr ihn ihre Lüge mit Jerry getroffen hatte. Sie kämpfte mit sich, ob sie die Sache richtigstellen oder zumindest relativieren sollte, doch da hörte sie ihn nur noch kühl sagen: »Ja, dann melde ich mich wieder, sobald ich deine Großmutter in der Reha besucht habe!«, bevor er das Gespräch ohne weitere Abschiedsworte beendete.

Das Herz pochte Sarah bis zum Hals. Was bin ich nur für eine Idiotin, dachte sie und war versucht, ihn auf der Stelle zurückzurufen und ihm zu gestehen, dass sie ihm nichts als einen Haufen Unsinn erzählt hatte. Doch genau in diesem Augenblick ging die Tür der Anwaltskanzlei auf, und Rachel trat heraus.

»Sarah?«, rief die junge Anwältin erstaunt aus. »Was treibt dich in unsere heiligen Hallen?«

»Ich habe einen Termin«, entgegnete Sarah kühl.

Rachel aber beugte sich vertraulich zu ihr herüber. »Hast du eine Sekunde für mich? Unter vier Augen?« Sie wartete gar keine Antwort ab, sondern schloss die Tür zur Anwaltskanzlei hinter sich und musterte Sarah durchdringend.

»Ich werde nicht lange drum herumreden. Wenn ich gewusst hätte, dass Raiwiri überhaupt nicht durch ist mit dir und eurer Geschichte, hätte ich mich ein wenig zurückgehalten. Er ist ungebremst auf mich zugekommen und hat mir das Gefühl gegeben, dass er offen für eine neue Beziehung ist. Das war aber nicht der Fall. Ich wollte es dir nur gesagt haben. Er liebt dich noch, und nur dich. Aber ich glaube, bevor er das dir gegenüber auch nur annähernd zugeben würde, friert eher die Hölle zu.«

Mit diesen Worten drehte sich die junge Anwältin auf dem Absatz um und verschwand. Sarah blickte ihr fassungslos nach. Hatte Raiwiri Jane nicht erzählt, dass Rachel ein Kind von ihm erwartete? Und jetzt versuchte Rachel, zwischen Raiwiri und ihr zu vermitteln?

Verwirrt drückte sie nun endlich den Klingelknopf. Die Anwaltsgehilfinnen waren hocherfreut, Sarah zu sehen, und überfielen sie gleich mit Fragen, wie es in Deutschland gewesen war. Bis eine von ihnen stutzte und fragte, was Sarah eigentlich in der Kanzlei wollte. Zögerlich gab sie zu, dass sie sich mit verstellter Stimme einen Termin bei Raiwiri hatte geben lassen. An den Blicken, die sich die jungen Frauen nun zuwarfen, konnte sie unschwer erkennen, dass sie geradezu vor Neugier platzten.

»Du weißt ja, wo du ihn findest. Er wartet schon auf seine Mandantin, auf eine neue Mandantin, Mrs. Miller«, sagte nun eine von ihnen grinsend.

Sarah war ein wenig flau im Magen, als sie sich Raiwiris Zimmer näherte. Zaghaft klopfte sie gegen seine Tür. Ihrem Exverlobten entgleisten die Gesichtszüge, als er Sarah eintreten sah.

Zur Begrüßung blaffte er sie sofort an: »Ich hab jetzt keine Zeit. Ich erwarte eine Mandantin.«

»Ich weiß, Raiwiri, ich bin Mrs. Miller.«

Raiwiri funkelte Sarah wütend an. »Was soll das? Warum hast du dich wie eine Verbrecherin eingeschlichen?«

»Das kann ich dir sagen: Ich glaube kaum, dass du mir ein Gespräch gewährt hättest.«

»Das kommt darauf an. Wenn du nur kommst, um mich wieder wegen dieser leidigen Dehn-Geschichte anzubetteln, magst du recht haben.«

Sarah holte tief Luft. Nur nicht gleich alles Pulver verschießen, sprach sie sich selbst gut zu. Ich werde mein Ass im Ärmel nicht verschenken. Sie setzte sich provokativ auf den Mandantenstuhl.

»Ich möchte dich bitten, dass du mir zuhörst, bevor du angreifst. Ich weiß jetzt aus erster Hand, was damals wirklich geschehen ist. Meine Urgroßmutter, die Ehefrau von Ludwig, hat ein Tagebuch geführt.« Zur Bekräftigung ihrer Worte holte sie Merimas Tagebuch aus ihrer Tasche und legte es vor sich auf den Schreibtisch.

Als Raiwiri danach greifen wollte, zog sie es rasch wieder fort. »Ich möchte nicht, dass du in diesem Tagebuch liest. Ich werde dir aber alles berichten, was die rechtliche Problematik betrifft.«

Raiwiri verschränkte die Arme vor der Brust. »Also, wenn ich in dem Tagebuch nicht lesen darf, taugt es als Beweismittel überhaupt nichts. Dann brauchst du gar nicht erst anzufangen!«

Das war der Augenblick, in dem Sarah ihre Selbstbeherrschung zu verlieren drohte. Sie spürte, wie ihr das Blut in die Wangen schoss. »Hör endlich auf, mich als deine Feindin zu betrachten! Wir haben uns einmal geliebt, verdammt! Du wirst mir jetzt zuhören!«, brüllte sie ihren Exverlobten an.

Ihre klare Entschlossenheit zeigte sofortige Wirkung. Raiwiri machte eine beschwichtigende Geste mit der Hand. »Ist ja gut, Sarah. Nun rede schon.«

Sarah holte noch einmal tief Luft, bevor sie Raiwiri die ganze Geschichte des Hauses Hinemoa erzählte. Er wagte es nicht ein einziges Mal, sie zu unterbrechen. Mit versteinerter Miene lauschte er ihrer Schilderung. Erst als sie ihm von Tames Tod berichtete, konnte sie eine Reaktion in seinem Gesicht erkennen. Er hatte seine Augen zu gefährlich aussehenden Schlitzen zusammengekniffen. Nachdem Sarah geendet hatte, herrschte zunächst einmal Schweigen.

»Wenn du darauf bestehst, kann ich dir natürlich die Stellen im Tagebuch zeigen, die ich dir eben mit meinen eigenen Worten wiedergegeben habe. Das müsste dann aber als Beweismittel reichen«, erklärte Sarah schließlich zögerlich.

»Du musst mir gar nichts beweisen. Ich glaube die ganze Geschichte. Natürlich nehme ich die Klage zurück. Es tut mir wahnsinnig leid, dass ich mich in die Sache dermaßen verbissen habe. Ich war so gekränkt, dass du diese neue Familie plötzlich über alles gestellt hast.« Ehe sich Sarah versah, war Raiwiri aufgestanden, hatte den Schreibtisch umrundet und ihr seine Hände auf die Schultern gelegt. »Ich bin ein kompletter Idiot!«, flüsterte er. »Kannst du mir das alles verzeihen?«

In Sarahs Kopf ging alles durcheinander. Sie hatte sämtliche Hoffnung aufgegeben, dass sich ihr Exverlobter eines Tages bei ihr entschuldigen würde. Wenn sie sich nur vorstellte, wie sehnsüchtig sie auf diesen Augenblick gewartet hatte. Und nun war es zu spät! Nicht, um Raiwiris Entschuldigung anzunehmen, aber für einen Neuanfang, denn sie ahnte, dass er ihr mit diesen Worten noch etwas ganz anderes sagen wollte: Rachel hatte recht gehabt. Er liebte sie immer noch. Diese Erkenntnis durchfuhr Sarah wie ein Blitz. Und sie war fassungslos angesichts ihrer eigenen Gefühlslage, denn sie empfand nichts mehr für ihn außer alter Verbundenheit und Freundschaft.

»Danke«, erwiderte sie schwach. »Ich freue mich, dass wir die Geschichten unserer Vorfahren und ihre Verflechtungen miteinander jetzt beide annehmen können, wie sie sind.«

Raiwiri zog abrupt seine Hände von ihrer Schulter zurück. »Ja, das ist wirklich schön«, erwiderte er hölzern. »Doch ich meine noch etwas ganz anderes. Ich möchte einen Schlussstrich unter unseren Streit ziehen und uns beiden eine neue Chance geben. Sarah, lass uns einen Neuanfang wagen.«

Sarah wandte sich zu Raiwiri um, der immer noch hinter ihr stand, und suchte seinen Blick. Als sie in diesem Augenblick in seine braunen Augen sah, über denen ein leichter Schleier von

Melancholie lag, wusste sie wenigstens wieder, was sie einmal an ihm geliebt hatte, aber sie wusste auch, dass dies unwiederbringlich der Vergangenheit angehörte. Sie suchte in Gedanken nach Worten, wie sie ihm das klar, aber möglichst einfühlsam beibringen konnte.

»Jane hat mir erzählt, dass Rachel ein Kind von dir erwartet. Wir können das Rad der Zeit nicht einfach zurückdrehen«, seufzte Sarah schließlich.

»Sie hat eine Fehlgeburt erlitten. Und wir haben uns offen und ehrlich ausgesprochen. Für mich war das Ganze eine Flucht, um den Schmerz über das Scheitern unserer Beziehung nicht an mich heranzulassen. Nachdem wir drei uns neulich auf der Straße begegnet sind, hat Rachel mich direkt darauf angesprochen. Sie hat mich gefragt, ob ich auch wirklich sie meine. Da ist mir klar geworden, dass ich nicht nur sie betrüge, sondern auch mich. Sag mir ganz aufrichtig, hab ich noch eine Chance bei dir?«

Sarah senkte den Kopf. Es fiel ihr wahnsinnig schwer, diesem Mann, den sie einst ehrlich von ganzem Herzen geliebt hatte, die Wahrheit zu sagen. Jedenfalls habe ich geglaubt, dass ich ihn liebe, dachte Sarah erschrocken, und dann brach die Wahrheit unzensiert aus ihr heraus.

»Es gibt einen anderen Mann in meinem Leben«, gab sie leise zu.

»Habe ich doch immer schon gesagt. Jerry wird nicht aufgeben, bis er dich rumgekriegt hat«, entgegnete Raiwiri säuerlich.

»Nein, ich habe nichts mit Jerry angefangen. Und das wird auch nicht geschehen. Der Mann, den ich liebe, ist ein Deutscher.«

»Aha! Und wirst du nach Hamburg ziehen? Oder kommt er nach Neuseeland?«, hakte er unwirsch nach.

Sarah bereute bereits, dass sie Raiwiri die Wahrheit gesagt hatte, aber es ließ sich nun einmal nicht leugnen: Ja, sie liebte diesen Mann am anderen Ende der Welt, und zwar in einer Art, die ihr bislang fremd gewesen war. Es war ein warmes, tiefes Gefühl, das sie im Herzen spürte und das sie nicht ausschalten konnte. Sie sehnte sich plötzlich mit einer Heftigkeit nach seiner Nähe, dass es schmerzte.

»Nein, wir beide werden kein Paar. Das kannst du dir vielleicht gar nicht vorstellen, aber es gibt so etwas. Du weißt, dass du jemanden von ganzem Herzen liebst, und obwohl es keine Zukunft gibt, will das Gefühl einfach nicht verschwinden.«

»Der Mann muss ja im Bett eine echte Granate gewesen sein«, bemerkte Raiwiri bissig.

Sarah hob den Kopf und musterte ihren einstigen Verlobten wie einen Fremden. »Wir haben uns bislang nur geküsst«, entgegnete sie leise.

»Na, dann wirst du ihn schnell vergessen. Ich kann warten. Was willst du mit einem Geist, der körperlich gar nicht anwesend ist?« Zur Bekräftigung seiner Worte begann er, ihren Nacken zärtlich zu massieren.

Sarah aber empfand gar nichts. Das, was ihr noch vor nicht allzu langer Zeit wohlige Schauer durch den Körper gejagt hatte, war verschwunden. Und sie wünschte sich in nahezu schmerzhafter Verzweiflung, dass diese Hände Jan gehörten.

Sie beendete seinen Annäherungsversuch, indem sie sich von ihrem Stuhl erhob.

»Man sollte nicht zweimal an derselben Stelle in den Fluss steigen«, murmelte sie.

»Natürlich nicht! Es wäre ein Neuanfang. Wir würden alles anders machen. Ich hab doch auch darüber nachgedacht. Ich habe dich vielleicht manchmal zu sehr geliebt, mit der Folge, dass ich über dein Leben bestimmen wollte. Darauf will ich in Zukunft achten. Und wenn du nun weißt, dass das mein Schwachpunkt ist, kann doch alles nur noch besser werden.«

»Nein, es geht nicht! Solange Jan in meinem Herzen ist, werde ich mich auf gar nichts einlassen. Und ich fände es schön, wenn wir beide Freunde würden.« Sarah war, kaum dass sie diese Worte ausgesprochen hatte, klar, dass dieses Angebot bei ihm auf keinen Fall auf fruchtbaren Boden treffen würde. Er würde immer ein stolzer besitzergreifender Mann bleiben, der das Freundschaftsanliegen eher als Almosen begriff. Deshalb wunderte es sie auch nicht, dass Raiwiri es schroff ablehnte.

»Nein, meine Liebe, geh nie mit jemandem eine Freundschaft ein, von dem du in Wirklichkeit Liebe willst. Das ist das Zerstörerischste, was sich ein Liebender antun kann.«

Im Prinzip gab Sarah ihm in diesem Punkt durchaus recht, aber war es wirklich Liebe, die ihn zu einem solch kontrollierenden Menschen hatte werden lassen? Würde wahre Liebe den Liebenden nicht dazu beflügeln, den anderen vorbehaltlos loszulassen?

In diesem Augenblick war ihr klar, was sie zu tun hatte. Sie verabschiedete sich hastig von Raiwiri, legte ihm zum Schluss eine Kopie ihres neuen Artikels über Ludwig Dehn auf den Schreibtisch und verließ die Kanzlei. Draußen auf der Straße atmete sie gierig die immer noch warme Märzluft ein, bevor sie ihr Telefon hervorholte und eine Nachricht an Jan eintippte.

Ich liebe dich, auch wenn wir diese Liebe nicht leben können. Und Jerry wird nie mehr für mich sein als ein guter Freund. Das sollte nur die Retourkutsche für Lena werden. Blöd, was?

Sie fühlte sich erleichtert und fast beschwingt, als sie sich jetzt auf den Nachhauseweg machte, so als ob eine große Last von ihr gefallen wäre. Das Geständnis, das sie Jan gemacht hatte, war kein Zeichen von Schwäche, sondern von Klarheit und Stärke. Es war authentisch und ehrlich! Sie musste es nicht länger vor ihm verstecken, dass ihr Herz für ihn schlug. Es wirkte befreiend, dass sie aufgehört hatte, sich selbst etwas vorzumachen. Und es war eine völlig neue Erfahrung für sie, dass es Liebe gab, ohne eine Aussicht darauf, sie jemals zu leben. Und tief in ihrem Inneren keimte plötzlich ein winzig kleiner Hoffnungsschimmer auf, dass doch noch ein Wunder geschehen würde.

In diesem emotional aufgewühlten Zustand schloss Sarah schließlich die Haustür auf. Sie stutzte, als sie das herzerfrischende Lachen einer Frau vernahm. So lacht nur eine, schoss es ihr durch den Kopf, aber das war doch nicht möglich! Sie glaubte es erst, als sie vorsichtig die Tür zum Wohnzimmer öffnete und ihre Blicke sich trafen.

»Sarah!«, rief Lena erfreut und rannte auf sie zu. Die beiden Frauen umarmten sich ungestüm.

»Was machst du hier?«, fragte Sarah die deutsche Kollegin. Sie dachte einen winzigen Augenblick daran, dass Lena und Jan miteinander geschlafen hatten, aber das war irgendwie überhaupt nicht mehr wichtig. Sarah verspürte keinerlei Eifersucht mehr.

»Die Sehnsucht treibt mich her!« Lena deutete auf Jerry, der vor Glück strahlte und ihr eine Kusshand zuwarf.

Lena und Jerry luden Sarah ein, mit ihnen zusammen zu essen. Der Tisch war bereits gedeckt. Jerry hatte Spaghetti mit Meeresfrüchten gekocht. Sarah aber lehnte ab. Hatte sie sich doch gerade eben damit abgefunden, Jan aus der Ferne zu lieben, führte ihr das verliebte Paar nun vor, wie berauschend es sein konnte, die Liebe auch zu leben. So viel gelebtes Glück würde sie im Moment kaum ertragen.

Stattdessen holte sie ihren frisch ausgedruckten Artikel hervor und legte ihn Jerry auf den Tisch.

»Das Erbe des Maori-Häuptlings«, las Jerry die Überschrift und blickte Sarah fragend an. »Was ist das?«

»Die Wahrheit!«, entgegnete Sarah knapp und ging rasch in ihr Zimmer. In all der ganzen Aufregung hatte sie die letzten Seiten des Tagebuchs noch nicht gelesen und war sehr gespannt, was sie weiter über Merimas Leben erfahren sollte.

Hamburg, November 1932

Mein gutes, liebes Tagebuch hatte ich fast völlig vergessen. Ich hatte es nach meiner Ankunft in der schönen Villa in Othmarschen in eine Schublade gelegt. Eben gerade erst fiel es mir wieder ein, und ich musste es sofort hervorholen. Und das mitten in der Nacht. Aber ich bin so glücklich und hellwach, dass ich die Gelegenheit nutzen möchte, schnell niederzuschreiben, was mir gerade in den Sinn kommt, bevor ich meinem Liebsten ins Schlafzimmer folge.

Die Zeit seit unserer überstürzten Flucht aus Neuseeland ist wie im Flug vergangen. Es gibt so unendlich viel zu tun. Das wunderbare Haus einzurichten, Susan in London zu besuchen und die deutsche Sprache zu lernen. Es fiel mir sehr schwer, diese für mein Empfinden oft harten Laute auszusprechen, aber ich hatte einen wunderbaren Lehrer, der sehr viel Geduld mit mir aufbrachte. Ludwig war schier begeistert, als ich mich nach kürzester Zeit mit unserer Haushaltshilfe auf Deutsch unterhalten konnte. Die ersten Wörter, die ich lernte, waren mir die liebsten. *Ich liebe dich.* Das hatte mir allerdings Ludwig beigebracht.

Der Hauptgrund aber, dass ich nie mehr zum Schreiben kam, war Dorothee. Wenige Wochen nach unserer Ankunft in Hamburg litt ich unter allmorgendlicher Übelkeit. Ich ahnte gleich, was die Ursache dafür war: Ich erwartete ein Kind. Ludwigs und meine Freude war kaum in Worte zu fassen. Dass unsere Liebe von einem Kind gekrönt wurde, war für uns beide das allergrößte Glück.

Das zweite große Ereignis, das mir mein Leben in Hamburg lieb und teuer machte, war die feierliche Eröffnung des Hauses Hinemoa im Museum. Wir hatten es tatsächlich geschafft, einige Maori-Fachleute aus Neuseeland einzuladen, die in der Lage waren, das Haus auch ohne Bauplan aufzustellen und die fehlenden und beschädigten Paneele sowie die Flechtarbeiten zu ersetzen. Außerdem war es uns gelungen, einen Tohunga, einen weisen Maori-Mann, zu der weiten Reise zu überreden, der am Abend vor der offiziellen Eröffnung eine feierliche Reinigungszeremonie am Haus durchführte. Es war ein berührendes Erlebnis, und es wurde bis in die tiefe Nacht mit Tänzen und Gesang gefeiert, denn mit dem weisen Mann war eine ganze Gruppe meiner Landsleute gereist, die alle begierig darauf waren, dem Haus ihrer Ahnen ihre guten Wünsche zu überbringen. Am nächsten Tag wurde das Haus Hinemoa in Gegenwart einiger Honoratioren der Stadt der Öffentlichkeit übergeben. Ludwig und ich hatten uns entschieden, das Haus dem Museum zu schenken. Wir wollten keinerlei Geschäfte mehr mit diesem Wesen machen, sondern es nur noch an einem geschützten Ort wissen, an dem die Ahnen endlich ihren Frieden hatten. Ludwig hatte mich dazu überreden wollen, die feierliche Rede zu halten, aber ich war der Meinung, dass wir uns ganz zurückhalten sollten, weil wir dem Museum das Versammlungshaus übergeben und die Vertreter des Museums nun die Rolle des Hüters übernommen hatten. In einem Punkt waren wir beide uns einig. Die ganze dramatische Geschichte, wie und warum das Haus nach Deutschland gekommen war, sollte unser Geheimnis bleiben. So kommunizierte Ludwig nur die offizielle Version der Vorgeschichte, dass bei dem Bau des Hauses ein Tapu gebrochen worden war. Ich war der Meinung, dass, wenn die ganze schlimme

Wahrheit bekannt würde, das Haus immer im Schatten der dramatischen Ereignisse stehen würde. So war es wie ein Neuanfang. Ich für meine Person hielt mich völlig im Hintergrund. Ich wollte weder, dass bekannt wurde, wie es um meine persönliche Bindung zu diesem Haus stand, noch, was ich vorher mit ihm zu tun gehabt hatte.

Dementsprechend hielt ich mich bei allen Feierlichkeiten diskret im Hintergrund. Wenige enge Mitarbeiter der Ozeanien-Abteilung wussten um meine Herkunft, aber alle respektierten, dass es nicht an die große Glocke gehängt werden sollte. Ich wollte auch ungern in die Rolle einer Exotin in einem fernen Land gedrängt werden. Dass ich nicht aus Deutschland stammte, war mir natürlich auf den ersten Blick anzusehen, und ich hatte des Öfteren befremdliche Erlebnisse, vor allem wenn ich ohne Ludwigs Begleitung durch die Hamburger Innenstadt ging. Ich erinnere mich besonders an eine Begebenheit, die mich noch im Nachhinein erschaudern lässt. Es war ein schöner Sommertag, an dem ich mit Dorothee in der Karre zum Jungfernstieg fuhr, weil ich im Kaufhaus Tietz Stoff kaufen wollte. Ich nähte mir meine Kleider, seit ich in Deutschland war, gern selber nach den Schnittmustern meiner Lieblingssachen, die ich aus Neuseeland mitgebracht hatte. Und bei Tietz gab es eine Riesenauswahl, die mein Herz höher schlagen ließ. Ich wollte das Kaufhaus gerade betreten, als mich ein grobschlächtiger Kerl in einer braunen Uniform absichtlich anrempelte. Er war ganz offensichtlich betrunken, das konnte ich an seinem Atem riechen, denn er schnauzte mich unverschämt an, während er mit dem ausgestreckten Zeigefinger auf die blonde Dorothee in der Kinderkarre deutete. »Wie kommst du Zigeunerin zu dem Arierkind?« Ich wusste inzwischen, was das bedeutete, denn im Radio war dieser Begriff in letzter Zeit öfter gefallen. Ludwig hatte mich darüber aufgeklärt und mir zu verstehen gegeben, dass er diese

Kerle mitsamt ihrer fremdenfeindlichen Einstellung für beschränkt hielt. Erschrocken zog ich die Karre ganz nah zu mir heran. »Das ist mein Kind, und das geht Sie überhaupt nichts an!«, erwiderte ich und versuchte, meine Angst vor diesem ungehobelten Gesellen zu verbergen. Zu meinem Glück hatte ein anderer Passant den Vorfall beobachtet und war mir zu Hilfe gekommen. »Werden Sie von diesem Kerl belästigt?«, fragte er. Als ich nickte, trat der vornehm aussehende Herr drohend einen Schritt auf den Mann in Uniform zu. »Wagen Sie es ja nicht noch einmal, die Dame zu belästigen! Gutes Benehmen ist euch Burschen doch ein Fremdwort! Mach, dass du wegkommst!«

Nachdem sich der Kerl unter üblen Beschimpfungen meines Beschützers getrollt hatte, bot mir der vornehme Herr seinen Arm. »Gestatten, Doktor Peters, ich werde Sie ins Kaufhaus begleiten, damit Sie unbehelligt einkaufen können. Wo kommen Sie her?«

Ich berichtete dem interessierten Herrn von meiner Heimat Neuseeland, und wir unterhielten uns so angeregt, dass ich völlig vergaß, den Stoff einzukaufen. Aus dieser Begegnung entstand meine erste Freundschaft in Hamburg. Als ich nämlich erfuhr, dass Doktor Peters niedergelassener Arzt in Othmarschen war, wurde ich hellhörig. Seit einigen Wochen litt ich nämlich manchmal unter leichten Schwindelanfällen und nahm mir vor, ihn deswegen einmal zu konsultieren. Zunächst einmal aber lud ich seine Frau und ihn zu einem Abendessen in unser Haus ein. Es stellte sich heraus, dass sie einen Sohn hatten, Ole, der ein paar Jahre älter als Dorothee war und der viel Spaß dabei hatte, mein Töchterlein durch den Garten zu schieben, als wäre es die Schubkarre des Gärtners.

Allerdings habe ich es bis zum heutigen Tag nicht geschafft, unseren reizenden Freund in seiner Praxis aufzusuchen. Und ich allein weiß, warum ich das nicht tue. Ich habe Angst. Angst, dass ich unter der gleichen Herzschwäche wie meine Mutter leiden könnte. Bei ihr hatte es einst auch mit leichten Schwindelanfällen begonnen. Und immer, wenn ich mir vornahm, mich endlich untersuchen zu lassen, erfand ich vor mir selbst irgendwelche Ausreden, es doch noch nicht tun zu müssen.

Allerdings hielt ich meinen Zustand vor Ludwig streng geheim. Dabei kam mir meine von Natur aus dunklere Hautfarbe sehr zugute. Wäre ich eine reine Pakeha, ich wäre sicher manchmal sehr blass um die Nase gewesen.

Es gab nur eine Person, der ich nichts vormachen konnte. Das war meine Freundin Susan, die gelegentlich aus London zu Besuch war. Sie hatte inzwischen auch ein Mädchen bekommen, das ein halbes Jahr jünger war als meine Dorothee. Lucy, ein bezauberndes Geschöpf mit dunklen Locken und strahlend blauen Augen.

Sie sprach mich am ersten Tag ihres Besuches ganz direkt an, wie es eben ihre Art war. »Sag mal, Merima, geht es dir nicht gut? Du wirkst irgendwie erschöpft!«

Ich wand mich noch ein wenig, weil ich nicht der Typ Mensch bin, der gern klagt. Susan aber ließ nicht locker. Schließlich vertraute ich ihr unter dem Siegel der Verschwiegenheit an, dass ich manchmal unter Schwindel litt.

Ihr bestürztes Gesicht werde ich niemals vergessen. Da sie um die Krankheit meiner Mutter wusste, war sie außer sich. »Du gehst zum Arzt!«, schimpfte sie. »Und wenn ich dich in die Praxis schleppen muss«, fügte sie entschlossen hinzu.

Ich versuchte, meine Beschwerden herunterzuspielen, aber vergeblich. Susan beharrte darauf, mit mir noch diese Woche in die Praxis von Karl Peters – wir hatten uns inzwischen angefreundet und duzten uns – zu gehen. Dabei ging es mir blendend, seit sie zu Besuch war. Es war ja auch nicht so, dass ich ständig schwankte und wankte. Es waren selten auftretende, leichte Anfälle.

»Du musst mir eins versprechen: Wenn ich mal nicht mehr bin, kümmere du dich um Dorothee und Ludwig«, versuchte ich zu scherzen.

»Das finde ich überhaupt nicht witzig!«, entgegnete sie ärgerlich.

In dem Augenblick bedauerte ich zutiefst, dass ich ihr das mit meinen kleinen Anfällen so leichtfertig anvertraut hatte. Sie musste mir hoch und heilig versprechen, dass sie dieses Thema auf keinen Fall zum heutigen Abendessen ansprechen würde, zu dem ich Karl und seine Frau Luise mit dem kleinen Ole eingeladen hatte.

Sie hielt ihr Versprechen, obwohl mich manch vorwurfsvoller Blick quer über den Tisch traf. Besonders als Luise sich beklagte, dass ihr im Moment das nasskalte Wetter so zu schaffen machte. In Susans Augen war das wohl ein geeigneter Augenblick, dass auch ich meine Befindlichkeit offenlegen sollte. Ich dachte aber nicht daran. Auf keinen Fall wollte ich Ludwig beunruhigen. Zärtlich sah ich ihn von der Seite an. Ich liebte ihn noch genauso sehr wie am ersten Tag. Er war nicht nur ein gut aussehender, charmanter und humorvoller Mann, nein, er war auch so sorgend und liebevoll. Er hatte gerade neulich vorgeschlagen, dass ich ruhig für den halben Tag eine Stelle im Museum annehmen sollte, damit ich nicht im Haushalt verkümmerte. Wie gut er mich kannte. Ich war fest entschlossen, darauf zurückzukommen, sobald sich meine Schwindelanfälle gelegt hatten. Ich war zwar für mein Leben gerne mit meinem kleinen Mädchen zusammen, aber die berufliche Tätigkeit fehlte mir doch sehr. Und ich war überglücklich, dass mein Ehemann für diese Seite von mir so viel Verständnis aufbrachte. Es war nämlich bei den gut betuchten Damen in unserer Nachbarschaft absolut unüblich, einer Arbeit nachzugehen. Das war auch der Grund, warum ich kaum Kontakt zu den Nachbarinnen fand. Mir reichte aber vollkommen die Freundschaft zu Luise Peters. Sie stand ihrem Mann als ausgebildete Krankenschwester in der Praxis tatkräftig zur Seite und liebte diese Arbeit.

Beseelt blickte ich in die Runde. Mein Leben in Hamburg hatte sich angenehmer entwickelt, als ich es je zu hoffen gewagt hatte. Natürlich überkam mich hin und wieder ein schlimmes Heimweh. Doch das machte ich dann mit mir selber aus. Manchmal vergoss ich ein paar Tränen, wenn ich an das türkis schimmernde Meer in Auckland dachte, die sanften Hügel, die milde warme Luft und mein Volk. Ich vermisste es, keine Maori auf der Straße zu sehen. Hier war es eine seltene Ausnahme, wenn man überhaupt einmal einen dunkelhäutigen Menschen auf der Straße sah.

Die fröhliche, ausgelassene Stimmung bei Tisch kippte, als die beiden Männer begannen, über die aktuelle politische Lage zu sprechen. Es ging um die Männer in den braunen und auch schwarzen Uniformen, die diesem Hitler treu ergeben waren, der immer wieder im negativen Sinn von sich reden machte. Karl Peters hielt diese Leute für eine Randerscheinung der Geschichte und war der festen Überzeugung, dass diese braune Brut, wie er sie nannte, so schnell verschwinden würde, wie sie aufgetaucht war. Ludwig war in diesem Punkt skeptischer. Er äußerte seine Besorgnis, dass die Mächtigen sich zu sehr mit der NSDAP arrangieren würden. Er traute diesem Hitler durchaus zu, dass er früher oder später die ganze Macht an sich reißen würde. Er fand es beängstigend, welche hohen Wahlergebnisse diese Kerle bereits eingefahren hatten.

Mir war das alles sehr unheimlich. Immer, wenn dieses Thema aufkam, musste ich an den widerlichen Kerl vor dem Kaufhaus Tietz denken, der mich »Zigeunerin« genannt hatte. Und in solchen Momenten hatte ich dann schreckliches Heimweh. Sicherlich gab es auch bei uns in Neuseeland eine Menge Pakeha, die sich uns Maori haushoch überlegen fühlten, aber ihr Hochmut war nicht von derartigem Fremdenhass geschürt.

Nachdem unsere Gäste an diesem Abend gegangen waren und Susan sich mit ihrer kleinen Lucy schlafen gelegt hatte, blieben Ludwig und ich eine Weile allein im Salon sitzen. Es gab noch etwas Champagner, und dem konnte ich nie widerstehen. Das war das französische Blut in mir. Genauso wenig wie ich Ludwigs Verführungskünsten je widerstehen würde. Er war ein fantasievoller Liebhaber, der sich immer etwas Neues einfallen ließ. So wie heute Abend. Während wir uns so beim Champagner unterhielten, rückte er plötzlich mit seinem Stuhl ganz nahe zu mir heran und fasste mir, ohne seinen Satz zu unterbrechen, unter den Rock. Ich tat so, als würde ich es gar nicht bemerken, und redete weiter mit ihm. Jedenfalls versuchte ich es. Als seine Hand immer höher an meinem Oberschenkel entlangglitt, konnte ich es schließlich doch nicht mehr aushalten. Ich stöhnte leise auf, als er sich mit seinen Fingern geschickt einen Weg zwischen meine Schenkel bahnte. Mit fiebrigem Blick sah ich ihm in die Augen, während er mich zärtlich und schließlich immer fordernder an der richtigen Stelle streichelte. Ich war so erregt, dass es nicht lange dauerte, bis ich unter seiner Hand förmlich explodierte. »Komm!«, befahl Ludwig heiser, während er aufstand und sich hastig seiner Hose entledigte. Ich tat es ihm gleich und glitt langsam auf seinen Schoß. Ludwig war so erregt, dass er schnell und mit einem lauten Seufzer zum Höhepunkt kam.

»Wir sind ganz schön verrückt. Stell dir vor, Susan hätte sich noch etwas zu trinken geholt«, flüsterte ich meinem Mann zärtlich ins Ohr.

»Das war doch erst der Anfang«, erwiderte er zärtlich. »Lass uns schnell ins Bett gehen.«

»Ich komme gleich nach. Ich möchte rasch die Gläser vom Tisch nehmen und in die Küche tragen.«

»Muss ich dir dabei helfen?«, fragte Ludwig verschmitzt.

Ich erhob mich, strich mein Kleid glatt und versicherte ihm, das bisschen würde ich allein schaffen.

Er gab mir einen zärtlichen Kuss in den Nacken, denn ich hatte mein Haar kunstvoll hochgesteckt. »Du lässt mich aber nicht so lange warten, oder?«

»Nein, aber wenn dich die Müdigkeit übermannt, tu dir keinen Zwang an. Wir können auch morgen weitermachen«, entgegnete ich lachend.

»Ich liebe dich über alles«, flüsterte er.

»Ich dich auch!« Ich küsste ihn zärtlich auf beide Wangen.

Während ich in der nächtlichen Ruhe an unserem Esstisch sitze und schreibe, spüre ich meinen Liebsten immer noch überall. Ich hätte nie gedacht, dass ich zu solcher Leidenschaft fähig wäre. Eben blättere ich die erste Seite dieses Tagebuchs auf. Kann es so etwas wie Liebe auf den ersten Blick wirklich geben?, waren meine ersten Worte. Ja, ja, ja, so etwas kann es geben, und möge es ewig dauern ... Ich muss jetzt dringend ins Bett, mein liebes Tagebuch, mir ist wieder ein wenig schwindlig, aber möge nun nicht mehr so viel Zeit vergehen, bis ich dir mehr von meinen geheimsten Gedanken anvertraue ...

Juli 1934

Mehrfach war ich versucht, dein Tagebuch auf dem Grund der Elbe zu versenken, weil ich nicht begreifen wollte, dass du mir diese zärtlichen Worte nie mehr ins Ohr flüstern wirst ... Aber nun möchte ich dir wenigstens antworten. Vielleicht erreichen dich meine Worte an dem Ort, an dem du nun weilst ...

Ich habe in jener Nacht vergeblich auf dich, meine geliebte

Merima, gewartet. Vergeblich! Als ich nach dir sehen wollte, war dein Kopf auf dieses Buch herabgesunken. Ich dachte erst, du schliefest . . .

Dieses Tagebuch habe ich geliebt und gehasst zugleich. Ich habe sogar am Tage deiner Beerdigung in Erwägung gezogen, es ungelesen mit dir zu beerdigen, so wie ich dir das wertvolle Geschmeide deiner Großmutter aus Jade und Gold um deinen schönen Hals gelegt habe, bevor . . . ich kann es auch heute, ein gutes Jahr später, noch nicht aufschreiben, ohne in Tränen auszubrechen.

Gestern beim Packen ist es mir wieder in die Hände gefallen. Ich habe wieder die ganze Nacht gelesen, geweint und gelacht. Dabei kannte ich es doch bereits, jedes liebe Wort von dir!

Und du musst es erfahren: Ich verlasse Deutschland!

Susans Mann hat mir eine Stelle in London besorgt. Ich habe sie angenommen, weil mich in meinem Haus alles an dich erinnert und ich den Schmerz über deinen Verlust hier nicht länger ertrage. Hinzu kommt, dass ich recht hatte, was die politischen Verhältnisse angeht. Die Braunen haben die Macht an sich gerissen. Das ist keine Welt, in der eine freie Seele wie ich atmen kann.

Aber ich komme wieder. Ich übergebe den Schlüssel meinem Freund Karl, wobei auch der mit dem Gedanken spielt, das Land zu verlassen, bis der Spuk vorüber ist. Das Tagebuch werde ich zu meinen Schätzen in den Keller bringen, die ich eines Tages doch ausstellen lassen werde. In Erinnerung an dich, aber noch ist die Wunde zu frisch.

Mein Liebling, wenn du mich jetzt sehen kannst, dann sollst du wissen, ich habe allen Versuchungen, dir zu folgen, widerstanden, weil ich eine Aufgabe zu erfüllen habe: die kleine Dorothee. Sie ist ein Sonnenschein und freut sich riesig, dass wir zu Susan und Lucy in die Nachbarschaft ziehen. Ja, und es gibt die Liebe auf den ersten Blick wirklich, und dieses Wunder war uns beiden vergönnt. Manche, die ein längeres Leben haben als du, haben diesen Zauber niemals verspürt. Das tröstet mich manchmal, wenn ich allein in meinem Bett liege und an meinem Schicksal verzweifeln möchte. Doch dann höre ich deine Stimme sagen: Ludwig, ich bin bei dir! Ja, das bist du, in jeder Stunde meines Lebens, und das wirst du bis ans Ende meiner Tage sein.

Auf ewig dein
Ludwig

Hamburg, Mai 2014

Jerry redete ohne Punkt und Komma auf Sarah ein, während das Taxi durch die Stadt fuhr. Seine Worte rauschten allerdings ungehört an ihr vorbei. Je mehr sie sich dem Museum näherten, desto heftiger pochte ihr Herz. Sarah wäre gerne ein paar Tage früher geflogen, aber sie hatte Jerry zuliebe diesen knappen Flug genommen, der so angekommen war, dass sie gerade noch rechtzeitig zur Wiedereröffnung des Hauses Hinemoa vor Ort sein würden. Dafür hatte Jerry ihr ein Bett in der Business Class spendiert, was die Reise wesentlich weniger anstrengend gemacht hatte als ein so langer Flug in der Economy Class. Sie fühlte sich erstaunlich ausgeruht, denn sie hatte sehr gut geschlafen. Kurz vor dem Landeanflug auf Fuhlsbüttel hatte sich Sarah auf der Toilette noch umgezogen. Nun trug sie ein schwarzes Minikleid und fragte sich, was sie wohl im Museum erwarten würde. Keine Frage, sie würde Jan wiedersehen. Er hatte sich auf ihre SMS nicht wieder gemeldet. Und ihre Großmutter hatte sie am Telefon nicht ein einziges Mal nach ihm gefragt. Auch den alten Doktor nicht, der offenbar gar nicht mehr von Dorothees Seite wich. Dorothee hatte ihrer Enkelin für den heutigen Abend eine große Überraschung angekündigt. Ob sie auf ihre alten Tage das Glück herausfordern will und Doktor Peters' Liebe doch noch erwidert, fragte sich Sarah. Ach, die Liebe, fügte sie in Gedanken leicht resigniert hinzu.

Es war keine Nacht vergangen, in der Sarah nicht an Jan

gedacht und sich mit der Frage gemartert hatte, warum er auf ihre Liebeserklärung hin verstummt war. Trotzdem bereute sie es nicht, Klarheit geschaffen zu haben. Es verletzte sie zwar, dass er darauf nicht reagiert hatte, aber dies war immer noch besser, als wenn sie sich selbst etwas vormachte und so tat, als gäbe es ihre tiefen Gefühle für diesen Mann nicht. Nur auf diese Weise würde sie vielleicht eines Tages frei für eine neue Liebe sein. Trotzdem spürte sie die Aufregung nun bis in den Magen, wenn sie sich vorstellte, ihm gleich gegenüberzustehen. Sie hatte sich vorgenommen, nicht ein Sterbenswort über ihr Liebesgeständnis zu verlieren. Und wer weiß, dachte sie, vielleicht ist das Treffen auch heilsam und ernüchtert mich.

Sarah hatte sich in den letzten Wochen andere Ziele gesetzt, als einen Partner zu finden. Ihr neuer Artikel über Ludwig Dehn war wieder ein voller Erfolg geworden, und sie konnte sich vor Aufträgen nicht retten. Sie war inzwischen bei Jerry ausgezogen, weil sie sich für das Geld, das ihr hartherziger Großvater Tom, Dorothees Exmann, einst Jane für Helens Unterhalt gegeben hatte, das ehemalige Haus von Merima und Ludwig hatte kaufen können. Es war ziemlich heruntergekommen und hatte eigentlich abgerissen werden sollen, doch Raiwiri hatte es dank seiner Beziehungen geschafft, das Haus vor dem Abbruch zu retten. Gemeinsam mit ihm, der inzwischen mehr schlecht als recht akzeptiert hatte, dass sie nur Freunde waren, hatte sie die sterblichen Überreste von Tame, Häuptling To Pau und dessen Frau auf einen Maori-Friedhof überführen lassen. In einer feierlichen Zeremonie waren die drei beerdigt worden. Sie mochte ihren Exverlobten wirklich, aber lieben konnte sie ihn nicht mehr. Der Platz in ihrem Herzen war besetzt von Jan.

Von Jerry wusste sie, dass Jan sich auch nicht mehr mit Lena getroffen hatte. Lena hatte den Eindruck, dass er ihr regelrecht aus dem Weg ging. Und Sarah war ganz froh, dass ihr damit keine Hintertür blieb, etwas über Jan in Erfahrung zu bringen. Sie vermutete, dass er sich anderweitig gebunden hatte, nachdem sie ihn so brutal angelogen hatte. Jerry und sie ein Paar! Sarahs Miene erhellte sich. Daran hatte sie zu keinem Zeitpunkt ernsthaft gedacht, zumal ihr Freund gerade einen sehr langen Besuch von Lena genossen hatte. Jerry hatte seiner Freundin die ganze Nordinsel gezeigt. Sarah hatte es beiden gegönnt, aber sie war manchmal doch ein wenig sentimental geworden bei dem Gedanken, wie zauberhaft es wäre, wenn sie mit Jan in die Northlands reisen, mit ihm auf einem Boot von Russell nach Paihia übersetzen, dort, wo das Wasser türkisfarben war, mit einem Speedboot durch das einzigartige Loch im Felsen rasen, ihm die Wiege Neuseelands in Waitangi zeigen, mit ihm in den Schwefelbädern Rotoruas schwimmen oder mit ihm am Whanganui, diesem ruhigen, geschichtsträchtigen Fluss, entlangwandern könnte …

»Träumst du? Du lächelst ja endlich mal wieder. Ein schöner Anblick.« Mit diesen Worten riss Jerry Sarah aus ihren Gedanken. »Du freust dich doch, ihn wiederzusehen. Gib es zu!«

»Blödsinn!«, zischte sie unwirsch.

Doch als das Taxi vor dem Museum hielt, klopfte Sarahs Herz bis zum Hals.

Jerry und Sarah gaben ihre Koffer an der Garderobe ab, und sie gingen nun zum Haus Hinemoa, in dessen Vorraum das Fest zur Neueröffnung stattfand. Sarah hakte sich auf den letzten Metern bei Jerry unter, weil ihre Knie weich wurden.

In diesem Augenblick kamen ihnen Jan und Lena entgegen. Lena rannte sofort auf Jerry zu, und die beiden umarmten sich, als gäbe es kein Morgen.

Jan beobachtete die herzliche Begrüßung der beiden sichtlich irritiert.

»Was war das denn?«, murmelte er und musterte Sarah fragend.

»Die beiden feiern ihr Wiedersehen. Was ist denn dabei?« Sarah verstand seine Irritation nicht ganz. »Die beiden sind ein Paar. Wusstest du das nicht?«, fügte sie hinzu.

»Nein, du hast mir doch gesagt, dass ihr beide zusammen seid«, erwiderte er verunsichert.

»Hast du denn meine Nachricht nicht bekommen? Ich habe dir geschrieben, dass ich niemals mit ihm zusammen gewesen bin!«

Jan sah Sarah ratlos an. »Welche Nachricht?«

»Die SMS.«

Sarah wusste nicht so recht, ob sie ihm glauben sollte. Tat er nur so, als hätte er ihre SMS nicht bekommen? Das kannte man ja, wenn jemand behauptete, er habe eine Nachricht niemals erhalten. Doch so verwirrt, wie Jan in diesem Augenblick aussah, musste sie es wohl oder übel glauben.

»Ich habe dir eine SMS geschrieben, dass ich dich sehr gerne habe und dass ich niemals etwas mit Jerry hatte«, erklärte Sarah.

»Oh nein!«, stieß er entsetzt hervor. »Mein Telefon ist gestohlen worden. An dem Tag, an dem wir das letzte Mal Kontakt hatten. Ich war so durcheinander, dass ich nicht aufgepasst habe, und da muss es mir jemand aus der Jackentasche geklaut haben.«

Sarah wusste nicht, ob sie lachen oder weinen sollte. »Willst du wissen, wie meine letzte Nachricht gelautet hat?«

Jan nickte, und seine Mundwinkel zuckten, als ob er sich ein Grinsen verkneifen müsste.

Sarah zögerte kurz, doch dann nahm sie all ihren Mut zusammen und gab wortwörtlich wieder, was sie ihm in ihrer letzten Nachricht geschrieben hatte.

Jan strahlte. »Dann sollte ich schnellstens den Job annehmen, den sie mir angeboten haben«, murmelte er.

»Ich weiß jetzt nicht, wovon du redest, aber soll ich es dir wirklich glauben, dass dein Handy geklaut worden ist?«, entgegnete sie mit einem Grinsen. »Und wenn es wirklich wahr ist, dann ... dann ...«

Weiter kam sie nicht, weil Jan sie fest in die Arme nahm und ihr Gesicht mit Küssen bedeckte.

»Ich liebe dich auch, mein Herz, und ich werde dich nie mehr verlassen«, erklärte er nachdrücklich.

»Wollen wir jetzt zur Zeremonie gehen? Sonst verpassen wir das Beste. Es ist bereits zwanzig Uhr, und da steht die Eröffnung auf dem Programm«, ertönte Jerrys mahnende Stimme aus dem Hintergrund.

Wie in Trance ließ sich Sarah von Jan bei der Hand nehmen und zum Versammlungshaus führen. Sie war vollkommen fasziniert davon, wie lebensecht man die Umgebung des Hauses restauriert hatte. Es gab dort einen kleinen Zaun. Man ging eine kleine Treppe hinunter, als würde man tatsächlich ein Marae, ein festlichen Anlässen vorbehaltenes Areal, betreten. Und durch das Tageslicht, das durch das Glasdach einfiel, wirkte alles ganz natürlich.

»Wir können mittels der Lichttechnik sogar einen Sonnenaufgang simulieren«, raunte Jan ihr voller Stolz zu.

»Es macht nicht den Eindruck, als würde es in einem Museum stehen, sondern unter dem neuseeländischen freien Himmel«, flüsterte sie bewundernd.

»Das ist das größte Kompliment, und noch dazu aus dem Mund einer Maori«, lachte er.

Sie kamen gerade rechtzeitig, um die Rede von Dorothee zu hören, die sie vor dem Eingang des Hauses hielt, dessen Schnitzereien in neuem Glanz erstrahlten. Die große, schlanke Frau mit dem akkurat geschnittenen Pagenkopf stand davor und begrüßte die Gäste feierlich mit *»Kia ora!«*.

Sie sieht blendend aus, dachte Sarah, während sie Jans Hand

ganz fest drückte. Dorothee hatte ihre Enkelin im Publikum erkannt und nickte ihr herzlich zu.

Gespannt lauschte Sarah den Ausführungen ihrer Großmutter. Diese erzählte jetzt in aller Ausführlichkeit, wie das Haus Hinemoa nach Deutschland gebracht worden war. Sie erwähnte allerdings mit keinem Wort, unter welch dramatischen Umständen dieses geschehen war. Wusste sie es immer noch nicht wieder, oder wollte sie es nicht mehr wissen? Das war die brennende Frage, die Sarah während dieser Rede begleitete. Doch plötzlich horchte sie auf.

Ihre Großmutter erzählte, dass das Haus Hinemoa für sämtliche Festlichkeiten zur Verfügung stehen sollte, unter anderem auch für Hochzeiten. Und dass sie am heutigen Abend selbst den Anfang machen würde.

Jan hielt immer noch Sarahs Hand, während sie ihn verblüfft ansah, doch dann folgten sie der kleinen Festgesellschaft, die jetzt in das Haus zog und sich im Kreis auf die Erde setzte, nachdem alle ihre Schuhe ausgezogen hatten.

Die Zeremonie wurde von einem Maori-Priester und einem evangelischen Pastor durchgeführt. Sie fanden beide bewegende Worte. Nachdem die Zeremonie beendet war, flüsterte Sarah Jan zu: »Hast du das gewusst?«

»Ich hab es nicht gewusst, aber ich habe es geahnt«, antwortete er leise.

Sarah war die Erste, die ihrer Großmutter gratulierte. Sarah drückte und herzte erst sie und dann den alten Doktor, der noch mehr strahlte als Dorothee. Dann ließ Sarah ihre Neugier keine Ruhe. Sie nahm ihre Großmutter beiseite und sagte ihr, dass ihr die Rede gefallen hatte, auch wenn es ja nur die halbe Wahrheit gewesen sei. Dorothee zwinkerte ihr zu. »Ich finde, es genügt, dass wir beide wissen, wie es wirklich gewesen ist«, raunte sie.

»Du weißt . . .?«

»Die Reha muss doch zu irgendetwas nütze gewesen sein«, lachte Dorothee.

»Ich habe Michael Banks in Dunedin getroffen und es nicht fertiggebracht, ihn der Polizei auszuliefern.«

Dorothee strich ihr kurz über die Wange. »Das hast du gut gemacht, mein Kind, denn er ist gestraft genug. Er hat dich wirklich geliebt. Und er war es nicht, der mich die Treppe hinuntergestoßen hat. Das war sein Komplize. Der hat mich geschubst, und ich habe im Fallen Michael mitgerissen . . .« Dorothee unterbrach sich, weil sich mittlerweile eine Traube von Gratulanten um sie versammelt hatte.

»Ich habe Merimas Haus gekauft«, raunte Sarah Dorothee zu, bevor sie ihre Großmutter für die übrigen Gäste freigab. Die Augen ihrer Großmutter leuchteten förmlich. »Das ist das schönste Geschenk, das du mir machen konntest«, seufzte sie, bevor sie sich den anderen zuwandte.

»Ich muss dir etwas zeigen«, flüsterte Jan Sarah in diesem Moment zärtlich ins Ohr, nahm sie bei der Hand und führte sie weg.

Als sie in seinem Büro angelangt waren, fiel Sarah sofort eine CD auf, die zwischen seinen Unterlagen auf dem Schreibtisch lag.

»Bruno Mars?« Sarah sah ihn fragend an. Auf diesem Album war der Song, zu dem sie Heiligabend miteinander getanzt hatten.

»Hast du etwa gewusst, dass ich mit in dein Büro komme?«, fragte sie skeptisch.

Jan lächelte verlegen. »Nein, dann hätte ich sie eher versteckt. Das ist sonst nicht meine Musik. Ich stehe eigentlich eher auf Rock. Ich habe sie mir gekauft, weil . . . weil, ja, weil ich manchmal eben diesen einen Song höre«, gab er zögerlich zu.

Sarah sah sich schmunzelnd in seinem Büro um. Ihr Blick blieb an einem CD-Spieler hängen. Sie nahm das Album aus der Hülle, legte die CD ein und suchte das Lied heraus.

Als *Just The Way You Are* ertönte, trat Sarah auf Jan zu. Er verstand ihre Aufforderung zum Tanz, nahm sie in den Arm und wiegte sie leise zum Rhythmus des Songs. Sie tanzten so eng wie zu Weihnachten, doch dann begann Jan, sie zu streicheln. Zärtlich und fordernd. Sarah bot ihm ihren Mund zu einem Kuss. Nach dem leidenschaftlichen Kuss führte Jan Sarah zu seinem Schreibtisch, und sie gab sich seinen fordernden Händen hin. Was er für einen durchtrainierten Körper hat, dachte sie verzückt, als sie sein Hemd aufknöpfte.

»Ich liebe dich!«, hauchte er, nachdem sie sich wild und leidenschaftlich auf seinem Schreibtisch geliebt hatten.

»Ich dich auch«, erwiderte sie heiser. »Aber wie soll es jetzt weitergehen?«

»Ich nehme den Job in Wellington an. Man hat mir eine Gastprofessur angeboten. Außerdem soll ich die Artefakte deines Urgroßvaters nach Wellington begleiten. Deine Großmutter hat sie dem dortigen Museum geschenkt«, erwiderte Jan ungerührt.

»Wie bitte? In Wellington? Weißt du eigentlich, wie weit das von Auckland entfernt ist? Das sind fast fünfhundert Kilometer«, entgegnete Sarah mit gespielter Empörung.

»Ich sage es doch. Bei der Entfernung kann das mit uns beiden nichts werden«, lachte Jan und küsste sie leidenschaftlich.

Sarah hatte das Gefühl, in einem wunderschönen Traum zu sein, doch der Mann, der sie nun zärtlich und überall streichelte, war mehr als echt. Voller Lust gab sie sich ihrem Freund noch einmal hin, denn die Wirklichkeit übertraf alles, was sie sich je in ihrer Fantasie ausgemalt hatte.

Nachwort

Die Idee zu dieser Geschichte kam mir, als ich erfuhr, dass im Hamburger Völkerkundemuseum ein Versammlungshaus der Maori steht, das *Haus Rauru.*

Bevor ich mit meiner Recherche begann, fragte ich mich, weshalb dieses Maori-Haus wohl so weit von Neuseeland entfernt, am anderen Ende der Welt, eine neue Heimat gefunden hat. Ich sah es mir an und war von seiner Ausstrahlung und seiner Atmosphäre sofort fasziniert. Und eines begriff ich ganz schnell: Versammlungshäuser sind für die Maori lebende Wesen. Beim *Haus Rauru* ist der Ahne Rauru Namenspate, der als Begründer der Schnitzkunst gilt.

Die Geschichte, wie das *Haus Rauru* nach Deutschland kam, ist allerdings wesentlich undramatischer als die Verschiffung des Hauses Hinemoa.

Das *Haus Rauru* war ganz legal im Besitz von Charles E. Nelson, einem aus Schweden stammenden Hotelmanager. Dieser begegnete 1898 oder auch schon 1897 in Neuseeland dem späteren Direktor des Völkerkundemuseums, Georg Thilenius, der sofort Interesse an dem Versammlungshaus bekundete. Was genau verhandelt wurde, blieb leider im Dunklen, weil die umfangreichen Aufzeichnungen im Zweiten Weltkrieg bei einem Bombenangriff vernichtet wurden. Nur so viel ist klar: Nelson verkaufte das Haus zunächst einem reichen Berliner, dem wohlhabenden Oberleutnant Troost. Er hatte seine Rechnung allerdings ohne den deutschen Zoll gemacht, woraufhin er einen Bittbrief an den Kaiser persönlich schrieb. Obwohl Nelson das Haus bereits an Troost verkauft hatte, machte er der neuseeländischen Regierung letztmalig ein Kaufangebot, denn inzwischen hatte sich in Neuseeland die Gesetzeslage geändert. Der *Maori Antiquities Act* sah ein Vorkaufsrecht der Regierung für Kulturgüter der Maori vor. Damit war Nelson rechtlich auf der sicheren Seite. Da sich das Gesetz als untauglich erwies, den Export von Kulturgütern zu verhindern, erließ die Regierung 1904 den *Maori Antiquities Act Amendment Bill.* Danach musste die Regierung der Ausfuhr von Maori-Kulturgütern ausdrücklich zustimmen. Zu dem Zeitpunkt war das *Haus Rauru* aber längst außer Landes. Es landete schließlich im Hamburger Freihafen, wo es einige Jahre gelagert wurde. Erst 1912 wurde es im Museum für Völkerkunde den Besuchern zugänglich gemacht.

Wer sich für das *Haus Rauru* interessiert, sollte es sich unbedingt einmal ansehen und das 2012 herausgebrachte Buch des Völkerkundemuseums *Das Haus Rauru – Meisterwerk der Maori* studieren. Es hat mir bei meiner Recherche sehr geholfen, und die Informationen, die ich Ihnen in diesem Nachwort gebe, stammen aus besagtem Buch.

In diesem Zusammenhang möchte ich der Leiterin der Ozeanien-Abteilung, Dr. Jeanette Kokott, und der Leiterin der Abteilung Veranstaltungen/Museumspädagogik, Dr. Julia Dombrowski, danken, die mir das Buch geschenkt und mit mir eine ausführliche Führung durch das *Haus Rauru* gemacht haben. Das war sehr beeindruckend und hat mich bei der Erschaffung meines Hauses Hinemoa sehr inspiriert. Meine Geschichte ist natürlich frei erfunden, und ich habe mich nur an die Legende angelehnt, die über das *Haus Rauru* kursiert, nämlich den Bruch des Tapus (Tabus). Es heißt tatsächlich, dass sich in der Familie des ursprünglichen Erbauers, des Häuptlings Te Waru, die

Todesfälle gehäuft haben, nachdem auf dem Bau ein heiliges Tapu gebrochen worden war. Es durfte auf der Baustelle nämlich weder gegessen noch geraucht werden. Doch der Häuptling hatte Letzteres getan und war trotz der Warnungen des Tohunga nicht bereit gewesen, die Schnitzarbeiten unterbrechen zu lassen. So starben in der Folgezeit seine erste, seine zweite und seine dritte Frau sowie seine beiden Kinder …

Diese Legende um den Tapu-Bruch, die sich um das *Haus Rauru* rankt, war einfach prädestiniert dafür, meine Fantasie zu beflügeln und sie in meinem Roman zu verarbeiten.

Ihre Laura Walden